SCHERZ

Peter James

MÖRDERISCHE OBSESSION

Ein neuer Fall für Roy Grace

THRILLER

Aus dem Englischen
von Susanne Goga-Klinkenberg

SCHERZ

MIX
Papier aus verantwortungsvollen Quellen
FSC® C083411

2. Auflage: Oktober 2014
Erschienen bei FISCHER Scherz

Die englische Originalausgabe erschien 2012
unter dem Titel »Not dead yet« bei Pan Books,
an imprint of Pan Macmillan, a division of Macmillan Publishers Limited

Für die deutsche Ausgabe:

Satz: Dörlemann Satz, Lemförde
Druck und Bindung: CPI books GmbH, Leck
Printed in Germany
ISBN 978-3-651-00073-5

Für GEOFF DUFFIELD

Du hast an mich geglaubt und es möglich gemacht

1

Ich warne dich und werde die Warnung nicht wiederholen. Nimm die Rolle nicht an. Hör besser auf mich. Wenn du sie annimmst, bist du tot. Schlampe.

2

Gaia Lafayette wusste nichts von dem Mann, der draußen in der Dunkelheit in seinem Kombi saß und gekommen war, um sie zu töten. Sie wusste nichts von der E-Mail, die er geschickt hatte. Sie bekam ständig Hassmails, meist von religiösen Spinnern oder Leuten, denen ihr Fluchen oder ihre provokativen Bühnenkostüme und Musikvideos nicht gefielen. Solche E-Mails wurden von ihrem zuverlässigen Sicherheitschef, dem in Detroit geborenen Andrew Gulli, überprüft und aussortiert. Er war ein hartgesottener Expolizist, der lange Zeit als Personenschützer für gefährdete Politiker gearbeitet hatte.

Er wusste, wann er mit seiner Chefin sprechen musste, und hatte dieses Stück Müll, das über einen anonymen Hotmail-Account hereingekommen war, als unwichtig betrachtet. So etwas bekam seine Arbeitgeberin jede Woche dutzendfach.

Es war zehn Uhr abends, und Gaia versuchte, sich auf das Drehbuch zu konzentrieren, doch es gelang ihr nicht. Die Tatsache, dass ihr die Zigaretten ausgegangen waren, störte ihre Konzentration. Der reizende, aber leider vollkommen dämliche Pratap, der die Einkäufe für sie erledigte und den zu feuern sie nicht übers Herz brachte, weil seine Frau an einem Gehirntumor litt, hatte die falsche Marke gekauft. Sie setzte sich selbst ein Limit von vier Zigaretten am Tag und brauchte auch nicht mehr, aber alte Gewohnheiten ließen sich nur schwer ablegen. Früher war sie hoffnungslos süchtig gewesen und hatte behauptet, sie benötige die verdammten Dinger für ihre berühmte raue Stimme. Vor gar nicht allzu langer Zeit hatte sie sich die erste noch vor dem Aufstehen angezündet, und die nächste glomm im Aschenbecher vor sich hin, während sie duschte. Jede einzelne Handlung wurde von einer Zigarette begleitet. Heute war sie halbwegs frei davon, *musste* aber wissen, dass sie welche im Haus hatte. Falls sie sie doch mal brauchte.

So, wie sie auch viele andere Dinge im Leben brauchte. Angefangen mit ihrem Publikum, das sie vergötterte. Den Followern auf Twitter und den Likes auf Facebook. Beide Zahlen waren an diesem Tag wieder gestiegen, hatten allein im letzten Monat fast um eine Million zugelegt, so dass sie noch immer weit vor den Künstlerinnen lag, die sie als ihre Rivalinnen betrachtete: Madonna und Lady Gaga. Außerdem hatten fast zehn Millionen Fans ihren monatlichen Newsletter abonniert. Daneben brauchte sie auch ihre sieben Häuser, darunter die Kopie eines toskanischen Palazzo, in dem sie sich gerade aufhielt und der vor fünf Jahren auf ihre Anweisungen hin auf einem zwölftausend Quadratmeter großen Grundstück errichtet worden war.

Über ihrem Kopf prangte ein riesiges, gerahmtes Schwarzweißfoto von ihr selbst in einem schwarzen Negligé. Die Überschrift lautete WORLD TOUR GAIA SAVING THE PLANET. Auf einem anderen war sie in Tanktop und Lederjeans zu sehen: GAIA REVELATIONS TOUR. Über dem Kamin hing in dramatischem Grün eine Großaufnahme ihrer Lippen, Nase und Augen – GAIA UP CLOSE AND PERSONAL.

Ihr Agent und ihr Manager riefen sie täglich an und versicherten ihr, wie dringend die Welt sie brauche. Die wachsende Fangemeinde in den sozialen Netzwerken, die von ihrem Management gesteuert wurde, versicherte ihr das auch. Doch in diesem Augenblick brauchte der Mensch, der ihr am meisten bedeutete, ihr sechsjähriger Sohn Roan, sie ebenso sehr. Gaia lag auf dem weißen Sofa mit den violetten Kissen, als er in seinem Pyjama von Armani Junior barfuß über den Marmorboden tappte, das braune Haar zerzaust, das Gesicht zu einer Grimasse verzogen, und auf ihren Arm klopfte. »Mama, du hast mir gar keine Geschichte vorgelesen.«

Sie streckte die Hand aus und zerzauste seine Haare noch mehr. Dann legte sie das Drehbuch beiseite und drückte ihn an sich. »Tut mir leid, mein Schatz. Es ist schon spät, du müsstest längst schlafen, und Mama hat heute viel zu tun. Ich muss meinen Text lernen. Mama hat eine wirklich große Rolle. Mama spielt Maria Fitzherbert, die Geliebte des englischen King George IV.«

Maria Fitzherbert war die Diva der englischen Regency-Ära gewesen, so wie sie selbst die Diva ihrer Zeit war. Außerdem hatten sie noch etwas gemeinsam. Maria Fitzherbert hatte den größten Teil ihres Lebens in Brighton verbracht, während Gaia dort geboren war! Sie spürte eine enge Verbindung zu dieser Frau, über die Zeiten hinweg. Sie war geboren, um die Rolle zu spielen!

Ihr Agent sagte, der Film sei *der* Nachfolger für *The King's Speech*. Eine Oscar-Rolle, zweifellos. Und sie wollte so dringend einen Oscar gewinnen. Ihre ersten beiden Filme waren ganz in Ordnung gewesen, aber nichts Weltbewegendes. Im Nachhinein war ihr klargeworden, dass sie die Projekte schlecht ausgewählt hatte, die Drehbücher waren zu schwach gewesen. Dieser Film konnte ihr aber zu dem Erfolg bei den Kritikern verhelfen, den sie sich so wünschte. Sie hatte sehr für diese Rolle gekämpft und Erfolg gehabt.

Verdammt, man musste im Leben eben kämpfen. Das Glück war mit den Tapferen. Manche Leute hatten bei der Geburt den silbernen Löffel schon so tief im Arsch, dass er ihnen fast zum Hals rauskam, und andere, so wie sie, mussten ganz unten anfangen. Sie hatte einen langen Weg hinter sich, hatte gekellnert und zwei Ehemänner überstanden und schließlich diese Position erreicht, in der sie sich wohl fühlte. Hier gab es nur sie, Roan und ihren Fitnesstrainer Todd, von dem sie tollen Sex bekam, wenn sie ihn brauchte, und der sie in Ruhe ließ, wenn sie ihn nicht brauchte. Hinzu kam ihr vertrauter Hofstaat, Team Gaia.

Sie griff nach dem Drehbuch und zeigte dem Jungen die blauweißen Seiten. »Mama muss das alles lernen, bevor sie nach England fliegt.«

»Du hast es mir versprochen.«

»Kann denn Steffie dir heute Abend nicht vorlesen?« Steffie war sein Kindermädchen.

Er sah unglücklich aus. »Du liest aber besser. Ich will, dass du mir vorliest.«

Sie sah auf die Uhr. »Es ist schon nach zehn. Du müsstest längst schlafen!«

»Ich kann aber nicht schlafen. Ich kann erst schlafen, wenn du mir etwas vorgelesen hast, Mama.«

Sie warf das Drehbuch auf den gläsernen Couchtisch und stand auf. »Na schön, eine kleine Geschichte. Einverstanden?«

Sein Gesicht strahlte. Er nickte eifrig.

»Marla!«, rief sie. »Marla!«

Ihre Assistentin kam mit dem Handy am Ohr herein. Sie stritt gerade wütend mit jemandem, es schien um die Sitzarrangements in einem Flugzeug zu gehen. Die einzige Extravaganz, auf die Gaia verzichtete, war ein Privatjet, da sie sich Sorgen um ihre CO_2-Bilanz machte.

Marla brüllte. Ob die dämliche Fluglinie denn nicht wisse, wer Gaia sei? Dass sie sie mit ein paar gut platzierten Worten in den Ruin treiben könnte? Sie trug das gleiche Outfit wie ihre Chefin: eine glitzernde Versace-Jeans, die in schwarzen Alligator-Stiefeln steckte, einen dünnen, schwarzen Rollkragenpullover und eine goldene Kette, an der ein flacher, goldener Globus mit der Aufschrift Planet Gaia hing. Selbst die Frisur war die gleiche: blond, schulterlang, ein rasiermesserscharfer Schnitt mit einem sorgfältig frisierten und gewachsten Pony.

Gaia Lafayette bestand darauf, dass ihr Personal sich wie sie kleidete – und zwar gemäß den per E-Mail versandten Anweisungen, in denen sie täglich mitteilte, was sie selbst tragen und wie sie ihre Haare frisieren würde. Sie mussten immer und jederzeit eine schwächere Kopie ihrer selbst abgeben.

Marla beendete den Anruf. »Erledigt! Sie sind bereit, ein paar Leute rauszuschmeißen.« Dann schenkte sie Gaia ein engelsgleiches Lächeln. »Weil *du* es bist.«

»Ich brauche Zigaretten. Bist du so lieb und holst mir welche?«

Marla warf einen Blick auf die Uhr. Sie war heute Abend verabredet und dank Gaias Ansprüchen ohnehin schon zwei Stunden zu spät dran, was nicht weiter ungewöhnlich war. Bisher war noch jede persönliche Assistentin nach höchstens achtzehn Monaten gefeuert worden, doch sie hatte es immerhin schon auf drei Jahre gebracht. Es war ein harter Job mit vielen Überstunden, und die Bezahlung war auch nicht so toll, aber die Erfahrung war unvergleichlich, und ihre Chefin war zwar rau, aber freundlich. Eines Tages würde sie die Ketten abwerfen, aber noch war es nicht so weit. »Klar, kein Problem.«

»Nimm den Benz.«

Es war ein warmer, duftender Abend. Gaia war clever genug, um zu wissen, was kleine Gefälligkeiten bewirkten.

»Cool! Bin gleich zurück. Sonst noch was?«

Gaia schüttelte den Kopf. »Du kannst den Wagen heute Abend behalten.«

»Ehrlich?«

»Ich muss nirgendwohin.«

Marla liebte den silbernen SL55 AMG. Sie freute sich schon darauf, durch die Kurven am Sunset zum Supermarkt zu rasen. Danach würde sie Jay damit abholen. Wer konnte schon wissen, wie sich der Abend entwickelte? Für Gaia zu arbeiten, war immer ein Abenteuer. Und seit sie Jay kannte, waren auch die Nächte abenteuerlich! Er war ein angehender Schauspieler und sie fest entschlossen, ihm durch ihre Verbindung zu Gaia zum Durchbruch zu verhelfen.

Sie konnte nicht ahnen, dass sie einen schweren Fehler beging, als sie in den Mercedes stieg.

3

Das Valium, das er genommen hatte, als er vor einer halben Stunde in Santa Monica losgefahren war, entfaltete seine beruhigende Wirkung. Das Koks, das er vor einer Viertelstunde bei einem kurzen Boxenstopp auf dem Gelände der UCLA in Brentwood geschnupft hatte, verlieh ihm Energie, und der Schluck Tequila aus der Flasche, die er auf dem Beifahrersitz hatte, pushte seinen Mut.

Der 97er-Chevy war eine Rostlaube, und er fuhr langsam, weil der Auspuff kaputt war und er sich keine Reparatur leisten konnte. Er wollte keine Aufmerksamkeit erregen. Gestern Abend hatte er den Wagen in der Autowaschanlage, in der er arbeitete, mit Farblack besprüht und hoffte, dass im Dunkeln niemand erkannte, dass es sich bei dem Kombi um ein halbes Wrack handelte.

Die Reifen waren stellenweise völlig abgefahren, und er konnte sich kaum das Benzin für die Fahrt durch die Stadt leisten. Nicht dass die reichen Leute hier in Bel Air irgendeinen Schimmer gehabt hätten, was es bedeutete oder wie es sich anfühlte, arm zu sein. Hinter den hohen Hecken und elektrischen Toren standen imposante Anwesen, umgeben von gepflegten Rasenflächen und all den Gartenspielzeugen der Schönen und Reichen. Der Leute, denen L.A. gehörte. Ein gewaltiger Kontrast zu den Habenichtsen, die in heruntergekommenen Mietbungalows am schäbigen Ende von Santa Monica wohnten, so wie er und Dana. Aber das würde sich bald ändern. Bald würde sie die Anerkennung bekommen, die sie schon so lange verdiente. Vielleicht würden sie sogar reich genug, um sich ein Haus wie die hier in der Gegend zu leisten.

Da die Hälfte der Bewohner auf den *Star Maps* zu finden war, konnte er sich mühelos orientieren. Die geknickte, zerlesene Karte lag neben der halbleeren Tequilaflasche. Es gab eine sichere Methode, um unbemerkt von Polizei und privaten Sicherheitsdiensten durch die Straßen von Bel Air zu fahren. Immerhin war er Schauspieler, und Schauspieler waren Chamäleons, die völlig mit ihren Rollen verschmolzen. Er trug die Uniform eines Sicherheitsbeamten, als er seinen schimmernden Chevy Kombi mit der rotblauen Aufschrift BEL-AIR-BEVERLY PRIVATER SICHERHEITSDIENST – BEWAFFNETE EINSÄTZE an Gaia Lafayettes Anwesen mit den dunklen, an eine Festung erinnernden Toren vorbeisteuerte. Die Schrift hatte er einfach aufgeklebt.

Die arrogante Schlampe hatte seine E-Mail einfach ignoriert. Alle großen Branchenblätter hatten letzte Woche berichtet, dass Gaia Lafayette in das Projekt einsteigen würde. Sie würde die Maria Fitzherbert spielen – oder *Mrs* Fitzherbert, wie diese Frau der Welt bekannt geworden war, die Geliebte des Prince of Wales und seine heimliche Ehefrau. Die Ehe war niemals offiziell anerkannt worden, weil Maria katholisch war; wäre sie anerkannt worden, wäre ihr Mann niemals King George IV. geworden.

Es war eine der großen Liebesgeschichten der britischen Monarchie. Und nach Ansicht der Klatschpresse eine der größten Filmrollen, die je vergeben wurde.

Jede Schauspielerin im richtigen Alter war scharf darauf. Sie trug in Leuchtbuchstaben die Aufschrift *Oscar-Potenzial.* Und Gaia war so etwas von ungeeignet, sie würde die Rolle völlig versauen. Sie war ein Rockstar, Herrgott nochmal, keine Schauspielerin. Sie hatte keine Ausbildung, hatte nicht jahrelang darum gekämpft, einen Agenten zu finden und von den wichtigen Leuten in dieser Stadt wahrgenommen zu werden. Sie musste nur ein paar zweitklassige Lieder singen, sich ausziehen, ihren Körper zur Schau stellen und mit den richtigen Leuten schlafen, und schon galt sie als Schauspielerin!

Als sie sich die Rolle schnappte, hatte sie zahllose wirklich talentierte Schauspielerinnen um eine der besten Rollen des Jahrzehnts betrogen.

Schauspielerinnen wie Dana Lonsdale.

Und dazu hatte sie einfach kein Recht. Gaia brauchte das Geld nicht. Sie war berühmt genug. Sie machte das alles nur aus Gier und Eitelkeit. Nahm anderen die Butter vom Brot. Jemand musste sie bremsen.

Er klopfte unsicher auf die Pistole, die er in der Tasche trug. Er hatte noch nie im Leben eine Waffe abgefeuert. Die gottverdammten Dinger machten ihn nervös. Aber manchmal musste man einfach das tun, was man für richtig hielt.

Es war die Waffe seines Vaters. Nachdem der alte Mann gestorben war, hatte er sie in seinem Wohnwagen unter dem Bett gefunden. Eine Glock. Welches Kaliber es war, wusste er nicht, hatte es aber geschafft, die Waffe mithilfe des Internets als 38er zu identifizieren. Im Magazin steckten acht Kugeln, und er hatte neben der Waffe eine kleine Schachtel mit weiterer Munition gefunden.

Zuerst hatte er vorgehabt, das Ding zu verkaufen oder einfach wegzuwerfen, und wünschte sich in diesem Augenblick, er hätte es getan. Aber er brachte es nicht über sich. Er bewahrte die Waffe bei sich zu Hause auf, eine ständige Erinnerung an seinen Vater. Wollte man Ungerechtigkeiten verhindern, musste man etwas gegen sie unternehmen.

Und heute Abend war die Zeit gekommen. Er hatte vor, eine Ungerechtigkeit zu verhindern.

O ja.

4

Wie viele Landwirte mochte auch Keith Winter den frühen Morgen am liebsten. Er war gern vor allen anderen auf, besonders zu dieser Jahreszeit, Anfang Juni, wenn die Sonne schon vor fünf aufging.

An diesem Tag verließ er jedoch schweren Herzens das Haus und legte die kurze Strecke zum Hühnerstall mit bleiernen Schritten zurück.

Die Lohmann Browns legten am besten, deshalb hielt er von dieser Art auch 32 000 Tiere. Er zog sie hier auf der Stonery Farm sorgsam auf, ließ sie während ihres kurzen Lebens frei laufen und schaffte es so, dass ihre Eier deutlich besser schmeckten als die der Konkurrenz.

Er hielt die Vögel unter artgerechten, gesunden Bedingungen, gab ihnen genügend Platz und fütterte sie mit einer geheimen Mischung aus Weizen, Öl, Soja, Calcium, Natrium und verschiedenen Vitaminen. Obwohl seine Hennen von Natur aus aggressiv und sogar kannibalistisch waren, wenn sich die Gelegenheit ergab, hatte er sie gern, so wie alle guten Bauern die Tiere gern hatten, denen sie ihren Lebensunterhalt verdankten.

Sie waren in einem trockenen, sauberen, modernen Gebäude untergebracht, eingeschossig, mit großem Außengelände, das sich fast hundert Meter weit über den entlegenen Hügelkamm in East Sussex erstreckte. Daneben standen schimmernde Stahlsilos, in denen das Körnerfutter gelagert wurde. Ganz am Ende parkten zwei Lkws, die vor kurzem eingetroffen waren. Sein Jack Russell Terrier rannte auf der Suche nach einem Kaninchen wild umher.

Trotz der starken Brise vom Ärmelkanal spürte Keith den herannahenden Sommer in der Luft. Er roch ihn im trockenen Gras und in der staubigen Erde und den Pollen, von denen er Heuschnupfen bekam. Obwohl er die Sommermonate liebte, sah er dem Juni immer mit gemischten Gefühlen entgegen, weil dann seine behüteten Hennen irgendwo als Nuggets, Suppe oder Fertiggericht endeten.

Die meisten Bauern seiner Bekanntschaft betrachteten ihre Hennen lediglich als Maschinen, die Eier legten, und seine Frau Linda hielt ihn für ein bisschen verrückt, weil er die dummen Kreaturen so gerne hatte. Doch er konnte nicht anders; er war ein Perfektionist, geradezu besessen von der Qualität seiner Eier und Vögel. Er experimentierte ständig mit ihrer Ernährung und den Zusätzen und arbeitete pausenlos daran, ihre Unterbringung so nutzbringend wie möglich zu gestalten. Als er das Gebäude betrat, bewegten sich gerade einige Eier auf dem Fließband zur Sortiermaschine. Er nahm ein großes Ei, prüfte es auf Mängel und Farbkonsistenz, klopfte an die Schale, um zu hören, wie dick sie war, und legte es zufrieden zurück. Es zog an einem Stapel leerer Eierkartons vorbei und verschwand in der Maschine.

Keith Winter war dreiundsechzig, kräftig gebaut und hatte das jugendliche Gesicht eines Mannes, der sich die Begeisterung für sein Leben bewahrt hat. Er trug ein altes weißes T-Shirt, blaue Shorts und solide Schuhe mit grauen Socken.

Der luftige Stall bestand aus zwei Bereichen. Er betrat den rechten Bereich, in dem eine wahre Kakophonie herrschte, als würden tausend Cocktailpartys gleichzeitig gefeiert. An den überwältigenden Ammoniakgestank des Hühnerkots, der durch Schlitze im Metallboden in einen Sammelbehälter darunter fiel, hatte er sich längst gewöhnt und nahm ihn kaum noch wahr.

Er schaute sich im Stall um, während eine besonders aggressive Henne schmerzhaft an den Haaren an seinen Beinen zupfte, betrachtete das Meer brauner und weißer Geschöpfe mit ihren roten Kämmen, die geschäftig umherspazierten, als hätten sie wichtige Termine. Es wurden weniger, große Teile des Bodengitters waren bereits sichtbar. Die Fänger hatten heute früh mit der Arbeit begonnen, neun Arbeiter aus Osteuropa, hauptsächlich Letten und Litauer, die sich in Schutzkleidung und mit Gesichtsmasken die Hennen griffen und zu den Lkws hinaustrugen, wo sie in besonders gekennzeichnete Käfige gesetzt wurden.

Die Prozedur würde den ganzen Tag dauern, und am Abend wäre der Stall leer. Dann würde eine Spezialfirma kommen, die metallenen Bodengitter anheben und die über einen Meter dicke Ansammlung von Kot ausbaggern.

Plötzlich hörte er einen Schrei vom Ende des Stalls. Ein Arbeiter rannte durch die Hennen auf ihn zu, er hatte die Gesichtsmaske abgenommen. »Chef, Sir, Chef!«, schrie er in gebrochenem Englisch. Die Panik stand ihm ins Gesicht geschrieben. »Chef, Sir! Stimmt was nicht. Nicht gut. Gucken kommen!«

5

Die elektrischen Tore gingen auf!

Scheiße!

Damit hatte er nicht gerechnet. Er war unruhig, seine Gedanken liefen Amok. Dann fiel ihm ein, dass er sein Medikament heute nicht genommen hatte, das Medikament, das das Innere seines Kopfes irgendwie zusammenhielt. Wer kam da raus? Vermutlich wechselte nur der Sicherheitsdienst, aber die Gelegenheit war einfach zu gut. Vielleicht war es ja die Schlampe selbst! Es war bekannt, dass sie manchmal alleine ausging, obwohl sie laut Medien beim Joggen von mehr Bodyguards umgeben war als der Präsident.

Er trat hart auf die Bremse, schaltete den Motor aus und holte die Waffe aus der Tasche. Er starrte auf das Tor. Sah die grellen Scheinwerfer eines Wagens, der die Auffahrt herunterkam und wartete, dass die Öffnung zwischen den Toren breit genug wurde, um auf die Straße zu fahren. Er rannte hinüber und glitt durchs Tor. Sah den wartenden Mercedes. Roch die Abgase, die sich mit dem Duft frisch gemähten Grases vermischten. Musik donnerte aus der Stereoanlage, ein Song von Gaia!

Wie niedlich war das denn? Sie hörte in ihren letzten Augenblicken ihre eigene Musik! Sie würde mit dieser Musik in den Ohren sterben! Das nannte man ausgleichende Gerechtigkeit!

Das Dach war offen. Gaia saß selbst am Steuer! Sie war allein!

Ich habe dich gewarnt, Schlampe.

Der Motor des Mercedes dröhnte, ein stetes, musikalisches Hämmern. Eine schimmernde metallene Bestie, die nur darauf wartete, dass die Fahrerin aufs Gaspedal trat und in die Nacht hinausschoss. Die Tore öffneten sich ruckend, das rechte schneller als das linke.

Er entsicherte ungeschickt die Glock und trat vor. »Ich hab dich gewarnt, Schlampe!« Er sagte es so laut, dass sie es hören konnte. Er sah, wie sie ihn aus der Dunkelheit anstarrte, die Augen voller Fragen.

Er hielt die Antwort in seiner zitternden Hand.

Er sah die Angst in ihrer Miene, als er näher trat.

Aber etwas stimmte nicht, das spürte er. Er sollte sich lieber abwenden, die Sache vergessen, weglaufen. Nach Hause laufen? Als Versager nach Hause kommen?

Er drückte den Abzug, und die Explosion war viel lauter, als er erwartet hatte. Die Waffe zuckte, als wollte sie ihm aus der Hand springen, und er hörte einen dumpfen Laut, als hätte die Kugel etwas in weiter Ferne getroffen. Sie schaute ihn mit aufgerissenen Augen an. Kein Kratzer. Er hatte sie verfehlt.

Er zielte noch einmal, richtete die Waffe genauer auf sie. Sie hob die Hände vors Gesicht, als er erneut feuerte. Diesmal flog etwas von ihrem Kopf weg, und einige Haare richteten sich wie Stacheln auf. Er feuerte noch einmal, genau in ihre Stirn, und in der Mitte erschien ein kleines, dunkles Loch. Sie sackte nach vorn, zitterte wie ein gestrandeter Fisch, den man mehrfach mit einem Hammer geschlagen hat. Ihre Augen starrten ihn immer noch an. Dunkle Flüssigkeit sickerte aus dem Loch in der Stirn über ihren Nasenrücken. »Du hättest auf mich hören sollen. Du hättest mir gehorchen sollen.«

Dann drehte er sich um und rannte wie betäubt zurück zu seinem Wagen.

6

Gaia würde nach Brighton kommen! Die Ikone kehrte in ihre Heimatstadt zurück. Der berühmteste lebende Star von Brighton kam nach Hause, um die berühmteste Bürgerin der Geschichte zu spielen. Eine traumhafte Paarung. Ein Traum für Gaia.

Ein noch größerer Traum aber für Anna Galicia. Ihren größten Fan.

Ihren Fan Nummer 1!

Nur Anna kannte den wahren Grund, warum Gaia herkam. Sie

wollte mit ihr zusammen sein! Die Signale waren sehr deutlich gewesen.

Nicht zu übersehen.

»Sie kommt nächste Woche. Was sagst du denn dazu, Diva?«

Die Katze schaute sie ausdruckslos an.

Der Star der Stars würde nächste Woche in der Stadt eintreffen. Anna wollte sie persönlich im Hotel empfangen. Nachdem sie Gaia jahrelang vergöttert und aus der Ferne mit ihr kommuniziert hatte, bekam sie nun endlich die Gelegenheit, sie kennenzulernen. Vielleicht sogar ihre Hand zu berühren. Wenn alles gut lief, vielleicht sogar auf einen Cocktail in ihre Suite eingeladen zu werden – und dann?

Man wusste nie genau, ob Gaia gerade auf Männer oder auf Frauen stand. Sie ging offen mit ihren Beziehungen um. Eine Liebschaft nach der anderen, immer auf der Suche nach dem oder der Richtigen! Sie war zweimal mit Männern verheiratet gewesen, aber das war lange her. Anna folgte ihr online, im Fernsehen, in Zeitungen und Magazinen. Sie und Gaia flirteten seit Jahren heimlich miteinander und benutzten dabei ihren eigenen geheimen Code, den Gaia auch als Logo für ihre Fanartikel verwendete. Einen winzigen, lauernden Fuchs.

FuX!

In den vergangenen Wochen hatte Gaia ihr immer neue Signale gesandt. Anna hatte die Beweise fein säuberlich vor sich auf dem Tisch angeordnet, jeder einzelne Artikel von einer Klarsichthülle geschützt.

Sie hatte den Augenblick, in dem sie einander endlich begegnen würden, eine Million mal im Kopf durchgespielt. Hatte mit ihren Zweifeln gekämpft. Vielleicht sollte sie um ein Autogramm bitten, um das Eis zu brechen. Das wäre nicht zu viel verlangt, sie war doch ihr größter Fan.

Natürlich nicht.

FuX!

Gaias Fans vergötterten sie regelrecht. Und niemand war hingebungsvoller als Anna. Sie hatte das Haus ihrer verstorbenen Mutter geerbt und das ganze Geld und dazu noch jeden Penny, den sie je verdient hatte, für ihre Sammlung ausgegeben.

Sie kaufte immer nur die besten Karten, wenn Gaia in England auftrat. Sie sorgte dafür, dass sie immer als Erste dran war, ob nun in einer Warteschlange oder dem Internet. Als Gaia in dem Musical *Sainted!* über das Leben von Mutter Teresa aufgetreten war, hatte sie jeden Abend in der ersten Reihe gesessen.

Natürlich schickte sie Gaia immer eine E-Mail, um sich zu entschuldigen, wenn sie einmal nicht kommen konnte, weil sie keine Karten mehr erhalten hatte. Wünschte ihr alles Gute. Hoffte, der Abend würde auch ohne sie gut laufen. Und dann folgte natürlich das Zeichen.

FuX!

Anna saß verträumt im ersten Stock ihres kleinen Hauses in Peacehaven bei Brighton. In ihrem *Schrein*. Dem *Gaia-Museum*! Wenn sie tief, wirklich tief durchatmete und den Geruch von trockener Pappe und Papier und Plastik und Politur ausblendete, konnte sie noch immer Gaias Schweiß und Parfüm riechen, die aus den Kostümen drangen, die ihr Idol bei Konzerten getragen und die Anna bei Wohltätigkeitsauktionen ersteigert hatte.

Jeder Zentimeter der Wand war mit Bildern und Souvenirs von Gaia tapeziert. Signierte Plakate, volle Vitrinen, Regale mit CDs, ein silberner Ballon mit der Aufschrift GAIA INNER SECRETS TOUR, den sie vor zwei Monaten auf der letzten Tournee gekauft hatte und stets aufgepumpt hielt. Gerahmte Eintrittskarten von jedem Konzert, das sie je besucht hatte, Tourpläne, Flaschen mit Gaias gesundem Mineralwasser und eine kostbare Sammlung von Kleiderbügeln mit Monogramm.

Im Raum standen mehrere kopflose Schaufensterpuppen, die Kleider von Gaia trugen, die Anna bei Online-Auktionen ersteigert hatte. Sie steckten in durchsichtigen Hüllen, um sie zu schützen – vor allem aber, um das Parfüm und die Körpergerüche ihres Idols zu bewahren. In beschrifteten Kästen lagen weitere Kleidungsstücke von Gaia, die in säurefreies Seidenpapier gewickelt waren.

Anna besaß auch eine Angelrute zum Fliegenfischen, die Gaia auf einem ihrer GREAT-OUTDOORS-GAL-Plakate in der Hand hielt. Anna hatte das Bild liebevoll eingerahmt und die Angelrute daneben platziert. Sie erinnerte sie an ihren Vater, der mit ihr zum Angeln gegangen war, als sie noch ein kleines Kind gewesen war. Bevor er sie und ihre Mutter verlassen hatte.

Sie trank aus einem Martini-Glas den besonderen Gaia-Cocktail, den sie liebevoll nach dem veröffentlichten Rezept gemixt hatte – ein Mojito, dazu gesunde Loganbeeren und energiespendendes Guarana. Dabei hörte sie auf voller Lautstärke den größten Hit ihres Idols: »Here To Save The Planet Together!«

Anna stieß mit einem ihrer Lieblingsfotos an, der Nahaufnahme von Lippen, Nase und Augen mit dem Titel *Gaia Up Close And Personal.*

Diva, ihre kleine Burmakatze, schlich davon, den Rücken zum Buckel durchgebogen, als wäre sie wütend. Manchmal fragte sich Anna, ob sie wohl eifersüchtig auf Gaia war. Dann wandte sie sich wieder den Zeitungsausschnitten zu und betrachtete einen aus der Rubrik *Entdeckt!* des *Heat*-Magazins. Ein Foto von Gaia in schwarzer Jeans und Top, wie sie auf dem Rodeo Drive in Beverly Hills einkaufte. Darunter stand:

Shoppt Gaia für neue Filmrolle?

Sie lächelte aufgeregt. Schwarz! Die Farbe hatte Gaia nur für sie angezogen!

Ich liebe dich, dachte sie. Ich liebe dich so sehr. Und ich weiß, dass du das schon weißt! Natürlich werde ich es dir persönlich sagen, hier in Brighton, wenn wir uns von Angesicht zu Angesicht gegenüberstehen. Nächste Woche. In nur fünf Tagen.

Bitte zieh dann auch etwas Schwarzes an.

FuX!

7

Das unvollständige Skelett lag im grellen Licht auf dem stählernen Untersuchungstisch des Autopsieraums. Detective Superintendent Roy Grace betrachtete den Schädel, dessen unheimlich starres Grinsen ihn noch im Tod zu verspotten schien. *Leb wohl, grausame Welt, du kannst mir nichts mehr anhaben! Ich bin weg! Fort von hier!*

In acht Wochen wurde er vierzig und arbeitete seit einundzwanzig Jahren bei der Sussex Police. Er war eins fünfundsiebzig und hielt sich durch unermüdliches Training in Form. Sein blondes Haar trug er kurzgeschnitten und hatte es auf Anraten seines Styling-Gurus Glenn Branson mit Gel frisiert. Die Nase, die er sich als Streifenpolizist gebrochen hatte, war platt gedrückt und schief und erinnerte auf den ersten Blick an einen pensionierten Preisboxer. Seine Frau Sandy, die seit fast zehn Jahren vermisst wurde, hatte seine Augen einmal mit denen von Paul Newman verglichen. Das gefiel ihm sehr, auch wenn er es nie wirklich geglaubt hatte. Er betrachtete sich als unauffälligen Durchschnittstypen, der seine Arbeit liebte. Doch menschliche Schädel machten ihm trotz seiner jahrelangen Erfahrung immer noch Angst.

Die meisten Polizeibeamten behaupteten, sie hätten sich an menschliche Leichen in jeglicher Form gewöhnt, Kinder ausgenommen. Doch Grace konnte sich auch nach all den Jahren in diesem Job nicht daran gewöhnen. Jede Leiche war einmal ein Mensch gewesen, der von seiner Familie, seinen Freunden, dem Partner oder der Partnerin geliebt worden war, wenn auch vielleicht tragisch und nur für kurze Zeit.

Zu Beginn seiner Laufbahn hatte er sich vorgenommen, niemals zynisch zu werden. Einige Kollegen legten sich einen emotionalen Schutzpanzer aus Zynismus und Galgenhumor zu, um in diesem Job nicht den Verstand zu verlieren.

Alle bisher gefundenen Teile des Skeletts waren von der forensischen Archäologin Joan Major fein säuberlich angeordnet worden.

Es sah aus wie ein zerlegtes Möbelstück, bei dem einige Teile fehlten, dachte er respektlos.

Die von ihm geleitete *Operation Violin* stand kurz vor dem Abschluss. Sie hatten zwei Rachemorde und eine Entführung untersucht. Der Hauptverdächtige, den die New Yorker Kollegen als bekannten Auftragskiller der Mafia identifiziert hatten, war verschwunden. Er war möglicherweise ertrunken, als er sich der Verhaftung entziehen wollte, konnte aber ebenso gut das Land verlassen haben und irgendwo auf der Welt untergetaucht sein, vermutlich unter einer seiner zahlreichen falschen Identitäten oder auch einer ganz neuen.

Das war jetzt fast vier Wochen her, und die *Operation Violin* lief jetzt in ruhigeren Bahnen. Roy Grace hatte sein Team deutlich verkleinert, nur eine Gruppe arbeitete noch mit den Amerikanern zusammen. Ein Überbleibsel war jedoch noch zu klären – es lag gerade vor ihm. Hier drängte die Zeit nicht, da es sich um ein vollständig verwestes und saubergefressenes Skelett handelte. Die Specialist Search Unit hatte fast eine Woche gebraucht, um jeden Zentimeter des gewaltigen Tunnels und der umliegenden Wartungsschächte abzusuchen und die Überreste zu bergen, die Nagetiere in einem weiten Umkreis verteilt hatten.

Dr. Frazer Theobald, der Pathologe des Innenministeriums, hatte einen großen Teil seiner minutiösen Autopsie vor Ort durchgeführt, bevor man die Überreste am vergangenen Abend hergebracht hatte. Bisher hatte er keine Todesursache feststellen können und war vor einigen Minuten gegangen. Ohne Fleisch oder Körperflüssigkeiten, ohne Anzeichen von Schäden an Schädel oder Knochen, die ein schwerer Gegenstand, ein Messer oder eine Kugel, hinterlassen hatte, waren die Chancen, die Todesursache festzustellen, äußerst bescheiden.

Mehrere Mitglieder des Ermittlungsteams waren noch im Raum und trugen genau wie er einen grünen Kittel. Cleo Morey, Graces' Verlobte, die in der zweiunddreißigsten Woche schwanger war, arbeitete als leitende Pathologie-Technikerin. Ihre Schürze aus grünem PVC spannte sich über dem Babybauch, als sie eine in weißes Plastik gewickelte Leiche aus einem der Kühlfächer zog, auf einen Rollwagen schob und in einen anderen Teil des Raumes brachte, um sie für die Autopsie vorzubereiten.

Philip Keay vom Büro des Coroners, ein großer, schlanker Mann mit kurzen, dunklen Haaren und buschigen Augenbrauen, blieb pflichtschuldig dabei, während er sich mit seinem Blackberry beschäftigte.

Die Untersuchung zur Identifizierung des Toten wurde von Joan Major, einer freundlich aussehenden Frau mit langen, braunen Haaren und moderner Brille geleitet, die still und effizient arbeitete. Grace kannte sie von früheren Fällen und war immer beeindruckt von ihren Fähigkeiten. Selbst für seinen erfahrenen Blick sahen alle Skelette ziemlich gleich aus, doch für Joan Major waren sie so einzigartig wie ein Fingerabdruck.

Sie sprach leise, aber deutlich in ihr Diktiergerät, so dass alle, die wollten, zuhören konnten. Sie begann mit dem Schädel.

»Ausgeprägte Überaugenwülste. Abfallende Stirn. Gerundete Orbita. Großer Warzenfortsatz. Erweiterter hinterer Jochbeinbogen. Ausgeprägte Nackenlinie.«

Dann wandte sie sich dem Becken zu. »Schmaler Sitzbeinausschnitt. Ovales Hüftbeinloch. Kleiner Winkel der Schambeinfuge. Schambeinfuge nicht konkav. Geschwungenes Kreuzbein.«

Roy Grace hörte aufmerksam zu, obwohl vieles von dem, was sie sagte, zu technisch für ihn war. Er war müde und musste ein Gähnen unterdrücken, als er auf die Uhr blickte. Es war Viertel nach zwölf, er könnte einen Kaffee gebrauchen. Gestern Abend war es spät geworden, weil er wie jede Woche mit den Jungs pokerte – danach war er um vierzig Pfund reicher. Die letzten Wochen waren anstrengend gewesen, und er freute sich darauf, heute Abend mit Cleo ein Curry zu essen und sich zu entspannen, ein bisschen Freitagsschrott im Fernsehen zu gucken und schließlich bei ihrer Lieblingstalkshow mit Graham Norton einzuschlafen. Und, herrlicher Gedanke, sie hatten keine Pläne fürs Wochenende. Er freute sich besonders darauf, Zeit mit Cleo allein zu verbringen und die letzten kostbaren Wochen zu genießen. Sein Kollege Nick Nicholas, ein junger Vater, hatte ihn gewarnt, dass sich ihr Leben von Grund auf ändern würde. Eigentlich hatten sie gehofft, noch vor der Geburt zu heiraten, aber die Arbeit wie auch die langwierige Prozedur, Sandy offiziell für tot erklären zu lassen, waren dazwischengekommen. Daher hatten sie ihre Pläne aufschieben müssen.

Nach den hektischen Wochen brauchte er auch Zeit, um sich mit dem gewaltigen Berg von Unterlagen zum Prozess gegen Carl Venner zu beschäftigen, der in den nächsten Wochen in Old Bailey verhandelt wurde. Es ging um einen besonders üblen Mordfall in Verbindung mit einem Snuff-Movie-Ring.

Er hörte der forensischen Archäologin zu, wurde aber unwillkürlich von Cleo abgelenkt. Vor ein paar Wochen war sie mit inneren Blutungen im Krankenhaus gewesen. Man hatte sie gewarnt, nichts Schweres zu heben, und er sah besorgt, wie sie die Leiche aus dem Kühlfach nahm und den Wagen umherrollte. Bei der Arbeit im Leichenschauhaus waren solche Tätigkeiten nicht zu vermeiden. Er hatte Angst um sie, denn der Arzt hatte sie gewarnt, dass bei einer weiteren Blutung sowohl ihr Leben als auch das des Babys in Gefahr wären.

Er sah zu, wie sie den Wagen neben die nackte Leiche einer älteren Frau stellte, die sie soeben vorbereitet hatte. Die Schädeldecke war entfernt, das Gehirn lag auf einem Plastiktablett auf ihrer Brust. Auf der weißen Wandtafel würden Abmessungen und Gewicht der Organe eingetragen. Darüber stand mit schwarzem Filzstift der Name Claire Elford.

Es war ein düstere, anstrengende Arbeit. Er hatte nie ganz verstehen können, welchen Reiz sie auf Cleo ausübte. Sie war von einer statuenhaften Schönheit, hatte die langen, blonden Haare hygienisch hochgesteckt und hätte eher in eine schicke Londoner Werbeagentur, Kunstgalerie oder Zeitschriftenredaktion gepasst, aber sie liebte ihren Beruf. Er konnte sein Glück immer noch nicht fassen. Nach zehn Jahren Hölle, die er nach Sandys Verschwinden durchlebt hatte, liebte er wieder einen Menschen. Und dann auch noch jemanden, der so wunderbar war und mit dem er so viel Spaß hatte.

Früher hatte er Sandy als seine Seelenverwandte betrachtet, obwohl sie oft gestritten hatten. Doch seit er Cleo kannte, hatte das Wort eine völlig neue Bedeutung für ihn gewonnen. Er würde für Cleo sterben, keine Frage.

Er konzentrierte sich wieder auf die forensische Archäologin und fragte: »Können Sie uns sagen, wie alt er war?«

»Nicht genau.« Sie deutete auf den Schädel. »Die Existenz eines dritten Backenzahns deutet auf einen Erwachsenen hin. Die Schlüsselbeinfuge ist geschlossen, was darauf schließen lässt, dass er älter als dreißig war.« Dann zeigte sie auf das Becken. »Die Gelenkfläche befindet sich in Phase sechs, was auf ein Alter zwischen fünfundvierzig und neunundvierzig hindeutet. Die Schambeinsymphyse befindet sich in Phase fünf – das ist leider weniger präzise –, was sein Alter zwischen siebenundzwanzig und sechsundsechzig ansiedeln würde. Die Abnutzung der Zähne deutet auf das obere Ende des Altersspektrums.«

Sie zeigte auf Teile der Wirbelsäule. »Es gibt hier einige Osteophyten, die ebenfalls auf einen älteren Menschen verweisen. Was die Rasse angeht, deuten die Schädelabmessungen auf einen Kaukasier aus Europa oder dem europäischen Grenzgebiet, aber es ist schwer, etwas Genaueres zu sagen. Insgesamt lassen die Ansatzstellen der Muskeln, vor allen Dingen an den Oberarmknochen, auf einen starken, aktiven Menschen schließen.«

Grace nickte. Man hatte die Skelettreste zusammen mit einem Paar teilweise angefressener Matrosenstiefel Größe 9 in einem stillgelegten Tunnel unter dem Hafen von Shoreham gefunden. Er hatte eine ziemlich genaue Vorstellung davon, wer der Mann gewesen war, und Joan Majors Aussage bestätigte das.

Vor sechs Jahren war ein Kapitän der estnischen Handelsmarine namens Andrus Kangur verschwunden, nachdem sein mit Bauholz beladenes Containerschiff im Hafen angelegt hatte. Europol hatte ihn mehrere Jahre lang beschattet, weil man ihn des Drogenhandels verdächtigte. Der Mann war vermutlich kein großer Verlust für die Menschheit, aber es war nicht an Roy Grace, das zu entscheiden. Er ahnte auch, was das Motiv gewesen war. Laut Informationen der Divisional Intelligence Unit, die das Schiff nach einem Hinweis im Hafen überwacht hatte, wollte Kangur mit dem Auftraggeber ein doppeltes Spiel spielen. Das war nicht sehr geschickt gewesen, da er es mit einer berüchtigten New Yorker Gangsterfamilie zu tun hatte.

Nach den Beweisen, die sie bislang zusammengetragen hatten, und dem, was Grace über den vermutlichen Täter wusste, hatte man den unglücklichen Kapitän in einem unterirdischen Verlies angekettet und dort verhungern oder von Ratten fressen lassen. Als sie ihn fanden, waren das gesamte Fleisch und fast alle Sehnen sowie die Haare verschwunden. Die meisten Knochen waren auseinandergefallen, bis auf einen Arm samt intakter Hand, die an einer Kette mit Vorhängeschloss von einem Metallrohr hingen.

Plötzlich klingelte sein Handy.

Es war Simon Bates, ein fröhlicher, sehr fähiger Detective Sergeant aus Eastbourne: »Haben Sie Bereitschaft, Roy?«

Solche Anrufe bedeuteten nichts Gutes.

In der Abteilung Kapitalverbrechen der Kripo Sussex gab es vier leitende Ermittler, die sich beim Bereitschaftsdienst wöchentlich abwechselten. Seine Schicht endete am Montagmorgen um sechs. *Scheiße.*

»Ja, hab ich«, sagte er so enthusiastisch wie ein Patient bei der Wurzelbehandlung. Plötzlich hörte er ein seltsames Klicken, das ein paar Sekunden dauerte; irgendeine Störung in der Leitung.

»Wir haben einen verdächtigen Todesfall auf einem Bauernhof in East Sussex.«

»Welche Informationen können Sie mir geben?«

Das Klicken verstummte. Er hörte Bates zu und wurde zunehmend mutlos. Sein Wochenende war im Eimer, noch bevor es begonnen hatte. Er wechselte einen Blick mit Cleo und sah, dass sie sofort begriff, was los war. Sie lächelte schwach.

»Bin schon unterwegs.«

Er legte auf und rief im Büro des Chief Constable an, um Bescheid zu geben, dass sie es mit einem weiteren Mordfall in der Grafschaft zu tun hatten und er sich später mit weiteren Einzelheiten melden würde. Es war wichtig, den CC und seine Stellvertreter über ein Kapitalverbrechen zu informieren, damit sie nicht aus den Medien davon erfuhren.

Dann rief er seinen Kollegen und Freund Detective Sergeant Glenn Branson an.

»Hi, Oldtimer, was liegt an?«

Grace grinste. Branson hatte kürzlich einen Rapperfilm gesehen und das Vokabular übernommen. »Ich sag dir, was du anlegen kannst – die Ohren. Es geht wieder los.«

8

Ich hab einen Fehler gemacht, Schlampe. Du hattest Glück. Aber das ändert nichts. Nächstes Mal bin ich der Glückliche. Ich kriege dich, wohin du auch gehst.

9

Larry Brooker saß in seinem schwarzen Porsche Cabrio, einem 911 Carrera 4-S, wie er jedem mitteilte, der es hören wollte, im Stop-and-Go-Verkehr auf der Straße, die ins Tal hinunterführte. Alle sollten wissen, dass er den 4-S und nicht den günstigeren 2-S gekauft hatte und dieser hier die 25 000 Dollar teuren Keramikbremsen besaß. Details. Er war versessen auf Details. Nicht nur der Teufel steckte im Detail, auch die Götter des Erfolgs. Die Leute konnten ruhig wissen, dass man ein Gewinner war; die Mächtigen in dieser Branche gaben sich nicht mit Verlierern ab.

Er telefonierte gerade, seine Veneers blitzten in der hellen Morgensonne. Die roten Augen, die von einer schlaflosen Nacht zeugten, waren hinter seiner Ray-Ban verborgen, und sein rasierter Kopf wies eine gesunde kalifornische Bräune auf. Er war fünfzig, klein und schlank und sprach im Maschinengewehrtempo; dabei erinnerte er an ein Video im Schnellvorlauf.

Für die Fahrer der anderen Autos, die neben ihm dahinkrochen, sah er aus wie einer der typischen erfolgreichen Leute aus L. A., die im Filmbusiness die Fäden zogen. Doch hier drinnen, im üppigen Lederkokon des Porsche, sah die Sache anders aus. Brooker wand sich förmlich in seinem Sitz. Die Sonne mochte auf den Ventura Boulevard und seine Glatze scheinen, doch in seinem Herzen herrschte Dunkelheit, und der Schweiß lief ihm in den Nacken. Sein schwarzes Hemd von John Varvatos klebte am Sitz. Noch keine neun Uhr, und er schwitzte schon. Das würde ein unangenehmer Tag werden – und das in mehr als einer Hinsicht.

Die Leute hier nannten die Stadt die Traumfabrik, weil alles glitzernde Illusion und nichts von Dauer war. Nicht einmal die Faceliftings der abgehalfterten Stars. Und in Larry Brookers Leben war momentan auch nichts von Dauer.

Er telefonierte die ganze Zeit, während er den Universal Boulevard entlangfuhr, und redete auch noch weiter, als er das Sicherheitstor des Studios erreichte. Obwohl ihn der Wachmann schon tausendmal gesehen hatte, starrte er ihn immer noch an wie einen Haufen Hundescheiße, der auf der Morgenflut dahintrieb – und genauso fühlte Larry sich heute auch. Der Wachmann fragte wie üblich nach seinem Namen, checkte die Liste, nickte etwas respektvoller und öffnete dann die Schranke.

Larry parkte auf einem der Plätze, die für *Brooker Brody Productions* reserviert waren.

Jeder Produzent, der ein kostenloses Büro auf dem Studiogelände unterhielt, war nur so gut wie seine letzten Filme, und wenn man nicht gerade Spielberg hieß, war die Sicherheit eines festen Platzes hier gleich null.

Er schaltete aus und hauchte ein *Verdammte Scheiße*. Der Anrufer war ein kalifornischer Internetmilliardär namens Aaron Zvotnik gewesen, der seine letzten drei Filme finanziert und ihm soeben dargelegt hatte, warum er das in Zukunft nicht mehr tun würde. Was für ein beschissener Tagesanfang. Ihm waren gerade hundert Millionen Dollar Kapital flöten gegangen.

Allerdings konnte er es Zvotnik kaum verdenken. Sie hatten drei Flops in Serie produziert. *Der blutige Kuss*, als die Vampirfilme den Höhepunkt überschritten hatten. *Der Genesis-Faktor*, als die Leute sich mit den *Da-Vinci-Code*-Nachfolgern zu langweilen begannen. Und zuletzt ihr massiv überteuerter Science-Fiction-Flop *Omega-3–2–1*.

Drei teure Scheidungen hatten an seinen Finanzen genagt. Das Haus gehörte größtenteils der Bank. Der Porsche stand kurz vor der Pfändung. Der Scheidungsanwalt seiner vierten Frau sägte am Sorgerecht für die Kinder.

Vor zwanzig Jahren, nach seinem ersten Megahit *Beach Baby*, hatten ihm alle Türen der Stadt offen gestanden. Jetzt würde es ihm schwer fallen, verhaftet zu werden, wie man in Hollywood sagte. Dieser Ort war erbarmungslos. Es war die alte Geschichte: *Sei nett zu den Leuten, wenn du auf dem Weg nach oben bist. Du weißt nie, wen du beim Absturz noch gebrauchen kannst.*

Doch daran durfte er jetzt nicht denken. Wenn man in der Traumfabrik abstürzte, war es egal, wie nett man gewesen war. Man war der letzte Arsch. Man wurde ein nicht erwiderter Telefonanruf. Ein gekritzelter Name auf einer Haftnotiz, die im Mülleimer landete. Man war *Luft*.

Filmproduzenten wie er waren Spieler. Und jeder Spieler glaubte, dass sich sein Glück beim nächsten Würfeln oder der nächsten Drehung des Rades wenden würde. Larry Brooker glaubte nicht nur daran, er *wusste* es. *The King's Speech* war ein weltweites Phänomen gewesen. *The King's Lover* würde es auch sein. Schon der Titel verursachte ihm ein Kribbeln. Ganz zu schweigen von dem unglaublich tollen Drehbuch!

Das verdammte Ding musste einfach funktionieren.

King George IV., das herrliche Brighton, England, Schauplätze. Sex, Intrigen, Skandale. Das war ein Selbstläufer. Sie hatten mit Bill Nicholson verhandelt, der *Gladiatoren* geschrieben hatte, damit er das Drehbuch aufpolierte. Die Dialoge waren clever. Alles an diesem Projekt war clever. George IV. hatte auf der Überholspur gelebt und war mit dem Dandy Beau Brummell befreundet gewesen. Er war ein König, der eitel und menschlich zugleich war. Er ging gerne zu Box- und Hahnenkämpfen und genoss es, sich unter die einfachen Leute zu mischen. Er war ein Mann des Volkes, jedenfalls im Drehbuch.

Als man ihm eine arrangierte Ehe aufzwang, waren Georges erste Worte zu seinem besten Freund, nachdem er seine Angetraute gesehen hatte: »Um Gottes willen, gib mir ein Glas Brandy!«

Die Vorproduktion hatte schon begonnen, doch das ganze Projekt drohte aus dem gleichen Grund zu scheitern, aus dem auch viele andere nie über diese Phase hinausgekommen waren: an der Besetzung.

Brooker betrat die Büroräume im Erdgeschoss des heruntergekommenen Gebäudes. Seine Sekretärin Courtney hing wie eine Stehlampe über der Kaffeemaschine. Ihr Rock war so weit hochgerutscht, dass er nicht nur die schlanken Beine, sondern auch ihr Höschen enthüllte. Trotz seiner Sorgen verspürte er einen Anflug von Lust. Er hatte sie eingestellt, weil er total auf sie stand, war bisher aber nicht weit bei ihr gekommen, da sie einen adonisartigen Freund hatte, der wie fast alle in dieser Stadt ein Schauspieler auf der Suche nach dem großen Erfolg war.

Er begrüßte sie mit einem fröhlichen »Hi, Babe, könnte einen Kaffee vertragen« und ging in sein Büro, ein eckiger Kasten, in dem es muffig roch und der mit einer originalgetreuen BP-Zapfsäule, einem Flipper, mehreren siechen Topfpflanzen und gerahmten Plakaten seiner Filme dekoriert war. Vom Fenster aus blickte man auf den Parkplatz.

Er warf seine schwarze Armani-Jacke über den Stuhl und blieb kurz am Schreibtisch stehen, checkte die E-Mails und den Stapel von Notizzetteln. Er stand kurz vor dem Abgrund, aber jetzt hatten sie die Riesenchance! Der weibliche Star war im Boot, es fehlte nur noch der männliche Hauptdarsteller. Das war ein ziemliches Problem. Sie hatten Matt Duke, einen Topstar, schon so gut wie unter Vertrag gehabt, doch er hatte vor zwei Tagen seinen Wagen im Kokainrausch auf dem Mulholland Drive geschrottet und würde dank zahlreicher Knochenbrüche und innerer Verletzungen mehrere Monate im Krankenhaus verbringen. Dieses gottverdammte Arschloch!

Jetzt mussten sie ihn unter Zeitdruck ersetzen. Gaia, die weibliche Hauptdarstellerin, war angeblich schwierig und anspruchsvoll, und viele wollten nicht mit ihr zusammenarbeiten. Wenn sie nicht in drei Wochen mit den Dreharbeiten begannen, würden sie ihr Zeitfenster verlieren und müssten weitere zehn Monate auf sie warten. Das war keine Option; sie hatten nicht genügend Geld, um zehn Monate zu überstehen.

Er setzte sich gerade hin, als sein Partner Maxim Brody, der wie immer nach Zigarrenrauch stank, ins Zimmer schlenderte. Er sah verkatert aus und umklammerte einen Starbucks-Kaffee, groß wie ein Löscheimer. Während Larry Brooker deutlich jünger als fünfzig aussah, wirkte Brody mit seinen zweiundsechzig gut und gerne zehn Jahre älter. Ein ehemaliger Anwalt mit schütterem Haar, wässrigen Augen und Hängebacken. Er ähnelte einem großen, traurigen Bluthund, der die Last der Welt auf seinen Schultern trug.

Er hatte ein rosa Polohemd, weite Jeans und abgenutzte Turnschuhe an und schaute sich wie immer argwöhnisch um, als vertraute er nichts und niemandem. Dann setzte er sich auf das Sofa, das mitten im Zimmer stand, und gähnte.

»Und, ist Tally zu anstrengend für dich?« Die Bemerkung konnte sich Brooker nicht verkneifen.

Sein Partner war zum fünften Mal verheiratet, diesmal mit einer 22-Jährigen mit gigantischen Brüsten, deren Gehirn kleiner als ihre Brustwarzen war, einer Möchtegern-Schauspielerin, die er als Kellnerin in einem Café auf dem Sunset Boulevard kennengelernt hatte.

»Meinst du, sie könnte Georges richtige Frau spielen?«

»Seine richtige Frau war potthässlich.«

»Na und?«

»Mal ehrlich, Max.«

»War nur eine Idee.«

»Wir brauchen einen männlichen Hauptdarsteller. Wir brauchen einen gottverdammten King George.«

»Hm.«

»Hm. Bist du noch hier? Erde an Max.«

Brody nickte. »Ich habe drüber nachgedacht.«

»Und?«

Brody verfiel in sein übliches Schweigen. Das machte Brooker wahnsinnig, weil er nie erkennen konnte, ob sein Partner nachdachte oder in seinem drogenvernebelten Hirn einfach nur den Faden verloren hatte. Ohne einen männlichen Hauptdarsteller war das ganze Projekt in Gefahr, konnte ihnen jeden Moment um die Ohren fliegen. Zu der Zeit, in der der Film spielte, war George IV. Ende zwanzig gewesen und Maria Fitzherbert sechs Jahre älter. Daher war Gaia vom Alter her perfekt, wenn auch ein bisschen zu dünn. Einen männlichen Star im richtigen Alter zu finden, der entweder Engländer war oder als Engländer durchgehen würde, war noch schwieriger als befürchtet, und ihnen gingen allmählich die Möglichkeiten aus. In ihrer Verzweiflung hatten sie ihr Netz weit ausgeworfen. Schließlich drehten sie keine Biographie, das war ein Film, Fiktion, sie konnten Alter und Nationalität ihres George nach Lust und Laune aussuchen. Außerdem, waren diese ganzen königlichen Briten nicht sowieso Ausländer gewesen?

Tom Cruise war nicht verfügbar. Colin Firth hatte abgelehnt, ebenso Johnny Depp, Bruce Willis und George Clooney. Sie hatten sogar einen ganz anderen Ansatz versucht und die Rolle Anthony Hopkins angeboten, dessen Agent mit einem knappen Nein geantwortet hatte. Damit waren die profitabelsten Namen auf ihrer Liste abgehakt. Jetzt konzentrierten sie sich nur noch auf Briten, da war die Auswahl größer. Ewan McGregor arbeitete nicht außerhalb von L. A., weil seine Kinder hier aufwuchsen. Clive Owen war nicht verfügbar, ebenso wenig Guy Pearce.

»Gaia Lafayette treibt es doch mit so einem Schönling. Was ist denn mit dem?«, fragte Brody unvermittelt.

»Kann er schauspielern?«

Brody zuckte mit den Schultern. »Was ist mit Judd Halpern?«

»Der trinkt.«

»Na und? Wir haben doch einen großen Namen mit Gaia – wen interessiert es schon, wer den blöden George spielt?«

»Es interessiert die Leute durchaus. Wir brauchen jemanden, der was kann.«

»Halpern ist ein toller Schauspieler – wir müssen nur den Fusel vor ihm verstecken.«

Larrys Telefon klingelte. Er meldete sich. »Ich habe Drayton Wheeler für Sie am Apparat«, sagte Courtney. »Er ruft schon zum fünften Mal an.«

»Ich bin in einem Meeting. Wer ist das überhaupt?«

»Er sagt, es sei sehr dringend, es hätte mit *The King's Lover* zu tun.«

Larry hielt den Hörer zu und wandte sich an seinen Partner. »Kennst du einen Drayton Wheeler?«

Brody schüttelte den Kopf und machte sich daran, den Deckel seines Kaffeebechers zu öffnen.

»Stell ihn durch.«

Kurz darauf meldete sich eine aggressive, unangenehm klingende Stimme. »Mr Brooker, haben Sie ein Problem damit, Ihre E-Mails zu lesen?«

»Mit wem spreche ich?«

»Mit dem Drehbuchautor, der Ihnen die Idee für *The King's Lover* geliefert hat.«

Er runzelte die Stirn. »Haben Sie das?«

»Vor drei Jahren. Ich habe Ihnen damals ein Exposé geschickt. Und geschrieben, es sei eine der größten unerzählten Liebesgeschichten der Welt. Laut *Variety* und *Hollywood Reporter* haben Sie bereits mit der Produktion begonnen. Mit einem Drehbuch, das auf meinem Exposé basiert. Das Sie mir gestohlen haben.«

»Das sehe ich anders, Mr Wheeler.«

»Das ist meine Geschichte.«

»Ihr Agent soll mich anrufen.«

»Ich habe verdammt nochmal keinen Agenten. Darum rufe ich ja *selbst* an.«

Das reichte Larry für heute. Irgend ein Irrer, der Geld an ihnen verdienen wollte. »In diesem Fall soll Ihr Anwalt mich anrufen.«

»Ich rufe Sie an. Ich brauche keinen Anwalt zu bezahlen. Hören Sie mir gut zu. Sie haben meine Geschichte gestohlen. Ich will Geld dafür.«

»Dann verklagen Sie mich doch«, sagte Brooker und legte auf.

10

Eric Whiteley erinnerte sich an jede Sekunde, als wäre es gestern gewesen. Wann immer er in den Medien etwas über Mobbing las, kamen die Erinnerungen wieder hoch, und sein Gesicht wurde rot und heiß. Zehn Jungs, die auf einer Mauer saßen und »HLN! HLN! HLN!« sangen, wenn er an ihnen vorbeiging. Dieselben zehn Jungen, die damals vor siebenunddreißig Jahren auf eben diesem Mäuerchen gesessen hatten. Er war sein zweites Halbjahr an der verhassten Schule gewesen. Die meisten von ihnen waren vierzehn – ein Jahr älter als er –, doch einige, darunter der Arroganteste von allen, waren in seinem Alter und in seiner Klasse.

Er erinnerte sich an das Papierkügelchen, das ihn am Hinterkopf getroffen und das er ignoriert hatte. Er war einfach weitergegangen, wobei er die Mathe- und Chemiebücher, die er für den Nachmittagsunterricht brauchte, fest umklammerte. Dann hatte ihn ein Kieselstein richtig hart am Ohr getroffen, so dass es weh tat, und einer von ihnen, der Stimme nach Spedding junior, hatte gebrüllt: »Toller Wurf!« Gelächter.

Er war weitergegangen. Sein Ohr hatte schrecklich weh getan, aber er war entschlossen, es erst anzufassen, wenn er außer Sichtweite war. Es fühlte sich an, als würde es bluten.

»HLN ist stoned!«, rief einer von ihnen, und sie hatten noch lauter gelacht.

»Hey, HLN, du solltest nicht so rumlaufen, könntest Ärger mit der Polizei kriegen!«, hatte ein anderer gebrüllt, und wieder wurde gejohlt und gewiehert.

Er wusste noch genau, wie er sich auf die Lippe gebissen hatte, um den Schmerz zu unterdrücken, wie er mit den Tränen gekämpft hatte, als er die von Bäumen gesäumte Straße entlangging, während ihm das Blut warm am Hals hinunterrann. Er hatte das Schulgelände mit den Klassenzimmern und den Sportplätzen hinter sich gelassen. An dieser Straße standen hässliche Wohnhäuser, große viktorianische Gebäude, die jeweils sechzig bis neunzig Schüler aufnahmen, manche in Schlafsälen, andere in Einzel- oder Doppelzimmern. Sein eigenes Haus mit dem Namen Hartwellian war ganz in der Nähe.

Er wusste noch, wie er vorbei an dem prachtvollen Portal, das nur der Hausvorsteher benutzen durfte, zum Seiteneingang gegangen war. Zum Glück hatten dort keine Jungen herumgelungert, die seine Tränen gesehen hätten. Nicht, dass es ihm etwas ausmachte. Er wusste, dass er nichts taugte, dass er nutzlos war und die Leute ihn nicht mochten.

HLN.

Hässlich. Langweilig. Nutzlos.

Die anderen Kinder hatten das ganze vergangene Halbjahr – sein erstes an der Schule – damit verbracht, es ihm einzureden. John Monroe, der in Erdkunde rechts hinter ihm saß, hatte ihn ständig mit einem Lineal angestoßen. »Weißt du, was dein Problem ist, Whiteley?« Er hatte jedes einzelne Wort mit einem Stoß unterstrichen.

Wann immer er sich umdrehte, bekam er die gleiche Antwort. »Du bist scheiße hässlich und hast keine Persönlichkeit. Kein Mädchen wird jemals auf dich stehen. Keins, niemals, ist dir das klar?« Er sah wieder, wie sich Monroes Pferdegesicht zu einem hämischen Grinsen verzog.

Nach einer Weile hatte er sich nicht mehr umgedreht, doch Monroe stieß ihn weiter an, bis der Lehrer, Mr Leask, es bemerkte und ihn tadelte. Fünf Minuten später begann der Lehrer, ein Diagramm mit Erdschichten an die Tafel zu zeichnen, und Monroe legte von neuem los.

11

Detective Sergeant Glenn Branson zwängte seinen zweiunddreißig Jahre alten, eins siebenundachtzig großen und durchtrainierten Körper in einen weißen Schutzanzug aus Papier. »Wie kommt es nur, Boss, dass du uns beiden immer die Wochenenden versaust?«

Roy Grace, der neben ihm auf der Ladefläche des silbernen Ford Focus Kombi saß, kämpfte ebenfalls mit dem Schutzanzug. Er wandte sich zu seinem Freund, der eine glänzende braune Lederjacke trug, ein noch strahlend weißes Hemd, eine ausgefallene Krawatte und braune Slipper mit Troddeln. »Ein Glück, dass du kein Bauer geworden bist, Glenn. Wäre nicht dein Stil.«

»Na ja, meine Vorfahren haben Baumwolle gepflückt«, erwiderte Branson mit breitem Grinsen.

Mit dem Wochenende hatte er allerdings recht. Roy kam es vor, als passierte jeder verdammte Mord, mit dem er zu tun hatte, genau dann, wenn er gerade sein Wochenende geplant hatte.

So wie jetzt.

»Was hast du denn vor, Kumpel?«

»Die Kinder. Es ist eines der wenigen Wochenenden, an denen ich sie haben darf. Ich wollte mit ihnen ins Legoland fahren. Jetzt hat Ari wieder was gegen mich in der Hand.«

Glenn machte gerade eine bittere Scheidung durch. Seine Frau Ari, die ihn ermutigt hatte, zur Polizei zu gehen, benutzte seine unregelmäßigen Arbeitszeiten als Argument, um den Kontakt zu seinen Kindern zu unterbinden. Grace hatte ein schlechtes Gewissen deswegen. Vielleicht hätte er Glenn diesmal nicht anfordern sollen. Aber seine Ehe war ohnehin gescheitert. Er konnte seinem Freund am besten helfen, indem er dafür sorgte, dass seine Karriere die Scheidung überstand. »Meinst du, es würde deiner Ehe helfen, wenn du dir das Wochenende freinimmst?«

»Nein.«

Grace grinste. »Und?«

»Kennst du den Film *Chicken Run*?«

Er schüttelte den Kopf.

»Du hast wirklich ein behütetes Leben geführt.«

»Jede Menge Sex, was?«, konterte Grace.

»Und wie.«

Sie setzten Gesichtsmasken auf, zogen Kapuzen und Schutzhandschuhe über. Sie trugen sich bei dem wachhabenden Polizisten ein und schlüpften unter dem blauweißen Absperrband hindurch. Es war ein schöner, windiger Tag. Der Bauernhof lag hoch auf einem Hügelkamm, von dem sich in beide Richtungen offenes Ackerland erstreckte. Am Horizont im Süden, jenseits der Downs, sah man den Ärmelkanal blau glitzern.

Sie gingen zu einem langgestreckten, eingeschossigen Schuppen mit Holzwänden und einer Reihe Lüftungsschlitzen. Daneben standen zwei große Metallsilos. Grace stieß die Tür auf. Grelles Kunstlicht, der säuerliche Gestank eingesperrter Tiere, der Lärm tausender Hennen.

»Hattest du Eier zum Frühstück, Oldtimer?«

»Nein, Porridge.«

»Klar, in deinem Alter musst du aufs Cholesterin achten. Magermilch?«

»Cleo hat mir Sojamilch verordnet.«

»Du stehst ja ganz schön unter dem Pantoffel.«

»Sehr hübscher Pantoffel.«

»So fängt es in jeder Beziehung an. Hübsches Gesicht, hübsche

Pantoffel, alles hübsch. Du liebst jeden Zentimeter ihres Körpers, und sie liebt jeden Zentimeter von deinem. Zehn Jahre später könnt ihr euch nicht mehr erinnern, was euch aneinander gefallen hat.« Branson klopfte ihm auf die Schulter. »Aber genießt es, solange es anhält.«

Roy Grace blieb stehen. »Du solltest nicht zynisch werden. Das ist unter deiner Würde.«

»Ich bin nur Realist.«

Grace schüttelte den Kopf.

»Deine Frau ist an deinem dreißigsten Geburtstag verschwunden – nachdem ihr mehrere Jahre zusammen wart«, sagte Branson.

»Ja. Fast zehn.«

»Und du hast sie noch geliebt?«

»So wie am ersten Tag. Noch mehr.«

»Vielleicht bist du eine Ausnahme.«

Grace schaute ihn an. »Hoffentlich nicht.«

Der Schmerz in Bransons Gesicht war nicht zu übersehen. »Das hoffe ich auch. Aber es tut weh. Ich denke ständig an Ari und die Kinder, und es tut schrecklich weh.«

Grace schaute durch den langen Schuppen, der ein Metallgitter als Boden hatte. Am anderen Ende hatte man einen Teil davon herausgehoben. Dort arbeiteten David Green, der stämmige Leiter der Spurensicherung, und drei Mitarbeiter, darunter der Fotograf James Gartrell. Außerdem waren DS Simon Bates, der diensthabende Inspektor Roy Apps und Philip Keay vom Büro des Coroners zugegen.

»Darf ich bitten?« Grace trat auf das Gitter.

»Mir ist nicht nach Tanzen zumute«, erwiderte Branson.

»Dann haben du und die Leiche ja was gemeinsam.«

12

Die Leiche tanzte definitiv nicht. Zum einen lag sie halb in einer dicken Schicht aus Exkrementen begraben, zum anderen fehlten ihr Beine, Kopf und Hände. Das hätte die Koordination schwierig gestaltet. Schmeißfliegen summten durch die Luft, und es stank überwältigend nach Ammoniak.

Glenn musste beinahe würgen und wandte sich ab. Grace starrte in die Grube. Der Torso, dessen vertrocknetes Fleisch an mehreren Stellen fehlte, war mit Exkrementen, Fliegen und Maden bedeckt und kaum noch als menschlich zu erkennen. Die Haut, die teilweise mit Säure verätzt zu sein schien, war dunkelbraun und ledrig. Der Körper erinnerte an eine verbrannte Schaufensterpuppe. Der widerliche Gestank eines verwesenden Körpers, den Grace nur zu gut kannte, hing in der Luft, die schwer und klebrig wirkte. Es war ein Geruch, der einen nach Hause verfolgte, der sich in Haaren und Kleidung festsetzte. Man konnte sich die Haut vom Körper schrubben und roch ihn am nächsten Morgen immer noch.

Der einzige Mensch, an dem er ihn nie wahrnahm, war Cleo. Vielleicht hatte Glenn recht, und er würde es in zehn Jahren riechen. Hoffentlich nicht.

»Wie wär's mit Coq au vin zum Abendessen?«, begrüßte ihn der Leiter der Spurensicherung, der einen weißen Schutzanzug und ein Atemgerät trug und vorübergehend die Maske angehoben hatte.

»Nicht, wenn man danach so aussieht.«

Die beiden Männer schauten auf die Leiche, die unter dem Gitter in der Grube lag. Roy Grace dachte spontan an einen Mord unter Bandenmitgliedern. »Was haben wir bis jetzt?«

David Green hob einen versiegelten Asservatenbeutel vom Boden auf.

Grace betrachtete den Beutel. Er enthielt zwei gezackte, verschmutzte Stofffetzen, auf denen noch ein ockerfarbenes Karomuster zu erkennen war. Sie sahen aus, als stammten sie von einem Männeranzug.

»Wo haben Sie die gefunden?«

»In der Nähe der Leiche. Sieht aus, als könnten sie von seiner Kleidung stammen – aus irgendeinem Grund sind das die einzigen Teile, die sich nicht zersetzt haben oder von den Ratten geholt wurden. Vielleicht finden wir noch mehr, wenn wir genauer suchen.«

»Seiner Kleidung?«

»Eines der wenigen Teile, die nicht abgeschnitten wurden, Chef, falls Sie mich verstehen.«

Grace nickte.

»Muss ein Maßanzug gewesen sein«, sagte Glenn Branson.

Die anderen schauten ihn an. »Erkennst du das an dem Stoff?«

»Nein.« Branson deutete auf die Überreste und sagte trocken: »Dürfte schwierig gewesen sein, etwas von der Stange für ihn zu finden.«

13

Der Boden ähnelte italienischem Marmor, wie sie ihn aus Gaias Häusern kannte. Er erinnerte an die Steine, die man Stück für Stück aus dem Fantiscritti-Steinbruch in Carrara herbeitransportiert hatte, um die Paläste der Medici auszustatten. In jüngerer Zeit hatte man eines der Wahrzeichen von Los Angeles, Hernando Courtrights Beverly Wilshire Hotel, damit dekoriert.

Die Wände waren mit aztekischen Artefakten und Bühnenfotos von Gaia geschmückt. Auf dem Ehrenplatz gegenüber vom Sofa hing ein signiertes Schwarzweißfoto, auf dem sie mit wild zerzaustem Haar zu sehen war, als wäre sie gerade aus dem Bett gestiegen. Damit hatte sie für ihre Welttournee geworben. Links über einem der weißen Ledersessel, einer exakten Kopie der Sitzgarnitur, die in ihrem Haus in L. A. stand, hing ein ebenfalls signiertes Tourneeplakat, auf dem sie ein grünes Tanktop und Lederjeans anhatte. Gaia hätte sich hier wie zu Hause gefühlt! Na schön, die Aussicht nach hinten war vielleicht nicht so spektakulär. Hier gab es nur eine Leine, auf der die Unterwäsche einer alten Frau hing, und eine leerstehende Betongarage.

Über dem Kamin, in dem ein elektrisches Feuer glühte, prangte eine Aufnahme von Lippen, Nase und Augen ihres Idols, ganz in Grün gehalten, mit der Überschrift GAIA UP CLOSE AND PERSONAL. Das Plakat war ebenfalls handsigniert.

Eines ihrer Lieblingsstücke!

Sie hatte auf eBay hart dafür gekämpft. Fünf Sekunden vor Ablauf für einen Preis von 1750 Pfund, den sie sich eigentlich nicht leisten konnte. Aber sie musste es haben.

Sie *musste*.

Wie alles andere in der kleinen Doppelhaushälfte, die wie an jedem verdammten Abend von der nervigen Straßenlaterne vor der Tür bernsteinfarben erleuchtet wurde.

Anna hatte das Haus vor sechs Jahren bei Tageslicht gekauft und wäre nie auf die Idee gekommen, dass die Straßenlaterne ein Problem sein könnte. Gaia hätte sicher nicht akzeptiert, dass eine Straßenlaterne sie vom Schlafen abhielt.

Anna hatte an die Stadtverwaltung, den *Argus*, die *West Sussex Gazette*, den *Sussex Express* und die *Mid Sussex Times* geschrieben, doch niemand hatte geantwortet oder auch nur einen Finger gerührt, um etwas gegen diese Straßenlaterne zu unternehmen. Sie hatte ein Luftgewehr gekauft und die Birne eines Nachts kaputtgeschossen. Nur zwei Tage später hatten zwei Arbeiter von der Stadtverwaltung sie ersetzt.

Aber all das war jetzt egal. Für den Moment war es vergessen, denn Gaia kam nach Brighton! Und Anna hatte herausgefunden, wo sie wohnen würde: in der Präsidentensuite des Grand Hotels, wo sonst? Sie hätten eine Kaiserinnensuite für sie bereithalten müssen. Sie war die Größte, die Königin des Rock, die Königin der Leinwand, der größte Star aller Zeiten. Eine Kaiserin! Eine wahre Kaiserin! Und sie kehrte zurück in ihre Heimatstadt. Zurück zu ihren Wurzeln. Um ihren größten Fan kennenzulernen!

Und Anna war wirklich ihr Fan Nummer 1, das bestritt niemand. Selbst Gaia hatte es zugegeben! Eine Assistentin hatte auf eine ihrer E-Mails mit den Worten *Lieber Fan Nummer 1* geantwortet. Und natürlich wussten auch alle anderen Fans, die Informationsschnipsel in Chatrooms, per E-Mail, auf Facebook und auf Twitter tauschten und zu tödlichen Rivalen wurden, sobald es um Versteigerungen auf eBay ging, dass Anna sie geschlagen hatte. Sie besaß bei weitem die größte Sammlung.

Sie war die Nummer 1.

Hinzu kamen die geheimen Signale von Gaia, die ihre besondere Beziehung bestätigten.

FuX!

Gaia hatte Millionen Fans, die sie vergötterten. Doch wie viele von ihnen besaßen schon sechs Exemplare der LP von *Call Me Your Baby*? Wie viele Fans hatten 1000 Pfund für die signierte Single von *Shady Babe* bezahlt? Wie viele Fans hatten 2500 Pfund für eine einzige Rolle ihres säurefreien Toilettenpapiers bezahlt? Wie viele hatten 16 000 Pfund geboten, um jeden anderen verdammten Gaia-Fan zu übertrumpfen, als es um eine signierte Jacke ging, die sie bei ihrer letzten Welttournee getragen und ins Publikum geworfen hatte?

Man hatte ihr bis zu 25 000 Pfund dafür geboten, die sie abgelehnt hatte.

Die Welt war voller Gaia-Fans. Aber nur dreiundzwanzig von ihnen waren Hardcore-Fans wie sie, die auf alles boten, was auf den Markt kam. Wie viele waren schon bereit, für die kleinste Trophäe alles zu geben? Wie den Mini der Spielzeugmarke Corgi, Limited Edition, Aufschrift *Gaia World Tour Courtesy Car*, den sie sich für schlappe 500 Pfund gesichert hatte! Oder die Miniaturflasche von Gaias Martini Health Tonic, ein Schnäppchen für 375 Pfund. Und wie viele erhielten schon geheime Signale von Gaia? Niemand sonst!

Sie hatte über 275 000 Pfund ausgegeben. Vermutlich so viel, wie Gaia bei einem einzigen Auftritt verdiente, aber für sie war es jeder

Penny, den sie auf dieser Welt besaß, und sie steckte jeden Penny, den sie verdiente, in ihre Sammlung.

Keine Frage, sie war Gaias Fan Nummer 1.

Deshalb kommunizierte Gaia auch mit ihr. Das war ihr Geheimnis!

Anna konnte ihre Aufregung kaum bezähmen. Sie zählte nicht nur die Tage, sie zählte auch die Stunden, Minuten und manchmal, wenn sie wirklich aufgeregt war, auch die Sekunden!

»Ich liebe dich«, sagte sie. »Ich liebe dich zu Tode.«

14

Roy Grace und Glenn Branson traten aus dem Lärm und Gestank des Hühnerstalls und genossen die Sonne und den frischen Wind.

»Scheiße«, sagte Glenn.

»Treffend beobachtet!«

Er nahm die Maske ab. »Da ist was faul, würde ich sagen.«

Grace stöhnte. »Der war schrecklich, selbst für deine Verhältnisse.«

»Tut mir leid.«

»Ich hätte dich bei diesem Fall gern als Stellvertreter. Ich lasse dich vorübergehend zum Detective Inspector ernennen. Einverstanden?«

»Was ist der Haken dabei?«

»Ich habe meine Gründe.«

»Hoffentlich gute.«

Grace klopfte ihm auf die Schulter. »Ich weiß, ich kann mich auf dich verlassen. Du hast bei der *Operation Violin* gute Arbeit geleistet. Das ist auch ACC Rigg aufgefallen.«

Glenns Gesicht leuchtete. »Ehrlich?«

»Ja, ich habe noch ein bisschen nachgeholfen. Ich habe das Gefühl, dieser Fall könnte dich weiterbringen. Wenn du den gut managst, wird er dir vielleicht zur Beförderung verhelfen.«

Branson hatte die Beförderung zum Inspector mehr als verdient, und Grace war entschlossen, die Karriere seines Freundes zu fördern. Nachdem ihn seine Eheprobleme monatelang heruntergezogen hatten, würde ihn der Erfolg sicher aus seiner Depression reißen.

Er wusste noch gut, wie viel sich durch seine eigene Beförderung zum Detective Inspector vor einigen Jahren für ihn verändert hatte. Angefangen mit dem brummigen Ausstattungsleiter, dessen Haltung sich völlig verändert hatte, als er die Jacke eines Inspectors verlangte, die zwei Sterne anstelle von Streifen aufwies. Dazu die begehrte Kappe mit dem schwarzen, geflochtenen Band. Inspector zu werden war wie eine Beförderung zum Offizier, Kollegen und Öffentlichkeit begegneten einem plötzlich ganz anders.

»Ich möchte, dass du dich bei diesem Fall um die Medien kümmerst.«

»Medien – ich – da habe ich kaum Erfahrung. Du meinst, ich soll mich auf diesen Mistkerl Spinella konzentrieren?«

Kevin Spinella war der Kriminalreporter der Lokalzeitung und hatte schon Informationen, bevor irgendjemand sonst davon wusste. Er hatte irgendwo einen Informanten, und Grace wollte denjenigen schon lange finden. »Genau. Auf ihn und alle anderen. Du kannst nachher deine erste Pressekonferenz abhalten.«

»Danke«, sagte Glenn skeptisch.

»Ich helfe dir und halte Händchen.«

Branson nickte und schaute sich um. »Wo fangen wir an?«

»Erstens: Ein Team von der Specialist Search Unit anfordern, das eine minutiöse Suche unter und über dem Gitter durchführt. Zweitens, wir müssen alle Zufahrtsstraßen in der Umgebung überprüfen und eine Haus-zu-Haus-Befragung in den umliegenden Dörfern durchführen. Du musst den Divisional Commander für East Sussex darüber informieren, dass du Streifenpolizisten zur Unterstützung brauchst, vielleicht auch eine Sondereinheit. Dann kontaktierst du den örtlichen Parlamentsabgeordneten. Du kannst ihm sagen, dass momentan alles seine Ordnung hat und nur mit minimalen Auswirkungen auf das öffentliche Leben zu rechnen ist.«

»Sonst noch was, Chef?«

»Du solltest dir eine Erklärung für die Medien überlegen. Plane deine Kommunikationsstrategie so, dass die Öffentlichkeit beruhigt wird. Besorge dir die Namen von allen Leuten, die hier Zugang haben – wer bringt die Post, die Milch, die Zeitung, wer liefert Tierfutter, Heizöl oder Gas? Wer könnte in den vergangenen Monaten hier gewesen sein? Dazu alle privaten Besucher. Ich schlage einen zeitlichen Rahmen von einem Jahr vor. Finde heraus, ob es Überwachungskameras gibt.«

Wie bei jeder großen Ermittlung, die er geleitet hatte, musste Grace die Parameter für alle Aspekte festlegen und die unmittelbaren Schritte in seinem Handbuch festhalten. Der Landwirt Keith Winter würde wünschen, dass der Betrieb möglichst ungestört weiterlief, auch darüber mussten sie sprechen.

Im Gegensatz zu anderen Höfen, auf denen er gewesen war, wirkte dieser hier sauber und modern. Der Hühnerstall. Die glänzenden Silos. Das hübsche, neuerrichtete Bauernhaus. Der schimmernde Range Rover, laut Kennzeichen kein Jahr alt. Der zwei Jahre alte Subaru Impreza, der darauf schließen ließ, dass jemand schnelle Autos mochte. Ein gutes Leben.

Würde jemand dafür töten?

Am Ende der Einfahrt gab es ein modernes elektrisches Tor. Heutzutage legten die Leute Wert auf Sicherheit, aber wie viele Bauern hatten ein Sicherheitstor? Gab es etwas zu verbergen? Oder war es eine Maßnahme gegen fahrendes Volk?

Er dachte an mögliche Verdächtige, Leute, über die er mehr erfahren musste, wie beispielsweise den Besitzer des Hofes. Wer war Keith Winter? Persönlicher Hintergrund? Seit wann gehörte ihm die Stonery Farm? Wie war seine finanzielle Lage? Hatte er Geschäftspartner? Wann war die Grube zuletzt gesäubert worden? Wer arbeitete für ihn? Alle jetzigen und ehemaligen Mitarbeiter mussten identifiziert und befragt werden. Würde Winter ein Mordopfer wirklich in seinem Hühnerstall verstecken? Vielleicht hatte er gehofft, die Leiche würde sich völlig auflösen. Es war bekannt, dass die italienische Mafia Schweinezuchten benutzte, um Leichen verschwinden zu lassen, und es hatte vor einigen Jahren auch einen Fall in Großbritannien gegeben. Allerdings waren Schweine im Gegensatz zu Hühnern Allesfresser.

Er teilte seine Gedanken mit Glenn Branson.

»Hast du mal den Pasolini-Film *Porcile* gesehen?«

»Nie gehört.«

»Ein Klassiker. Darin wird ein Typ von einem Schwein gefressen.«

»Ich glaube, den überspringe ich.«

»Hast du schon, er ist von 1969.« Branson runzelte die Stirn. »Ich weiß, wer uns etwas über den Stoff erzählen kann, falls es sich wirklich um Anzugstoff handelt.«

»Ach ja?«

»Ein Schneider in Brighton, er arbeitet bei Gresham Blake.«

Gresham Blake war der bekannteste Maßschneider der Stadt. »Lässt du da neuerdings deine Sachen anfertigen?«

»Schön wär's. Ich habe ihn vor ein paar Jahren kennengelernt, als seine Wohnung ausgeraubt worden war. Da solltest du dir übrigens deine Anzüge machen lassen, du hast doch ein Riesengehalt.«

Grace war sich nicht sicher, ob der Anzugstoff überhaupt zu dem Opfer gehörte, aber er war eine wichtige Spur. Die meisten Mordermittlungen begannen mit einer vermissten Person, und bis diese identifiziert war, war es schwer, echte Fortschritte zu erzielen. Einer der Schlüsselaspekte war das Alter der Leiche und wie lange sie dort gelegen hatte. Er holte sein Handy heraus und rief Joan Major an, die erklärte, ihre Arbeit an dem Skelett sei fast beendet und sie könne in Kürze herkommen.

Möglicherweise konnte sie noch DNA des Opfers sichern, was bei der Identifizierung helfen würde. Falls nicht, würde ihnen das Alter weiterhelfen, da sie dann eine Suche in den Vermisstenkarteien starten konnten.

Er schaute sich noch einmal um. Es gab weitere landwirtschaftliche Gebäude und ein kleineres Wohnhaus. Zunächst einmal musste er entscheiden, ob er nur den Hühnerstall oder den gesamten Hof einschließlich des Wohnhauses als Tatort behandelte. Zurzeit gab es nicht genügend Anhaltspunkte für eine so drakonische Maßnahme, die Winter und seine Familie zwingen würde, vorübergehend auszuziehen. Der Landwirt war wichtig für die Ermittlungen, doch Grace betrachtete ihn noch nicht als Verdächtigen.

Obwohl er wusste, wie gefährlich Spekulationen waren, stellte Roy Grace an jedem Tatort Hypothesen auf. Und die erste lautete, dass es um Geld ging. Ein toter Mann in teurer Kleidung. Ein Geschäftspartner? Ein Erpresser? Der Geliebte von Winters Frau? Winters eigener Liebhaber? Ein Gläubiger? Ein Konkurrent? Oder hatte derjenige überhaupt nichts mit Winter zu tun? Hatte man seinen Stall einfach nur benutzt, um die Leiche zu entsorgen?

»Glenn, zu Beginn meiner Karriere hatte ich einen sehr klugen Vorgesetzten. Er pflegte zu sagen: *Kein Fall ist kälter als der, bei dem man das Opfer nicht identifizieren kann.* Denk dran. Die Identifizierung des Opfers hat immer Vorrang.«

Er schickte Branson, dem wohl der Kopf vor lauter Informationen schwirrte, zurück ins Haus, setzte sich in den Wagen und schloss die Fahrertür, um Ruhe zu haben. Dann notierte er sich die Namen der Leute, die er in seinem Team haben wollte. Hoffentlich waren sie verfügbar. Das Jahr hatte ruhig begonnen, doch seit Mai war die Hölle los. In Sussex ereigneten sich durchschnittlich achtzehn Morde im Jahr, doch in diesen fünf Monaten hatte es schon sechzehn gegeben. War es ein statistischer Ausreißer oder Anzeichen einer Entwicklung?

Er betrachtete den teuren Range Rover und den Impreza – beide Spielzeuge eines reichen Mannes – und dann das von einem Architekten entworfene Bauernhaus. Konnte man mit einer Hühnerzucht so viel Geld verdienen?

Die Erfahrung hatte ihn gelehrt, dass wo Geld verdient, oft auch getötet wurde.

15

»Wir sind im Arsch«, sagte Maxim Brody düster.

Larry Brooker hielt das Handy ans Ohr. Er saß in der ersten Klasse der Maschine. »Wieso? Was ist, Max?«

»Ich habe gerade mit Gaias Agent telefoniert. Sie sitzt fest.«

»Was soll das heißen, sie sitzt fest?«

»Die Versicherungsgesellschaft lässt sie nicht nach England.« Brody klang noch pessimistischer als sonst.

»Im schlimmsten Fall drehen wir in L. A.!«

»Sir«, sagte die Stewardess, »Sie müssen das jetzt ausschalten.«

»Sicher, Larry«, sagte Brody. »Wir bauen den Royal Pavilion auf dem Studiogelände von Universal nach. Mit unserem Budget. Warum nicht gleich die ganze gottverdammte Stadt?«

»Ich fliege nach New York, um mich mit unserem Versicherungsmakler bei DeWitt Stern zu treffen. Er wird –«

Die Stewardess streckte gebieterisch die Hand aus.

»Tut mir leid, aber wir müssen Ihr Handy für den Flug beschlagnahmen, wenn Sie es nicht sofort ausschalten.«

»Wissen Sie eigentlich, wer ich bin?«, brüllte er.

Sie runzelte die Stirn. »Haben Sie Gedächtnisprobleme, Sir?« Sie warf einen Blick auf die Liste, die sie in der Hand hielt. »Platz 2B! Sie sind Mr Larry Brooker. Hilft Ihnen das weiter?«

Er ballte frustriert die Fäuste. »Jesus!«

»Ach so, Sie halten sich auch noch für Gott. Ich bin mir sicher, wir finden einen Geistlichen, der Ihnen Beistand leistet.«

Er kippte den Rest seines Champagners hinunter, bevor ihm die Schlampe den auch noch wegnehmen konnte.

Dann saß er kochend vor Zorn da, während das Flugzeug über die Rollbahn holperte. Er schwankte zwischen der Vorstellung, die Furie rituell zu schlachten und auszuweiden, und der Überlegung, wie er seine kollabierende Filmproduktion retten konnte. Sie hatten Gaia, einen der größten Stars überhaupt, unter Vertrag. Sie hatten jetzt auch einen Hauptdarsteller, Judd Halpern, einen führenden

B-Promi, der den zugekoksten A-Promi Matt Duke ersetzen würde. Ihr Regisseur, der alternde Jack Jordan, war zweimal für einen Oscar nominiert gewesen und galt als berüchtigte Primadonna, war aber hungrig auf dieses Projekt, weil es vermutlich seine letzte Chance auf den Preis war.

Sie würden sich doch nicht von einer verdammten Versicherungsgesellschaft fertigmachen lassen. Nie und nimmer.

Nicht mit uns, Baby.

Er bestellte eine Bloody Mary und dann noch eine. Und noch eine. Und Wein zum Essen, bis er schließlich in einen trunkenen Halbschlaf verfiel.

Um acht Uhr am nächsten Morgen stolperte er aus der Maschine, die Reisetasche in einer Hand, eine Wasserflasche in der anderen. Darum nannte man diese Art von Inlandsflug auch Red Eye Special. Sein Mund war ausgedörrt, und sein Kopf fühlte sich an, als würde ein Schwergewichtsboxkampf darin stattfinden.

Eine Stunde später kletterte er aus der Limousine, in der Hand eine weitere Flasche Mineralwasser, und betrat das Gebäude in der Lexington Avenue 420, wo die Versicherungsgesellschaft DeWitt Stern ihren Sitz hatte. Er hatte mit einem der Chefs, Peter Marshall, bei mehreren Filmen zusammengearbeitet. Er war ein netter Kerl, der ihn noch nie im Stich gelassen hatte. Heute bestand seine Mission darin, den Versicherungsmakler zu überreden, sich nicht von einer Kleinigkeit wie einem Mordanschlag auf Gaia Lafayette beunruhigen zu lassen. Sie würden in England drehen. Großbritannien, Herrgott nochmal. Dem sichersten Ort auf Erden. Falls wirklich jemand Gaia töten wollte, konnte sie sich keinen besseren Zufluchtsort aussuchen. Ein Land, in dem es bei weitem nicht so viele Schusswaffen gab. Marshall wäre sicher seiner Meinung. Er war schlau, er würde das kapieren.

Larry steckte sich ein zuckerfreies Kaugummi in den Mund, um den Alkohol in seinem Atem zu tarnen. Dann stieg er aus dem Aufzug und ging zum Empfang, auf dem Gesicht ein breites, warmes Lächeln. Sein Gewinnerlächeln.

16

Roy Grace lächelte.

»Du siehst so glücklich aus, Schatz«, begrüßte ihn Cleo, als er um zwanzig Minuten vor Mitternacht zur Haustür hereinkam. Sie hatte die Haare hochgesteckt und trug ein dünnes, taubenblaues Nachthemd unter ihrem Bademantel. Der Welpe Humphrey, eine Labrador-Border-Collie-Mischung, sprang jaulend an seinem Hosenbein hoch und verlangte nach Aufmerksamkeit.

»Du machst mich glücklich«, sagte er und küsste sie, dann zupfte er den Hund am Ohr. Dieser rollte sich sofort auf den Rücken, worauf sich Grace hinkniete und ihm den Bauch kraulte. »Wie war dein Abend?«

»Wenn man mal davon absieht, dass ich in Hühnerkacke gewühlt habe, ganz prima«, antwortete sie. »Und deiner?«

»Bist du etwa selbst hingefahren?«

»Mit Darren. Wir sind unterbesetzt. Außerdem mag ich freilaufende Leichen.«

Er schüttelte den Kopf. Als er aufstand, drückte Cleo ihm einen eiskalten Wodka Martini mit vier Oliven auf einem Cocktailspieß in die Hand. »Ich dachte, du brauchst ein bisschen Stärkung.« Sie schob Humphrey sanft beiseite.

»Du bist unglaublich!« Grace nahm dankbar einen Schluck, stellte das Glas auf ein Regal und küsste sie noch einmal. Er legte die Arme um ihren weißen Frotteebademantel, drückte sie mit ihrem Babybauch sanft, aber fest an sich und roch an ihren frisch gewaschenen Haaren. Dann griff er wieder nach seinem Glas und trank noch einen Schluck. Der Hund legte sich auf den Rücken und streckte die Pfoten erneut in die Luft. »Na schön, du bist eifersüchtig.« Er kniete sich hin und rieb ihm den Bauch.

»Ich weiß. Ich bin erstaunlich! Total erstaunlich. Das wirst du hoffentlich nie vergessen, Detective Superintendent Grace.«

Er grinste und erhob sich. »Warum sollte ich?«

Er schaute in ihre klaren, blauen Augen und war einfach nur

glücklich. Glücklicher als erlaubt. Er liebte sie. Er liebte es, hier bei ihr zu Hause zu sein, im Wohnzimmer mit dem gedämpften Licht, in dem Kerzen brannten.

Auf dem Boden lag eine Tüte von City Books, ihrer Lieblingsbuchhandlung in Brighton. Auf dem Tisch entdeckte er neben dem gläsernen Briefbeschwerer das Buch *The World According To Joan.*

Er bewunderte Joan Collins seit langem und war begeistert, dass Cleo das Buch tatsächlich gekauft hatte, um ihn besser zu verstehen.

In den ganzen Jahren, seit Sandy verschwunden war, hatte er nie geglaubt, dass er jemals wieder glücklich sein könne oder Frieden fände. Durch Cleo war alles anders geworden, und er hatte beinahe ein schlechtes Gewissen, weil er so glücklich war. In all den Jahren hatte er nie aufgehört, nach Sandy zu suchen. Sie war so plötzlich verschwunden, so vollkommen unerwartet und ohne den geringsten Hinweis. Gerade noch waren sie miteinander glücklich gewesen, und plötzlich war sie weg. Am Morgen seines dreißigsten Geburtstags hatten sie noch miteinander geschlafen, wie sie es an Geburtstagen immer taten. Dann war er zur Arbeit gefahren, und als er nach Hause kam und sich auf ein festliches Essen mit Sandy und einem befreundeten Paar freute, war sie verschwunden. Ohne Abschiedsbrief. Ihre Sachen waren alle noch im Haus, mit Ausnahme der Handtasche.

Vierundzwanzig Stunden später hatte man ihren alten schwarzen VW Golf auf dem Kurzzeitparkplatz am Flughafen Gatwick gefunden. Am Morgen ihres Verschwindens hatte es zwei kleine Abbuchungen von ihrer Kreditkarte gegeben, eine bei Boots und eine bei Tesco. Sie hatte keine Kleidung und auch keine anderen Besitztümer mitgenommen. Ihre Kreditkarte wurde nie wieder benutzt.

In all den Jahren hatte er sich vor dem Einschlafen gefragt, was aus ihr geworden sein mochte, selbst wenn er Cleo in den Armen hielt. War sie mit einem Liebhaber weggelaufen? Das war natürlich möglich, wer kannte seinen Partner schon wirklich? Hatte sie aus irgendwelchen Gründen beschlossen, unterzutauchen und ein völlig neues Leben zu beginnen? So etwas kam vor. Doch sie hatte nie erkennen lassen, dass sie unglücklich war. Denkbar, dass sie einen Unfall gehabt hatte, doch dann hätte ihr Wagen wohl kaum in Gatwick gestanden.

Es schien realistischer, dass sie entführt worden war und der Täter ihren Wagen am Flughafen abgestellt hatte, um eine falsche Spur zu legen. Es war eine brutale Tatsache, dass Entführungsopfer meist nach wenigen Stunden getötet wurden. Andererseits gab es auch Fälle, in denen entführte Personen mehrere Jahre gegen ihren Willen festgehalten wurden.

Seine Freunde und seine Schwester hatten ihn lange gedrängt, mit der Vergangenheit abzuschließen und sich auf die Gegenwart zu konzentrieren. Er bemühte sich sehr, und Cleo hatte es ihm viel leichter gemacht, als er sich je hätte träumen lassen. Er liebte sie ganz und gar und aus tiefster Seele. Und doch war da etwas in ihm, das nicht ganz loslassen konnte.

Der Albtraum kehrte alle paar Monate wieder, und dann wachte er schreiend auf. Sandy am Boden eines Brunnenschachtes wie die entführte Senatorentochter in *Das Schweigen der Lämmer.*

Danach lag er stundenlang wach, von Schuldgefühlen gepeinigt, während er den Vögeln lauschte. Vielleicht hatte er nicht genug unternommen, um sie zu finden. Oder einen ganz offensichtlichen Hinweis übersehen.

Sein Blick fiel auf eine Ausgabe von *Autocar*, die auf dem Couchtisch lag. Er hatte sie gekauft, weil es darin einen Test des neuen Alfa Giulietta gab. Seit sein geliebter alter Alfa im vergangenen Sommer einer Verfolgungsjagd zum Opfer gefallen war, hatte er sich nach einem neuen gesehnt. In seinen Augen besaßen solche Autos eine *Seele*. Jedenfalls waren es die einzigen, die dieses Gefühl in ihm weckten und erschwinglich waren. Er hatte monatelang mit der Versicherungsgesellschaft gestritten, die sich aus der Verantwortung stehlen wollte, weil er den Wagen angeblich nicht bei einer polizeilichen Verfolgungsjagd hätte einsetzen dürfen. Am Ende hatten sie jedoch nachgegeben.

Er hatte sich in einen Zweisitzer verliebt, doch mit dem Baby war das ganz und gar unpraktisch. Einige Freunde, darunter Glenn Branson, hatten ihm zu einem Van geraten, der vernünftigen Lösung, in der er alle nötigen Utensilien verstauen konnte. Er hatte sich einige angeschaut, aber sie gefielen ihm nicht. Nun hatte er vor einer Werkstatt einen zwei Jahre alten Giulietta entdeckt und sich in ihn verliebt. Der Wagen hatte ein Fließheck, und man konnte einen Kinderwagen darin unterbringen.

»Woran denkst du, Schatz?«, fragte Cleo, als sie sich neben ihn auf das große, rote Sofa setzte. Im Fernseher, der ohne Ton lief, demonstrierte Küchenchef Hugh Fearnley-Whittingstall gerade, wie man eine Makrele ausnahm.

»Autos!«

»Tu, was dein Herz dir sagt.«

»Ich muss praktisch denken.«

Sie zuckte mit den Schultern. »Weißt du was? Ich kenne so viele Freunde, deren Leben sich durch die Kinder völlig verändert hat. Sie haben keine Zeit mehr, schlafen kaum noch miteinander. Die Kinder fressen sie förmlich auf. Ich möchte nicht, dass es uns auch so geht. Wir können sicher gute Eltern sein und trotzdem Zeit füreinander haben, oder? Kauf dir das Auto, das du haben möchtest, nicht das, das dir am praktischsten erscheint. Wir können uns anpassen. Knubbel wird schon lernen, mit uns zu leben!«

Er lächelte und trank noch einen Schluck Martini. Auf leeren, koffeingefüllten Magen wirkte er durchaus entspannend. Cleo war einfach unglaublich verständnisvoll. Wäre er an einem Freitagabend gegen Mitternacht bei Sandy aufgetaucht, hätte sie tief und fest geschlafen und wäre äußerst ungehalten gewesen, wenn er sie geweckt hätte, da sie am nächsten Morgen früh zur Arbeit musste. Cleo hingegen, die selbst oft mitten in der Nacht herausgerufen wurde, verstand ihn in dieser Hinsicht.

»Die andere Sache, wegen der ich mir Sorgen mache …« Er hielt inne, als Humphrey neben ihm aufs Sofa sprang und sich wieder in seiner Lieblingsposition auf den Rücken legte, um sich den Bauch kraulen zu lassen. Grace gehorchte.

»Ich mache mir Sorgen –«, er küsste Cleos weiche Wange, »weil ich dich so sehr liebe.«

»Deswegen machst du dir *Sorgen*?«

»Kann schon sein.« Er küsste sie erneut. Und noch einmal, wobei er sich angenehm beschwipst fühlte. Er nahm noch einen Schluck von dem gewaltigen Martini. »Ich liebe dich und kann nicht genug von dir bekommen.«

»Du liest nie den Beipackzettel«, sagte sie lächelnd. *»Cleo sparsam und mit Vorsicht zu genießen.«*

»Ich bin ein Mann, ich lese keine Beipackzettel.«

Er schaute ihr einen Moment lang in die Augen und betrachtete dann ihr ganzes Gesicht. Er hatte gelesen, dass manche Frauen in der Schwangerschaft förmlich aufblühten, und es stimmte. Sie war hübscher denn je.

»Nun, ich bin eine Frau, also lese ich Beipackzettel und Warnungen. Zum Glück habe ich aber eine übersehen: *Eine Verlobung mit Detective Superintendent Roy Grace kann gefährlich geil machen.*«

»Da kann ich nur sagen, gleichfalls.«

»Und?« Sie beugte sich vor, küsste ihn auf die Lippen und schob ihre Hände aufreizend zwischen seine Beine. »Was wirst du dagegen unternehmen?«

»Ich dachte – du weißt schon – dass wir nicht –?«

»Werden wir auch nicht, Detective Superintendent.« Sie grinste. »Nicht so ganz. Bist du hungrig?«

»Nein, nur geil.«

Sie küsste ihn noch einmal. »Sag mal.«

»Was?«

»Woran hast du gedacht, wenn du mit Sandy geschlafen hast? Ich meine, an *wen* hast du gedacht?«

»Wen?«

»War es immer sie, ihr nackter Körper, der dich erregt hat? Oder hast du auch an andere Frauen gedacht?«

»Es ist lange her.«

Sie küsste ihn auf die Augen. »Weiche nicht aus, es interessiert mich.«

»Am Anfang habe ich wohl an sie gedacht. Aber später auch an andere Frauen.«

»An wen?«

»Ich erinnere mich nicht.«

»Filmstars? Models?«

»Manchmal.«

»Und wenn wir miteinander schlafen? Es kann nicht sehr attraktiv sein, mit einer dicken Frau zu schlafen, die blaue Adern auf den Brüsten hat. Wen siehst du jetzt in deinen Phantasien?«

»Dich. Du bist die Einzige, die mich anmacht.«

»Du lügst, Grace.«

»Tu ich nicht!«

»Ach nein? Beweise es mir.«

Er schob ihre rechte Hand sanft an seinem Körper hinunter. Ihre Augen weiteten sich vor Überraschung, und sie lächelte verführerisch.

»Meine Rede.«

Sie küsste ihn wieder. »Ich glaube, ich will vorerst nicht mehr reden, Schatz!«

17

Er war aggressiv.

Nur wenige Leute kannten sich besser mit Aggression aus als er. Diese Superschlampe erster Klasse, ehemals seine Frau und vor einer Ewigkeit unglaublicherweise auch seine errötende Braut, hatte ihn gezwungen, an einem Antiaggressionstraining teilzunehmen.

Es gab alle Arten von Aggression. Beispielsweise die, die man an einem Parkscheinautomaten ausließ, der die Münze schluckte, aber keinen Zettel ausspuckte. Den lautlosen Zorn, den man verspürte, wenn irgendein Arschloch seinen Müll aus dem Autofenster warf. Oder die Wut, wenn der Nachbar von unten eine Party feierte und bis spät in die Nacht laute Musik laufen ließ.

Doch nichts, was er in diesem Kurs gelernt hatte, half ihm, den Zorn zu bewältigen, der jetzt in ihm tobte, weil man ihn ganz und gar und total und hundertprozentig verarscht, weil man ihm die eine große Chance genommen hatte.

Das konnte keiner einfach so machen und ungeschoren davonkommen.

Und doch kamen Leute ständig ungeschoren davon.

Manche Opfer zuckten resigniert mit den Schultern. Die anderen gingen zum Anwalt, der ihnen nur noch mehr Geld aus der Tasche zog. So viel Geld hatte er nicht. Vielleicht war es ein Fall, den ein Anwalt kostenlos übernehmen würde.

Aber dafür hatte er keine Zeit.

Er würde sich nicht zurücklehnen, die Sache akzeptieren und sie damit durchkommen lassen. Er würde sich nicht vorbeugen und ihnen die Vaseline hinhalten. Er würde etwas dagegen unternehmen. Er wusste nur noch nicht, was. Oder wie.

Keine Wut, sondern Rache.

Der Anfang war gemacht. Er hatte ein Flugticket gekauft.

Er würde dafür sorgen, dass die Schweine es bereuten.

Im Antiaggressionstraining hatten sie ihm ein altes chinesisches Sprichwort beigebracht. *Bevor du Rache nimmst, hebe zuerst zwei Gräber aus.*

Er würde so viele Gräber ausheben wie nötig. Wenn eines davon für ihn selbst war, auch gut. Schaufeln konnte man überall kaufen. Und die würde er ohnehin brauchen, er hatte nicht mehr lange zu leben.

18

Um acht Uhr saß Roy Grace am Schreibtisch, das Handbuch aufgeschlagen vor sich. Jeder leitende Ermittler führte eins, und wenn sie an irgendeinem Punkt Rechenschaft über ihre Ermittlungen ablegen mussten, konnten sie darauf zurückgreifen.

Ein wichtiger Bestandteil waren seine Hypothesen über die Motive eines Mordes und wie das Opfer zu Tode gekommen war.

Seine ersten Notizen an diesem Tag lauteten:

1. *Keine Arme, keine Beine, kein Kopf. Organisiertes Verbrechen? Getötet von einer unbekannten Person.*
2. *Rache im Drogengeschäft?*
3. *Opfer bei der Polizei bekannt – Identitätsverschleierung?*

Es gab zahlreiche weitere Motive, die seiner Ansicht nach jedoch nicht die Verstümmelung der Leiche erklärten.

Als er fertig war, blieb gerade noch Zeit, sich einen Kaffee zu machen, dann musste er zur Morgenbesprechung.

*

»Samstag, 4. Juni, 8.30 Uhr. Dies ist die zweite Besprechung der *Operation Icon*, der Ermittlung in Sachen des Todes eines unbekannten Mannes, dessen kopf-, arm- und beinloser Torso gestern auf der Stonery Farm, Berwick, East Sussex entdeckt wurde.«

»Der hatte nicht viel für uns übrig«, warf Norman Potting ein.

Leises Gelächter, das Grace mit einem funkelnden Blick quittierte. Seine gute Laune von letzter Nacht hielt auch an diesem Morgen an, und die würde er sich nicht von Potting verderben lassen. Er war früh aufgestanden, bei herrlichem Sonnenschein acht Kilometer am Meer entlanggelaufen, wobei Humphrey fröhlich neben ihm hersprang, und vor einer Stunde in seinem Büro in der Kripozentrale am Stadtrand eingetroffen.

Aus seiner Anfangszeit als leitender Ermittler wusste er, dass es wichtig war, sich mit dem Senior Support Officer Tony Case gutzustellen, der die Soko-Zentralen zuwies. Seit den Haushaltseinsparungen gab es in dieser Grafschaft und im benachbarten Surrey nur noch jeweils zwei. Case wusste, dass Grace die MIR-1 in Brighton bevorzugte, weil sie im selben Gebäude lag, und hatte sie ihm auch diesmal gesichert.

Die beiden Soko-Zentralen in Sussex House waren die Nervenzentren der Ermittlungen. Trotz der blickdichten Fenster war MIR-1 gut belüftet, mit ausgezeichnetem Licht und angenehmem Arbeitsklima. Grace spürte hier immer neue Energie.

Ein Witzbold – er tippte auf Glenn Branson – hatte schon einen Cartoon aus dem Film *Chicken Run* an die Tür geklebt.

Die zwanzig Mitglieder seines Teams, das er seit gestern Mittag zusammengestellt hatte, saßen an den geschwungenen Schreibtischen und schauten ihn aufmerksam an. Der harte Kern war wie immer dabei: Detective Sergeant Bella Moy, Mitte dreißig, die noch bei ihrer Mutter lebte und selbst zu dieser frühen Stunde in die unvermeidliche rote Maltesers-Schachtel griff; Detective Constable Nick Nicholas, der wie immer nach einer schlaflosen Nacht mit seinem kleinen Sohn gähnte; Glenn Branson im cremefarbenen Anzug mit pistaziengrüner Krawatte und Norman Potting, der relativ spät zur Polizei gestoßen war, ein griesgrämiger, effizienter Detective Sergeant, der diverse gescheiterte Ehen hinter sich hatte.

Normalerweise trug er die fettigen Haare über die Glatze gekämmt und stank nach Pfeifentabak, doch heute wirkte er irgendwie jünger und smarter. Seine grauen Haare hatten sich über Nacht dunkelbraun gefärbt. Er trug einen schicken blauen Anzug mit cremeweißem Hemd und eine Krawatte, die ausnahmsweise keine Spuren seines Frühstücks aufwies. Außerdem verströmte er den Duft eines nicht allzu unangenehmen Eau de Toilette. Jemand hatte den Mann gründlich und effektiv generalüberholt. Vielleicht wieder eine neue Frau?

Von den üblichen Mitarbeitern fehlte nur DC Emma-Jane Boutwood, die auf Hochzeitsreise war. Der Rest des Teams bestand aus mehreren Ermittlern, darunter Emma Reeves und Jon Exton, mit denen er schon einmal zusammengearbeitet hatte; David Green von der Spurensicherung, einem Kriminal-Analysten und der PR-Beauftragten Sue Fleet.

»DS Branson wurde vorübergehend zum Detective Inspector ernannt«, verkündete Grace. »Er wird mich vertreten und große Verantwortung in diesem Fall übernehmen, da ich noch mit der *Operation Violin* beschäftigt bin.« Er wandte sich an seinen Kollegen, der nervös wirkte. »Was hast du zu berichten?«

Glenn Branson warf einen Blick auf seine Notizen. Die Antwort fiel ungewohnt gewählt und präzise aus. »Nadiuska De Sancha, die Pathologin des Innenministeriums, war gestern um 16.20 Uhr vor Ort. Bis zu unserer Abendbesprechung gestern gab es keine Neuigkeiten von ihr. Sie beendete die Untersuchungen um 19.00 Uhr, worauf man die Leiche ins Leichenschauhaus brachte. Die Pathologin wird heute Mittag die Autopsie vornehmen. Bisher konnten wir das Alter des Opfers nicht genau bestimmen. Die Pathologin setzt es zwischen dreißig und fünfzig Jahre an. Die forensische Archäologin Joan Major wird ebenfalls ihre Arbeit weiterführen, und ich hoffe, dass sie das Alter näher eingrenzen kann.«

Er warf einen Blick in seine Notizen und fügte hinzu: »Von Bedeutung ist möglicherweise ein Befund der Pathologin, der sich auf die Zerteilung des Körpers bezieht. Sie scheint von einem Amateur vorgenommen worden zu sein – keine Hinweise auf chirurgische Fähigkeiten.«

Grace machte sich eine Notiz und schaute seinen Freund stolz an. Bislang machte Glenn die Sache gut. Er strahlte Autorität aus, flößte Vertrauen ein und schaffte es, von den Kollegen ernst genommen zu werden.

»Bis Mitternacht wurde der Hohlraum unter dem Gitter durchsucht. Die Suche wird heute Morgen unter Leitung von Sergeant Lorna Dennison-Wilkins von der Specialist Search Unit fortgesetzt. Bislang wurden keine weiteren Leichenteile oder Kleidungsstücke gefunden. Der Stoff wird einer DNA-Analyse unterzogen, aber ich werde zunächst versuchen, etwas über seine Herkunft herauszufinden.« Er deutete auf vier vergrößerte Farbfotos der Stoffstücke, die an einer Tafel hingen. Zwei zeigten die Stücke als Ganzes, die beiden anderen vergrößerte Einzelheiten des auffälligen gelb und ockerfarbenen Karomusters.

»Das könnte Ihnen gefallen, was?«, fragte Potting. »Hätten selber gern einen Anzug aus dem Zeug, oder?«

Bella Moy biss knirschend auf ein Malteser.

»Ich mag das Geräusch«, sagte Potting. »Macht eine junge Dame total sexy.«

»Danke, Norman«, sagte Grace in warnendem Ton und hob die Hand, um Bella an einem Kommentar zu hindern.

Glenn schaute in seine Notizen und machte tapfer weiter. »Beamte der Local East Division führen auf allen Straßen in der Umgebung Befragungen durch, zunächst in einem Radius von drei Kilometern. Sämtliche Mitarbeiter der Farm, sowohl Festangestellte als auch Saisonarbeiter, werden befragt. Es ist ein ungewöhnlicher Ort für einen Leichenfund, da der Hof am Ende einer eineinhalb Kilometer langen Auffahrt liegt. Das Anwesen ist von den öffentlichen Straßen aus nicht einzusehen, daher würde ein Passant es gar nicht bemerken. Meiner Ansicht nach hat derjenige, der die Leiche dort abgelegt hat, die Gegend gekannt. Wir erstellen gerade eine Liste aller Personen, die das Anwesen in den letzten zwölf Monaten besucht haben oder Zugang dazu hatten.«

»Haben Sie mal dran gedacht, dass jemand in einem Leichtflugzeug oder Hubschrauber darüber geflogen sein könnte?«, erkundigte sich DC Jon Exton. »Vielleicht wurde der Ort gerade deswegen ausgesucht, weil er so abgelegen ist.«

»Das ist eine weitere Möglichkeit«, gab Branson zu. »Eine meiner Hypothesen besagt, dass der Täter ein Feind von Keith Winter sein könnte, ein Konkurrent vielleicht, aber ich weiß zur Zeit noch nicht genug über das Geschäft mit der Hühnerzucht. Allerdings ist er nach dem, was ich in kurzer Zeit herausfinden konnte, sehr beliebt in der Gegend. Niemand redet schlecht über ihn. Meine andere Hypothese besagt, dass jemand, der mit den Gegebenheiten des Hofes vertraut ist, die Stelle als geeignet erachtet hat.«

»Was ist mit Vermissten?«, fragte Bella Moy. »Sollten wir nicht da ansetzen?«

Branson schüttelte den Kopf. »Das kommt noch. Wir haben erste Überprüfungen vorgenommen, ohne Ergebnis. Zunächst muss ich eine Schätzung haben, wie lange die Person tot ist, bevor wir diesen Weg einschlagen. Ich hoffe, dass uns die Pathologin oder die Archäologin das bis morgen sagen. Erst wenn wir diese Informationen haben, wissen wir, nach welchen Parametern wir in den Vermisstenmeldungen suchen sollen.«

Roy Grace lächelte. Diese Antwort hätte er auch gegeben.

»Was die Medienstrategie angeht, habe ich gute Neuigkeiten. Unser Freund Kevin Spinella vom *Argus* ist in Urlaub.«

Gedämpfter Jubel. Glenn grinste. »Ich berufe eine zweite Pressekonferenz für 17.30 Uhr ein. Ich hoffe, dass uns bis dahin Informationen vorliegen, mit denen wir die Öffentlichkeit um Hilfe bitten können. Natürlich halten wir genug zurück, um Scherzanrufe herauszufiltern.«

Es war normal, bei solchen Ermittlungen wichtige Informationen zurückzuhalten, die nur dem Täter bekannt sein konnten. Auf diese Weise ließen sich viele Anrufe als Zeitverschwendung aussortieren.

In diesem Augenblick vibrierte Graces neues Handy. Er warf einen Blick aufs Display und rechnete schon mit Spinella, doch die Nummer wurde nicht angezeigt. Er meldete sich und hörte die Stimme von DCI Trevor Bowles, einem Mitarbeiter des Chief Constable.

»Roy, der Chief muss so bald wie möglich mit Ihnen sprechen. Haben Sie heute Morgen Zeit?«

Grace runzelte die Stirn. Der Chief Constable und die anderen hohen Tiere hielten nichts von Überstunden und hatten gern die Wochenenden frei. Wenn Tom Martinson ihn an einem Samstag sehen wollte, musste das wichtige Gründe haben.

»Ich könnte in einer halben Stunde bei ihm sein.«

»Perfekt.«

Besorgt legte er auf. Nach der Besprechung verabredete er sich mit Glenn Branson für elf Uhr beim Schneider und eilte zu seinem Wagen, der auf dem kostbaren reservierten Parkplatz vor dem Gebäude der Kripozentrale stand.

19

Es war Liebe auf den ersten Blick. Als Eric Whiteley zum ersten Mal den Royal Pavilion sah, war er hin und weg. Er war fünfzehn und hatte mit seinen Eltern einen Tagesausflug nach Brighton unternommen. So etwas hatte er noch nie im Leben gesehen. Es war ein Ort, der der Phantasie entsprungen schien, der Phantasie eines Menschen, der der hässlichen Welt entfliehen und sich in ein Labyrinth der Schönheit zurückziehen wollte, das nur in seinem Kopf existierte. Er gehörte jedenfalls nicht in einen englischen Badeort.

Und doch stand er da.

Er war fasziniert von der verrückten Pracht der Architektur, den indischen und chinesischen Einflüssen und den kuriosen Kuppeln. Mehr noch von dem ganz und gar extravaganten Innenleben. Von da an gab er in den Schulferien sein ganzes Taschengeld für die Zugfahrt von seinem Wohnort Guildford nach Brighton und für eine Eintrittskarte aus. Er war gleich morgens da, wenn der Pavilion öffnete, und blieb, bis er abends schloss. Es war eine Welt, die nichts mit dem Internat zu tun hatte, in dem er gemobbt wurde, weil er angeblich hässlich, langweilig und nutzlos war. HLN.

Inmitten der üppig dekorierten Wände, umgeben vom Reichtum der Kunstschätze, fühlte er sich sicher. Hier in diesem von King George IV. erbauten Palast, den er für seine heimlichen – und nicht so heimlichen – Eskapaden mit seiner Geliebten benutzt hatte. Er bezweifelte, dass George, der den Spitznamen Prinny hatte und ebenso eitel wie reich gewesen war, jemals gemobbt worden war. Niemand hatte ihn hässlich, langweilig und nutzlos genannt.

Am liebsten stellte er sich vor, er trüge die Kostüme jener Zeit. Er phantasierte, wie er sich als König in feine Gewänder hüllte. Er konnte sich vorstellen, wie er mit dem Schwert an der Seite als König sein Klassenzimmer betrat. Dann würde ihn niemand mehr HLN nennen.

Mit achtzehn hatte er sich für einen Ferienjob als Fremdenführer beworben und war zu seiner großen Freude angenommen worden. Er begleitete Touristen durch den Palast und erzählte ihnen von der Liebe des Königs zu seiner Mätresse und wie sehr er sich gegen das Protokoll seines Zeitalters aufgelehnt hatte. Am meisten aber liebte er die Freiheiten, die ihm dieser Job verschaffte. Wenn gerade keine Führung anstand, konnte er durch das Innere des Pavilion laufen, ohne dass ihn das Wachpersonal beachtete.

Am liebsten mochte er die verborgenen Räume. Die geheimen Flure, die hinter den Küchen zu den Staatsgemächern führten, in denen sich Dienstboten mit Essen und Getränken bewegen und durch geheime Türen schlüpfen konnten. Es gab eine verborgene Wendeltreppe, die die Besucher nie zu sehen bekamen, weil das Geländer gefährlich wackelig war. Über sie gelangte man in einen Raum unter einer der Kuppeln, in den der König seine Gäste einlud, um die spektakuläre Aussicht zu genießen. Später hatten hier angeblich höhere Dienstboten gewohnt.

Der Raum war jetzt verlassen, die Bodenbretter in einem schlechten Zustand, und es gab eine große Falltür, die nur mit zwei Riegeln gesichert und mit einem Warnschild versehen war, da es darunter zwölf Meter tief in einen Lagerraum unter den Küchen ging. Es gab einen Flaschenzug aus dem 19. Jahrhundert, vermutlich ein primitiver Speiseaufzug. Von diesem Adlerhorst aus genoss er den schönsten Blick auf Brighton, den er je gesehen hatte.

Er hatte heimlich einen Schlafsack nach oben gebracht und sich hier seine private Höhle eingerichtet. Manchmal gelang es ihm, abends dem Sicherheitspersonal zu entgehen, sich mit einem Picknick hinaufzuschleichen und hier die Nacht zu verbringen. Hier war er sicher. Hier wurde er nicht gemobbt. Er schloss die Augen und stellte sich vor, er führe ein Leben als verehrter und vergötterter Monarch.

Eines Nachts wurde er dann von einem Wachmann erwischt und gefeuert. Und erhielt Hausverbot.

20

Cleo liebte ihr kleines Stadthaus im schicken North-Laine-Viertel; hier fühlte sie sich sicher, genoss die Annehmlichkeiten und die Nähe zur lebhaften Stadtmitte. Es war ein wunderbares Gefühl, an einem schönen Tag über den Hof zum Tor hinauszugehen und durch das Gewirr von Cafés und kleinen unabhängigen Läden zum Strand zu schlendern. Doch es gab auch Nachteile. Eigentlich brauchte Humphrey einen Garten, in dem er umherlaufen konnte, während sie bei der Arbeit war, denn sie hatte vor, bald nach der Geburt wieder zu arbeiten. Ein größeres Problem war, dass sie nur ein kleines Zimmer übrig hatte, das sie für ihr Fernstudium in Philosophie brauchte und wenn sie Arbeit mit nach Hause brachte. Das Baby würde in wenigen Wochen geboren, und es fehlte einfach an Platz. Sobald Roy sein Haus verkauft hatte, würden sie sich nach etwas Größerem umsehen. Die tägliche Parkplatzsuche war ein weiteres Problem, das banal, aber dennoch ärgerlich war.

Der Samstagmorgen war schon immer ihre liebste Zeit der Woche gewesen, obwohl sie häufig am Wochenende arbeiten musste. Leute starben plötzlich und außerhalb ihrer Arbeitszeiten. Wenn sie Bereitschaftsdienst hatte, was meistens der Fall war, da sie im Leichenschauhaus unterbesetzt waren, musste sie auch an Wochenenden und Feiertagen bei der Bergung der Leichen helfen.

Der Fall vom vergangenen Abend war besonders unappetitlich gewesen, und heute musste sie bei der Autopsie assistieren, doch das schreckte sie nicht. Der Torso, den man in einem Tank voller Hühnerkot gefunden hatte, war nicht erfreulich, aber die zerfleischten Leichen bei Autounfällen waren sehr viel schlimmer und quälender. Ebenso verkohlte Brandopfer. Und sie war immer traurig, wenn sie einsame alte Leute auf dem Tisch hatte, die zu Hause gestorben und monatelang nicht entdeckt worden waren. Das Schlimmste aber waren Kinder. Vor einigen Wochen hatte sie ein sechs Monate altes Baby abholen müssen, das vermutlich am plötzlichen Kindstod gestorben war.

Es war ein traumatisches Erlebnis gewesen, das kleine Mädchen aus dem Bettchen zu nehmen und die ganze Zeit daran zu denken, wie es wäre, wenn ihr und Roy so etwas passierte. Und dass so etwas nicht ausgeschlossen war.

Doch als sie jetzt aus der Haustür in den frühen Junisonnenschein trat, dachte sie nicht daran. Der Himmel über ihr war wolkenlos, und sie roch die salzige Brise vom Ärmelkanal. Die Wettervorhersage war gut, und obwohl sie die meiste Zeit im Leichenschauhaus verbringen würde, hoffte sie, sich am späten Nachmittag mit ihrer Schwester in einem Café an der Promenade treffen zu können. Danach wollte sie Garnelen, Avocados und Seezunge kaufen und Roy eines seiner Lieblingsgerichte kochen. Danach würden sie sich eine DVD anschauen, falls sie so lange wach bleiben konnte.

Sie schlenderte über den Hof, Crocs an den Füßen, und trug ihren Babybauch stolz in einem langen, enganliegenden T-Shirt vor sich her. Sie schaffte es, die ständigen Rückenschmerzen auszublenden, und war so glücklich, dass es ihr wie ein Rausch vorkam. Sie trug das Kind des Mannes in sich, den sie über alles liebte. Er war ein wunderbarer, liebevoller und starker Mensch. Und sie glaubte, dass er sie genauso sehr liebte.

Über ihr kreisten zwei kreischende Möwen, und sie schaute kurz hoch, bevor sie zum schmiedeeisernen Tor ging. Sie öffnete das Schloss und trat auf die schmale Straße. Am Samstagmorgen wimmelte es in der Gegend von Menschen, die sich vom Trödelmarkt in der Gardner Street aus in alle Richtungen ergossen. Es war halb zehn, und der Antiquitätenhändler gegenüber, der sich auf Kamine spezialisiert hatte, hatte schon einige Waren vor dem Laden aufgebaut.

Sie ging den Hügel hinauf und in die erste Straße rechts, die auf beiden Seiten von kleinen viktorianischen Reihenhäusern gesäumt war. Die Autos parkten hier Stoßstange an Stoßstange. Sie entdeckte ihren schwarzen Audi TT schon von weitem und war wie immer froh, dass er nicht über Nacht gestohlen worden war.

Eine weitere Gefahr, der die Autos ausgesetzt waren, wenn sie im Freien abgestellt wurden, war nicht zu übersehen. Dank der Möwen sah die Hälfte der Fahrzeuge aus wie ein Gemälde von Jackson Pollock. Selbst aus dreißig Metern Entfernung konnte sie die weißen und senfgelben Flecken auf ihrem Cabrio erkennen.

Beim Näherkommen veränderte sich ihre Laune jedoch schlagartig. Sie spürte, wie sich ihre Kehle zusammenzog, und lief los, obwohl ihr die Ärzte das eigentlich verboten hatten. Sie blieb neben dem Auto stehen.

»Scheiße. Scheiße.«

Das Stoffdach war längs und quer aufgeschlitzt worden.

Zorn durchzuckte sie, die sonnige Stimmung war verflogen. Sie spähte ins Wageninnere. Zu ihrer Überraschung waren Radio und CD-Player unberührt. »Schweine«, hauchte sie. »Mistkerle.«

Dann entdeckte sie die Zeichen auf der Motorhaube. Zuerst dachte sie, ein Kind hätte mit den Fingern in den Staub gemalt, dann erstarrte sie aber.

Jemand hatte die Wörter mit einem scharfen Gegenstand, einem Schraubenzieher oder Meißel, bis auf das blanke Metall in den Lack gekratzt.

Bullenhure. Als nächstes ist dein Baby dran.

21

Malling House, die Zentrale der Sussex Police, befand sich am Stadtrand von Lewes, der historischen Hauptstadt von East Sussex, dreizehn Kilometer nordöstlich von Brighton.

Der weitläufige Komplex der Polizeizentrale, in der die fünftausend Personen umfassende Behörde verwaltet wurde, wurde von einem schönen Herrenhaus im Queen-Anne-Stil beherrscht, das nach einem Brand sorgfältig restauriert worden war. Darin befanden sich die Büros des Chief Constable, des Deputy Chief Constable, der Assistant Chief Constable und anderer leitender Beamter.

Als Roy Grace an der Schranke hielt, spürte er die gleiche Aufregung im Magen wie immer. Er kam sich vor wie ein Schuljunge, den man ins Büro des Direktors zitiert hatte. Er war dem erst kürzlich ernannten Chief Constable Tom Martinson einmal bei einer gesellschaftlichen Veranstaltung begegnet und hatte nur kurz mit ihm gesprochen. Er würde Martinsons Vertrauen und Unterstützung brauchen, wenn er seine Karriere noch ausbauen wollte.

Der Rang des Chief Superintendent war für ihn der nächste Schritt, aber darüber hinaus besaß er keinen Ehrgeiz, weil ihm das politische Geschick fehlte, das ein Assistant Chief Constable benötigte, und er vor allem nicht auf seine Ermittlungsarbeit verzichten wollte. Wenn man es so weit nach oben geschafft hatte, hockte man die meiste Zeit am Schreibtisch. Sicher hatte er auch jetzt viel Papierkram zu erledigen, aber ihm blieb immer noch die Gelegenheit, vor Ort zu ermitteln, was er so oft wie möglich tat.

Jedenfalls war er mit seiner augenblicklichen Position als Leiter der Abteilung Kapitalverbrechen sehr zufrieden. Es war eine Position, von der er nur hatte träumen können, als er zur Polizei gegangen war. Der Job verschaffte ihm so viel Befriedigung, dass er gern den Rest seiner Karriere in dieser Position verbringen würde.

Wenn er eines im Leben bedauerte, dann dass sein Vater, der ebenfalls Polizist gewesen war, und seine Mutter diesen Erfolg nicht mehr miterlebt hatten.

Im Augenblick aber machte ihm etwas anderes große Sorgen: dass nichts im Leben so blieb, wie es war. Nach den letzten Haushaltskürzungen war die Polizei gezwungen, Abteilungen zusammenzulegen und Ressourcen zu teilen, und manche Kollegen wurden schon nach dreißig Jahren im Dienst in den vorzeitigen Ruhestand geschickt. Die Sussex Police musste jetzt die Abteilung Kapitalverbrechen mit Surrey teilen, was bedeutete, dass sein Job nicht sicher war. Und er befürchtete, das Gespräch mit dem Chef könnte schlechte Neuigkeiten bedeuten. Polizeibeamte durften nicht vorzeitig pensioniert werden, wurden aber gern aufs Abstellgleis geschoben.

Der Wachmann am Eingang winkte fröhlich, und Grace fuhr durch die offene Schranke, bog nach rechts ab, vorbei an der Fahrschule, und parkte vor einem modernen Gebäude aus viel Glas. Als er den Motor abstellte, klingelte sein Handy.

Keine Nummer.

Er meldete sich. Die Leitung war schlecht, im Hintergrund rauschten Wellen, doch zu seinem Ärger hörte er eine nur allzu vertraute Stimme.

»Detective Superintendent?«

»Sind Sie das, Spinella? Ich dachte, Sie wären in Urlaub.«

»Bin ich auch – Flitterwochen auf den Malediven«, erwiderte der Kriminalreporter des *Argus*. »Ich fliege morgen zurück.«

Verdammte Scheiße, du hast tatsächlich eine Dumme gefunden, die dich heiratet, war sein erster Gedanke. Stattdessen sagte er nur: »Glückwunsch. Leider muss die Einladung in der Post verlorengegangen sein.«

»Haha.«

»Was ist denn so wichtig, dass es Sie von Ihrer Braut weggelockt hat?«

»Wie ich hörte, haben Sie wieder einen Mord.«

»Das Eheleben langweilt Sie jetzt schon, was?«

Auf die kurze Stille folgte ein weiteres »Haha«.

»Ich an Ihrer Stelle würde zu Ihrer Braut zurückkehren. Wir machen hier schon unsere Arbeit. Ich bin mir sicher, die Stadt kommt auch ohne Sie klar.«

»Aber Sie und ich tragen eine gewisse Verantwortung für die Bürger von Brighton, nicht wahr? Vor allem, wenn es um einen kopflosen menschlichen Torso geht.«

Woher zum Teufel weiß er das, dachte Grace wie immer, wenn Spinella ihm mit solchen Insiderinformationen kam. »Ich glaube, man kann unsere Verantwortung nicht ganz vergleichen.«

»Können Sie mir etwas über die Leiche auf der Stonery Farm erzählen?«

Grace antwortete nicht sofort. Man hatte beschlossen, die Tatsache, dass bei der Leiche Kopf und Gliedmaßen fehlten, fürs Erste zurückzuhalten. »Warum glauben Sie, sie hätte keinen Kopf?«

»Nun, sie hat keine Arme oder Beine, also fehlt vermutlich auch der Kopf. Es hätte wenig Sinn, den Kopf dranzulassen, wenn man sich schon so viel Mühe macht, oder? Als Fußballspieler wäre er ohnehin nicht mehr zu gebrauchen.«

Wann immer im letzten Jahr ein Mord in der Stadt geschehen war, hatte Spinella vor allen anderen Bescheid gewusst. Man konnte diese Informationen von jedem Computer der Sussex Police abrufen – also musste sich das Leck irgendwo innerhalb der Polizei befinden.

Sobald er Zeit hatte, wollte er herausfinden, wer der Maulwurf war. Momentan aber hatten der Prozess gegen Carl Venner, die unbekannte Leiche im Tunnel unter dem Hafen von Shoreham, der fehlende Hauptverdächtige der *Operation Violin* und jetzt auch noch die verstümmelte Leiche auf der Hühnerfarm Vorrang. »Was möchten Sie mir sagen, Kevin? Hört sich an, als wüssten Sie mehr als ich.«

»Haha«, erklang es noch einmal. Dieses verdammte Lachen, das Markenzeichen des Reporters, brachte ihn immer wieder auf die Palme. »Ich dachte, Sie hätten ein paar Insidertipps für mich, Detective Superintendent.«

Wie immer musste Grace seinen Zorn beherrschen. Die Sussex Police war auf die Mitarbeit der örtlichen Medien angewiesen, und er hatte viel zu verlieren und nichts zu gewinnen, wenn er sich auf einen Streit einließ.

»Detective Inspector Branson ist mein Stellvertreter und in diesem Fall für die Medien zuständig. Am besten sprechen Sie mit ihm.«

»Habe ich schon. Er hat mich an Sie verwiesen.«

»Ich dachte, das Wichtigste am Urlaub wäre das Abschalten«, sagte Grace, der innerlich kochte. Glenn, dieser Mistkerl, hatte ihm den Schwarzen Peter zugeschoben! Dennoch musste er Spinella wie immer bei Laune halten. »Ich weiß im Augenblick wirklich noch nichts. DI Branson wird um 17.30 Uhr eine Pressekonferenz abhalten. Sie können mich gern kurz vorher anrufen, dann sage ich Ihnen, was ich weiß.«

Er überlegte, wie viel später es auf den Malediven sein mochte. Vier Stunden? Dann würde die Pressekonferenz für Spinella um 21.30 Uhr stattfinden und hoffentlich ein romantisches Essen für zwei verderben.

»Hm, na ja, ich werde es versuchen.«

»Sagen Sie Ihrer Liebsten, dass sie sich wohl daran gewöhnen muss.«

»Haha!«

»Haha!«, erwiderte Grace.

Er hatte das Gespräch kaum weggedrückt, da rief Cleo an.

22

Im Laufe seiner Karriere hatte Grace eines festgestellt: Je höher ein Polizeibeamter in der Hierarchie stand, desto aufgeräumter war sein Büro. Vielleicht lag es daran, dass man seinen Papierkram im Griff haben musste, wenn man es zum Chief Constable bringen wollte, oder aber man hatte einfach mehr Mitarbeiter, die sich darum kümmerten.

Sein eigenes Büro war dagegen eine Müllkippe, auf Schreibtisch, Boden und Regalen stapelten sich die Akten. Zu Beginn seiner Karriere, als er nur einen Schreibtisch in einem Großraumbüro gehabt hatte, war die Oberfläche unter dem ganzen Papierkram gar nicht zu sehen gewesen. Seine Unordnung hatte Sandy, die geradezu besessen ordentlich war und ihr Heim sehr minimalistisch eingerichtet hatte, häufig auf die Palme gebracht. Seltsam, aber seit Glenn Branson seine Frau Ari verlassen hatte und in Roys leerstehendes Haus gezogen war – nicht zuletzt, um sich um Goldfisch Marlon zu kümmern –, hatte er eine Wandlung durchlaufen und ärgerte sich nun über das Chaos, das Glenn vor allem in seiner CD-Sammlung hinterließ. Seit er sich entschlossen hatte, das Haus zu verkaufen, war Glenn deutlich ordentlicher geworden.

An Cleo liebte er unter anderem auch, dass sie beinahe so unordentlich war wie er selbst. Und die Tatsache, dass sie ein Haustier besaß, trug noch zum ständigen Chaos bei.

Im geräumigen Büro des Chief Constable hingegen war alles an Ort und Stelle. Der riesige l-förmige Schreibtisch war tadellos aufgeräumt und leer bis auf eine lederne Schreibunterlage, silbergerahmte Fotografien, darunter eine des Chefs mit dem Sportreporter Des Lynam und einer anderen lokalen Berühmtheit, einen Füllfederhalter in Ledermappe und ein einsames Blatt Papier, das wie eine ausgedruckte E-Mail aussah. In einer Ecke standen zwei schwarze Sofas und ein Couchtisch, und es gab einen Konferenztisch mit acht Stühlen. An den Wänden hingen Fotos von Sportstars, eine Landkarte der Grafschaft und mehrere Karikaturen. Durch die großen Schiebefenster hatte man eine herrliche Aussicht auf Sussex. Der ganze Raum verströmte Wichtigkeit, war aber gleichzeitig warm und behaglich.

Tom Martinson schüttelte ihm kräftig die Hand und bat ihn herein. Der Chef war neunundvierzig und etwas kleiner als Grace, ein kräftiger, durchtrainierter Mann mit schütterem, dunklem Haar und einer angenehm sachlichen Art. Er trug ein kurzärmeliges weißes Hemd mit Epauletten, eine schwarze Krawatte und eine schwarze Hose.

»Setzen Sie sich, Roy«, sagte er und deutete auf eines der Sofas. »Kann ich Ihnen etwas anbieten?«

»Ich hätte gern einen Kaffee, Sir.« Er versuchte, den Gedanken an das, was Cleo ihm soeben erzählt hatte, zu verdrängen und sich ganz auf die Besprechung zu konzentrieren, bei der er einen guten Eindruck hinterlassen wollte.

»Wie trinken Sie ihn?«

»Mit Milch, ohne Zucker.«

Der Chef lächelte, griff zum Telefon und bestellte den Kaffee. Dann setzte er sich neben Roy und verschränkte die Arme – eine Körpersprache, die Distanz signalisierte, so herzlich Martinson sich auch geben mochte.

»Tut mir leid, dass ich Sie am Samstag herbestellt habe.«

»Kein Problem, Sir. Ich arbeite heute sowieso.«

»Die Ermittlung auf der Stonery Farm?«

»Ja.«

»Etwas, das ich wissen müsste?«

Grace brachte ihn rasch auf den neuesten Stand.

»Als ich hörte, dass Sie die Ermittlungen leiten, wusste ich, dass der Fall in guten Händen ist.«

»Vielen Dank, Sir.« Er war angenehm überrascht und etwas erleichtert.

Dann wurde Martinson ernst. »Der Grund, aus dem ich Sie hergebeten habe, ist etwas heikel.«

Scheiße, dachte Grace. Es geht ganz bestimmt um die Zusammenlegung.

Er musste kurz warten, während Martinsons Sekretärin Jean, die ausnahmsweise am Wochenende arbeitete, mit seinem Kaffee und einem Teller Kekse hereinkam. Als sie gegangen war, sagte Martinson:

»Gaia.«

»Gaia?«

»Wissen Sie, von wem ich spreche? Die Rocksängerin und Schauspielerin. Gaia Lafayette.«

»Durchaus, Sir.«

Man hätte schon in einer Erdhöhle leben müssen, um die ganzen Berichte der vergangenen Wochen zu verpassen.

»Ich persönlich finde sie ja als Sängerin besser, aber das kann ich sicher nicht beurteilen.«

Grace nickte. »Da bin ich ganz Ihrer Meinung. Ich war nie ein großer Fan von ihr, aber ich kenne jemanden, der es ist.«

»Ach ja?«

»Detective Sergeant Branson.«

»Dann wissen Sie vermutlich, dass sie nächste Woche nach Brighton kommt, um in einem Film über die Affäre zwischen King George IV. und seiner Geliebten Maria Fitzherbert mitzuspielen?«

»Ja. DS Branson ist sehr aufgeregt, weil er hofft, sie zu treffen. Ich hoffe mal, die Produzenten wissen, dass Mrs Fitzherbert keine Amerikanerin war.«

Martinson lächelte und hob den Finger. »Aber Gaia wurde in Brighton geboren.«

»In der Tat, in Whitehawk.«

»Das Mädchen hat's geschafft, wie man so sagt.«

Whitehawk galt seit Jahren als eine der ärmsten Gegenden der Stadt. »Das können Sie laut sagen.«

»Allerdings haben wir ein großes Problem. In den vergangenen beiden Tagen habe ich mehrfach mit einem leitenden Ermittler der Polizei in Los Angeles und Gaias persönlichem Sicherheitschef, dem Leiter der Tourismusbehörde von Brighton Adam Bates und dem Verwaltungschef John Barradell gesprochen. Wie es aussieht, wurde vor einigen Tagen eine Assistentin von Gaia erschossen, als sie deren Haus in Bel Air verließ. Die Polizei vermutet, dass es sich um eine Verwechslung handelt und Gaia das eigentliche Ziel war.«

»Davon habe ich gar nichts gehört.«

»Ich glaube, es hat in der britischen Presse wenig Aufsehen erregt. Sie wurde per E-Mail gewarnt, sie solle die Rolle der Maria Fitzherbert nicht übernehmen. Anscheinend waren ihre Sicherheitsberater damals nicht sonderlich besorgt – es schien nur eine der verrückten Mails zu sein, die sie ständig erhält. Nun aber befürchtet man, dass erneut ein Anschlag verübt werden könnte. Diese E-Mail erhielt sie am nächsten Tag.« Er reichte Grace das Blatt, das auf seinem Schreibtisch lag. Als er die Zeilen las, überlief ihn ein Schauer.

Ich habe einen Fehler gemacht, Schlampe. Du hattest Glück. Aber das ändert nichts. Nächstes Mal habe ich Glück. Ich kriege dich, wo immer du auch bist.

»Ich glaube, ich muss Ihnen nicht erklären, dass die Dreharbeiten wertvolle PR für unsere Stadt liefern.«

»Das ist mir klar, Sir.«

Der Chef lächelte besorgt.

Brighton war seit der Mitte des 19. Jahrhunderts für seine Kriminalität berüchtigt. Nach einigen besonders brutalen Morden in den frühen 1930er Jahren, bei denen unter anderem zwei Leichen ohne Gliedmaßen in Koffern in Schließfächern entdeckt wurden, hatte die Stadt die unerwünschten Beinamen »Verbrechenshauptstadt Großbritanniens« und »Mordmetropole Europas« erhalten. Seit Jahren versuchte die Tourismusbehörde, diesen Ruf loszuwerden, und die Polizei hatte bei der Verbrechensbekämpfung gute Fortschritte gemacht.

»Sollte Gaia etwas zustoßen, während sie hier ist, wäre der Schaden für die Stadt unermesslich. Sie verstehen, worauf ich hinauswill, nicht wahr?«

»In der Tat, Sir.«

»Dachte ich mir. Aber es gibt ein Problem. Ich habe mit der Abteilung für Personenschutz bei Scotland Yard gesprochen. Sie sind nur für Angehörige königlicher Familien, Diplomaten und Regierungsangehörige zuständig. Rock- und Filmstars fallen nicht in ihren Bereich. Die müssen selbst für ihre Sicherheit sorgen.«

Grace zuckte mit den Schultern. »Was durchaus Sinn ergibt. Sie haben ja genügend Geld.«

Tom Martinson nickte. »Unter normalen Umständen reichen die Maßnahmen, um fanatische Fans in Schach zu halten. Aber es ist den Sicherheitsleuten in diesem Land nun einmal nicht erlaubt, Schusswaffen zu tragen. Damit stehen wir vor dem Problem, wie wir Gaia vor bewaffneten Angreifern schützen sollen.«

Grace trank von seinem Kaffee und dachte angestrengt nach. Trotz ihrer dunklen Seiten hatte in der Stadt nie wirkliche Gefahr durch Schusswaffen bestanden, wie es in den Problemvierteln anderer britischer Großstädte der Fall war. Die Morde der vergangenen Jahre waren in den wenigsten Fällen mit Schusswaffen begangen worden. Das hieß jedoch nicht, dass sich ein zielstrebiger Täter keine besorgen konnte. »Wir könnten vielleicht ausnahmsweise unser eigenes Personenschutzteam einsetzen, Sir.«

»Ich möchte, dass Sie die Risiken bewerten und eine Sicherheitsstrategie für Gaias Aufenthalt in Brighton ausarbeiten. Und zwar unter ausdrücklicher Berücksichtigung der Tatsache, dass jemand sie möglicherweise mit einer Schusswaffe töten will. Ich würde Sie gern am Montagmorgen wiedersehen, um die Sache durchzugehen, und sie später mit den ACCs und dem Divisional Commander von Brighton and Hove besprechen. Tut mir leid, dass ich Ihnen das am Wochenende auch noch aufhalsen muss.«

»Kein Problem, Sir.« Grace versuchte, seine Aufregung zu verbergen. Das war eine Herausforderung, mit der er vor dem Chief Constable glänzen konnte. Andererseits wusste er auch, dass man ihm eine gewaltige Verantwortung aufgebürdet hatte. Die Aufgabe, Gaia am Leben zu erhalten, während sie in Brighton drehte, war von nun an untrennbar mit seiner eigenen Karriere verbunden. Und sein letzter Fall hatte deutlich gezeigt, dass die Stadt vor amerikanischen Profikillern nicht sicher war.

Martinson nahm einen Keks vom Teller und hielt ihn in der Hand, ohne hineinzubeißen. Er runzelte die Stirn, als suchte er nach den richtigen Worten. »Um auf etwas ganz anderes zu kommen – ich habe Ihnen etwas zu sagen.«

»Ach ja?«

»Ich glaube, Sie hatten vor Jahren mal einen unangenehmen Zusammenstoß mit einem Ganoven namens Amis Smallbone.«

Bei dem Namen zuckte Grace zusammen. »Ich habe ihm lebenslänglich verschafft, und das hat ihm nicht gefallen. Kein Wunder.«

Tom Martinson grinste flüchtig. »Es ist zwölf Jahre her.«

»Ja, Sir, das könnte stimmen.«

Amis Smallbone war seiner Ansicht nach das übelste und bösartigste Stück Ungeziefer gewesen, mit dem er es je zu tun gehabt hatte. Er war winzig klein, trug das Haar mit Gel frisiert und sommers wie winters schicke Anzüge, die ihm viel zu eng waren. Er war die verkörperte Arroganz. Ob er sich nach dem Vorbild eines Filmgangsters gestylt hatte oder Marlon Brando im *Paten* kopierte, hatte Grace nie herausgefunden, und es war ihm auch egal. Smallbone, der jetzt Anfang sechzig sein musste, war das letzte lebende Relikt einer bedeutenden Gangsterfamilie. Es hat Zeiten gegeben, in denen drei Generationen von Smallbones die Banden von Kemp Town, mehrere Spielhallen, den Drogenhandel in der Hälfte der Nachtclubs und die Prostitution in der Stadt kontrolliert hatten. Es ging schon seit langem das Gerücht, dass Smallbones Fixierung auf Prostitution von seiner eigenen Impotenz herrührte.

Nachdem Grace ihn wegen des Mordes an einem rivalisierenden Drogenhändler verhaftete, dem er einen Heizlüfter in die Badewanne geworfen hatte, drohte der Ganove, sich an ihm und seiner Frau Sandy persönlich zu rächen. Drei Wochen später, während Smallbone noch in Lewes in Untersuchungshaft saß, hatte jemand alle Pflanzen im Garten, an denen Sandy besonders hing, mit Unkrautvernichter besprüht und die Beete in eine trostlose Wüste verwandelt.

Mitten in den Rasen waren drei Worte eingebrannt.

Du bist tot.

Grace hatte im Gerichtssaal gesessen, als die Geschworenen ihn schuldig sprachen. Amis Smallbone auf der Anklagebank hatte die Finger um eine imaginäre Waffe gekrümmt, diese auf Grace gerichtet und *Peng!* gehaucht.

»Ich habe unangenehme Neuigkeiten für Sie«, sagte Tom Martinson und schaute immer noch auf seinen unberührten Keks. »Ich wollte Sie warnen, da sich die Justizbehörde vermutlich nicht darum kümmern wird. Der Direktor des Belmarsh Prison ist ein alter Studienfreund von mir und hat mich netterweise informiert. Amis Smallbone wurde vor drei Tagen auf Bewährung entlassen.«

Ein Schauer überlief Grace, und er musste sofort an das Telefongespräch mit der völlig verstörten Cleo denken. »Hat er eine Adresse?«

Grace wusste, dass ein Gefangener, der zu lebenslänglicher Haft verurteilt war, von seinem Bewährungshelfer eine Adresse zugewiesen bekam, verbunden mit strengen Auflagen.

»Ja, in einem Hostel an der Promenade. Aber er hat bereits gegen die Bewährungsauflagen verstoßen. Er wurde seit zwei Tagen nicht mehr gesehen.«

23

Wie alle leidenschaftlichen Sammler von Gaia-Fanartikeln wusste Anna Galicia, dass man beim Kauf den richtigen Zeitpunkt abpassen musste.

Sie saß in ihrem vergoldeten weißen Velours-Sessel, einer genauen Kopie des Möbelstücks, in dem man Gaia für *Hello!* in ihrer Wohnung am Central Park West fotografiert hatte. Anna hatte ihn von einer Firma in Brighton anfertigen lassen, damit sie sich darin genauso entspannt zurücklehnen konnte wie Gaia, die unangezündete Zigarette lässig zwischen Zeigefinger und Mittelfinger. Wenn sie in diesem Sessel saß, stellte sie sich manchmal vor, sie wohne im Dakota Building mit Blick über den Central Park, demselben Gebäude, vor dem John Lennon erschossen worden war.

Sie fand Stars, die gewaltsam zu Tode gekommen waren, immer aufregend.

Sie zog an der kalten Zigarette und klopfte auf den emaillierten Aschenbecher mit Gaias Gesicht. Der Samstagmorgen war ihr am liebsten, das gesamte Wochenende erstreckte sich dann noch vor ihr. Zwei ganze Tage, in denen sie sich intensiv mit ihrem Idol beschäftigen konnte! Und nächste Woche, o Gott, sie konnte ihre Aufregung kaum zügeln. Nächste Woche wäre Gaia hier in Brighton!

Sie hatte die Lokalzeitung vor sich aufgeschlagen, in der ein Foto von Gaias winzigem Elternhaus in Whitehawk abgebildet war. Natürlich war sie damals noch nicht Gaia Lafayette gewesen, sondern Anna Mumby. Aber egal, dachte Anna grinsend, was bedeuteten schon Namen?

Sie hob vorsichtig den Laptop vom Schoß, stellte ihn auf den Boden, trank einen Schluck von ihrem Kaffee Marke *Gaia rettet die Welt* und ging zu dem silbernen Ballon mit der Aufschrift *Gaia Inner Secrets Tour*, für den sie sechzig Pfund bezahlt hatte und der an seiner Schnur knapp unter der Decke schwebte. Er verlor Luft und sah ein bisschen runzlig aus. Sie zog ihn herunter und verpasste ihm einen liebevollen Stoß Helium. Dann ließ sie ihn wieder steigen.

Sie setzte sich hin und atmete die Gerüche des Raumes ein. Pappe, Papier, Vinyl und Politur und einen Hauch von Gaias *Noon Romance*, der Raumduft, den sie täglich versprühte. Sie griff nach ihrem Computer und rief wieder die Seite mit der eBay-Versteigerung auf.

Es ging um eine Flasche von Gaias Bio-Pinot-Noir von ihrem eigenen Weingut im Napa Valley. Auf dem Etikett war der winzige FuX zu sehen, und die Flasche war handsigniert. Alle Erlöse aus dem ursprünglichen Verkauf der Flasche, die bei einer Wohltätigkeitsgala versteigert worden war, waren einer Schule in Kenia zugute gekommen. Ein weiteres Beispiel dafür, wie wunderbar menschenfreundlich Gaia war. Sie wurde von einem britischen Gaia-Fan verkauft, der Anna vor drei Jahren überboten hatte, als die Flasche das erste Mal auf eBay eingestellt worden war. Ein anderer Sammler hatte ihr in einem Chatroom verraten, dass der Besitzer seinen Job verloren hatte und dringend Geld brauchte.

Anna besaß noch keine Flasche des *Gaia Special Cuvée Pinot Noir*, eine deutliche Lücke in ihrer Sammlung. Es war bekannt, dass weltweit nur zwölf Flaschen mit handsignierten Etiketten existierten. Sie würde tief in die Tasche greifen müssen, wenn sie darauf bot. Heute würde keiner sie schlagen. Sollten sie es doch versuchen, dachte sie finster.

Wenn sie Gaia nächste Woche traf, würde sie ihr gern von der Flasche erzählen, sie vielleicht mitnehmen und das Datum draufschreiben lassen.

Es blieben noch achtundzwanzig Minuten. Dann ging ein neues Gebot ein: dreihundertfünfundsiebzig Pfund, hundert Pfund über dem letztem. Jetzt kam Bewegung in die Sache.

Doch wer auch immer bot, hätte keine Chance gegen sie. Nicht in der Stimmung, in der sie heute war. Ihrer *Ich greife tief in die Tasche*-Stimmung. Nur wenige Leute konnten sie schlagen, wenn sie in dieser Stimmung war. Im letzten Jahr war es nur einmal vorgekommen. Ha.

Es gab große Erwartungen an den neuen Film, den die Ikone drehen würde. Auf sämtliche Fanseiten gab es kein anderes Thema mehr. Wenn der Film ein so großer Hit wurde, wie alle hofften, würden die Preise für Fanartikel weiter steigen.

Nicht, dass Anna etwas zu verkaufen hatte. Sie war eine Käuferin, immer und überall, und das würde sie auch bleiben. Sie hasste es, wenn Leute anfingen, blind gegen sie zu bieten. Es war, als wollten sie ihr etwas wegnehmen, das von Rechts wegen ihr gehörte. Zorn durchzuckte sie, als sie das neue Gebot betrachtete.

Du weißt nicht, mit wem du dich eingelassen hast.

24

Roy Grace fuhr von Tom Martinsons Büro direkt zu seinem Lieblingsblumengeschäft, das Riverside Florist in Lewes, und traf dort zu seiner Freude die Besitzerin Nicola Hughes an, die gerade einen

Strauß band. Er wartete, bis sie fertig war, und bat dann um ein gewaltiges Bouquet für Cleo, mit dem er sie aufheitern wollte, wenn sie nach Hause kam.

Als die Floristin die Blumen zusammenstellte, bemerkte er, dass sie hinkte. »Ich hoffe, der andere sieht schlimmer aus als Sie«, scherzte er.

»Haha, sehr witzig. Fußgelenkarthrodese. Tut verdammt weh, aber Sie sind bestimmt nicht gekommen, um sich mein Gejammer anzuhören.«

Er legte den Blumenstrauß in den Kofferraum. Bevor er zu seiner Verabredung mit Glenn Branson fuhr, betrachtete er noch mal das Foto, das Cleo ihm auf seinen Blackberry geschickt hatte. Las die Worte, die in ihren Wagen geritzt worden waren.

Bullenhure. Als nächstes ist dein Baby dran.

Kein Zweifel, wer dahintersteckte. Die Handschrift von Amis Smallbone war unverkennbar. Vermutlich hatte er es nicht selbst gemacht, genau wie damals, als die Worte in ihren Rasen gebrannt worden waren, während er selbst hinter Gittern saß. Ein Mann wie Smallbone machte sich selten die Hände schmutzig – außer wenn er es genoss, jemanden zu quälen, ihm die Finger oder die Ohren oder die Genitalien abzuschneiden. Grace grübelte, was genau er mit den Worten bezweckte.

Hätte Smallbone Cleo wirklich Schaden zufügen wollen, hätte er sie überfallen und nicht einfach eine Nachricht auf ihrem Auto hinterlassen. Er musste sie schützen, sah im Augenblick jedoch noch keine unmittelbare Bedrohung. Die Nachricht zeugte eher von Trotz. Amis Smallbone wollte ihn beunruhigen. Ihn wissen lassen, dass er aus dem Gefängnis heraus war und nichts vergessen hatte. Und es war typisch für den Kerl, gleich gegen die Bewährungsauflagen zu verstoßen und die Behörden herauszufordern.

Das würde ihm noch leidtun, schwor sich Grace.

*

Gresham Blake hatte ein bescheidenes Ladenlokal Church Ecke Bond Street, ganz in der Nähe von Cleos Haus. Grace war oft dort vorbeigekommen und hatte einen neugierigen Blick auf die elegante Männerkleidung geworfen, war aber nie hineingegangen. Die Sachen sahen aus, als lägen sie jenseits seiner finanziellen Möglichkeiten – und seines Lebensstils. Erst seit Glenn Branson ihn drängte, etwas für sein Äußeres zu tun, sich jünger und cooler zu geben, hatte er überhaupt angefangen, sich für Kleidung zu interessieren. Wie die meisten Polizisten neigte er dazu, immer die gleichen nüchternen, praktischen Anzüge zu tragen, in denen er für alle Gelegenheiten gerüstet war.

Um kurz vor elf verließ er das unverschämt teure Parkhaus in der Church Street und sah Glenn Branson schon vor dem Laden stehen, das Telefon am Ohr. Menschenmengen drängten sich im strahlenden Sonnenschein auf dem Gehweg. Ein Streifenwagen fuhr mit Sirene und Blaulicht den Hügel hinauf, ein so vertrautes Geräusch in dieser Stadt, dass sich kaum jemand noch danach umdrehte.

»Etwas Neues?«, begrüßte ihn Grace, als Branson den Anruf beendet hatte und die Sirene verklungen war.

Sein Kollege steckte das Telefon ein. »Bis jetzt noch nicht.« Er warf einen Blick auf die Uhr. »Die Autopsie findet heute Mittag statt. Kommst du mit?«

»Ich dachte, ich überlasse dir das Vergnügen, falls es dir nichts ausmacht. Du kannst dich sozusagen ins gemachte Nest setzen.«

Branson stöhnte. »Der war schrecklich.«

Grace grinste, obwohl ihm eigentlich nicht danach zu Mute war. Die Neuigkeiten über die Entlassung von Amis Smallbone und der bedrohliche Vandalismus an Cleos Auto lagen ihm auf der Seele.

»Noch was, Chef. Bellas Mutter hat heute Morgen anscheinend einen Schlaganfall erlitten. Sie musste sofort ins Krankenhaus, und ich habe Bella hinfahren lassen.«

Grace nickte. Normalerweise duldete er es nicht, dass persönliche Dinge eine Ermittlung beeinträchtigten, schon gar nicht in den ersten entscheidenden Tagen. Doch er wusste, dass Bella Moy nur noch ihre Mutter hatte. Die bettlägerige Frau war der Grund, warum seine Kollegin mit Mitte dreißig noch zu Hause lebte. Bella pflegte sie und hatte anscheinend kein eigenes Leben. »Das tut mir leid.«

»Sie macht sich große Sorgen.«

Grace folgte Branson in den Laden, der elegant, aber ziemlich vollgestopft wirkte. Offenbar hatten die Räumlichkeiten nicht mit dem geschäftlichen Erfolg Schritt gehalten. Regale voller Hemden, Schuhständer in einer Ecke, Manschettenknöpfe auf der Theke. Ihre Füße sanken tief in den dicken Teppich, und die Luft war erfüllt von einem maskulinen Eau de Toilette. Branson stellte sich und Grace bei dem jungen Mann hinter der Theke vor und strich liebevoll über einige Krawatten, die an einem Ständer hingen. »Davon brauchst du ein paar, Oldtimer. Deine Krawatten sind alle Scheiße. Und wir müssen auf jeden Fall hier einen Anzug für dich aussuchen.« Er deutete auf ein auffälliges blaues Sakko mit Nadelstreifen. »Das würde dir viel mehr Gewicht verleihen. Darin würdest du aussehen wie ein richtiger Chef.«

Grace betrachtete es skeptisch. Das Sakko war viel zu schrill für seinen Geschmack. Als er das letzte Mal mit Glenn einkaufen gegangen war, hatte ihn der Spaß über 2500 Pfund gekostet. Darauf würde er sich nicht noch mal einlassen, vor allem nicht jetzt, da ihnen ein Baby mitsamt allen Kosten ins Haus stand.

Glenn deutete auf ein weißes Jackett. »Das würde dir auch gut stehen. Kennst du den Film mit Alec Guinness, *Der Mann im weißen Anzug*?«

Bevor er antworten konnte, eilte ein gehetzt wirkender Mann mit braunem, zerzaustem Haar aus dem Nebenraum herein. Er trug einen Tweedanzug, der für den Frühsommertag eigentlich zu warm war, ein weiches Hemd und eine Krawatte, deren Knoten er gelockert hatte. Er schwitzte leicht.

»Guten Tag, die Herren. Ich bin Ryan Farrier.«

»Glenn Branson. Wir haben vorhin miteinander gesprochen.« Der DS gab dem Schneider die Hand. »Das ist mein Chef, Detective Superintendent Grace.«

Auch Grace gab ihm die Hand. Dann führte er sie zwei schmale, unebene Treppen hinauf in einen Raum, in dem reihenweise Anzüge hingen, von denen manche erst halb fertig waren. Es gab einen antiken Standspiegel, und alles roch nach Stoff und Politur. Farrier ging mit ihnen in einen kleineren Raum, in dem weitere Anzüge hingen. Auch hier stand ein Spiegel, und es gab einen Umkleidebereich, der mit einem Vorhang abgetrennt war. Plötzlich kam sich Grace in seinem marineblauen Anzug, den er vor einer Ewigkeit bei Marks and Spencer im Schlussverkauf erstanden hatte, ziemlich schäbig vor.

»So, meine Herren, womit kann ich Ihnen dienen?« Der Schneider schaute sie an und verschränkte die Hände. Beschämt bemerkte Grace, dass Farrier ihn prüfend musterte. Er hatte keine Ahnung, wie man einen billigen von einem teuren Anzug unterscheiden konnte, aber ein Mann wie Farrier schaffte das sicher auf den ersten Blick.

Branson holte den Asservatenbeutel aus der Tasche und hielt ihn hoch. »Diese Stoffstücke wurden gestern in der Nähe einer Leiche gefunden, die wir identifizieren müssen. Wir haben uns gefragt, ob Sie uns etwas darüber sagen können.«

»Darf ich sie herausnehmen?«

»Leider nicht.« Branson reichte ihm den Beutel. »Tut mir leid, dass wir sie nicht reinigen lassen konnten.«

Farrier grinste verlegen, als wäre er sich nicht sicher, ob das ein Witz sein sollte. Dann betrachtete er den Inhalt sorgfältig. »Das ist ein Anzugstoff. Irgendein Tweed.«

»Können Sie uns sagen, welcher Schneider den Stoff verarbeitet hat?«

Ryan Farrier betrachtete das Material noch einmal stirnrunzelnd. »Diese Proben sind wirklich zu klein. Falls Sie herausfinden möchten, wer das Jackett oder den Anzug geschneidert hat, von dem die Stücke stammen, sollten Sie sich lieber auf den Stoff selbst konzentrieren. Das ist ein sehr hochwertiger, schwerer Tweed.«

»Ein Winterstoff?«

»Definitiv. Ein bisschen schwerer als der, den ich trage. Es ist ein Stoff, aus dem Sie sich einen Anzug schneidern lassen, den Sie draußen auf dem Land tragen, vielleicht bei der Jagd. Allerdings nicht in dieser Farbe! Die ist wirklich ein bisschen gewagt, man müsste sich schon extrem zur Schau stellen wollen.«

Schwerer Stoff, also war das Opfer in den Wintermonaten getötet worden, dachte Grace.

»Ich glaube, es handelt sich um einen Stoff von Dormeuil. Ich könnte das am Montag nachprüfen. Würden Sie mir eine winzige Probe überlassen?«

»Es tut mir leid«, sagte Grace. »Wir können nicht riskieren, die Beweise zu kontaminieren. Aber wir haben Fotos mitgebracht, die wir Ihnen überlassen können.«

»Wie viele Schneider beliefert eine Firma wie Dormeuil?«, erkundigte sich Branson.

Farrier überlegte kurz. »Du lieber Himmel, Hunderte, vielleicht Tausende. Jeder gute Schneider dürfte Stoffproben von ihnen haben – es ist erstklassige Qualität, aber die hat ihren Preis. Das hier ist allerdings ein ziemlich auffälliges Material – ich kann mir nicht vorstellen, dass sich viele Leute daraus einen Anzug machen lassen. Dormeuil dürfte Ihnen die Namen aller Schneider nennen können, die sie in den vergangenen Jahren mit dem Stoff beliefert haben.«

»Das ist sehr hilfreich«, sagte Branson. »Allerdings muss der Anzug natürlich nicht zwangsläufig für das Opfer selbst angefertigt worden sein. Er könnte auch aus zweiter Hand stammen.« In Brighton gab es eine ganze Menge Second-Hand-Läden.

Farrier sah ihn gequält an. »Ich glaube nicht, dass viele Leute einen Anzug aus einem Dormeuil-Stoff kaufen und ihn dann weggeben oder verkaufen. Ein wirklich guter Anzug begleitet einen ein Leben lang.«

Oder in den Tod, dachte Grace.

25

Er saß im Halbdunkel verkrampft auf seinem Platz. Ihm dröhnten die Ohren, das Flugzeug sackte gelegentlich ab, wenn es Turbulenzen gab. Die meisten Leute schliefen. So wie das Arschloch neben ihm, das vier widerliche Whisky Cola getrunken hatte und jetzt alle paar Minuten laut losschnarchte.

Schnarchen sollte im Flugzeug verboten sein, genau wie Babygeschrei. Er war ernsthaft versucht, dem Mann eine Plastiktüte über den Kopf zu ziehen. Bei diesen Lichtverhältnissen würde es niemand merken.

Aber er musste seinen Zorn unter Kontrolle halten.

Darum hatte er auch das aufgeschlagene Buch auf dem Schoß. Der Titel lautete *Wie man seinen inneren Zorn bewältigt.*

Das Problem bestand darin, dass ihn das Buch zornig machte. Es war von irgendeiner grenzdebilen Psychologin verfasst. Wie viel Ahnung hatten Psychologen überhaupt? Die waren doch selber verrückt.

Kapitel 5. Einen persönlichen Aktionsplan entwickeln (von Lorraine Bell)

Entwickeln Sie einen persönlichen Aktionsplan, um Ihren Zorn zu bewältigen und zu reduzieren, und tragen Sie ihn ständig bei sich.

Na schön, und wie? In einer Plastiktüte? Einem Koffer? In einer Schüssel auf seinem Kopf? Als Anhänger an seinem Sack?

Notieren Sie, zu welchen Zeiten Sie zornig werden – nach einem stressigen Tag im Büro oder nach einem alkoholischen Getränk.

Oder nachdem das Leben einem wieder mal aus großer Höhe auf den Kopf geschissen hat?

Er spürte, wie sein Zorn in Fahrt geriet. Der Mann neben ihm schnarchte erneut, laut wie eine Kettensäge. Das Geräusch war so ohrenbetäubend, dass er gar nicht mehr denken konnte. Er stieß ihn richtig hart in die Rippen und schaute ihn böse an. »Halt endlich die Klappe, verstanden?«

Der Mann blinzelte ihn betäubt an.

Er krümmte Finger und Daumen vor dem Gesicht des Mannes. »Wenn Sie noch mal schnarchen, reiße ich Ihnen die Zunge raus.«

Der Mann starrte ihn einen Moment lang an und wollte etwas sagen, schien es sich aber anders zu überlegen. Er wirkte jetzt nervös, als spürte er, dass es keine leere Drohung war. Nach kurzem Zögern löste er den Gurt, stand auf und ging den Gang entlang.

Er widmete sich wieder seinem Buch.

Die folgenden frühen Warnzeichen verraten mir, dass ich zornig werde: ein zittriges Gefühl oder dass ich die Fäuste balle.

Er fühlte sich jetzt zittrig und ballte die Fäuste. Er hätte dem schnarchenden Mann liebend gern die Zunge herausgerissen, so wie früher, mit rotglühenden Zangen. Er hat es nicht besser verdient. Niemand hatte das Recht so zu schnarchen.

Wenn ich zornig bin, habe ich die folgenden Gedanken:

Hier war Platz frei gelassen, damit man etwas eintragen konnte. Doch das war nicht nötig. Er wusste genau, was er dachte, wenn er zornig war.

Die Gründe, aus denen ich mich ändern möchte:

- *wegen der Folgen, die es hat, wenn ich die Beherrschung verliere*
- *weil ich mich danach schlecht fühle*
- *weil es mir nicht gutgeht und der Zorn meine Genesung behindert*

Er knallte das Buch zu. Der Zorn kochte in ihm hoch. Wenn er einmal draußen war, konnte er nichts mehr tun, bis er sich wieder gelegt hatte. Es war, als wären Hunderte giftiger Schlangen in ihm zum Leben erwacht, die sich entrollten, die Zunge hervorschnellen ließen, bereit zum Angriff.

Das Problem war, dass er das Gefühl genoss.

Sein Zorn befreite ihn. Verlieh ihm Macht.

Viel zu viele Leute hielten sich an den Idioten Matthäus aus der Bibel. *So dir jemand einen Streich gibt auf deinen rechten Backen, dem biete den andern auch dar.*

Aber das war nicht der richtige Weg, das war eine Einladung zum

Mobbing. Er hielt nichts von diesem ganzen verweichlichten New-Age-Kram aus dem Neuen Testament. Er glaubte an das Alte Testament. Das war für ihn das Wort Gottes.

Dein Auge soll sie nicht schonen; Seele um Seele, Auge um Auge, Zahn um Zahn, Hand um Hand, Fuß um Fuß.

Klar und auf den Punkt.

Er hatte versprochen, das Buch zu lesen und die Fragen zu beantworten. Das war einer der Vorschläge seines Arztes gewesen. Er solle versuchen, seinen Zorn auf etwas Positives zu richten. Ha! Wozu das alles? Er hatte in der Vergangenheit schlimme Dinge getan, das wusste er, aber das war nicht seine Schuld, das lag an den Schlangen. Es war doch nicht seine Schuld, wenn die Leute die Schlangen weckten.

Und die waren schon seit einigen Tagen wach.

26

Dass manche Ganoven so vorhersehbar handelten, war eine der wenigen Tatsachen, die seinen Job etwas einfacher gestalteten, dachte Roy Grace. Die Jungs vom alten Schlag waren Gewohnheitstiere, agierten in ihrem eigenen Revier und nutzten dieselben Kneipen für ihre kriminellen Aktivitäten und Gelage.

Doch wie alles im Leben blieb nichts, wie es war, und die Ganoven von früher, mit denen ein schlauer Bulle beim Bier eine Beziehung anknüpfen und dabei wertvolle Informationen erhalten konnte, gehörten fast der Vergangenheit an. Sie starben aus wie die Dinosaurier und wichen einer übleren, gemeineren und insgesamt weniger geselligen Spezies von Verbrecher.

Grace fand den Dinosaurier, nach dem er suchte, im vierten Pub, kurz vor der Mittagszeit. Terry Biglow kauerte allein an einem Tisch und studierte einen Wettvordruck. Das Etablissement war düster und verlassen. Vor ihm stand ein halbleeres Pintglas, und an der Wand lehnte ein Gehstock. Der einzige andere Mensch im Raum war ein tätowierter Mann mit kahlem Kopf, der hinter der Theke Gläser abtrocknete.

Genau wie Amis Smallbone entstammte auch Biglow einer der großen Verbrecherfamilien der Stadt. In den ersten dreißig Jahren nach dem Krieg hatten sich die Biglows einen großen Teil von Brighton mit den Smallbones geteilt. Sie kontrollierten einen Schutzgeldring, der die Drogenszene von Brighton and Hove beherrschte, und wuschen über eine Reihe von Antiquitäten- und Juweliergeschäften Geld. Damals legte man sich besser nicht mit Biglow an, wenn man nicht gerade scharf auf ein Rasiermesser oder Säure im Gesicht war. Er kleidete sich stets elegant und hatte einen teuren Geschmack, doch das war lange her.

Roy Grace hatte ihn vor einigen Monaten zuletzt gesehen. Damals hatte Biglow ihm erzählt, er sei unheilbar krank. Nun war er schockiert, wie sehr der alte Ganove seitdem verfallen war. Sein Gesicht war beinahe skelettartig, das früher tadellos frisierte Haar dünn und ungepflegt, und sein schäbiger brauner Anzug und das cremefarbene Hemd ohne Krawatte, das bis zum Kragen zugeknöpft war, sahen aus, als wären sie drei Nummern zu groß.

Er schaute Grace an wie ein verängstigtes Nagetier, doch dann verzogen sich seine dünnen, feuchten Lippen zu einem verlegenen Lächeln. »Mr Grace, Inspector Grace, wie schön, Sie zu sehen!« Seine Stimme klang schwach und dünn, und er keuchte, als bereitete ihm das Sprechen große Mühe. Seine winzigen Hände waren so ausgemergelt, dass sie an Vogelkrallen erinnerten, und das Armband seiner goldenen Uhr schlackerte lose am Handgelenk.

»Eigentlich heißt es *Detective Superintendent*«, korrigierte ihn Grace und ließ sich auf dem Stuhl gegenüber nieder. Der Mann roch muffig, als hätte er irgendwo draußen geschlafen.

»Ja, Sie wurden befördert. Jetzt fällt es mir wieder ein, das haben Sie mir erzählt. Glückwunsch.« Er runzelte die Stirn. »Ich hab Ihnen doch gratuliert, oder?«

Grace nickte. »Letztes Mal.« Dann deutete er auf das Bier. »Möchten Sie noch eins?«

»Eigentlich soll ich nicht trinken. Bin krank, Inspector – Entschuldigung, Detective Superintendent. Hab Krebs. Ich bekomme jetzt die ganzen Medikamente und so, soll dabei nicht trinken. Macht aber jetzt auch nix mehr, oder?« Er schaute Grace in die Augen, als erhoffte er sich die Zustimmung seines alten Widersachers.

Grace wusste nicht genau, wie er darauf reagieren sollte. Er hätte gewettet, dass Biglow nur noch Wochen, höchstens zwei Monate zu leben hatte. »Es heißt immer, Medizin sei eine sehr ungenaue Wissenschaft, Terry. Man kann nie wissen.« Er lächelte schwach. Biglow starrte ihn einfach nur an. Er hat Angst, dachte er. Der Mann hat wirklich Angst.

Als du in dieser Stadt das Sagen hattest, hattest du keine Angst, oder? Was wirst du in den letzten Augenblicken denken, wenn dein Leben verrinnt? Wirst du an all die Menschen denken, deren Leben du zerstört hast, indem du ihnen Drogen verkauft hast? Die unschuldigen Ladenbesitzer, deren Geschäfte du abgefackelt hast, weil sie dein Schutzgeld nicht bezahlen wollten? Die alten, verletzlichen Leute, denen deine Schläger die Familienerbstücke gestohlen haben? Was denkst du, wenn du deinem Schöpfer gegenübertrittst und nur das vorzuweisen hast?

»Wie kann ich Ihnen helfen, Mr Grace?«, keuchte Biglow. »Sie sind doch nicht wegen des Biers oder der netten Gesellschaft hier.«

Während er sprach, betrachtete Grace aufmerksam seine Augen. »Wie ich hörte, ist Amis Smallbone wieder draußen.«

Keine Reaktion. Dann sagte Biglow: »Sie haben Amis entlassen? Er war lange drin. Kein Verlust, wenn Sie mich fragen.«

Grace wusste, dass die beiden Rivalen einander nicht gerade geliebt hatten. »Ich muss ihn finden.« Er behielt ihn immer noch genau im Auge. »Haben Sie eine Ahnung, wo er sein könnte?«

Biglows Augen bewegten sich nicht, sondern starrten geradeaus, die Angst in ihnen immer noch sichtbar. »Kennen Sie Tommy Fincher?«

Grace nickte. Fincher war in der Unterwelt von Brighton als Hehler bekannt. »Hab seit Jahren nichts von ihm gehört.«

»Ja, der gute alte Tommy. Ist gerade gestorben. Schlaganfall. Nächste Woche Dienstag wird er oben in Woodvale beerdigt. Er und Smallbone waren ganz dicke.«

»Tatsächlich?«

»Smallbone war mit seiner Schwester verheiratet. Ist an Krebs gestorben, schon vor Jahren. Er geht sicher zur Beerdigung. Da werden Sie ihn finden.«

»Sie haben sich das Bier verdient.«

»Machen Sie einen Whisky draus, Detective Insp-Superintendent. Nicht diesen Bell's, die haben einen schönen Chivas hier, sechzehn Jahre alt, den nehme ich, wenn die Runde auf Sie geht.«

Für die Information, die er bekommen hatte, war das geradezu ein Schnäppchen. Roy Grace bestellte ihm einen Doppelten.

27

Nachdem die beiden Ermittler das Haus in Bel Air verlassen hatten, saß Gaia Lafayette in Jeans und einem weiten schwarzen Oberteil wie betäubt auf ihrem weißen Sofa und begann wieder zu weinen. Es war die dritte polizeiliche Befragung in den letzten drei Tagen. Es gab keine Verdächtigen, nur eine verschwommene Aufnahme der Überwachungskamera, die man zur Bearbeitung eingeschickt hatte. Die ballistischen Untersuchungen waren durchgeführt worden, doch bisher hatte sich keine Übereinstimmung mit den Polizeiakten ergeben.

Die Kriminalbeamten waren die möglichen Motive durchgegangen und hatten mit ihr wiederholt über eventuelle Feinde gesprochen. Mordmotive seien Geld, Eifersucht, Rache, oder aber sie hätten es mit einem willkürlich handelnden, verrückten Einzeltäter zu tun. Bisher jedoch hätten sie den Eindruck gewonnen, dass es sich nicht um eine willkürliche Tat handle. Es sei sehr wahrscheinlich, dass Gaia das eigentliche Ziel gewesen sei und der Täter sie nur verwechselt habe.

Ihre Assistentin Sasha kam zurück, nachdem sie die Polizisten zur Tür gebracht hatte. Sie hatte die Haare kurz geschnitten und schwarz gefärbt, um künftig Verwechslungen auszuschließen. Gaia hatte sich über den Rat ihres Sicherheitschefs Andrew Gulli hinweggesetzt, der nach dem Mord an Marla umso nachdrücklicher empfahl, ihre Assistentinnen als Doppelgängerinnen zu verkleiden. Todd, ihr augenblicklicher Lover, sagte das Gleiche.

Doch Gaia weigerte sich, die Frauen diesem Risiko auszusetzen. Es war ein Witz gewesen, ein Akt der Selbstüberschätzung, der nie tödlich hatte ausgehen dürfen.

»Warum weinst du, Mama?«

Roan kam in ein Handtuch gewickelt und mit nassen Haaren vom Pool herein.

»Mama ist traurig, Schatz.«

»Bist du traurig, weil Marla nicht mehr wiederkommt?«

Sie umarmte ihn und küsste ihn auf die Stirn. Ursprünglich hatte sie den Jungen hierlassen wollen, doch das erschien jetzt undenkbar. Sie würde ihn mit nach England nehmen, wo sie ihn um sich haben und beschützen konnte.

Ihr Agent, ihr Manager und Todd waren alle dafür, dass sie aus dem Film ausstieg. Wie sollte man in England, wo die Leibwächter nicht einmal Waffen tragen durften, für ihre Sicherheit garantieren? Eben darum ging es doch, hatte sie ihnen erklärt. Gerade jetzt würde sie sich in einem Land, das keine Waffenkultur pflegte, sicherer fühlen. Und außerdem hatte sie sich noch nie vor der Öffentlichkeit versteckt. Sie war *Gaia*, die Göttin der Erde! Mutter Erde und sie würden einander beschützen.

Außerdem stand die Produktion in den Startlöchern, alles hing von ihr ab. Nächste Woche sollte es losgehen. Wenn sie jetzt ausstieg, wäre der Film gestorben. Die Produzenten hatten klar und deutlich gesagt, dass es unmöglich sei, die Dreharbeiten nach L. A. zu verlegen. Und wie lange sollte sie sich verstecken? Wenn jemand es auf sie abgesehen hatte, würde er warten, notfalls Wochen, Monate, vielleicht sogar Jahre. Sie musste ihr Leben weiterführen.

Sie umarmte Roan. »Du weißt doch, dass Mama dich am allerliebsten auf der Welt hat, oder?«

»Ich habe dich auch lieb, Mama.«

»Dann ist doch alles in Ordnung, oder?«

Er nickte.

»Freust du dich darauf, nach England zu fahren?«

Er zuckte mit den Schultern. »Kann schon sein.« Dann runzelte er die Stirn. »Ist das weit weg?«

»Ja. Wir werden in eine Stadt am Meer fahren. Dort gibt es einen Strand. Möchtest du am Strand spielen?«

Seine Augen leuchteten. »Ich glaube schon.«

»Du glaubst schon?«

»Kommt Marla auch dahin?«

»Nein, Schatz, nur du und ich. Wir passen aufeinander auf. Kümmerst du dich um deine Mama?«

Er schaute sie aus großen, vertrauensvollen Augen an. Sie hatte ihn nie mehr geliebt als in diesem Augenblick, noch hatte sie je größere Angst um ihn gehabt – und um sich selbst. Sie drückte ihn ganz fest und zärtlich an sich, legte ihr Gesicht an die weiche, junge Haut seiner Wange, roch das Chlor aus dem Pool auf seiner Haut und in seinen Haaren. Tränen liefen ihr übers Gesicht.

28

Roy Grace kannte einige Polizisten, die die Tage bis zu ihrer Pensionierung zählten und sich schon auf das lukrative Finanzpaket freuten, das damit einherging. Doch es gab weit mehr Kollegen, die sich vor diesem Tag fürchteten.

Er war seit zwanzig Jahren bei der Polizei und hatte somit noch zehn Jahre vor sich, vielleicht auch fünfzehn, falls die geplanten Änderungen durchkamen. Manchmal machte es ihm Angst, wie schnell die Zeit zu vergehen schien.

Bei diesen Gelegenheiten zog er Bilanz und versuchte, das Gute zu sehen, so wie jetzt, während er darauf wartete, dass sein Team zur Samstagabendbesprechung in die MIR-1 kam.

Manchmal konnte er sein Glück kaum fassen. Er liebte seinen Job, und während es durchaus Kollegen gab, die er nicht mochte, und bürokratische Prozesse, die seine Arbeit behinderten, hatte er sich im Laufe seiner Karriere nur selten nicht auf die Arbeit gefreut. Die ständige Abwechslung gefiel ihm ganz besonders.

Gerade war er mit dem beschäftigt, was er am liebsten mochte, was sein Adrenalin wirklich in Wallung brachte: die erste Phase einer Mordermittlung.

»Samstag, 4. Juni, 18.30 Uhr. Dies ist die dritte Besprechung der *Operation Icon*. Ich fasse den bisherigen Stand zusammen.« Er schaute in die Runde, es fehlten nur Emma-Jane Boutwood und Bella Moy. Er deutete auf Glenn Branson.

»Würdest du uns bezüglich der Autopsieergebnisse auf den neuesten Stand bringen?«

»Dr. Nadiuska De Sancha und die forensische Archäologin Joan Major haben bislang festgestellt, dass das Opfer männlich ist, weiß, Alter Mitte bis Ende vierzig. Das gebrochene Zungenbein und der Einschnitt an den oberen Halswirbeln lassen auf Erdrosseln mit einem dünnen Draht schließen. Der Mageninhalt hat sich weitgehend zersetzt, das war zu erwarten. Die chemische Analyse wies jedoch ein Stück einer Austernschale wie auch Methanol nach, was auf den Genuss von Wein hinweist.«

»Wissen wir, ob er rot oder weiß war?«, erkundigte sich Norman Potting.

»Was würde uns das verraten?«, wollte Nick Nicholas wissen.

»Na ja, ob er Klasse hatte oder nicht«, kommentierte Potting grinsend. »Wenn er Rotwein zu Austern getrunken hat, war er kein Kenner.«

Branson fuhr fort, ohne ihn zu beachten. »Wir haben Stoffstücke, die man in unmittelbarer Nähe des Torsos gefunden hat, für die Analyse gesichert und sie außerdem dem Schneideratelier Gresham

Blake vorgelegt. Dort hält man sie für einen schweren Tweed, wie er für Herrenanzüge verwendet wird, und man hat uns Hinweise auf den Hersteller gegeben. Die Farbgebung ist ungewöhnlich, so dass wir auf eine Liste von Bekleidungsherstellern hoffen, die daraus Anzüge angefertigt haben. Oder auf einen Maßschneider, der ihn verwendet hat.«

DC Nicholas hob die Hand. »Nur eine Beobachtung, Glenn, aber es erscheint mir seltsam, dass der Mörder sich die Mühe gemacht haben soll, sein Opfer zu zerstückeln, um eine Identifizierung zu erschweren, und dann die Kleidung dortgelassen hat.«

»Da gebe ich Ihnen recht«, sagte Grace. »Ich hatte den gleichen Gedanken. Es könnte eine falsche Spur sein, die mit Absicht gelegt wurde. Oder, was ich für wahrscheinlicher halte, der Täter hat fälschlicherweise angenommen, dass die Kleidung zusammen mit dem Körper vollkommen zersetzt würde. Ich kenne Fälle, in denen das Opfer in bekleidetem Zustand zerstückelt wurde. Das ist nicht ungewöhnlich, wenn der Täter in Panik gerät.«

DC Jon Exton hob die Hand. »Sir, der Täter könnte auch in Panik getötet haben. Vielleicht geriet ein Streit außer Kontrolle, und er dachte nicht weiter darüber nach, dass das Opfer noch bekleidet war, bevor er Kopf und die Gliedmaßen entfernte.«

DS Guy Batchelor, ein stämmiger, onkelhafter Ermittler mit fröhlichem Lächeln, schüttelte den Kopf. »Wenn er sein Opfer zerstückeln wollte, hätte er es ganz bestimmt zuerst ausgezogen. Das macht es viel einfacher.«

»Ich neige zur Ansicht des Chefs«, sagte Branson und schaute zu David Green. »Was meinen Sie?«

David Green, der Leiter der Spurensicherung, war ein kräftiger Mann Ende vierzig, der stets gut gelaunt und sachlich wirkte. »Die Kleidungsreste passen nicht so recht in einen Hühnerstall. Der Landwirt Keith Winter hat keine Erklärung dafür, wie sie dort hineingeraten sind. Jedenfalls füttert er nicht die Hennen damit.«

Branson fuhr fort: »Eine genaue zeitliche Einschätzung liegt bei sechs Monaten bis zu einem Jahr. Der Zustand der Leiche deutet darauf hin, dass sie mit Ätzkalk bedeckt wurde, heutzutage besser bekannt als Kalziumoxid. Ein amateurhafter Versuch, die Verwesung zu beschleunigen. Die DNA wurde dabei nicht zerstört. Joan Major hat DNA-Proben aus den Knochen entnommen, die zur Schnellanalyse geschickt wurden. Wir hoffen, dass die Ergebnisse am Montag vorliegen. Bis dahin wird sich ein Team unter Norman Potting um die Vermisstenfälle kümmern.«

Er trank einen Schluck Wasser. »Der Chef und ich haben die Parameter für vermisste Personen in Sussex und dem Grenzgebiet zu Surrey und Kent festgelegt. Um mögliche Fehler bei den Einschätzungen der Pathologinnen zu berücksichtigen, untersuchen wir alle Vermisstenfälle. Haben Sie etwas zu berichten?« Er nickte DS Analise Vineer zu, die für das HOLMES-Datensystem zuständig war.

Mit ihren langen, schwarzen Haaren und der schwarzen Kleidung wirkte sie dramatisch, glich dies aber durch ihre ruhige, sachliche Art aus. »Wir haben nach Rücksprache mit DS Potting den zeitlichen Rahmen unserer Suche auf drei bis achtzehn Monate erweitert. In diesem Zeitraum haben wir dreihundertzweiundvierzig dauerhaft vermisste Personen. Von diesen wiederum sind einhundertfünfundvierzig männlich. Bisher konnten wir siebenundachtzig auf Grundlage ihres Alters und Körperbaus ausschließen.«

Grace rechnete rasch im Kopf. »Bleiben achtundfünfzig.«

»Ja, Sir.«

Er wandte sich an Potting. »Wie sieht es damit aus, Norman?« Dieser grinste selbstzufrieden und warf sich in die Brust wie eine Zweitbesetzung, die plötzlich die Hauptrolle bekommen hat. »Bis wir den Schädel haben, müssen wir alles auf den Kopf stellen.«

Gelächter. Diesmal lächelte auch Grace. Er und alle anderen wussten, dass die Bemerkung weniger frivol war als sie sich anhörte. Leichen konnten auf verschiedene Art und Weise identifiziert werden. Die sicherste Methode war immer noch durch ein Familienmitglied. Auch DNA, Fingerabdrücke oder zahnärztliche Dokumente waren nicht schlecht. Notfalls auch Fußabdrücke, wenn gar nichts anderes weiterhalf.

Im Augenblick konnten sie sich nur auf die DNA-Analyse verlassen. Falls die DNA des Opfers nicht in der nationalen Datenbank vorhanden war, stünden sie vor einem großen Problem. Eine teure Analyse der Isotope oder Enzyme in der DNA konnten Hinweise auf das Heimatland, vielleicht sogar auf die Gegend geben, aus der das Opfer stammte. Forensiker hatten kürzlich herausgefunden, dass Nahrungsmittel – vor allem die darin enthaltenen Mineralien – ausreichen konnten, um das Herkunftsgebiet einer Person einzugrenzen. Doch die Informationen besaßen nur einen beschränkten Wert. Damit eine Mordermittlung vorankam, musste das Opfer unbedingt identifiziert werden.

David Green hob die Hand. »Das Suchteam hat die Arbeit im Hühnerstall abgeschlossen, es wurden keine weiteren Überreste gefunden. Ich habe die Suchparameter auf mögliche Ablagestellen in der gesamten Umgebung des Bauernhofes und einen Radius von eineinhalb Kilometern in alle Richtungen ausgedehnt. Wir benutzen Bodenradar.« Er deutete auf eine Luftaufnahme, die an einer großen Tafel hing. Darauf war der Hof mit rotem Stift eingezeichnet, dazu sah man die umliegenden Felder, die Straße und einige Teiche. »Die Teiche und Gräben werden heute Abend und morgen früh von Tauchern abgesucht.«

Grace bedankte sich. »DS Branson berichtet jetzt über die Pressekonferenz, die heute um 17.30 Uhr stattgefunden hat. Doch bevor wir dazu kommen, möchte ich Ihnen etwas mitteilen und Sie bitten, genau zuzuhören. Heute hat mich unser guter alter Freund Kevin Spinella vom *Argus* angerufen. Wieder einmal ist er uns allen einen Schritt voraus, obwohl er zur Zeit Flitterwochen auf den Malediven macht.«

»Sie meinen, der kleine Scheißer hat jemanden gefunden, der ihn geheiratet hat?«, rief Guy Batchelor.

»Unglaublich, aber wahr. Ich möchte keine falschen Verdächtigungen vorbringen, aber er verfügt über Insiderinformationen. Es könnte einer von Ihnen oder jemand aus einer anderen Abteilung sein. Ich möchte nur, dass Sie alle wissen, dass ich fest entschlossen bin, die Person zu finden. Und wenn ich sie habe –«, er hielt inne, um seinen Worten mehr Gewicht zu verleihen. »Wenn ich sie habe, wird diese Person sich wünschen, nie geboren worden zu sein. Verstanden?«

Verlegenes Schweigen. Grace schaute alle siebenundzwanzig Personen nacheinander an. Mit einigen arbeitete er schon lange zusammen. Andere waren neu im Team, und er konnte sie nicht richtig einschätzen. Alle sahen aus wie gute, anständige Menschen, doch konnte man sich da sicher sein?

Außerdem war das im Moment nicht sein größtes Problem. Kevin Spinella war zwar wie ein Stachel im Fleisch, hatte aber auch seinen Nutzen und verstand die Spielregeln. Das war mehr, als er von den meisten anderen Reportern behaupten konnte. Im Augenblick ging es darum, die Leiche zu identifizieren und den Mörder zu finden.

»Wir müssen über die Stonery Farm recherchieren, zunächst in einem Rahmen von fünf Jahren. Ich möchte die gesamte Geschichte des Hofes, seines Besitzers und der Familie. Gab es irgendwelche polizeilich gemeldeten Zwischenfälle in der Gegend? Einbrüche? Wilderei? Falls das Opfer tatsächlich mit einem Draht erdrosselt wurde, könnten Winter oder ein Familienmitglied es getan haben? Haben er oder seine Familie jemals Kampfkunst betrieben? Welche Rivalitäten gibt es bei der Zucht freilaufender Hühner?«

Er hielt inne, als Gelächter aufkam. Dann funkelte er seine Kollegen an. »Verzeihung, habe ich etwas Komisches gesagt? Würden Sie es komisch finden, wenn einer Ihrer Angehörigen zerstückelt unter einem Meter Hühnerscheiße gefunden würde?«

Keine Antwort.

29

Glenn Branson folgte Roy Grace aus dem Besprechungszimmer in den Bereich, wo die leitenden Beamten ihre Büros hatten.

»Wie war ich?«

»Gut«, sagte Grace und klopfte ihm freundschaftlich auf den Rücken. An seinem Blackberry blinkte die Leuchte. »Wir müssen die Leiche so schnell wie möglich identifizieren.«

»Aber wie?«

Grace setzte sich an den Schreibtisch und ging die fünfzehn Mails durch, die inzwischen eingegangen waren. »Ich glaube, du solltest dich bei der NPIA melden. Mal sehen, was sie uns über ein mögliches Täterprofil sagen können.«

Die National Policing Improvement Agency arbeitete mit Profilern zusammen, die Erfahrungen mit allen nur erdenklichen Mordmethoden und -motiven hatten.

»Gute Idee. Sind die auch am Wochenende erreichbar?«

»Nicht mit voller Besetzung, aber sie haben rund um die Uhr einen Bereitschaftsdienst.«

Branson setzte sich auf die andere Seite des Schreibtisches. »Ist irgendwas? Du wirkst so zerstreut.«

Grace scrollte weiter durch seine Mails. Eine kam von Graham Barrington, dem Chief Superintendent der örtlichen Polizei, der während Gaias Aufenthalt in der Stadt für ihre Sicherheit verantwortlich war. Keine Nachrichten von Cleo, was er als gutes Zeichen deutete.

Barrington wollte wissen, ob er am nächsten Morgen um zehn zu einer Besprechung in sein Büro kommen könne.

»Einiges«, antwortete Grace, während er Barrington rasch antwortete. »Ich mache mir Sorgen um Cleo. Habe vorhin erfahren, dass Amis Smallbone entlassen wurde. Heute Nacht wurde ihr Wagen beschädigt.«

»Von ihm?«

Grace zuckte mit den Schultern. »Es ist jedenfalls sein Stil.«

»Scheiße, was machst du jetzt?«

»Mit ihm reden, wenn ich ihn finden kann. Aber ich habe noch ein weiteres Problem. Gaia Lafayette. Der Chef hat mich mit ihrer Sicherheit beauftragt, während sie in Sussex dreht.«

Bransons Augen leuchteten. »Ist ja Wahnsinn! Ich möchte sie unbedingt kennenlernen! Kaum zu glauben, dass sie herkommt!«

»Sie kommt am Mittwoch.«

»Machst du mich mit ihr bekannt?«

»Wenn du mir versprichst, mein Haus in Ordnung zu halten.«

»Abgemacht. Wow! Gaia. Sie ist – sie ist –« Er hob die Hände und ließ sie wieder fallen. »Unglaublich!«

»Ich dachte, du stehst nur auf schwarze Musik.«

Branson strahlte. »Ja, aber sie singt, als wäre sie schwarz! Und die Kinder wären hin und weg. Wie viel hast du denn mit ihr zu tun?«

»Das erfahre ich noch.«

»Ich *muss* sie kennenlernen. Autogramme für Sammy und Remi besorgen.«

»Die mögen ihre Musik?«

»Mögen?« Er verdrehte die Augen. »Die drehen durch, wenn sie im Fernsehen ist. Alle Kids in England lieben sie. Weißt du überhaupt, wie berühmt sie ist?« Er grinste. »Vermutlich nicht, du bist zu alt dafür.«

»Danke.«

»Ich meine es ernst. In deinem Alter träumst du vermutlich von Vera Lynn. Und alle, die jünger sind als du, träumen von Gaia.«

»Vermutlich werde ich von jetzt an auch von ihr träumen. Albträume.«

»Der Wahnsinn, glaub mir, sie ist der Wahnsinn!«

Grace nickte und dachte bei sich, dass es wirklich der Wahnsinn war. Wahnsinnig gute Neuigkeiten für Brighton, ein Megastar in ihrer Stadt. Der Film würde den Tourismus in der Stadt gewaltig anheizen.

Doch wenn ihr hier etwas zustieße, während er für sie verantwortlich war, würde die Stadt Brighton nie über den Makel hinwegkommen. Und er auch nicht.

30

Seine feuchten Lippen schlossen sich gierig um das dicke, weiche Tabakblatt der Cohiba Siglo. Er saugte den dichten Rauch in den Mund und blies ihn in Richtung Decke, griff dann nach dem kristallenen Glas und trank den letzten Schluck dreißig Jahre alten Glenlivet.

So ließ es sich besser leben als im Gefängnis. Man konnte die meisten Sachen reinschmuggeln, wenn man das System kannte und genügend Einfluss besaß, was bei Amis Smallbone der Fall war, doch nichts ging über die Freiheit. Eines der Mädchen – ein Rotschopf, der bis auf ein Fußkettchen nackt war – stand vom Sofa auf, um sein Glas nachzufüllen. Die andere blieb dicht bei ihm, massierte ihn durch die Hose und erweckte einen Teil von ihm langsam wieder zum Leben.

Er versuchte, sich auf die Freuden dieses Abends zu konzentrieren. Samstagabend. Sein erster Geschmack von Freiheit nach zwölf Jahren. Auf dem riesigen Fernseher lief ein Pornofilm. Zwei blonde Lesben. Super. Er mochte es, wenn Mädchen es miteinander trieben. Er mochte auch das gewaltige Anwesen hinter dem elektrischen Tor in der schicken Dyke Road Avenue.

Früher hatte er in einem noch größeren Haus gewohnt, nur ein paar Straßen weiter. Das war, bevor ein gewisser Bulle aus Brighton es ihm weggenommen hatte.

Der Besitzer dieses Hauses, sein alter Kumpel Benny Julius mit dem Bierbauch und dem schlechten Toupet, hockte mit drei anderen Mädchen unten im Whirlpool. Das war seine Willkommensparty. Benny hatte Stil, er liebte das gute Leben.

Amis zuckte zusammen, als das Mädchen die Hand in seine Hose schob. Dann flüsterte sie ihm ins Ohr: »Oh, er ist klein, aber wild, was?«

»Ja, wild«, flüsterte er, bevor sie seinen Mund mit ihrem bedeckte.

So fühlte er sich. Wild. Seine Lust ließ nach. *Wild.* Er spürte kaum noch die Hand des Mädchens an seinem Penis. *Wild.* Zwölf Jahre und drei Monate. Und das verdankte er nur einem Mann.

Detective Sergeant Roy Grace.

Der war in der Zwischenzeit mehrfach befördert worden, wie er gelesen hatte.

Er war steif wie ein Brett.

»Wie ein Bleistift«, hauchte sie ihm traurig ins Ohr. »Wie ein winziger Bleistiftstummel!«

Er schlug ihr mit der flachen Hand ins Gesicht, dass sie zu Boden stürzte. »Verpiss dich, Schlampe!«

»Du könntest es nicht, selbst wenn du wolltest«, erwiderte sie und rieb sich die Wange. »Er ist nicht groß genug, um ihn reinzustecken.«

Er stand taumelnd auf, war aber zu betrunken und fiel geradewegs aufs Gesicht, wobei die Zigarre durchbrach. Dunkelgraue Asche regnete auf den dicken Teppich nieder. Als er da lag, deutete er mit dem Finger auf sie. »Scheiße, vergiss nicht, für wen du arbeitest, Schlampe.«

»Keine Sorge. Ich weiß noch, was er mir gesagt hat. Warum du *Small*bone heißt.« Sie hielt grinsend Zeigefinger und Daumen hoch.

»Du verfluchte –« Amis Smallbone kniete sich hin und holte aus, sah aber nur noch ihren linken Fuß, der wie aus dem Nichts vor seinem Gesicht auftauchte. Ein grundlegendes Manöver beim Kickboxen. Sie traf ihn unter dem Kinn, dass es seinen Kopf nach hinten riss. Es war, als löste sich sein Verstand in funkelndes, weißes Licht auf, als hätte ihr Fuß seinen Kopf fein säuberlich durchdrungen und wäre hinten wieder ausgetreten.

31

Als er nach der Besprechung am Sonntagmorgen in seinem Dienstwagen zum Polizeirevier in der John Street fuhr, war Roy Grace tief in Gedanken versunken. Ihm lag einiges auf der Seele, und er versuchte, Prioritäten zu setzen.

Seine größte Sorge war Cleo, die nicht geschlafen hatte, weil das Baby so strampelte. Sie hatte sich heute Morgen nicht wohl gefühlt und war immer noch mitgenommen von der Zerstörung ihres Autos. Er wollte so bald wie möglich zu ihr zurück.

Es gab keine neuen Informationen über den »Berwick Male«, wie sie den kopf-, bein- und armlosen Torso genannt hatten. Sie hofften auf die Ergebnisse der DNA-Untersuchung und müssten eigentlich am nächsten Morgen vom Labor hören.

Morgen würde er nach London fahren und sich mit dem Staatsanwalt im Fall Carl Venner treffen. Außerdem musste er heute mit dem Kollegen Mike Gorringe und der Finanzermittlerin Emily Curtis sprechen, noch einmal die Akten durchsehen und sich so gut wie möglich auf die Befragung durch den Anwalt vorbereiten. Der Anwalt würde sie alle ganz schön in die Zange nehmen, fast wie im Zeugenstand. Und zu alledem hatte er jetzt noch die Besprechung mit Chief Superintendent Graham Barrington vor sich.

Sein Handy klingelte, und er meldete sich über die Freisprechanlage.

»Mr Grace?«, fragte eine unbekannte, hohe Stimme.

»Ja?«

»Hier ist Terry Robinson von der Autowerkstatt Frost. Sie waren vor ein paar Wochen bei uns und haben sich einen Alfa Brera angesehen.«

»Ja, stimmt.« Er erinnerte sich verschwommen. Einen Moment lang hörte er ein seltsames Klicken in der Leitung, das ihm schon einmal aufgefallen war. Entweder war die Verbindung schlecht, oder mit seinem Telefon stimmte etwas nicht.

»Ich sollte mich melden, wenn ein viertüriger Alfa hereinkommt. Sind Sie noch interessiert?«

»Ja, schon.«

»Wir haben einen Giulietta hier, ein Jahr alt. Sehr schöne Sonderausstattung. Bisschen viel gelaufen, aber Sie sagten ja, das wäre egal.«

»Wie viel?«

»77 000. Ein Vorbesitzer. Farbe Ätna-Schwarz. Ein hinreißender

Wagen, Sir. Wir haben schon mehrere Anfragen. Ich würde Ihnen empfehlen, ihn so bald wie möglich anzuschauen.«

»Ist Schwarz nicht schmutzempfindlich?«

»Sauber sieht es immer am schönsten aus, aber es ist die beliebteste Farbe. Und sie passt sehr gut zu diesem Wagen. Wirklich hinreißend.«

Grace dachte rasch nach. »Ich könnte versuchen, heute am frühen Nachmittag zu kommen. Wie lange haben Sie geöffnet?«

»Bis vier, Sir. Aber ich kann nicht garantieren, dass der Wagen dann noch da ist. Wenn jemand eine Anzahlung leistet, ist er weg.«

»Ich habe leider wahnsinnig viel zu tun. Ich versuche, vorbeizukommen. Das Risiko muss ich eingehen.«

»Ich bin bis vier Uhr hier.«

Er hielt an einer Ampel. Eines seiner Lieblingsgebäude, der üppig verzierte, bizarre, aber wunderschöne Brighton Pavilion lag rechts von ihm. Das ganz persönliche Taj Mahal der Stadt. Zwei Idioten in einem violetten Astra hielten neben ihm, die Bässe hämmerten nur so durch die offenen Fenster, dass die Luft und sein Gehirn erbebten. Einen Moment lang wünschte er sich, er wäre wieder in Uniform; dann wäre er aus dem Wagen gesprungen und hätte ihnen die Meinung gegeigt. Stattdessen ließ er sie davonrasen, als die Ampel grün wurde. Der Doppelauspuff dröhnte, die Rohre waren vermutlich so groß wie ihre Arschlöcher.

Er bog an der nächsten Kreuzung links ab, fuhr die steile Straße hinauf und dann auf den Parkplatz des Polizeireviers. Der moderne fünfstöckige Bau stand bei den arbeitsreichsten Polizeirevieren Großbritanniens an zweiter Stelle. Hier hatte seine Karriere begonnen. So sehr er seine jetzige Arbeit genoss, wirkte die Kripozentrale in Sussex House dagegen seelenlos, und er vermisste oft die großstädtische Hektik des Reviers.

Die Streifenwagen parkten in langen Reihen, dazu ein halbes Dutzend Busse. Er stellte den Wagen ab und rief Cleo an, der es etwas besserging und die sich an seinen Blumen erfreute.

Erleichtert ging er durch die Hintertür und drei Treppen hinauf in die Etage, auf der die leitenden Beamten ihre Büros hatten. Die Tür des Superintendent war geschlossen, die des Chief Superintendent stand offen.

Das Büro, das er von vielen früheren Besuchen kannte, war dem Rang Barringtons angemessen. Rechts stand ein gewaltiger Schreibtisch und direkt vor Grace ein Besprechungstisch, an dem schon einige Leute saßen. Drei Stühle waren noch frei. Bis auf einen waren alle Anwesenden eher förmlich gekleidet, als wäre es ein ganz normaler Arbeitstag.

Links an der Wand hing eine große weiße Tafel, auf der mit Filzstift drei Nachrichten geschrieben waren, die wohl von Barringtons Drillingen stammten. Eine lautete: *Mein Dad ist der beste Polizist der Welt!*

Es versetzte ihm einen leisen Stich, und Grace fragte sich, ob ihr Baby auch einmal so etwas über ihn schreiben würde.

Graham Barrington war Mitte vierzig, ein großer, schlanker, athletisch wirkender Mann mit kurzen, blonden Haaren. Er trug ein kurzärmeliges Uniformhemd mit Schulterstücken, schwarze Hosen und schwarze Schuhe. Grace kannte ihn noch von der Kripo. Damals hatte Barrington gesagt, er wolle seine Laufbahn in Uniform beenden und Divisional Commander – oder Sheriff, wie er es scherzhaft nannte – werden. Genau diese Position hatte er heute inne, und Grace freute sich für ihn. Es war schön, wenn sich Ziele und Wünsche erfüllten. Außerdem hatte er großen Respekt vor dem Mann, dem es gelungen war, in vielen Stadtvierteln die Kriminalitätsrate deutlich zu senken.

Neben Barrington saß der jungenhafte, gutaussehende DI Jason Tingley, dessen einziges Zugeständnis ans Wochenende die gelockerte Krawatte und der geöffnete Kragenknopf waren. Die Pressesprecherin Sue Fleet, rothaarig, zweiunddreißig, begrüßte ihn mit einem warmen Lächeln. Die beiden anderen Frauen kannte er nicht. Außerdem war Greg Worsley, ein stämmig gebauter Sergeant vom Personenschutz, zugegen. Chief Inspector Rob Hammond von der Waffenabteilung vervollständigte die Gruppe.

Graham Barrington erhob sich, um ihn zu begrüßen. »Vielen Dank, Roy, dass du dir am Sonntag die Mühe gemacht hast.«

»Ich kann mich nicht erinnern, wann ich zuletzt einen Sonntag hatte«, erwiderte Grace und lächelte in die Runde. Er freute sich, Jason Tingley zu sehen, mit dem er vor einigen Jahren an einem Vergewaltigungsfall zusammengearbeitet hatte. Er war sehr smart.

Barrington machte Grace mit den beiden Frauen bekannt, bevor sie Platz nahmen. Alle hatten Becher mit Kaffee vor sich stehen, und er hätte einiges für einen gegeben. Er verfluchte sich, weil er unterwegs nicht daran gedacht hatte.

Sie plauderten ein bisschen, bevor Barrington zur Sache kam. »Also, ich habe mit der zuständigen Abteilung der Polizei in Los Angeles und mit Gaias Sicherheitschef, einem ehemaligen Polizeibeamten namens Andrew Gulli, gesprochen. Zunächst musste ich ihm erklären, dass seine Bodyguards in Großbritannien keine Waffen tragen dürfen.«

»Die Gefährdung ist auch hier gegeben. Werden wir Angehörige der Armed Response Unit zum Schutz einsetzen?«, erkundigte sich Tingley.

»In der Tat. Chief Inspector Hammond und Sergeant Worsley sind hier, um uns ihren Plan für Gaia und deren Sohn Roan vorzustellen.«

Sergeant Worsley ergriff als Erster das Wort. »Gaia Lafayette und ihre Begleiter landen am Mittwoch um sieben Uhr morgens in Heathrow, Terminal 5. Wir haben vorgeschlagen, eine falsche Spur zu legen, laut der sie in einem Privatjet nach Gatwick fliegt. Ihre PR-Frau hat jedoch die gesamte britische Presse schon über die tatsächlichen Pläne unterrichtet. Sieht aus, als hätten wir es mit einem gewaltigen Ego zu tun.«

Grace musste ein Grinsen unterdrücken. Das war typisch für diese Superstars. Sie behaupteten, sie würden die Paparazzi hassen, verrieten ihnen aber trotzdem immer, wo sie gerade waren. »Wo wohnen sie denn? In Brighton oder außerhalb?«

»In der Stadt. Im Grand Hotel. Ihr Gefolge hat die Präsidenten-suite und alle anderen Räume auf der Etage gebucht, so dass wir die wenigstens abriegeln können.« Er schaute auf seinen Notizblock. »Ein großes Problem sind die Kosten, Sir. Der Chief hat mich angewiesen, ihr alle Ressourcen zur Verfügung zu stellen, aber sie muss für alles bezahlen, was eine angemessene Summe überschreitet. Das wäre der Schutz, den wir untergeordneten Mitgliedern des Königshauses geben.«

»Sie wissen von dem Anschlag auf sie letzte Woche?«

»Vor allem deswegen sind wir hier.«

»Wir wissen auch, dass sie vermutlich zu dem Haus in Whitehawk pilgern will, in dem sie als Kind gewohnt hat«, fügte Worsley hinzu.

»Ein weiteres Problem ist, dass sie gerne joggen geht«, erklärte Barrington. »Anscheinend laufen ihre Aufpasser mit, aber es ist trotzdem ein Sicherheitsrisiko.«

Grace nickte. Er wusste, dass man einen Menschen nicht hundertprozentig schützen konnte. Dann notierte er sich den Namen des Kriminalbeamten in Los Angeles, weil er selbst mit ihm sprechen wollte.

Sie alle waren erfahrene Polizeibeamte und kannten die Realität. Man konnte einen Menschen noch so sehr schützen, doch wenn derjenige darauf bestand, sich frei zu bewegen, war er niemals sicher vor einem verrückten Einzeltäter.

Er spürte, wie kaltes Unbehagen in ihm erwachte.

32

Der hagere, geradezu ausgemergelte Amerikaner trug ein abgenutztes kariertes Jackett, ein Baumwollhemd ohne Krawatte, das bis obenhin zugeknöpft war, eine graue Hose, Ledersandalen und graue Socken. Seine Augen waren hinter einer unmodern großen Brille verborgen, und sein Adamsapfel hüpfte auf und ab, während er ihr

Namensschild las. *Becky Rivett.* Die Empfangsdame des Grand Hotel schaute von ihrem Bildschirm auf und lächelte ihm beruhigend zu, bevor sie mit dem Cursor über die Seite wanderte und verzweifelt nach seiner Reservierung suchte.

Sein schütteres Haar war aschblond, und er trug einen Pony wie bei einem Pagenkopf, was bei einem erwachsenen Mann von über fünfzig ziemlich absurd wirkte. Er hatte die Fäuste auf die Empfangstheke gestützt, bewegte nervös die Finger und schien zu schwitzen.

Als Becky Rivett ihn später der Polizei gegenüber beschrieb, sagte sie, er habe sie an den Schauspieler Robbie Williams in dem Film *One Hour Photo* erinnert.

»Ich habe eine Bestätigung bekommen«, beharrte er. »Sie haben mir eine E-Mail geschickt.«

Sie lächelte erneut und schaute stirnrunzelnd auf den Bildschirm. Er hasste dieses Lächeln. Es war bedeutungslos. Sie lächelte nicht, weil sie es wollte, sondern weil sie musste. Er spürte, wie Zorn in ihm aufstieg, wie sich die Schlangen entrollten. Er wollte ihr sagen, dass sie ihn nicht anlächeln musste, und wenn sie es noch einmal täte, mit diesen netten, kleinen, weißen Zähnen, dann –

Bleib ruhig.

Dann fiel es ihm ein. Idiot! Es war der Jetlag. Danach die Erkundung in der Stadt, während er eigentlich hätte ausschlafen sollen. Wenn man müde war, machte man Fehler. »Ich – ach – mir fällt ein – ich habe Ihnen wohl den falschen Namen genannt.«

»Sie sagten Mr Drayton Wheeler.«

»Hm, ja, aber die Reservierung geht auf Baxter. Jerry Baxter.« Er hatte beschlossen, ein fiktiver Name könnte nützlich sein.

Sie schaute auf ihre Liste und fand den Namen sofort. »Ach ja, ein Einzelzimmer für zwei Wochen?«

»Korrekt.« Er atmete mehrfach tief durch.

Sie reichte ihm Formular und Stift. »Brauchen Sie einen Parkplatz, Mr Wheeler – äh – Baxter?«

»Sehe ich so aus?«

»Ich war mir nicht sicher, ob Sie mit dem Wagen gekommen sind.« Sie lächelte wieder und sein Zorn wuchs. »Dürfte ich eine Kopie Ihrer Kreditkarte machen?«

»Ich zahle bar.«

Gäste, die bar bezahlten, waren heute eine Seltenheit. Sie lächelte ihn an. »Wunderbar, Sir. Sie müssen dann nur noch bei der Abreise für die zusätzlichen Nebenkosten zahlen. Ist das in Ordnung?«

»Sicher.« Er grinste und entblößte dabei seine fleckigen Zähne. Dann verschwand das Lächeln wieder aus seinem Gesicht.

Sie tippte auf ihrer Tastatur und reichte ihm dann einen kleinen Umschlag mit einer Plastikkarte. »Zimmer 608.«

»Geht es auch ein bisschen weiter unten? Ich habe Höhenangst.«

Sie schaute wieder auf den Bildschirm und drückte einige Tasten. »Tut mir leid, Sir, wir sind ausgebucht.«

»Ach ja, diese Sängerin. Gaia?«

»Leider kann ich nichts über unsere Gäste sagen.«

»Ich habe es in den Nachrichten gehört. Es stand auch in der Zeitung.«

Sie gab sich überrascht. »Tatsächlich? Keine Ahnung, woher die das haben.«

»Das frage ich mich auch.« Dann nahm er die Karte.

»Brauchen Sie Hilfe mit dem Gepäck?«

»Wenn ich welches hätte, schon. Aber dank British Airways hat sich das erledigt. Sie haben es verloren.«

Diesmal war ihr Lächeln echt. »Sie Ärmster.«

»Es heißt, es würde heute irgendwann geliefert.«

»Wir bringen es hoch, sobald es da ist.«

Ach nein, hätte er beinahe gesagt. *Und ich dachte, Sie würden es mitten in die Eingangshalle stellen und das gesamte Personal einen Regentanz darum aufführen lassen.* Doch er sagte nur mit versteinerter Miene: »Ja, das wäre mir recht.«

Dann ging er zu den Aufzügen, den Umschlag mit der kleinen Plastikkarte fest umklammert, und holte tief Luft, um sich zu beruhigen.

Er war hier. Er hatte eingecheckt.

Er hatte mit seinem dürftigen Plan die erste Stufe gemeistert. Er folgte seinem Zorn, obwohl er nicht wusste, wohin er ihn führen würde.

Die Sache war die. Es hatte keinen Sinn, diese widerlichen Produzenten Brooker und Brody zu verklagen, weil sie seine Geschichte gestohlen hatten. Solche Prozesse konnten Jahre dauern, er hatte genügend Geschmeiß in der Filmindustrie verklagt, und jedes Mal hatte es mindestens fünf Jahre gedauert und manchmal auch zehn, ohne sichere Aussicht auf einen Gewinn. Diesen Luxus konnte er sich nicht mehr leisten. Höchstens sechs Monate, hatte der Onkologe gesagt. Vielleicht ein bisschen länger, wenn er den Zorn kontrollieren konnte, der ihn von innen auffraß. Bauchspeicheldrüsenkrebs, inoperabel, Metastasen im ganzen Körper. Er war voll von dem Zeug.

Es hatte keinen Sinn, mit dieser Prognose vor Gericht zu ziehen. Doch er konnte mit denen abrechnen. Ein paar Gauner gewaltig abziehen, bevor er selbst den Abgang machte und sich in diesem Scheißhaus namens Erde runterspülte.

33

»Unzulässiger Gegenstand im Packbereich. Gegenstand aus Packbereich entfernen.«

Glenn Branson starrte müde auf die Selbstbedienungskasse bei Tesco.

»Bitte entfernen Sie den Gegenstand aus dem Packbereich«, wiederholte die gebieterische weibliche Roboterstimme. Glenn betrachtete das Display und fragte sich, was er falsch gemacht hatte. Die Leute links und rechts von ihm schienen keine Probleme zu haben.

»Unzulässiger Gegenstand im Packbereich«, verkündete sie erneut.

Er sah sich Hilfe suchend um und gähnte. Es war acht Uhr am Sonntagabend, und er war erschöpft. Nachdem Roy Grace ihn gestern Morgen zum stellvertretenden Leiter der *Operation Icon* gemacht hatte, hatte er seine Pflichten sehr ernst genommen und war fast die ganze Nacht aufgeblieben, um wichtige Handbücher durchzulesen und sicherzustellen, dass alle Ermittlungsansätze, die Grace vorgeschlagen hatte, berücksichtigt wurden.

Jetzt schaute er zum Packbereich und versuchte herauszufinden, was genau der Stein des Anstoßes war. Der Viertelliter fettarme Milch? Die kalorienarme Moussaka, die er zusammen mit einem gemischten Blattsalat zu Abend essen wollte? Die Sprühdose mit Möbelpolitur? Die Schachtel Fischfutter? Oder das Sixpack Grolsch?

Dank Roys Großzügigkeit wohnte er schon seit Monaten in dessen Haus. Sein Freund war zu Cleo gezogen, und Glenn fühlte sich dafür verantwortlich, das Haus in Ordnung zu halten, zumal es jetzt zum Kauf angeboten wurde. Er wusste, dass er es in den ersten Monaten hatte verkommen lassen; er war so fertig gewesen wegen seiner gescheiterten Ehe, dass er sich kaum auf andere Dinge konzentrieren konnte. Es nahm ihn noch immer mit, aber er kam langsam damit klar – nicht zuletzt, weil Roy ihn dabei unterstützte. Und er revanchierte sich, indem er das Haus in Schuss hielt.

»Kann ich Ihnen helfen, Sir?«

Ein junger Inder in blauem Tesco-Shirt und schwarzer Hose lächelte ihn an.

Ja, das können Sie. Sie könnten mir die Identität einer kopflosen, armlosen, beinlosen Leiche verraten, die gestern auf der Stonery Farm gefunden wurde. Doch er sagte nur: »Ja, danke. Ich weiß nicht, warum sie mich die ganze Zeit anschreit.«

Der junge Mann hielt eine Karte an einer Kette über den Strichcodeleser und drückte mehrere Tasten. »Gut, Sir, stecken Sie jetzt bitte Ihre Kreditkarte hinein.«

Zwei Minuten später verließ Glenn den Laden und ging zu seinem Auto. Dabei kam er an einem jungen Paar vorbei, das den Inhalt des Einkaufswagens in den Kofferraum räumte. Sein Herz verkrampfte sich. Vor nicht mal einem Jahr hatten Ari und er das auch gemacht.

Die Sonntagabende. Sie hatten die Kinder ins Bett gebracht und sich mit einem einfachen, gesunden Snack vor den Fernseher gesetzt. Ari aß sonntags abends am liebsten Hummus, Pittabrot und Oliven. Dazu gab es natürlich *Top Gear.* Er warf einen Blick auf die Uhr.

Scheiße.

Heute Abend lief *Top Gear*, und er hatte vergessen, es einzuprogrammieren.

Er rannte los.

34

Anna hatte nur zufällig über ein Google Alert herausgefunden, dass Gaia heute Abend zu Gast bei *Top Gear* sein würde. Ihr *Star in a Reasonably Priced Car*-Auftritt war schon bei ihrem letzten Englandbesuch gefilmt worden.

Anna selbst hatte es nicht so mit Autos. Sie hatte die Sendung nur einmal gesehen, um herauszufinden, was das ganze Theater sollte. Sie hatte beleidigt ausgeschaltet, als Jeremy Clarkson unfreundliche Bemerkungen über Nissan Micras machte. Sie selbst besaß einen, in einem sehr schönen Orangeton. Es war ein gutes Auto, man konnte leicht damit einparken, wie geschaffen für die Stadt. Sie brauchte keinen Ferrari, selbst wenn sie sich einen hätte leisten können. Auch keinen Aston Martin. Oder Bentley. Allerdings musste sie zugeben, dass Gaias Mercedes-Sportwagen schon etwas Besonderes war. In dem hätte sie gern mal gesessen.

Mit Gaia am Steuer.

Nun, an diesem Sonntagabend, klebte Anna vor dem Fernseher. Und dort, auf dem scheußlichen erbsengrünen Autositz war Gaia! Der heutige *Star in a Reasonably Priced Car*!

Jeremy Clarkson trug Jeans, ein weißes Hemd mit offenem Kragen und ein Jackett, das aussah, als hätte er es sich von einem viel kleineren Mann geliehen. Er interviewte Gaia oder, besser gesagt, ließ sich von ihr in ihrem weichen kalifornischen Akzent befragen.

Sie war ganz in Schwarz gekleidet. Ihr Markenzeichen! Das hatten sie bei ihrer letzten telepathischen Kommunikation so vereinbart. Gaia trug ihre besondere Farbe nur für Anna.

Schwarzes T-Shirt. Schwarze, figurbetonte Lederjacke. Schwarzer Lederrock. Schwarze Strumpfhose. Hohe, schwarze Wildlederstiefel.

Du bist so gut zu mir, Gaia. So gut. Wir sind alte Seelen, du und ich. Sie sind einander schon in einem früheren Leben begegnet. Wir waren ein Liebespaar, das wissen wir beide. Und jetzt rücke bitte zur Seite, um mir zu zeigen, dass du mich liebst!

Während sie die Worte hauchte, schlug Gaia plötzlich die Beine auseinander und rückte provokativ zur Seite, so dass ihr Rock hochrutschte. Sie schaute Anna genau in die Augen. Richtete ihren blauen Blick mitten in ihre Seele. Dann zwinkerte sie.

Anna zwinkerte zurück

Jeremy Clarkson lachte über einen Witz, den Gaia gemacht hatte. Er schleimte sie an, aber das war Anna egal. Sie war nicht eifersüchtig auf Jeremy Clarkson. Sie war nicht daran interessiert, was Gaia Lafayette und Jeremy Clarkson einander oder Millionen anderen Fernsehzuschauern zu sagen hatten.

Sie war nur daran interessiert, wie Gaia auf sie reagierte. Und ihr Idol reagierte genauso, wie sie es verlangt hatte.

»Ihr Interesse an Autos wurde von einem ganz bestimmten Liebhaber geweckt, so heißt es auf Ihrer Website«, fuhr Jeremy Clarkson fort. »Einem Formel-1-Fahrer. Könnte es The Stig gewesen sein?«

Gaia lachte. »Wir wissen noch nicht, wer der neue Stig ist, nicht wahr?«

»Nicht bevor er seine Geschichte an die Presse verkauft, so wie der letzte.«

Sie deutete auf sich selbst. »Davon halte ich gar nichts. Die Leute sollten keine Geheimnisse verkaufen.« Dann hob sie die rechte Hand, drückte Daumen, Mittelfinger und Ringfinger zusammen und streckte die beiden anderen Finger in die Höhe. »FuX! Stimmt's?«

Clarkson lachte wieder.

Doch Anna lachte nicht. Plötzlich brannte sie vor Zorn. *FuX.* Gaia machte diese Geste nie in der Öffentlichkeit. Es war *ihrer beider* Geheimcode.

Was hatte sie sich nur dabei gedacht?

Geheimnisse waren heilig. Begriff sie das denn nicht? Man durfte doch eine geheime Geste nicht mit der ganzen verdammten Welt teilen.

Das würde sie ihr verdammt nochmal sagen.

35

»Montag, 6. Juni, 18.30 Uhr.« Das Team saß in der Soko-Zentrale 1. Roy Grace war erst seit kurzem aus London zurück, wo er mehrere Stunden lang mit dem Staatsanwalt im Fall Carl Venner zusammengesessen hatte. Sie waren eine schier endlose Reihe von Fragen durchgegangen, die man ihm und seinen Kollegen eventuell stellen würde, wenn sie von der Verteidigung aufgerufen wurden. Der Prozess, der in den Medien für viel Aufmerksamkeit sorgte, sollte am folgenden Montag eröffnet werden.

»Dies ist die siebte Besprechung der *Operation Icon.* Ich werde zusammen mit meinem Vertreter DS Branson den aktuellen Stand der Ermittlungen zusammenfassen. Absolute Priorität genießt nach wie vor die Identifizierung des Opfers. Die DNA-Ergebnisse, die heute Nachmittag aus dem Labor gekommen sind, weisen keine Übereinstimmungen mit der nationalen Datenbank auf. Da wir ohne die fehlenden Körperteile auch nicht auf Fingerabdrücke oder zahnärztliche Unterlagen zurückgreifen können, müssen wir uns auf gute alte polizeiliche Kleinarbeit stützen.« Er wandte sich an Branson. »Gibt es etwas Neues zum Anzugstoff?«

Branson deutete auf die Fotos, die an einer Tafel hingen. »Das Schneideratelier Gresham Blake hat sich zurückgemeldet und mir mitgeteilt, dass der Stoff von der Firma Dormeuil hergestellt und trotz des schrillen Musters an zahlreiche Bekleidungshersteller und Maßschneider weltweit verkauft wird. Dieses Muster gibt es seit vierzig Jahren.«

»Kann man unterschiedliche Partien irgendwie erkennen?«, erkundigte sich Norman Potting. »Das könnte die Suche möglicherweise eingrenzen.«

Branson nickte nachdenklich. »Gute Idee. Ich frage nach.« Er machte sich eine Notiz und wandte sich an Emma Reeves. »DC Reeves hat mit Dormeuil Kontakt und arbeitet daran, eine Liste aller Schneider und Bekleidungshersteller in Sussex zu erstellen, an die der Stoff in den vergangenen Jahren geliefert wurde. Notfalls werden wir den Radius noch erweitern. Es gibt allerdings eine wichtige neue Entwicklung, die uns womöglich weiterhilft. *Crimewatch* hat sich bereit erklärt, den Stoff in der nächsten Sendung zu zeigen, die glücklicherweise schon morgen Abend ausgestrahlt wird. Sie werden Detective Superintendent Grace morgen kurz vor der Sendung interviewen.«

»Nein«, korrigierte ihn sein Kollege. »Sie werden *dich* interviewen.«

Bransons plötzliche Panik brachte die anderen zum Lachen. »Ähm – mich?«, murmelte er stirnrunzelnd.

»Genau.«

»Verstehe.« Branson brauchte einen Augenblick, um sich von der Neuigkeit zu erholen.

»Wenn ich Ihnen einen Rat geben dürfte, Glenn«, warf Norman Potting ein. »Tragen Sie eine andere Krawatte.«

»Das müssen Sie gerade sagen«, knurrte Bella Moy.

Potting deutete vollkommen ungerührt auf das mehrfarbige Op-

Art-Muster der Krawatte. »Ich meine es ehrlich. Das lenkt die Leute nur ab, und Sie kommen weniger seriös rüber.«

Grace nickte. »Da muss ich Norman recht geben; die macht sich im Fernsehen nicht gut.«

Branson stimmte widerwillig zu und fuhr fort: »Wir haben von der forensischen Archäologin weitere Informationen über den Torso erhalten. Ich zitiere: geschätztes Alter zwischen fünfundvierzig und fünfzig. Die Abmessungen von Oberschenkelknochen und Schienbein deuten auf eine Größe zwischen 1,67 m und 1,70 m. Die Knochen lassen insgesamt auf einen leichten Körperbau schließen. Er hatte zwei gebrochene Rippen, entweder von einem Unfall oder einer Schlägerei. Der Heilungszustand lässt darauf schließen, dass die Verletzung mindestens zehn Jahre zurückliegt.« Er schaute zu Potting. »Das dürfte Ihnen bei der Eingrenzung der vermissten Personen helfen. Was haben Sie bisher herausgefunden?«

Potting las die Namen von dreiundzwanzig Personen vor, die vom Alter her in den zeitlichen Rahmen passten. »Bislang haben wir uns auf Sussex und das Grenzgebiet zu Surrey und Kent konzentriert. Ich habe ein Ermittlungsteam alle fraglichen Personen überprüfen lassen. Wir haben Zahn- und Haarbürsten gesichert, um DNA-Proben zu nehmen. Mit Ihrer Erlaubnis, Chef« – er schaute von Branson zu Grace – »würde ich die Suche gern auf ganz Sussex, Surrey und Kent ausdehnen.« Er schaute zu Annalise Vineer, die etwas in ihren Computer eingab.

Mitarbeiterinnen wie sie waren unschätzbar bei einer großen Ermittlung. Grace wusste aus seiner Erfahrung mit ungelösten Fällen, wie wichtig es beispielsweise bei Serienmördern war, alle Informationen zu den Opfern nachzuverfolgen und sich mit den anderen Polizeibehörden auszutauschen.

Vermisstenfälle erinnerten an die Schalen einer Zwiebel. Man begann in der unmittelbaren Umgebung und erweiterte von dort aus die Suchparameter. Zuerst die eigene Grafschaft, dann die benachbarten Ortschaften, dann das ganze Land. Wenn das nichts ergab, dehnte man die Suche auf das europäische Festland aus. »Gut, hoffen wir, dass *Crimewatch* etwas bringt. Der Stoff ist sehr auffällig, daran müssten sich die Leute eigentlich erinnern.«

»Aber nicht so auffällig wie Glenns Krawatte«, grinste Potting.

»Keith Winter, der Besitzer der Stonery Farm, war sehr kooperativ, ebenso seine Angehörigen. Die Überprüfung hat bisher keine Verdachtsmomente gegen die Familie ergeben. Seine Finanzen sind in Ordnung, er ist angesehen in der Gemeinde und hat keine offenkundigen Feinde. Er gilt zur Zeit nicht als verdächtig. Andererseits verhindert das aufwändige Sicherheitssystem auf seinem Hof, dass ein Fremder die Leiche unbemerkt hätte ablegen können. Daher suchen wir meines Erachtens nach einem Mitarbeiter des Hofes oder jemandem, der Zugang hatte und sich dort gut auskannte.« Er wandte sich an den Leiter der Spurensicherung. »Irgendwelche Fortschritte, David?«

»Ich habe die Specialist Search Unit wie auch eine große Anzahl von Kollegen der East Downs Division seit Freitagnachmittag auf dem Grundstück. Sie suchen nach dem Kopf und den Gliedmaßen.« Genau wie Potting schaute auch er von Branson zu Grace. »Das gesamte Gebiet der Stonery Farm wie auch die unmittelbare Umgebung wurden mit Suchhunden durchkämmt und von Archäologen auf Erdveränderungen überprüft. Die SSU hat die umliegenden Gräben, Bäche und Teiche übernommen.«

DC Jon Exton hob die Hand. »Chef, ich frage mich immer noch, was der Täter damit bezweckt hat, den Kopf und die Gliedmaßen abzutrennen. Ich verstehe nicht, weshalb er nicht auch den Oberkörper zerstückelt hat. Es kann doch nicht leicht gewesen sein, ihn in dem Hühnerstall zu verbergen, außer er hat dort gearbeitet. Warum also hat er das getan?«

»Haben Sie eine Hypothese?«, erkundigte sich Grace.

»Mir geht da etwas im Kopf herum.«

»Anders als dem Opfer, das sich diesen Luxus nicht mehr leisten kann«, warf Potting genüsslich ein.

»Ich habe mich in die Lage des Täters versetzt. Wenn ich mein Opfer zerstückeln wollte, würde ich nicht mit dem Kopf und den

Gliedmaßen aufhören. Warum nicht alles in kleine Stücke schneiden? Die lassen sich viel leichter entsorgen.«

»Und wenn nun jemand einen Groll gegen Winter hegte?«, schlug Nick Nicholas vor. »Er will nicht erwischt werden, also entfernt er Kopf und Hände und legt die Leiche dort ab, um den Verdacht auf Winter zu lenken.«

Möglich, dachte Grace, aber nicht sehr wahrscheinlich. Bei Mördern gab es zwei große Kategorien: Täter, die kalte Psychopathen waren und ihr Vorgehen genau planten, und die anderen, die spontan und emotional vorgingen. Die Psychopathen waren diejenigen, die oft ungeschoren davonkamen. Er erinnerte sich an ein Gespräch, das er vor Jahren mit einem Chief Constable geführt hatte. Grace hatte ihn gefragt, ob es seiner Ansicht nach den »perfekten Mord« gebe. Der Chief hatte erwidert: »Den, von dem wir nie erfahren.«

Das hatte er nicht vergessen. Wenn jemand völlig emotionslos eine Hinrichtung und die Entsorgung der Leiche plante, hatte er durchaus die Chance, ungestraft davonzukommen. Wenn man eine Leiche oder Leichenteile fand, wies das gewöhnlich auf die Nachlässigkeit des Täters hin, auf jemanden, der spontan getötet und die Sache nicht richtig durchdacht hatte, der in Panik geraten war.

Das vermutete er auch im vorliegenden Fall. Die Art, wie die Leiche abgelegt worden war, erschien ihm übereilt und amateurhaft. Wenn Täter in Panik gerieten, unterliefen ihnen Fehler. Und sie hinterließen für gewöhnlich Spuren. Es lag nun an ihnen, sie zu finden. Das erforderte überaus minutiöse Arbeit. Sein Team musste jedem kleinsten Hinweis nachgehen und darauf hoffen, irgendwann Glück zu haben.

Er wandte sich an die Analystin Carol Morgan. »Ich möchte, dass Sie die polizeilichen Meldungen der Wintermonate durchgehen, sagen wir ab 1. November letzten Jahres bis zum 28. Februar dieses Jahres, und dabei nach Vorfällen in der Gegend von Berwick suchen. Jemand, der sich seltsam verhielt oder rücksichtslos oder einfach zu schnell fuhr; versuchte Einbrüche; Hausfriedensbruch. Beginnen Sie mit einem Radius von fünf Kilometern um die Stonery Farm.«

»Ja, Sir.«

Grace überließ es Glenn Branson, die Besprechung zu Ende zu leiten. Während er mit einem Ohr zuhörte, beschäftigte er sich gleichzeitig mit der Sicherheitsstrategie, die er mit Graham Barrington vereinbart hatte. Doch es gab noch etwas anderes, das ihm keine Ruhe ließ. Morgen würde Tommy Fincher beerdigt. Ihm ging es um einen ganz bestimmten Trauergast.

Amis Smallbone.

Schon beim Gedanken an ihn ballte Grace die Fäuste.

36

Eric Whiteley hatte nur wenige Bekannte, und denen erschien er als Gewohnheitsstier. Ein kleiner, kahlköpfiger Mann mit einer sanften Art, der unauffällige Anzüge und langweilige Krawatten trug und immer höflich und pünktlich war. In den zweiundzwanzig Jahren, in denen er für die Buchprüfer Feline Bradley-Hamilton in Brighton arbeitete, war er nicht einen Tag krank gewesen oder zu spät gekommen. Er war immer als Erster im Büro.

Er stellte jeden Tag pünktlich um 7.45 Uhr sein klappriges Fahrrad vor dem Büro in der New Road ab, genau gegenüber vom Park des Royal Pavilion, nachdem er die letzten Meter auf einer Pedale stehend dahingerollt war. Er kettete das Rad an einen Laternenpfahl, den er inzwischen als sein Eigentum betrachtete, entfernte die Hosenklammern, betrat das Gebäude und schaltete die Alarmanlage aus. Dann begab er sich in sein kleines Büro im zweiten Stock, dessen Milchglasfenster teilweise durch braune Aktenschränke und aufgestapelte Kisten verdeckt wurde. Im Winter schaltete er die Heizung ein, im Sommer den Ventilator, setzte sich an den aufgeräumten Schreibtisch, startete den Computer und machte sich an die Arbeit.

Als Computerexperte war er Autodidakt, konnte aber gewöhnlich alle Softwareprobleme lösen, die in der Firma auftraten.

Eric Whiteley mochte Computer, er hatte lieber mit Maschinen als mit Menschen zu tun. Maschinen ärgerten und mobbten einen nicht. Und er mochte Zahlen, weil Zahlen eindeutig waren; sie besaßen eine befriedigende Präzision. Es war seine Aufgabe, die Finanzen der Kunden von deren Umsatzangaben bis hin zur Gehaltsbuchhaltung zu prüfen und die Firmen gelegentlich zu besuchen. Das machte er seit zweiundzwanzig Jahren und rechnete damit, mindestens weitere dreizehn Jahre hier zu arbeiten, bis er das Pensionsalter von fünfundsechzig erreicht hatte. Darüber hinaus hatte er keine Pläne. »Wir werden sehen, wohin mich der Wind treibt«, sagte er zu seinen Arbeitskollegen, wenn sie ihn bei den seltenen gemeinsamen Unternehmungen wie der Weihnachtsfeier danach fragten.

Er mochte die Weihnachtsfeier nicht und blieb immer nur so lange, wie es die Höflichkeit verlangte. Er mied Gespräche mit seinen Kollegen. Obwohl sie seit zwei Jahrzehnten zusammenarbeiteten, wusste keiner der Angestellten oder Partner in der Firma mehr über Eric Whiteleys Privatleben als an seinem ersten Tag.

Er kaufte sein immer gleiches Mittagessen in einem Sandwichladen in der Bond Street. Thunfisch, Mayonnaise, Tomate auf Vollkorntoast, zwei Drehungen der Pfeffermühle, eine Prise Salz, dazu ein Twix, ein Apfel und eine Flasche Mineralwasser. Er besorgte sich den *Argus* und verkroch sich wieder in seinem Büro. Den Rest der Mittagspause verbrachte er damit, in Ruhe zu essen und die Zeitung von vorn bis hinten zu lesen bis auf die Sportseiten, die ihn nicht interessierten, und nicht ans Telefon zu gehen.

Heute fiel sein Blick auf die obere rechte Spalte auf Seite 3. Eine Anzeige.

KOMPARSEN GESUCHT!

SIE VERDIENEN BIS ZU 65 PFUND AM TAG UND SIND BEI
»THE KING'S LOVER«
MIT GAIA UND JUDD HALPERN DABEI.
DIE DREHARBEITEN BEGINNEN NÄCHSTE WOCHE
IN BRIGHTON.

Darunter waren eine Telefonnummer, eine E-Mail-Adresse und eine Webseite angegeben.

Er schnitt die Anzeige aus und legte sie in die mittlere Schreibtischschublade. Dann widmete er sich wieder seinem Mittagessen.

*

Glenn Branson, der mit Bella Moy im Zug unterwegs zum *Crimewatch*-Studio in Cardiff war, bemerkte die Anzeige ebenfalls und notierte sich aufgeregt die Einzelheiten. Sammy und Remi waren verrückt nach Gaia! Ari tat alles, um die Kinder gegen ihn einzunehmen. Vielleicht konnte er ihnen Komparsenrollen besorgen – wie cool wäre das denn? Damit konnte er bei den Kindern punkten.

*

Es gab noch jemanden, der die Anzeige interessiert las – nämlich der Bewohner von Zimmer 608 im Grand Hotel, der die Kleinanzeigen auf der Suche nach einer Nutte studierte.

Er war müde und litt unter dem Jetlag, war aufgeputscht von zu viel Koffein, aber das war ihm egal, und er schenkte sich eine weitere Tasse Kaffee ein. Dann griff er nach dem Telefon und wählte die Nummer aus der Anzeige. Es folgte die verräterische Verzögerung, dann erklang eine Stimme vom Band.

Zorn stieg in ihm auf. Er hasste dieses System, diese ganze Kultur vorgefertigter Bandansagen. So wurde man abgespeist, so verarschten sie einen.

»Falls Sie anrufen, weil Sie Interesse haben, als Komparse an The King's Lover *mitzuarbeiten, hinterlassen Sie bitte Ihren Namen, Ihr Alter und eine Nummer, unter der wir Sie erreichen können. Alternativ können Sie uns Ihre Angaben auch zusammen mit einem aktuellen Foto und einer Kontaktnummer per Mail schicken. Wir bedanken uns für Ihren Anruf bei Brooker Brody Productions!«*

Einen Moment lang umklammerte er den Hörer und spürte den

Drang, das Kabel mitsamt den Innereien des Telefons herauszureißen. Dann beruhigte er sich. Er war nicht hergekommen, um ein Hoteltelefon zu demolieren.

Allerdings wusste er in diesem Augenblick auch nicht mehr so genau, wozu er eigentlich hergekommen war. Er würde etwas unternehmen, ganz sicher. Und dann würde es vielen verdammt leidtun.

Er hinterließ seinen Namen und seine Nummer und hängte ein.

37

Roy Grace gefielen Architektur und Lage des Woodvale-Krematoriums. Nach seiner Erfahrung waren städtische Krematorien meist seelenlose Gebäude, die nur einen düsteren Zweck erfüllten. Im Gegensatz zu einer Kirche, in der die Menschen auch heirateten oder getauft wurden; in denen gebetet wurde oder in denen man einfach Trost suchte, wenn es einem schlecht ging. Doch Woodvale stand, umgeben von einem gepflegten, üppig grünen Gelände, auf einer Anhöhe im Norden der Stadt und verströmte ein Gefühl von Geschichte und einen gewissen Charme. Der zentrale Bau im neugotischen Stil, der an eine Dorfkirche erinnerte, bestand aus zwei Kapellen, die durch einen Glockenturm miteinander verbunden waren.

Obwohl seine Arbeit meist mit dem Tod anderer Menschen zu tun hatte, dachte er ungern an seine eigene Sterblichkeit. Er hatte noch nicht entschieden, woran er glaubte, und war für alles offen. In der Vergangenheit hatte er gelegentlich mit Hellsehern zusammengearbeitet und erstaunliche Dinge erlebt – aber auch viele Misserfolge. Er wollte gern an eine spirituelle Dimension glauben, an etwas, das über diese Welt hinausging, wenn auch nicht im biblischen Sinn. Tief im Herzen hoffte er, dass es irgendetwas gab. Doch dann sah er etwas Schreckliches in den Nachrichten oder wurde zu einem furchtbaren Tatort gerufen und dachte niedergeschlagen, dass es vielleicht besser wäre, wenn die menschliche Rasse das Böse auf diesen einen Planeten und das begrenzte Leben seiner Bewohner beschränkte.

Was seine eigene Beerdigung anging, hatte er noch keine Vorkehrungen getroffen. Sandy hatte einmal gesagt, sie wolle im Wald begraben werden, in einem umweltfreundlichen Sarg, doch er selbst war vor dem Thema immer zurückgeschreckt. Es beunruhigte ihn zu sehr. Allerdings hatte er nach einem Fall vor einigen Monaten, in dem es um den Handel mit menschlichen Organen ging, endlich getan, wozu ihn Sandy schon vor Jahren gedrängt hatte. Er hatte sich einen Organspenderausweis zugelegt. Darüber hinaus wollte er jedoch noch nicht über seine eigene Sterblichkeit nachdenken.

Er schaute nach draußen in den Regen, der die Windschutzscheibe undurchsichtig machte und ihn vor neugierigen Blick schützte. In der Nähe der einen Kapelle warteten ein schwarzer Leichenwagen und mehrere andere Fahrzeuge.

Plötzlich überlief ihn ein kalter Schauer. *Jemand ist über dein Grab gegangen*, pflegte seine Mutter in solchen Situationen zu sagen. Bei der Erinnerung lächelte er traurig und liebevoll und fühlte sich ein bisschen schuldig, weil er die Gräber seiner Eltern schon länger nicht mehr besucht hatte.

Die Trauerfeier war zu Ende, die Menschen verließen die Kapelle. Sämtliche Altersgruppen waren vertreten. Niemand blieb im Regen stehen, und die Leute stiegen in die Limousine des Bestatters oder eilten zu ihren eigenen Autos.

Der wartende Leichenwagen fuhr vor die Kapelle. Die Türen öffneten sich. Neue Trauergäste stiegen aus und duckten sich unter die Regenschirme, die die Bestatter für sie aufhielten. Grace schaltete die Scheibenwischer ein und sah ihn sofort. Er stieg gerade aus dem ersten Wagen.

Amis Smallbone war hier, wie Terry Biglow es prophezeit hatte.

Er hätte den Mistkerl aus hundert Kilometern Entfernung erkannt. Die militärisch aufrechte Haltung und die hohen Absätze ließen ihn etwas größer als 1,54 m erscheinen. Wenngleich sein Gesicht im Regen nicht genau zu erkennen war, kam es Grace vor, als wäre er in den vergangenen zwölf Jahren kaum gealtert. Er hatte Smallbone zuletzt im Gerichtssaal gesehen, bei seiner Aussage, die entscheidend dazu beigetragen hatte, den Mann hinter Gitter zu bringen.

Böse war ein zu großes Wort für Amis Smallbone. Ihn so zu nennen, hätte ihm geschmeichelt. Er war nicht schlau genug, um wirklich böse zu sein. Er war nur ein übler Kerl. Ein *sehr* übler kleiner Kerl.

Nach einigen Minuten öffneten die Sargträger die hinteren Türen des Leichenwagens und holten Tommy Finchers Sarg heraus. Grace stellte sich respektlos vor, dass der alte Ganove vermutlich irgendwelche Hehlerware bei sich hatte, die er Gott zum absoluten Schleuderpreis anbieten wollte.

Er sah, wie Terry Biglow aus dem zweiten Wagen stieg, eine zerbrechliche Gestalt, die sich schwer auf einen Stock stützte, und empfand unwillkürlich Mitleid mit dem Mann. Es würde nicht lange dauern, bis auch dieser alte Gangster beerdigt wurde. Zumindest hatte Biglow etwas Liebenswertes, auch wenn er ein absoluter Mistkerl war, was immer noch mehr war, als man über Smallbone sagen konnte. Biglow war ein Mann, mit dem er immer Geschäfte hatte machen können, wenn er Informationen brauchte. Er würde ihm fehlen.

Die halbe Unterwelt von Brighton eilte an ihm vorbei in die Kapelle. Grace erkannte fast alle Gesichter, meist Männer, aber es gab auch ein paar auffällige Frauen, allen voran Gloria Jouvenaar, die Bordellkönigin, begleitet von einer älteren Dame, die am Stock ging. Das war Betty Washington, früher einmal die gerissenste Puffmutter der ganzen Stadt.

Während er in seinem Wagen auf das Ende der Trauerfeier wartete, rief er Glenn Branson an, um ihm bei *Crimewatch* Glück zu wünschen. Sein Kollege klang schrecklich nervös, und Grace tat sein Bestes, um ihn zu beruhigen.

»Würdest du mir einen Gefallen tun?«

»Welchen?«

»Der Film mit Gaia. Ich weiß nicht, ob ich ein paar Tage freibekommen könnte, um mit den Kindern – vielleicht könnten sie Komparsen werden? Ich habe keine Ahnung, ob es klappt, aber es würde ihnen viel bedeuten.«

»Kumpel, überleg dir das gut. Wir haben es mit einem brutalen Mordfall zu tun und stehen noch ganz am Anfang der Ermittlungen. Du bist mein Stellvertreter. Und dann willst du dir freinehmen, damit deine Kinder Komparsen werden können? Hallo?«

Langes Schweigen. »Ich dachte mir, dass du das sagen würdest.«

Grace konnte den Schmerz seines Freundes nachempfinden. Er wusste, wie beschissen sein Leben im letzten Jahr gelaufen war, aber wenn man in diesem Beruf Karriere machen wollte, musste die Arbeit immer an erster Stelle stehen. »Ich sag dir was. Ich kann dir nichts versprechen, aber ich werde sie wohl in den nächsten Tagen kennenlernen, wenn wir die Sicherheitsmaßnahmen besprechen. Ich frage mal, ob sie bereit wäre, sich kurz mit dir und deinen Kindern zu treffen. Was hältst du davon?«

Branson antwortete überschwänglich. »Oldtimer, manchmal bist du gar nicht so übel – für einen Weißen.«

»Verpiss dich!«, erwiderte Grace grinsend.

Die Leute strömten jetzt aus der Kapelle. Es hatte nicht lange gedauert. Keine großen Lobreden auf Tommy Fincher. Er beendete den Anruf und wartete ab. Smallbone kam am Arm einer Frau heraus, die Grace nicht kannte.

Sie stiegen wieder in die schwarze Limousine, die kurz darauf losfuhr. Grace ließ den Motor an und folgte ihnen in sicherer Entfernung.

38

Er konnte es nicht glauben! Das Produktionsbüro von *The King's Lover* rief ihn keine Stunde, nachdem er sich dort gemeldet hatte, zurück. Es war eine junge Frau mit einer aufreizend fröhlichen Stimme, die klang, als wäre sie seine neue beste Freundin.

»Jerry Baxter?«

Ihr Ton gefiel ihm ganz und gar nicht. Er hätte am liebsten gefragt, ob sie schon von der Hungersnot in Afrika gehört hatte. Wie konnte sie so fröhlich klingen, obwohl sie wusste, dass draußen in der Welt furchtbare Dinge passierten?

In unserer Welt. Der Welt, die allen gehörte. War sie denn völlig verblödet?

Die Schlangen entrollten sich. In seinem Kopf lief alles durcheinander, wie so oft, wenn er wütend wurde. Er musste sich konzentrieren, sich daran erinnern, weshalb er hier war, weshalb er überhaupt beim Produktionsbüro angerufen hatte.

»Am Apparat.«

»Danke für Ihren Anruf. Wir suchen gerade Komparsen. Die Dreharbeiten beginnen am Montag, und wir bräuchten Sie nächste Woche jeden Tag bis Samstagabend. Hätten Sie Zeit?«

»Selbstverständlich.«

»Wenn es das Wetter erlaubt, drehen wir die Massenszenen vor dem Pavilion. Ich gebe Ihnen die Adresse für die Kostümanprobe.«

»Filmen Sie auch im Pavilion?«

»Ja, oft sogar, aber dafür brauchen wir keine Komparsen.«

»Ach so«, sagte er ein bisschen enttäuscht. Dennoch war die Information hilfreich, obwohl er nicht wusste, warum. Er legte sie ab. Manchmal kann ihm sein Gehirn wie eine Abstellkammer vor, in der die Glühbirne durchgebrannt war. Man musste mit der Taschenlampe herumsuchen, und je älter er wurde, desto kleiner wurde die Taschenlampe und desto schwächer leuchteten die Batterien. Er hatte dort drinnen Zeug abgelegt, das er längst vergessen hatte und vermutlich nie wieder brauchen würde. Meist wurde der

Raum von den Schlangen bewacht, deren Zungen hervorschnellten, sowie er einen Blick hineinwarf.

Nachdem er den Anruf beendet hatte, ging er zum Empfang und erkundigte sich nach dem Brighton Pavilion – Öffnungszeiten, Führungen, musste man im Voraus buchen?

Der Mann am Empfang, der eine elegante graue Uniform trug, reichte ihm eine Broschüre, in der alle Informationen enthalten waren.

Drayton Wheeler bedankte sich. Draußen prasselte der Regen nieder, und er beschloss, den Nachmittag der Kultur zu widmen. Was konnte es Besseres geben als einen Besuch im Brighton Pavilion?

39

»Verdammt nochmal! Dieses gottverdammte englische Wetter! Scheiße!« Larry Brooker stand unter einem Regenschirm auf dem Rasen des Royal Pavilion seine Gucci-Slipper waren schon durchweicht. Er checkte zum zehnten Mal an diesem Tag die Wetter-App auf seinem iPhone, als könnten sich wie durch ein Wunder die grauen Regenwolken, die für alle sechs Tage ausgewiesen waren, in Sonnenschein verwandeln. Die Dreharbeiten begannen erst am nächsten Montag, doch die Vorproduktion war straff durchgeplant und das lausige Wetter dabei nicht gerade hilfreich.

Der Regisseur schien sich überhaupt nicht für das Zeug zu interessieren, das vom Himmel auf ihn niederprasselte. Unrasiert, schulterlange weiße Mähne, Baseballkappe und alte Fliegerjacke zu Jeans und Turnschuhen. Jack Jordan, zweimal für den Oscar nominiert, BAFTA-Gewinner, stand da wie ein uralter Wahrsager, der soeben das Ende der Welt prophezeit hatte, und schaute stirnrunzelnd hinauf zu den Zwiebeltürmen und Minaretten. Er war umgeben von seinem Gefolge – dem Location Manager, dem Line Producer, der Produktionssekretärin, dem Produktionsdesigner, dem Kameramann, dem ersten Regieassistenten, seiner persönlichen Assistentin – mit der er, was ein offenes Geheimnis war, seit Jahren ins Bett ging – und zwei weiteren Leuten, die Larry Brooker zwar nicht kannte, aber zweifellos bezahlte.

Jack Jordan deutete zum Dach hinauf; der Kameramann nickte, und seine Assistentin machte sich eine Notiz. Dann hob der Regisseur eine kleine Kamera und machte ein Foto.

Brooker hatte in der vergangenen Nacht nicht geschlafen. Es gab neue Probleme mit der Finanzierung. Morgen würde Gaia aus London eintreffen, ebenso der männliche Star Judd Halpern; sie waren mitten in der Produktion, bauten in Pinewood Kulissen für die Innenaufnahmen, dreiundneunzig Personen standen auf der Gehaltsliste. Sein Partner Maxim Brody hatte aus Los Angeles angerufen, netterweise um ein Uhr morgens, um ihm das neue Problem zu schildern.

Leider ein ziemlich großes Problem.

Die gesamte Produktion würde in drei Tagen zusammenbrechen, falls ihr Geldgeber, der kalifornische Internetmilliardär Aaron Zvotnik, nicht die versprochenen Mittel zur Verfügung stellte. Laut Schlagzeilen steckte Zvotnik selbst in Schwierigkeiten, weil ihm eine große Klage von Google ins Haus stand; seine Aktien waren gefallen. Er hatte Brody gewarnt, dass ihm Nachschussforderungen ins Haus standen und er seine Zahlungen nicht länger garantieren könne.

Na toll, dachte Brooker. Dann blieb ihm und Maxim wohl nichts anderes übrig, als die Kosten aus eigener Tasche vorzustrecken, um die Produktion zu retten, bis sie einen Ersatz für Zvotnik gefunden hatten. Brooker war so gut wie pleite, doch Maxim Brody ging es zum Glück gut genug, um sie ein paar Wochen über Wasser zu halten. Jedenfalls lange genug, bis sich eine Alternative fand. Sie hatten Gaia unter Vertrag, das war auf jeden Fall ein Pluspunkt. Dennoch würden sie aller Wahrscheinlichkeit nach bei einem der großen Studios zu Kreuze kriechen und sich gewaltig über den Tisch ziehen lassen müssen.

Er schaute schlecht gelaunt auf den Pavilion. Es war einer der außergewöhnlichsten Orte, die er kannte, und als Globetrotter hatte er eine Menge gesehen. Es war das einzige Gebäude, das es seiner Ansicht nach mit dem Taj Mahal aufnehmen konnte. Doch das hatte er, um ehrlich zu sein, auch nur um sechs Uhr morgens mit einem schrecklichen Kater, Bauchkrämpfen und Durchfall erlebt.

Der Pavilion erinnerte an einen indischen Tempel, die überzogene Architektur an eine gewaltige, grellbunte Hochzeitstorte. Und doch wirkte das Ganze verblüffend majestätisch, und das exotische Innenleben war noch extravaganter. 1787 hatte hier ein einfaches Bauernhaus gestanden, das John Nash für den Prinzregenten und dessen Geliebte – und spätere geheime Ehefrau – Mrs Maria Fitzherbert zu einem Refugium an der See umgebaut hatte. Heute war es das Markenzeichen von Brighton and Hove und eine der berühmtesten englischen Sehenswürdigkeiten.

Als Larry Brooker vor fünfundzwanzig Jahren seinen ersten Film produziert hatte, war es ihm wie die Verwirklichung eines Traums vorgekommen. In wenigen Jahren würde er ein Anwesen in Bel Air besitzen, eine Yacht an der französischen Riviera und seinen Privatjet. Aber es war anders gekommen. Er konnte anständig leben und wäre ein reicher Mann, wenn er nicht so viel Geld in seine Nase und noch viel mehr in seine Exfrauen gesteckt hätte. Er kam sich vor, als führe er ständig Achterbahn, und spielte doch nicht in der Liga, auf die er gehofft hatte. Wenn dieser Film vor die Wand fuhr, wären sein und Brodys Ruf ruiniert. Sie mussten irgendwie weitermachen.

Zu seiner Erleichterung zogen sich Jack Jordan und sein Gefolge aus dem Regen zurück. Brooker folgte dem Regisseur und dessen Team in den Speisesaal. Als er sich umschaute, beschloss er, genau diesen Saal in seinem Haus in Bel Air nachzubauen – vorausgesetzt, der Film würde der weltweite Hit, den sie sich erhofften. Er wirkte noch opulenter als auf den Fotos und war wunderbar dekoriert. Brooker betrachtete ehrfürchtig die Wände, die mit bemalter Leinwand bespannt waren, und schaute hinauf zu der Decke mit dem gewaltigen Mittelstück, das ein Relief aus Bananenblättern zierte und von dem mehrere gewaltige, prachtvolle Kronleuchter hingen.

Der größte in der Mitte erinnerte an ein funkelndes Feuerwerk. Er war fast zehn Meter hoch und wurde von den Krallen eines Drachen gehalten, der in der Mitte der Kuppel thronte. Er hing hoch über dem Esstisch, der mit aufwändigen Kandelabern, goldenen Gefäßen, feinstem Porzellan und Kristallpokalen für dreißig Personen gedeckt war.

»Hier hatten George und Maria wohl ihre intimen kleinen Dinner«, sagte die Produktionsassistentin grinsend zu Jordan.

Einige lachten, nicht aber Brooker, der zu sehr mit sich beschäftigt war. Er war äußerst froh, dass sie hier vor Ort drehen konnten und das alles nicht im Studio nachbauen mussten.

»Nein, ganz und gar nicht«, sagte ein großer Mann im Anzug, der gerade auf sie zukam. »Ich bin David Barry, der Kurator. Es ist interessant, aber George hat gar nicht gern an diesem Tisch gesessen – er hatte immer Angst, der Kronleuchter könnte herunterfallen.«

Alle schauten nach oben. »Wenn man den auf den Kopf bekommt, bleibt wohl nicht viel übrig«, sagte Jordan.

»In der Tat. Er wiegt über eineinviertel Tonnen.«

»Wie halten Sie ihn sauber?«

»Er wird alle fünf Jahre gereinigt. Er besteht aus 15 000 einzelnen Glastropfen, die abgenommen, gewaschen, poliert und wieder montiert werden müssen.«

»Ich hoffe, er ist gut befestigt«, sagte Brooker nicht ganz im Scherz.

Der Kurator nickte. »Gewiss doch. Königin Victoria war auch um die Sicherheit besorgt und ließ neue Stützen einbauen. Es war eines der ersten Male, dass in diesem Land Aluminium verwendet wurde, das damals als weltweit stärkstes Material galt.«

Niemand bemerkte den großen, hageren Mann im nassen Regenmantel, der mit einer Kamera um den Hals, einem kleinen Regenschirm in der Hand und einer Broschüre bewaffnet an der gegenüberliegenden Wand ein Gemälde zu bewundern schien. Doch das Gemälde interessierte ihn nicht im Geringsten. Er lauschte ihrem Gespräch.

40

Tommy Finchers Leichenschmaus, der in einem Nebenraum des Havelock Arms stattfand, dauerte jetzt schon drei Stunden, doch Roy Grace machte es nichts aus, so lange zu warten. Er saß in seinem Wagen gegenüber vom Pub, während der Regen niederströmte und es allmählich dunkel wurde, tätigte Anrufe und schrieb E-Mails auf seinem Blackberry. Und er beobachtete. Hoffentlich machten sie noch ein paar Stunden so weiter. Je dunkler, desto besser.

Es überraschte ihn nicht, dass man diese Kneipe ausgesucht hatte. Es war eines der Pubs, in denen sich Ganoven herumtrieben. Er hatte mindestens fünfzehn bekannte Gesichter gesehen, allesamt Stammgäste der Sussex Police. Einige drängten sich in der Tür und rauchten. Drinnen stießen sie auf Fincher an und knüpften zweifellos neue Verbindungen. Keiner traute dem anderen über den Weg, aber die Straßenkämpfe, die mit Schlagringen, Rasierklingen und Säureflaschen ausgetragen wurden, gehörten längst der Vergangenheit an. Heutzutage hatten die Lokalkriminellen größere Probleme als einander. Die chinesischen Triaden wie auch die albanische und russische Mafia waren dabei, die britischen Kriminellen zu verdrängen. Drogenhandel, Prostitution, Pornographie, Hehlerei und Zigarettenschmuggel, der Verkauf gefälschter Designerware und Internetbetrug waren Märkte, die allmählich von unsichtbaren Wilderern übernommen wurden, die noch viel brutaler waren als ihre einheimischen Vorgänger. Außerdem hatten sie ihre Basis meist im Ausland.

In dieser Hinsicht hatte Brighton and Hove Glück gehabt. Es gab weniger Zwischenfälle mit Schusswaffen und Messern als in manch anderen britischen Großstädten. Doch Grace wusste nur zu gut, dass sich das schnell ändern konnte und man immer wachsam bleiben musste.

Er konnte es sich eigentlich nicht leisten, so viel Zeit hier zu verbringen, hatte aber insgeheim Spaß daran. Es erinnerte ihn an seine Anfangszeit bei der Kripo, als er zwei Jahre in einem Observierungsteam gearbeitet hatte. Sie waren oft damit beauftragt gewesen, lokale

Drogendealer zu beschatten, von denen auch einige beim Leichenschmaus dabei waren. Einmal hatte er sechsunddreißig Stunden in einem eigens dafür umgebauten Kühlschrank verbracht, der im Laderaum eines alten Lieferwagens stand. Es sollte aussehen, als hätte man ihn dort zurückgelassen, doch in Wirklichkeit befand er sich ganz in der Nähe vom Haus eines Mannes, der als Drogendealer verdächtigt wurde. Grace hatte rund um die Uhr dort gesessen, versehen mit Essen und Wasser, musste sich in Metallbehälter erleichtern und durch ein Loch in der Seite des Wagens das Kommen und Gehen filmen.

In diesem Kühlschrank war ihm zum ersten Mal bewusst geworden, dass Polizeiarbeit dem Angeln glich. Man brauchte eine Menge Geduld, um einen großen Fisch zu fangen, eine Analogie, die er bis heute gern benutzte, wenn er junge Kollegen ausbildete.

Er sah auf die Uhr. 20.35 Uhr.

Es hatte ihn nicht überrascht, Darren Spicer hier zu sehen, einen ganz alten Bekannten. Berufseinbrecher, Anfang vierzig, doch er sah deutlich älter aus. Heutzutage gab es kaum noch klassische Einbrecher, die nachts unterwegs waren. Mit Drogenhandel oder Internetbetrug konnten sie mehr verdienen. In den letzten Jahren war Spicer vermutlich ein guter Kunde von Tommy Fincher gewesen, wenn er nicht gerade hinter Gittern saß.

Dann wurde er abgelenkt, als irgendwo Musik ertönte. »Mr Pleasant« von den Kinks. Er war seit langem davon überzeugt, dass sie die besten Texte aller Zeiten geschrieben hatten, und das war einer seiner Lieblingssongs. Er hatte einen düsteren, gemeinen Unterton, der wunderbar zu der versammelten Gesellschaft auf der anderen Straßenseite passte, dort, hinter dem beschlagenen Fenster im ersten Stock. Und vor allem zu einem Mann. Smallbone.

Mr Pleasant.

Oder besser, *Mr Unpleasant* … er roch süßen Zigarettenrauch von gegenüber und bekam plötzlich Lust auf eine Zigarette. Dazu einen Malt Whisky oder ein kaltes Bier, er war nämlich durstig. Doch das konnte er sich abschminken; er durfte nicht riskieren, den

Wagen zu verlassen und dabei sein Ziel zu verpassen. Außerdem hatte er keine Zigaretten.

Er war hungrig. Auf das Mittagessen hatte er verzichtet und durchgearbeitet, um einige zusätzliche Dokumente herauszusuchen, die der Staatsanwalt verlangt hatte. Er hatte sie noch vor der Beerdigung abschicken müssen. Im Augenblick hatte er nur ein Kitkat, das seit Monaten im Handschuhfach lag; die Schokolade war schon ganz bröselig und mit weißen Flecken übersät, weil sie mehrmals in der Sonne geschmolzen war. Er packte den Riegel trotzdem aus und biss hinein. Er schmeckte nicht mehr ganz frisch, die Krümel rieselten ihm auf den Schoß, doch er musste etwas essen, und da das hier noch eine Weile dauern konnte, würgte er den Schokoriegel hinunter, wobei er angewidert das Gesicht verzog. Er hätte sich wirklich besser vorbereiten müssen.

Die Abendbesprechung hatte er abgesagt, weil Glenn nicht da war und um sich selbst Zeit zu verschaffen. Er hatte Smallbone einfach finden wollen, sich aber keinen Plan zurechtgelegt. Eine Menge Zorn hatte sich in ihm aufgestaut. Zorn auf das, was der mit Cleos Wagen angestellt hatte oder hatte anstellen lassen. Grace lief Gefahr, eine Dummheit zu begehen, und musste sich irgendwie unter Kontrolle halten, war sich nicht sicher, ob er das konnte, wenn er erst Smallbone von Angesicht zu Angesicht gegenüberstand. Niemand, wirklich niemand durfte es wagen, seine Cleo zu bedrohen oder einzuschüchtern.

Ein junges Paar schlenderte lachend vorbei. Er warf einen Blick auf die Uhr im Wagen, dann auf seine Armbanduhr. In zwanzig Minuten begann die Liveübertragung von *Crimewatch* aus dem Studio in Cardiff, dann würde Glenn seinen Fall präsentieren. Unmittelbar danach würden er und Bella Moy im Studio am Telefon sitzen und bis Mitternacht Anrufe entgegennehmen. Um 22.45 Uhr würde es ein Live-update im Fernsehen geben. Danach würden sie in einem Hotel übernachten und am Morgen mit dem Zug nach Brighton zurückkehren. Grace kannte das Verfahren, er war selber mehrmals dabei gewesen. Es war eine gute Chance für eine Ermittlung, die meist unmittelbare Reaktionen und oft auch nützliche Hinweise erbrachte. Er wählte Glenns Nummer, doch der hatte sein Handy ausgeschaltet.

Grace hinterließ eine Nachricht und wünschte ihm Glück. Er wusste genau, wie sich sein Freund jetzt fühlte. Auch er war mit Bella und den anderen Gästen im Green Room gewesen, mit trockener Kehle, furchtbar nervös. So fühlte er sich immer, bevor er live im Fernsehen auftrat. Es war unmöglich, dabei ruhig zu bleiben. Man hatte nur diese eine Chance, und die durfte man nicht vermasseln. Die Verantwortung wog schwer.

Er rief Cleo an. Als sie sich meldete, hörte er wütendes Gebell im Hintergrund. »Hi, Liebling«, sagte sie fröhlich. Dann mit erhobener Stimme: »Ruhe!«

»Warum bellt er denn so?«, fragte Grace, plötzlich besorgt.

»Im Fernsehen hat einer geklingelt.«

Erleichterung. »Wie geht es dir?« Die Raucher gegenüber waren wieder hineingegangen.

»Müde, aber schon viel besser. Knubbel war sehr aktiv. Hat mich wie einen Fußball behandelt.«

»Du Ärmste!«

»Was meinst du, wann du nach Hause kommst?«

»Keine Ahnung.«

»Hast du was gegessen?«

»Ein altes Kitkat.«

»Roy!«, sagte sie streng. »Du musst dich vernünftig ernähren.«

»Na ja, im Augenblick ist das Angebot ein bisschen eingeschränkt.«

»Wo bist du denn?«

»Das erkläre ich dir, wenn wir uns sehen.«

»Ich gehe gleich schlafen. Hast du meine Nachricht wegen des Essens bekommen?«

»Nachricht?«

»Ich habe dir heute Nachmittag eine Nachricht hinterlassen, weil ich dich nicht erreichen konnte. Ich habe gefragt, was du heute Abend essen willst.«

»Ich habe keine Nachricht bekommen.« Seltsam. Hatte sie sich verwählt? Wohl kaum.

»Soll ich dir was in den Kühlschrank stellen? Ich habe noch leckere Lasagne.«

»Danke, das wäre toll.«

»Ich habe auch einen Salat gemacht. Und ich will, dass du ihn isst.«

»Versprochen! Glenn ist heute Abend übrigens bei *Crimewatch.*«

»Ich weiß, das hattest du mir schon erzählt. Ich nehme es dir auf.«

Er wollte sie noch einmal nach der Nachricht fragen, die sie ihm hinterlassen hatte, als die Tür des Pubs aufging und eine Gestalt in den Regen hinaustrat. Der Mann wirkte ein bisschen unsicher auf den Beinen. Und obwohl Grace ihn in der Dunkelheit und bei Regen von der anderen Straßenseite aus sah, war er unverkennbar.

Er beendete rasch das Gespräch und sah zu, wie Amis Smallbone, der einen schicken braunen Mantel mit Samtkragen trug, seinen Regenschirm öffnete. Dann stolzierte er ein wenig schwankend, aber erhobenen Hauptes an den Straßenrand und schien Ausschau nach einem Taxi zu halten.

Grace war überrascht, dass der Mann allein war. Er konnte sein Glück kaum fassen. Er stieg aus, überquerte rasch die Straße und sah zufrieden, dass niemand außer ihnen beiden unterwegs war.

Smallbone war winzig klein und perfekt geformt, die Bonsai-Version eines größeren Ganoven, ordentlich und sauber wie ein verpacktes Geschenk. Er hatte eine helle, scharfe Stimme, die perfekt zu seinem Äußeren passte und von gekünstelter Erhabenheit durchdrungen war. Er schien sich als angesehenen Landedelmann zu betrachten, während er für alle anderen nur ein Gauner von der Pferderennbahn war, ein schmieriger Charakter, der an der Straßenecke gefälschte Armbanduhren verkaufte.

»Amis Morris Smallbone. Was für eine Überraschung! Erinnern Sie sich an mich – Roy Grace.«

Amis Smallbone blieb unvermittelt stehen. Blinzelte in der Dunkelheit, als hätte er Schwierigkeiten, sein Gegenüber zu erkennen.

Seine Stimme klang undeutlich, aber unangenehm wie immer. »Was wollen Sie?«

»Wissen Sie nicht, was es bedeutet, wenn jemand Ihre sämtlichen Namen verwendet?«

Smallbone blinzelte noch immer verwirrt und verlor das Gleichgewicht. Grace ergriff seinen Arm und hielt ihn fest. Er roch den Alkohol in seinem Atem, der ganze Mann stank nach Tabak. »Nein«, sagte Smallbone.

»Denken Sie mal nach!«

»Ich habe keine Ahnung.«

»Es heißt, Sie sind verhaftet.«

41

Anna saß vor ihrem Gaia-Schrein. Sie trug das türkise, mit Federn besetzte Ballkleid, das Gaia auf ihrer *Save The Planet*-Tournee angehabt hatte. Sie hatte geduscht, bevor sie es angezogen hatte, damit ihr Körpergeruch nicht das Parfüm und den Schweiß ihres Idols überlagerte, die sie in dem zehn Jahre alten Kleidungsstück immer noch wahrzunehmen glaubte.

Sie war mit Recherchen beschäftigt. Sie las Teile der offiziellen Biographie, nachdem sie zuvor noch einmal die Diskographie studiert hatte, damit sie auch wirklich jeden einzelnen Titel in der richtigen Reihenfolge und mit dem Datum der Erstaufführung aufsagen konnte. Wenn sie sich morgen endlich trafen, durften ihr keine dummen Fehler unterlaufen. Sie wollte für ihr Idol perfekt sein.

Und sie war sich ziemlich sicher, dass sie alles richtig hinbekommen hatte. Sie hatte sich schon immer gut Daten merken können. In der Schule war sie in Geschichte eine der Besten gewesen – sie kannte die Regierungszeiten aller englischen Könige und Königinnen, die Daten aller Schlachten und alle anderen wichtigen Ereignisse. Einige ihrer Mitschüler hatten sie als Streberin bezeichnet. Na und? Das war ihr egal. Was wussten die denn schon über die Welt? Wie viele von ihnen konnten sich heute einer solchen Gaia-Sammlung rühmen?

»Wie viele, Diva?«, fragte sie die Katze.

Die Katze saß vor einer Vitrine, in der gerahmte Konzertkarten und Programme ausgestellt waren, und gab keine Antwort.

Anna sah auf die Uhr. 20.55 Uhr. Es war Zeit, nach unten zu gehen und *Crimewatch* zu schauen, eine ihrer Lieblingssendungen.

Wahre Verbrechen. Mit einem bisschen Glück gab es einen Mord, vielleicht wurde er sogar rekonstruiert. Sie reinigte das Katzenklo und schüttete die benutzte Streu auf einige Seiten aus *Sussex Living*, einem kostenlosen Magazin, das sie nie las, sondern nur für diesen Zweck verwendete. Dann ging sie ins Wohnzimmer und schaltete den Fernseher ein.

Sie mochte die Rekonstruktionen von Verbrechen, je gewalttätiger und grausiger, desto besser. Sie wirkten so viel stärker als die üblichen Fernsehserien oder Filme, weil man wusste, dass die Geschichten echt waren. Sie konnte die Augen schließen und sich die Angst des Opfers ausmalen, den Schmerz, die Verzweiflung. Das erregte sie. Manchmal spielte Gaia auf der Bühne mit S/M-Elementen. Auch das erregte sie.

Vielleicht würde Gaia sie morgen fesseln? Sie könnte es ihrem Star doch vorschlagen, oder? Bei dem Gedanken daran überlief sie ein wohliger Schauer.

*

Zwanzig Minuten nach Beginn der Sendung stellte die Moderatorin Kirsty Young einen großen, schwarzen Kriminalbeamten vor, der wie für ein Begräbnis gekleidet war. Unten im Bild wurde der Name *Detective Inspector Glenn Branson, Kripo Sussex* eingeblendet.

Anna nippte an ihrem Gaia-Mojito. Sussex. Ganz in der Nähe, umso besser! Im *Argus* und den Radio- und Fernsehnachrichten hatte man von einer Leiche berichtet, die auf einer Hühnerfarm in

East Sussex gefunden worden war. Bisher gab es nur wenig Neuigkeiten, doch die ganze Sache klang sehr finster. Herrlich finster. Hoffentlich würden sie darüber sprechen.

Kurz darauf folgte ein Video, in dem der Ermittler neben einem Metalltor mit der Aufschrift STONERY FARM stand. Er wirkte nervös.

Ja! O ja! Vielen Dank, Detective! Sie war so aufgeregt, dass ihr Cocktail über den Rand des Glases schwappte.

»Am Freitagmorgen wurde die Sussex Police zu dieser Hühnerfarm gerufen, wo ein männlicher Oberkörper von Arbeitern entdeckt worden war, die den Abfalltank des Hühnerstalls reinigen wollten«, erklärte Kirsty Young.

Der Film blendete zu einem riesigen, einstöckigen Schuppen, gute hundert Meter lang, mit Holzwänden und Belüftungsschlitzen. Rechts und links wurde er von großen Stahlsilos flankiert. Die Fernsehkamera fuhr zurück, und man sah, dass der Film im Studio gezeigt wurde. Der Ermittler deutete darauf und sagte: »Die Leiche wurde hier drinnen gefunden, und wir glauben, dass der Tote zwischen sechs und neun Monate dort gelegen hat, möglicherweise auch länger. Es gibt keine DNA, keine Fingerabdrücke und keine zahnärztlichen Hinweise. Wir müssen den Mann identifizieren. Ein Fall lässt sich nicht lösen, solange wir das Opfer nicht kennen. Und darum bitten wir heute Abend um Ihre Mithilfe.«

Anna trank noch einen Schluck und schaute eifrig auf den Fernseher. Das war genau ihr Ding!

»Wir schätzen das Alter des Mannes auf fünfundvierzig bis fünfzig. Er war zwischen 1,67 m und 1,70 m groß und leicht gebaut. Irgendwann in der Vergangenheit hat er sich zwei Rippen gebrochen, entweder bei einem Sport- oder Verkehrsunfall oder bei einer körperlichen Auseinandersetzung.« Er lächelte, aber das konnte auch ein nervöses Zucken sein.

»In diesem Fall ist die Hilfe der Öffentlichkeit unverzichtbar. Wir können erst dann ernsthaft Ermittlungen einleiten, wenn wir wissen, wer der Tote ist. Hilfreich könnte in diesem Fall der Mageninhalt des Opfers sein. Seine letzte Mahlzeit bestand unter anderem aus Austern und Wein.«

Welche Austern? Na los, drängte Anna ihn im Geiste. *Colchester? Whitstable? Blue Point? Bluffs? Welche Sorte? Na, sag schon! Colchester? Colchester sind die besten!*

Der Ermittler deutete auf zwei Stofffetzen, die an eine Tafel geheftet waren. Daneben stand eine Schaufensterpuppe, die einen Herrenanzug aus dem gleichen Material trug. »Für unsere Ermittlung könnten diese beiden Stoffstücke von Bedeutung sein, die in der Nähe der Leiche gefunden wurden. Wir glauben, dass sie von einem Anzug stammen, der diesem hier ähnlich sieht.« Er deutete auf die Schaufensterpuppe.

Dann füllte ein vergrößertes Foto der beiden Stücke den ganzen Bildschirm. Ein auffälliges Karo in gelblichem Ocker, Rot und Dunkelbraun. Anna lauschte dem Ermittler, während sie noch einen großen Schluck trank.

»Es handelt sich um Tweed, eine gute, schwere Qualität des Herstellers Dormeuil. Sie erkennen das auffällige und unverwechselbare Muster. Sie würden sich sicher daran erinnern, wenn Sie es schon einmal gesehen hätten oder jemanden kennen, der einen solchen Anzug besitzt.«

Was Anna tat. Sie trank den Cocktail mit einem Schluck aus und stellte das Glas ab. Im Fernsehen wurden die Nummern der Soko-Zentrale und von Crimestoppers eingeblendet. Anna rief keine von beiden an.

Stattdessen mixte sie sich noch einen Drink.

42

»Das ist aber nicht der Weg zum Knast«, nuschelte Amis Smallbone, als der Wagen über das Gras holperte.

»Endlich aufgewacht?«, fragte Grace und betrachtete ihn im

Rückspiegel, obwohl es in der zunehmenden Dunkelheit schwieriger wurde, etwas zu erkennen. In den vergangenen zwanzig Minuten hatte er sich sehr gesittet verhalten. Die Handschellen wären kaum nötig gewesen, doch Grace hatte vorsichtshalber eine um Smallbones rechtes Handgelenk gelegt und die andere um den Griff der hinteren Tür, die mit der Kindersicherung verschlossen war.

Smallbones Handy, das Grace neben sich auf dem Beifahrersitz liegen hatte, klingelte zum dritten Mal.

»Hey, das ist mein Telefon.«

»Blöder Klingelton«, sagte Grace, als das Geräusch verstummte. Er fühlte sich unwohl, doch das durfte ihn nicht aus dem Konzept bringen. Er würde diesem kleinen Scheißer eine Lektion erteilen, die er nicht so schnell vergaß. Er fuhr noch mehrere hundert Meter bis zu einer alten, längst verlassenen Festung, die oben auf dem Devil's Dyke, dem höchsten Punkt der Stadt, lag. Hier hatte er als Kind gespielt und war später auch öfter mit Sandy hergekommen. Die Lichter der Stadt lagen kilometerweit hinter ihnen, dazwischen gab es nur Ackerland.

Bevor er zur Kripo gegangen war und die Polizei ins Licht der Öffentlichkeit geriet und sich vor dieser rechtfertigen musste, hatten sie freitags oder samstags gern aggressive Betrunkene in einen Polizeibus gesteckt, sie hierher gekarrt und hinausgeworfen, so dass sie die acht Kilometer in die Stadt zurücklaufen mussten. Es gab keinen besseren Weg, um nüchtern zu werden!

Er stieg aus dem Wagen und schaute sich aufmerksam um. Alles war verlassen. Dann öffnete er die hintere Tür und schaute hinein. Smallbone funkelte ihn an. Grace setzte sich neben ihn und schloss die Tür. Hinten war der Gestank nach Alkohol und Zigaretten noch viel stärker und mischte sich mit einem widerlichen Eau de Toilette.

»Scheiße, was wollen Sie von mir?«

Grace lächelte fröhlich. »Ein bisschen plaudern, Amis, danach können Sie gehen. Vorausgesetzt, wir einigen uns.«

»Und wenn nicht?«

»Dann bekommen Sie Ärger, weil Sie gegen die Bewährungsauflagen verstoßen haben. Sie sind nicht in der Unterkunft geblieben, die man Ihnen zugewiesen hat, und haben sich nicht bei Ihrem Bewährungshelfer gemeldet. Ich kann Ihnen natürlich Ihre Rechte vorlesen und Sie wegen dieser beiden Vergehen offiziell anzeigen, dann sind Sie sofort wieder drin. Ganz wie Sie möchten. Vielleicht für fünf Jahre? Würde Ihnen das gefallen?«

Smallbone schwieg einen Moment, während Grace ihn weiter anschaute. Er war sichtlich gealtert. Früher hatte er ein kaltes, aber jungenhaft attraktives Gesicht gehabt, das an die perfekten, seelenlosen jungen Männer auf den Plakaten der Hitlerjugend erinnerte. Jahre im Gefängnis und starkes Rauchen hatten seine Haut ledrig gemacht. Seine Haare waren immer noch tadellos frisiert, aber das Blond war einem schlecht gefärbten Rotton gewichen. Dennoch verströmte er immer noch die gleiche Arroganz wie früher. »Ich war's nicht.«

»Was?«

»Das, was Sie gesagt haben.«

»Sie meinen, Sie haben den Wagen meiner Freundin nicht beschädigt?«

»Ich war's nicht. Sie irren sich.«

Grace ballte die Fäuste und musste sich sehr beherrschen, um seinem Zorn nicht freien Lauf zu lassen. Nun, da er ihn unmittelbar vor sich hatte, hasste er diesen Abschaum noch mehr. »Es trägt aber Ihre Handschrift.«

Smallbone schüttelte den Kopf. »Denken Sie, was Sie wollen, Grace, aber ich kenne Ihren Ruf. Ich bin wohl kaum der Einzige, der eine Rechnung mit Ihnen offen hat.«

Grace lehnte sich noch weiter vor. »Vor zwölf Jahren, unmittelbar nachdem Sie verurteilt worden waren, hat jemand fast die gleichen Worte in meinen Rasen gebrannt. Sie brauchen gar nicht zu versuchen, das abzustreiten, dadurch werde ich nur noch wütender. Kapiert?«

Er lehnte sich ein wenig zurück. Smallbone schwieg. Dann rückte Grace so nah an ihn heran, dass sich ihre Nasen beinahe berührten.

»Sie sind auf Bewährung frei, Sie können tun, was Sie wollen. Aber ich warne Sie einmal und nie wieder. Falls meiner Freundin und dem Kind, das sie erwartet, irgendetwas zustößt, schicke ich Sie nicht mehr hinter Gitter, verstanden? Ich schicke Sie nicht mehr hinter Gitter, weil nicht genug von Ihnen übrig sein wird, um eine Streichholzschachtel zu füllen. Haben Sie das verstanden?«

Ohne auf einen Kommentar zu warten, stieg Grace aus, ging um den Wagen herum und riss mit einem Ruck die Tür auf. Da Smallbone mit dem Arm festgekettet war, wurde er aus dem Wagen geschleudert und prallte mit einem schmerzhaften Stöhnen auf den Rücken.

»Ups, tut mir leid«, sagte Grace. »Ich hatte ganz vergessen, dass Sie sich an der Tür festgehalten haben.« Er kniete sich hin und filzte ihn erneut. Kein weiteres Handy. Er schloss die Handschellen auf und zog den Mann auf die Füße. »Wir verstehen uns doch, oder?«

Smallbone starrte in die tiefe Dunkelheit. Seine nassen Haare klebten am Kopf. »Ich hab doch gesagt, ich hab Ihren Wagen nicht angerührt. Das war ich nicht. Ich hab keine Ahnung.«

»In diesem Fall brauchen Sie sich auch keine Sorgen zu machen. Viel Spaß bei Ihrem Spaziergang. Der dürfte Sie schnell wieder nüchtern machen.«

»Hey, was soll das heißen?«

Grace öffnete die Fahrertür.

»Sie wollen mich doch nicht hierlassen?«

»Eigentlich schon.«

Smallbone klopfte sich auf die Taschen. »Sie haben mein Handy!«

»Keine Sorge, bei mir ist es sicher.« Grace stieg ein, schloss die Tür und betätigte die Zentralverriegelung. Dann ließ er den Motor an.

Smallbone hämmerte aufs Dach. »Hey!« Er wollte die Beifahrertür öffnen.

Grace ließ das Fenster ein wenig hinunter. »Ich gebe Ihr Telefon im Knast ab. Ach ja, und auch Ihren Regenschirm!«

»Lassen Sie mich nicht hier«, versuchte Smallbone es ausnahmsweise mit Höflichkeit. »Fahren Sie mich wenigstens bis in die Stadt.«

»Tut mir leid, aber das geht nicht wegen der Versicherung. Ich darf keine Fahrgäste mitnehmen, wenn ich nicht im polizeilichen Auftrag unterwegs bin. Sie wissen ja, wie das heutzutage ist. Diese ganzen Sicherheitsvorschriften. Idiotisch.«

Als er losfuhr, sah er im Licht der Rückleuchten eine verlorene, bestürzt dreinblickende Gestalt hinter sich her über das Gras stolpern.

43

Glenn Branson hatte bisher nur eine Nacht in Cardiff verbracht, in glücklicheren Zeiten, als er und Ari vor Sammys Geburt durch Wales gereist waren. Er wusste nicht genau, wo sich das Hotel befand, nur dass es nett und schick war und eine Bar hatte, in der noch reger Betrieb herrschte. Er saß mit Bella Moy an der Theke und kam langsam von dem Hoch herunter, das der Auftritt im Fernsehstudio erzeugt hatte.

Er nahm sich eine Handvoll Nüsse mit exotisch buntem Überzug und hob sein Bierglas. »Prost.«

Bella griff nach ihrer Cosmopolitan, und sie stießen miteinander an.

»Gut gemacht, Star!«, sagte er.

»Du warst der Star«, erwiderte sie mit einem freundlichen Lächeln.

Sie trug eine dunkelblaue Stoffhose, eine weiße Bluse mit offenem Kragen und elegante Pumps. Er hätte ihr gern gesagt, wie hübsch sie aussah, fand aber nicht den Mut. Er wusste aus Erfahrung, dass sie sehr barsch sein konnte. Außerdem konnte eine solche Bemerkung in der politisch korrekten Welt von heute falsch verstanden und als sexuelle Belästigung ausgelegt werden.

Dennoch, was für eine Verwandlung, dachte er. Bei der Arbeit trug sie normalerweise langweilige Kleidung und machte nichts aus ihrem mausbraunen Haar. Diesmal aber war sie beim Friseur gewesen und hatte sich für diesen Abend einen eleganten Stufenschnitt zugelegt. Zum ersten Mal, seit er sie kannte, erschien sie ihm als attraktive Frau. Er bemerkte die zarte Goldkette mit dem winzigen Kreuz, die sie um den Hals trug, und fragte sich, wie gläubig sie sein mochte. Ihm wurde klar, dass er sie kaum kannte, obwohl sie seit zwei Jahren zusammenarbeiteten. »Es muss schwer sein, jetzt wo deine Mum im Krankenhaus ist.«

Sie nickte traurig. »Ja.« Ihr Achselzucken verriet ihm, dass hinter der Traurigkeit auch eine gewisse Erleichterung steckte.

»Wie lange pflegst du sie schon?«

»Zehn Jahre. Ich war ein paar Jahre von zu Hause weg, aber dann bekam mein Dad Parkinson, und Mum hatte einen leichten Schlaganfall und konnte sich nicht mehr um ihn kümmern. Also bin ich wieder bei ihnen eingezogen. Dann ist er gestorben, und ich bin geblieben.«

»Das nenne ich Hingabe.«

»Sieht so aus.« Sie lächelte wehmütig, und er spürte ihre innere Traurigkeit noch stärker als zuvor.

Sie trank ihr Glas aus, und er bestellte noch ein Bier, kippte auch das hinunter und genoss den angenehmen Schwindel, den der Alkohol verursachte. Er genoss den Abend. Er genoss die Gesellschaft. Und wenn er ehrlich war, genoss er es auch, im Fernsehen gewesen zu sein. Live! Roy hatte ihn vor zwanzig Minuten angerufen und ihm zu seinem gelungenen Auftritt gratuliert – auch wenn er ihm den Spruch über die ungelösten Fälle und die Identifizierung des Opfers geklaut habe!

Es hatte zahlreiche Anrufe gegeben, bisher aber keine handfesten Hinweise. Sie hatten vereinbart, dass Grace die Morgenbesprechung leiten würde, damit er und Bella sich mit der Rückfahrt nicht so beeilen mussten.

Mit anderen Worten, er konnte den Abend noch ein bisschen

länger genießen. Zum ersten Mal seit langer Zeit war er weit weg von Brighton und quälte sich nicht ständig mit dem Gedanken an Ari und die Kinder. Plötzlich kam es ihm vor, als wäre Bella keine Kollegin, sondern sein Date. Er wollte nicht, dass der Abend schon zu Ende ging. Stattdessen überlegte er, wie es wäre, mit ihr zu schlafen.

Ihre Augen begegneten sich. Sie hatte große, seelenvolle Augen. Eine hübsche Nase. Ihm gefiel auch ihr schlanker Hals, obwohl ihn das Kreuz ein bisschen störte. Ob sie prüde war? Warum hatte sie sich scheiden lassen? Er musste mehr über sie erfahren. »Hast du – ich meine – einen Freund?«

Sie lächelte ausweichend. »Eigentlich nicht. Keinen – du weißt schon – nichts Festes.«

»Oh?« Seine Hoffnung wuchs. Er hatte sie in der Vergangenheit mehrfach bei den Besprechungen beobachtet, wenn sie dasaß und als eine Freud'sche Ersatzbefriedigung Maltesers aß. Er hatte gedacht, dass man sie richtig hübsch machen könnte. Und nun roch sie nach einem verlockenden Parfüm und hatte sich tatsächlich hübsch gemacht. Und es war noch Luft nach oben, wenn sie einem die Chance gab. Der Drink machte ihn mutiger. Er würde sie gern überreden, ihm diese Chance zu geben.

Roy hatte mehrfach gesagt, er müsse das Ende seiner Ehe akzeptieren und ernsthaft an eine neue Beziehung denken. Und das hier könnte der richtige Weg sein.

Sie plauderten noch eine Weile, und Bella trank ihren zweiten Cosmopolitan aus.

»Nimm doch noch einen!«, sagte er und leerte sein zweites Bier – oder war es schon das dritte? Im Hintergrund lief ein kitschiges Lied, »Lady In Red«. Normalerweise nicht seine Musik, aber in diesem Moment war sie genau richtig.

»Ich muss ins Bett«, sagte Bella und rutschte plötzlich und unerwartet vom Barhocker. »Es war ein toller Abend!« Sie gab ihm einen raschen, feuchten Kuss auf die Wange und war verschwunden.

Er saß nachdenklich vor seinem leeren Glas und bestellte noch ein Pint. Dabei hörte er weitere kitschige Songs, genoss die Erinnerung an ihren weichen, feuchten Mund und dachte zum ersten Mal seit der Trennung von Ari, dass ein neues Leben möglich wäre.

Und dass er womöglich den Menschen gefunden hatte, mit dem er es beginnen konnte.

44

Wie jeder Polizeibeamte war Roy Grace darauf konditioniert, zu allen Besprechungen auf allen Ebenen zeitig zu erscheinen. Die Mittwochsbesprechung der *Operation Icon* war kurz gewesen, da es in den vergangenen vierundzwanzig Stunden kaum Fortschritte gegeben hatte. Sie hofften immer noch auf einen Durchbruch durch Glenn Bransons Auftritt bei *Crimewatch.*

Um 9.45 Uhr zeigte er dem Sicherheitsmann am Tor von Malling House seinen Ausweis und fuhr durch die Schranke. Er lächelte noch immer, wenn er an seine Begegnung mit Amis Smallbone dachte. Zweifellos hatte der Ganove furchtbar geflucht und hegte jetzt neuerliche Rachegedanken, doch er war sich sicher, dass Smallbone sich nie wieder auch nur in Cleos Nähe wagen würde.

Er stellte den Wagen ab und stieg aus. Es war ein frischer, warmer Sommermorgen. Er ging zu dem modernen, funktionellen Gebäude, in dem der Besucherempfang untergebracht war, und meldete sich an der Rezeption.

Dann setzte er sich und blätterte in einer Ausgabe des Polizeimagazins. In mehreren Artikeln wurden Kollegen erwähnt, die er kannte. Nach ein paar Minuten fiel ein Schatten über ihn, und er blickte auf.

Wann immer er mit dem PSD – dem Professional Standards Department – zu tun hatte, wurde er ein wenig nervös. Es war die Polizei der Polizei, die die Aufgabe hatte, öffentlichen Beschwerden nachzugehen und das Fehlverhalten ihrer eigenen Leute zu untersuchen. Detective Superintendent Michael Evans und er waren früher Kollegen gewesen, doch jetzt standen sie auf verschiedenen Seiten. Manche Kollegen empfanden das PSD als Feind, selbst wenn man von dort auch Rat und Hilfe bekam.

»Schön, dich zu sehen, Roy. Ist lange her.«

Grace erhob sich. Sie waren sich zuletzt vor mehreren Jahren begegnet. Evans war Sprinter im Leichtathletikteam der Sussex Police, ein drahtiger Mittvierziger mit rasiertem Kopf und einem Anflug von müdem Zynismus in den Augen. »Freut mich auch.«

Evans runzelte die Stirn. »Ist die Sache mit deiner Frau – Sandy, oder? – je aufgeklärt worden?«

Er war offenbar nicht auf dem neuesten Stand. »Nein. In ein paar Monaten sind es zehn Jahre. Ich lasse sie gerade für tot erklären. Möchte wieder heiraten.«

Evans schürzte die Lippen und nickte. »Ein Rat, Roy. Sieh zu, dass du das regelst. Nur für den Fall …«

»Ich weiß.«

Regelkonformität war ein großes Thema bei der Polizei. Es hatte zu viele Skandale wegen Spesen und Beziehungen innerhalb der Polizei gegeben, so dass alle wie auf rohen Eiern gingen.

Er folgte Evans in den modernen Block, in dem die Abteilung untergebracht war. Sie betraten ein kleines Büro, das an einen Schuhkarton erinnerte, und er setzte sich auf einen der beiden Stühle, die vor dem Schreibtisch standen. Dies war das Büro eines Mannes, der ein sauberes, ordentliches Leben führte. Aufgeräumter Schreibtisch, aufgeräumte Regale, gerahmte Fotos mit einer perfekt aussehenden Frau und niedlichen Kindern. Kein Hinweis auf irgendwelche Hobbys. So stellte er sich das Büro eines KGB-Mitglieds auf dem Höhepunkt des Kalten Krieges vor.

»Womit können wir dir helfen, Roy?« Evans bot ihm nichts zu trinken an.

»Du erinnerst dich vielleicht, dass ich vor einer Weile mögliche undichte Stellen erwähnt habe. Es ging um mehrere Mordermittlungen, die ich im letzten Jahr geführt habe. Die Sache läuft immer noch, und ich wüsste gern, wie ich mit der Situation umgehen soll.«

Evans schlug ein liniertes Notizbuch auf und notierte sich das Datum und Graces Namen. »Gut. Irgendwelche Einzelheiten?«

In den nächsten dreißig Minuten ging Grace mit ihm die Fälle der letzten zwölf Monate durch, in denen Kevin Spinella stets Insiderinformationen besessen hatte. Und zwar lange bevor sie an die Presse gelangten. Manchmal hatte er ihn nur wenige Minuten, nachdem Grace selbst von einem Mord erfahren hatte, angerufen. Er behielt die Notizen, die Evans sich machte, im Blick. Auf dem Kopf lesen konnte er schon lange.

Als er fertig war, sagte Evans: »Soweit ich das überblicke, gibt es drei Möglichkeiten. Erstens: Jemand aus deinem Team liefert die Informationen. Zweitens: Ein anderes Mitglied der Polizei, vielleicht sogar aus der Pressestelle, steckt dahinter. Du kannst mir die Telefonnummer von diesem Spinella geben, dann checken wir alle eingehenden Anrufe von Polizeiapparaten, vielleicht kommt etwas dabei heraus. Wir könnten auch die Computer überprüfen, um zu sehen, ob irgend eine Kommunikation zwischen ihm und Angehörigen der Polizei stattgefunden hat. Möglicherweise hat er jemanden in der Hand, entweder einen Beamten oder Zivilangestellten. Dann gibt es natürlich noch die dritte Möglichkeit, die im Augenblick sehr diskutiert wird. Nämlich dass jemand dein Telefon gehackt hat. Was für eins hast du?«

»Meist arbeite ich mit dem Blackberry.«

»Dann rate ich dir, es in die High Tech Crime Unit zu bringen und überprüfen zu lassen. Wenn es sauber ist, meldest du dich wieder bei mir, und wir sehen weiter.«

Grace bedankte sich für den Rat, zögerte aber kurz und überlegte, ob er die Sache mit Amis Smallbone erwähnen sollte, um mögliche Vorwürfe gleich zu entkräften. Doch er entschied sich dagegen. Smallbone würde sich nach seiner langen Gefängnisstrafe ganz darauf konzentrieren, sein kriminelles Imperium wieder aufzubauen; er würde es kaum riskieren, nach dem letzten Abend weitere

Schwierigkeiten zu bekommen. Vielleicht würde er versuchen, sich persönlich an Grace zu rächen, aber damit musste er selbst klarkommen.

Er fuhr zurück nach Sussex House und begab sich sofort in die High Tech Crime Unit. Auf einen Außenstehenden wirkte die Abteilung nicht anders als alle anderen. Großraumbüro voller Computer, große Server-Tower auf mehreren Tischen, auf anderen zerlegte Rechner.

Ein Sergeant in Zivil leitete die Abteilung, und viele seiner Kollegen waren ebenfalls Zivilisten. Einer von ihnen, Ray Packham, den er gut kannte und mit dem er schon oft zusammengearbeitet hatte, beugte sich am Ende des Raums über einen Computer. Er war ein freundlich aussehender Mann Mitte vierzig, der sich stets ordentlich wie ein Bankangestellter kleidete. Auf dem Bildschirm vor ihm waren Reihen von Zahlen und Buchstaben zu sehen, mit denen Grace nicht das Geringste anfangen konnte.

»Wie lange kannst du drauf verzichten, Roy?«, fragte er und nahm den Blackberry entgegen.

»Eigentlich gar nicht. Ich stehe am Anfang einer Mordermittlung. Und ich muss dabei helfen, Gaia zu bewachen, die morgen hier eintrifft. Wie lange brauchst du es denn?«

Packhams Augen leuchteten auf. »Könntest du mir einen Riesengefallen tun und ein Autogramm für Jen besorgen? Sie ist ganz verrückt nach ihr!«

»Ich besorge schon Autogramme für die halbe Sussex Police und ihre Angehörigen! Aber ich tue mein Bestes.«

»Ich muss einen dringenden Job erledigen. Ich könnte frühestens heute Nachmittag reinschauen. Aber wenn du mir eine Stunde gibst, kann ich es kopieren und damit arbeiten.«

»Das wäre toll.«

»Wo finde ich dich?«

»In meinem Büro oder der Soko-Zentrale 1.«

»Ich bringe es dir so bald wie möglich zurück.«

»Du bist klasse.«

»Sag das mal Jen!«

Grace grinste. Packham vergötterte seine Frau und seinen neuen Beagle-Welpen Hudson. »Wie geht es ihr?«

»Gut. Der Diabetes ist zum Glück unter Kontrolle.«

»Und Hudson?«

»Der verwüstet das ganze Haus.«

Grace grinste. »Dann sollte er mal Humphrey kennenlernen. Oder besser nicht. Sie könnten neue Ideen austauschen, wie man am schnellsten ein Sofa auffrisst.«

45

Um 12.30 Uhr stand Colin Bourner, der Portier des Grand Hotel, in seiner eleganten, schwarzgrauen Uniform stolz vor dem prachtvollen Portal des historischen Gebäudes, das er so liebte. Es war 1864 erbaut worden und hatte einen der ersten Aufzüge außerhalb Londons besessen. 1984 hatte die IRA bei einem Bombenattentat versucht, die damalige Premierministerin Margaret Thatcher zu töten, das dunkelste Kapitel in der Hotelgeschichte.

Das Hotel war luxuriös wieder aufgebaut worden, hatte aber in den vergangenen Jahren unter einer neuen Leitung stark an Prestige verloren. Nun hatte mit Andrew Mosley ein leidenschaftlicher Manager die Zügel in die Hand genommen und war dabei, es allmählich wieder zu altem Ruhm zu führen. Davon zeugten auch die Wagen, die auf der halbmondförmigen Einfahrt parkten und deren Schlüssel der Portier aufbewahrte. Ein schwarzer Bentley. Ein rotes Bentley Coupé. Ein silberner Ferrari, ein dunkelgrüner Aston Martin. Außerdem stand dort ein bescheidener silberner Ford Focus, in dem zwei Polizeibeamte vom Personenschutz saßen.

Wenn sich Paparazzi mit Teleobjektiven vor einem Hotel drängten, konnte man davon ausgehen, dass es sich um ein hochklassiges Etablissement handelte. Außerdem waren Übertragungsteams vom

Lokalfernsehen und Southern Counties Radio vor Ort, dazu eine wachsende Menge aufgeregter Zuschauer und ein Trupp Gaia-Fans, die Plattencover, CD-Booklets oder ihre Autobiographie dabei hatten. Manche von ihnen waren in Anlehnung an die ausgefallenen Bühnenauftritte ihres Idols verkleidet.

Auch Bourner war aufgeregt. Wichtige VIPs waren gut für das Image seines Hotels, und mit etwas Glück konnte er selbst ein Autogramm erwischen! Im Hotel würde einen Monat lang alles vor Aufregung knistern. Brighton hatte schon einige Stars gesehen, aber selten einen von solchem Kaliber.

Nach dem scheußlichen Wetter von gestern hatte der Himmel aufgeklart. Das Meer jenseits der Promenade war ruhig und von einem tiefen Blau. Brighton zeigte sich von seiner besten Seite, ein angemessenes Willkommen für den Star.

Plötzlich fuhren drei schwarze Range Rover vor und hielten in einer exakten Linie nebeneinander vor dem Hotel.

Bourner trat im Blitzlichtgewitter an den ersten Wagen, doch bevor er ihn erreicht hatte, wurden alle Türen geöffnet, und vier finster aussehende Bodyguards stiegen aus. Alle waren auffallend groß, trugen schwarze Anzüge, weiße Hemden und schmale schwarze Krawatten, hatten Headsets auf dem Kopf und schützten die Augen mit Sonnenbrillen. Keiner von ihnen schien einen Hals zu besitzen.

Aus dem zweiten Wagen stieg ein ähnlicher Trupp. Aus dem Dritten ein Weißer Mitte dreißig, der einen dunklen Anzug mit passender Krawatte trug und von drei Frauen in Businesskostümen begleitet wurde.

»Guten Tag, die Herren«, begrüßte Bourner die erste Gruppe.

Einer von ihnen, neben dem King Kong wie ein Zirkuszwerg ausgesehen hätte, schaute auf ihn herunter und fragte mit starkem amerikanischem Akzent: »Ist das hier das Grand?«

»In der Tat, Sir. Ich hoffe, Sie hatten eine angenehme Fahrt.«

Der weiße Mann im eleganten Anzug kam auf ihn zu. Sein pechschwarzes Haar war mit Gel nach hinten gekämmt, und er sprach aus dem Mundwinkel, was Bourner an James Cagney erinnerte.

»Wir sind die Vorab-Security für Gaia. Können Sie sich um das Gepäck kümmern?«

»Selbstverständlich, Sir.«

Man drückte ihm ein Bündel Banknoten in die Hand. Erst später sollte ihm klar werden, dass es tausend Dollar waren. Gaias Motto bestand darin, frühzeitig und großzügig Trinkgeld zu geben. Ihrer Ansicht nach hatte es keinen Sinn, das am letzten Tag zu tun. Wenn man von Anfang an generös war, konnte man den besten Service erwarten.

Statt das Hotel zu betreten, stellten sich die acht Bodyguards zu beiden Seiten der Drehtür auf.

Kurz darauf erklang Jubelgeschrei aus der Menge, Blitzlichter flammten wieder auf. Ein schwarzer Bentley bog in die Einfahrt und fuhr präzise in die Lücke zwischen dem ersten und zweiten Range Rover.

Colin Bourner sprang vorwärts, wurde aber von vier Bodyguards verdrängt, die vor ihn traten, ihm die Sicht versperrten und die hinteren Türen des Wagens öffneten. Zwei weitere Männer kamen hinzu. Der Star und ihr sechsjähriger Sohn stiegen unter Blitzlichtgewitter und den Rufen der Paparazzi aus: »Gaia!«, »Hier drüben, Gaia!«, »Hier entlang, Gaia!«, »Hi, Gaia!«

Sie trug einen eleganten, kamelhaarfarbenen Zweiteiler; der kleine Junge eine weite Jeans und ein graues T-Shirt von den Los Angeles Dodgers. Er sah gar nicht glücklich aus. Gaias hellblondes Haar schimmerte in der Sonne, als sie sich umdrehte und den Fotografen und der Menge auf der anderen Straßenseite freundlich zuwinkte. Kurz darauf verschwand sie zwischen den Bodyguards, die sie und den Jungen in die Hotellobby bugsierten und geradewegs zum Aufzug drängten, vorbei an weiteren hoffnungsvollen Fans, die Material zum Signieren mitgebracht hatten.

Niemand in ihrem Gefolge beachtete den hageren, ausgemergelten Mann im grauen Jackett, der Zeitung las und anscheinend auf einen Freund oder ein Taxi wartete.

In Wahrheit beobachtete er sie.

46

»Sind Sie vom Rad gefallen?«, erkundigte sich Angela McNeill, die mit einem Aktenordner in der Hand vor ihm stand.

Eric Whiteley saß in seinem düsteren Büro und war gar nicht gut gelaunt. Heute lief es nicht so, wie es sollte. Eigentlich hatte er noch früher als sonst kommen wollen, damit er zeitig gehen konnte, doch stattdessen hatte er sich in all den Jahren, in denen er hier arbeitete, zum ersten Mal verspätet.

Und nun unterbrach man ihn auch noch beim Mittagessen, was er hasste. Er betrachtete das Essen als etwas sehr Privates.

Sein Sandwich mit Thunfisch, Mayonnaise und einer Tomatenscheibe auf Vollkorntoast, in das er nur einmal gebissen hatte, lag ausgepackt auf dem Tisch. Daneben das Twix, der Apfel und die Flasche Mineralwasser. Vor sich hatte er die Titelseite des *Argus*. Die Schlagzeile lautete: **Brighton im Gaia-Fieber!**

»Nein, ich bin nicht vom Rad gefallen; ich bin noch nie vom Rad gefallen. Und wenn überhaupt, ist es schon sehr lange her.« Er warf einen sehnsüchtigen Blick auf sein Essen.

Die Frau war neu in der Firma. Ausgebildete Buchhalterin, seit zwei Jahren verwitwet, versuchte sie seit einiger Zeit, sich mit Eric, dem einzigen alleinstehenden Kollegen, anzufreunden. Sie fand ihn nicht attraktiv, hoffte aber, dass er so einsam wäre wie sie und sie vielleicht gelegentlich etwas unternehmen könnten. Aber sie wurde nicht schlau aus ihm. Nach ihren kurzen Gesprächen wusste sie, dass er nicht verheiratet war und auch keine Freundin zu haben schien. Aber sie hielt ihn auch nicht für schwul. Sie fuhr mit dem Finger über ihre Wange, ein Spiegelbild der Verletzung in seinem Gesicht. »Was ist passiert?«

»Meine Katze«, sagte er ausweichend.

Ein Leuchten ging über ihr Gesicht. »Sie haben eine Katze? Ich auch.«

Er schaute auf sein Sandwich. Er war hungrig und wünschte sich, sie würde endlich gehen. »Ja.«

»Was für eine Katze?«

»Eine, die kratzt.«

Sie grinste. »Das ist ja witzig!« Sie quetschte sich durch den schmalen Spalt zwischen den Aktenschränken und seinem Schreibtisch und legte den Ordner ab. »Mr Feline fragt, ob Sie sich den Monatsabschluss für Rawson Technology so bald wie möglich anschauen können. Ginge das noch heute?«

So viel zum Thema Frieden. »Ja.«

Aber sie ging nicht. »Mögen Sie Kammermusik? Am Sonntag ist ein Konzert im Dome, und meine Freundin hat mir Karten geschenkt. Ich habe mich gefragt, ob Sie schon etwas vorhaben.«

»Nicht mein Ding. Aber danke.«

Sie schaute auf die Zeitung. »Sagen Sie bloß, Sie sind ein Gaia-Fan!«

Er schwieg einen Moment und suchte nach einer Antwort, mit der er sie endgültig loswerden konnte. »Ich finde sie toll, bin ein Riesenfan.«

»Ehrlich? Ich auch!«

Er stöhnte innerlich. »Na, so was, wer hätte das gedacht?«

Sie sah ihn plötzlich anders an. »Na, na, Sie sind ein tiefes Wasser, Eric Whiteley!«

Sein Ärger wuchs. Wie konnte er die verdammte Frau nur loswerden? Er lächelte verhalten. »Wir alle haben unsere kleinen Geheimnisse.«

»In der Tat. Das stimmt. Das stimmt wirklich.«

Er legte den Finger an die Lippen. »Das bleibt aber unter uns.«

»Versprochen. Unser Geheimnis!«

Sie verließ den Raum, und er wandte sich erleichtert wieder seinem Sandwich zu. Er blätterte in der Zeitung. Auf der fünften Seite fiel ihm eine Schlagzeile ins Auge. **Geheimnisvoller Mord in Sussex bei Crimewatch.**

Er las den Artikel langsam und gründlich, während er zu Ende aß. Dann kehrte er wieder zur Titelseite zurück. *Kleine Geheimnisse*!

Er lächelte.

47

»Ich glaube, ich bin verliebt!«

Roy Grace blickte auf, als Glenn Branson sein Büro betrat, einen der Stühle herumriss und sich verkehrt herum daraufsetzte.

»Ich auch!« Grace hielt ein Foto eines glänzend schwarzen Alfa Romeo Giulietta in die Höhe, das er von Frost bekommen hatte. »Wie findest du sie?«

»Hinreißend!«

»Ein Jahr alt, viel gelaufen, aber erschwinglich.«

Branson las sich höflich die Einzelheiten durch. »Ist aber ein Dreitürer.«

»Nein, die hinteren Türgriffe sind verborgen.«

»Also könnte das Baby auf dem Rücksitz mitfahren?«

»Genau!«

»Dann greif zu. Gönn dir was, du hast es verdient. In deinem Alter könnte es das letzte Spaßauto sein, bevor du dir einen Rollator kaufst.«

»Arschloch!«, grinste Grace. »Und in wen oder was bist du verliebt?«

»Du wirst es vermutlich nicht glauben, aber – hm –« Er wirkte plötzlich ungewohnt schüchtern. »Eigentlich könnte Bella ganz schön attraktiv sein, wenn sie ein bisschen was an sich täte!«

»Ich fand sie bei *Crimewatch* ziemlich sexy. Hab sie zwar nur im Hintergrund gesehen, aber sie hat nie besser ausgesehen. Hattest du Erfolg?«

»Nicht direkt. Aber ich arbeite dran.«

»Das freut mich. Wird auch Zeit, dass du wieder ein Leben hast.«

»Sie ist süß.«

»Sie ist schlau, ich halte sehr viel von ihr. Dein Fernsehdebüt war übrigens erste Klasse!«

Branson wirkte aufrichtig begeistert. »Meinst du wirklich?«

»Wirklich!«

Es klopfte.

»Herein!«

Ray Packham kam mit Graces Blackberry ins Zimmer, schaute von einem zum anderen und zögerte. »Tut mir leid, Chef, ich wollte das nur zurückbringen.«

»Erfolg gehabt?«

»Ich habe den Inhalt kopiert. Ich schaue es mir an, sobald ich Zeit habe.« Er gab ihm das Handy.

Grace bedankte sich und bemerkte, dass das rote Licht wild blinkte. Er scrollte flüchtig durch die Nachrichten der vergangenen Stunde. Nachdem Packham den Raum verlassen hatte, klingelte das Handy.

Es war Chief Superintendent Graham Barrington. »Ich wollte nur Bescheid sagen, dass Gaia im Grand Hotel eingetroffen ist. Ich habe mit ihrem Sicherheitschef, einem Mann namens Andrew Gulli, eine Besprechung in der Präsidentensuite vereinbart. Könnten Sie in einer Stunde dort sein?«

Grace sagte zu. Als er den Anruf beendet hatte, klingelte die interne Leitung. Er hörte die aufgeregte Stimme von DC Emma Reeves.

»Sir, ich hatte gerade einen interessanten Anruf von jemandem, der gestern Abend *Crimewatch* gesehen hat!«

»Und?«

»Er ist Mitglied eines Angelclubs bei Henfield. Er hat gerade ein Stück Stoff entdeckt, das zu dem passt, das DS Branson im Fernsehen gezeigt hat.« Henfield war ein Dorf sechzehn Kilometer nordwestlich von Brighton.

»Wie sicher ist er sich?«

»Er hat mir ein Bild von seiner Handykamera geschickt. Sieht tatsächlich genauso aus. Er sagt, er sei gestern an derselben Stelle gewesen und der Stoff habe definitiv nicht dort gelegen.«

»Sind Sie gerade in der Soko-Zentrale?«

»Ja, Sir.«

»Ich komme sofort.«

»Möchtest du angeln gehen?«, fragte er Glenn Branson.

»Hab noch nie im Leben geangelt.«

»Dann fang an, bevor du zu alt bist.«

»Du mich auch!«

»Erinnerst du dich an den Schauspieler Michael Hordern?«

»*Sir* Michael, bitte! *Blockade in London. Die letzte Fahrt der Bismarck. El Cid. Der Spion, der aus der Kälte kam. Agenten sterben einsam. Shogun. Gandhi.* Er war brillant!«

»Weißt du, was er gesagt hat?«

»Ich habe das Gefühl, ich werde es gleich erfahren«, grinste Branson.

»Unsere Lebenserwartung beträgt etwa siebzig Jahre. Die Zeit, die man mit Angeln verbringt, zählt dabei nicht.«

»Das hält dich also jung, Oldtimer?«

»Hab seit Jahren nicht geangelt. Ich besitze die natürliche Gabe ewiger Jugend.«

»Träum weiter.«

»Nein, in meinen Träumen bin ich noch jünger und schiebe dich im Rollstuhl.«

48

Zehn Minuten später starrte Roy Grace auf das vergrößerte Foto, das Emma Reeves mit ihrem Handy aufgenommen hatte. Es war ein gezacktes Stück Stoff, das anscheinend an einem Ginsterbusch hängen geblieben war.

»Sieht ziemlich überzeugend aus«, sagte Glenn Branson, der ihm über die Schulter schaute.

»Es ist dasselbe Muster.«

»Der Mann ist sich absolut sicher, dass es gestern noch nicht da war.«

Grace nickte nachdenklich. »Hat es etwas zu bedeuten, dass es an dem Morgen aufgetaucht ist, nachdem du es bei *Crimewatch* gezeigt hattest? Könnte es sein, dass der Täter noch den Rest des Anzugs – und möglicherweise auch die fehlenden Körperteile – bei sich hatte, in Panik geriet und alles loswerden wollte?«

»Das denke ich auch.«

»Gut, dann schicke einen von unseren Leuten und jemand von der Spurensicherung in den Angelclub. Sie sollen unser Stoffstück mitnehmen und sehen, ob es übereinstimmt. Falls ja, wird die gesamte Gegend als Tatort abgesperrt, und wir leiten sofort die forensischen Ermittlungen ein. Wir brauchen eine Durchsuchung der Umgebung und der Gewässer. Klingt nach einer möglichen Ablagestelle.«

Grace blieb in seinem Büro, da er noch dringend Papierkram im Fall Venner zu erledigen hatte, bevor er zu der Sicherheitsbesprechung ging. Glenn eilte in die Soko-Zentrale 1, von wo aus er Emma Reeves zusammen mit David Green in den Angelclub schickte.

Dann setzte er sich an den Computer und checkte die Anrufe, die nach seinem Fernsehauftritt eingegangen waren. Es war nichts Interessantes dabei. Einige der üblichen Spinner und einige Leute, die anonym bei Crimestoppers angerufen hatten, um sich über verdächtige Nachbarn zu beschweren. Er stellte einige Mitglieder seines Teams ab, um die Anrufe nachzuverfolgen, doch im Augenblick erschien nur die Meldung von William Pitcher lohnend, der bei Emma Reeves angerufen hatte.

Eine Stunde später meldete sich Emma aufgeregt und teilte ihm mit, dass der Stoff tatsächlich genau zu passen schien. Auch hätten sie frische Reifenspuren gefunden, die nicht von dem Wagen des Mannes stammten, der sich bei der Polizei gemeldet hatte. Branson beauftragte sie damit, den Tatort zu sichern und bat sie um eine genaue Wegbeschreibung. Er werde in wenigen Minuten dort sein.

Dann schaute er sich im Raum um. Bella Moy beendete gerade ein Telefonat, und er ging zu ihr hinüber. »Hast du Lust auf eine Spritztour aufs Land?«

Sie zuckte mit den Schultern und schaute ihn seltsam an. Dann sagte sie zögernd »Okay« und nahm sich eine Hand voll Maltesers aus ihrer Schachtel.

Auf der Zugfahrt am Morgen war sie still gewesen, und Glenn fragte sich, ob er sie am vergangenen Abend irgendwie gekränkt hatte. Sie war zum Frühstück in einem Oberteil erschienen, das er noch nie gesehen hatte. Es war zwar konservativ, aber dennoch moderner als die Sachen, die sie gewöhnlich trug, und er fragte sich, ob sie es für ihn angezogen hatte.

Auf der Autofahrt wirkte sie bedrückt, während sie ihm von ihrer Mutter erzählte, der der Krankenhausaufenthalt anscheinend nicht gut bekam. Alle paar Minuten unterbrach das Navi ihr Gespräch mit einer Anweisung.

Auf dem letzten Stück las Bella die Wegbeschreibung vor, die Emma Reeves ihnen gegeben hatte, und verfiel dann in nachdenkliches Schweigen. Sie fuhren eine schmale Landstraße entlang, bogen an einem Schild mit der Aufschrift WEST SUSSEX PISCATORIAL SOCIETY nach links ab, holperten über ein Viehgitter und eine steile, einspurige Straße hinunter, die beiderseits von hohen Hecken gesäumt wurde.

»Hast du mal auf dem Land gelebt?«, fragte Glenn, um das unbehagliche Schweigen zu brechen. Er fragte sich, ob er Bella irgendwie zu nahe getreten war, konnte sich aber an nichts erinnern.

»Ist nicht mein Ding.«

»Meins auch nicht. Bin ein Stadtmensch. Auf dem Land gibt es zu viel Inzucht, wenn du mich fragst.«

»Ich bin auf dem Land aufgewachsen. Meine Eltern hatten einen Hof gepachtet. Sie sind erst nach Brighton gezogen, nachdem sie in den Ruhestand gegangen waren.«

»Aha«, sagte er und fragte sich, wie er das wiedergutmachen sollte. »Das gilt natürlich nicht für *jeden.*«

Sie sagte nichts.

Ein weiteres Hinweisschild zum Angelclub führte sie nach links über eine Baustelle zu einem verlassenen Bauernhof. Dort standen ein großes, baufällig wirkendes Wohnhaus und eine halbumgebaute Scheune mit einem Warnschild. Ein Stück weiter ein Gebäude aus grauem Porenbeton ohne Scheiben in Fenstern und Türen und eine Reihe uralter, fensterloser Schieferhäuser mit halbvollen Containern davor. Säcke mit Sand und Ballast lagen umher, ein Stück Regenrohr und eine große hölzerne Kabeltrommel.

Vor ihnen parkte ein weißer Lieferwagen der Scientific Support Unit, daneben ein großer dunkelblauer Geländewagen. Ein schmaler Eingang mit einem ZUFAHRT VERBOTEN-Schild war mit Absperrband gesichert.

Emma Reeves stand in einem weißen Overall, Gummistiefeln und blauen Handschuhen daneben und bewachte den Zugang. Bei ihr waren David Green von der Spurensicherung und ein Mann in grüner Regenkleidung und Watstiefeln, der seine Angelrute wie eine Lanze neben sich aufgepflanzt hatte.

Glenn holte seine Tasche aus dem Kofferraum und ärgerte sich gewaltig, dass er keine Stiefel mitgebracht hatte. Seine eleganten Slipper waren schon mit Schlamm verschmiert, bevor er und Bella die drei Leute erreicht hatten.

»Sir, das ist William Pitcher, der uns angerufen hat«, sagte DC Reeves. »Er ist Sanitäter im Ruhestand.«

»Vielen Dank für den Anruf. Sind Sie sicher, dass der Stoff gestern noch nicht hier war?«

»Ganz sicher. Aber ich hoffe, ich mache Ihnen keine unnötige Mühe. Ich bin abends um neun gegangen und habe im Register nachgesehen. Kein Clubmitglied ist nach mir hier gewesen und heute Morgen auch nicht.«

Durch den dichten Wald vor ihnen glitzerte Wasser. Branson schaute seine Kollegen an. »Sollen wir uns umziehen?«

Green schüttelte den Kopf. »Nicht nötig. Außer ihr wollt selbst ein bisschen auf die Suche gehen.« Er warf einen skeptischen Blick auf Bransons Schuhe. Bella war immerhin so vernünftig gewesen, Gummistiefel mitzubringen.

»Ich möchte nur den Anzugstoff sehen.«

Green führte ihn zu dem Stofffetzen, der sich an dem Zweig verfangen hatte, ohne auf Fußabdrücke oder Reifenspuren zu treten. Durch einen Spalt in der Hecke und den Bäumen konnte Branson einen hölzernen Anlegesteg erkennen. Der See war annähernd oval, stellenweise wölbten sich Äste über das Wasser. Am Ufer hatte man einige hölzerne Plattformen für die Angler gebaut. Am anderen Ende verjüngte er sich, bis er kaum breiter war als ein Fluss, und öffnete sich dann in einen weiteren ovalen See. Ein idyllisches Fleckchen.

William Pitcher erwies sich als gesprächig und steuerte zahlreiche Informationen über den Club und seine Mitglieder bei. Glenn Branson hatte nie darüber nachgedacht, was der Unterschied zwischen einem Teich und einem See war. Dank William Pitcher lernte er nun etwas dazu. Jedes Binnengewässer, das größer als ein halber Morgen war, galt als See. Und was er hier vor sich sah, waren dreieinhalb Morgen erstklassigen Forellengewässers, obwohl sie, wie Pitcher erklärte, ein Problem mit Wasserunkraut hatten.

Doch wie sich bald herausstellte, war das Wasserunkraut das geringste Problem.

49

Amis Smallbone kochte vor Wut. Er trat an den Rand des türkisen Swimmingpools, wobei die Blasen unter seinen Füßen jeden Schritt zur Hölle machten, starrte auf die vier zylinderförmig geschnittenen Koniferen in ihren Metalltöpfen am Ende des Gartens und paffte seine Cohiba.

Es war mehr als Wut. Es war ein Tornado des Zorns, der durch seine Eingeweide wirbelte.

Er setzte sich in die Hollywoodschaukel und nahm einen Schluck von seinem Drink. Er war so in Gedanken versunken, dass er den eisigen, torfigen Geschmack des alten Jameson's kaum bemerkte. Der Nachmittagshimmel über ihm war blau. Ein Flugzeug hatte einen Kondensstreifen hinterlassen. Es war Mittwoch, er war seit fast einer Woche auf freiem Fuß. Nach seiner Begegnung mit Grace hatte er sich widerwillig in dem Wohnheim und bei seinem Bewährungshelfer gemeldet, damit das Schwein nicht noch mehr gegen ihn in der Hand hatte.

Vor Jahren hatte er in einem der schönsten Häuser der Stadt gelebt, das drei Millionen Pfund wert gewesen war. Hinzu kamen eine Villa in Marbella, eine 24-Meter-Yacht und ein Ferrari Testarossa. Und was hatte er jetzt? Sechsundvierzig Pfund, die er bei der Entlassung aus dem Gefängnis bekommen hatte, und die wöchentliche Sozialhilfe, ein jämmerlicher Betrag.

Was konnte er sich davon schon kaufen?

Das reichte nicht mal für einen Whisky dieser Marke in einer Londoner Hotelbar.

Und ein einziger Mann war dafür verantwortlich, er hatte ihm alles genommen. Aber er hatte sich nicht damit zufriedengegeben, sondern Smallbone deutlich gezeigt, dass er nicht einmal nach seiner Entlassung seine Ruhe hatte. Das Arschloch hatte ihn mit auf den Devil's Dyke genommen und nach Strich und Faden gedemütigt – für etwas, das er nicht getan hatte.

Er besaß noch einen kleinen Sparstrumpf, den Graces Team damals nicht gefunden hatte. Es würde ausreichen, um ihm ein paar angenehme Monate zu verschaffen, aber er musste schnell wieder ins Geschäft kommen.

Henry Tilney, ein großer, muskulöser Typ mit rasiertem Kopf, kraulte selbstsicher seine Runden, als wollte er sagen: *Ich bin nicht nur der härteste Kerl in diesem Pool, sondern auf der ganzen Welt.*

Wie war dieser Mann nur dem Gefängnis entgangen, während er selbst lebenslänglich bekommen hatte? Natürlich war er nach zwölfeinhalb Jahren auf Bewährung entlassen worden, aber sobald er gegen die Auflagen verstieß, wäre er wieder drin.

Hatte Tilney ihn verraten, wie er es schon lange vermutete? Kümmerte er sich deswegen um ihn? Um ihn bei Laune zu halten und damit er nicht nachhakte?

Er schaute zu, wie Tilney aus dem Wasser stieg und zu dem Gartenhaus neben dem Pool stolzierte. Er kam mit einer Büchse Bier in der Hand zurück, öffnete sie mit einem scharfen Zischen und setzte sie an den Mund. Nachdem er einen tiefen Schluck genommen hatte, sagte er: »Neunundzwanzig Grad, du solltest mal reinspringen, Kumpel. Einfach herrlich!«

Smallbone verzog das Gesicht. »Ist nicht mein Ding. Hab Wasser nie gemocht, man weiß nie, was drin ist. Oder drin war.«

Tilney lächelte, als fühlte er sich unbehaglich und wollte es überdecken. »Ich hab nicht reingepisst, falls du dir deswegen Sorgen machst.«

Smallbone schüttelte den Kopf. »Ich mache mir keine Sorgen, dass du reingepisst hast. Eher, dass Roy Grace reingepisst haben könnte.«

Tilney runzelte die Stirn. »Scheiße, was soll das heißen?«

Smallbone bemerkte die unsichere Körpersprache. »Er hat auf mein Leben gepisst. Sei froh, dass es dir nicht auch so ergangen ist.«

Tilney setzte sich auf die Liege gegenüber. »Vergiss ihn.«

»Vergessen? Nach allem, was er mir angetan hat? Und nach der Sache gestern Abend?«

»Er ist ein blöder Bulle, der fünfzig Riesen im Jahr verdient, und reicher wird er auch nicht mehr. Du bist zweiundsechzig, Amis. Die meisten Leute denken in deinem Alter an die Rente. Aber du stehst mit leeren Händen da. Willst du in den nächsten Jahren was zurücklegen oder dich lieber an der Polizei rächen? Weißt du, was passiert, wenn du dich mit Roy Grace anlegst? Du verbringst deine letzten Jahre in einer beschissen Absteige so wie Terry Biglow. Willst du das? Willst du der nächste Terry Biglow werden?«

»Ich will Roy Grace«, erwiderte Smallbone. Seine Gesichtshaut spannte sich. »Ich habe Informationen über ihn. Anscheinend hat ihm der Chief Constable die persönliche Verantwortung für Gaias Sicherheit übertragen. Weißt du, was ich mache? Ich spucke ihm gehörig in die Suppe. Dann steht er ganz schön blöd da.« Er grinste höhnisch. »Ich werde dafür sorgen, dass jemand in ihr Hotelzimmer einbricht.«

»Und was hast du davon?«

Smallbone grinste höhnisch. »Rache. Und ein bisschen Geld. Ich habe zwölf Jahre davon geträumt, es ihm heimzuzahlen. Weißt du, was er gestern Abend mit mir gemacht hat?«

»Du hast es mir schon zweimal erzählt.«

»Ja, klar, ich bin nicht umsonst Amis Smallbone.«

»Ganz sicher?«

»Ich dachte, du wärst mein Freund.«

»Das bin ich auch, darum hör mir gut zu. Die Welt hat sich in den letzten zwölf Jahren verändert, falls du's nicht in der Zeitung gelesen haben solltest. Einbruch ist nicht mehr gefragt, zu viel Drecksarbeit, zu hohes Risiko. Drogen und Internet, da steckt heute das Geld – und das Risiko ist minimal. Und eins darfst du nicht vergessen.«

»Was?« Smallbone kam sich zurechtgewiesen vor.

»Du warst nie so gut, wie du geglaubt hast. Dein Vater – der war eine Klasse für sich. Vor dem hatten alle Angst und haben ihn respektiert. Du hast immer von seinem Ruf gezehrt, aber du warst bei weitem nicht der Mann, der er war.«

»Halt verdammt nochmal die Klappe.«

»Du solltest besser zuhören. Du warst immer ein kleiner Fisch, der groß dahergeredet hat. Klar, du hattest die schicken Häuser, die Autos, die Yacht, aber haben sie dir wirklich gehört? Es war doch alles gemietet, oder? Nur Schall und Rauch, darum hast du jetzt auch nichts mehr.« Tilney trank von seinem Bier und wischte sich mit dem Handrücken über den Mund. »Weißt du was? Ich schaue nach vorn. Du und Roy Grace, das ist Geschichte. Vergiss es. Vergiss Gaia – die hat mehr Leibwächter als Falten am Arsch.«

Smallbone funkelte ihn an.

»Hol dir ein Bier, setz dich, entspann dich. Oder hol dir besser gleich zwei – eins für dich und eins für dein Ego.«

50

David Green hatte beschlossen, den Boden um den See von seinen Leuten absuchen zu lassen, während die Taucher der Specialist Search Unit das Gewässer überprüften. Die Leitung hatte Sergeant Lorna Dennison-Wilkins, die auch die Durchsuchung der Hühnerfarm geleitet hatte.

Der gelbe Lastwagen der SSU parkte hinter den anderen Fahrzeugen auf dem Weg. Glenn Branson war erleichtert, dass bisher keine Reporter an dieser entlegenen Stelle aufgetaucht waren.

Lorna Dennison-Wilkins war eine elfenhafte, attraktive Frau mit kurzem, braunem Haar. Glenn bewunderte, wie sie den harten, düsteren Job wegsteckte, den sie und ihre Einheit täglich erledigten. Die SSU musste alle Aufgaben übernehmen, die über die Zuständigkeit gewöhnlicher Polizeibeamter hinausgingen. Sie bargen verwesende Leichen aus Abwasserkanälen, Brunnen, Gräben, vom Meeresboden und aus anderen Gewässern; sie krochen auf Händen und Knien durch Schlamm oder Exkremente, um nach Spuren zu suchen, so wie sie es auf der Hühnerfarm gemacht hatten; sie suchten auf Müllkippen nach Leichenteilen oder Mordwaffen. Dann wieder durchkämmten sie die Häuser von Drogenhändlern, in denen sie ständig Gefahr liefen, sich an infizierten Nadeln zu stechen.

Vor allem ein Bild ging ihm nicht mehr aus dem Sinn, nachdem Lorna ihm vor einem Jahr davon erzählt hatte. Sie und ihr Team hatten Stücke von Gesicht, Schädel und Gehirn eines Mannes, der sich eine Schrotflinte Kaliber 12 unter das Kinn gehalten hatte, von einem gefrorenen Baum abgekratzt.

Die Stille des Sees und des umgebenden Waldes wurde nur vom Knattern des Außenbordmotors unterbrochen, der zu dem grauen Schlauchboot der Einheit gehörte. Zwei Teammitglieder saßen in Tauchausrüstung, aber ohne Masken und Sauerstoffflaschen im Boot. Einer steuerte, der andere beobachtete den Bildschirm des Seitensichtsonars. Glenn wartete am Anlegesteg. Der Benzingestank des Motors überlagerte einen Moment lang den Geruch nach schlammigem Wasser und Pflanzen. Sie hatten entschieden, den Suchbereich auf Wurfweite des Seeufers einzuschränken.

Dann wurde das Schlauchboot langsamer, und Wasser spritzte hoch, als eine rosa Boje hineingeworfen wurde, um eine auffällige Stelle zu markieren. Auf dem Bildschirm war wohl etwas aufgetaucht, das nicht auf den Boden des Sees zu gehören schien.

In den folgenden vierzig Minuten wurden drei weitere Bojen gesetzt. Dann kehrte das Schlauchboot zum Anleger zurück, und Glenn ging mit den beiden Männern zu ihrem Lastwagen, um sich kurz zu besprechen.

Im Inneren roch es nach Gummi, Plastik und Diesel. Sie setzten sich an den kleinen Tisch, und Glenn nahm dankbar den Teebecher entgegen, den ihm jemand hinstellte. Jon Lelliott, eines der erfahrensten Teammitglieder, konnte oft sehr undeutliche Bilder deuten. »Es gibt vier Auffälligkeiten. Nach Form und Größe zu urteilen, könnte es sich um eingewickelte menschliche Gliedmaßen handeln.«

*

Zwanzig Minuten später hatte der Polizeifotograf James Gartrell das Stoffstück fotografiert, das jetzt ordnungsgemäß verpackt war. Nun stellte er seine Kamera auf ein Stativ unmittelbar über einem Fußabdruck im Schlamm auf, den man in der Nähe des Stoffstücks entdeckt hatte. Eine gelbe Plastikmarkierung mit der schwarzen Nummer 2 steckte im Boden, daneben lag ein Lineal. So konnte er später die exakte Größe des Abdrucks bestimmen. Er arbeitete präzise und benutzte eine Wasserwaage, um die Kamera genau senkrecht zum Fußabdruck zu positionieren, bevor er Scheinwerfer aufstellte, um alle Einzelheiten des Fußabdrucks so genau wie möglich auszuleuchten.

Fünf Mitarbeiter der Spurensicherung arbeiteten sich durch das dichte Waldgebiet. Um die Gegend nicht unnötig zu kontaminieren, kehrte Glenn zu seinem Posten auf dem Anleger zurück und empfing auf seinem Handy Neuigkeiten von den Teammitgliedern. Er erhielt auch einen Anruf seiner Anwältin, der im Streit endete, nachdem sie ihm mitgeteilt hatte, dass Ari der Sorgerechtsvereinbarung nicht mehr zustimmen wolle. In der Zwischenzeit hatte Bella einen schweren Stand, weil sie mehreren Clubmitgliedern, die sich auf einen ruhigen Angeltag gefreut hatten, erklären musste, dass ihr See als Tatort abgesperrt worden war.

Glenn beendete das Telefonat mit der Anwältin und schaute wütend aufs Wasser. *Verdammte Schlampe.* Sonnenflecken fielen durch die Äste und schimmerten auf dem Wasser. Einige Wasserhühner paddelten durch das hohe Schilf und ließen sich nicht von den Tauchern beirren. Eine Ruderwanze schwamm unter ihm dahin. Ein Fisch tauchte an die Oberfläche und hinterließ konzentrische Kreise, als er wieder verschwand.

Zwei Taucher gingen ins Wasser, beide mit einem Beutel zur Bergung von Beweismitteln ausgestattet. Sie trugen Neoprenanzüge und leuchtend gelbe Gurte, von denen eine Schnur zu einer Spule führte, die ein Kollege hielt. Glenn sah zu, wie die beiden in einem Wirbel aus Blasen untertauchten.

Es war ein wunderbar friedlicher Ort, an dem man durchaus einen Tag verbringen konnte. Die Angler hier waren Fliegenfischer, das hatte William Pitcher ihm erklärt. Sie warfen ihre Fliegen nur auf der Oberfläche aus; es gab keine Gewichte, die die Leine nach unten zogen. Was immer unter der Oberfläche war, konnte jahrelang, vielleicht sogar für immer, verborgen bleiben. Machte das den See zu einer guten Ablagestelle?

Dann hörte er Schritte in Gummistiefeln hinter sich. »Es ist wunderschön«, sagte Bella.

»Ja«, sagte er nur, noch aufgewühlt von dem Anruf. In diesem Augenblick verstand er durchaus, dass Menschen ihre Ehepartner umbrachten.

Bella trat mit einem seltsam traurigen Lächeln neben ihn und nickte.

»Schon mal geangelt?«

»Nein, ist nicht mein Ding. Ich weiß nicht, ob ich die Geduld dafür hätte. Und du?«

»Ich mag Fisch lieber fertig paniert, mit einem Haufen Pommes.«

Er lachte, und ihr Gespräch wurde zwangsloser, obwohl sie immer noch distanziert und weniger offen wirkte als am Vorabend. Vielleicht war er auch abgelenkt durch seine Probleme mit Ari und die ständige Sehnsucht nach den Kindern. Und Bella dachte sicher auch an ihre Mutter.

Nach einigen Minuten watete Jon Lelliott aus dem Wasser auf sie zu, in der Hand einen Beutel, von dem Wasserpflanzen hingen. Er trug ihn zu dem kleinen Zelt, das die Spurensicherung errichtet hatte.

Vor den Augen von Glenn und mehreren anderen öffnete er vorsichtig den Beutel. Auf den ersten Blick sah der Inhalt aus wie ein dünner, dunkler Baumstamm. Erst als Glenn genauer hinschaute, erkannte er, was es wirklich war. Ein schwarzer, mit Draht umwickelter Müllbeutel, der einen langen, schmalen Gegenstand fest umhüllte. An einem Ende ragte etwas Weißes heraus.

Eine haarlose menschliche Hand.

Er zuckte angewidert zusammen, doch Bella schaute mit professioneller Objektivität hin. »Linke Hand. Nicht sehr verwest, dürfte nicht allzu lange im Wasser gelegen haben.«

Obwohl er schon an einigen üblen Tatorten gewesen war, hatte Glenn es zu seiner Erleichterung noch nie mit zerstückelten Leichen zu tun gehabt. Allerdings musste man kein Experte sein, um zu erkennen, dass hier jemand ohne chirurgisches Können gearbeitet hatte. Der Arm sah aus, als wäre er mit einer groben Klinge abgehackt worden – der Knochen war gesplittert, und Stücke von Haut und Muskeln hingen wie ein gezackter Pony an einem Ende herunter. Er sah fast aus wie ein Requisit oder ein Scherzartikel und verströmte keinen Verwesungsgeruch, ein weiterer Beweis dafür, dass er vermutlich nicht lange im Wasser gelegen hatte.

In diesem Fall, dachte er enttäuscht, war es unwahrscheinlich, dass der Arm von dem Torso auf der Hühnerfarm stammte.

»Höchstens vierundzwanzig Stunden«, sagte David Green, »eher weniger. Ansonsten wären Krebse, Ratten, Mäuse oder Hechte dran gewesen. Es überrascht mich, dass es noch niemand versucht hat. Normalerweise kommen die Krebse binnen weniger Stunden.«

»Außer es sind noch mehr Leichenteile dort unten, an denen sie sich gütlich tun«, sagte Bella.

»In der Tat.«

Es waren tatsächlich noch mehr.

In den folgenden eineinhalb Stunden bargen die Polizeitaucher den Rest des linken Arms bis zur Schulter, den rechten Unterarm und die Hand, die ebenfalls am Ellbogen abgetrennt worden waren, und auch den Rest dieses Arms. Dazu beide Beine, in jeweils drei Teilen. Aber keinen Kopf.

Jeder Teil war in einen Müllbeutel gewickelt, mit einem Stein beschwert und mit Draht gesichert worden.

Am schlammigen Ufer entdeckten sie zwei Fußabdrücke, die mit denen in der Nähe des Stoffstücks übereinstimmten. Sie befanden sich in einer Position, die einen Wurf vom Ufer aus zugelassen hätte. Beide Abdrücke waren mit gelben Markierungen versehen.

Zur gleichen Zeit folgte das Team an Land ebenfalls einer Reihe von Fußabdrücken, die vom See wegführten. Am Ende dieser Spur fanden sich in einem flachen, hastig ausgehobenen Loch, das mit Zweigen abgedeckt war, eine Anzughose und ein Jackett, die mit dem Stoffstreifen übereinstimmten.

Wenige Minuten später lagen die Leichenteile auf einer weißen Plastikplane im Lastwagen. Sie waren ordnungsgemäß etikettiert und mit Daten versehen. Glenn trank einen Kaffee und schaute sich den Anzug durch die Plastikhülle hindurch an. Zu seiner Enttäuschung waren eventuelle Etiketten entfernt worden.

Er wandte sich an Bella. »Was meinst du?«

Sie zuckte mit den Schultern. »Dass der weiße Hai den Kopf und den Oberkörper gefressen hat. Oder die Taucher haben sie übersehen.«

Er grinste. »Dachte ich mir auch.«

»Es würde so schön zu unserem menschlichen Torso passen. Nur dass der Monate alt ist und die Gliedmaßen hier ganz frisch sind.«

»Mit deiner Beobachtungsgabe könntest du ein guter Detektiv werden!«

»Schmeichelei bringt bei mir gar nichts«, erwiderte sie mit einem warmen Lächeln.

Sie wirkte so verletzlich, dachte er. Eine erfahrene Ermittlerin, aber eine verlorene Seele. Er hätte sie gern in den Arm genommen, aber das hier war weder die richtige Zeit noch der richtige Ort.

Er nahm sich vor, sehr bald die richtige Zeit und den richtigen Ort dafür zu finden.

51

Auch Amis Smallbone war auf der Suche nach der richtigen Zeit und dem richtigen Ort. Er stand allein auf den Stufen vor dem Grand Hotel, in einer Hand einen Chivas Regal on the rocks, in der anderen eine Zigarette. Er zog heftig daran und schaute mit hasserfüllten Augen auf den Verkehr auf der King's Road, die Menschen, die über die Promenade schlenderten und das flache, blaue Meer dahinter.

Er war ordentlich, aber altmodisch gekleidet: blauer Blazer mit schimmernden Messingknöpfen, weißes Hemd mit offenem Kragen, Halstuch mit Paisley-Muster, blaue Hose und weiße Segelschuhe. Er sah aus, als käme er von einer Yacht. Einer gewaltigen Motoryacht wie der, die gerade auf dem Wasser vorbeifuhr und ein eindrucksvolles Kielwasser hinterließ.

Auf dieser Yacht hätte er sein können, dachte er und zog an der Zigarette. Er musste jemandem eine Lektion erteilen. Grace hatte sein Leben zerstört, er hatte alles verloren. Zwölf beschissene Jahre in elenden Gefängnissen, umgeben von Versagern.

Gaia war in diesem Hotel. In der Präsidenten-Suite, wo sie in eben diesem Augenblick nett mit Roy Grace, Chief Superintendent

Graham Barrington und einem Haufen anderer Bullen plauderte. Er lächelte, als er die Zigarette ausdrückte, den Whiskey trank und überlegte, ob er noch einen bestellen sollte. Immerhin hatte er noch einige seiner alten Quellen. Und eine davon konnte ihm rund um die Uhr Zutritt zu jedem Zimmer des Hotels verschaffen.

Dank seines alten Kontakts hätte er sogar das Gespräch mithören können, doch das war nicht nötig. Er holte ein neues Päckchen Zigaretten aus der linken Jackentasche. Darauf blinkte ein winziges Licht – so schwach, dass es bei Tageslicht kaum zu erkennen war. Er steckte es mit einem zufriedenen Grinsen wieder ein. Er würde sich die Aufzeichnung später in Ruhe anhören.

*

Eine Etage über Smallbone musste sich Roy Grace, der in dem eindrucksvollen, nilgrünen Wohnzimmer der Präsidenten-Suite saß, vorsichtig kneifen. Gewöhnlich ließ er sich nicht von Prominenten beeindrucken, aber er saß auf dem Sofa neben Gaia! Und sie war nett, herzlich, freundlich und witzig, ganz und gar nicht die Diva, mit der er gerechnet hatte. Und sie übte eine geradezu erotische Wirkung auf ihn aus.

Sie trug ein Herrenhemd mit aufgerollten Ärmeln, zerrissene Jeans und schwarze Wildlederstiefel mit Schnallen, wie Cleo sie auch besaß, nur dass diese hier teurer wirkten. Ihr blondes Haar sah aus, als käme sie frisch vom Friseur, und sie sah keinen Tag älter aus als dreißig. Ihr strahlender Teint zeigte nicht eine einzige Falte. Sie war in Wirklichkeit viel hinreißender als auf den Fotos und verströmte einen verblüffend erotischen Moschusduft.

Glenn Branson hätte alles dafür gegeben, um an seiner Stelle zu sein. Grace versuchte, sie nicht allzu sehr anzustarren, doch das fiel ihm schwer, zumal sie mehrere Hemdknöpfe geöffnet hatte und einen verlockenden Ausblick auf ihr Dekolleté bot.

Auf dem Teppich lag ihr Sohn Roan, der in ein Computerspiel vertieft war.

»Präsidenten-Suite« war ein angemessener Name für die Zimmerflucht. Die Räume waren luxuriös im traditionellen Regency-Stil eingerichtet und hatten etwas Königliches. Außer ihnen waren zwei persönliche Assistentinnen und Gaias Sicherheitschef Andrew Gulli zugegen. Die Vertreter der Polizei waren Chief Superintendent Graham Barrington, DI Jason Tingley und Greg Worsley vom Personenschutz. Alle drei wirkten ziemlich fasziniert, genau wie er selbst.

Draußen vor der Tür standen zwei Leibwächter, vier weitere kümmerten sich um die beiden Notausgänge. Hier drinnen war es so sicher wie in Fort Knox.

Und genau das war das Problem.

Solange Gaia hierblieb, konnten sie ihre Sicherheit gewährleisten. Doch sie hatte deutlich erklärt, sie wolle nicht wie eine Gefangene leben. Sie habe die Absicht, jeden Morgen zu joggen und, was noch wichtiger sei, ihren Sohn nicht unter einer Glasglocke aufwachsen zu lassen. Sie bestand darauf, mit ihm an den Strand zu gehen, in die Stadt, in die Pizzeria oder was immer ihr in den Sinn kam.

Schon unter normalen Umständen wäre es schwierig gewesen, einen Star ihres Kalibers zu schützen, und diese Umstände waren alles andere als normal. Die Person, die es auf sie abgesehen hatte, konnte durchaus in der Stadt sein. Vielleicht sogar in diesem Hotel. Die Abteilung des Los Angeles Police Department, mit der Graham Barrington in Verbindung stand, war jedenfalls sehr besorgt.

Immerhin hatte Chief Constable Tom Martinson die Vernunft besessen, die Regeln, nach denen nur Angehörigen königlicher Familien und Diplomaten bewaffneter Schutz zustand, über den Haufen zu werfen und rund um die Uhr bewaffnete Polizeibeamte abzustellen, vorausgesetzt, die Sussex Police musste nicht für die gesamten Kosten aufkommen. Zwei Beamte hatten Gaias Wagen auf der Fahrt von Heathrow begleitet, zwei weitere befanden sich in der Hotellobby. Personenschutz war teuer, doch Martinson hatte die Kosten gegen die Konsequenzen eines Anschlags auf Gaia abgewogen. Wenn ihr in dieser Stadt etwas zustieß, würde es dem Image von Brighton schweren Schaden zufügen und mögliche Besucher abschrecken.

Diese Maßnahmen beruhigten Grace ein bisschen, wenn auch bei weitem nicht genug. Der Chief Constable hatte deutlich erklärt, die Verantwortung für ihr Wohlergehen ruhe letztendlich auf Graces Schultern. Martinson bestand darauf, dass Gaia sich an den Kosten beteiligte, und hatte Grace telefonisch angewiesen, diesen wichtigen Aspekt mit ihr auszuhandeln.

Brighton war eine Stadt voller Gassen, Winkel, Verstecke, vergessener Tunnel und geheimer Durchgänge. Für einen Mörder, der sich auf die Lauer legen wollte, gab es kaum einen dunkleren Ort als diesen. Seiner Ansicht nach konnte er Gaias Sicherheit nur dann gewährleisten, wenn sie in einem gepanzerten Wagen, umgeben von einer Polizeieskorte, von Tür zu Tür gefahren wurde. Was nicht passieren würde.

Er drehte sich zu ihr um, und ihre Augen begegneten einander. Ihre waren von einem schimmernden, metallischen Blau. Sie gehörten zu den berühmtesten Augen der Welt, waren auf einer Million Fotos erschienen und in einer Million Artikeln beschrieben worden. Irgendein Schundmagazin, das Cleo mit nach Hause gebracht hatte, behauptete, es seien die schönsten Augen der Welt.

Das konnte er nicht abstreiten. Cleo war die schönste Frau, der er in seinem Leben begegnet war – jedenfalls bis jetzt. Doch Cleo war nicht nur hinreißend schön, sondern auch zutiefst menschlich. Gaia hingegen trug trotz Humor und Herzlichkeit einen harten Panzer. Sie wäre ein toller One-Night-Stand, würde einen am nächsten Morgen aber abservieren wie eine Schwarze Witwe.

Plötzlich beugte sich Gaia zu ihm. Sie kam ihm so nahe, dass er verlegen wurde, und er fürchtete schon, sie wolle ihn küssen. Dann sagte sie mit ihrer rauen Stimme: »Detective Superintendent Grace, hat Ihnen schon mal jemand gesagt, dass Sie Augen wie Paul Newman haben?«

Er wurde rot. In der Tat, Sandy hatte das mal gesagt.

Er schüttelte den Kopf und erwiderte verschämt: »Nein, aber trotzdem danke.«

Er sah, wie Jason Tingley ihm zuzwinkerte.

Grace unterdrückte ein Grinsen und wandte sich an Andrew Gulli, um ihm seine Sicht der Lage zu schildern. Abschließend erklärte er: »Obwohl wir die ernsthafte Bedrohung in den USA durchaus anerkennen, sind wir hier ziemlich weit weg. Unserer Ansicht nach ist die Bedrohung für Ihre Klientin in Großbritannien niedrig bis mäßig anzusetzen.«

Gulli riss ungläubig die Arme hoch und sagte mit seiner James-Cagney-Stimme: »Wie könnt ihr so was behaupten? In diesem Land kann jeder für ein paar Mäuse eine Waffe kaufen. Kommen Sie uns doch nicht mit diesem Bullshit!«

»Mit allem Respekt, wir haben Ihre Klientin und ihren Sohn sicher hergebracht und ihr Rund-um-die-Uhr-Schutz im Hotel angeboten.« Er warf Gaia einen entschuldigen Blick zu. »Wir haben allerdings nicht die Mittel, um die Sicherheit zu gewährleisten, wenn sie sich frei in der Stadt bewegen möchte. Der Chief Constable ist bereit, bewaffneten Personenschutz zu genehmigen, aber Sie müssen sich an den Kosten beteiligen.«

»Das gibt es in keinem anderen Land der Welt! Ist Ihnen bewusst, welchen Wert Gaia für diese Stadt hat?«

»Wir fühlen uns privilegiert, dass wir sie hier haben dürfen.«

»Hey, Andrew«, warf Gaia ein. »Ich habe kein Problem damit. Was Officer Grace sagt, ist doch nur fair. Wir beteiligen uns daran, warum auch nicht?«

»Weil es so nicht funktioniert!«

»Mit Verlaub, aber genau so funktioniert es in unserem Land«, erklärte Graham Barrington.

»Das ist Bullshit!«, rief Gulli.

Grace stand auf und schaute auf ihn hinunter. »Können wir mal unter vier Augen miteinander reden?«

»Sie können es auch hier sagen.«

»Ich möchte aber allein mit Ihnen reden«, sagte er mit seiner strengsten Stimme. Viele Leute begingen den Fehler, ihn zu unterschätzen, nur weil er höflich war. Gulli erlebte nun eine andere Seite von ihm. Er stand widerwillig auf und deutete auf eine Tür.

Grace betrat vor ihm den Raum, den man in ein Büro verwandelt hatte, und setzte sich auf die Ecke des Schreibtisches aus Ahornholz. Dann bedeutete er Gulli, die Tür hinter sich zu schließen. Durchs Fenster sah er die zerstörten Überreste des West Pier, die aus dem blauen Meer aufragten. Der Anblick machte ihn immer traurig, weil er den Pier als Kind so geliebt hatte.

»Wie viel bekommt Ihre Klientin für diesen Film?«

»Wissen Sie was? Das geht Sie nichts an, Detective.«

»Eigentlich heißt es Detective *Superintendent*«, korrigierte er den Mann.

Gulli schwieg.

»Alles, was in dieser Stadt vorgeht, geht mich etwas an. Ich habe zufällig gelesen, dass Gaia für vier Wochen Dreharbeiten hier und für drei Wochen im Studio insgesamt fünfzehn Millionen Dollar bekommt, umgerechnet etwa zehn Millionen Pfund.«

»Sie ist ein Weltstar, die verdienen eben so viel.« Gulli klang jetzt defensiv. »Tatsächlich nimmt sie eine viel geringere Gage als üblich, weil es eine unabhängige Produktion und kein großes Studio ist.«

»Ich bin mir sicher, sie ist jeden Penny wert«, sagte Roy Grace. »Eine tolle Frau, ich bin ein Fan von ihr. Aber Sie müssen etwas begreifen. Wegen der Finanzkrise in diesem Land muss jede Polizeibehörde zwanzig Prozent ihres Budgets einsparen. Bei der Sussex Police sind das zweiundfünfzig Millionen Pfund. Mit anderen Worten, loyale Polizeibeamte werden nach dreißig Jahren zwangspensioniert, obwohl sie damit gerechnet hatten, noch viele Jahre zu arbeiten. Das wird für manche finanziell sehr hart. Einige sind mit zwanzig zur Polizei gegangen, mit anderen Worten, sie werden arbeitslos, obwohl sie noch keine fünfzig sind. Einige können ihre Hypotheken nicht mehr zahlen und werden ihre Häuser verlieren. Vielleicht glauben Sie, das sei nicht Ihr Problem.«

»Sie haben recht, es ist nicht mein Problem.«

Grace holte sein Handy heraus. »Ich sage Ihnen, was ich mache. Ich rufe jetzt Michael Beard, den Herausgeber der Lokalzeitung, an und sage ihm, dass Ihre Klientin Gaia Lafayette zehn Millionen Pfund für diesen Film bekommt und trotzdem nicht bereit ist, auch nur einen Penny für ihre Sicherheit auszugeben, während sie sich in dieser Stadt aufhält. Ich kann Ihnen garantieren, dass die Nachricht innerhalb von vierundzwanzig Stunden auf sämtlichen Titelseiten in diesem Land erscheinen wird. Zufrieden?«

Gulli sah ihn finster an. »An welche Beteiligung hatten Sie gedacht?«

»Schon besser. Jetzt sprechen wir dieselbe Sprache.«

52

»Und das ist das Elternschlafzimmer«, erklärte der Makler, ein großspuriger Fünfundzwanzigjähriger, durchtrainiert und muskulös, mit gestyltem Haar, der einen dunkelgrauen Anzug und schicke Slipper trug.

»Eine angemessene Größe. Viel großzügiger geschnitten als bei den Neubauten heutzutage.«

Sie schaute sich das detaillierte Angebot der Maklerfirma Mishon Mackay noch einmal an, betrachtete das Zimmer, registrierte das extrabreite verzierte Messingbett, die Frisierkommode aus Mahagoni, auf der mehrere Parfümflaschen und Schminksachen standen, und die Chaiselongue im Art-Déco-Stil daneben. Auf dem Frisiertisch stand ein Foto in silbernem Rahmen. Es zeigte ein Paar in Badeanzügen, nebeneinander auf einem Bootsdeck, umgeben vom stillen, blauen Meer. Der Mann lächelte. Sein Gesicht war braungebrannt, und er hatte Krähenfüße um die klaren, blauen Augen, als hätte er in die Sonne geblinzelt. Sein kurzes, blondes Haar war vom Wind zerzaust. Die Frau sah gut aus, mit langen, blonden Haaren und einem glücklichen Lächeln auf dem Gesicht. Ihr schlanker Körper kam in dem türkisfarbenen Bikini gut zur Geltung.

So war das mit Fotos, dachte sie. Sie fingen Augenblicke ein. Vielleicht hatte die Frau zehn Sekunden später die Stirn gerunzelt, aber auf diesem Foto würde sie für immer lächeln. Sie erinnerte sich an ein Gedicht von Keats, »Ode auf eine griechische Urne«, das sie in der Schule auswendig gelernt hatte. Es ging um zwei Liebende, die als Relief auf einer griechischen Urne abgebildet waren und einander jeden Moment küssen wollten. Auch dieser Augenblick war in der Zeit eingefroren. Sie würden einander niemals küssen, ihre Liebe nie vollziehen, und aus diesem Grund würde ihre Beziehung ewig währen.

Anders als im wirklichen Leben.

Mit einem Anflug von Traurigkeit wandte sie sich ab und trat ans Fenster. Von hier aus blickte man auf den Garten und die Rückseite des Nachbarhauses in der Parallelstraße. Sie schaute auf den breiten Rasen, der von einem zenartigen Ornament dominiert wurde. Eine Ansammlung glatter Steine, umgeben von einem ausgetrockneten Graben und mit einem Springbrunnen, der nicht eingeschaltet war. Das Gras war kürzlich gemäht worden, doch die Beete auf beiden Seiten und am Ende des Gartens erstickten im Unkraut.

»Wir müssen leider weitergehen«, erklärte der Makler in arrogantem Ton. »In zwanzig Minuten habe ich die nächste Besichtigung. Solche Häuser sind sehr gefragt.«

Sie verweilte noch einen Augenblick, bevor sie ihm folgte und sich dabei noch einmal im Zimmer umsah. Es war zu ordentlich, im Bett hatte niemand geschlafen, nichts lag herum. Es wirkte unbewohnt und schlecht gelüftet.

Sie folgte dem Makler ins nächste Zimmer, wobei sie ihren Sohn, der ein Computerspiel in der Hand hielt, sanft vor sich her schob. »Das ist das größere der beiden anderen Zimmer. Auch schön. Wäre ein nettes Zimmer für Ihren Sohn.« Er schaute ihn an, als erwartete er seine Zustimmung, doch der Junge konzentrierte sich auf das Spiel, als hinge sein Leben davon ab.

Sie schaute sich interessiert um. In diesem Zimmer lebte jemand – ein erwachsener Mann. Sie bemerkte eine Reihe blankpolierter, teuer aussehender Schuhe, die an der Fußleiste aufgereiht standen. Mehrere Anzüge in Plastikhüllen, wie sie die Reinigung benutzte. Das Bett war notdürftig gemacht. Dann gingen sie ins Badezimmer. Eine Reihe von Düften, Aftershave-Lotion, Hautbalsam, eine elektrische Zahnbürste und mehrere luxuriöse schwarze Handtücher auf der beheizten Stange. In der Dusche sah man noch Wassertropfen, und in der Luft hing ein starker, nachhaltiger Männerduft.

»Warum verkauft der Eigentümer das Haus?«

»Soweit ich weiß, ist er Kriminalbeamter bei der Sussex Police.«

Sie sagte nichts.

»Er hat hier früher mit seiner Frau gewohnt. Ich glaube, sie haben sich getrennt. Mehr weiß ich wirklich nicht. Ich kann es aber herausfinden, falls es Sie interessiert.«

»Es interessiert mich nicht.«

»Ich habe einen Cousin bei der Polizei. Er sagt, die Scheidungsrate sei dort sehr hoch.«

»Das kann ich mir vorstellen.«

»Ja. Liegt wohl am Lebensrhythmus. Viel Schichtarbeit. Überstunden und so.«

»Natürlich.«

Er führte sie nach unten in den schmalen Flur und von dort ins Wohnzimmer, das minimalistisch mit Futon-Sofas und einem niedrigen japanischen Tisch eingerichtet war. In einer Ecke stand eine alte Musikbox, und davor auf dem Boden lagen diverse Schallplatten, manche ohne Hülle, und stapelweise CDs. »Das ist hübsch, große Fenster und ein echter Kamin. Ein schönes Wohnzimmer für die Familie.«

Sie schaute sich um, während der Junge weiterspielte. Aus seinem Gerät drang ein unregelmäßiges Piepsen. Sie betrachtete vor allem die Musikbox und erinnerte sich daran, wie sie vor zehn Jahren hier gelebt hatte. Dann betraten sie eine große, offene Küche mit angeschlossenem Essbereich.

»Das waren früher einmal zwei Räume, man hat einen Durchbruch gemacht. Man könnte es so lassen oder auch wieder zu einer separaten Küche umbauen.«

Natürlich könnte man das!, dachte sie. Dann bemerkte sie den Goldfisch. Er schwamm in einem runden Glas neben der Mikrowelle. An der Seite hing ein Plastikbehälter für Futter.

Sie ging hin und drückte das Gesicht an die Scheibe. Der Fisch sah alt und verquollen aus und öffnete und schloss sein Maul in einem langsamen, dämlichen Rhythmus. Früher war er sicher goldorange gewesen, nun aber zu einem rostigen Grau verblasst.

Plötzlich blickte der Junge von seinem Spiel auf und stellte sich neben seine Mutter. *»Schöner Goldfisch«*, sagte er.

»Wirklich hübsch, mein Schatz«, erwiderte sie.

Der Makler schaute sie neugierig an.

»Marlon?«, flüsterte sie.

Der Fisch öffnete und schloss das Maul.

»Warum nennst du ihn Marlon, Mama?«

»Weil er so heißt, *mein Schatz.«*

Der Makler runzelte die Stirn. »Sie wissen, wie er heißt?«

Konnte ein Goldfisch wirklich so alt werden? Über zehn Jahre?

»Vielleicht«, erwiderte Sandy.

53

»Larry, wir haben ein Problem mit dem Drehbuch«, verkündete der Regieveteran Jack Jordan und schaute zu dem gewaltigen Kronleuchter im Speisesaal des Royal Pavilion empor. Sein zerfurchtes Gesicht wirkte noch düsterer als sonst.

Nachdem er seine letzten hunderttausend Dollar zusammengekratzt hatte, um die Produktion am Laufen zu halten, hatte Larry Brooker nun wirklich keine Lust auf einen neuerlichen Trotzanfall seines chronischen Sorgenkindes. Er beendete das Gespräch mit dem Verkaufsagenten, von dem er soeben erfahren hatte, dass sie die rumänischen Rechte an *The King's Lover* für fünfzigtausend Mäuse verkauft hatten. Der Agent versicherte ihm, das sei ein sehr guter Preis für rumänische Verhältnisse. Gewiss, das mochte sein, aber bei dem Tempo, in dem sie zur Zeit das Geld ausgaben, würden fünfzigtausend Dollar die Vorproduktion kaum länger als vier Tage garantieren. Und da waren noch nicht die zwanzig Prozent Provision für den Agenten eingerechnet.

An diesem Tag fühlte sich Brooker besonders fertig und gereizt – es war eine Kombination aus Jetlag und der Schlaftablette, die er dagegen eingenommen hatte, die aber erst jetzt, nach fünfzehn Stunden, ihre volle Wirkung zu entfalten schien. Probleme. Bei Filmproduktionen gab es immer Probleme. Als Produzent musste man die ganze Sache zusammenhalten und kämpfte ständig gegen den Zeitplan. Alles verschwor sich gegen einen und verhinderte, dass man täglich so viel Film abdrehte, wie eigentlich nötig war, und daher das Budget deutlich überzog. Jede Filmproduktion verwandelte sich in einen Morast aus den unterschiedlichsten, gleichzeitig auftretenden Problemen, die alle zu einem Riesenhaufen Scheiße gerannen. Wetter, Unfälle, Trotzanfälle, die örtliche Bürokratie, Sätze im Drehbuch, die nicht funktionierten, wenn man sie filmte, neurotische Schauspieler, eifersüchtige Schauspieler, zickige Schauspieler, egoistische Schauspieler, betrunkene Schauspieler, langsame Schauspieler; er hatte alles schon erlebt.

Nach seiner Erfahrung gehörten Regisseure zu den schlimmsten Problemverursachern. Er hatte noch nie mit einem zusammengearbeitet, der nicht darüber gejammert hatte, wie lange es dauerte, eine bestimmte Szene abzudrehen. Oder über das mangelnde Budget für die Spezialeffekte oder den Drehplan, an den er sich halten sollte. Warum brauchte jeder verdammte Regisseur, mit dem er es je zu tun gehabt hatte, ein Kindermädchen?

»Was denn für ein Problem, Jack?«

»Nun, eine Art technisches Problem mit dem Drehbuch.«

Jordans Ton verriet, dass er ziemlich angepisst war. Brooker schaute ihm fest in die Augen. »Und wie genau sieht dieses technische Problem aus?«

Jordan war von seinen Jüngern umgeben wie eine Gottheit – Location Manager, Line Producer, Produktionssekretärin, Produktionsdesignerin, Kamerafrau, erster Regieassistent und dessen persönlicher Assistent.

»Könntest du mir das etwas genauer erklären?«

»Sieht so aus, als hätten die bei der Recherche ziemliche Scheiße gebaut.«

»Vielleicht dürfte ich das erklären, Mr Brooker«, meldete sich Louise Hulme, die Historikerin des Royal Pavilion, die man ihnen als Beraterin zugeteilt hatte. Sie war eine freundliche, kultivierte Frau, die ihr langes, blondes Haar zurückgesteckt trug. Sie hatte ein rosa Sommerkleid und weiße Schuhe an. »Im Drehbuch gibt es eine Szene, einen Schlüsselmoment in der Beziehung zwischen King George und Maria Fitzherbert. In dieser Szene beendet er die Beziehung und sagt ihr, er liebe sie nicht mehr.«

Brooker funkelte sie an. Ihr oberlehrerhafter Ton gefiel ihm nicht. »Wollen Sie mir damit sagen, dass die Beziehung nicht beendet wurde?«

»Ganz und gar nicht. Sie endete durchaus. Aber in Ihrem Drehbuch sagt George ihr das, während sie bei einem Bankett nebeneinander an dieser Tafel sitzen.«

»Hm.« Sein Handy vibrierte. Er warf einen Blick aufs Display, aber dort stand nur international. Vermutlich ging es um Geld, das er jemandem schuldete. Er drückte den Anruf weg und wandte sich wieder zu Louise Hulme.

»Nun, das erste Problem hat mit den historischen Tatsachen zu tun. In der Zeit, in der George IV. und Maria ein Liebespaar waren, war dieses Gebäude nur ein bescheidenes Bauernhaus. Die ganzen Staatsgemächer sowie dieser Speisesaal wurden erst deutlich später gebaut. Dieser Raum wurde fünf Jahre nach Ende der Beziehung fertiggestellt, so dass das Gespräch unmöglich hier stattgefunden haben kann.«

Sie lieferte die Information mit einem selbstsicheren, überlegenen Lächeln, das Brooker zutiefst ärgerte. Der Raum war hinreißend, der passende Ort, an dem ein König seine Mätresse abservierte. Wer interessierte sich schon für historische Genauigkeit? Eine Handvoll akademischer Pedanten, sonst niemand. Kein Mensch in einem Kino in Little Rock, Arkansas, oder Springfield, Missouri, oder Brooksville, Florida, würde sich auch nur einen Scheiß dafür interessieren, ob der Saal schon existiert hatte oder nicht.

»Da müssen wir uns wohl ein bisschen künstlerische Freiheit nehmen. Es ist ein Film, Unterhaltung, keine Dokumentation.«

»Gewiss«, sagte Louise Hulme mit einem Lächeln, das ihre Missbilligung verbergen sollte. »Aber es gibt eine weitere historische Ungenauigkeit im Drehbuch.«

»Und die wäre?« Er schaute zu Jack Jordan, dessen Miene noch düsterer geworden war, als stünde die Welt kurz vor der Selbstzerstörung.

»Die Sache ist die. George hatte nicht den Mut, die Beziehung persönlich zu beenden. Er entschied sich für einen Weg, den man heute mit einer E-Mail oder einem Tweet vergleichen würde.«

»Was hat er denn getan?«

»Er gab ein sehr wichtiges Bankett für den König von Frankreich – und lud Mrs Fitzherbert nicht ein. Nach der höfischen Etikette der damaligen Zeit galt das als deutliches Signal, dass eine Beziehung beendet war.«

»Lady, ich weiß, dass Sie sich mit Geschichte auskennen. Aber das kann man im Film nicht machen. Es ist eine der wichtigsten Szenen! Der emotionale Höhepunkt der ganzen Geschichte! Sie sitzen in der Bildmitte am Tisch, umgeben von diesen ganzen tollen Leuten, sein Freund Beau Brummell genau gegenüber, und dann lässt er die Bombe platzen.«

»Aber so ist es nicht gewesen.«

»Schön, aber so hätte es sein sollen! Schauen Sie sich doch nur dieses Zimmer an! Das ist einer der unglaublichsten Räume, in denen ich je gewesen bin. Ich kann mir genau vorstellen, wie das Licht der Kerzen geschimmert hat und das Funkeln des Kronleuchters über ihr Gesicht tanzte, während sich ihre Miene von Freude in tiefste Traurigkeit verwandelte.«

»Es gibt noch ein Problem, Mr Brooker«, sagte sie. Ihre Stimme klang zunehmend bissiger. »Wegen Prinny.«

»Prinny? Wer ist *Prinny*?«

Die Frau schaute ihn vorwurfsvoll an. »Das war der Spitzname von King George, so wurde er von allen genannt.«

»Verstehe.«

»Sie scheinen nicht sehr gründlich recherchiert zu haben, falls ich das bemerken darf.«

Brooker unterdrückte seinen Zorn. »Lady, begreifen Sie endlich, dass das ein Film ist. Ich bin kein Historiker, sondern Filmproduzent.«

»Die Sache ist die: Prinny war sehr nervös wegen dieses Kronleuchters. Er weigerte sich kategorisch, darunter zu sitzen.«

Er schaute hoch zu der gewaltigen Kristallskulptur, die von den Krallen des Drachen hing. Wunderbar dramatisch. Die Szene würde eine unglaubliche Wirkung entfalten. »Na und? In meinem Film sitzt er aber drunter«, erwiderte er trotzig.

Auf der anderen Seite des Raumes, hinter den blauen Seilen, die den Weg für die Besucher kennzeichneten, hörte ein schlaksiger, ausgemergelter Mann mit Baseballkappe, der wie ein ganz normaler Tourist aussah, die gesamte Auseinandersetzung mit an und schaute dabei eindringlich zum Kronleuchter hoch.

54

»Mittwoch, 8. Juni, 18.30 Uhr. Dies ist die zehnte Besprechung der *Operation Icon*«, sagte Roy Grace. Das Team drängte sich im Besprechungszimmer der Soko-Zentrale. »Ich fasse den Stand der Ermittlungen zusammen.«

Er war gut gelaunt. Die Makleragentur Mishon Mackay hatte angerufen und mitgeteilt, dass einige Leute das Haus besichtigt hatten. Eine Frau mit einem kleinen Jungen hatte Interesse gezeigt.

»Heute Nachmittag wurden vier Gliedmaßen – zwei Arme und zwei Beine – an verschiedenen Stellen im See des Angelclubs von West Sussex in der Nähe von Henfield gefunden. Sie befinden sich zur Zeit im Leichenschauhaus und werden morgen von Nadiuska De Sancha untersucht. Die DNA aller vier Körperteile wurde zur Analyse geschickt, um festzustellen, ob es eine Verbindung zum Torso von der Stonery Farm gibt.«

»Wie gut, dass wir endlich was auf die Beine stellen können«, warf Norman Potting ein und verstummte, als Roy Grace ihm ein strafenden Blick zuwarf. Aber nur für einen Moment.

»Tut mir leid, Roy, ich wollte Sie nicht auf den Arm nehmen.«

Gelächter, und auch Grace musste grinsen. »Lassen Sie es gut sein, Norman.« Er bemerkte, wie Potting und Bella Moy Blicke wechselten, und rechnete schon mit einem bissigen Kommentar, doch sie sagte nichts.

»Darren Wallace vom Leichenschauhaus, der mehr Erfahrung hat als wir alle zusammen, sagt, die Gliedmaßen seien sehr kalt. Weitaus kälter, als man erwarten würde, nachdem sie im Seewasser gelegen haben. Er vermutet, dass sie eingefroren waren. Wer kochen kann, weiß sicher, wie lange es dauert, bis man eine Lammkeule aufgetaut hat.«

Einige nickten.

»Zu diesem Zeitpunkt kann ich nur sagen, dass die Bruchstellen der Knochen auf den ersten Blick mit den entsprechenden Bereichen des Torsos übereinstimmen, was uns ein Problem bei der zeitlichen Einordnung beschert. Es ist möglich, dass sie bis jetzt eingefroren waren, doch wir können nicht davon ausgehen, dass es wirklich die gesuchten Gliedmaßen sind. Falls nicht, hätten wir es mit einer zweiten Ablagestelle zu tun.«

»Und damit auch einer weiteren Mordermittlung«, fügte Nick Nicholas hinzu.

»In der Tat. Aber daran wollen wir jetzt noch nicht denken. Ich persönlich vertrete die Hypothese, dass der Täter gestern Abend in Panik geraten ist, nachdem er das Stoffstück bei *Crimewatch* gesehen hat, und daraufhin beschloss, die Überreste zu entsorgen. Aber das ist natürlich reine Spekulation.«

»Und es erklärt nicht, wieso der Kopf des Opfers fehlt«, sagte DS Lance Skelton.

»Warum hätte der Täter die Gliedmaßen behalten sollen, Chef?«, erkundigte sich DC Jon Exton.

»Keine Ahnung. Es ist unsere Aufgabe, das herauszufinden. Nun zu den vermissten Personen. Norman, haben Sie etwas zu berichten?«

»Das Team für die Außenermittlungen geht alle Vermisstenfälle in Sussex, Surrey und Kent durch, die zu dem geschätzten Todesdatum wie auch zu vermutetem Körperbau und Größe des Toten passen. Aber ich habe bis jetzt nichts zu berichten.«

»Vielen Dank. Nun zu *Acting Detective Inspector* Glenn Branson«, sagte er mit Nachdruck. »Was kannst du uns über den Anzug erzählen, der am Seeufer gefunden wurde?«

»Ich musste entscheiden, ob ich ihn bei Gresham Blake lasse, um zu sehen, was wir dort über Größe und Schnitt herausfinden können, oder ihn sofort ins Labor zur DNA-Analyse schicke. Ich dachte, dass es wichtiger sei, mögliche DNA sicherzustellen.«

»Das war die richtige Entscheidung. Vielleicht könntest du mit dem Schneider ins Labor fahren, damit er den Anzug vor Ort untersucht.«

»Das habe ich schon für morgen früh organisiert«, erwiderte Glenn grinsend.

Grace lächelte zurück. Er war stolz auf seinen Schützling. Mit seiner methodischen Vorgehensweise, dem Blick fürs Detail und dem selbstständigen Denken bewies er, dass er ein ausgezeichneter Ermittler war. »Wir haben eine beträchtliche Anzahl von Fußabdrücken vor Ort gefunden, einige auch in der Nähe des Stoffstücks.« Er hielt inne und deutete auf das vergrößerte Foto und die Stoffprobe, die an einer Tafel angebracht waren. »Vor allem fanden die Kollegen übereinstimmende Fußabdrücke zwischen dem Seeufer und der Ablagestelle des Anzugs.« Er wandte sich an DC Jon Exton. »Es wurden Abdrücke genommen und Fotos gemacht. Jon, ich beauftrage Sie damit, den Hersteller der Schuhe zu finden. Ich schlage vor, Sie beginnen mit der Sammlung der National Policing Improvement Agency.«

»Wird sofort gemacht, Chef.«

»Ich habe mit Dr. Haydn Kelly gesprochen, einem forensischen Podologen, der als führende Kapazität auf dem Gebiet der Ganganalyse gilt. Er wird morgen bei der Abendbesprechung zugegen sein und vorher die Fußabdrücke analysieren. Gut, jetzt zu *Crimewatch*. Gibt es von dort weitere Hinweise?«

»Nichts Bedeutendes, Chef«, antwortete DC Nicholas. »Wir hatten bis jetzt fünfundsiebzig Anrufe und drei Namen. Und viele Verrückte. Die üblichen Betrunkenen. Einer sagte, sein Vater sei es gewesen – der im übrigen seit fünf Jahren tot ist. Ein anderer behauptete, Kirsty Young hätte es getan. Wir haben die Anrufe wie üblich nach A, B und C eingestuft. Der einzige A-Anruf stammte von William Pitcher, dem Angler.«

»Sonst noch etwas?«

Einige schüttelten den Kopf.

»Dann sehe ich Sie alle morgen um 8.30 Uhr.«

Als er das Besprechungszimmer verließ und in sein Büro zurückkehrte, begegnete er Ray Packham, der auf ihn zu eilte.

»Roy! Ich hatte gerade Gelegenheit, mir deinen Blackberry anzusehen.«

»Und?«

»Deine Sorge war berechtigt. Du bist gehackt worden.«

Grace starrte den Kollegen an und fühlte sich plötzlich zutiefst unbehaglich. »Tatsächlich?«

Packham nickte.

»Von wem?«

»Vielleicht sollten wir in dein Büro gehen.«

55

Es war ein warmer Abend der Wind hatte sich gelegt. Colin Bourner, der Portier des Grand Hotel, stand stolz vor dem Haupteingang. Er liebte den Blick aufs Meer, das jenseits der King's Road und der Promenade lag. Es war flach wie ein Teich und schimmerte im Licht der frühen Abendsonne. Es war Ebbe; einige Fischer suchten nach Wattwürmern, die sie als Köder verwendeten, und ein Mann bewegte sich mit einem Metalldetektor über den feuchten Sand.

Auf dem Gehweg drängten sich einige Paparazzi und Fans, die alle hofften, einen Blick auf Gaia zu erhaschen.

Ein türkisfarbenes Streamline-Taxi bog in die Einfahrt und hielt vor dem Eingang. Eines der vielen Dinge, die Bourner an seinem Beruf liebte, waren die Überraschungen. Man wusste nie, wer als Nächstes ankam. Hier verkehrten alle möglichen Berühmtheiten – Schauspieler, Nachrichtensprecher, Sportler, Politiker und manchmal sogar königliche Hoheiten. Das Hotel besaß einen hohen Sicherheitsstandard, und momentan knisterte alles vor Aufregung, weil sie einen Megastar im Haus hatten. Wer mochte wohl in diesem Taxi sitzen?

Er öffnete die Hintertür mit dem gleichen herzlichen Lächeln, mit dem er alle Besucher des Hotels bedachte. Eine blonde Erscheinung mit zentimeterdickem Make-up stieg in einer Wolke von Moschusduft aus dem Wagen. Sie trug ein schwarzes, viel zu enges Minikleid, ein Seidentuch und dunkle Leggings, die ihre Beine nass aussehen ließen. Sie wirkte ein wenig unsicher in ihren schwarzen Wildlederstiefeletten mit den lächerlich hohen Absätzen.

»Guten Abend, Madam, willkommen im Grand Hotel!«

Sie lächelte und trällerte ein Dankeschön.

Dann bezahlte sie für das Taxi und wankte langsam über den Gehweg, als bewegte sie sich auf einer Eisfläche. Ihre glitzernde Handtasche baumelte an einer Kette von ihrer Schulter. Als sie durch die Drehtür ging, zog sie diskret, aber nicht diskret genug, den Rocksaum herunter.

Sie macht einen auf jung, dachte Colin Bourner. Kleidete sich wie eine Nutte, aber er kannte seine Stammgäste, und diese hier war zu alt und zu hässlich. Du liebe Güte, dachte er. Fünfundzwanzig Jahre in diesem Hotel, nur unterbrochen durch eine kurze Zeit bei der Konkurrenz um die Ecke, und er hatte alles gesehen. Jeden Tag erlebte er eine neue Freakshow, und das hier war eindeutig der Höhepunkt des Tages.

Anna stöckelte durch die gewaltige Eingangshalle und war plötzlich ziemlich nervös. Zu Hause hatte sie sich gut gefühlt, sich auf diesen Augenblick vorbereitet, an die Signale gedacht, die ihr Idol ihr bei *Top Gear* gesandt hatte. Doch nun, da sie wirklich hier war, an der Rezeption vorbeiging und die Schilder für die verschiedenen Veranstaltungen betrachtete – BRIGHTON BUSINESS CLUB … CRIMESTOPPER GOLDEN HANDCUFF CLUB DINNER … BRIGHTON AND HOVE MOTOR CLUB – schien sie die Pracht des Gebäudes plötzlich zu erdrücken.

Überall Menschen. Hotelangestellte. Paare, Männer im Smoking, Frauen in Abendkleidern. Sie fühlte sich beinahe zu schlicht gekleidet.

Würde Gaia ihr Outfit gefallen?

Oder sollte sie sich lieber noch einmal umziehen?

Sie hielt inne und holte tief Luft. Ihre Hände zitterten, ihre Kehle war trocken, plötzlich sah sie alles wie durch einen Schleier, einen Weichzeichner. Sie brauchte einen Drink. Musste sich Mut antrinken. Etwas Starkes, doch sie durfte nicht nach Alkohol riechen. Das würde einen schlechten Eindruck bei Gaia hinterlassen.

Sie ging in die Bar, setzte sich vorsichtig auf einen Hocker und bestellte einen doppelten Wodka Tonic. Dann entschied sie sich für einen dreifachen. Vor ihr stand eine Schale mit Erdnüssen. Sie nahm einige, zögerte und zog die Hand zurück. Zu Hause hatte sie sich die Zähne geputzt, vielleicht würde Gaia der Erdnussgeruch nicht gefallen.

»Gute Entscheidung!«, sagte ein stämmiger, ziemlich betrunken wirkender Amerikaner, der sich neben sie gesetzt hatte. »Haben Sie mal die Analyse über Erdnüsse aus Kneipen gelesen?« Er sprach undeutlich und stank nach Tabak.

Sie schaute ihn abweisend an und konzentrierte sich auf den Barkeeper, der ihren Drink mixte.

»Urin und Fäkalien«, fuhr der Betrunkene fort. »Igitt. Die Analyse beweist, dass in einer durchschnittlichen Schale kostenloser Erdnüsse, die auf einer Theke stehen, zwölf verschiedene Spuren von Urin und drei verschiedene von Fäkalien zu finden sind. Menschen sind widerlich. Waschen sich nicht die Hände, nachdem sie auf dem Klo waren.«

»Soll ich das auf die Rechnung setzen, Madam?«, erkundigte sich der Barkeeper.

Anna schüttelte den Kopf und zahlte bar. Als sie das Wechselgeld entgegennahm, fragte der Amerikaner: »Sind Sie schon zum Essen verabredet?«

»Ich bin verabredet«, sagte sie selbstzufrieden, griff nach ihrem Drink und nahm einen großen Schluck. Die Wirkung setzte rasch ein. Sie trank noch mehr.

»Ganz schön durstig, die Dame«, verkündete der unwillkommene Gefährte. »Ich bestelle Ihnen noch einen.«

Sie schaute auf ihre Armbanduhr von Panerai Luminor, eine exakte Kopie von Gaias Exemplar, nur dass Gaias echt war und mehrere tausend Pfund gekostet hatte, während Anna die Uhr für fünfzig Pfund im Internet erstanden hatte. Es war Viertel nach sieben. »Ich habe keine Zeit.«

»Coole Uhr!«

»Vielen Dank.«

»Vielleicht können wir uns später treffen?«, fragte er hartnäckig und zwinkerte ihr zu. »Sie wissen schon, was ich meine. Auf einen Schlummertrunk.«

Sie stopfte sich eine Handvoll Nüsse in den Mund. Als sie gekaut und geschluckt hatte, schaute sie ihn an, entblößte grinsend die Zähne und sagte: »Vielen Dank, aber jetzt wollen Sie mich sicher nicht mehr küssen!«

Sie trank ihr Glas aus und rutschte so elegant und vorsichtig wie möglich vom Hocker. Sie fühlte sich viel mutiger als zuvor und warf ihren Schal von Cornelia James mit einer arroganten Geste über die Schulter. Dann marschierte sie zur Rezeption, um sich sich bei Gaia melden zu lassen.

56

Roy Grace saß am Schreibtisch und schaute Ray Packham an, der ihm gegenüber Platz genommen hatte. »Na los, sag schon.«

Grace mochte den Kollegen sehr, doch es verwirrte ihn immer, dass er wie ein Bankangestellter aussah und gar nicht wie ein Technikgenie.

»Nun, wir haben einen verdächtigen Code in der Software gefunden. Er passt nicht zu den anderen Apps, die du installiert hast. Wir haben ihn rückentwickelt und herausgefunden, dass es eine sehr ausgeklügelte Form von Datensammler ist. Sie chiffriert alle Anrufe, die du tätigst oder erhältst, ebenso SMS, und verschickt sie als E-Mail über die 3G-Verbindung deines Handys.«

Grace spürte, wie ihn ein kalter Schauer überlief. »Alle meine Anrufe?«

Packham nickte. »Leider ja. Ich habe das bei Vodafone überprüft, die sind inzwischen sehr kooperativ.«

»Wohin wurden sie geschickt?«

Packham lächelte nervös. »Ich habe dich gewarnt, es wird dir nicht gefallen.«

»Es gefällt mir schon jetzt nicht.«

Er nannte ihm die Nummer, und Roy Grace notierte sie auf seiner Schreibtischunterlage. Dann betrachtete er sie nachdenklich. Sie kam ihm irgendwie bekannt vor.

»Kennst du sie?«

»Ja, aber ich kann sie im Moment nicht einordnen.«

»Gib sie mal in dein Handy ein«, meinte Ray Packham mit einem schiefen Grinsen.

Grace wählte die fragliche Nummer. Als er die letzte Zahl eingab, erschien ein Name auf dem Display.

Er starrte ungläubig darauf. »Dieses verdammte kleine Arschloch!«

»Besser hätte ich es auch nicht ausdrücken können, Chef.«

57

Am Empfang stand ein smarter Mann von Anfang dreißig zwischen zwei ebenso smart aussehenden Frauen. Als Anna näherkam, lächelte er freundlich.

»Ich möchte zu Gaia Lafayette.«

Sein entgegenkommendes Verhalten änderte sich kaum merklich, wurde defensiver, und er betrachtete die seltsam aussehende Frau genauer. In der Tat wirkte sie für eine Freundin des Stars ziemlich merkwürdig. »Werden Sie erwartet, Madam?« Er hatte einen leicht ausländischen Akzent, vielleicht französisch, dachte Anna.

»Ja, das werde ich.« Der Wodka verlieh ihr Selbstvertrauen und Gelassenheit. *Sie hat mir selbst das Signal bei Top Gear gegeben*, hätte sie beinahe hinzugefügt, behielt dieses besondere Geheimnis jedoch für sich.

»Dürfte ich Ihren Namen erfahren?«

»Meinen Namen?« Einen Moment lang war Anna sprachlos. »Sie wird wissen, dass ich es bin!«

Sein Lächeln verblasste »Ja, aber ich brauche trotzdem Ihren Namen, bitte.«

»Sicher!« Sie nickte selbstbewusst. »Sagen Sie ihr, Anna sei da.«

»Anna?« Er wartete geduldig.

»Anna.«

»Ihr Nachname?«

»Mein Nachname?«

Es gefiel ihr nicht, wie er sie anschaute. *Nachname.* Vielleicht hätte sie den Wodka nicht trinken sollen. Das Gefühl der Betäubung kehrte zurück. Sie musste die Augen zusammenkneifen, um sich auf ihn zu konzentrieren. »Sagen Sie ihr nur, dass Anna da ist.« Sie wurde allmählich ungeduldig.

Er legte seine Hand über den Hörer. »Ich brauche Ihren Nachnamen. Aus Sicherheitsgründen. Ich habe hier eine Liste, auf der Ihr Name nicht auftaucht. Vielleicht Ihr Nachname?«

»Galicia.«

»Galicia?«

»Ja.«

Sie merkte, wie ihr der Schweiß ausbrach. Ihre Achselhöhlen waren feucht. Hoffentlich hatte sie genug Roll-on von Gaia Nocturne aufgetragen.

Er schaute auf die Liste und schüttelte den Kopf. Dann wählte er eine Nummer und sagte kurz darauf: »Anna Galicia ist an der Rezeption. Sie möchte zu Ms Lafayette.«

Während er auf die Antwort wartete, ergriff Anna die Gelegenheit und las die Namen auf seiner Liste. Dort stand unter anderem *Daily Mail.*

Der Empfangschef schaute sie an. »Tut mir leid, Sie stehen nicht auf der Liste.«

Sie wurde rot. »Hm, na ja, vermutlich, weil ich freiberuflich für die *Daily Mail* arbeite. Ich bin nicht fest angestellt, soll aber ein Feature über Gaia schreiben.« Sie suchte in ihrer Handtasche nach dem falschen Presseausweis, den sie sich vor einigen Jahren zugelegt hatte. Er war sehr nützlich, um bei Konzerten in den VIP-Bereich zukommen.

Das schien zu wirken. Sie sah ein bisschen verrückt aus, wie das bei Journalistinnen manchmal der Fall war. Er kannte einige der Frauen, die hier und im Lanesborough, wo er früher gearbeitet hatte, Stars interviewten.

Er nahm den Ausweis entgegen und betrachtete ihn. »Die erwarten jemand mit einem anderen Namen.«

Anna zuckte unbekümmert mit den Schultern. »Ich bin in letzter Minute eingesprungen.«

»Gehen Sie bitte hinauf in den ersten Stock.«

Als sie sich umdrehte, in der Gewissheit, dass Gaia all das nur als kleinen Test für sie geplant hatte, bemerkte sie eine Gruppe von ernsthaften Gaia-Sammlern – drei Frauen und zwei schwule Männer –, die auf Sofas saßen und Plattenhüllen und CD-Booklets umklammert hielten.

»Anna, komm rüber, lass uns einen trinken!«, rief ein Typ namens Ricky, dessen eBay-Name *Gaia-Sklave* lautete.

»Danke, aber ich bin gerade auf dem Weg zu Gaia«, erwiderte sie selbstzufrieden.

»Nie im Leben!«, sagte die Jüngste der Gruppe, ein Mädchen von Anfang zwanzig. Sie hieß Kira Ashington und hatte lila Strähnen im Haar. Sie betrieb einen Hundesalon und hatte Anna zu deren Empörung kürzlich bei mehreren Auktionen überboten. Aber Rache war süß.

»Ich habe nämlich eine persönliche Einladung«, sagte sie leichthin.

»Wie – wie – wie bist du darangekommen?« Ricky konnte vor Neid kaum sprechen.

»Weil ich ihr Fan Nummer 1 bin. So etwas weiß sie zu schätzen.«

»Mein Gott, was für ein Glück! Dürfte ihr Fan Nummer 2 vielleicht auch mitkommen?«, fragte Kira.

»Nicht heute Abend.« Anna warf ihr eine Kusshand zu.

»Viel Spaß, verdammt nochmal!«, rief Ricky.

»Vielen Dank.« Anna ging hoch erhobenen Hauptes zu den Aufzügen. Noch nie im Leben war sie so stolz gewesen.

*

Als sich die Aufzugtüren kurz darauf öffneten, trat Anna in den mit einem Teppich ausgelegten Flur. Zwei riesige Leibwächter mit Ohrstöpsel standen beiderseits der Tür, den Rücken zur Wand, und warfen Anna einen feindseligen Blick zu.

Sie schwankte zu ihnen hinüber, da sie sich nach dem Wodka definitiv unsicher auf den hohen Absätzen fühlte, stellte sich vor und zeigt ihren Presseausweis.

»Sie werden nicht erwartet, Lady«, sagte der Linke, wobei sich seine Lippen kaum bewegten.

»Doch, ich werde erwartet. Ich bin Anna Galicia. Gaia erwartet mich.«

Er schaute auf sie herunter. Sein Blick war ausdruckslos wie ein öder Planet. »Nicht heute Abend, Lady, auf keinen Fall. Sie gibt keine Interviews mehr.«

»Aber sie erwartet mich, ganz sicher!«

Der Gigant auf der rechten Seite schaute sie finster an. Der Linke sagte: »Die Chefin ist müde, sie ist gerade über den Atlantik geflogen. Ist für heute fertig mit den Interviews. Wenn Sie einen Termin machen wollen, rufen Sie morgen früh an.«

»Sie verstehen das nicht!«, erklärte Anna. »Ich will sie nicht interviewen. Wir wollen etwas zusammen trinken. Sie hat mich eingeladen!«

»Sie sind Anna Galicia?«

»Ja, bin ich!«

»Ihr Name steht nicht auf der Liste, Lady.«

Ihre Frustration wuchs. »Scheiß auf die Liste!«

Er zuckte mit den Schultern. »Wenn Sie zur Chefin wollen, müssen Sie auf der Liste stehen.«

»Das ist ein Missverständnis. Wirklich, ein Missverständnis. Bitte fragen Sie sie! Sagen Sie ihr, dass Anna hier ist! Anna Galicia! Sie wird mich kennen! Sie erwartet mich. Sie wäre ganz schön sauer, wenn Sie mich nicht hereinlassen, das kann ich Ihnen versprechen!«

Er sprach leise in sein Mikrofon. Anna konnte von seinen Lippen lesen. Er bat um Bestätigung. Ihre Brust hob und senkte sich heftig. Gaia war dort drinnen! Jenseits dieser Tür. Sie war nur wenige Meter entfernt. Um Gottes willen, nur wenige Meter! Gaia wollte sie treffen, das hatte sie sehr deutlich gezeigt, und nun hielten diese Idioten sie auf!

»Tut mir leid, Lady, die sagen, dass sie Sie nicht kennen.«

Annas Atem ging immer heftiger, während ihr Zorn wuchs. »Ich bin nicht irgendeine Reporterin. Ich bin ihr größter verdammter Fan! Ohne mich würde sie vermutlich in irgendeinem schmierigen Massagesalon arbeiten. Und Sie wären auch ganz woanders! Sie will mich sehen. Sofort!«

Die beiden Leibwächter schauten einander an. Dann sagte derjenige, der mit ihr gesprochen hatte: »Tut mir leid, Lady, aber ich muss Sie bitten zu gehen.«

»Nur über meine Leiche.«

Da öffnete sich zu ihrer großen Verwunderung eine Tür im Flur, und eine Frau mit Baseballkappe, Sonnenbrille, einem karminroten Jogginganzug und schicken Turnschuhen kam heraus.

Das war sie!

»Gaia!«, rief sie und stolperte auf sie zu. »Gaia, ich bin es, Anna!«

Kurz darauf hielt jemand ihre Arme sanft aber entschlossen fest, und ein Trupp Leibwächter, die ebenfalls Jogginganzüge und Baseballkappen trugen, umringte ihr Idol.

»Lassen Sie mich los!«, kreischte Anna, als die beiden Kleiderschränke sie festhielten.

Der Aufzug klingelte, und der ganze Trupp stieg ein.

Anna setzte sich heftig zur Wehr. Verlor einen Schuh. »Sie haben kein Recht dazu. Lassen Sie mich los!«

Die Aufzugtüren schlossen sich, und die Leibwächter ließen sie los. Sie dachte fieberhaft nach. Es musste einen Ausgang geben! Türen! Notausgänge! Eine Treppe! Da war es, rechts von ihr. Ein grünes Notausgangschild. Sie bückte sich und hob ihren Schuh auf, zog ihn aber nicht an, sondern lief wacklig den Flur entlang, durch den Notausgang und die Betontreppe hinunter.

Im Erdgeschoss stieß sie die Tür auf. Sie befand sich in einem unbekannten Teil des Hotels. Rechts hinter ihr führte eine große Treppe in einen Konferenzbereich hinauf. Wo war der Aufzug, den sie vorhin benutzt hatte?

In diesem Augenblick betrat Gaia mit ihrem Gefolge die Eingangshalle. Anna konnte einen Blick auf sie erhaschen, rannte los, den Schuh in der Hand, und rief: »Gaia! Gaia! Ich bin es, Anna! Warte auf mich!«

Sie wich einer Gruppe von Japanern mit Rollkoffern aus und holte die Gruppe nur wenige Meter vor der Drehtür ein. »Gaia! Ich bin es, Anna!«, rief sie wieder und wollte sie noch vor der Tür überholen, doch zwei Leibwächter stießen sie beiseite.

»Hey!«, sagte sie empört und drängte wieder nach vorn. Dann plötzlich stand Gaia genau vor ihr, ihre Gesichter waren nur Zentimeter voneinander entfernt. Sie konnte ihr Parfüm riechen und war ein wenig überrascht, dass es nicht Gaias eigene Marke war. »Gaia! Ich bin es, Anna! Hi –«

Einen flüchtigen Moment lang hob Gaia die Sonnenbrille, bedachte sie mit einem harten, eisigen Blick und wandte sich ab. Dann verschwand sie durch die Drehtür.

»FuX!«, rief Anna verzweifelt. »Ich bin's, Anna! FuX!« Sie stürzte zur Tür, doch zwei Leibwächter hielten sie fest.

»Lasst mich los!«

Die Männer gaben nicht nach, griffen so fest zu, dass Annas Arme weh taten. Sie ließ den Schuh fallen, kämpfte wie eine Wildkatze, riss sich los, verlor das Gleichgewicht und fiel rücklings auf den Boden, auf ihren Schuh, der sich schmerzhaft in ihren Rücken bohrte.

Sie schaute sich betäubt um. Dann bemerkte sie die fünf Fans, die sie alle anschauten. Ricky, der *Gaia-Sklave,* kam herüber, um ihr aufzuhelfen, doch ein Hotelangestellter erreichte sie zuerst. Er kniete sich hin und fragte, ob alles in Ordnung sei. Dann half er ihr sanft auf die Füße. In ihrem Kopf drehte sich alles, als sie den Schuh wieder anzog.

»Wir dachten, du wärst ihr größter Fan!«, sagte Kira spöttisch.

Sie lachten.

Anna ging durch die Drehtür und blieb auf dem Gehweg stehen. Ihr Atem ging in kurzen, wütenden Stößen. Die Paparazzi rannten über die Straße auf der Jagd nach den Joggern, die schon auf der Promenade unterwegs waren.

»Brauchen Sie ein Taxi, Madam?«, erkundigte sich der Portier.

»Scheiße, ich will kein Taxi«, erwiderte sie. Die Demütigung tat weh, und sie zitterte vor Zorn, während sie an der Schließe ihrer Handtasche herumfummelte. Dann zog sie ihr Handy heraus. »Die Polizei, bitte. Man hat mich angegriffen.«

58

Zum ersten Mal, seit Ari ihn hinausgeworfen hatte, war Glenn Branson richtig gut gelaunt. Als er die Soko-Zentrale 1 verließ, kam er sich vor wie ein Mann mit einer Mission. Er würde Bella überraschen. Sie aufheitern. Er wusste, dass die Besuchszeiten im Krankenhaus bald vorbei waren.

Er fuhr zum örtlichen Supermarkt, kaufte einen Strauß süß duftender Blumen und eine Schachtel Maltesers. Dann hielt er an einem Spirituosengeschäft, in dem er gerne einkaufte, und wählte eine Flasche gekühlten Sauvignon Blanc, da sie in Cardiff erwähnt hatte, dass sie gerne Weißwein trank.

Dann fuhr er rasch nach Hause, duschte, putzte sich die Zähne und legte seinen Lieblingsduft Chanel Blue auf. Zuletzt fütterte er Marlon und eilte wieder zum Wagen. Er gab Bellas Adresse ins Navi ein, das am Armaturenbrett seines uralten Ford Fiesta befestigt war, und setzte gerade den Wagen aus der Einfahrt, als sein Handy klingelte. Es war fünf vor halb neun.

Er hielt an und spielte kurz mit dem Gedanken, den Anruf zu ignorieren, doch angesichts seines neuen Status als stellvertretender Ermittlungsleiter war er rund um die Uhr im Einsatz. »Glenn Branson«, sagte er zögernd und hoffte, dass es keine neue, dringende Entwicklung bei der *Operation Icon* gab.

Es war Roy Grace.

»Hi, Oldtimer, du bist für einen Mann deines Alters aber noch spät auf!«

»Sehr witzig. Ich hoffe, ich unterbreche dich nicht bei irgendetwas.«

»Nein, ich wollte gerade mit Marlon über den Sinn des Lebens diskutieren.«

»Er sollte mehr unter Menschen kommen. Du auch, wenn ich es mir recht überlege.«

»Ich arbeite dran.«

Nun wurde Grace ernst. »Es gibt eine neue Entwicklung.«

Scheiße, dachte Branson und stöhnte innerlich. »Tatsächlich?« Er bemühte sich, begeistert zu klingen.

»Die Specialist Search Unit hat einen menschlichen Kopf gefunden. Es könnte sich um den Kopf unseres Torsos handeln.«

Diesmal war Bransons Enthusiasmus echt. »Wo?«

»In einem flachen Loch in einem Graben, etwa vierhundert Meter westlich des Sees, aus dem heute die Gliedmaßen geborgen wurden. Da heute Abend kein Pathologe vom Innenministerium frei ist, kommt Ben Swift morgen früh um sieben dorthin. Könntest du dich mit ihm an der Stelle treffen? Dann übernehme ich die Morgenbesprechung.«

»Klar doch.«

Grace klang ein wenig seltsam, viel förmlicher als üblich und als legte er sich die Worte sorgsam zurecht. »Gut, ich gebe dir die Koordinaten. Hast du irgendwas, um sie aufzuschreiben?«

Branson zog seinen Notizblock aus der Tasche. »Leg los.«

Grace wiederholte die Wegbeschreibung, die Glenn bereits kannte. Es hörte sich an, als wäre sein Freund sich gar nicht darüber im Klaren, dass er heute schon einmal an dem See gewesen war. Trotzdem schrieb er alles pflichtschuldig mit und dazu die genauen Koordinaten der Fundstelle.

»Bislang haben wir Glück gehabt, dass die Presse noch nicht drauf gekommen ist. Hoffentlich können wir den Kopf bergen, bevor wir uns eine Strategie für die Medien überlegen.«

»Ein Glück, dass Spinella in den Flitterwochen ist«, meinte Branson.

»Das kannst du laut sagen!«

*

Worthing war die nächste Küstenstadt westlich von Brighton and Hove. Mit ihrem viktorianischen Pier, den verblichenen Regency-Gebäuden und der breiten Promenade verströmte sie eine ruhige Atmosphäre, ganz anders als ihre lebhafte Nachbarin im Osten. Glenn Branson hatte den Ort immer gemocht, obwohl er den Ruf einer Seniorenresidenz hatte und gern als »Wartezimmer Gottes« bezeichnet wurde.

Das Navi führte ihn um die Stadt herum und durch den Vorort Durrington mit seinen Nachkriegsbungalows, zweistöckigen Häusern und Einkaufszentren. Es war eine angenehme, zivilisierte Gegend. Überall standen gelbe Schilder, die auf die Nachbarschaftshilfe hinwiesen, und man fühlte sich sicher, als könnte den Bewohnern niemals etwas Schlimmes zustoßen.

Vor der Verkehrskamera wurde er langsamer, befolgte die Anweisungen der Frauenstimme aus seinem Navi und gelangte schließlich in die Terringes Avenue, eine ruhige Straße mit roten Backsteinhäusern. Im Dämmerlicht spähte er zu den Hausnummern.

»Sie haben Ihr Ziel erreicht!«

Rechts von ihm war Nummer 280, dann kamen 282 und 284.

Plötzlich gingen ihm die Nerven durch. Herrgott, so hatte er sich bei seinem ersten Date mit Ari gefühlt! Wie lange war das her?

Nummer 284 befand sich an einer Einmündung. Er fuhr am Haus vorbei, bog nach rechts ab, wendete und parkte.

Ganz ruhig!

Der Duft der Blumen stieg ihm in die Nase.

Was zum Teufel mache ich hier?

Sein ganzer Körper vibrierte, als hätte er den Finger in einer Steckdose.

Ganz ruhig!

Er holte tief Luft.

Und wenn sie nicht da war?

Oder ihn verjagte und eine Beschwerde wegen sexueller Belästigung einreichte?

Einen Moment lang geriet er ernsthaft in Versuchung, den Schlüssel umzudrehen, aufs Gas zu treten und zu verschwinden.

Du bist noch nicht mal geschieden, Mann!

Er dachte kurz nach. Schon, aber.

Er stieg aus, nahm Flasche und Blumen und verschloss die Tür. Dann ging er das kurze Stück zu Bellas Haus und erstarrte.

Vor ihrer Tür stand ein Mann, in der Hand ebenfalls einen großen Blumenstrauß. Ein Mann, den er kannte.

Er traute seinen Augen nicht. Nein, das war absolut unmöglich! Aber da stand er.

Die Tür ging auf, und Bella tauchte in einem kurzen Kleid auf. Ihr Haar sah aus, als käme sie gerade vom Friseur, genau wie gestern Abend.

Sie schien ihn zu erwarten. Er sagte etwas, und sie lachte. Sie küssten einander flüchtig. Zwei Menschen, die einander verstanden.

Norman Potting ging ins Haus, und die Tür schloss sich hinter ihnen.

Glenn stand wie ein begossener Pudel da. Dann kehrte er langsam zum Wagen zurück und stopfte den Blumenstrauß unterwegs in einen Mülleimer.

Er fuhr rasch davon, getrieben von einer Mischung aus Zorn, Verwunderung und Selbstmitleid. Die Weinflasche rollte auf dem Beifahrersitz hin und her. Norman Potting. Nicht zu fassen! Aber es ergab keinen Sinn. Was fand sie nur an dem alten Lustmolch?

Irgendetwas, kein Zweifel.

Oder er hatte die Situation völlig missverstanden.

59

»Du Schlampe! Du hast mich kaltgestellt!«, kreischte Anna.

Ihr Idol bedachte sie mit einem eisigen Blick.

»Du hast mich vor den ganzen Leuten gedemütigt. Das geht nicht, so kannst du mit Menschen nicht umgehen, begreif das doch!« Sie umklammerte den antiken Dolch mit Scheide, den sie in der Handtasche mit sich trug, seit vor einigen Jahren ein Mann versucht hatte, sie vor einem Nachtclub zu überfallen.

Bei *CSI* hatte sie gelernt, dass es dumm war, jemanden mit einem gewöhnlichen Küchenmesser zu erstechen. Man traf damit unweigerlich auf Knochen, und dann rutschte die Hand am Griff nach vorn, und man verletzte sich selbst an der Klinge. Folglich hinterließ man Blut am Tatort. Dumm. Benutzte man aber einen Dolch, war die Hand geschützt.

»Meinst du, du kannst mit den Leuten umspringen, wie es dir gerade passt? Leidenschaftliche Signale senden und sie dann einfach schneiden? Wie würde es dir gefallen, wenn man dich zerschneidet?« Sie hob den Dolch, dessen Klinge im Lampenlicht glitzerte. »Meinst du, wir würden dich auch dann noch lieben, wenn dein Gesicht voller Narben wäre? Wie viel wärst du dann noch wert?«

Sie starrte Gaia an, wobei der Hass das Bild vor ihren Augen verschleierte. »Dieses ganze Zeug, dieser Müll, dieser Kram, für den wir auf eBay ein Vermögen bezahlen. Meinst du, wir würden das noch tun, wenn du lauter Messerschnitte im Gesicht hättest? Ja? Kannst du nicht reden? Hat es dir die Sprache verschlagen? Oder hat man dir die Zunge herausgeschnitten? Das hat man früher in manchen Ländern gemacht, wenn Leute einen betrogen hatten. Sie benutzten rotglühende Zangen, um ihnen die Zunge aus dem Rachen zu reißen. Dann würdest du auf der Bühne nicht mehr so toll aussehen, und versuch mal, ohne zu Zunge zu singen! Du wärst auch keine tolle Geliebte mehr für King George, was? Küssen könntest du auch nicht mehr, von Oralsex ganz zu schweigen. Schon mal dran gedacht?«

Sie wartete.

»Und?«

Sie wartete noch immer.

Dann schrie sie aus voller Kehle, wobei sie vor Zorn bebte: »Und?«

Sie schoss mit dem Dolch vorwärts, zog ihn quer über Gaias Gesicht, von der Stirn über das rechte Auge bis auf die Wange. Die Pappfigur kippte aus dem Display auf den Boden.

Anna stand da, den Dolch noch immer fest umklammert. Gaia schaute von dem beigefarbenen Teppich zu ihr hoch, ein Riss klaffte in ihrem Gesicht. »Hör zu, du Schlampe.« Sie kniete sich hin und schaute Gaia in die Augen. »Niemand bleibt auf einem Podest, der es nicht verdient hat. Keiner, jedenfalls nicht für immer. Das sollte dir klar sein. Du solltest begreifen, was du heute Abend getan hast. Schau dich doch an«, höhnte sie.

Gaia hatte Betty Page, ein Sexidol der 1950er Jahre, imitiert, die Haare schwarz gefärbt und einen Pony geschnitten. Sie trug ein transparentes, schwarzes Negligee. Ihr Mund war mit Klebeband verschlossen. Vorn auf dem Bild, genau unter dem Gesicht, waren japanische Schriftzeichen und Gaias Unterschrift zu sehen. Die Pappfigur stammte von der zweiten Japan-Tournee, es gab nur vier Exemplare davon. Vor fünf Jahren hatte Anna 2600 Pfund dafür bezahlt.

»Wir bauen dich auf und können dich ebenso leicht zerstören. Siehst du? Siehst du, dass du nur noch ein wertloses Stück Pappe bist, Schlampe?« Sie legte den Dolch weg und hob die Hand, um ihr besonderes Zeichen zu machen. »FuX.«

60

Als er am nächsten Morgen um 6.45 Uhr den schon vertrauten Weg zum See entlangfuhr und das Viehgitter überquerte, dachte Glenn noch immer über Norman Potting und Bella Moy nach. Über ihm zogen sich bedrohliche Wolken zusammen, und er musste gar nicht erst die Wettervorhersage hören, um zu wissen, dass ein Wolkenbruch bevorstand. Regen war immer schlecht, wenn man einen Tatort im Freien hatte.

In der Stadt nannten es die Kollegen »Polizistenregen«. Die Straßen waren bei diesem Wetter viel ruhiger, es gab weniger Schlägereien, Überfälle und Taschendiebstähle, weniger Einbrüche und weniger Dealer, die an Straßenecken herumlungerten. Die Ganoven wurden auch nicht gerne nass. Doch an Tatorten war starker Regen fatal, weil wichtige Beweismittel wie Reifenspuren, Fußabdrücke, Textilfasern und Haare sehr schnell zerstört oder davongespült wurden.

Gestern Abend war er so aufgeregt gewesen, als Roy ihn angerufen hatte. Natürlich gab es keine Garantie, dass es der richtige Kopf war, aber wenn Kleidungsstücke, Gliedmaßen und Kopf zusammenpassten, wären sie einen ganzen Schritt weiter. Und wenn sie den Kopf hatten, könnten sie das Opfer identifizieren lassen, und wenn das fehlschlug, auf die zahnärztlichen Unterlagen zurückgreifen. Je schneller die Ermittlung unter seiner Leitung vorankam, desto besser würde er selbst dastehen.

Bei den bisherigen Mordermittlungen hatten er und sein Team stets eine gewisse Empathie mit den Opfern entwickelt. Es war etwas Persönliches geworden, sie waren entschlossen gewesen, den Täter zur Rechenschaft zu ziehen. Doch wenn man nicht wusste, wer der Tote war, entstand eine gewisse Distanz.

Er war überrascht, dass der große gelbe Laster der SSU noch nicht vor Ort war. Wenn sie den Kopf gestern Abend gefunden hatten, mussten die Kollegen eigentlich seit dem Morgengrauen dabei sein, die Gegend um die Fundstelle minutiös durchzukämmen. Vielleicht waren sie zu einem anderen Notfall gerufen worden. Er sah nur einen Streifenwagen mit beschlagenen Fenstern, mit dem die glücklose Beamtin gekommen war, die nachts den Tatort bewacht hatte und allein vor dem Absperrband wartete. Daneben parkte ein kleiner, blauer Vauxhall Nova. Möglich, dass er dem Pathologen gehörte, doch angesichts der umfangreichen Ausrüstung und der weiten Strecken, die bei dieser Arbeit anfielen, war das unwahrscheinlich.

Er parkte und schaltete den Motor ab. Dann stieg er aus und schaute durch das Fenster des Vauxhall, der so aufgeräumt und sauber war wie ein gerade abgeholter Mietwagen.

Er öffnete den Kofferraum, zog einen Schutzanzug über und stieg in die Gummistiefel, die er diesmal wohlweislich mitgebracht hatte. Er würde sich nicht noch einmal die Schuhe ruinieren. Er stapfte vorsichtig durch den glitschigen Schlamm zu der jungen Polizistin und zeigte seinen Ausweis. Auf ihrem Namensschild stand PC Sophie Gorringe.

»Ich bin der stellvertretende Ermittlungsleiter. Alles in Ordnung?«

Sie nickte und lächelte stoisch. Sie schien noch keine zwanzig zu sein und hatte vermutlich gerade erst die Ausbildung beendet.

»Lange Nacht?«

»Noch zwei Stunden. Es ist netter, seit es hell geworden ist. Im Dunkeln war's ganz schön gruselig. Habe ständig eine Eule gehört.«

»Wessen Wagen ist das?«

Sophie Gorringe wollte gerade etwas sagen, als er eine vertraute Stimme hinter sich hörte.

»Meiner, Detective Sergeant Branson.«

Glenn wusste sofort, mit wem er es zu tun hatte. »Sollten Sie nicht in den Flitterwochen sein?«

Der 25-jährige Reporter des *Argus* lächelte aalglatt. Er kaute wie immer Kaugummi und war diesmal sonnengebräunt, nur die rosa Nasenspitze schälte sich. »Sieht aus, als wäre ich im rechten Moment zurückgekommen.« Er hielt seinen Notizblock in der Hand.

Glenn hörte einen Wagen, und kurz darauf kam Roy Grace in seinem silbernen Ford Focus Kombi in Sicht.

Spinellas Handy klingelte, und er wandte sich ab, um zu telefonieren. Es klang, als erhielt er Anweisungen für den nächsten Auftrag. Er beendete das Gespräch, als Roy Grace in Gummistiefeln, aber ohne Schutzanzug zu ihnen herüberkam.

»Nette Flitterwochen gehabt?«

»Wunderschön. Schon mal auf den Malediven gewesen?«

»Nein, ich bekomme das Gehalt eines Polizisten, nicht das eines krummen Hundes.«

»Haha«, sagte Spinella, doch es klang unsicher. Grace wirkte angespannt, das spürte Glenn ebenso wie der Reporter.

»Was genau bringt Sie her, Kevin?«

Spinella grinste. »Sie kennen doch meine Kontakte.«

»Sie haben also den Tipp bekommen, dass ein Kopf gefunden wurde, der vermutlich zu dem Torso gehört.«

»Ja – also – ich dachte, ich komme besser gleich her und sehe zu – ähm –, was ich für Sie tun kann.«

»Tatsächlich?«

Branson runzelte die Stirn. Er wusste, dass Grace nichts von dem Reporter hielt, doch er war deutlich feindseliger als sonst. Der Reporter trat von einem Fuß auf den anderen.

»Das wissen Sie doch. Ich helfe nur bei den Ermittlungen. So funktioniert doch die Zusammenarbeit, Detective Superintendent?« Seine Augen wanderten von Grace zu Branson und wieder zurück.

»Wer hat Ihnen von dem Kopf erzählt?«

»Tut mir leid, Detective Superintendent, ich kann meine Quellen nicht offenlegen.«

»Vielleicht, weil Sie keine haben.«

»Wie – meinen Sie – also – ich kann sie nicht preisgeben.« Spinella schien sich mehr als unbehaglich zu fühlen.

Dann schoss Graces Hand plötzlich vor und schnappte dem Reporter das Handy weg. »Kevin Spinella, ich verhafte Sie wegen des Verdachtes, mein Mobiltelefon gehackt zu haben. Sie brauchen nichts zu sagen, aber es kann Ihrer Verteidigung schaden, wenn Sie bei der Befragung etwas verschweigen, das Sie später vor Gericht aussagen. Alles, was Sie sagen, kann als Beweismittel gegen Sie verwendet werden.«

Spinella riss entsetzt die Augen auf. »Sie – Sie können nicht – Sie können das nicht tun …« Er starrte auf die Handschellen, die Grace herausgeholt hatte.

»Ach nein?«

Roy Grace legte nur noch selten persönlich Handschellen an, hatte aber nie die Technik vergessen, mit der man einen Ganoven möglichst schnell fesselte. Er legte eine in einer raschen, fließenden Bewegung um Spinellas rechtes Handgelenk, riss ihm den linken Arm auf den Rücken und legte die zweite Handschelle an.

»Was soll das?«, fragte der Reporter, doch sein Tonfall hatte sich verändert, und er klang eher besorgt als unverschämt.

»Es wurde gar kein Kopf gefunden«, sagte Grace. »Das habe ich mir ausgedacht. Und Sie haben den Köder geschluckt.«

Glenn Branson grinste. »Ein passender Vergleich, Chef.«

Grace lächelte grimmig zurück.

61

»Wer ist Euer fetter Freund?«

Alle schauten die Museumsführerin verblüfft an. Sie standen in der Eingangshalle des Royal Pavilion vor einem Porträt des korpulenten Königs.

Neunzehn der zwanzig Besucher hatten sich um sie geschart und hingen förmlich an ihren Lippen. Nur ein Mann stand weiter hinten und schien sich für völlig andere Dinge zu interessieren.

»O mein Gott!«, rief eine ältere Amerikanerin mit einer Regenhaube aus Plastik. »*Das* hat er gesagt? Zum *König*?«

Die Museumsführerin, eine Frau von Anfang fünfzig, verströmte die Autorität einer Schuldirektorin. »In der Tat. Beau Brummell war eine sehr bekannte Gestalt – ein echter Regency-Dandy, gut gebaut, stets makellos gekleidet und frisiert, während der arme George immer fetter und fetter wurde und immer weniger eindrucksvoll. Nun, die beiden haben sich zerstritten. Beau Brummell, Lord Alvanley,

Henry Mildmay und Henry Pierrepoint wurden als die Begründer dessen betrachtet, was Lord Byron als Dandy Club bezeichnete. Diese vier Männer gaben im Juli 1813 einen Ball, bei dem George, damals noch Prinzregent, Alvanley und Pierrepoint begrüßte, Beau Brummell aber ignorierte. Um sich zu rächen, wandte sich Brummell an Alvanley und fragte voller Verachtung: ›Wer ist Euer fetter Freund?‹«

Drayton Wheeler war dankbar, dass es in Strömen regnete, denn so konnte er einen weiten Regenmantel mit hochgeschlagenem Kragen tragen und den Hut tief ins Gesicht ziehen, ohne Verdacht zu erregen. Es war sein dritter Besuch in drei Tagen, und er wollte keinesfalls vom Personal wiedererkannt werden, vor allem nicht von den Sicherheitsleuten, also trug er jedes Mal andere Kleidung. Während die Museumsführerin weiter über den Bruch zwischen George und Beau Brummell sprach, schaute er nervös zu dem ockerfarben gestrichenen, halbhohen Tor, hinter dem eine steinerne Treppe in den Keller führte.

Er tastete in seiner Tasche und spürte erleichtert das zusammengefaltete Papier – einen Lageplan aller Stockwerke, den er gestern im Bauamt gekauft hatte. Er hatte die Nacht damit verbracht, sich die Grundrisse der einzelnen Etagen einzuprägen. Er schaute wieder über das Tor und die Treppe hinunter.

»Prinnys Fettleibigkeit wurde zu einem echten Problem«, fuhr die Museumsführerin fort. »Es gibt einen unterirdischen Gang, der von hier zu den ehemaligen königlichen Stallungen führt. Prinny hat ihn anlegen lassen, weil er sich derart für seine Figur schämte, dass er sich nicht mehr in der Öffentlichkeit zeigen wollte. Er wog zeitweise bis zu hundertdreißig Kilo. So konnte er diskret kommen und gehen.«

Wheeler schaute sich verstohlen um. Im Korridor stand keine Wache. Die Leute vor ihm versperrten der Museumsführerin die Sicht. Seine beste Chance. Er ging ein paar Schritte zurück, schaute über das Tor und bemerkte, dass es mit einem kleinen Messingriegel verschlossen war. Er sah wieder zu der Besuchergruppe. Niemand schaute zu ihm hin. Er tastete nach dem Riegel und öffnete ihn mit einem schabenden Geräusch. Er erstarrte, blickte noch einmal die Treppe hinunter, zu den Besuchern und dann in beide Richtungen den Korridor entlang.

Er stieß das Tor auf, trat auf die Treppe, schloss es rasch hinter sich und duckte sich einen Moment lang. Er horchte mit hämmerndem Herzen, während das Blut in seinen Ohren rauschte. Dann eilte er die Stufen hinunter, noch immer geduckt, und bog unten nach rechts ab. Er gelangte in einen langen, schmalen Korridor mit Ziegelboden, der im Gegensatz zum Besucherbereich staubig, schäbig und schlecht beleuchtet war. Er kam an einer baufälligen grünen Tür vorbei, die schräg in den Angeln hing. Ein gelbschwarzes Schild warnte vor Hochspannung. Ein Spinnweben in der oberen linken Ecke bewies, dass die Tür länger nicht geöffnet worden war.

Perfekt.

Er öffnete sie, wobei die Scharniere quietschten und der Boden über die Ziegelsteine scharrte. Er spähte hinein und sah eine ganze Wand voller Sicherungen und elektrischer Schalter, dazu Leitungen, die mit Asbest verkleidet schienen. Vor allem aber gab es genügend Platz, um sich hinzusetzen.

Er ging hinein und zog die Tür hinter sich zu. Es roch muffig, und er bemerkte ein leises Summen wie auch ein stetes, rhythmisches Blinken. Es war warm wie in einem Wäschetrockenschrank. Er holte eine Taschenlampe und seinen Kindle hervor, faltete den Regenmantel zu einem Kissen und machte sich auf eine lange Wartezeit gefasst. Heute Abend würde das Gebäude verschlossen und verlassen sein.

Er schaltete den Kindle ein und holte seine Brieftasche heraus. Als er sie aufklappte, grinste ihm ein kleiner Junge mit schmuddeligem T-Shirt und zerzausten Haaren, die unter einer Baseballkappe der Los Angeles Lakers hervorschauten, frech entgegen. Sechs Jahre alt. Er stand im Garten ihres alten Hauses in Pasadena, hinter sich eine Reihe Sonnenblumen, die größer waren als er. Größer als er je sein würde.

Sein einziger Sohn. Er trug einen dicken Baseballhandschuh und hielt den Ball, als wollte er ihn jeden Augenblick werfen.

Zwei Tage, nachdem das Foto gemacht worden war, wurde Ferdy vom Rottweiler des Nachbarn zerfleischt. Er war über den Zaun geklettert, um eben diesen Ball zurückzuholen.

62

In den Leichenschauhäusern wurden zwei verschiedene Arten von Autopsie durchgeführt. Die Standardvariante galt für Unfallopfer, plötzliche Todesfälle oder wenn Menschen mehr als vierzehn Tage nach dem letzten Arztbesuch starben und die Todesursache unklar war.

Nachdem Cleo und ihre Assistenten die Leichen vorbereitet hatten, wurde die eigentliche Autopsie von örtlichen Pathologen durchgeführt. Sie dauerte etwa eine halbe Stunde, die Körperflüssigkeiten wurden danach im Labor weiter untersucht. Bei verdächtigen Todesfällen wurde hingegen ein Pathologe des Innenministeriums hinzugezogen, und die Untersuchung dauerte mehrere Stunden.

Das Leichenschauhaus von Brighton and Hove untersuchte im Jahr durchschnittlich achthundertfünfzig Leichen, die überwiegende Mehrzahl nach der Standardvariante. Diese wurden morgens durchgeführt, so dass die Mitarbeiter nachmittags gewöhnlich Feierabend hatten, wenn sie nicht gerade eine Leiche bergen mussten.

Vor einigen Wochen war Cleo bei der Arbeit zusammengebrochen und hatte innere Blutungen erlitten, worauf man sie ins Krankenhaus brachte. Man hatte sie mehrere Tage zur Beobachtung dortbehalten und unter der strengen Anweisung, nicht schwer zu heben und sich zwischendurch auszuruhen, nach Hause entlassen. Grace wusste, dass sie sich nicht an diese Regeln hielt, und machte sich große Sorgen deswegen. Zum Glück war ihr Assistent Darren zugegen gewesen und hatte sie schnellstmöglich ins Krankenhaus gebracht. Aber sie war auch oft allein im Leichenschauhaus, und er fragte sich, was passieren würde, wenn sie einen erneuten Zusammenbruch erlitt. Also rief er sie jeden Tag um halb vier an, um zu hören, ob es ihr gutging, und dann noch einmal kurz vor der Abendbesprechung, um sich zu vergewissern, dass sie sicher nach Hause gekommen war.

Er hatte furchtbare Angst, Cleo zu verlieren, hatte nach Sandys Verschwinden geglaubt, nie wieder glücklich zu werden. Und ihr Schatten war immer noch da. An manchen Tagen war er davon überzeugt, dass sie tot war, dann wieder, dass sie noch lebte. Was würde wohl geschehen, wenn sie plötzlich auftauchte? Wenn sie eine völlig rationale Erklärung für ihr Verschwinden vorbrachte? Manchmal spielte er im Kopf ein Szenario durch, in dem sie entführt und zehn Jahre lang gefangen gehalten worden war, bevor ihr schließlich die Flucht gelang. Was würde sie denken, wenn sie ihn verheiratet und mit Kind wiedersah?

Und wie würde er sich dabei fühlen?

Er versuchte, den Gedanken zu verdrängen. Sandy gehörte der Vergangenheit an, zu einem anderen Leben. Das alles war zehn Jahre her. Er würde bald vierzig und musste nach vorn blicken. Er hatte alle rechtlichen Schritte eingeleitet, um Sandy für tot erklären zu lassen, hatte Anzeigen hier und in Deutschland geschaltet, wo ein befreundeter Polizist, der in München Urlaub machte, sie angeblich gesehen hatte. Sobald die Tinte auf den Dokumenten trocken war, würden er und Cleo heiraten. Er sehnte den Tag herbei.

Heute Nachmittag klang sie müde, und er war besorgt, als er das Gespräch beendete. In einer Schwangerschaft konnte so viel schiefgehen – nur sagte einem das vorher keiner. Seine freudige Erregung wurde durch die Angst gedämpft, dass etwas geschehen könnte, und auch durch die Last der Verantwortung, die die Geburt eines Kindes mit sich brachte.

Was zum Teufel weiß ich denn schon über die Welt und das Leben? Bin ich stark und klug genug, um einem Kind irgendetwas beizubringen?

Jeder Verbrecher, den er hinter Gitter gebracht hatte, war einmal ein Baby gewesen. Ein menschliches Leben konnte so viele Wendungen nehmen. So wie das des Mannes, dessen Foto ihm aus der Akte entgegenblickte. Ein stark übergewichtiger Amerikaner Anfang sechzig mit kleinen Schweinsäuglein und einem Pferdeschwanz, der einen Haufen Geld mit Filmen verdient hatte, in denen Menschen auf Bestellung ermordet wurden. Und der Glenn Branson niedergeschossen hatte, weil er sich der Verhaftung widersetzte. Er verachtete diesen Mann aus tiefstem Herzen, daher steckte er auch so viel Arbeit in die Prozessunterlagen. Er wollte sicherstellen, dass dieses Schwein keine Chance hatte, durch Verfahrensfehler freizukommen.

Wie war Carl Venner als Baby gewesen? Wie war er aufgewachsen? Hatte er Eltern, die ihn liebten, für ihn sorgten und große Hoffnungen in ihn setzten? Wie verhinderte man, dass ein Kind auf die schiefe Bahn geriet? Vielleicht war es unmöglich, aber man konnte es zumindest versuchen. Einem Kind ein sicheres Aufwachsen zu ermöglichen, war der Anfang. So viele Kriminelle in dieser Stadt stammten aus kaputten Familien, von alleinerziehenden Eltern, die mit ihnen überfordert waren, die längst aufgegeben hatten. Oder sie hatten Eltern, die sie sexuell missbrauchten. Aber er wusste auch, dass dies nicht immer die Erklärung war. Die Sache hatte auch etwas mit Glück zu tun, wie ein Lotteriespiel.

Manchmal überwältigte ihn die Verantwortung geradezu. Es gab so viele Ratgeber über Schwangerschaft, die ersten Lebensmonate, die entscheidenden frühen Jahre. Und im Hintergrund lauerte stets die Angst, mit dem Baby könnte etwas nicht stimmen. Man konnte nie wissen. Untersuchungen gaben eine gewisse Sicherheit, aber sie verrieten einem nicht alles. Er hoffte, ihr Kind wäre gesund. Sie würden ihr Bestes tun, um gute Eltern zu werden.

Er schaute wieder in Venners Gesicht. *Was hat dein Vater über dich gedacht, in den Monaten, bevor du geboren wurdest? War er in deiner Nähe? Wusste er überhaupt, dass deine Mutter schwanger ist? Lebt er noch? Falls ja, meinst du, er ist stolz auf dich? Stolz, ein widerwärti-*

ges Monster gezeugt zu haben, das ein Vermögen mit Pornographie und Mord verdient hat?

Wie würde er sich fühlen, wenn sein Sohn so etwas getan hätte? Wäre er zornig? Hätte er das Gefühl, als Vater versagt zu haben? Würde er seinen Sohn als böse und als hoffnungslosen Fall abschreiben?

»Böse« war ein Wort, das ihm nicht behagte. Man konnte es leicht auf alle möglichen schrecklichen Dinge anwenden, die Menschen einander zufügten. Roy zweifelte nicht daran, dass es Menschen wie Venner gab, die ganz und gar böse waren, wenn es um ihren Profit ging, die sich einfach nur die Taschen füllen und eine Breitling am Handgelenk tragen wollten. Aber viele andere taten schlimme Dinge, weil sie aus einer lieblosen Familie oder einer kaputten Gesellschaft stammten oder aus religiösem Fanatismus handelten. Es war schwer zu sagen, ob man ihnen ihre Verbrechen verzeihen sollte, doch wenn man sich bemühte, die Ursache zu verstehen, war das schon ein Schritt auf dem Weg, die Welt besser zu machen.

Das jedenfalls war seine ganz persönliche Philosophie. Er war davon überzeugt, dass ein Mensch, der in ein anständiges Leben hineingeboren wurde, einen Preis dafür bezahlen musste. Kein Mensch würde die ganze Welt verändern, aber jeder musste versuchen, sie ein bisschen besser zu machen. Und das war sein wichtigstes Ziel im Leben.

63

»Donnerstag, 9. Juni, 18.30 Uhr. Dies ist die zwölfte Besprechung der *Operation Icon*. Ich freue mich, Haydn Kelly in unserem Team zu begrüßen.« Grace deutete auf den lächelnden Mann, der ihm gegenüber im Besprechungszimmer der Soko-Zentrale saß. Kelly war Mitte vierzig, stämmig, mit kurzen, braunen Haaren und einem braungebrannten, freundlichen Gesicht. Er war konservativ, aber elegant gekleidet.

Grace schaute das versammelte Team an, das inzwischen auf sechsundzwanzig Personen angewachsen war. »Erst einmal die gute Nachricht.« Er grinste breit. »Es freut mich sehr, Ihnen mitzuteilen, dass der Maulwurf, der ein Jahr lang Informationen über unsere Ermittlungen weitergegeben hat, endlich gefunden wurde.«

Sofort hatte er die ganze Aufmerksamkeit, die nur durch ein Handyklingeln unterbrochen wurde. DC Emma Reeves wurde rot und stellte es sofort ab.

»Ich bin froh und erleichtert, dass die Person nicht der Polizei angehört. Es ist niemand anders als unser guter Freund Kevin Spinella vom *Argus.*«

»Spinella?«, fragte DS Guy Batchelor verwundert. »Aber, Chef, ich dachte, der Maulwurf hätte ihn von hier aus mit Informationen versorgt? Was hat er gemacht?«

»Mein Handy gehackt.« Er hob seinen Blackberry hoch. »Auf elektronischem Weg. Er hat eine Datensammler-Software installiert und so jeden einzelnen Anruf, den ich erhalten oder getätigt habe, aufgezeichnet. Ebenso alle SMS. Und er hat alles auf sein eigenes Handy geschickt.«

Einige Teammitglieder runzelten die Stirn. »Aber wie hat er Zugang zu Ihrem Blackberry erhalten?«, wollte Nick Nicholas wissen.

»Das brauchte er nicht. Ray Packham von der High Tech Crime Unit hat gesagt, dass er nur ein, zwei Meter von mir entfernt stehen musste. Ich habe Bluetooth immer eingeschaltet. Er hätte es einfach in Sekundenschnelle von seinem Handy auf meins schicken können.«

»Aber der kleine Schmierfink ist Reporter, kein Computerfreak«, sagte DC Exton.

»Vermutlich ist er mit einem Computerfreak befreundet. Wir werden schon noch herausfinden, wer das ist. Im Augenblick befindet sich Spinella in Haft, sein Handy wird untersucht. Aber die High Tech Crime Unit muss alle Ihre Handys untersuchen. Und ich rate Ihnen dringend, Bluetooth auszuschalten, wenn Sie es nicht dringend brauchen.«

»Wissen wir, von wie hoch oben im *Argus* das kommt?«, erkundigte sich Dave Green.

»Ich habe mit dem Herausgeber Michael Beard gesprochen. Er klang aufrichtig entsetzt und sagte, wenn dies der Fall sei, habe der Reporter damit eklatant gegen die Richtlinien der Zeitung verstoßen. Danach habe ich eine E-Mail von ihm erhalten, in der er mir mitteilte, dass Spinella mit sofortiger Wirkung vom Dienst suspendiert wurde. Ich vermute, er hat auf eigene Faust gehandelt.«

»Und was wird nun aus seiner Karriere?«, fragte Norman Potting.

»Was interessiert Sie das?«, schnappte Bella Moy.

Glenn Branson schaute den beiden fasziniert zu. Bis gestern Abend hatte er fest geglaubt, sie könne den Mann nicht ausstehen. Plötzlich wurde ihm klar, dass es eher wie das Gezänk eines alten Ehepaars klang. Er war immer noch schockiert von der Neuigkeit und hatte Grace bisher nichts davon erzählt. Er betrachtete die beiden. Sicher könnte sie etwas Besseres bekommen als Norman?

Jemanden wie ihn.

Andererseits zeigte seine gescheiterte Ehe mit Ari, wie wenig er von Frauen verstand.

»Ich müsste lügen, wenn ich sagte, dass mir Kevin Spinellas Karriereende den Schlaf raubt.«

Gelächter.

»Wurde er schon unter Anklage gestellt?«, fragte Jon Exton.

»Ja, wurde er. Mit etwas Glück erwarten ihn drei bis fünf Jahre.«

»Das tut mir aber aufrichtig leid für ihn«, sagte Nick Nicholas sarkastisch.

»Es wird ihm dort drinnen gefallen«, erwiderte Potting, der sich warmgelaufen hatte. »Er arbeitet doch gerne hintenrum.«

»Sehr witzig, Norman«, sagte Grace und wandte sich an die Pressesprecherin Sue Fleet. »Sie müssen Kontakt zum *Argus* aufnehmen und sich erkundigen, wer unser neuer Ansprechpartner ist.«

»Ja, Sir.«

»Gut, also weiter. Glenn, was kannst du uns über die Autopsie sagen?«

»Wir hoffen, morgen die DNA-Ergebnisse der vier Gliedmaßen zu bekommen. Nadiuska De Sancha konnte sie dank ihres guten Zustands bereits dem Torso zuordnen. Unter den Fingernägeln war nichts zu finden, keine Hautfetzen oder sonstige Partikel, die auf einen Kampf hindeuten und uns die DNA des Täters liefern könnten.«

»Was ist mit Fingerabdrücken?«

»Wir haben einen kompletten Satz.«

»Gut.«

»Und auch brauchbare Zehenabdrücke. Die Fingerabdrücke deuten darauf hin, dass die Arme von derselben Leiche stammen, aber es gibt keine Übereinstimmungen mit der Datenbank. Daher bringt uns das bei der Identifizierung nicht weiter.« Er wandte sich an den forensischen Podologen. »Können Sie etwas zu den Beinen sagen, Haydn?«

»Anscheinend gehören das rechte und das linke Bein zum selben Körper. Ich bin mir nahezu sicher. Und gehe davon aus, dass die DNA-Analyse dies bestätigen wird.«

»Also brauchen wir nur noch den Kopf, und schon haben wir die menschliche Leiche als Baukasten«, sagte Potting.

Einige kicherten, während Bella Moy ihn vorwurfsvoll ansah.

»Wie sieht es mit den vermissten Personen aus, Norman?«

»Wir haben jetzt siebenunddreißig männliche Vermisste aus drei Grafschaften, die von Alter und Körperbau her zum Opfer passen. Die Familien, die wir kontaktieren konnten, wurden gebeten, Gegenstände für DNA-Proben zur Verfügung zu stellen. Es gibt fünf Vermisste, bei denen wir keine Verwandten ermitteln konnten, und weitere sechs, deren Verwandte uns nicht helfen können.«

Grace bedankte sich und wandte sich an DC Nick Nicholas. »Wie kommen Sie mit den Personen voran, die Zugang zur Stonery Farm hatten?«

»Wir sind fast durch, Sir. Annalise hat eine Datenbank erstellt, mit der wir Querverweise untersuchen können.«

»Dort drinnen ist jeder enthalten, der in den vergangenen zwölf Monaten Zugang zur Farm hatte – zumindest die Personen, die uns die Familie Winter genannt hat«, sagte Annalise. »Lieferanten, Freunde, Handwerker. Ich gleiche sie mit der nationalen Datenbank der Polizei ab, um zu sehen, ob es Übereinstimmungen mit bekannten Kriminellen gibt.«

»Gute Arbeit. Wie ich hörte, gibt es eine neue Entwicklung bezüglich des Anzugstoffs.« Er schaute zu Glenn.

»Ich hatte ein langes Gespräch mit einer sehr hilfsbereiten Mitarbeiterin der Firma Dormeuil. Sie hat bestätigt, dass es sich um ihren Stoff handelt und, was mich nicht wundert, keines der erfolgreichen Muster ist. Wir haben ein kleines Problem – ein relativ neuer Anzughersteller namens Savile Style hat vor drei Jahren eine große Menge der Ware gekauft und neunhundert Anzüge daraus geschneidert. Sie wurden hauptsächlich an Herrenausstatter im ganzen Land geliefert, einige auch nach Übersee. Man stellt uns eine Liste aller Händler zusammen, die die Anzüge gekauft haben. Es sind definitiv auch ein oder zwei in Brighton darunter. Außerdem schickt mir Dormeuil eine Liste aller Schneider, die den Stoff als Meterware erworben haben, um Anzüge daraus zu schneidern. Firmen wie Gresham Blake.«

»Wir müssen eine Liste der Käufer erstellen und diese mit der Besucherliste der Stonery Farm abgleichen. Vielleicht kommt etwas dabei heraus.« Er wandte sich an Bella Moy. »Irgendwelche weiteren Hinweise durch *Crimewatch*?«

»Nein, Sir. Viele Anrufe, achtundvierzig in den letzten beiden Tagen, aber bislang nichts Bedeutendes.«

»Gut, dann der Fußabdruck.« Er wandte sich an den Leiter der Spurensicherung. »Dave, was haben Sie für uns?«

»Fünf übereinstimmende Fußabdrücke vom Tatort. Drei davon befinden sich an Stellen, an denen Gliedmaßen geborgen wurden. Es könnten durchaus die des Täters sein. Das Profil ist drei Zentimeter tief, was auf Stiefel hindeutet. Die Größe ist schwer zu bestimmen, da viele Schuhhersteller die gleiche Sohle für mehrere

Größen verwenden und nur den oberen Teil des Schuhs anpassen. Die Abdrücke scheinen eher klein zu sein, vermutlich Herrengröße 42.«

»Können Sie uns darüber hinaus etwas über die Größe des Täters sagen?« Grace schaute den forensischen Podologen an.

»Eigentlich nicht, es gibt zu viele Variablen. Manche Experten behaupten, dass die normale Körpergröße für diese Schuhgröße zwischen 1,65 m und 1,75 m liege. Das basiert aber auf Annahmen, beispielsweise, dass er die passenden Schuhe trug. Viele Leute kaufen Gummistiefel eine Nummer größer als normal – und wenn er schlau ist, trug er ausgepolsterte Stiefel oder Einlagen, um uns bezüglich seiner Schuhgröße zu täuschen.«

»Gehen wir mal davon aus, dass der Typ keine Riesenfüße in diese Stiefel gezwängt hat, was das Gehen ziemlich schwierig machen würde. In diesem Fall können wir davon ausgehen, dass der Mann nicht größer als 1,74 m ist.«

»Das ist zulässig, aber nicht sicher. Ich könnte Ihnen nicht guten Gewissens raten, größere Personen generell aus den Ermittlungen auszuklammern.«

»Haydn«, sagte Grace, »bitte erzählen Sie uns etwas über Ihr Fachgebiet, da es bei dieser Ermittlung noch relevant werden könnte. Gehe ich recht in der Annahme, dass Sie die Person, die diese Abdrücke hinterlassen hat, an ihrem Gang erkennen können?«

»Der menschliche Gang ist ebenso individuell wie ein Fingerabdruck. Der Gang gehört zum persönlichen Stil einer Person und lässt sich in zwei Phasen einteilen: Stand und Schwung. In der Standphase berührt die Ferse der Person den Boden, das Körpergewicht wird durch den Fuß hindurchverlagert, wenn die Zehen den Boden verlassen. Technisch nennt man dies Fersenkontakt, Mid Stance und Antrieb. Die Schwungphase beginnt unmittelbar, nachdem die Zehen den Boden verlassen. Der gesamte Unterschenkel schwingt vorwärts und hält an dem Punkt inne, an dem die Ferse wieder den Boden berührt. Wie sich Fuß, Unterschenkel und restlicher Körper bei diesem Ablauf verhalten, ist bei jeder Person unterschiedlich. Auch kann ein Unterschenkel eine Haltung oder Form besitzen, die zu dieser Individualität beiträgt. In manchen Fällen ist das sehr ausgeprägt.«

Graces Handy vibrierte. Im Display stand international.

Er entschuldigte sich, ging nach draußen in den Flur und meldete sich.

Am anderen Ende hörte er eine amerikanische Stimme, die er von dem Gespräch am Montag erkannte. »Hier ist Detective Myman vom LAPD.«

»Freut mich, von Ihnen zu hören. Wie geht es Ihnen?«

»Alles bestens. Wir haben gute Neuigkeiten. Wir haben einen Verdächtigen wegen des Mordes an Marla Henson, der Assistentin von Gaia Lafayette, verhaftet.«

Graces Stimmung hob sich sofort. »Ehrlich? Das ist ja phantastisch!«

»Ich wollte es Sie sofort wissen lassen, damit Sie den Personenschutz lockern können.«

»Und Sie haben wirklich die richtige Person?«

»Keine Frage, es ist der Täter. Hatte die Waffe im Haus, die ballistische Untersuchung war eindeutig. Auf seinem Computer fanden wir die beiden E-Mails, die er geschickt hat, und es gibt einen ganzen Berg Zeitungsausschnitte über Gaia, auf denen seltsame Worte und Symbole stehen. Er ist ein Irrer und hat praktisch gestanden.«

»Was war denn sein Motiv? Hat er sie einfach gehasst?«

»Er lebt mit einer Frau zusammen, die vor einigen Jahren ein bisschen geschauspielert hat. Davon gibt es hier viele. Jetzt kellnert sie in einem kleinen Laden in Santa Monica. Sieht aus, als hätte er es unfair gefunden, dass Gaia und nicht sie die Rolle bekommen hat. In seinem kranken Hirn bildete er sich ein, er müsse Gaia nur eliminieren, damit sein Mädchen die Rolle bekommt.«

»Sehr gute Neuigkeiten.«

»Ich halte Sie weiterhin auf dem Laufenden.«

»Das weiß ich zu schätzen.«

»Sie können sich auf mich verlassen.«

64

»Wer ist Euer fetter Freund?«

Drayton Wheeler kauerte am Fuß der Treppe und schaute sich argwöhnisch um. Zwischendurch blickte er nach oben und war erleichtert, als er die Stimme der Frau hörte. Die erste Führung des Tages. Sein Stichwort.

Er hatte die Nacht größtenteils damit verbracht, umherzuschleichen, den Wachleuten aus dem Weg zu gehen und die Dachböden zu inspizieren. Er hatte versucht, dort oben zu schlafen, vergeblich. Bilder drängten sich in seinem Kopf, und der Regen, der auf das Kupferdach hämmerte, ließ ihm keine Ruhe.

Oben im Gebäude hatte er das perfekte Versteck gefunden, wenn man von dem eisigen Luftzug und dem ständigen Umherhuschen und Kratzen der Ratten absah. Die Dielen knarrten, als würde das Gebäude von tausend Geistern heimgesucht. Nicht, dass es ihm etwas ausgemacht hätte. Er hoffte von ganzem Herzen, dass es Geister gab, denn dann wäre er auch bald einer und könnte einige Rechnungen begleichen, wenn er zurückkehrte. Vor Einbruch der Dämmerung war er wieder in den Keller gegangen.

Er schlich leise die Treppe hinauf und lauschte.

»Das hat er tatsächlich zum König gesagt. Beau Brummell war eine sehr bekannte Gestalt – ein echter Regency-Dandy.«

Drayton betrachtete das Publikum, das mit dem Rücken zu ihm stand. Die Leute trugen Anoraks und nasse Regenmäntel und versperrten ihm die Sicht auf die Museumsführerin. Er schob den Riegel zurück, öffnete das Tor und verschloss es hinter sich.

»Nun, sie hatten eine kleine Auseinandersetzung. Beau Brumell, Lord Alvanley, Henry Milnay und Henry Pierrepoint galten als treibende Kraft …«

Er schlich hinter ihnen vorbei, so langsam, dass ihn kaum jemand bemerkte. Auf der anderen Seite stand ein Wachmann in Uniform, der gerade eine SMS schrieb. Er zog seine Baseballkappe tief ins Gesicht und folgte den Schildern zum Ausgang, wobei er durch den

Museumsladen kam. Hier gab es nichts für ihn zu holen. Zu sterben hatte etwas Befreiendes, und dazu gehörte auch, dass man kein Geld mehr für Souvenirs verschwenden musste.

Wheeler trat nach draußen in den strömenden Regen. Roch das Aroma des feuchten, kürzlich gemähten Grases, atmete den Salzgeruch in der Luft ein. Es war Freitag, der 10. Juni, zwanzig nach zehn. Er fühlte sich toll. Er hatte sich nie im Leben besser oder glücklicher gefühlt! Vielleicht lag es an den Medikamenten, die er einnahm, oder an der Tatsache, dass er das alles in etwa sechs Monaten hinter sich hätte.

Und er hatte einen Einkaufszettel!

65

Roy Grace begab sich bereitwillig auf einen Morgenkaffee in Gaias Suite, um die neuesten Entwicklungen zu besprechen. Er hatte Schmetterlinge im Bauch, als er um kurz vor halb elf dort eintraf. Normalerweise war er bei der Arbeit nie nervös – selbst in den gefährlichsten Situationen konzentrierte er sich ganz auf die bevorstehende Aufgabe. Doch diesmal war es anders.

Im Laufe seiner Karriere war er einigen berühmten Leuten begegnet, doch Gaia spielte in einer anderen Liga. Er rechnete damit, dass ihm eine der Assistentinnen die Tür öffnete, und war überrascht, als Gaia ihn persönlich begrüßte. Sie trug ein Jeanshemd, weiße Jeans, Espadrilles mit Keilabsatz und bedachte ihn mit einem hinreißenden Lächeln. »Detective Superintendent Grace – vielen Dank, dass Sie gekommen sind!« Sie klang aufrichtig dankbar, so als würden die meisten Leute nach ihrer Pfeife tanzen, ausgenommen Polizeibeamte.

Er trat ins Zimmer, das nach frischem Kaffee und einem intensiven Parfüm duftete. Sie hatte eine neue Frisur, ihre Haare waren jungenhaft kurz geschnitten. Sie deutete auf ihren Kopf. »Was halten Sie davon?«

»Hübsch«, sagte er, was auch stimmte. Die Frisur stand ihr. Andererseits hatte sie ein so außergewöhnliches Gesicht, dass sie auch in einem Müllsack mit einem rostigen Eimer auf dem Kopf gut ausgesehen hätte. Hinter ihr ging eine Frau in schwarzer Jeans und schwarzem T-Shirt, auf das ein kleiner, goldener Fuchs gedruckt war, durchs Zimmer. Sie hielt ein Drehbuch in der Hand, das sie auf einen Tisch neben dem Sofa legte. Grace bemerkte, dass die meisten Seiten weiß waren, andere jedoch blau, rosa, gelb, grün und kirschrot.

»Die neuesten Änderungen«, sagte die Assistentin und verließ das Zimmer.

Gaia winkte ihr kurz zu und konzentrierte sich wieder auf Roy Grace, wobei sie erneut auf ihren Kopf zeigte.

»Meinen Sie?«

»Ja«, erwiderte er, obwohl er persönlich längere Haare bevorzugte.

»Ich muss bei dem Film eine blöde Perücke tragen – so ein wahnsinnig schweres Ding. Die ist so heiß, als hätte ich einen Teppich auf dem Kopf. Sie rutscht mir ständig ins Gesicht, so dass ich kaum etwas sehen kann.«

Er grinste. »Ich glaube, die Frauen wuschen sich damals die Haare nur ein paarmal im Jahr.«

»Igitt. Marie Antoinette hatte sogar Vögel in den Haaren.«

»Sehr hygienisch.«

»Ihr Kollege hat mich übrigens gerettet. Chief Superintendent Barrington.«

Grace runzelte die Stirn. »Ach ja?«

»Meine Friseurin konnte nicht mit nach England kommen. Sie begleitet mich sonst überallhin, aber jetzt ist sie schwanger und leidet unter Komplikationen. Also hat er mir hier eine tolle Friseurin empfohlen. Die Frau eines Polizeibeamten.«

»Wen denn?«

»Tracey Curry, die Frau von Chief Inspector Steve Curry.«

»Ich kenne ihn – aber ich wusste nicht, dass seine Frau Friseurin ist.«

»Sie ist ein Genie!«

»Freut mich zu hören, dass die Sussex Police ihren Service erweitert hat.«

»Schützen Sie mein Leben und das meines Kindes – mehr Service brauche ich nicht.« Sie deutete auf einen Sessel, der gegenüber des Sofas stand, und er setzte sich.

»Was das betrifft, gibt es gute Neuigkeiten. Ich nehme an, Sie haben schon davon gehört?«

Die James-Cagney-Stimme meldete sich: »Und ob!« Ihr Sicherheitschef Andrew Gulli trat ins Zimmer, auch diesmal im eleganten Anzug. »Freut mich, Sie wiederzusehen.« Er setzte sich ebenfalls in einen Sessel.

Dann tauchte wie aus dem Nichts eine weitere Assistentin auf und fragte Grace, wie er seinen Kaffee trinke.

Gulli hob die Hände, als hielte er einen imaginären Football, und ließ sie in der gleichen Haltung auf den Schoß sinken. »Die Sache ist die. Die mögen zwar diesen Typen gefasst haben, aber ich möchte nicht, dass die Sicherheitsmaßnahmen für Gaia und Roan verringert werden. In Ihrer Stadt gibt es viele Verrückte, oder?«

»Eine ganze Menge. Aber nicht mehr als überall sonst. Im Grunde ist Brighton ziemlich sicher.«

»Ich habe gelesen, dass Sie pro Jahr für gewöhnlich fünfzehn bis zwanzig Mordfälle haben, aber in diesem Jahr waren es schon sechzehn, und es ist erst zur Hälfte vorbei. Also hat sich Ihre Mordrate verdoppelt.«

Gaia schaute ihn aufmerksam an. Unter der Schönheit war ein Hauch von Angst zu erkennen.

»Das ist ein statistischer Ausreißer«, erwiderte er fröhlich und wusste sofort, dass er das Falsche gesagt hatte.

»Sicher doch«, sagte Gulli, dessen Cagney-Akzent nun noch stärker hervortrat. »Verraten Sie mir auch, was die Leute in den Leichensäcken von diesem statistischen Ausreißer halten, Detective Superintendent Grace?«

Er wurde kurz abgelenkt, als man ihm seinen Kaffee servierte.

»Falls es irgendein Trost ist: In den meisten Fällen tötete ein Krimineller einen anderen, oder es handelte sich um häusliche Gewalt.«

Gulli kratzte sich hinter dem linken Ohr. »Ich habe eine Menge über die Geschichte Ihrer Stadt gelesen. In den 1930er Jahren war Brighton als ›Verbrechenshauptstadt Europas‹ oder ›Mordmetropole Europas‹ bekannt. Sieht aus, als hätte sich daran nicht viel geändert.«

Allmählich wurde Grace sauer, beherrschte sich aber. »Ich werde dem Chief Constable Ihre Sorgen vortragen.«

»Dafür wäre ich Ihnen sehr dankbar. Bis dahin würde ich es begrüßen, wenn Sie die bisherige Anzahl an Beamten beibehalten.«

»Ich tue mein Bestes, kann aber nichts versprechen.«

»Vielen Dank«, sagte Gaia. Sie lächelte reizend und schaute ihm mit beinahe hypnotischer Konzentration in die Augen. Bildete er sich das nur ein, oder flirtete sie mit ihm?

»Mir ist so langweilig, Mom!«

Roan kam barfuß, in Jeans und einem orangefarbenen T-Shirt herein, einen Nintendo in der Hand.

Sie klopfte neben sich aufs Sofa, und er setzte sich schmollend hin. »Das Wetter gefällt dir nicht, was, Schatz?«

Er schaute auf das Display seines Nintendo.

»Ist das der neue?«, fragte Roy Grace. »Der 3DS?«

Der Junge nickte zögernd.

»Er möchte wieder an den Strand, aber das hat bei diesem Wetter keinen Zweck.« Dann änderte sich plötzlich ihr Gesichtsausdruck. »Haben Sie Kinder, Detective Superintendent?«

»Nein, nur einen Goldfisch.«

Sie lachte. »Ich dachte, es wäre nett, wenn Roan ein paar Kinder in seinem Alter kennenlernte. Wissen Sie jemanden, der mit ihm spielen möchte?«

»Ja, ich kenne tatsächlich jemanden.«

»Das würde mich sehr freuen.« Sie küsste ihren Sohn auf die Wange, was er kaum zur Kenntnis nahm, weil er sich derart auf sein Spiel konzentrierte. »Das würde dir doch gefallen, nicht wahr?«

Er zuckte mit den Schultern. »Egal.«

»Ich könnte schnell anrufen. Roan ist sechs, stimmt's?«

»Ja, er hatte vor drei Wochen Geburtstag.«

»Mein Freund hat zwei Kinder. Ich glaube, sie sind sechs und neun.«

»Perfekt!«

Er wählte Glenn Bransons Nummer.

»Oldtimer, was gibt's?«

»Hier möchte dich jemand sprechen.«

»Wer denn?«

»Augenblick.« Er gab Gaia sein Handy. »Er heißt Glenn.«

»Hi, Glenn«, sagte sie mit ihrer erotischsten Stimme.

Grace lächelte, als er sich das Gesicht seines Freundes ausmalte.

66

»Was soll das heißen, Sie haben keine?«

Der Mann im weißen Kittel, der hinter der Theke stand, war ein jämmerlicher Typ, der nicht in diesen Laden gehörte. Er hätte längst kündigen oder in Pension gehen sollen, wenn er seinen Job so sehr hasste, dass er seinen Kunden derart unfreundlich begegnete. Mit dem schütteren, grauen Haar und den dicken Glasbausteinen vor den Augen sah er aus wie ein verrückter Wissenschaftler, der zum Apotheker umgeschult hatte.

»Wir haben keine.«

»Verdammt nochmal, Sie sind Apotheker, alle Apotheken verkaufen Thermometer.«

Der Mann zuckte nur mit den Schultern.

Drayton Wheeler funkelte ihn an. »Wissen Sie, wo die nächste Apotheke ist?«

»Ja.«

»Und wo?«

»Warum sollte ich Ihnen das sagen? Ich mag Sie nicht. Mir gefällt Ihr Benehmen nicht.«

»Sie können mich mal.«

»Sie mich auch.«

Einen Moment lang war Wheeler versucht, ihm eine in sein selbstzufriedenes, böses Gesicht zu verpassen, doch das hätte Konsequenzen gehabt. Er durfte sich nicht ablenken lassen, musste sich konzentrieren. Konzentration. Konzentration.

Er verließ wütend die Apotheke und stieß dabei mit einer Frau zusammen, die einen Einkaufswagen schob. »Blöde Kuh!«, brüllte er. »Pass doch auf, wohin du läufst!« Dann stürmte er die Straße entlang. Alles um ihn herum war verschwommen, der Zorn blendete ihn. Er war müde. Er war schmutzig. Er war hungrig. Er brauchte etwas zu essen. Er brauchte ein Bad.

Am dringendsten aber brauchte er ein Thermometer.

67

Als er kurz vor Mittag durch das Grand Hotel in Richtung Parkplatz ging, klingelte Roy Graces' Handy. Es war Glenn Branson, schon zum zweiten Mal. Beim ersten Anruf hatte er sich überschwänglich bedankt, dass sein Freund ihn zu Gaia durchgestellt hatte.

»Darren Spicer«, sagte der Detective Sergeant.

Glenn war ein Filmfan und machte gern Anspielungen. Grace stand noch unter dem Eindruck der Begegnung mit Gaia und fragte sich unwillkürlich, um welchen Film es diesmal ging.

»Darren Spicer?« Dann wurde es ihm klar.

»Du erinnerst dich doch?«

»Er ist der vergessenswerteste Mensch, an den ich mich je erinnert habe.« Er verschwieg, dass er ihn vor einigen Tagen bei Tommy Finchers Leichenschmaus gesehen hatte. »Was ist mit ihm?« Er wartete, während ein Krankenwagen mit schriller Sirene vorbeifuhr.

»Er hat mich gerade angerufen. Er will mit dir reden.«

Darren Spicer war ein Ganove, der gelegentlich als Informant für die Sussex Police arbeitete. Ein Berufseinbrecher, der schon als Teenager verurteilt worden war, ein hoffnungsloser Rückfallkandidat oder, wie sie es gemeinhin nannten, »ein Drehtür-Häftling«. Während seines Berufslebens hatte er mehr Zeit hinter Gittern als in Freiheit verbracht. Zu Beginn des Jahres hatte er durch Zufall – und vollkommen unverdient, wenn es nach Grace gegangen wäre – eine Belohnung von fünfzigtausend Pfund kassiert, die der Millionär und Philanthrop Rudy Burchmore für Hinweise ausgesetzt hatte, die zur Verhaftung des Mannes führten, der seine Frau hatte vergewaltigen wollen. Es war Darren Spicers größter finanzieller Coup gewesen.

»Was wollte er?«

»Das hat er nicht gesagt. Nur, dass es dringend ist und du es wissen willst.«

»Um welche Belohnung geht es denn diesmal?«

»Keine Ahnung. Er klang ängstlich und hat mir eine Nummer gegeben.«

Grace notierte sie und wählte sie im Gehen.

Ein verstohlenes »Ja?«

»Darren Spicer?«

»Kommt drauf an, wer anruft.«

Idiot, dachte Grace und nannte seinen Namen.

»Ich hab da was für Sie.«

»Was ist es, und wie viel wollen Sie?«

»Einen Affen.« Ein Affe entsprach fünfhundert Pfund.

»Das ist viel Geld.«

»Ist auch eine wichtige Info.«

»Verraten Sie es mir?«

»Wir müssen uns treffen.«

»Worum geht es überhaupt?«

»Um den Filmstar, den Sie beschützen.«

»Gaia?«

»Kennen Sie das Crown and Anchor in Shoreham?«

»Bisschen schick für Sie, was?«

»Ich bin jetzt ein reicher Mann, Detective Superintendent. Bin noch eine halbe Stunde hier.«

*

Der Hafen von Shoreham lag ganz im Westen der Stadt. Aus dem früheren Dorf war ein Vorort geworden. Das Crown-and-Anchor-Pub mit der Außenterrasse, von der man auf den Hafen blickte, hatte eines der schönsten und besten Restaurants von Shoreham-by-Sea. Er hatte hier früher oft mit Sandy und in letzter Zeit auch mit Cleo gegessen.

Was immer man über Spicers jämmerlichen, schmierigen Lebensstil denken mochte, er besaß jedenfalls gute Verbindungen und lieferte zuverlässige Informationen. Sicher, fünfhundert Pfund waren eine Menge Geld, aber die Polizei besaß gewisse Töpfe für solche Ausgaben.

Dank neuer Regeln mussten sich Polizeibeamte neuerdings außer in Notfällen an die Parkvorschriften halten. Darum verschwendete er auch zehn Minuten damit, durch die engen Straßen des Dorfes zu kurven, um im strömenden Regen nach einem Parkplatz zu suchen.

Spicer saß auf einem Barhocker und hatte ein fast leeres Glas Stout vor sich. Ein großer, schlaksiger Mann Anfang vierzig, der dank der langen Haftstrafen eher wie sechzig aussah. Er trug ein gelbes Polohemd, weite Jeans und nagelneue Turnschuhe. Die Haare hatte er zu einem braunen Flaum geschoren, und seine Augen in dem gealterten Gesicht wirkten seltsam tot.

»Noch ein Guinness?«, fragte Grace statt einer Begrüßung und setzte sich neben ihn. Es war noch früh und die Bar ziemlich verlassen.

»Dachte schon, Sie kämen nicht.« Spicer schaute ihn nicht einmal an. »Ich brauche eine Kippe. Bringen Sie mein Bier mit nach draußen.« Er rutschte vom Hocker und schlenderte durch die Bar zur Terrasse. Grace schaute ihm nach. Er ging gebeugt wie ein alter Mann.

Wenige Minuten später folgte er ihm durch die Glastür nach draußen auf die Holzterrasse, von der man auf den Adur blickte, der in den Hafen mündete. Es war Ebbe, durchs Watt floss nur ein schmaler Strom. Dutzende Möwen suchten nach Nahrung. Weit drüben auf der anderen Seite lagen seit Menschengedenken die Hausboote vor Anker.

Spicer saß unter einem großen Regenschirm, von dem das Wasser floss, eine Selbstgedrehte zwischen Zeigefinger und Daumen.

Grace reichte ihm das Guinness, stellte sein Glas mit Cola light ab und zog einen Stuhl heran. »Gutes Wetter für Enten.«

Der Geruch der Zigarette war verlockend, doch er hatte schon vor vielen Jahren beschlossen, tagsüber niemals zu rauchen und auch abends nur ein oder zwei.

Spicer nahm einen langen Zug und inhalierte tief. »Hatten wir uns nicht auf einen Affen geeinigt?«

»Das ist eine Menge Geld.«

»Sie werden feststellen, dass es ein Schnäppchen ist.« Er trank sein Glas aus und griff zu dem, das Grace ihm mitgebracht hatte.

»Und wenn nicht?«

Spicer zuckte mit den Schultern. »Auch nicht schlimm. Ich ziehe den Einbruch einfach durch und stecke viel mehr als einen Affen ein.«

»Um welchen Einbruch geht es?«

Spicer nahm einen großen Schluck Bier. »Man hat mir gutes Geld angeboten, um in Gaias Hotelsuite einzubrechen.«

Graces Körper zog sich zusammen, ein Schauer überlief ihn. Plötzlich waren die fünfhundert Pfund tatsächlich ein Schnäppchen. »Erzählen Sie.«

»Sind wir im Geschäft?«

»Ich besorge das Geld in den nächsten Tagen. Also, warum haben Sie den Job nicht übernommen?«

»Keine Einbrüche mehr, Detective Superintendent. Die Polizei hat mich zu einem reichen Mann gemacht. Das habe ich nicht nötig.«

»Und in welcher Branche arbeiten Sie jetzt? Drogen? Ich nehme an, mit fünfzigtausend Mäusen kann man da gut einsteigen.«

Spicer zuckte ausweichend mit den Achseln. »Bin nicht hier, um über mich zu reden.«

Grace hob die Hände. »Keine Sorge, ich bin sauber, kein Aufnahmegerät! Also, wer hat Ihnen den Job angeboten?«

Obwohl die Terrasse verlassen war, schaute sich Spicer aufmerksam um. Dann beugte er sich vor und sagte sehr leise: »Amis Smallbone.«

Grace starrte ihn an. »Amis Smallbone? Ist das Ihr Ernst?«

Spicer nickte.

»Warum gerade Sie?«

»Ich habe nach meiner Entlassung im Grand gearbeitet, in der Wartungsabteilung. Kenne den Laden wie meine Westentasche. Ich weiß, wie man in jedes Zimmer kommt. Davon hatte Smallbone gehört, deshalb hat er sich an mich gewandt.«

»Ich nehme an, Sie möchten das nicht offiziell aussagen.«

»Machen Sie Witze?«

»Wenn Sie aussagen, verliert er seine Bewährung, dafür kann ich sorgen. Er würde für viele Jahre hinter Gitter wandern.«

»Ich bin nicht sehr schlau, aber noch am Leben. Wenn ich ihn öffentlich hochgehen lasse, müsste ich den Rest meines Lebens über die Schulter schauen. Nein danke.« Er sah Grace besorgt an. »Das ist nicht – Sie wissen schon.«

Er schüttelte den Kopf. »Es bleibt unter uns. Niemand wird je erfahren, dass wir dieses Gespräch geführt haben. Erzählen Sie es mir jetzt? Ich glaube nicht, dass es Smallbone um einen bloßen Einbruch geht.«

»Tut es auch nicht. Er wollte Ihnen schaden, Sie blamieren.« Spicer grinste schief. »Ich glaube, er mag Sie nicht besonders.«

»Wie schade. Seine Weihnachtskarte wird mir auf dem Kaminsims fehlen.«

68

»Nein danke, ich brauche keine Hilfe. Sehe ich so klapprig aus?«

Der Türsteher des Grand Hotel versuchte, die Fassung zu bewahren. »Natürlich nicht, Sir, ich wollte nur behilflich sein.«

»Wenn ich Ihre Hilfe brauche, werde ich es Ihnen schon sagen.«

Drayton Wheeler ging verschwitzt und mit einer braunen Schachtel und zwei Einkaufstüten beladen durch die Hotelhalle.

Er kam an einigen Fotografen und seltsam aussehenden Leuten auf einer Sitzgruppe vorbei, von denen einige CD-Booklets und Plattencover umklammert hielten. Sie hatten anscheinend hier ihr Lager aufgeschlagen, jämmerliche Fans dieser saublöden Schauspielerin. Einer totalen Fehlbesetzung für die Rolle. Das war *seine* Rolle. Er hatte sie geschrieben. Er drückte den Knopf für den Aufzug. Der Zorn hatte wieder Besitz von ihm ergriffen, das wusste er. Er hatte zwei weitere Apotheker angeschrien, ebenso den Idioten an der Kasse im Supermarkt, den Kretin im Eisenwarenladen und das Riesenarschloch bei Halfords.

Im sechsten Stock stieg er aus, ging durch den Flur und fischte die Karte aus seiner Tasche. Er steckte sie hinein und zog sie wieder heraus.

Die rote Lampe blinkte auf.

»Scheiße!« Das Paket unter seinem linken Arm wurde unerträglich schwer. Er rammte sie erneut hinein, diesmal richtig, und die Lampe blinkte grün.

Er trat gegen die Tür, um sie zu öffnen, stolperte zu den beiden Betten und ließ seine Last erleichtert darauffallen.

Er musste duschen. Essen. Zuerst aber musste er überprüfen, ob ihm diese Schwachköpfe nicht die falschen Sachen verkauft hatten.

Er hängte ein BITTE NICHT STÖREN-Schild an die Tür, verschloss sie, riss das erste Paket auf, holte die Autobatterie heraus und stellte sie auf die Zeitschrift, die auf dem runden Tischchen lag. Dann wühlte er in einer Einkaufstüte und holte ein schweres, metallenes Montiereisen hervor. Dann sechs Thermometer, die er neben die Batterie legte. Er packte die Flasche mit Salzsäure aus, die als Abbeizmittel deklariert war, und stellte sie auf eine weitere Zeitschrift. Außerdem hatte er eine Flasche Chlor besorgt. Dann schaute er in die andere Einkaufstüte, die von Mothercare stammte.

Er trat einen Moment zurück, verschränkte die Hände und lächelte. Das Tolle beim Sterben war, dass man sich keine Sorgen mehr um irgendetwas machen musste. Ihm ging ein Zitat durch den Kopf, doch er wusste nicht mehr, von wem es stammte.

Vom Tod zu träumen, ist gut, wenn man Angst hat, denn die Toten haben keine Ängste mehr.

Wie wahr. *Kennt ihr das Zitat, Larry Brooker, Maxim Brody, Gaia Lafayette? Wisst ihr, mit wem ihr es zu tun habt? Mit einem Mann, der keine Angst mehr hat! Mit einem Mann, der die chemischen Zutaten besitzt, um Quecksilberchlorid herzustellen. Und der auch weiß, wie man das macht!*

Bevor er ein verkorkster Drehbuchautor wurde, hatte er erfolgreich als Industriechemiker gearbeitet. Und nichts vergessen.

Quecksilberchlorid war kein Salz, sondern ein lineares, dreiatomiges Molekül, das beim Erhitzen leicht sublimierte.

Hättet ihr das gewusst, Larry Brooker, Maxim Brody, Luder Layafette?

Bald werdet ihr es wissen.

Sein Telefon klingelte. Er meldete sich in aggressivem Ton, da er nicht gestört werden wollte.

Eine aufreizend fröhliche junge Frau fragte: »Jerry Baxter?«

Er erkannte die Stimme. »Ja?«

»Sie sind heute nicht zur Anprobe erschienen. Ich wollte nur nachhören, ob Sie noch an der Statistenrolle in *The King's Lover* interessiert sind?«

Er beherrschte sich. »Tut mir leid, ich hatte einen wichtigen Termin.«

»Kein Problem, Jerry. Wenn es das Wetter erlaubt, drehen wir am Montagmorgen Massenszenen vor dem Pavilion. Falls Sie immer noch interessiert sind, könnten Sie morgen kommen?«

Er dachte kurz nach. »Perfekt.«

69

Am Freitagabend um kurz nach fünf fand Cleo einen Parkplatz zwei Straßen von ihrem Haus entfernt. Es hatte aufgehört zu regnen, und der Himmel klarte auf. Als sie aus ihrem kleinen Audi stieg, war sie todmüde, aber glücklich. Unglaublich glücklich, denn vor ihr lag das ganze Wochenende. Das Baby in ihrem Bauch strampelte, als reagierte es auf ihre gute Laune.

»Bist du auch glücklich, Knubbel?«

Sie nahm die Handtasche vom Beifahrersitz, verschloss den Wagen und ging nach Hause, ohne die vier Augen zu bemerken, die sie durch die Windschutzscheibe eines gemieteten VW beobachteten, der ihr schon vom Leichenschauhaus aus gefolgt war.

»Warum starrst du die dicke Frau an?«, wollte der Junge wissen.

Sie antwortete auf Deutsch: »Sie ist nicht dick, Schatz. Sie bekommt ein Baby.«

»Von wem?«

Sie schwieg und sah der Frau mit hasserfüllten Augen nach.

»Von wem?«

Einen Moment lang sagte sie nichts, so aufgewühlt war sie. »Warte hier. Ich bin gleich zurück.«

Sie stieg aus und ging ein Stück die Straße lang, vorbei an dem Audi. Sie versuchte, unbekümmert zu wirken und keine Aufmerksamkeit zu erregen. Dann drehte sie sich um und schaute Cleos Wagen an.

Auf der Motorhaube befand sich eine Staubschicht, dazu Möwenkot. Ein Spritzer hatte das Klebeband getroffen, mit dem man das Dach notdürftig repariert hatte, doch die eingeritzten Worte waren noch deutlich zu erkennen.

Bullenhure. Als nächstes ist dein Baby dran.

70

Anna lief in ihrem Gaia-Museum, ihrem Gaia-Schrein, auf und ab. In der Hand ein Martiniglas. Sie trank mit voller Absicht einen Cocktail, der so gar nicht zu Gaia passte. Einen Manhattan. Zwei Teile Bourbon, einen Teil roter Martini, Angostura Bitter und eine Maraschinokirsche mit Stiel.

Sie trank ihn, um Gaia eins auszuwischen.

Sie trank, um betrunken zu werden.

Es war ihr dritter Manhattan an diesem Abend. Freitagabend. Sie musste morgen nicht arbeiten. Also konnte sie sich gnadenlos volllaufen lassen.

Noch nie in ihrem Leben war sie so gedemütigt worden wie am Mittwoch. Ihr Gesicht brannte noch immer. Sie hörte das verstohlene Gelächter der anderen Fans auf den Sofas.

Sie stand vor einer lebensgroßen Pappfigur ihres Idols und schaute in dessen blaue Augen. »Was ist schiefgelaufen? Hey? Sag's mir. Ich bin dein größter Fan, und du hast dich von mir abgewandt. Sag mir, warum? Na los. Hast du eine andere gefunden? Eine, auf die du mehr stehst als auf mich?«

Unmöglich.

Nie und nimmer.

»Du hast mein Leben lebenswert gemacht, weißt du das denn nicht? Ist es dir egal? Du bist der einzige Mensch, der mich je geliebt hat.«

Sie hielt ein Messer in der linken Hand. Ein Khukuri. Das Messer, das ein Vorfahre ihres Vaters einem toten Soldaten in den Gurkha-Kriegen abgenommen hatte. Die Gurkhas waren tapfere Männer. Sie hatten keine Angst vor dem Sterben.

Wenn ein Mann sagt, er habe keine Angst vor dem Sterben, lügt er oder ist ein Gurkha.

Was sagst du dazu, Gaia? Lügst du, oder bist du ein Gurkha?

Oder nur eine Aufsteigerin aus Whitehawk in Brighton, die sich für so überlegen hält, dass sie ihre Fans einfach ignorieren kann?

Sie stieg langsam die hölzernen Stufen hinunter in die Küche und füllte den Rest aus dem silbernen Cocktailshaker in ihr Glas. Dann kehrte sie zu ihrem Schrein zurück.

»Prost, Gaia! Sag mal, hat es sich gut angefühlt, mich gestern zu schneiden? Hey! Erzähl mal. Wer hat dich denn auf das Podest gestellt? Denkst du schon mal darüber nach? Hast du jemals an mich gedacht? Du hast mich so oft angeschaut. Ich habe doch gemerkt, wie du mich bei *Top Gear* angeschaut hast. Und bei so vielen anderen Gelegenheiten. Was also gibt dir das Recht, mich so zu behandeln – wie Abschaum – wie Scheiße – wie Müll? Sag es mir, ich möchte es wirklich wissen. Ich muss das wissen.

Ehrlich.

Sag's mir.

Sag's mir.

Sagst du es mir?

71

Bei der Besprechung am Freitagabend wählte Glenn Branson einen Platz, von dem aus er Bella im Auge behalten konnte. Ihm fiel auf, dass sie und Norman Potting wie üblich ein Stück von einander entfernt saßen, so dass Augenkontakt schwierig war. Erfahrene Ermittler, dachte er, sie hatten das eindeutig geplant. Seit wann waren sie zusammen? Es war noch nicht so lange her, dass Potting zum vierten Mal geheiratet hatte, eingelullt von einem thailändischen Mädchen, das ihn finanziell ausgenommen hatte.

Er sah zu, wie Bella sich ein Malteser in den Mund steckte. Sie war nicht schön, hatte aber etwas, das er sehr attraktiv fand. Sie strahlte Wärme und Verletzlichkeit aus, so dass er sie am liebsten in den Arm genommen hätte. Noch vor kurzem hatte er geglaubt, er könnte ihr etwas Besseres bieten als das trostlose Leben mit einer pflegebedürftigen Mutter. Nun aber sah er sich vor einer völlig anderen Herausforderung. Potting passte so gar nicht zu ihr. Glenn betrachtete ihn. Sein selbstzufriedenes Grinsen.

Komm schon, Bella, was um alles in der Welt findest du an diesem Mann?

»Glenn? Hallo? Glenn?«

Er fuhr zusammen, als er merkte, dass Roy Grace mit ihm sprach. Er hatte keine Ahnung, worum es ging.

»Tut mir leid, Chef, war gerade abgelenkt.«

»Erde an Branson.«

Gelächter.

»Langen Tag gehabt?«, erkundigte sich Potting. Seine Worte trafen Glenn wie ein Messerstich.

»Ich habe dich nach den DNA-Ergebnissen für die vier Gliedmaßen gefragt«, sagte Grace. »Du hast gesagt, ihr erwartet sie heute aus dem Labor.«

Branson nickte. »Ja, ich habe die Ergebnisse.« Er schlug einen Schnellhefter auf. »Soll ich den ganzen Bericht vorlesen?«

Grace schüttelte den Kopf. Für die meisten Polizeibeamten, ihn eingeschlossen, waren solche Untersuchungsberichte wie eine Geheimwissenschaft. In der Schule war er in Naturwissenschaften eher schlecht gewesen. »Fasse es für uns zusammen.«

»Na schön. Alle vier Gliedmaßen stammen vom selben Körper, und die Wahrscheinlichkeit liegt bei einer Million zu eins, dass sie zum Torso unseres unbekannten Toten gehören.«

»Gute Arbeit. Also haben wir ein weiteres Puzzleteil gefunden. Fehlt nur noch der Kopf.«

»Vielleicht hat er wegen einer Frau den Kopf verloren«, erwiderte Potting.

»Sie müssen es ja wissen!«, ging Bella auf ihn los. Er wurde rot und senkte den Blick. Alle außer Glenn, der es besser wusste, empfanden dies als boshafte Anspielung auf seine gescheiterten Ehen.

»Das ist nicht sehr hilfreich, Norman«, sagte Grace.

»Tut mir leid, Boss.« Er grinste in die Runde, doch die anderen blieben ernst.

Roy Grace schaute den Kollegen an. Er war ein guter Ermittler, doch seine schlechten Witze waren manchmal ganz schön nervig, und bei dieser Ermittlung waren sie schlimmer denn je.

»Unser Problem besteht darin, dass der Oberkörper bereits vor vielen Monaten abgelegt wurde und sich in einem fortgeschrittenen Verwesungsstadium befindet, die Gliedmaßen hingegen relativ frisch sind«, erklärte Glenn.

»Was darauf hindeutet, dass Darren Wallace mit seiner Annahme, sie seien eingefroren gewesen, vermutlich recht hat«, sagte David Green.

»Könnte der Pathologe das nicht erkennen?«, wollte Bella wissen.

Green schüttelte den Kopf. »Das ist nicht so einfach. Das Einfrieren schädigt zwar die Zellen, aber das herauszufinden, dauert eine Weile.«

»Was sagt uns das also?«, fragte Grace in die Runde. »Weshalb wurde der Torso schon vor Monaten abgelegt, die Gliedmaßen aber erst in den letzten Tagen?«

»Vielleicht will jemand Spielchen mit uns treiben«, schlug Nick Nicholas vor.

»Das wäre möglich. Aber ziehen wir doch mal unseren guten Bruder Ockham zu Rate.«

William of Ockham war ein Mönch und Logiker des 14. Jahrhunderts gewesen, der annahm, die einfachste Antwort sei für gewöhnlich die richtige.

»Sie denken an eine Verbindung zwischen *Crimewatch* und den Gliedmaßen?«, fragte Guy Batchelor.

»Ich glaube, wir haben es mit einem sehr schlauen oder sehr nervösen Täter zu tun. Möglicherweise hat er den Torso und den Anzugstoff als Hinweise auf der Hühnerfarm deponiert. Dann die Gliedmaßen und der Stoff am See als weitere Hinweise. In diesem Fall werden wir irgendwann ein Stück Stoff und den Kopf finden. Allerdings halte ich es für wahrscheinlicher, dass die Fernsehsendung den Täter aufgeschreckt hat und er die übrigen oder zumindest einige Leichenteile eilig entsorgt hat. Lornas Team sucht weiter nach dem Kopf.«

»Oder ist das die Trophäe, von der er sich nicht trennen mag?«, fragte Potting.

Grace nickte. »Schon möglich. Im Augenblick bleibt uns nichts anderes übrig, als mit dem zu arbeiten, was wir haben. Dem Anzugstoff. Glenn, wie sieht es damit aus?«

»Das hat DS Batchelor übernommen.«

Dieser nickte. »Ich habe das Team für die Außenermittlungen die Liste durchgehen lassen, die Dormeuil uns zur Verfügung gestellt hat. Darauf finden sich alle Herrenausstatter und Schneider in den drei Grafschaften, die genügend Stoff gekauft haben, um Anzüge zu schneidern. Darunter auch Savile Style. Ich habe Annalise heute Mittag eine Liste mit zweiundachtzig Personen übergeben, die einen dieser Anzüge gekauft haben. Was kannst du uns dazu sagen?«

»Es gibt da etwas Interessantes«, erwiderte sie und wurde ein bisschen rot, da sie gewöhnlich nicht im Mittelpunkt der Aufmerksamkeit stand. »In der Gardner Street hier in Brighton gibt es einen Herrenausstatter namens Luigi, der vor zwei Jahren einen Anzug aus eben diesem Stoff an einen Mann namens Myles Royce verkauft hat. Er war nicht maßgeschneidert, aber der Besitzer erinnert sich daran, dass er einige Änderungen vorgenommen hat. Myles Royce steht auf der Liste unserer vermissten Personen. DS Potting arbeitet daran.«

»Gibt es schon Fortschritte?«

»Ja, Chef. Luigi hat mir die Adresse seines Kunden in Ash Grove, Haywards Heath gegeben, die ich heute Nachmittag aufgesucht habe. Ein hübsches freistehendes Haus in einer anständigen Gegend. Niemand hat die Tür geöffnet, es wirkte vernachlässigt. Ich bin auf einem Bauernhof aufgewachsen und kenne mich ein bisschen mit Gras aus. Meiner Ansicht nach wurde der Rasen in diesem Jahr noch nicht gemäht. Der Garten ist voller Unkraut. Ich habe eine hilfsbereite Nachbarin angetroffen, eine ältere Dame, die gegenüber wohnt, und erfahren, dass er allein lebte. Sie hat sich mehrere Monate lang um seine Katze gekümmert. Anscheinend hatte er einige günstige Investitionen getätigt und besaß zudem ein Treuhandvermögen. Er hat ihr erzählt, er werde für ein paar Wochen verreisen, und kam nie zurück.« Potting wühlte in seinen Unterlagen.

»Das Interessante ist – na ja, vielleicht doch wieder nicht so interessant.«

Grace wartete geduldig, wünschte sich aber, er möge endlich zur Sache kommen. Aber das war wohl einfach nicht Norman Pottings Stil.

»Ich habe von dieser Dame Namen und Telefonnummer seiner Mutter bekommen. Also habe ich sie in einem Pflegeheim in Burgess Hill aufgesucht. Sie sagte, ihr Sohn habe sie jeden Sonntagabend um sieben Uhr angerufen. Seit Januar habe er sich aber nicht mehr bei ihr gemeldet. Sie ist sehr besorgt, anscheinend standen sie einander sehr nahe.«

»Hat sie ihn als vermisst gemeldet?«

»Im April.«

»Warum hat sie so lange gewartet?«, erkundigte sich Nick Nicholas.

»Er sei oft auf Reisen gewesen«, erklärte Norman Potting. »Sie sagte, er sei ein Riesenfan von Gaia, geradezu besessen von ihr. Er habe dieses kleine Treuhandvermögen und zudem wohl etwas durch Immobilien verdient, so dass er ihr überallhin nachreisen konnte.«

Grace runzelte die Stirn. »Ein reicher, erwachsener Mann, der Gaia nachreist? Das verstehe ich nicht.«

»Ich habe gehört, sie sei eine große Schwulenikone«, erwiderte Potting.

»Ist – war – Myles Royce schwul?«, warf Branson ein.

»Die Nachbarin sagte, sie habe einige junge Männer bei ihm zu Hause gesehen, aber niemals Damen.«

Grace überlegte. Irgendetwas passte nicht zusammen. Ein Gaia-Fan wurde abgeschlachtet. Gaia war in der Stadt. Dazu der Mordversuch in Los Angeles. Lauter Zufälle?

Er mochte keine Zufälle. Sie waren zu praktisch. Es war einfach, Dinge als Zufall abzutun.

Viel schwerer war es hingegen, unter die Oberfläche zu dringen und zu sehen, was dort vorging.

»Hat seine Mutter irgendetwas, das uns eine DNA-Probe liefern könnte?«

Norman schüttelte den Kopf. »Nein, aber ich habe die Nachbarin überredet, mich ins Haus zu lassen. Wir haben einen seiner Anzüge mitgenommen. Er deckt sich mit unserem Größenprofil. Außerdem habe ich eine Haarbürste und eine Zahnbürste mitgebracht und sofort ans Labor geschickt.«

»Gut gemacht.« Grace dachte nach.

Gaia.

Gab es eine Verbindung?

Aber warum?

Er war schon zu lange bei der Kripo, um einen Gedanken einfach abzutun. Möglicherweise war ein Gaia-Fan ermordet worden. Gaia hielt sich in der Stadt auf. Aber wenn es sich bei dem Toten um Myles Royce handelte, war er gestorben, lange bevor ihr Besuch angekündigt worden war.

Leichen wurden gern in entlegenen Straßengräben oder Waldgebieten abgelegt. Er wandte sich an Glenn Branson. »Wir müssen alle Mitglieder des Angelclubs befragen. Vielleicht hat jemand etwas gesehen. Und wir müssen darauf achten, ob jemand verdächtig reagiert. Die Stelle ist ziemlich abgelegen. Ich glaube nicht, dass irgendjemand sie durch Zufall finden würde. Wer immer diesen Ort als Ablagestelle benutzt hat, muss sich auskennen. Daher brauchen wir eine Liste aller Personen, die Grund hätten, ihn aufzusuchen. Arbeiter, die Unkraut entfernen oder etwas reparieren –«

»Bin schon dran, Chef!«, rief Glenn Branson und schaute seine Kollegen an. »Annalise arbeitet mit dem Sekretär des Angelclubs zusammen.«

»Er ist sehr hilfsbereit. Er hat mir die Mitgliederliste gegeben und arbeitet noch an einer Übersicht der Personen, zu denen der Club Kontakt hat und die vielleicht dort gewesen sind oder zumindest die genaue Lage des Sees kennen. Leute von der Umweltbehörde, die

Angelscheine ausstellen; der Zaunbauer; die Firma, die das Unkraut beseitigt; die Leute, die die Einfahrt in Schuss halten; Drucker, Anwälte. Ich hoffe, dass ich die Aufstellung morgen erhalte.«

Grace bedankte sich und wandte sich an Jon Exton. »Gibt es etwas Neues von der National Footwear Reference Collection?«

»Ja, Chef.« Glenn mochte Exton, weil er immer voller Begeisterung war.

»Ich habe eine genaue Übereinstimmung gefunden. Es sind gute und schlechte Neuigkeiten.«

Grace runzelte die Stirn. Er hatte jetzt keine Zeit für Rätselspiele. »Was soll das heißen?«, fragte er ein wenig schroff.

»Die gute Neuigkeit ist, dass der Abdruck eher von einem Gummistiefel als von einem Turnschuh stammt. Dieser Abdruck stammt von einem Gummistiefel der Firma Hunter. Das Modell heißt ›The Original‹. Leider handelt es sich um einen der beliebtesten Gummistiefel, die in diesem Land hergestellt werden. Alleine in Sussex, Kent und Surrey gibt es vierundsechzig Händler. Und man kann sie natürlich auch online kaufen.«

Roy Grace dachte angestrengt nach. Wie viele dieser Geschäfte hatten Selbstbedienung, beispielsweise Gartencenter? Wie hoch war die Wahrscheinlichkeit, dass sich Mitarbeiter daran erinnerten, wer sie gekauft hatte? Bei jeder Mordermittlung musste man den Aufwand gegen die Erfolgsaussichten abwägen. Vierundsechzig Händler würden sehr viel Arbeitskraft beanspruchen, wenn er ein schnelles Ergebnis wollte. Wie viele konnte man am Tag abhaken? Seiner Erfahrung nach war es zeitraubend, Mitarbeiter in Firmen zu befragen. Sechs Händler am Tag wären schon ein guter Schnitt. Dafür brauchten zwei Beamte eine ganze Woche.

DC Reeves hob die Hand. »Sir, Hunter ist eine sehr teure Marke. Das weiß ich, weil ich erst kürzlich Gummistiefel gekauft habe. Könnte das etwas zu bedeuten haben? Passt das vielleicht zu dem teuren Anzugstoff? Es könnte bedeuten, dass der Täter finanziell gut gestellt ist.«

Grace nickte. »Gutes Argument, Emma.« Er machte sich eine

Notiz und wies Jon Exton an, sämtliche Händler befragen zu lassen, obwohl er insgeheim nicht von den Erfolgsaussichten überzeugt war. Immerhin konnte er sich damit gegen den Vorwurf absichern, er sei nicht sorgfältig genug vorgegangen.

Dann wandte er sich wieder an Haydn Kelly. »Haben Sie im Augenblick noch etwas hinzuzufügen?«

Kelly schüttelte den Kopf.

»Okay. Heute Abend können wir wohl nicht mehr viel erreichen. Wir treffen uns morgen wieder um 18.30 Uhr. Glenn und ich werden für elf Uhr eine Pressekonferenz einberufen. Sollte es vorher neue Entwicklungen geben, sagen Sie mir Bescheid.«

Als er aufstand, fragte Emma Reeves: »Haben wir eine Chance auf ein Autogramm von Gaia, Chef?«

Grace lächelte.

72

Cleo lag im Bett, den Laptop gegen die Bettdecke gestützt, war bei Mumsnet eingeloggt und hatte die Unterlagen für ihr Fernstudium in Philosophie um sich herum ausgebreitet. Sie war todmüde, dabei war es erst halb acht, viel zu früh zum Schlafen. Auf dem iPod lief gerade Laura Marling, ihre derzeitige Lieblings-Folksängerin.

Das Baby spielte heute Abend mal wieder verrückt, es schien förmlich in ihr zu tanzen. Sie hob die Decke an, zog das Nachthemd hoch und schaute fasziniert zu, wie ihr Bauch hin und her wackelte und die Form von eckig zu rund wechselte, während kleine Spitzen hervorlugten.

Sie wünschte, Roy wäre hier, um das zu sehen. Er hatte versprochen, bald nach Hause zu kommen. Hoffentlich war das Baby dann noch aktiv.

»Du bist unglaublich, Knubbel, weißt du das? Du wirst das am meisten geliebte Baby auf der ganzen Welt!«

Knubbel tanzte noch heftiger, als hätte er ihre Worte gehört.

Sie verließ die Seite von Mumsnet und wechselte zu Amazon, um sich Babysitze anzuschauen. Da die Geburt kurz bevorstand, konzentrierte sie sich auf all die Sachen, die noch besorgt werden mussten. Ihre beste Freundin Millie, die selbst zwei Töchter hatte, hatte ihr eine Liste zusammengestellt, ebenso ihre Schwester Charlie, die Innenarchitektin war und darauf bestanden hatte, das Kinderzimmer persönlich einzurichten.

Bettchen, Bettwäsche, Matratzenschutz, wasserdichte Matratzenauflagen, Decken, feuchte Tücher, Windeln, Wickelunterlage, Windeltasche, Pflegecreme. Die Liste war endlos. Alle hatten erzählt, ihr Leben würde sich ändern, aber was das bedeutete, wurde ihr erst allmählich klar. Sie las weiter. Sechs Flaschen und Sterilisator, Flaschenbürste, Flaschenwärmer, Pre-Nahrung, Pflegecreme für die Brustwarzen, Stilleinlagen, Still-BH, Milchpumpe, falls sie nicht da war und Roy das Baby füttern musste.

Wie oft würde er wohl da sein? Das war eine ihrer größten Sorgen. Sie wusste, wie sehr er an seiner Arbeit hing. Ihre Erfahrungen im Leichenschauhaus hatten sie gelehrt, dass ständig Todesfälle vorkamen, um die sich die Polizei kümmern musste. Wann immer der Name Roy Grace fiel, hörte sie nur Gutes. Er schien überall beliebt und angesehen. Er war ein guter Mensch, das wusste sie, einer der zahllosen Gründe, warum sie ihn liebte.

Und doch lag ein Schatten über ihrer Beziehung. Er war ein toller Polizist, aber würde er auch ein toller Vater sein?

Würde er beim ersten Krippenspiel dabei sein – oder gerade in einer Mordermittlung stecken? Wie wäre es mit dem Elternabend? Dem Sportfest? Wenn sie darüber sprachen, tat er ihre Befürchtungen stets ab und erinnerte sie daran, dass sein Vater auch Polizeibeamter gewesen war und doch immer genügend Zeit gefunden hatte, um ihn zu wichtigen Veranstaltungen zu begleiten. Allerdings war er nicht bei der Mordkommission gewesen, wo man nie wusste, was in den nächsten dreißig Minuten geschah, ganz zu schweigen von den nächsten dreißig Tagen.

Roy versicherte ihr ständig, dass ihr Familienleben wichtiger sei als seine Arbeit. Aber stimmte das auch? Und wollte sie das überhaupt? Wollte sie wirklich, dass eine Mordermittlung darunter litt, dass Roy lieber mit seinem Kind spielte?

Eine ihrer Freundinnen war mit einem sehr erfolgreichen Mann verheiratet, den sie kaum noch sah, vor allem nicht nach der Geburt des zweiten Kindes. Er kam nach Hause, wenn die beiden bereits schliefen, aß etwas und fiel im Gästezimmer ins Bett, damit ihn das Geschrei des Babys nicht weckte.

Ob das Kind überhaupt wusste, dass es einen Vater hatte?

Eine andere Sorge war die Beschädigung ihres Autos.

Roy hatte gesagt, er wisse, wer der Täter sei, und habe dafür gesorgt, dass es nie wieder vorkommen werde. Aber es bestand immer die Gefahr, dass sich ein Krimineller an einem Polizeibeamten rächte. Sie wusste, damit musste sie leben – und wachsam bleiben.

Aber es gab eine noch größere Sorge. Roys vermisste Sandy.

Er sprach sehr ungern über sie, und doch war sie für Cleo immer gegenwärtig. Zu Anfang ihrer Beziehung hatte Roy sie zu sich nach Hause eingeladen. Sie hatten sich in seinem Schlafzimmer geliebt, und Cleo war über Nacht geblieben, hatte aber kaum ein Auge zugetan. Sie hatte damit gerechnet, dass jeden Moment die Tür auffliegen und eine attraktive Frau erscheinen würde, die sie verächtlich ansah.

Gewiss, Roy hatte ihr versichert, dass seine Beziehung mit Sandy lange vorbei war, und das glaubte sie ihm auch. Doch ein letzter Zweifel blieb immer.

Was wäre, wenn?

Es tröstete sie ein bisschen, dass Roy seine Frau für tot erklären lassen würde. Nach zehn Jahren. Aber das würde sie nicht daran hindern, wieder aufzutauchen, falls sie noch lebte. Und wie würde er dann reagieren?

Er behauptete, es sei vorbei und nichts würde daran etwas ändern.

Doch was, wenn sie von einem Verrückten entführt worden war? Wie würde Roy reagieren, wenn Sandy jetzt auftauchte, nachdem sie einem geistesgestörten Entführer entflohen war? Sicher würde er sich moralisch verpflichtet fühlen, wieder zu ihr zurückzukehren. Was immer er auch zu Cleo gesagt haben mochte …

Cleo war kein Mensch, der einem anderen den Tod wünschte, doch manchmal sehnte sie Sandys Leiche förmlich herbei. Dann könnte Roy einen Schlussstrich ziehen. Und sie könnten endlich frei und ohne diesen Schatten leben.

73

Sie saß am Straßenrand im Auto, und das seit über zwei Stunden. Halb zehn. Immerhin wurde es allmählich dunkel. Eigentlich liebte sie die langen Sommertage, doch heute konnte sie das Tageslicht nicht gebrauchen.

Das Innere des kleinen Mietwagens stank nach Cheeseburger und fettigen Pommes. Durch die Windschutzscheibe hatte sie einen guten Blick auf den Eingang zu der Wohnanlage, in der Cleo Morey lebte. Im Radio, das sie leise gestellt hatte, sangen die Rolling Stones »Under the Boardwalk«.

Das Lied erinnerte sie an eine ihrer vielen Meinungsverschiedenheiten. Sie bevorzugte die Version der Drifters und hatte mit Roy darüber gestritten, wer das Lied geschrieben hatte. Sie behauptete, es sei von Kenny Young und Arthur Resnick, Mitgliedern dieser Gruppe, während Roy darauf bestand, es sei von den Stones.

»Mama, mir ist langweilig«, murrte ihr Sohn auf dem Beifahrersitz. Sein Mund war rot verschmiert, und er tauchte mehrere Pommes in den Ketchup, der sich auf dem Boden des Kartons gesammelt hatte.

»Mein Schatz, wir sind jetzt in England. Hier spricht man Englisch!«, sagte sie.

Er zuckte mit den Schultern. »Ach ja. Okay. Mir ist langweilig.« Er gähnte.

Sie streichelte ihm liebevoll über die Stirn. *»Sehr gut!«*

Er wandte ihr den Kopf zu und schaute sie fragend an. »Du hast gesagt, die Leute hier reden Englisch, aber jetzt sprichst du selber Deutsch.« Er nahm den großen Colabecher und trank geräuschvoll durch den Strohhalm.

Manchmal, wenn der Junge sie wirklich ärgerte, fragte sie sich insgeheim: *Und für dich habe ich Roy verlassen? Ich muss verrückt gewesen sein.*

Doch es entsprach der Wahrheit. Jedenfalls einem Teil davon. Sie hatte Roy Grace verlassen, weil sie herausgefunden hatte, dass sie schwanger war. Schwanger mit dem Kind, das sie sich beide so sehr gewünscht hatten, dem Kind, um das sie sich fast acht Jahre bemüht hatten. Es war ironisch. Nur wenige Tage, nachdem sie entschieden hatte, dass sie nicht den Rest ihres Lebens als Frau von Roy Grace verbringen wollte, hatte sie festgestellt, dass sie schwanger war. Sie wollte nicht mit der Kripo Sussex verheiratet sein. Sie wollte nicht immer an zweiter Stelle hinter der Kripo Sussex kommen.

Sie wusste, dass sie in der Falle saß, sobald Roy es herausfand. Es wäre eine lebenslängliche Strafe, denn selbst wenn sie sich trennten, müsste sie das Kind ein Leben lang mit ihm teilen. Sie hatte überraschend von einer Tante geerbt und Roy nichts davon erzählt, war also finanziell unabhängig. Sie konnte es sich leisten, wegzugehen, und das tat sie auch.

Ihren Eltern, die sie verachtete, verriet sie nichts davon. Sie verriet es niemandem. Stattdessen versteckte sie sich bei den einzigen Menschen, die ihr je Selbstwertgefühl verliehen hatten. Den einzigen Menschen, die sie als eigenständige Person zu betrachten schienen und nicht darüber definierten, wer sie geboren oder wen sie geheiratet hatte.

Zum ersten Mal im Leben war sie ein eigenständiger Mensch. Nicht mehr Miss Sandy Balkwill, die Tochter ihrer Eltern. Nicht mehr die Frau ihres Mannes, Mrs Roy Grace. Sie hatte einen neuen Namen, den sie sich von ihrer deutschen Großmutter mütterlicherseits geliehen hatte. Eine neue Identität. Ein ganz neues Leben vor sich.

Sandy Lohmann.

Sandy Lohmann. Eine Frau, die alles aus ihrem Kopf verdrängt hatte: den Ehemann, der sie ständig im Stich ließ, weil er zu einem Tatort musste; den Vater, der sie im Stich gelassen hatte, weil er kein einziges Mal im Leben die Wahrheit sagen konnte; die Mutter, die nie eine eigene Meinung gehabt hatte.

Die Scientologen betrieben das *Clear*, die BRÜCKE ZUR TOTALEN FREIHEIT, wie sie es nannten. Sie hatten ihr geholfen, die Vergangenheit aus ihrem Kopf zu verdrängen und die Welt mit neuen Augen zu betrachten. Und sie hatten ihr mit dem Baby geholfen.

Während sie in ihrer Zentrale bei East Grinstead in Sussex lebte, hatte sie Hans-Jürgen Waldinger kennengelernt. Er hatte sie überredet, mit ihrem kleinen Sohn nach München zu ziehen, wo er sie mit der Organisation bekannt machte, die er mitgegründet hatte. Der International Association of FreeSpirits. Die Organisation bot eine ähnliche mentale Regeneration wie die Scientologen, aber in einer weniger aggressiven und kostenintensiven Weise.

Sie hatte Waldinger sehr attraktiv gefunden. Und tat es noch immer. Doch mit ihm zusammenzuleben, hatte nicht funktioniert. Bald schon hatten sie genauso wie sie und Roy miteinander gestritten, und sie war schließlich in eine eigene Wohnung gezogen.

Was zum Teufel machte sie also hier?

Auslöser war die Anzeige in einer Münchner Zeitung gewesen, die sie vor einem Monat zufällig entdeckt hatte.

SANDRA (SANDY) CHRISTINA GRACE

Ehefrau von Roy Jack Grace aus Hove, City of Brighton and Hove, East Sussex, England.
Seit zehn Jahren vermisst, vermutlich tot. Zuletzt gesehen in Hove, Sussex. Sie ist 1,70 m groß, schlank und hatte zuletzt schulterlanges, blondes Haar.

Falls der Anwaltskanzlei Edwards and Edwards unter der nachstehenden Adresse keine Beweise zugehen, nach denen sie noch am Leben ist, wird das Verfahren eingeleitet, um sie offiziell für tot zu erklären.

Natürlich würde Roy irgendwann ein neues Leben anfangen, damit hatte sie rechnen müssen. Dennoch tat es furchtbar weh. Sie kam nicht dagegen an. Es war sein Fehler, dass sie überhaupt weggegangen war. Und nun schien er die Vergangenheit mit einer Handbewegung abzutun. Dass er sie für tot erklären lassen wollte, konnte nur einen Grund haben: Er wollte frei sein, um wieder zu heiraten.

Seine schwangere Schlampe.

Sie holte die Unterlagen des Maklers aus dem Handschuhfach. Die Unterlagen zu dem Haus, in dem sie so glücklich gewesen waren. Ihrem Heim. Es stand zum Verkauf. Vielleicht wäre es ihre einzige Chance, da es ein Haus war, das man so schnell nicht wieder verkaufte, ein Familienheim, in dem Menschen miteinander alt wurden.

Sie beide hätten dort zusammen alt werden können. Sie und Roy. Das war ihr Plan gewesen. Wie wäre das wohl gewesen? Wie hätten sie als altes Ehepaar ausgesehen?

»Wie lange müssen wir noch hierbleiben?«, fragte Bruno plötzlich auf Deutsch.

Sie schaute ihn an, den Sohn, den Roy immer gewollt hatte, und die Antwort lag ihr auf der Zunge, doch dann erstarrte sie. Ein Mann kam auf sie zu, er trug einen dunklen Anzug, in der Hand eine dicke Aktentasche. Sie hatte ihn seit zehn Jahren nicht gesehen, doch hier, im Dämmerlicht, kam es ihr vor wie vierundzwanzig Stunden. Er wirkte noch immer durchtrainiert, und auch sein Gesicht war kaum gealtert. Er trug nur die Haare anders, kurz und mit Gel frisiert. Es stand ihm gut.

Er sah glücklich aus, und die Traurigkeit schlug über ihr zusammen.

Sie wusste, er würde sie bei diesem Licht nicht erkennen, zumal sie eine große Sonnenbrille und eine Baseballkappe trug. Ihre Haare waren schwarz gefärbt. Dennoch hielt sie den Kopf gesenkt. Tausend Gedanken schossen ihr durch den Kopf. *Erwartete die Frau einen Jungen oder ein Mädchen? Wie glücklich war er mit ihr? Wie lange waren sie schon zusammen? Stritten sie die ganze Zeit?*

Was mache ich jetzt?

Sie wartete einen Moment und warf dann einen vorsichtigen Blick nach oben. Gerade noch rechtzeitig, um zu sehen, wie er den Code für die Tür eintippte. Er stieß das schmiedeeiserne Tor auf und trat ein. Kurz darauf fiel es scheppernd hinter ihm zu.

Fiel vor ihr zu. Sperrte sie aus seinem neuen Leben aus.

Sie schaute ihm nach, bis er verschwunden war.

Dann drehte sie den Zündschlüssel so fest, dass sie schon fürchtete, ihn durchzubrechen. Der Motor sprang an. Sie schaute in den Spiegel und schoss mit quietschenden Reifen auf die Straße, so dass sich ihr Sohn unter Protestgeschrei mit Cola bekleckerte.

74

»Was für ein gottverdammtes Glück, dass es nicht regnet«, sagte Drayton Wheeler. Er drehte sich zu der Frau um, die hinter ihm in der langen Schlange vor dem Haupteingang zur Pferderennbahn stand. Das Gebäude war von der Filmproduktion als Treffpunkt für die Statisten benannt worden.

Sie schaute vom *Argus* auf, den sie gerade las, und betrachtete den seltsamen Mann vor ihr. »Wirkliches Glück.«

»Scheiße, das können Sie laut sagen.«

Er war ganz sicher ein Freak, dachte sie. Groß und schlaksig, mit einem grauen Pony, der unter einer verblichenen Baseballkappe hervorschaute. Er wirkte nervös, zuckte mit dem Gesicht, als müsste er aufgestauten Zorn unterdrücken. Er hatte eine krankhaft gelbliche Gesichtsfarbe. Vor ihnen standen etwa fünfzig Leute in allen Größen und Figuren, die darauf warteten, Kostüme anzuprobieren.

Sie standen seit einer Stunde hier und ließen sich vom Wind zerzausen. Hohe weiße Pfosten markierten die ovale Rennbahn, und von diesem Hügel hatte man einen schönen Blick über die Stadt, den Yachthafen und den Ärmelkanal.

Plötzlich rief eine fröhliche Frauenstimme weiter vorn: »Ist Familie Hazeldine hier? Paul, Charlotte, Isobel und Jessica Hazeldine? Mit ihrem Hund Benson? Wenn ja, melden Sie sich bitte bei uns. Kommen Sie an den Anfang der Schlange.«

Wheeler schaute auf die Uhr. »Wird noch mindestens eine Stunde dauern.« Er schaute die Frau an, die etwa in seinem Alter war. Sie hatte ein eckiges Gesicht, die blonden Haare so gestylt wie Gaia auf den Fotos in der Lokalzeitung, die groß über die Dreharbeiten berichtete.

Über seinen Film.

Sein Drehbuch, das sie gestohlen hatten.

Er hatte Lust auf Sex. Die Frau war nicht attraktiv, musste aber auch nicht gerade eine Tüte über den Kopf ziehen. Kein Ehering. Tolle Beine. Er stand auf Beine. Vielleicht hatte sie Lust auf Sex. Wenn er es richtig anfing, könnte er sie nachher vielleicht mit auf sein Zimmer nehmen. Er könnte sich auf ihre Beine konzentrieren statt auf ihr Gesicht. Sein Gerät funktionierte noch – und die Glückspillen, die er jetzt einnahm, halfen ihm zu vergessen, dass er im Sterben lag. Sie sah einsam aus. Er war auch einsam.

»Haben Sie das schon mal gemacht?«, versuchte er das Eis zu brechen.

»Ich glaube, das geht Sie nichts an.« Sie hob die Zeitung, damit sie ihn nicht mehr ansehen musste, und las weiter den Bericht über die Dreharbeiten, die am Montag beginnen sollten.

Schlampe, dachte sie. *Alte Schlampe. Ich gebe dir noch eine Chance, kapiert? Eine Chance. Und das auch nur, weil wir uns lieben.*

Gaias zerknirschter Gesichtsausdruck verriet ihr, dass diese ihr ein Signal schicken wollte. Eine Entschuldigung.

Es ist fast zu spät. Aber ich gebe dir noch eine Chance. Meine Entscheidung ist noch nicht gefallen.

Sie ließ die Zeitung sinken. »Eigentlich mache ich das nur, weil ich eine persönliche Freundin von Gaia bin.«

»Ehrlich?«

Sie lächelte stolz. »Sie ist wunderbar, nicht wahr?«

»Meinen Sie?«

»Sie macht einfach alles richtig!«

»Finden Sie? Jesus!«

»Nach allem, was ich über den Film gelesen habe, ist das Drehbuch Scheiße, aber sie wird etwas Besonderes daraus machen.«

»Scheiße? Lady, haben Sie gerade gesagt, das Drehbuch sei Scheiße?«

»Wer immer das geschrieben hat, hatte keine Ahnung von der wahren Geschichte zwischen George und Maria. Aber so ist Hollywood eben.«

»Ihr Tonfall gefällt mir nicht.«

»Sie können mich mal.«

»Sie mich auch.« Er funkelte sie an. Wollte ihr sagen, dass er es geschrieben hatte, dass *seine* Version der Ereignisse stimmte, was immer diese beschissenen Arschlöcher bei Brooker Brody daraus gemacht haben mochten. Stattdessen wandte er sich ab. Kämpfte seinen Zorn nieder.

In den nächsten neunzig Minuten standen sie schweigend da. Dann endlich konnte er sich registrieren lassen. Unter dem Namen Jerry Baxter. Er erhielt eine Kopie des Drehplans und das Call Sheet für Montagmorgen. Dann schickte man ihn nach oben zur Kostümanprobe für Männer. Nun lächelte die junge Frau mit dem frischen Gesicht die nächste Person in der Schlange an. »Ihr Name, bitte?«

»Anna Galicia.«

»Haben Sie Schauspielerfahrung?«

»Ich bin eine persönliche Freundin von Gaia.«

»Wirklich?«

»Ja, wirklich.«

»Sie hätten sie bitten sollen, uns zu kontaktieren. Dann hätten Sie nicht warten müssen.«

»Ach, ich möchte sie nicht bei den Proben stören. Sie konzentriert sich so sehr, wenn sie sich auf die Arbeit vorbereitet.«

»Davon habe ich gehört.«

»Das stimmt auch.«

Anna Galicia unterzeichnete das Formular und trug die erforderlichen Angaben ein. Sie erhielt den Drehplan, ein Call Sheet für Montag und wurde dann zur Kostümanprobe für die Frauen geschickt.

Der Raum war voller fetter Frauen, schlanker Frauen, junger Frauen, Frauen in mittleren Jahren, die sich in lächerliche Kostüme und aufwändige Perücken zwängten. Sie waren wegen des Geldes hier, fünfundsechzig Pfund am Tag. Oder aus Eitelkeit. Um Spaß zu haben.

Aber keine war hier, weil Gaia sie persönlich hergebeten hatte, um sich für ihr Benehmen im Hotel zu entschuldigen. Sie hatte unter dem Jetlag gelitten. Sie bedauerte ihr Benehmen zutiefst.

Anna hatte ein großes Herz. Sie konnte verzeihen.

Hatte ihr schon verziehen.

75

Nach seiner Kostümanprobe nahm Drayton Wheeler den kostenlosen Bus ins Zentrum und ging zum Royal Pavilion, den Einkauf von Mothercare sicher in der Tasche verstaut. Er bezahlte das Eintrittsgeld und ging hinein. Es war halb zwei. Noch über vier Stunden, bis das Gebäude geschlossen wurde.

Mit etwas Glück bliebe ihm mehr als genug Zeit.

Er ging geradewegs in den Speisesaal, der zu seiner Freude voller Besucher war, die langsam am Rand des Raumes entlanggingen, hinter den Seilen, die zwischen den Messingpfosten gespannt waren, um die große Speisetafel zu schützen. Es freute ihn noch mehr, dass im Augenblick nur ein Wachmann im Raum war.

Er blieb vor einem hübschen Mahagonitisch stehen, der mit Silber gedeckt war. Ein Paar mit zwei gelangweilten Kindern schlurfte an ihm vorbei, gefolgt von einer Gruppe japanischer Touristen, die genau vor ihm stehen blieben. Auf der anderen Seite des Saals war der Wachmann gerade damit beschäftigt, jemanden am Fotografieren zu hindern. Die perfekte Gelegenheit!

Niemand bemerkte, wie Wheeler die Hand unter den Tisch schob und etwas Kleines, Hartes gegen die Unterseite drückte, bis er sicher war, dass der Kleber hielt. Es dauerte nur wenige Sekunden, in denen sich die japanischen Touristen netterweise nicht von der Stelle rührten.

Dann ging er langsam weiter, ließ sich mit der Menge treiben. Mission erfüllt!

76

»Die Schlampe verbietet es mir!«, schrie Glenn Branson, als er am Montagmorgen um kurz vor acht in Roy Graces Büro stürmte. »Ist das zu fassen? Die Chance ihres Lebens, etwas, von dem sie ihren Kindern und Enkeln erzählen könnten!«

Grace blickte flüchtig von den Notizen auf, die seine Sekretärin für die Morgenbesprechung vorbereitet hatte. »Was verbietet sie dir?«

»Dass ich Sammy und Remi mit zu Gaias Jungen nehme.«

»Du machst Witze!«

»Von wegen. Ich bin völlig außer mir. Sie hat nein gesagt. Ich habe beide gefragt, als ich sie am Samstagnachmittag bei mir hatte, und sie waren total begeistert. Ich habe ja gesagt, sie sind Riesen-Gaia-Fans. Also habe ich es Ari erzählt, als ich die Kinder zurückgebracht habe.«

»Sie kann dich nicht daran hindern. Mach es einfach.«

»Sagt, Gaia sei ein Sexsymbol und rede vulgär, und sie wolle die Kinder nicht von ihr verderben lassen.«

»Das ist doch lächerlich! Ihr eigener Sohn ist doch erst sechs Jahre alt!«

»Möchtest du Ari anrufen und ihr das erzählen?«

»Wenn du es willst, mache ich das«, erwiderte Grace mit einer Tapferkeit, die er nicht empfand. Es gab wenige Dinge, die ihm Angst einjagten, aber Glenn Bransons Frau gehörte dazu.

»Ich habe am Wochenende mit meiner Anwältin gesprochen. Sie hat mir geraten, es nicht zu erzwingen, weil Ari das gegen mich verwenden könnte.«

»Inwiefern?«

»Keine Ahnung.« Er setzte sich niedergeschlagen hin. »Wie war denn dein Wochenende?«

Es war zur Abwechslung friedlich verlaufen. Nur zwei kurze Besprechungen zur *Operation Icon*, den Rest der Zeit hatte er mit Cleo verbracht. Am Samstag hatten sie Sachen für das Kinderzimmer gekauft, am Sonntag indisches Essen bestellt und ein paar Filme gesehen und zwischendurch Zeitung gelesen. Cleo leistete sich den Luxus, am Wochenende fast alle englischen Tageszeitungen ins Haus zu bestellen.

Es war ein schöner Tag gewesen. Cleo hatte darauf bestanden, ihren Lieblingsspaziergang unter den Klippen bei Rottingdean zu machen, und die gesamte Strecke geschafft. Es schien, als wären die Blutungen tatsächlich überstanden. Nur noch wenige Wochen bis zum Geburtstermin.

Am Ende der Woche würde sie aufhören zu arbeiten. Den Rest des Sonntags verbrachte er mit ihr auf dem Sofa, während sie sich mit ihrem Philosophiestudium beschäftigte und er noch einmal die Unterlagen für den Prozess gegen Carl Venner durchging.

Er ergriff die gewaltige schwarze Hand seines Freundes und drückte sie. Sie war hart wie Fels, als umfasste man ein Stück Ebenholz. »Lass dich nicht von ihr fertigmachen, Kumpel. Okay?«

Glenn drückte zurück.

Grace sagte nichts. Er sah, dass der große, starke Kerl, an dem er so hing, den Tränen nahe war.

77

»Montag, 13. Juni, 8.30 Uhr. Dies ist die siebzehnte Besprechung der *Operation Icon*. Gibt es Fortschritte seit der Besprechung gestern Morgen?«

Annalise Vineer hob die Hand. »Ja, Chef. Ich bin die Mitgliederliste der West Sussex Piscatorial Society und die Liste der Personen durchgegangen, die irgendwie mit dem Club zu tun haben. Dabei habe ich jemand mit einer Verbindung zur Stonery Farm gefunden.«

»Tatsächlich? Dann los.«

»Ich weiß nicht, ob es etwas zu bedeuten hat, aber die Stonery Farm und die West Sussex Piscatorial Society arbeiten mit denselben Buchprüfern zusammen, Feline Bradley-Hamilton. Ein Name tauchte auf beiden Listen auf, und zwar der von Eric Whiteley. Er ist bei der Firma angestellt und prüft seit mehreren Jahren die Bücher der Farm und des Clubs.«

Grace notierte sich den Namen. »Ich bin nicht damit vertraut, wie Buchprüfer arbeiten. Muss er vor Ort erscheinen?«

»Er ist jedes Jahr einmal im Büro der Stonery Farm. Der Sekretär des Clubs konnte mir gestern nicht sagen, ob Whiteley jemals am See gewesen ist, aber er ist ihr Ansprechpartner in der Firma.«

»Wie viele Angestellte hat Feline Bradley-Hamilton?«, erkundigte sich Grace.

»Vierzehn, Sir. Vier Partner, der Rest sind Angestellte.«

»Also könnte jeder aus dieser Firma Zugang zu Informationen über die Stonery Farm und den Angelclub haben.«

»Vermutlich schon, Sir.«

Grace war aufgeregt; endlich hatte er einen konkreten Ansatzpunkt. Sein Instinkt sagte ihm, dass der Täter zwar nicht unbedingt aus dieser Firma stammen musste, der Mann ihnen aber Hinweise liefern könnte. »Wir können also nicht sicher sein, ob Eric Whiteley als Einziger weiß, wo der See liegt?«

»Nein, Sir. Aber er ist sicher der Einzige, der regelmäßig die Farm aufsucht.«

»Und das ist die einzige Übereinstimmung? Die einzige Person, die auf beiden Listen auftaucht?«

»Ja, Sir.«

»Konnte Ihnen der Clubsekretär etwas über diesen Eric Whiteley erzählen?«

»Nicht viel. Er sei ein stiller, unauffälliger Mann, der einfach einmal im Jahr nach vorheriger Anmeldung bei dem Sekretär zu Hause auftauche, um die Papiere unterzeichnen zu lassen. Er redet wohl nicht viel.«

»Gut, zunächst sollten wir alle Mitarbeiter der Firma befragen, die seit mehr als sechs Monaten dort arbeiten. Ich möchte dafür zwei Kollegen, die ein Befragungstraining absolviert haben.« Er schaute in die Runde.

Glenn hob die Hand. »Chef, ich würde vorschlagen, dass Bella und ich das übernehmen. Falls, und es ist ein großes Falls, dieser Eric Whiteley oder sonst jemand von den Buchprüfern der Täter sein sollte, wird er sich womöglich verraten, wenn er uns bei *Crimewatch* gesehen hat.«

Grace nickte zustimmend. Die beiden Ermittler waren speziell für Befragungen ausgebildet worden. »Er ist kein sehr wahrscheinlicher Kandidat, aber die Verbindung zwischen den beiden Orten ist interessant.«

Dann schaute er Norman Potting an. »Myles Royce? Sie erwarten heute die DNA-Ergebnisse aus dem Labor, oder?«

»Ja, Chef.«

»Lassen Sie es mich wissen.«

»Sicher.«

Glenn Branson fragte sich zum wiederholten Mal, was um alles in der Welt Bella Moy an ihm fand. Er war zwanzig Jahre älter als sie, ohne jeden Charme und trotz seines neuen Stylings nach wie vor unattraktiv. Jedenfalls in seinen Augen. Allerdings war er viermal verheiratet gewesen und musste somit irgendetwas an sich haben, das nicht auf den ersten Blick erkennbar war.

David Green von der Spurensicherung berichtete über die Fortschritte, die seine Leute und die Specialist Search Unit bei der Suche nach dem fehlenden Kopf gemacht hatten. Besser gesagt, die mangelnden Fortschritte. Heute Morgen hatte er sie angewiesen, die Suchparameter zu erweitern.

Das war keine gute Neuigkeit, dachte Grace. Allerdings wusste er aus Erfahrung, dass der Kopf, wenn er denn an Land vergraben worden war, durchaus von einem Fuchs oder Dachs weggetragen worden sein konnte. Täter verbrachten oft Stunden damit, tiefe Gräber für ihre Opfer auszuheben, in denen sich die Leichen gut hielten. Problematisch waren die flachen Gräber, da Tiere dort scharrten und die Überreste fraßen oder Nester daraus bauten und die Teile in einem großen Gebiet verstreuten.

Er kreiste den Namen *Eric Whiteley* ein. Bislang ihr einziger Verdächtiger. Er war gespannt auf das Befragungsprotokoll.

Nach der Besprechung kehrte er in sein Büro zurück und rief Victoria Somers, die Mutter seiner Patentochter, an. Vielleicht hatte Jaye Lust, mit Gaias Sohn zu spielen. Sie war ein paar Jahre älter als Roan Lafayette, doch wenn es nach ihrer Mutter ging, war das gar kein Problem. Sie war hin und weg.

Ein Problem gelöst.

Und er hatte Pluspunkte gesammelt.

78

Er kam sich lächerlich vor. Und argwöhnte, dass er auch lächerlich aussah. Außerdem schwitzte er stark. Litt Höllenqualen. Die Jacke war um die Taille viel zu eng; der Schritt der cremefarbenen Kniehose klemmte ihm die Eier ab, und die Stiefel, in die diese schwachsinnige Garderobiere seine Füße gezwängt hatte, waren mindestens zwei Nummern zu klein und quetschten seine Zehen ein. Die Perücke fühlte sich an, als trüge er ein Vogelnest auf dem Kopf.

Eigentlich hätte er seine Tage im Liegestuhl auf einer Yacht in der Karibik verbringen sollen, Mojito trinken, umgeben von sexy Frauen. Er gehörte ganz und gar nicht hierher. Aber das war die Geschichte seines beschissenen Lebens. Er wurde immer wieder über den Tisch gezogen. Das gottverdammte Filmgeschäft, das gottverdammte Fernsehen. Jeder seiner Agenten hatte ihn über den Tisch gezogen. Und jetzt noch diese ultimative Beleidigung. Brooker Brody Productions hatten seine Story geklaut. Das Beste, was er je im Leben geschrieben hatte.

Und statt sich in seinem Ruhm zu sonnen, schwitzte er in engen Hosen und einer kratzigen Perücke.

Das wird euch noch leidtun. Verdammt leid. Euch allen. Scheiße nochmal.

Der Schlampe, die am Samstag so unhöflich zu ihm gewesen war, würde es auch noch leidtun. Er hielt nach ihr Ausschau, hatte sie aber bislang noch nicht gesehen. Er hatte einiges mit ihr vor. Das war das Tolle am Sterben – es konnte einem alles scheißegal sein!

Zuerst aber musste er sich auf die vor ihm liegende Aufgabe konzentrieren. Er hatte eine Kopie des Drehplans. Dort waren die Szenen für jeden Tag verzeichnet, im und vor dem Pavilion. Tagsüber draußen, falls es das Wetter erlaubte. Drinnen, wenn das Gebäude für die Öffentlichkeit geschlossen war.

Morgen würden sie nach Toresschluss mit den Dreharbeiten im Speisesaal beginnen, in dem George IV. seine Beziehung zu Maria Fitzherbert beendet hatte.

Der König würde es ihr mitteilen, während sie unter dem Kronleuchter saßen, vor dem er sich immer gefürchtet hatte. Die Hollywood-Stars Judd Halpern und Gaia Lafayette würden unter diesem Kronleuchter sitzen. Es wäre großartig, wenn er auf sie herunterkrachte!

Er konnte sich schon die weltweiten Schlagzeilen ausmalen. Zwei Legenden getötet!

Wie würde euch das gefallen, Larry Brooker und Maxim Brody? Ich wette, es täte euch irre leid, dass ihr mein Exposé geklaut habt. Eure Träume würden zerbrechen wie das Kristall des Kronleuchters.

Seht ihr? Ich bin ein Poet. Begreift ihr, was ich euch damit sagen will?

Der Bus mit den kostümierten Statisten fuhr los, bog aus dem Tor der Rennbahn nach links, den Hügel hinunter in Richtung Meer und dann zum Pavilion.

Drayton Wheeler hatte seinen kleinen Rucksack fest umklammert. Er enthielt Kleidung zum Wechseln, Wasser, etwas zu essen, eine Taschenlampe, eine Glasflasche San Pellegrino mit dem Quecksilberchlorid, das er sorgsam angerührt hatte, wie auch ein Handtuch aus dem Hotel.

Wenn er sich ganz auf die bevorstehende Aufgabe konzentrierte und sein Kostüm vergaß, ging es ihm gleich besser. O ja.

Er war ausgesprochen glücklich.

79

Die verdammte Frau ging ihm auf die Nerven. Angela McNeill suchte inzwischen fast jede Mittagspause nach einer Entschuldigung, um in Eric Whiteleys Büro zu kommen. Er versuchte, sie zu ignorieren, aber sie war nicht der Mensch, der sich davon abschrecken ließ.

Heute hatte sie die Unterlagen der Stonery Farm dabei, die eine Finanzermittlerin der Polizei zurückgegeben hatte. Sie wollte sie in den Aktenschrank räumen. Eric wusste, dass es nicht dringend war, dass sie es jederzeit hätte tun können, aber sie suchte sich ausgerechnet seine Mittagspause aus. Mit voller Absicht.

Angela McNeill stand neben ihm und schaute auf das Sandwich mit Thunfisch und Mayonnaise, das Twix, den Apfel und die Flasche Mineralwasser. »Du lieber Himmel, Sie sind aber ein Gewohnheitstier.«

Er konzentrierte sich auf den *Argus*, der aufgeschlagen vor ihm lag. Sie hatten praktischerweise den gesamten Drehplan abgedruckt, so dass die Leute wussten, wo sie hingehen und zuschauen konnten. Man suchte auch noch nach Statisten für die Massenszenen.

Sie hatten ihn gebeten, heute Morgen zu kommen, doch das ging natürlich nur während seines Urlaubs. Die nächsten freien Tage hatte er erst im September.

»Sie essen immer das Gleiche.«

Er war sich nicht sicher, ob das eine Frage oder ein Kommentar sein sollte. Es war ihm so oder so egal und ging sie nichts an. Ihre Stimme gefiel ihm nicht, sie war ohne jeden Charme, klang flach und monoton. Ihr Geruch gefiel ihm auch nicht. Sie trug ein Parfüm, das ihn an Lufterfrischer erinnerte. Er hasste es, wie sie sich über ihn beugte und ihn beim Essen beobachtete, als wäre er ein Tier im Zoo. Sie war genau der Typ Frau, den ein Ehemann nur zu gern ermorden würde.

»Ich mag das eben«, murmelte er, ohne aufzublicken, und bemerkte, dass er schon dreimal denselben Satz gelesen hatte.

»Es ist wichtig, sich abwechslungsreich zu ernähren, Eric. Fisch enthält eine Menge Quecksilber. Zu viel Fisch ist nicht gut für Sie.«

»Ich bin halt der quecksilbrige Typ.«

»Sie haben aber einen makaberen Sinn für Humor. Du lieber Himmel!«

Er wünschte, er hätte den Mund gehalten. Er betete im Stillen, dass, wenn er jemals das Pech haben sollte, mit jemandem im Aufzug festzustecken, es nicht diese Frau sein würde.

Sein Telefon klingelte. Die Rettung.

Er griff sofort nach dem Hörer.

Es war die Empfangsdame, und ihre Stimme klang seltsam. »Eric, ich habe hier einen Herrn und eine Dame, die im Konferenzraum mit Ihnen sprechen möchten.«

»Tatsächlich? Worüber? Ich habe heute keine Termine.«

In der Tat hatte er selten Termine. Er arbeitete meist allein und beschäftigte sich mit Zahlen; seine Kollegen kümmerten sich um die Kontakte zu den Klienten. Die einzigen Termine, die er hatte, waren gelegentliche Besuche von Finanzbeamten, die gegen Klienten ermittelten, und Buchprüfungen.

»Es sind Polizeibeamte. Von der Kripo. Sie befragen alle in der Firma.«

»Aha.« Er runzelte die Stirn. »Soll ich runterkommen?«

»Bitte sofort.«

»Gut, in Ordnung.« Er stand auf und zog sein Jackett an. »Tut mir leid, ich – mein Termin – ich muss in den Konferenzraum«, sagte er zu Angela McNeill.

»Wollen Sie nicht zuerst aufessen?«

»Ich esse den Rest später.«

»Soll ich das Sandwich in den Kühlschrank legen. Wenn Sie es draußen lassen, könnten Sie Salmonellen bekommen.«

»Salmonellen schmecken gut zu Thunfisch«, sagte er und entfloh, während Angela über seinen Witz lachte.

Im Flur fragte er sich, worum es wohl gehen mochte. Hatten sie das Fahrrad gefunden, dass man ihm vor zwei Jahren gestohlen hatte? Aber er konnte sich nicht vorstellen, dass sie deswegen gleich die ganze Firma befragten.

Er betrat den kleinen Konferenzraum, der mit einem Tisch und acht Stühlen ausgestattet war. Er lächelte, war aber nervös. Ein hochgewachsener Mann in auffälligem Anzug und noch auffälligerer Krawatte stand dort. Neben ihm eine ziemlich unscheinbar wirkende Frau Mitte dreißig mit ungekämmtem, braunem Haar.

»Guten Tag«, sagte er. Er spürte, dass er Schweiß auf der Stirn hatte. Diese Wirkung übte die Polizei immer auf ihn aus. Er bemerkte, wie der Beamte einen Blick auf seine Füße warf.

»Eric Whiteley?« Der Mann zeigte seinen Ausweis. »Ich bin Acting Detective Inspector Branson, und das ist meine Kollegin Detective Sergeant Moy. Vielen Dank, dass Sie sich Zeit für uns nehmen.«

Eric betrachtete kurz den Ausweis, weil er es für seine Pflicht hielt. Er musste zeigen, dass er dieses Gespräch ernst nahm. »Bitte setzen Sie sich. Kann ich Ihnen etwas anbieten?«

»Vielen Dank, wir sind schon versorgt«, sagte Branson.

»Gut. Das ist doch gut, oder?«

Er bemerkte, wie die beiden Kriminalbeamten Blicke wechselten. Sie setzten sich an die eine Seite des Tisches, mit dem Rücken zum Fenster, durch das man auf den Park des Pavilion blickte, und er nahm ihnen gegenüber Platz. Ihm wurde sofort klar, dass es eine schlechte Position war, da ihnen die Nachmittagssonne in den Rücken schien, so dass er ihre Gesichter kaum erkennen konnte.

Er war eingeschüchtert. Als säße er den beiden schlimmsten Schultyrannen gegenüber. »Hm, ich nehme an, es geht um mein Fahrrad.«

Die beiden schauten ihn seltsam an. »Fahrrad?«, fragte die Frau.

»Es wurde draußen vor der Tür gestohlen – ist schon lange her. Die Schweine haben einfach das Vorhängeschloss durchtrennt.«

»Nein, tut mir leid«, sagte Branson. »Dafür sind die Kollegen in Uniform zuständig. Wir kommen von der Abteilung Kapitalverbrechen.«

Eric nickte zustimmend.

Der Ermittler schaute ihn eindringlich an, wodurch ihm noch unbehaglicher wurde. Als könnte er jeden Augenblick HLN sagen. Hässlich. Langweilig. Nutzlos. Stattdessen erklärte Branson: »Mr Whiteley, wir ermitteln in einem Mordfall. Die Leiche wurde bislang nicht identifiziert. Man fand den Oberkörper auf der –«

»Stonery Farm?«

»Ja«, sagte Sergeant Moy.

»Korrekt«, bestätigte Branson. »Auch hat man Körperteile, die zu dieser Leiche gehören, im See der West Sussex Piscatorial Society bei Henfield gefunden.«

Eric nickte erneut. »Ja, ja, ich habe schon damit gerechnet, dass Sie zu mir kommen.« Er lachte nervös, doch die Ermittler blieben ernst.

»Wie lange arbeiten Sie schon hier, Mr Whiteley?«

Er überlegte kurz. »Zweiundzwanzig Jahre. Im November dreiundzwanzig.«

»Und was genau ist Ihre Aufgabe?«

»Ich prüfe meistens Firmen.«

Der Ermittler schaute ihn immer noch eindringlich an. »Ist es korrekt, dass Sie in diesem Jahr die Prüfungen der Stonery Farm und der West Sussex Piscatorial Society durchgeführt haben?«

»Bei denen fischt man ein bisschen im Trüben, was, Detective?« Er lachte nervös über seinen Witz.

Die beiden anderen lächelten nicht einmal, was ihn nur noch nervöser machte.

»Ganz und gar nicht, Mr. Whiteley. Würden Sie uns sagen, wie lange Sie die beiden Firmen schon prüfen?«

»Nun, seit einigen Jahren.« Er war eingeschüchtert. »Mindestens zehn Jahre. Ich kann das gerne nachprüfen. Bei der Stonery Farm ist alles wie aus dem Ei gepellt.« Er kicherte erneut, während die anderen wie versteinert wirkten.

»Wir ermitteln in einem Mordfall«, sagte Glenn Branson. »Daher können wir Ihren Humor leider nicht teilen. Waren Sie jemals auf der Farm, Mr Whiteley?«

»Ich bin jedes Jahr dort. Manche Prüfungen führe ich vor Ort durch.«

»Und waren Sie auch schon mal am See des Angelclubs?«

»Nur einmal, um mich mit den Örtlichkeiten vertraut zu machen. Der See ist das wichtigste Anlagevermögen des Clubs. Aber ich führe die eigentlichen Prüfungen hier durch. Das ist alles ganz einfach.«

»Begleitet Sie jemand, wenn Sie die Farm prüfen?«

Er schüttelte den Kopf. »Ich komme mit dem Besitzer, Mr Winter, sehr gut klar. Den Job kann eine Person ohne weiteres erledigen.« Seine Achselhöhlen waren feucht. Er schwitzte jetzt stark und konnte ihre Gesichter immer noch nicht genau erkennen. Er wollte zurück in sein Büro, in die Einsamkeit, zu seinem Mittagessen und der Zeitung. »Dieser Mord ist eine schreckliche Geschichte. Ich meine, es könnte einen schlechten Einfluss auf die Farm haben, auf das Geschäft. Wer will denn Eier von freilaufenden Hühnern, die in der Nähe einer Leiche gefüttert wurden? Ich jedenfalls nicht.«

»Oder Fische aus einem See, in dem Leichenteile gefunden wurden?«, fragte die Kriminalbeamtin.

Er nickte. »Sehr gruselig, wenn Sie mich fragen.« Er kicherte erneut und schaute in die beiden Gesichter, die ihn anfunkelten. Wie die Jungs aus der Schule, die ihn gemobbt hatten. Sie lächelten noch immer nicht. »Ich bin sehr vorsichtig mit dem, was ich in den Mund stecke. Was ich esse. Mein Körper ist mein Tempel.«

»Kramer gegen Kramer«, sagte Branson.

»Wie bitte?«

»Das sagt Dustin Hoffman in diesem Film.«

»Ach so.«

Es entstand eine Pause, wodurch sich Eric Whiteley nur noch unbehaglicher fühlte. Die beiden Ermittler starrten ihn an, als läsen sie in ihm wie in einem Buch. Er räusperte sich. »Wie kann ich Ihnen denn bei Ihren Ermittlungen helfen?« Er grinste wieder verunsichert.

»Nun, es würde schon helfen, wenn Sie die ganze Sache nicht so witzig fänden.«

»Entschuldigung.« Eric fuhr sich mit dem Finger über die Lippen. »Versiegelt.«

Wieder entstand eine lange Pause, in der ihn die Ermittler einfach anschauten. Die Augen voller unausgesprochener Fragen. Er wand sich auf seinem Stuhl. Er hatte Hunger. Er wünschte, er hätte das Sandwich gegessen. Und das Twix. Gleichzeitig war ihm flau im Magen. Er schaute auf die Uhr. Die Mittagspause war gleich zu Ende. Nur noch zehn Minuten.

»Müssen Sie den Bus bekommen? Oder den Zug?«

»Tut mir leid, ich kann Ihnen nicht folgen.«

»Sie schauen dauernd auf die Uhr.«

»Nun, ja, ich mache mir ein bisschen Sorgen wegen der Salmonellen. Man muss bei dieser Hitze mit Sandwiches nämlich vorsichtig sein.«

Wieder wechselten die beiden einen Blick. Als wäre es ein geheimer Code.

Sie benahmen sich wie die Typen in der Schule.

Branson schaute ihn eindringlich an. »Sagt Ihnen der Name Myles Royce etwas?«

Er mochte den Blick des Ermittlers ganz und gar nicht und schaute auf den Tisch. »Myles Royce? Nein, ich glaube nicht. Wieso?«

»Sie glauben nicht? Glauben Sie das, oder sind Sie sich sicher?«

Das Verhalten des Ermittlers regte ihn auf. Er wurde rot, sein Gesicht fühlte sich heiß an. Er wollte raus aus diesem Zimmer und in seinem Büro Zuflucht suchen. »Wie sicher können wir uns im Leben schon sein?«, erwiderte Eric, die Augen noch immer auf die Tischplatte geheftet. »Ich möchte keine falsche Antwort geben. Diese Firma hat mit vielen Klienten zu tun, und die wiederum beschäftigen eine Menge Leute. Im Augenblick sagt mir der Name nichts, aber ich kann nicht garantieren, dass ich niemals einer Person dieses Namens begegnet bin. Ich möchte Sie nicht in die Irre führen.«

»Mir ist das noch nicht ganz klar«, erklärte Branson sehr langsam und deutlich. »Wollen Sie damit sagen, dass Sie noch nie einer Person mit Namen Myles Royce begegnet sind? Myles Terence Royce?«

Eric schloss flüchtig die Augen. Er zitterte. Dann schaute er Branson trotzig an. »Ich lasse mich nicht mobben. Ist das klar?«

80

Als Drayton Wheeler in der grellen Junisonne aus dem Bus stieg, schwitzte er stark, und seine Perücke kratzte noch schlimmer als zuvor. Ein junger Mann, der eine gelbe Warnweste über einem T-Shirt und zerrissene Jeans trug, rief durch ein Megaphon.

»Alle Statisten bitte zur Sammelstelle gegenüber dem Vordereingang des Pavilion!«

Auf der Straße parkten Lastwagen der Produktionsgesellschaft, überall lagen schwere Kabel. Auf dem Rasen stand ein Kamerawagen auf Schienen, Gerüste mit Scheinwerfern waren aufgebaut, und gehetzt wirkende Kameraführer und Beleuchter waren fieberhaft bei der Arbeit. Der Kameramann nahm Lichtmessungen vor und erteilte seiner Crew Anweisungen. Links, auf der asphaltierten Fläche vor dem Brighton Dome, parkten einige große Trailer. Der von Gaia war leicht zu erkennen, weil er so groß wie ein Haus war, daneben stand der nur unwesentlich kleinere von Judd Halpern. Aus beiden führten Stromkabel und Wasserschläuche. Eine große Zuschauermenge hatte sich hinter einer Absperrung versammelt, die von mehreren Sicherheitsleuten bewacht wurde.

Alle wollten sehen, wie Szenen gedreht wurden, die er sich ausgedacht und die Brooker Brody Productions ihm gestohlen hatten.

Der junge Mann, es musste der dritte, vierte oder fünfte Regieassistent sein, brüllte weiter Anweisungen.

Drayton verzog das Gesicht und schlurfte mit den anderen Statisten in ihren ebenfalls warmen, unbequemen Kostümen dahin.

Eine junge Frau kam auf ihn zugelaufen, die Haare zu einem unordentlichen Pferdeschwanz gebunden, auf dem Kopf ein Headset mit Mikrofon. »Tut mir leid«, sie streckte die Hand aus. »Den Rucksack dürfen Sie nicht mitnehmen.«

»Ich bin Diabetiker!«, knurrte er. »Da sind meine Medikamente drin.«

»Ich passe darauf auf. Falls Sie etwas brauchen, sagen Sie mir Bescheid. Ich bleibe in der Nähe.« Sie wollte nach dem Rucksack greifen, doch er hielt ihn fest umklammert.

»Den lasse ich nicht aus den Augen, junge Dame. In Ordnung?«

»Es ist nicht in Ordnung. 1810 trugen die Leute keine Rucksäcke!«

Wheeler deutete auf das Gebäude. »Ach ja? Dann sage ich Ihnen mal was. Sehen Sie das da?«

»Den Pavilion?«

»Genau. Sie wollen mir also weismachen, dass es 1810 keine Rucksäcke gab?«

»In der Tat!«

»Schön, dann sage ich Ihnen auch was. Dieses gottverdammte beschissene Gebäude gab es 1810 auch noch nicht.«

»Nun«, sie lächelte ungerührt, »das hier ist ein Film. Wir müssen manchmal ein Auge zudrücken und uns Freiheiten mit den historischen Daten nehmen.«

Er hielt den Rucksack noch immer fest mit der Faust umklammert. »Und genau das mache ich auch. Ich drücke ein Auge zu. Verpiss dich.«

Sie schauten einander wütend an. »Na schön. Bin gleich zurück.«

Sie eilte davon. Dann drängte er sich rasch an den Statisten, die vor ihm warteten, vorbei, bis er den Eingang erreicht hatte. Ein Wachmann vertrat ihm den Weg. »Tut mir leid, Sir, nur mit Eintrittskarte.«

»Ich muss auf die Toilette.«

Der Wachmann deutete nach links, wo der Verpflegungswagen und die Trailer standen. »Die Toiletten für Statisten sind da drüben.«

Drayton Wheeler zeigte auf seinen Rucksack. »Der Regieassistent hat gesagt, ich könnte den Rucksack mitnehmen. Ich dürfte ihn im Hinterzimmer bei den Rollstühlen abstellen. Ich bin nämlich Diabetiker und muss mir eine Spritze setzen.«

Der Wachmann runzelte die Stirn und sagte dann in verschwörerischem Ton: »Na gut, aber schnell.«

Wheeler bedankte sich und eilte ins Gebäude. Der Flur war verlassen. Er blieb neben dem geschlossenen, ockerfarbenen Tor stehen, hinter dem die Treppe in den Keller führte, und schaute sich um. Niemand zu sehen. Er schob den Riegel zurück, schloss das Tor hinter sich und eilte die Treppen hinunter und durch den unterirdischen Korridor. Er blieb vor der grünen Tür mit der warnenden Aufschrift stehen und riss sie auf. Ihm schlug der schon vertraute muffige Geruch entgegen. Dann schloss er die Tür hinter sich.

Er schaltete die Taschenlampe ein. Überprüfte die Sicherungen und elektrischen Schalter an der Wand, die mit Asbest verkleideten Leitungen. Leuchtende Augen schauten ihn an.

Eine Ratte, groß wie ein Kätzchen. Dann war sie mit einem scharrenden Laut verschwunden.

»Verpiss dich!«

Er leuchtete umher, überprüfte jeden Winkel. Horchte auf das Summen und das rhythmische Klicken der elektrischen Anlagen. Es kam ihm wärmer vor als beim letzten Mal. Wieder leuchtete er argwöhnisch umher. Er hasste Ratten. Er hasste Spinnen. Er hasste enge Räume.

In sechs Monaten würde sein Körper in einem engen Raum liegen. Einem Sarg.

Er lächelte.

Wer zuletzt lachte, o ja. Das würde jedenfalls er sein.

Er hatte in seinem Testament verfügt, dass seine Asche in der Toilette des Büros von Brooker Brody Productions auf dem Universal-Gelände heruntergespült werden sollte.

Er hätte gern das Gesicht der Schlampe, seiner Fast-Ex-Frau gesehen, wenn sie das hörte.

Er öffnete den Rucksack und räumte seine normale Kleidung und die Vorräte aus. Gut, das hier war nicht der ideale Ort, um die nächsten vierundzwanzig Stunden zu verbringen, und einen Zimmerservice gab es auch nicht. Verglichen mit dem Sarg, der ihn in sechs Monaten erwartete, war es allerdings eine Suite im Ritz Carlton.

81

»Montag, 13. Juni, 18.30 Uhr. Dies ist die achtzehnte Besprechung der *Operation Icon*. Wir haben seit heute Morgen einige Fortschritte gemacht. Norman?«

Potting grinste ekelhaft selbstzufrieden, dachte Glenn Branson, während er das alte Schlachtross betrachtete. Er konnte noch immer nicht fassen, dass ausgerechnet dieser Mann zu seinem Rivalen in Liebesdingen geworden war.

»Wir haben einen Bericht aus dem Labor. Die DNA aus Haarbürste und Zahnbürste, die ich im Haus von Myles Royce sichergestellt habe, stimmt mit der DNA des Torsos, der auf der Stonery Farm gefunden wurde, wie auch mit der der Gliedmaßen aus dem See überein. Keine Frage, es handelt sich um ein und dieselbe Person.«

Die Atmosphäre im Raum veränderte sich spürbar.

»Gute Arbeit, Norman«, sagte Grace. »Wir müssen jetzt weitere Hintergrundinformationen zum Opfer sammeln. Da Sie bereits bei der Mutter waren, sollten Sie eine Familienberaterin mitnehmen und ihr die Neuigkeit überbringen. Sehen Sie zu, was Sie von ihr über Freunde und Kollegen erfahren können. Holen Sie die Erlaubnis der Mutter ein, sein Haus zu durchsuchen. Vor allem müssen wir feststellen, ob er einen Computer oder ein Handy zurückgelassen hat, hoffentlich beides. Falls sein Handy nicht dort ist, fragen Sie die Mutter nach seiner Nummer. Über den Telefonanbieter können wir die Bewegungen des Handys nachvollziehen und einen Einzelgesprächsnachweis anfordern.«

Er machte sich eine Notiz. »Falls er einen Wagen besaß, müssen wir die Bewegungen der letzten achtzehn Monate über die automatische Nummernschilderkennung nachvollziehen. Außerdem müssen wir uns die Fotos im Haus anschauen, wer seine Freunde waren, wen er bewunderte. Ich setze außerdem die High Tech Crime Unit auf soziale Netzwerke an, Twitter, Facebook, Linked-In, das Übliche. Wir müssen alles über ihn erfahren. Mit wem er Kontakt hatte, wo er sich mit Leuten traf, welche Hobbys oder perversen Ticks er hatte. In welchen Clubs er Mitglied war. Vor allem möchte ich mehr über seine Gaia-Besessenheit erfahren und ob er in irgendwelchen Fanclubs war. Norman, das übernehmen Sie.«

»Ja, Chef.«

Glenn schaute von Potting zu Bella. Sie sah heute traurig aus, doch er wusste, dass er sie glücklich machen konnte. Er musste nur diesen Idioten loswerden.

Machte er sich lächerlich? In seinem eigenen Leben herrschte

Chaos; vielleicht war es falsch, sich in die Probleme eines anderen Menschen einzumischen.

»Glenn?«

»Ja, Chef, Bella und ich haben heute alle vierzehn Mitarbeiter von Feline Bradley-Hamilton befragt. Es ist die einzige Firma, die Verbindungen zur Farm und dem Angelclub unterhält. Sie hat sich auf Landwirtschaft und Freiluftaktivitäten spezialisiert und eine eigene Software für Landwirte entwickelt. Bei der Befragung sind wir auf eine Person gestoßen, die uns nicht gefallen hat und bei der wir nachhaken sollten.« Er warf einen Blick auf seine Unterlagen. »Der Mann heißt Eric Whiteley.«

»Und die Gründe?«

»Ich habe deine Technik mit dem rechten und dem linken Auge angewendet.«

Grace nickte. Das menschliche Gehirn besaß eine linke und eine rechte Hälfte. Die eine war für das Gedächtnis zuständig, die andere für kreative Prozesse. Wenn man jemand eine Frage stellte, wanderten die Augen der Person zu der Gehirnhälfte, die gerade benutzt wurde. Bei manchen Leuten befand sich das Gedächtnis in der rechten Gehirnhälfte, bei anderen in der linken. Die kreative Hälfte lag jeweils gegenüber.

Wenn jemand die Wahrheit sagte, wanderten die Augen zur Gedächtnisseite; wenn derjenige log, zur kreativen Seite, um etwas zu erfinden. Branson hatte von Roy Grace gelernt, dass man mithilfe einer einfachen Kontrollfrage herausfinden konnte, welche Seite welche war. Das hatte er vorhin bei Eric Whiteley gemacht, indem er sich danach erkundigte, wie lange er schon für die Firma arbeite. Dies war eine Frage, bei der kein Grund zur Lüge bestand.

»Und?«

»Meiner Ansicht nach hat er uns belogen.«

»Was meinen Sie?«, fragte er Bella.

»Ich bin seiner Meinung, Sir. Whiteley ist ein komischer Vogel. Es hat mir gar nicht gefallen, wie er auf unsere Fragen reagiert hat.«

Grace notierte sich: *Eric Whiteley? Wichtig?* »Konnten Sie seine Privatadresse ermitteln?«

»Ja, wenn auch nur mit Mühe.«

Grace hob die Augenbrauen. »Ach ja?«

»Er sagte wiederholt, wir würden in seine Privatsphäre eindringen«, erklärte Branson.

»Ihr solltet zu ihm nach Hause fahren und noch einmal mit ihm sprechen. Danach könnt ihr ihn vorladen oder als Verdächtigen ausschließen.«

Das Problem war, dass sie in einem Vakuum arbeiteten, da sie nicht wussten, wann und wo Royce gestorben war. Wenn es einen genauen Todeszeitpunkt gab, konnte man über ein Alibi Leute wie Whiteley rasch als Täter eliminieren oder aber den Verdacht gegen sie erhärten. Er wandte sich an einen Kollegen, der für Datenbankanalysen zuständig war. »Ich möchte, dass Sie die polizeilichen Meldungen der letzten beiden Jahre überprüfen. Schauen Sie nach, ob Nachbarn von Whiteley sich je über ihn beschwert haben. Ob er in irgendwelche Vorfälle verwickelt war. Wir brauchen mehr Informationen über ihn.« Dann wandte er sich an Bella. »Sie sollten mit Whiteleys Chef sprechen und herausfinden, wie er als Mitarbeiter ist.«

»Das habe ich schon veranlasst, Sir.«

»Gut!« Dann schaute er DC Exton an. »Die Gummistiefel von Hunter – irgendwelche Meldungen von den Einzelhändlern?« Er deutete auf die drei weißen Tafeln an der Wand. An einer hingen Fotos der Farm und des Sees, die durch eine blaue Linie verbunden waren. An der zweiten waren Fotos eines Gummistiefels von Hunter und die Fotos der drei Abdrücke in Originalgröße angebracht. An der dritten Tafel hingen Fotos von Torso, Gliedmaßen und Gesicht von Myles Royce.

»Ich habe eine Liste von Onlinehändlern zusammengestellt. Die arbeiten wir jetzt durch, um herauszufinden, wer in den vergangenen beiden Jahren im fraglichen Gebiet diese Stiefel gekauft hat. Das Problem bei Einzelhändlern wie Gartencentern und Outdoorspezialisten ist, dass sie keine Kundennachweise führen. Wir versuchen, so viel wie möglich über die Kreditkartendaten herauszufinden, aber das geht langsam und bleibt unvollständig. Ich habe alle Namen an Annalise weitergegeben.«

»Bislang ohne Ergebnis. Ich habe von sechzehn Händlern, die die Stiefel in jüngster Zeit verkauft haben, Namen erhalten. Es gab keine Übereinstimmungen mit polizeilichen Datenbanken. Und Eric Whiteley war auch nicht darunter.«

Grace hatte bei mehreren Mordermittlungen mit Annalise zusammengearbeitet und wusste, wie gründlich sie war. Wenn sie keine Übereinstimmung fand, gab es keine. »Haydn, was macht die Ganganalyse?«

»Ich habe mein Computermodell vervollständigt. Ich will Sie nicht mit den technischen Daten langweilen, aber die Analyse der Abdrücke zeigt, dass unser Täter einen sehr ungewöhnlichen Gang hat. Ich bin mir relativ sicher, dass ich ihn in einer Menschenmenge erkennen würde. Wenn Sie möchten, könnte ich mir einige Tage lang die Aufnahmen der öffentlichen Überwachungskameras im Revier in der John Street ansehen.«

Brighton and Hove hatte eines der umfassendsten Überwachungsnetze aller britischen Städte. Das Problem war nur, *welche Menschenmenge* man beobachten sollte. Haydn Kellys Honorar war hoch; Grace konnte ihn nicht einfach vor eine Reihe von Monitoren setzen und die Leute in der Stadt beobachten lassen, in der Hoffnung, auf diesem Weg den Täter zu finden. Sie wussten nicht, ob dieser sich überhaupt noch in der Stadt befand.

Er betrachtete das Foto des Toten. Royce war zweiundfünfzig gewesen, das hatte seine Mutter Potting erzählt. Er wirkte ein bisschen jünger, war aber kein gutaussehender Mann. Er hatte ein ziemlich schwächliches, schlaffes Gesicht mit hervorquellenden Augen, als hätte er ein Schilddrüsenproblem. Dicke Lippen, eine flache Nase, schlecht gefärbtes braunes Haar, formloser Schnitt.

Er hatte geerbt und keinen Tag im Leben arbeiten müssen. Hatte ab und zu mit Immobilien spekuliert. Doch sein Gesichtsausdruck war alles andere als glücklich, dachte Grace.

Warum bist du so geendet? Zerstückelt, begraben unter Ätzkalk und Hühnerscheiße? Die Gliedmaßen in einem See? Und wo ist dein Kopf?

»Wissen Sie was, Chef?«, fragte Norman Potting, als könnte er Gedanken lesen. »Wenn wir den Kopf finden, kann er uns vielleicht sagen, wer's getan hat!«

Leises Gelächter. Roy Grace versuchte, eine ernste Miene zu bewahren, gestattete sich dann aber auch ein Grinsen.

Er hatte noch nie eine Mordermittlung erlebt, bei der es so wenige Informationen über Opfer und mögliche Täter gab.

In zwei Stunden musste er mit Glenn zur Pressekonferenz. Wenn sie ihre Botschaft richtig übermittelten, würde sich vielleicht ein wichtiger Zeuge bei der Polizei oder anonym bei Crimestoppers melden. Er war sich wie immer seiner ungeheuren Verantwortung bewusst. Myles Royce war ein Einzelkind gewesen. Der Lebensmittelpunkt seiner Mutter. Auch dreißig Jahre, nachdem er von zu Hause ausgezogen war, besuchte er sie jede Woche und rief sie jeden Sonntagabend um sieben Uhr an. Jetzt hatte sie seit sechs Monaten nichts von ihm gehört. Und würde nie wieder von ihm hören.

Was hatte er getan, um diesen Tod zu verdienen, dieses würdelose Ende? Wer hatte ihm das angetan – und warum? Waren es sexuelle Motive? Eifersucht? Raub? Homophobie? Ein willkürlicher psychotischer Angriff? Rache? Ein Streit, der ausgeartet war?

Er schaute sein Team an. »Wer von euch ist ein Gaia-Fan?«

Mehrere Hände schossen in die Höhe. Er schaute zu Emma Reeves, die besonders eifrig wirkte. »Gehe ich recht in der Annahme, dass Gaia ein bisschen mit SM-Motiven spielt?«

»Ja, Chef, aber nur aus Spaß, bei manchen Bühnenauftritten und auf einem Albumcover.«

»Übersehen wir vielleicht etwas Wesentliches? Hat sie jemals einen Song über Zerstückelung geschrieben? Oder gibt es irgendwelche perversen Bilder, die jemand kopiert haben könnte?«

»Ich kenne alles von ihr«, sagte Emma Reeves. »Das ist ein bisschen jämmerlich, was?«

Grace lächelte. »Ganz und gar nicht.«

»Aber mir fällt nichts ein, das einen kranken Typen dazu bringen würde, jemanden zu zerstückeln.«

*

Nach der Besprechung kehrte Grace in sein Büro zurück und machte sich einige Notizen.

Homophobie als Motiv?

Erpressung durch einen Liebhaber?

Kriminelle Verstrickungen? Zeuge von etwas? Drogendeal im Schwulenmilieu?

Sein Telefon klingelte. Er schaute aufs Display, erkannte die Nummer aber nicht. Er ging auf den Flur und meldete sich.

Die Stimme klang leise und verstohlen. »Detective Superintendent Grace?«

Er musste gar nicht erst fragen, wer am Apparat war. Die Stimme von Darren Spicer erkannte er sofort. »Was kann ich für Sie tun?«

»Hab Informationen für Sie. Sogar gratis.«

»Wie großzügig.«

»Ich dachte mir, dass es Sie interessieren würde. Sie erinnern sich doch an den Deal, den man mir angeboten hat.«

»Ja.«

»Ihr Freund war gerade wieder da und hat das Angebot verdoppelt.«

82

Drayton Wheeler lag zusammengerollt auf dem Boden und hörte Mozarts *Figaro*-Ouvertüre auf dem iPod. Mozarts Musik hatte ihm sein Leben lang geholfen, die ganze Scheiße durchzustehen. Mozart versetzte ihn in den Himmel. Wenn die Zeit gekommen war, sollte nicht irgendein blöder Priester seine Hand halten, er wollte allein sein und dies hier hören.

Er schaute auf die Uhr und kaute auf dem Käsesandwich, das er mitgebracht hatte. Mitternacht. Jetzt könnte er seine Position beziehen – er hatte die Runde, die die Wachleute in den frühen Morgenstunden machten, genau ausgespäht.

Er aß zu Ende, schaltete den iPod aus und trank ein bisschen Wasser. Dann holte er das Montiereisen aus dem Rucksack und räumte alles bis auf die Taschenlampe wieder ein. Er stand auf, hängte sich den Rucksack über die Schultern und schüttelte seine verkrampften Beine aus. Dann erleichterte er sich in einer Ecke.

Schließlich öffnete er langsam und vorsichtig die schwere Tür, trat nach draußen und schaute in beide Richtungen. Nur Dunkelheit. Keiner da. Er nahm das Montiereisen in die rechte Hand, schaltete die Taschenlampe mit der Linken ein und ging durch den Flur, vorbei an den alten Leitungen, einem modernen roten Löschschlauch und drei klapprigen antiken Stühlen mit kaputtem Flechtsitz. Er war nervös. So kurz davor. Es musste klappen. *Um jeden Preis.* Er schaltete die Taschenlampe aus und hielt die Luft an, wohl wissend, dass über ihm die Wachleute umhergingen. Ganz langsam schlich er die Stufen hinauf, bis er das niedrige Tor erreicht hat.

Schritte.

Scheiße.

Er kauerte sich mit klopfendem Herzen hin. Sein Puls im Handgelenk pochte heftig wie ein kleines Tier, das sich befreien wollte. Er hielt das Montiereisen fest umklammert.

Schuhe mit Gummisohlen waren zu hören. Schlüssel klapperten. Dann pfiff jemand die Titelmusik aus »Der dritte Mann«. Das Pfeifen eines nervösen Menschen. Schlecht gepfiffen, es fehlten mehrere Töne. Fühlte sich der Wachmann unbehaglich?

Komm bloß nicht runter.

Zu seiner Erleichterung verklangen die Schritte in der Ferne. Dennoch kauerte er noch einen Moment am Boden und horchte.

Die Tür, hinter der die Treppe in die längst verlassene Wohnung unter der Kuppel führte, war nur wenige Meter entfernt. Und es gab hier keinen Bewegungsmelder. Er schob den Riegel zurück, öffnete das Tor und trat in den Flur, wobei er die Luft anhielt. Er horchte eindringlich. Totale Stille. Er schloss das Tor, schob den Riegel wieder vor und schaltete einen Moment lang die Taschenlampe ein, um sich zu orientieren. Dann schlich er auf Zehenspitzen an einem Schild vorbei, das auf die Toiletten hinwies, und schlüpfte durch die Tür.

Er schaltete die Taschenlampe ein und stieg die lange Wendeltreppe mit dem wackligen Geländer hinauf. Auf halbem Weg musste er nach Luft schnappen. Schatten tanzten um ihn herum. Vermutlich war dieses Gebäude voller Geister. Egal, er wäre bald selbst einer. Die Toten hatten ihn nie beunruhigt. Unter den Geistern gab es eben solche Schweinehunde wie unter den Lebenden.

Er erreichte die alte, verlassene Wohnung unter der Kuppel. Eine Tür war gegen eine Wand gelehnt. Alles war mit Tüchern abgedeckt, darunter zeichneten sich unregelmäßige, eckige Formen ab. Die Tapete war fleckig; die ovalen, bleigefassten Fenster waren verstaubt, erlaubten aber einen Blick auf die Straßenlaternen gegenüber, die Schatten und das stete orangefarbene Leuchten der nächtlichen Stadt. Dahinter erstreckte sich die schwarze Weite des Meeres. Eine Maus – oder Ratte – huschte davon, die Pfoten kratzten über die nackten Dielen. Es roch muffig und feucht.

Er war müde. Der Kaffee in seiner Thermosflasche war längst kalt. Er hätte sich gern hingelegt und geschlafen, wagte es aber nicht. In wenigen Stunden würde es hell. Er musste in der Dunkelheit seine Position beziehen. Vorsichtig ging er durch den runden Raum, vorbei an der Falltür mit den beiden Riegeln und der warnenden Aufschrift NICHT BETRETEN – ABSTURZGEFAHR. Daneben sah man das Bild eines fallenden Menschen. Er hielt die Taschenlampe auf den Boden gerichtet und gelangte durch eine Tür in ein ehemaliges Schlafzimmer, dessen Möbel ebenfalls mit Tüchern verhängt waren. Vor ihm befand sich eine mit Graffiti bedeckte

Wand. In Schnörkelschrift stand dort unter anderem J. Cook, 1920. Jemand hatte eine Eule gezeichnet. Jemand anders einen Schild. Irgendwo stand RB 1906.

Links befand sich eine kleinere Tür, kaum größer als eine Klappe. Er kniete sich hin, öffnete die Riegel und drückte sie auf. Sofort umfing ihn die kühle, salzige Brise, und er atmete in gierigen Zügen ein. Wie wohltuend nach der abgestandenen Luft hier drinnen. Er nahm den Rucksack ab und schob ihn hindurch, folgte nach, stand auf und schloss die Klappe sorgfältig.

Er stand jetzt auf einer schmalen Stahlplattform mit Geländer. Der Wind zerrte an ihm. Tief unter ihm lag der dunkle Park, und man sah die Schatten der Trailer und Lastwagen. Im Schein der Straßenlaternen konnte er durch die schwankenden Äste der Bäume das Theatre Royal und die Restaurants, Geschäfte und Büros in der New Road sehen. Dahinter lagen die dunklen, unebenen Dächer des nächtlichen Brighton.

Um ihn herum befanden sich Türmchen, Minarette, Schornsteine und ein Netzwerk von Laufstegen und metallenen Leitern, die an Mauern angebracht waren. Das Umgebungslicht reichte aus, um auf die Taschenlampe zu verzichten. Er ging über eine metallene Plattform, die zwischen zwei schrägen Schieferdächern hindurchführte. Er hielt das Geländer fest umklammert. Die Lagepläne hatte er auswendig gelernt, doch nun, da er hier oben war, fiel ihm die Orientierung nicht leicht. Der Verkehr unter ihm summte leise. Dann hörte man das entfernte Doppler-Geheul einer Sirene. Einen Moment lang hielt er panisch inne.

Doch es verklang in der Ferne.

Die Kuppel über dem Speisesaal, sein Ziel, lag genau vor ihm. Noch ein Laufsteg, dann kletterte er eine kurze Metallleiter hinauf und hievte sich auf den nächsten Laufsteg. Seine Müdigkeit verflüchtigte sich, er fühlte sich richtig gut. Unbesiegbar! *Und ob ich schon wanderte im finsteren Tal, fürchte ich kein Unglück. Denn ich bin der gemeinste Schweinehund im Tal.*

O ja!

Niemand legte sich mit Drayton Wheeler an!

Niemand legte sich mit dem gemeinsten Schweinehund im Tal an!

Noch eine Leiter. Sein Rucksack schwang nach rechts, zog ihn zur Seite, doch er hielt sich entschlossen fest. *Immer drei Gliedmaßen an der Leiter!* Diese Regel durfte man nicht vergessen. Eine Hand, zwei Beine; zwei Hände, ein Bein.

Er stieg auf die schmale Plattform. Genau vor ihm wölbte sich die Kuppel majestätisch in den Himmel, steil wie ein Berg.

Er schaltete einige Sekunden die Taschenlampe an und bemerkte die winzige Wartungsklappe. Er öffnete die Klappe, schob den Rucksack hinein und kroch hinterher. Er gelangte auf die ersten beiden Stufen einer hölzernen Treppe, inmitten tiefster Dunkelheit. Er schaltete die Taschenlampe wieder ein und schloss die Klappe hinter sich. Sein ganzer Körper bebte. Er wurde vor lauter Aufregung beinahe ohnmächtig.

Jetzt konnte er die Taschenlampe beruhigt eingeschaltet lassen. Er stieg mehrere Stufen hinauf und gelangte auf eine hölzerne Plattform. Die Außenseite der Kuppel war aus Stein gemeißelt, doch das innere Gerüst bestand aus hölzernen Latten.

Es hatte keinen Sinn, jetzt hinaufzuklettern, das wusste er von seiner vorherigen Erkundung. Es wurde zunehmend steiler. Er würde zunächst besser hier auf dieser Plattform bleiben.

Falls sich die Filmproduktion morgen an den Drehplan hielt, würden Brooker Brody hier eine der Schlüsselszenen des Films drehen. *Seines Films.* King George IV. und Mrs Fitzherbert würden an der großen Tafel sitzen, genau unter dem gewaltigen Kronleuchter, vor dem Seine Majestät sich so gefürchtet hatte.

Die Halterungen des Kronleuchters befanden sich genau über ihm. Ein Aufstieg von zwei Minuten, nicht mehr. Von dort oben konnte er durch einen winzigen Spalt den Kronleuchter und fast den ganzen Raum überblicken.

Wenn sein Timing stimmte, würden Gaia Lafayette und Judd Halpern zermalmt.

Und das wäre das Ende der lächerlichen Travestie, die Brooker

Brody Productions ins Drehbuch geschrieben hatte. Nämlich dass Maria Fitzherbert Selbstmord beging, nachdem der König sie sitzen gelassen hatte.

Es wäre viel passender, wenn sie auf diese Weise starb.

83

Um halb zwei wurde Roy Grace, der sich an Cleo gekuschelt hatte, von einem heftigen Stoß in die Rippen geweckt.

»Autsch!« Einen Moment lang dachte er, Cleo hätte ihn mit dem Ellbogen gestoßen, was gelegentlich vorkam, wenn er schnarchte. Doch sie schien fest zu schlafen. Dann spürte er einen Tritt.

Es war das Baby.

Noch einen.

Cleo murmelte, ohne sich zu bewegen: »Ich glaube, Knubbel übt für den London Marathon. Er hört gar nicht mehr auf damit.«

Grace spürte noch eine Bewegung, diesmal sanfter. Er sagte leise: »Hey, Knubbel, ich brauche ein bisschen Schlaf. Wir alle brauchen ein bisschen Schlaf.«

»Ich weiß nicht mehr genau, was Schlaf ist. Ich habe schreckliches Sodbrennen und war schon viermal auf dem Klo.«

»Ich habe dich nicht gehört.«

»Du warst vollkommen weggetreten.«

»Tatsächlich? Kommt mir gar nicht so vor. Ich fühle mich, als hätte ich überhaupt nicht geschlafen.« Er küsste sie auf die Wange.

»Ich bin total aufgedreht. Ich bin so hellwach, dass ich mich glatt mit meinem Studium beschäftigen könnte.«

»Ruh dich lieber aus.«

»Ich darf keine Schlaftabletten nehmen. Ich darf keinen Alkohol trinken. Mein Gott, hast du's gut, dass du ein Mann bist!« Das Baby bewegte sich wieder, und sie legte lächelnd Roys Hand auf ihren Bauch. »Ist es nicht erstaunlich? Wir beide im Miniformat, hier drinnen! Ich glaube definitiv, es ist ein Junge. Alle sagen, ich würde aussehen, als bekäme ich einen Jungen. Das wäre dir doch lieber, oder?«

»Ich möchte nur, dass ihr beide gesund seid. Ich liebe es, egal ob Junge oder Mädchen.«

Sie stand auf und ging zur Toilette. Er lag da, während ihm wirre Gedanken durch den Kopf gingen. Die Ungeheuerlichkeit, ein Kind in diese Welt zu setzen. Und das tragische Schicksal von Myles Royce – ein Beispiel dafür, was mit einem Kind alles geschehen konnte.

Er schloss die Augen und konzentrierte sich auf den Fall. Bei jeder großen Ermittlung befürchtete er, etwas Wichtiges und Offensichtliches zu übersehen. Was hatte er diesmal übersehen?

»Ich habe im Internet mehrere Babysitze gefunden«, verkündete Cleo.

»Fürs Auto?«

»Wir brauchen einen.«

»Natürlich.« Noch ein Punkt auf der unendlichen Liste der Dinge, die sie besorgen mussten. Der unendlichen Kosten.

»Meinst du, wir sollen einen neuen kaufen oder einen bei eBay ersteigern? Das ist deutlich billiger.«

Er drückte ihre Hand. »Von was für Beträgen reden wir da?«

»Wir könnten hundertfünfzig Pfund sparen.«

»Eine Menge Geld.«

»In der Tat.«

In seiner Zeit als Streifenpolizist war er bei einigen furchtbaren Verkehrsunfällen gewesen. Einen hatte er nie vergessen. Ein Baby, dessen Autositz bei einem Frontalzusammenstoß aus der Verankerung gerissen wurde, war gegen den Hinterkopf seiner Mutter geprallt, hatte ihr das Genick gebrochen und sie sofort getötet und war dann gegen die Windschutzscheibe geflogen.

»Eine Frage, Liebling. Wenn du aus einem Flugzeug springst, hättest du dann lieber den günstigsten oder den besten Fallschirm auf dem Rücken?«

Sie drückte seine Hand. »Natürlich den besten.«

»Da hast du deine Antwort. Es geht um das Leben unseres Babys. Es wäre kein Schnäppchen, wenn sich herausstellte, dass der Sitz bei einem früheren Unfall beschädigt wurde.«

»Misstrauen ist eine Berufskrankheit, was?«

»Nein, angeboren. Vielleicht verdanke ich das meinem Vater. Aber so denke ich eben.«

Er versank wieder in seine unruhigen Gedanken. Amis Smallbones Plan, bei Gaia einzubrechen. *Viel Glück damit, Sonnenschein.* Niemand würde an den Wachen vor ihrer Suite vorbeikommen. Er hatte Chief Superintendent Barrington verständigt, und man hatte die Anzahl der Polizeibeamten noch einmal vergrößert.

Dann sprang er wieder zu Myles Royce. Immerhin hatten sie jetzt einen Namen. Doch eine Sache ging ihm nicht aus dem Kopf. Er war ein Fan von Gaia gewesen. Und Gaia war hier in Brighton.

Jemand hatte in Los Angeles versucht, sie zu töten.

Jemand hatte ihr von einem anonymen E-Mail-Account aus Todesdrohungen geschickt.

Die Polizei in Los Angeles hatte den Verdächtigen verhaftet. Dort war man davon überzeugt, dass er der Täter war.

Deutete er zu viel in die Tatsache hinein, dass Royce ein Fan von Gaia gewesen war?

Alle großen Mordermittlungen waren wie ein komplexes Puzzle. Tausende Teile mussten sorgsam zusammengefügt werden. Nur gab es keine lächelnden Gesichter, wenn es fertiggestellt war. Lediglich die grimmige Befriedigung, dass man dem Opfer Gerechtigkeit angedeihen ließ und die Familie hoffentlich eine Art Schlussstrich ziehen konnte.

Vorausgesetzt, der Täter wurde verurteilt.

»Heute Abend lief ein Dokumentarfilm über Gaia«, murmelte Cleo unvermittelt.

»Ach ja? Hast du ihn gesehen?«

»Ist eigentlich nicht mein Ding, aber ich habe ihn aufgenommen, falls es dir weiterhilft.«

»Danke. Ich schaue ihn mir morgen an. Du bist ein Engel.«

»Ich weiß. Das solltest du nie vergessen, Detective Superintendent.«

Er küsste sie und fiel in einen unruhigen Schlaf.

84

Morgens um Viertel vor zwei ging Anna Galicia die New Road entlang. Sie trug eine Bomberjacke, Jeans und eine Baseballkappe, die sie tief in die Stirn gezogen hatte. Sie blieb neben einer niedrigen Mauer stehen, die von einigen Büschen verdeckt war, und sah zu, wie die Aktivitäten auf dem Gelände des Royal Pavilion allmählich beendet wurden. Zwei Polizeibeamte kamen ihr entgegen, und sie wandte sich ab. Aus dem Cateringwagen drang der verführerische Geruch von gebratenem Speck.

Vor kurzem hatte sie von Hass zerfressen gesehen, wie Gaia ihren schicken Trailer verließ und in einen schwarzen Range Rover stieg. Der Wagen war mit einem Konvoi, der eines Präsidenten würdig gewesen wäre, davongefahren.

Die Umwelt ist dir nicht so wichtig, was?, dachte Anna, wobei sich Traurigkeit in ihren Zorn mischte. Dein ganzes Image, deine Show – und sogar dein verdammter Name – ist alles eine Lüge, was? Brauchst du wirklich fünf Range Rover, um nicht mal einen Kilometer bis zum Hotel zu fahren?

Ehrlich?

Was bist du doch für eine Heuchlerin.

Jemand muss dir mal eine Lektion erteilen.

Dann tauchte Judd Halpern, Gaias Costar, aus seinem Trailer auf. Er sah nicht gut aus – vermutlich Alkohol oder Drogen –, und zwei Leute mussten ihm die Stufen hinunter und auf den Rücksitz eines schwarzen Jaguar helfen. Ein Wachmann, der vor dem Haupteingang stand, zündete sich eine Zigarette an. Sie sah das rote Leuchten.

Fahrzeuge mit Nebendarstellern und Technikern fuhren ebenfalls davon. Einige Leute arbeiteten noch, schalteten Lichter aus und trugen Ausrüstung umher. Anna ging unbekümmert über den Rasen, wobei sie darauf achtete, nicht über Stromkabel zu stolpern. Niemand nahm Notiz von ihr. Sehr gut.

Sie ging dorthin, wo die Lkw und Trailer standen, schlich sich so diskret wie möglich zu Gaias Trailer, der neben dem Torhaus an der Church Street parkte. Sie schlenderte sorglos zu dem Torbogen, als wäre sie nur eine späte Spaziergängerin. Doch als sie die andere Seite des Wohnwagens erreicht hatte, duckte sie sich, holte ihr iPhone aus der Handtasche und schaltete die Taschenlampen-App ein.

Sie konnte ihr Glück nicht fassen.

Der Legende zufolge hatte King George einen geheimen unterirdischen Gang anlegen lassen, der den Royal Pavilion mit Maria Fitzherberts Haus in Old Steine verband, damit er und seine Geliebte sich unbemerkt treffen konnten. Aber das stimmte nicht, wie sie aus ihren Recherchen wusste. Es gab zwar einen Geheimgang, doch den hatte der König aus einem ganz anderen Grund erbaut. Er war ungeheuer eitel und schämte sich, weil er so fett geworden war. Die Öffentlichkeit sollte ihn nicht so sehen. Auf diese Weise konnte er unbemerkt in die Stallungen gehen oder in seine Kutsche steigen. Die Menschen würden nur sein Gesicht am Fenster sehen.

Die Stallungen waren von Königin Victoria neu gebaut und ein kleines Stück nach Norden verlegt worden. Den ursprünglichen Ausgang des Geheimgangs markierte jetzt eine versiegelte Falltür, über die Gras gewachsen war. Gaias Trailer stand fast genau darüber.

War das Absicht? Wollte sie sich mit Anna versöhnen? Es musste ein Signal sein.

Wie wunderbar war das denn?

Anna schlich verstohlen um den Trailer herum. Irgendwo musste es doch einen Firmennamen geben. Dann entdeckte sie ihn, vorn rechts, auf einer kleinen Metallplatte. AD MOTORHOMES LTD. Darunter eine Website, eine E-Mail-Adresse und Telefonnummer.

Sie notierte sich die Telefonnummer und das Kennzeichen des Fahrzeugs.

85

Bei der Besprechung am Dienstagmorgen berichtete Bella Moy von ihrem Gespräch mit Stephen Feline, dem Mitinhaber der Buchprüfungsfirma, in der Eric Whiteley arbeitete. Feline sagte, Whiteley sei ein komischer Kauz, der sehr für sich bliebe, aber auch ein mustergültiger Angestellter, fleißig und absolut vertrauenswürdig.

»Er ist tatsächlich ein komischer Kauz«, sagte Glenn Branson. »Nach der Besprechung gestern Abend waren wir bei ihm zu Hause. Er war offenkundig da, wir haben gesehen, wie sich jemand hinter den Vorhängen bewegte, aber niemand ist an die Tür gekommen. Wir haben mehrfach geklingelt. Dann haben wir seine Festnetznummer angerufen. Jemand hat sich gemeldet, es klang wie seine Stimme, und wir sagten, dass wir vor der Tür stünden. Er legte wortlos auf. Wir haben noch einmal angerufen und konnten hören, wie es klingelte. Im ersten Stock bewegte sich ein Vorhang. Aber es ging nur der Anrufbeantworter an.«

»Das Benehmen eines Menschen, der etwas zu verbergen hat«, sagte Grace.

»Da er anscheinend nicht mit uns sprechen wollte, haben Bella und ich beschlossen, mit seinen Nachbarn zu reden, um mehr über ihn herauszufinden.«

»Und?«

»Sie haben bestätigt, dass er sich sehr isoliert. Einige haben ihn noch nie gesehen. Eine Frau sagte, sie habe mehrfach bemerkt, wie er mit dem Rad zur Arbeit fahre und abends nach Hause komme. Er habe ihr ein paarmal zugenickt, aber das sei alles. Ab und an sei eine aufgetakelte Frau ins Haus gekommen.«

»Klingt nach einem Callgirl. Wohnt er allein?«

Glenn Branson nickte. Er schaute sich die Notizen zu seinem Gespräch mit Whiteley an. »Wir haben uns bei der Befragung ganz auf seine Verbindung zur Stonery Farm und dem Angelclub konzentriert. Das war schwer genug. Bis zu seinem Privatleben sind wir gar nicht erst gekommen. Aber er ist definitiv alleinstehend.«

»Also hat keiner der Nachbarn mit Eric Whiteley gesprochen?«

»Alle unmittelbaren Nachbarn sind schon älter, einige auch pflegebedürftig. Sehr angenehme Leute, aber niemand scheint viel über die anderen zu wissen. Er lebt in einer merkwürdigen kleinen Enklave.«

»Dieser Mann gefällt mir nicht«, sagte Grace. »Ich möchte mehr über ihn erfahren. Warum sollte er sich vor euch verstecken, wenn er nichts zu verbergen hat?« Er schaute Glenn und Bella fragend an. »Irgendwelche Ideen?«

»Keine Ahnung, Sir.«

»Das ist eine Mordermittlung, Bella. ›Keine Ahnung‹ ist keine der Antworten, die ich hören möchte. Sie gehen noch mal zu ihm ins Büro und machen Druck, verstanden?«

»Ja, Sir.« Sie wurde rot, weil er so ungewohnt finster schaute.

Grace wandte sich an Annalise. »Hat die Überprüfung der polizeilichen Meldungen etwas ergeben?«

»Da wäre eine Sache, Sir. Vor fast zwei Jahren hat er einen Fahrraddiebstahl gemeldet. Das Fahrrad kam vor dem Büro abhanden.«

Zwei Kollegen kicherten. Grace schaute sie drohend an. »Tut mir leid, aber ich finde ein gestohlenes Fahrrad nicht so lustig. Es mag kein Kapitalverbrechen sein, aber wenn Sie ein Fahrrad haben, an dem Sie hängen, und es wird geklaut, ist das ziemlich unerfreulich. Verstanden?«

Die beiden Ermittler nickten entschuldigend.

»Hört sich an, als wäre Whiteley ein ziemlich schwieriger Kunde gewesen. Ich habe mit DC Liz Spence aus der John Street gesprochen, die den Fahrraddiebstahl damals bearbeitet hat. Er hat sich ihr gegenüber ziemlich aggressiv verhalten. Er war der Ansicht, die Polizei täte nicht genug, sein Fall müsse Priorität genießen. Sie war damals so besorgt wegen seiner Aggression, dass sie einen Hintergrundcheck machte.«

»Und?«

Annalise schüttelte den Kopf. »Hat nichts ergeben.«

»Falls Sie meine Meinung hören wollen, Sir, ist er nur ein harmloses armes Schwein«, sagte Bella Moy unvermittelt.

Grace schaute sie an. »Sie mögen recht haben, aber eines dürfen Sie nicht vergessen. Das Verhalten von Kriminellen kann eskalieren. Der perverse Typ, der als harmloser Blitzer anfängt, kann sich zwanzig Jahre später zu einem Serienvergewaltiger entwickeln.«

»Ja, Sir, ich verstehe. Es sollte nicht respektlos klingen.«

Grace bemerkte, dass sein Blackberry rot blinkte. Neue E-Mails. Er warf einen Blick darauf. »Norman, gibt es schon etwas aus der High Tech Crime Unit zum Computer von Myles Royce?«

»Nein, Chef, bisher nicht.«

Er ging die E-Mails durch. Die zweite stammte von Chief Superintendent Graham Barrington.

Roy, ich bitte nach der Besprechung dringend um Rückruf.

86

Drayton Wheeler schaute auf die Uhr. 9.03 Uhr. Die Zeit verging langsam. Gewöhnlich war er dankbar, weil ihm nur noch sechs Monate blieben. Aber nicht hier oben, nicht auf diesem harten Holzboden in der Kuppel, umgeben von Mäusekot und dem Kreischen der Möwen.

Der Akku seines blöden Kindle war so gut wie leer. Er hatte die WLAN-Funktion angelassen, was leider Energie fraß. Super. So viel zu seinem ehrgeizigen Plan, vor seinem Tod noch *Krieg und Frieden* zu lesen. Er lachte. Sein privater Scherz. Da ihm nur noch sechs Monate blieben, musste er bei seiner Lektüre wählerisch sein. Hatte es etwas zu bedeuten, was er in seinem Leben gelesen hatte und was nicht? Wer würde sich in sechs Monaten darum scheren, ob Drayton Wheeler *Krieg und Frieden* gelesen hatte?

Dostojewski kannte er auch nicht. Oder Proust. Hatte kaum etwas von Hardy gelesen. Und nur einen Scott Fitzgerald. Zwei

Hemingways. Angeblich sollte die ganze Lektüre einem eine abgerundete Bildung verleihen. Und je runder man war, desto einfacher war es, eine Nadel in einen zu stechen und die Luft herauszulassen.

Nun, im Grab würde er sich darum jedenfalls keine Sorgen mehr machen. Er würde einfach ausgeblendet. Auf Nimmerwiedersehen.

Immerhin hatte er die *Times* von heute heruntergeladen und konnte sich mit der letzten Kraft des Akkus an all der Scheiße erfreuen, die in der Welt passierte. Palästina. Libyen. Irak. Iran. Nordkorea. *Hey, weißt du was, Welt, kümmere dich um deinen eigenen Kram. Du musst lernen, ohne mich klarzukommen.*

Er würde sterben, ohne auch nur einen seiner ehrgeizigen Pläne vollendet zu haben. Dank Menschen wie Larry Brooker und Maxim Brody, die ihn über den Tisch gezogen hatten. Alle hatten ihn über den Tisch gezogen. Das Leben selbst hatte ihn über den Tisch gezogen.

Er wusste, er war ein Genie. Er hatte die Ideen immer zuerst gehabt. Und irgendein anderer Arsch kam ihm zuvor oder stahl sie. Er hatte die Idee gehabt, über einen kindlichen Zauberer zu schreiben. Doch J. K. Rowling war ihm zuvorgekommen. Er hatte die Idee gehabt, dass sich ein junges Mädchen in einen Vampir verliebte. Doch irgendeine Mormonin namens Stephenie Meyer schrieb die Bücher vor ihm.

Und jetzt *The King's Lover.* Diesmal war ihm keiner zuvorgekommen. Er hatte die todsichere Formel.

Und man hatte sie ihm vor der Nase geklaut.

Verklag mich doch.

Na sicher, Larry Brooker, du Arsch, ich könnte dich verklagen. Wenn ich eine Million auf der Bank und noch zehn Jahre zu leben hätte, könnte ich dir den Arsch mit den Prozessunterlagen abwischen.

Er aß wütend sein Frühstück, ein trockenes Sandwich mit Ei und Speck von Marks und Spencer und einen überreifen Apfel, die er mit kaltem Kaffee herunterspülte. *Frühstück für Helden!*

Er hatte das Buch auf dem Kindle. Es war von einem seiner Lieblingsautoren, Kurt Vonnegut. Vonnegut war auch ein Zyniker. Das

Buch handelte von einem großen visionären Schriftsteller namens Kilgore Trout, der herausfindet, dass einer seiner Science-Fiction-Romane in einem Motel als Toilettenpapier benutzt wird. Ungefähr so kam sich Wheeler bei seiner Karriere auch vor. Er war ein Genie, dem andere ständig ans Bein pinkelten. *Aber diesmal würde er dem kleinen, selbstzufriedenen Kahlkopf Larry Brooker und der fetten Kröte Maxim Brody gewaltig ans Bein pinkeln! Hoffentlich freuten sie sich schon auf die Bankettszene heute Abend.*

Er jedenfalls freute sich sehr darauf.

87

Der erste Tag des Prozesses gegen Carl Venner war so gut gelaufen, wie man es erwarten konnte. Die Anhörung sollte drei Wochen dauern, und man würde Grace frühestens Mitte nächster Woche vorladen, was ihm sehr recht war. Er hatte in Sussex genug zu erledigen. Die dringlichste Aufgabe war die E-Mail, die ihm Chief Superintendent Graham Barrington weitergeleitet hatte.

Sie war am vergangenen Abend an Gaias öffentliche E-Mail-Adresse gegangen und von einer Assistentin gelesen worden, die die Fanpost sortierte. Sie hatte sie sofort an den Sicherheitschef Andrew Gulli übergeben.

> ***Ich kann immer noch nicht glauben, dass du mich kaltgestellt hast. Ich dachte, du wärst nur nach England gekommen, um mich zu sehen. Ich weiß, dass du mich in Wahrheit liebst. Es wird dir noch leidtun, dass du das getan hast. Sehr leid. Du hast mich lächerlich gemacht. Die Leute haben über mich gelacht. Ich gebe dir die Gelegenheit, dich zu entschuldigen. Du wirst der ganzen Welt erzählen, wie sehr du mich liebst. Wenn nicht, töte ich dich.***

Er rief Graham Barringtons Durchwahl an. Sein Chef meldete sich sofort. »Was hältst du davon, Roy?« Obwohl er seit fast dreißig Jahren bei der Polizei war, schwang in seiner Stimme noch immer ein ansteckender, jungenhafter Enthusiasmus mit, den Grace wunderbar fand, weil er dieses Gefühl teilte.

»Ich nehme an, wir müssen bewerten, ob es sich um einen harmlosen Spinner oder eine ernsthafte Bedrohung handelt. Im ersten Fall sollten wir prüfen, ob die Mail von dem Täter in Los Angeles stammen kann.«

»Nun, der Tonfall ist ähnlich, aber ich habe mit unserem dortigen Kontaktmann, Detective Myman, gesprochen, und er hat mir versichert, dass der Verhaftete keinen Internetzugang hat. Ich habe die Mail an die High Tech Crime Unit weitergeleitet, damit sie die Quelle ermitteln. Was sagst du dazu, Roy?«

»Hat schon jemand mit Gaia darüber gesprochen?«

»Noch nicht, sie schläft, wie man mir sagte.«

»Jemand muss ihr das zeigen, sobald sie aufgestanden ist.«

»Vielleicht solltest du das übernehmen. Ich glaube, sie steht auf dich, Roy.«

»Vermutlich ein guter Grund, um es nicht zu tun.« Dann wurde er wieder ernst. »Wir müssen herausfinden, ob sie weiß, wer dahinterstecken könnte. Hat sie seit ihrer Ankunft Streit mit irgendeinem Fan gehabt?«

»Das habe ich Gulli auch schon gefragt. Es war wohl eine Frau mittleren Alters im Hotel, die sich an den Sicherheitsleuten vorbeidrängen wollte und sich dann bei der Polizei über deren Brutalität beschwert hat.«

»Oh. Sind wir der Sache nachgegangen?«

»Die Kollegen in Uniform waren da, haben ihre Aussage aufgenommen und später einige Sicherheitsleute befragt. Anscheinend hat die Frau sich als Journalistin ausgegeben, um in Gaias Suite zu gelangen. Dann ist sie ihr noch im Hotel nachgelaufen. Wir haben die Sache nicht weiterverfolgt.«

Grace fragte sich, weshalb ihm niemand davon erzählt hatte.

Dann warf er noch einen Blick auf die E-Mail. War es denkbar, dass Amis Smallbone die Finger im Spiel hatte? Er las den Text noch einmal und schüttelte dann den Kopf. Etwas Trauriges lag in den Worten, Verzweiflung. Ein gekränkter Liebhaber? Ein Stalker, der glaubte, Gaia sei in ihn verliebt? Oder eine Stalkerin?

»Ich glaube, wir müssen mehr über die Frau im Hotel herausfinden. Könntest du dein Team hinschicken und sie befragen?«

»Ich setze Jason Tingley darauf an.«

»Was wissen wir über Gaias aktuelles Liebesleben?«

»Sie hat einen Liebhaber in Los Angeles. Einen Fitnesstrainer. Detective Myman sagt, er sei befragt worden, nachdem die Assistentin getötet wurde. Keinerlei Verdachtsmomente. Die Beziehung scheint gut zu sein.«

»Ich würde die E-Mail gerne psychologisch analysieren lassen. Vielleicht haben wir eine unterschwellige Botschaft übersehen.«

»Gute Idee. Bis dahin verstärke ich den Personenschutz.«

»Definitiv. Wissen wir, was sie heute vorhat?«

»Sie filmen heute Abend eine große Szene im Pavilion. Tagsüber hat sie frei. Sie hat ihrem Sohn versprochen, zum Pier und an den Strand zu gehen. Ich werde dafür sorgen, dass wir sie nicht aus den Augen lassen.«

»Ich glaube, mein Patenkind ist auch dabei.«

»Wir lassen sie keine Sekunde aus den Augen, Roy.«

Grace bedankte sich und hängte ein. Die E-Mails kamen schneller herein, als er sie lesen konnte. Unter anderem ein ganzer Haufen Nachrichten vom Rugbyteam der Polizei, dessen Manager er war. Und in zwanzig Minuten musste er zur Kripozentrale in Malling House fahren, um ACC Peter Rigg von der *Operation Icon* zu berichten.

Gaia wäre bei Graham Barrington gut aufgehoben. Das hoffte er jedenfalls.

88

Die Firma meldete sich beim zweiten Klingeln. »AD Motorhomes.«

Anna Galicia sprach mit amerikanischem Akzent, weil es ihr glaubwürdiger erschien. »Hier ist Brooker Brody Productions. Wir haben den Schlüssel für den Trailer verlegt, den unser Star Gaia benutzt. Wir brauchen dringend einen Ersatz.«

»Wir schicken ihn per Kurier.«

»Sie sind doch in St Albans in Hertfordshire, oder?«

»Ja.«

»Eine Mitarbeiterin besorgt gerade in der Gegend einige Requisiten. Sie könnte den Schlüssel bei Ihnen abholen. In etwa zwei Stunden.«

»Gut, er liegt am Empfang bereit.«

Anna bedankte sich und legte auf.

89

Eine Stunde, bevor der Pavilion für die Öffentlichkeit schloss, wurde die große Szene vorbereitet. Die Statisten waren angerufen worden, doch Drayton Wheeler hatte sich nicht gemeldet.

Von seiner Position oben auf den Latten, die eine Art konkave Treppe innerhalb der Kuppel bildeten, konnte er durch einen Spalt an dem Metallträger hinunterblicken, an dem der Kronleuchter verankert war.

Dank des Babyfons, das er bei Mothercare gekauft hatte, konnte er auch zuhören. Der Sender befand sich unter dem Mahagonitisch im Speisesaal und bis auf eine gelegentliche unangenehme Rückkopplung konnte er die Gespräche unten einwandfrei mithören.

Es war halb fünf. Der endlose Tag ging nun doch allmählich zu Ende. Er hockte hier oben und schaute zu, wie dämliche Touristen durch den Raum schlurften. Eine samtene Kordel hinderte sie daran, sich dem Tisch zu nähern. Jetzt langweilte er sich nicht mehr.

Es war erstaunlich, wie schlicht der Kronleuchter befestigt war. Ein Quadrat aus vier Metallstangen, die mit großen Bolzen an hölzernen Streben befestigt waren. In der Mitte des Quadrats ein einzelner, dicker Aluminiumträger von etwa einem Meter Länge, an dem 1,25 Tonnen Kronleuchter mit fünfzehntausend Einzelteilen befestigt waren.

Er hatte das Handtuch aus dem Hotel fest um den Träger gewickelt.

Dann grinste er.

Ready to rock and roll!

Tief unter sich sah er, wie die Doubles von Gaia und Judd Halpern an der Tafel Platz nahmen, damit der Kameramann sie ausleuchten konnte.

Die Etikette verlangte, dass der König und seine Mätresse sich als Erste setzten. Dann erst folgten die übrigen Gäste.

Alles war eine Frage der Zeit. Wenn er wirklich Glück hatte, würde er nicht nur Gaia und Judd Halpern erwischen, sondern auch noch zehn weitere Leute, die um sie herum standen oder saßen. Ein paar bedeutende Nebendarsteller. Hugh Bonneville aus *Downton Abbey* spielte Lord Alvanley, und Joseph Fiennes war Beau Brummell, der Freund des Königs. Emily Watson war als Countess of Jersey besetzt, die Maria Fitzherbert einige Jahre lang verdrängt hatte und sie auch in dieser lächerlichen, historisch vollkommen verfälschten Szene verdrängen sollte. Keiner von ihnen hätte diese Rollen spielen sollen; sie alle hatten sich verschworen, die Geschichte zu verändern. Niemand hatte das Recht dazu. Sie hatten es nicht verdient, das zu tun und weiterzuleben!

Wenn er wirklich Glück hatte, würde er alle auf einmal erwischen.

Dann holte er die Wasserflasche aus seinem Rucksack. Der Inhalt sah aus wie Wasser, doch wer ihn trank, starb eines langsamen, qualvollen Todes. Quecksilberchlorid. Eine Substanz, die, wie seine Experimente und Berechnungen gezeigt hatten, in der Lage war, einen Aluminiumträger von fünfzehn Zentimetern Durchmesser in fünfzehn bis zwanzig Minuten zu zerfressen.

Er sah den kahlen Kopf von Larry Brooker. Er lief umher und schrie die Leute so laut an, dass Drayton die Lautstärke des Babyfons herunterdrehen musste. Ein Dutzend Statisten saßen an der Tafel, die für ein Festmahl gedeckt war, während der Kameramann und seine Helfer die letzten Einstellungen an der Beleuchtung vornahmen. Dann wurde der Mikrophongalgen in Position gebracht.

Alles war bereit für die große Szene.

Gaia war in ihrem Trailer, wurde geschminkt und frisiert und las gewiss ein letztes Mal ihren Text.

Seinen Text.

Judd Halpern tat vermutlich das Gleiche, während er ein paar Lines zog und alles mit Bourbon herunterspülte.

Larry Brooker sprach mit einem jungen Mann, vermutlich dem Regieassistenten, der heftig nickte.

Wisst ihr eigentlich, warum ihr hier seid? Wegen eines Drehbuchs namens The King's Lover, *das hier verfilmt wird. Hätte ich es nicht geschrieben, hätte keiner von euch diesen Job bekommen.*

Seid ihr mir dankbar?

Dabei wisst ihr nicht mal, wer ich bin, oder?

Noch nicht.

90

»Dienstag, 14. Juni, 18.30 Uhr. Dies ist die zwanzigste Besprechung der *Operation Icon.* Es gibt neue Entwicklungen.« Grace schaute Potting an. »Norman, was können Sie uns über die Durchsuchung des Hauses von Myles Royce sagen?«

»Ich habe die Kollegen Nicholas, Lorna Dennison-Wilkins und unseren Fotografen James Gartrell mitgenommen, um die Suche zu dokumentieren. Die Mutter von Royce hat nicht übertrieben, als sie sagte, er sei ein riesiger Gaia-Fan gewesen. Das Haus ist so voll mit Zeug, dass man sich kaum darin bewegen kann. So etwas habe ich noch nie gesehen. Fast alle Zimmer sind vollgestopft mit Pappfiguren von ihr, mit Kleidern, Schallplatten, Konzertprogrammen, auf dem Boden Stapel um Stapel von Zeitungsausschnitten, manche kleben auch an den Wänden. Meiner Ansicht nach war er nicht nur ein Fan, sondern völlig von ihr besessen. Um es deutlich zu sagen, ich spreche hier von einem Freak. Sie können manche Zimmertüren gar nicht richtig öffnen, weil so viel Kram drinnen herumliegt. Notfalls kann Lorna morgen noch ein paar Kollegen aus ihrem Team mitbringen, um alles zu katalogisieren.«

»Solche Leute machen mir Angst«, sagte Grace. »Besessene sind fanatisch und unberechenbar. Aber was mir noch mehr Sorgen macht, ist die Tatsache, dass wir es mit einem besessenen toten Gaia-Fan zu tun haben und sie zurzeit in der Stadt ist. Das kann natürlich völliger Zufall sein, aber wir müssen unbedingt ermitteln, mit welchen anderen Gaia-Fans Royce Kontakt hatte.«

»Die High Tech Crime Unit hat den Computer von Royce untersucht. Wie es aussieht, gehörte er zu einer kleinen Gruppe besessener Gaia-Fans, die Informationen austauschen und bei Auktionen ständig gegeneinander bieten. Er lieferte sich wohl einen besonders aggressiven Wettbewerb mit einer Person namens Anna Galicia. Und da wird es für uns interessant. Diese Rivalität entwickelte sich nämlich zu einer Schlammschlacht, die per E-Mail geführt wurde. Ein wirklich übler, bissiger Austausch wegen irgendeines Gegenstandes, den Gaia bei einem Auftritt getragen hatte und auf den beide geboten hatten. Die High Tech Crime Unit arbeitet sich noch durch die E-Mail-Spuren. In der Zwischenzeit habe ich Annalise gebeten, den Namen Anna Galicia zu überprüfen, und sie hat tatsächlich einen Treffer.« Er nickte ihr zu.

»Vergangenen Mittwoch wurden uniformierte Beamte ins Grand Hotel gerufen, weil es einen Zwischenfall der Stufe 3 gab. Eine Frau beschwerte sich darüber, sie sei von zwei Leibwächtern angegriffen worden, die zu Gaia Lafayette gehören. Ihren Namen gab sie mit Anna Galicia an. Da wir über die Verbindung zwischen ihr und Royce Bescheid wussten, haben zwei uniformierte Beamte die von ihr angegebene Adresse aufgesucht, um sie zu befragen. Sie existiert nicht.«

Glenn Branson runzelte die Stirn. »Warum hätte sie das tun sollen, wenn sie ernsthaft Anzeige erstatten wollte?«

»In der Tat. Allem Anschein nach war sie ziemlich wütend. Warum also eine falsche Adresse?« Er schaute in die Runde. »Hat jemand eine Idee?«

»Für mich ergibt das keinen Sinn«, sagte Graham Baldock.

»Für mich auch nicht«, erklärte Guy Batchelor. »Wenn man etwas zu verbergen hat, erstattet man gar nicht erst Anzeige.« Er zuckte mit den Schultern.

»Diese Person gefällt mir nicht«, sagte Grace. »Wir müssen sie finden, und zwar schnellstens.«

91

»Wie soll ich einen Multi-Millionen-Dollar-Film drehen, wenn sich der gottverdammte Hauptdarsteller völlig zudröhnt?«, brüllte Larry Brooker aus vollem Hals quer durch den Speisesaal in Richtung des glücklosen dritten Regieassistenten Adrián González. »Kannst du mir das mal verraten?«

González hob verzweifelt die Hände. Er hatte die Aufgabe, Gaia, Judd Halpern und die anderen Hauptdarsteller zum Set und wieder zurück zu ihren Trailern zu begleiten, wenn sie nicht gebraucht wurden. Er war achtundzwanzig, mit ernstem, frischem Gesicht und kurzem, rötlichem Haar. Auf seinem blauen T-Shirt waren in weißer Schrift die Worte THE KING'S LOVER aufgedruckt. Dazu trug er alte Cargoshorts und Turnschuhe. Er war mit einem Headset samt Mikrophon, Handy und Pager am Gürtel ausgestattet und hielt ein Call Sheet in der Hand. Er zuckte nur hilflos mit den Schultern.

Zwischen den beiden Stars fand ein jämmerlicher Egokampf statt. Sie hatten einander vom ersten Tag an verabscheut. Halpern hatte Gaia bereits zweimal warten lassen. Jetzt weigerte sie sich, ihren Trailer für gemeinsame Szenen zu verlassen, bis man ihr bestätigte, dass Halpern vor Ort und einsatzbereit war.

Der Regisseur, das Kamerateam und die übrige Crew schauten sich Larry Brookers Tobsuchtsanfall an. Der kahlköpfige, sonnengebräunte Produzent, der sein schwarzes Versace-Hemd fast bis zum Bauchnabel aufgeknöpft trug und dabei ein goldenes Medaillon enthüllte, marschierte wie ein Diktator im Miniformat zu González hinüber und packte ihn am T-Shirt. »Was zum Teufel geht hier vor? Wir warten seit einer halben Stunde auf dieses gottverdammte Arschloch. Wir haben einen Drehplan. Wir haben Busladungen von Statisten da draußen!« Er drehte sich zum Line Producer Barnaby Katz um, wobei er immer noch das T-Shirt des dritten Regieassistenten umklammert hielt. Katz war ein kleiner, stämmiger Mann Anfang vierzig, dessen Glatze sich wie eine Kuppel aus dem spärlichen Haarkranz erhob, und er schien kurz vor einem Nervenzusammenbruch. Er trug ein formloses Holzfällerhemd, ausgebeulte Jeans und alte Stiefel. »Was zum Teufel stehst du da rum mit dem Daumen im Arsch?«, brüllte Brooker ihn an und ließ González los, der einen Moment lang unschlüssig stehen blieb.

»Ich rede mit ihm«, sagte Katz.

Brooker klopfte ihm auf die Brust. »Nein, ich gehe. Kapiert?«

Er stürmte aus dem Speisesaal, verließ das Gebäude und ging zu den Trailern hinüber. Hinter der Absperrung an der Straße wartete eine Menschenmenge, die einen Blick auf die Stars erhaschen wollte.

Dieser gottverdammte Halpern. Jesus, wie sehr er Schauspieler hasste. Judd Halpern benutze keine öffentlichen Verkehrsmittel, hatte sein Agent ihnen mitgeteilt. Mit anderen Worten, sie mussten hundertfünfzigtausend Mäuse aufs Budget aufschlagen, damit dieser Arsch, sein Assistent und irgendein Mädchen, das er gerade vögelte, in einem gottverdammten Privatjet nach London fliegen konnten. Und dann, weil er anscheinend ein Method Actor war, hatte er verlangt, dass man ihm im Flieger unpasteurisierte Milch servierte, wie King George sie auch getrunken hatte. Auf diese Weise wollte er sich in den Charakter hineinversetzen.

Idiot.

Er ging zu Judd Halperns Trailer und hämmerte an die Tür. Ohne auf eine Antwort zu warten, riss er sie auf und stürmte hinein. Drinnen waberte eine Wolke aus Cannabis-Rauch, die ihn in seine Studentenzeit zurückversetzte. Durch den Schleier hindurch konnte er Halpern sehen, der an seinem Frisiertisch saß und mit trüben Augen in den Spiegel starrte, der rundherum von nackten Glühbirnen beleuchtet wurde. Die limonengrünen Drehbuchseiten für diesen Tag hatte er vor sich ausgebreitet und wie einen Schulaufsatz markiert. Auf dem Tisch stand eine Flasche Bourbon, daneben lag ein Plastikkugelschreiber.

Halpern trug eine voluminöse weiße Kniehose, eine goldbesetzte Samtjacke mit hohem Kragen und ein Halstuch mit Rüschen, das mit einer aufwändigen Brosche verziert war. Seine wellige schwarze Perücke lag vor ihm auf dem Frisiertisch. Eine Maskenbildnerin arbeitete an seinem Gesicht, während der Joint im Aschenbecher vor sich hin qualmte. Sein verweichlichter Assistent stand vor den beiden, als wollte er Brooker den Weg versperren, und hinter ihm hing ein spärlich bekleidetes, kaum volljähriges Mädchen zusammengesunken über dem Tisch, vor sich ein Cocktailglas und eine Flasche Grey-Goose-Wodka.

Im relativ jungen Alter von zweiundvierzig hatte Judd Halpern seine Karriere schon zweimal fast ruiniert. Mit der international erfolgreichen Fernsehserie *Pasadena Heights* war er zum Kinderstar und so unglaublich arrogant geworden, dass niemand mehr mit ihm arbeiten wollte. Nachdem er sich mit Anfang zwanzig von dieser Phase erholt hatte, halfen ihm sein geradezu absurd gutes Aussehen, das man mit dem des Stummfilmstars Rudolph Valentino verglichen hatte, wie auch sein unbestreitbares Schauspieltalent dabei, seine Karriere mit zwei erfolgreichen Filmen wiederzubeleben. Doch nach einer Reihe von Verurteilungen wegen Drogenbesitzes und einer vierjährigen Gefängnisstrafe war er in Hollywood erneut zum Ausgestoßenen geworden.

Jetzt war er laut Aussage seines Agenten clean, bereute seine Vergangenheit, wollte einen neuen Anfang machen und hatte soeben einen Film mit George Clooney abgedreht, der seine Karriere wieder in Gang bringen sollte. Nur darum war es Brooker Brody Productions gelungen, sich einen ehemaligen A-List-Star für nur einige Hunderttausend über dem Soll zu sichern.

»Judd«, sagte Brooker bemüht höflich. »Wir warten alle auf dich.«

»Ready when you are, CB!«, sagte Halpern und betrachtete sein hübsches, allmählich erschlaffendes Gesicht mit den geweiteten Pupillen. Er griff nach dem Joint, doch bevor ihn seine Finger berühren konnten, schnappte Brooker danach und drückte ihn im Aschenbecher aus.

»Hey, Mann!«, protestierte der Schauspieler.

»Hast du ein Problem?«

»Ja, hab ich.«

»Ich auch. Ich heiße nicht CB, sondern LB. *Larry Brooker.*«

»Ein Scherz!«, sagte Halpern. »*CB. Cecil B. DeMille*, kapiert? *Ready when you are, CB!*« Er runzelte die Stirn. »Kennst du das nicht?«

»Wenn ich Witze hören wollte, würde ich einen gottverdammten Komiker anstellen.« Brooker zog sein Taschentuch hervor und wickelte den zerbrochenen Joint darin ein. »Ich habe auch ein Problem. Ich schlage vor, du wirfst mal einen Blick in deinen Vertrag. Die Klausel, wann ich dich feuern kann. Drogen kommen da an erster Stelle.«

Der Schauspieler schüttelte den Kopf. »Ich rauche nur eine Zigarette, Mann. Ich drehe gerne selbst.«

»Ach ja? Und weißt du was? Ich bin der beschissene Papst.«

Die beiden funkelten einander an, wobei es Halpern sichtlich schwerfiel, sich zu konzentrieren. Brooker bemühte sich, seinen

Zorn zu unterdrücken. Er musste einen Film drehen, und das mit einem knappen Budget, was mit jeder Verzögerung schwieriger wurde. »Du wolltest mir von deinem Problem erzählen.«

»Klar«, nuschelte Halpern. Er griff nach den Drehbuchseiten und zerknüllte sie. »Das habe ich nicht unterschrieben.«

»Was soll das heißen?«

»Ich hab die Rolle angenommen, weil mir King George IV. irgendwie gefiel. Innovativer Typ. Er hatte eine große, tragische Liebesaffäre mit Maria Fitzherbert.« Dann versank er in Schweigen.

Brooker wartete geduldig. »Und?«

»Man hat mir versichert, das Drehbuch sei historisch exakt.«

»Ist es doch auch. George hat Maria mehrere Jahre gevögelt und dann sitzengelassen. Wo liegt das Problem?«

»Er war achtundzwanzig – ich bin zweiundvierzig.«

»Warum hast du die Rolle dann übernommen?«

»Weil man mir gesagt hat, Bill Nicholson würde sie umschreiben, darum. Der Typ ist erstklassig.« Er deutete auf das Drehbuch. »Das ist sicher nicht von ihm, oder?«

Brooker zuckte mit den Schultern. »Wir hatten in letzter Minute ein kleines Problem.«

»Du meinst, ihr wolltet sein Honorar nicht zahlen, was?« Der Star öffnete eine Schublade, holte eine Packung Zigaretten heraus und zündete sich eine an. »Der Witzbold, der das hier geschrieben hat, scheint nicht zu wissen, dass der Pavilion noch nicht mal erbaut war, als sich diese Szene angeblich abgespielt hat. Ein weiteres Problem.«

»Willst du wissen, was mein Problem ist?«

Halpern zuckte mit den Schultern, während er weiter in den Spiegel schaute. Er beobachtete sich selbst, wie er an seiner Zigarette zog. »Nein«, sagte er schließlich und versuchte vergeblich, einen Rauchring zu blasen.

»Mein Problem sind Schauspieler«, erwiderte Brooker kühl. »Man bittet einen Schauspieler, die Straße langzugehen, und er dreht sich um und fragt: ›Warum genau gehe ich diese Straße hinunter?‹ Und weißt du, was ich dann sage?«

Halpern schaute ihn an, schien aber seine Augen nicht richtig kontrollieren zu können. »Nein, was denn?«

»Du gehst diese Straße hinunter, weil ich dich verdammt nochmal dafür bezahle.«

Halpern lächelte verlegen.

»Also, hör mir gut zu, Mr Superstar. Du versuchst, deine kaputte Karriere zu retten. Schön für dich. Aber was diese Produktion angeht, wirst du aus diesem Trailer kommen wie ein Windhund aus seinem Tor, dich zum Set begeben und die Vorstellung deines Lebens liefern. Und weißt du, was sonst passiert?«

Halpern schaute ein bisschen dümmlich und sagte nichts.

»Sonst bist du Geschichte. Keine Filmgesellschaft der Welt wird dich auch nur mit der Kneifzange anfassen, nachdem ich den Leuten von dir erzählt habe. Das kann ich dir versprechen. Habe ich mich klar ausgedrückt?«

»Ja, aber das Drehbuch stimmt immer noch nicht.«

»Dann solltest du dein schauspielerisches Genie einsetzen, um es in etwas Magisches zu verwandeln.«

»Meinst du, das kann ich?«, fragte Halpern in verändertem Ton.

»Sicher doch. Du bist der größte lebende Schauspieler der Welt! Darum habe ich dich doch verpflichtet.«

Halpern richtete sich strahlend auf. »Glaubst du wirklich?«

»Ich glaube es nicht nur, Judd, *ich weiß es.*« Er lächelte ihn strahlend an.

»Cool. Let's rock and roll!« Er griff nach seiner Perücke.

»In zehn Minuten am Set, okay?«

»Ich bin da!«

»Du bist wirklich der Hammer, weißt du das?«

Halpern lächelte und versuchte, bescheiden mit den Schultern zu zucken. Aber Bescheidenheit lag ihm nicht.

Brooker schloss die Tür hinter sich und ging zurück zum Set. *Was für ein Arschloch*, dachte er.

92

»Das ist so viel besser als vorher!«, sagte Gaia, die in ihren seidenen Morgenmantel gewickelt dasaß, während ihre Friseurin Tracey Curry auf Megaabsätzen hinter ihr stand und die blonden Haare kurz schnitt.

Gaia betrachtete ihre neue Frisur im Spiegel. Die Haare waren jetzt noch kürzer als zuvor.

»Das ist unter der Perücke sicher viel angenehmer«, sagte die Friseurin.

»Sie sind ein Schatz!« Sie wandte sich an ihre Assistentin Martina Franklin. »Was meinst du?«

»Passt zu dir!«

Ihr Maskenbildner Eli Marsden nickte. »Sieht toll aus!«

Gaia wandte sich zu ihrem kleinen Jungen, der an einem Tisch saß und ein Video auf seinem iPad schaute. »Roan, Schatz, wie gefällt dir Mamas neue Frisur?«

»Mir ist langweilig. Kann ich mir den Palast ansehen?«

»Sicher doch, Schatz. Lauf ein bisschen herum, ich komme bald nach. Einer der Leibwächter kann dich bringen.«

Roan, der ebenfalls ein T-Shirt mit dem Filmtitel trug, sprang vom Tisch auf und schlenderte aus dem klimatisierten Trailer in den warmen, bedeckten Abend. Er beschloss, nicht auf seine Mutter zu hören und den Palast allein zu erforschen. Er lief fröhlich über den Rasen zum Vordereingang. Der Wachmann schaute ihn an. »Du bist doch Gaias Sohn, oder? Sloan?«

»Ähm, Roan.«

»Entschuldigung, *Roan.*«

Der Junge zuckte mit den Schultern. »Schon gut. Mama hat gesagt, ich kann mich umsehen.«

Der Mann deutete nach vorn. »Nur zu. Drinnen gehst du nach rechts und durch den Flur, dann kommst du in den Speisesaal, wo deine Mutter gleich dreht.«

»Okay.«

93

»Die Doubles können gehen, die Besetzung ans Set.« Die Stimme kam laut und deutlich aus dem Babyfon.

Drayton Wheeler, der immer noch in der hölzernen Kuppel kauerte, zitterte vor Nervosität und Aufregung. *Jetzt! Jetzt! Ich muss es jetzt machen!* Er würde nie genau erfahren, wann sich die gesamte Besetzung um die Tafel versammelt hatte. Er musste sich auf seine eigenen Berechnungen verlassen – und aufs Glück. Doch jetzt hatte er in seinen Augen die beste Chance.

Er griff nach der Wasserflasche, wobei seine Hände so sehr zitterten, dass er befürchtete, das Quecksilberchlorid über sich selbst zu schütten. Er hielt die Flasche von sich weg, schraubte den Deckel ab und ließ ihn fallen. Er hörte, wie er durch die hölzernen Latten purzelte und mit einem metallischen Laut auf Metall traf.

Er hielt die Luft an. Horchte. Rauschen aus dem Babyfon. Dann meldete sich die Stimme von Larry Brooker, der mit dem Regisseur sprach. »Wir müssen Zeit aufholen. Das Arschloch hat uns zwei Stunden gekostet.«

»Wir können weitermachen, Larry, die Leute bleiben dann eben länger«, sagte Jack Jordan. Er hatte eine weiche, edle Stimme, die Drayton Wheeler besonders aufreizend fand.

»Von wegen.« Brooker dachte vermutlich ans Budget und die Überstundenzuschläge, die dann anfallen würden. »Du musst die Sache einfach ein bisschen abkürzen«, befahl er.

»Darling, das ist jetzt nicht die Szene, bei der man irgendetwas abkürzt.«

Wheeler hörte die Verachtung in der Stimme des Regisseurs und dachte: *Bloß keinen Streit, nicht gerade jetzt!*

Eine andere Stimme sagte: »Können wir die Tafel besetzen?«

»Ich will wissen, ob Judd zurechnungsfähig ist, bevor wir alle anderen hereinholen«, erwiderte Jordan.

»Es geht ihm bestens«, erklärte Brooker. »Ich habe gerade mit ihm gesprochen. Der ist lammfromm.«

»Er verlässt gerade den Trailer«, verkündete ein Regieassistent.

Wheeler horchte. Dann hielt er die Luft an und kippte den gesamten Inhalt der Wasserflasche auf das Handtuch, das er um den Aluminiumträger gewickelt hatte.

Sofort stieg eine Rauchwolke von dem Handtuch auf, das sich braun und grau verfärbte. Ein Teil der Säure lief am Träger hinunter. Er hielt weiterhin die Luft an, da er nicht die Dämpfe einatmen wollte, aber auch aus Furcht, die Flüssigkeit könnte irgendwie auf den Tisch tropfen und ihn verraten.

Noch mehr Rauch stieg auf. Er kletterte einige Latten hinunter und sah auf die Uhr. 19.04 Uhr. Wenn seine Berechnungen stimmten, hätte sich die Säure gegen 19.35 Uhr durch den Träger gefressen, woraufhin der Kronleuchter abstürzen würde.

Durch das Babyfon hörte er, wie Larry Brooker und Jack Jordan weiter miteinander sprachen.

»Darling, wenn er zugedröhnt ist, kann ich heute Abend gar nichts drehen.«

»Herrgott nochmal, es geht ihm gut. Ich hab doch gerade erst mit ihm gesprochen!«

»Das hast du gestern Abend auch gesagt. Er hat ständig seinen Text vergessen. Weißt du, wem sie das dann in die Schuhe schieben? So kann ich nicht arbeiten, Larry. Ich finde einfach keine Verbindung zu ihm. Kapierst du das?«

»Er wird das gut machen.«

»Gestern hat er sich bei mir beklagt, dass Gaia rohen Knoblauch gekaut hätte, bevor wir die Kussszene gedreht haben. Ich glaube, ich sollte mal unter vier Augen mit ihm reden, bevor die anderen kommen.«

Scheiße, Scheiße, Scheiße, dachte Wheeler. *Hol den Affen doch endlich ans Set. Und alle anderen auch!*

Er sah, wie Jordan den Raum verließ. Ein Regieassistent sprach in sein Mikrofon: »Besetzung, Stopp.«

Nein!, drängte Wheeler lautlos. *Na los, holt sie, bringt sie endlich in Position!*

Dann entdeckte er einen kleinen Jungen mit zerzaustem, braunem Haar, der in den Raum marschierte, sich unter den Kordeln duckte und auf den Tisch zuging. Gaias Gör, er erkannte ihn wieder.

Verpiss dich, Kleiner! Raus hier! Verschwinde, du kleiner Mistkerl!

Neugierig wanderte der Junge um die gedeckte Tafel. Er betrachtete interessiert den Schinken, die Hühner, die Wildkeulen, das Spanferkel, die silbernen Flaschen mit Wein und Bier und die Obstschalen. Dann zog er einen Stuhl heran, setzte sich und schaute sich mit königlicher Haltung um, als befände er sich auf einer Zeitreise.

Weg da, Kleiner!

Er sah aus wie sein eigener Sohn.

Plötzlich erklang über ihm ein seltsames Geräusch. Ein scharfes Zischen. Er blickte hoch und sah entsetzt, dass die gesamte Kuppel über ihm in beißenden Rauch getaucht war. Er brannte in seinen Lungen und dörrte ihm den Mund aus.

Panik überkam ihn.

Dann hörte er ein durchdringendes Knarren.

Er blickte hinunter, der Kronleuchter erbebte.

Nein, nein, nein.

Seine sorgsamen Berechnungen hatten dreißig Minuten ergeben. Was war falsch gelaufen?

Der verdammte Junge saß immer noch da und hob einen silbernen Kelch an den Mund, als wollte er daraus trinken.

Er hustete, der beißende Rauch brannte in seinen Augen und seiner Kehle. Er war fast blind, Tränen liefen ihm aus den Augen. Er hustete, ein langes, tiefes, würgendes Husten. *Raus da, Kleiner! Verschwinde!*

Die gottverdammten Berechnungen stimmten nicht. Hatte er die Stärke der Säure falsch berechnet? Oder den Durchmesser des Trägers?

Ein grauenhaftes Kreischen von Metall, genau unter ihm. Er sah hinunter. Zu seinem Entsetzen hatte sich der gesamte Kronleuchter mehrere Zentimeter bewegt und hing jetzt schief.

Der Träger konnte jeden Augenblick brechen.

Dann würde der Kronleuchter wie geplant herabstürzen. Aber nur auf Roan Lafayette.

Nein.

»Kleiner!«, schrie er. »Weg da! Weg da! Geh weg!«

Doch niemand konnte ihn hier oben hören.

Der Junge spielte weiter fröhlich mit seinem Kelch.

Natürlich konnte ihn niemand hören.

Wieder das durchdringende metallische Kreischen.

Durch seinen Beobachtungsspalt konnte er sehen, wie der Kronleuchter schwankte. Herabzustürzen drohte. Niemand hatte etwas bemerkt. Er würde den Jungen töten, was nie seine Absicht gewesen war.

O Scheiße, Scheiße, Scheiße.

Das zerstörte alle seine Pläne. Er rutschte weiter über die hölzernen Latten hinunter, kippte dabei das Babyfon um und trat versehentlich darauf, quetschte sich durch die Klappe und kletterte die Leiter hinunter.

Plötzlich war er voller Energie und hatte einen klaren Kopf.

Ich töte kein Kind. Ich töte kein Kind.

Er rannte über den metallenen Laufsteg, ohne das Geländer zu berühren, und gelangte durch die Klappe in die Wohnung unter der Kuppel. Er lief durch das große Zimmer, vorbei an den verhüllten Möbeln, stieg durch die Falltür mit den beiden Riegeln und rannte die Wendeltreppe hinunter. Dann schoss er durch die Tür in den breiten Korridor.

Zwei Wachleute sahen ihn verblüfft an.

Als Wheeler sie ignorierte und in Richtung Speisesaal stürzte, rannten sie hinter ihm her. »Hey! Hey, Sie! Zeigen Sie mal Ihren Ausweis!

Drei Kameraführer, die gerade ein Kabel von einer Trommel wickelten, blockierten den Eingang zum Saal. Ein Wachmann holte Wheeler ein, als dieser an ihnen vorbeistürzen wollte, und hielt ihn an der Schulter fest. »Hey!«

Drayton Wheeler drehte sich um und boxte ihn so hart auf

die Nase, dass sie brach, worauf der Wachmann nach hinten taumelte. Er selbst verrenkte sich dabei schmerzhaft den Daumen, achtete aber kaum darauf. Er lief in den Speisesaal und schaute nach oben.

Der Kronleuchter schwankte, als hinge er nur noch an einem einzigen zerfaserten Seil.

Er würde jeden Augenblick herabstürzen.

Der dumme Junge tat, als äße er mit Messer und Gabel, völlig in sein Spiel vertieft. Die übrigen Crewmitglieder standen in sicherer Entfernung vom Tisch.

Wheeler stieg über die Kordel.

»Hey!«, rief der andere Wachmann.

Er beachtete ihn nicht, konzentrierte sich nur auf den Jungen am Tisch und den schwankenden Schatten hoch über ihm. Er rannte durchs Zimmer, schnappte den Jungen und riss ihn vom Stuhl, wobei Messer und Gabel zu Boden fielen.

»Hey!«, rief Roan empört, kurz bevor ihn Drayton Wheeler an Schulter und Hintern packte und mit aller Kraft über den polierten Boden schleuderte, dass er sich wie ein menschlicher Eisstock um sich selbst drehte.

Roan schrie auf, als er gegen eine Messingsstütze prallte, an der die Kordel befestigt war.

Dann, noch bevor Drayton Wheeler sich bewegen konnte, stürzte der Kronleuchter herab.

Er spürte noch flüchtig den Schatten, der auf ihn herabsauste und ihn so hart traf, dass er nicht mehr schreien konnte. Der Kronleuchter prallte mit voller Wucht auf seinen Kopf und schleuderte ihn zu Boden, bevor er die Mitte der Tafel vollkommen zerstörte.

Der Boden erbebte unter dem gewaltigen Krach, so als wäre eine Bombe im Raum explodiert. Alles schepperte und vibrierte. Hunderte der fünfzehntausend Glastropfen zerbrachen und erleuchteten den Raum für einen Moment wie ein gewaltiges Feuerwerk. Die Lichter im Saal flackerten. Die Kelche auf dem Tisch fielen um, ihr Inhalt ergoss sich über die Tafel; Teller, Leuchter und Servierschüsseln rutschten in das Durcheinander aus Ketten, vergoldetem Metall und Glas. Man hörte ein sanftes, beinahe absurdes Klingeln, als hätte jemand ein einzelnes Glas fallen gelassen. Dann nichts mehr.

Es folgte absolute Stille. Niemand rührte sich von der Stelle.

Dann schrie eine Männerstimme entsetzt: »Oh, Scheiße, oh nein!«

Eine Frauenstimme folgte: »Da drunter liegt jemand! Mein Gott, darunter liegt ein Mensch!«

Noch einmal verblüffte, ehrfürchtige Stille. Dann wurde sie vom entsetzlichen, hysterischen Schrei der Continuity-Frau durchbrochen. Sie stand mit hervorquellenden Augen da und deutete auf eine dunkelrote Blutlache, die sich unter der zerstörten Tafel ausbreitete.

Ein weißes Licht blitzte flüchtig auf. Jemand hatte ein Foto gemacht.

94

Man hatte mehrere Scheinwerfer auf den herabgestürzten Kronleuchter gerichtet. In ihrem grellen Licht arbeiteten sich zwei Sanitäter in grünen Uniformen, Phil Davidson und Vicky Donoghue, durch das zersplitterte Glas und verbogene Metall, wobei sie versuchten, den Kopf des Opfers zu finden. Sie bemühten sich, keinen weiteren Druck auf die Trümmer auszuüben, um den Mann nicht noch weiter zu zermalmen. Alles war voller Blut, es stank nach Kanalisation. Beide wussten, was das bedeutete. Der Magen und Darm des Mannes waren aufgerissen worden.

Sie konnten an einigen Stellen die Kleidung erkennen. Vicky Donoghue fragte mehrfach: »Können Sie uns hören? Hilfe ist unterwegs. Können Sie uns hören, Sir?«

Keine Antwort. Von draußen erklangen schrille Sirenen. Hoffentlich hatte die Feuerwehr Hebegerät mitgebracht. Dann sah sie menschliche Haut. Ein Handgelenk.

Sie schob vorsichtig die behandschuhte Hand zwischen die gezackten Blätter der gläsernen Palmwedel und umfasste das Handgelenk. Es war schlaff. »Können Sie mich hören? Versuchen Sie, Ihre Hand zu bewegen, falls Sie nicht sprechen können«, drängte sie ihn. Dann schloss sie die Finger fester um das Handgelenk und tastete nach der Speichenarterie.

»Ein Puls!«, verkündete sie kurz darauf leise. »Aber schwach.«

»Wir müssen das ganze Zeug von ihm runterheben. Wie schwach?«

Sie zählte einige Sekunden. »Fünfundzwanzig.« Sie zählte noch einmal. »Wird langsamer. Vierundzwanzig.«

Er musste seine Frage nicht laut aussprechen. Sie arbeiteten lange genug zusammen, um die Signale auch so zu erkennen. *Vielnal?*

Die Abkürzung stand für *Völlig im Eimer, leider noch am Leben.* Der Galgenhumor half den Notfallsanitätern dabei, mit entsetzlichen Situationen wie dieser fertig zu werden.

Sie nickte.

*

Jason Tingley, der mit seinen nach vorn gekämmten Haaren, dem weißen Hemd mit den schwarzen Knöpfen und der schmalen schwarzen Krawatte wie ein Mod des 21. Jahrhunderts aussah, saß an seinem Schreibtisch im Polizeirevier in der John Street. Sein 24-stündiger Bereitschaftsdienst war beinahe zu Ende. Er beschäftigte sich gerade mit der per E-Mail versandten Morddrohung gegen Gaia.

Er gähnte; es war ein hektischer Tag gewesen. Zu Beginn seiner Schicht hatte eine Frau behauptet, sie sei nach einem Streit von ihrem Freund vergewaltigt worden, nachdem sie um 6.45 Uhr morgens eine Party verlassen hatte. Wer zum Teufel feierte Montags nachts – besser gesagt, Dienstags morgens – bis 6.45 Uhr eine Party? Gegen Mittag hatte die Verkehrspolizei einen Wagen angehalten, dessen Kofferraum mit Cannabis gefüllt war. Und um drei Uhr nachmittags hatte es einen bewaffneten Raubüberfall auf einen Juwelierladen in der Stadtmitte gegeben.

Er kämpfte noch mit dem Papierkram, der dazugehörte, war aber beinahe fertig. Er hatte gehofft, rechtzeitig nach Hause zu kommen, um seine beiden Kinder noch vor dem Schlafengehen zu sehen und in Ruhe mit seiner Frau Nicky zu Abend zu essen und gemütlich fernzusehen. Dann klingelte das Telefon.

Es war sein Kollege Andy Kille. »Jason, es hat einen Zwischenfall im Royal Pavilion gegeben. Die Meldung ist gerade reingekommen. Ich dachte, dass du, der Chief Superintendent und Roy Grace davon erfahren solltet.«

»Was ist passiert?«

Besorgt hörte er sich die wenigen Details an, die Kille liefern konnte. Es schien ein seltsamer Zufall, dass ein Kronleuchter, der seit beinahe zwei Jahrhunderten an Ort und Stelle hing, ausgerechnet in dieser Woche herunterstürzte. Außer natürlich, das Filmteam hatte sich daran zu schaffen gemacht.

»Wissen wir etwas über die Person unter dem Kronleuchter?«

»Bisher noch nicht.«

»Ich schaue mir das mal an. Und halte Roy Grace und Graham Barrington auf dem Laufenden.« Er hängte ein, nahm seine Jacke vom Stuhl und eilte zum Parkplatz. Als er sich in den grauen Ford Focus setzte, hatte er bereits den Chief Superintendent verständigt, der eine Fortbildung besuchte, Roy Grace hingegen nicht erreichen können.

Als er fünf Minuten später durch den Torbogen auf das Gelände des Pavilion fuhr, sah Tingley drei Löschzüge, ein Bergungsfahrzeug, einen Krankenwagen und den Wagen der Sanitäter vor dem Haupteingang stehen. Auch zwei Streifenwagen parkten dort.

Er hielt so nah wie möglich am Haupteingang und eilte hinüber, wobei er den beiden Wachleuten kurz seinen Ausweis zeigte. Sie sagten, er solle sich drinnen rechts halten.

Er war vor Jahren das letzte Mal in diesem Gebäude gewesen, bei einem Schulausflug. Es roch genau wie alle anderen Museen und Galerien, doch er hatte vergessen, wie prachtvoll und dekorativ es war. Als er den Speisesaal betrat, bot sich ihm ein surreales Bild. Als hätte man auf Pause gedrückt und einige Menschen im Raum eingefroren, andere jedoch nicht. Und der Geruch hier drinnen war anders. Ein übler Gestank nach Kanalisation.

Mitglieder des Filmteams standen entsetzt und regungslos da, als wären sie am Boden festgewachsen. Eine Frau hatte sich abgewandt und lag schluchzend in den Armen eines großen, bärtigen Mannes, der hinter ihrem Rücken einen Reflektor aus Aluminiumfolie in die Höhe hielt.

Der herabgestürzte Kronleuchter sah aus wie eine riesige, mit Juwelen besetzte gestrandete Qualle, deren Tentakel in alle Richtungen ausgestreckt waren. Aus der Mitte ragte ein Stück Metall wie ein gebrochener Speer empor.

Zwei Sanitäter arbeiteten inmitten des Chaos, während mehrere Feuerwehrleute ihr Schneidgerät vorbereiteten. Andere arbeiteten daran, ein blaugelbes Luftkissen, das mit einem Druckluftzylinder verbunden war, unter einen Teil des Kronleuchters zu schieben. Ein weiterer Feuerwehrmann stand mit einem kleinen Stapel Holzklötze daneben, die er unter die Trümmer schieben würde.

Eine junge Polizeibeamtin begrüßte Tingley mit erleichterter Miene, als wäre sie froh, die Verantwortung einem Älteren zu übertragen.

»Was wissen wir bis jetzt?«

»Nun, Sir, ich bin erst vor wenigen Minuten gekommen. Ich konnte bisher nur feststellen, dass eine männliche Person unter dem Kronleuchter liegt.«

»Könnten es noch mehr sein?«

»Nein, Sir. Ich habe mit mehreren Augenzeugen gesprochen, die sagen, es sei nur dieser eine Mann.«

»Was wissen wir über den Hergang?«

»Nicht sehr viel. Es scheint, dass Gaias Sohn am Tisch gesessen und gespielt hat. Dieser Mann sah wohl, dass der Kronleuchter herabzustürzen drohte, schoss durch den Raum und riss den Jungen förmlich in Sicherheit.«

»Geht es ihm gut?«

»Ja, Sir, er ist bei seiner Mutter in ihrem Trailer.«

»Wer ist der Mann? Gehört er zum Filmteam?«

»Bisher hat ihn niemand erkannt.«

»Vielleicht ein Handwerker?«

»Kann schon sein, Sir.«

Tingley schaute sich um. »Gut, wir brauchen weitere Unterstützung. Ich behandle das hier als Tatort. Ich möchte, dass das gesamte Gebäude abgesperrt wird, alle Leute nach draußen, aber Namen und Adressen notieren, Wachleute eingeschlossen.«

Sie nickte und schaute sich prüfend um.

»Fangen Sie mit diesem Raum an«, sagte er hilfsbereit. »Sperren Sie ihn ab. Die Leute dürfen erst raus, wenn sie ihre Namen und Adressen hinterlassen haben.«

»Ja, Sir.« Sie forderte über Funk Verstärkung an und eilte nach draußen.

Tingley ging durch den Raum zu den Trümmern des Kronleuchters. Dabei bemerkte er den Sanitäter Phil Davidson, mit dem er schon öfter zu tun gehabt hatte.

»Wissen wir, wer darunter liegt?«

»Laut Augenzeugen ein Mann.«

Tingley spürte, dass fast alle Augen im Raum auf ihn gerichtet waren, und trat näher an den Kronleuchter heran.

»Fünfzehn«, verkündete die Sanitäterin mit ernster Stimme.

»Sieht aus, als würden wir ihn verlieren.«

Eine erregte amerikanische Stimme fragte: »Entschuldigung, kann ich Ihnen helfen?«

Jason Tingley drehte sich um und sah sich einem kleinen, schlanken Mann mit kahlem Kopf gegenüber. Er trug ein schwarzes Hemd mit silbernen Knöpfen, das fast bis zum Bauchnabel geöffnet war, schwarze Jeans und Stiefel. Der Ermittler zeigte seinen Ausweis. »Detective Inspector Tingley, Kripo Sussex.«

»Freut mich, Sir. Ich bin Larry Brooker, der Produzent dieses Films.«

Tingley gab ihm die Hand. Es war, als streichelte man den Kopf einer Giftschlange, deren Zähne entfernt worden waren.

»Ich habe gehört, dass das Gebäude geräumt werden soll. Ist das richtig?«

»In der Tat.«

»Die Sache ist die, Officer, wir haben hier ein gewisses Problem.«

Der Ermittler schaute ihn von der Seite an. »Das kann man wohl sagen.« Aus dem Augenwinkel bemerkte er, wie die junge Polizistin mit einem blauweißen Absperrband in den Saal gelaufen kam.

»Ich habe Gaia Lafayette, Judd Halpern, Hugh Bonneville, Joseph Fiennes und Emily Watson in ihren Trailern sitzen. Wir müssen heute Abend ein paar Szenen abdrehen, der Drehplan verlangt es.«

Der Ermittler schaute Brooker ungläubig an. Dann deutete er auf den Kronleuchter und das Einsatzpersonal. »Ist Ihnen klar, dass ein Mensch darunter begraben liegt?«

»Natürlich. Ich bin genauso schockiert wie alle anderen.«

»Was wollen Sie mir dann sagen, Sir?«

»Mir geht es darum, dass wir mit dem Drehplan im Verzug sind. Das ist schrecklich. Tragisch. Beschissene englische Instandhaltung – ich meine – wo sonst in der Welt könnte so etwas passieren?«

Er schien den versteinerten Blick des Detective Inspectors nicht zu bemerken.

»Die Sache ist die, wir müssen heute Abend unbedingt noch etwas schaffen. Ich wüsste gern, wie schnell sich dieses Durcheinander hier beseitigen lässt, damit wir weitermachen können. Es ist kein Problem, um den Kronleuchter herum zu filmen.«

Jason Tingley traute seinen Ohren nicht. »Mr Brooker, wir haben hier vermutlich einen tödlich verletzten Menschen. Dies ist ein Tatort.«

»Wieso Tatort? Das war ein gottverdammter, schrecklicher Unfall.«

»Mit Verlaub, Sir, aber zu diesem Zeitpunkt liegen mir keine Beweise für einen Unfall vor. Bis das Gegenteil bewiesen ist, behandle ich das hier als Tatort. Als *meinen* Tatort. Ich habe jetzt hier das Sagen, verstanden? Ich lasse das Gebäude räumen, und hier wird heute Abend nichts mehr gefilmt, und auch nicht in nächster Zeit. Es tut mir leid, wenn ich Ihnen Ungelegenheiten bereite, aber das werden Sie wohl verstehen.«

Brooker starrte ihn an und bohrte den Finger in die Luft. »Jetzt hören Sie mir mal gut zu, Detective Inspector Tingles.«

»*Tingley.*«

»Na schön, egal, aber Sie hören mir jetzt besser zu, damit wir uns nicht missverstehen. Ihr Tourismuschef Adam Bates ist ganz auf meiner Seite. Das hier ist verdammt nochmal der größte Film, der je in dieser Stadt gedreht wurde. Ich werde meine Multi-Millionen-Dollar-Produktion nicht von Ihnen sabotieren lassen, nur weil dieses Gebäude beschissen in Stand gehalten wird.«

Jason Tingley ließ sich nicht aus der Ruhe bringen. »Zu diesem Zeitpunkt hat die Sicherheit aller Leute in diesem Gebäude absolute Priorität.« Er deutete auf die vier kleineren Kronleuchter an der Decke. »Das Ordnungsamt wird jemanden schicken, der das alles überprüft. Ein Kronleuchter ist abgestürzt. Möchten Sie wirklich riskieren, dass Ihre Stars zu Schaden kommen, nur weil die anderen Leuchter nicht überprüft wurden?«

Brooker schaute auf seine klobige Uhr, die aussah, als stammte sie aus dem Armaturenbrett eines Raumschiffs. »Mit allem Respekt, Officer, aber hier sind Sie nicht zuständig.«

»Na schön. Sprechen Sie mit dem Chief Constable. Aber bis ich andere Anweisungen von ihm erhalte, ist das mein Tatort. Und wenn Sie mich hier bei der Arbeit behindern, lasse ich Sie verhaften.«

Brooker funkelte ihn an. »Wissen Sie, was Sie sind? Ein Traumtänzer!«

Du auch, dachte Jason Tingley.

95

Roy Grace war fast zu Hause und suchte noch nach einem Parkplatz in der Nähe von Cleos Haus, als Jason Tingley anrief und von dem Vorfall im Pavilion berichtete.

Er hörte aufmerksam zu. Sein Instinkt sagte ihm, dass dies kein Zufall sein konnte, und er machte sich sofort auf den Weg. Von hier aus waren es nur wenige Minuten bis zum Pavilion. Kurz nachdem er das Gespräch beendet hatte, klingelte das Handy erneut. Er hörte die nasale Stimme von Andrew Gulli.

»Detective Superintendent Grace?«

»Am Apparat.«

»Würden Sie mir bitte verraten, was hier vorgeht?«

»Ich bin schon unterwegs, um das persönlich herauszufinden.«

»Es sieht so aus, als wäre Gaias Sohn um ein Haar getötet worden. Das ist völlig inakzeptabel.«

»Wie geht es ihm?«

»Gut. Aber Gaia ist sehr aufgebracht.«

»Wir können uns am Pavilion –«

»Ich bin schon da«, fiel Gulli ihm ins Wort. »Ich muss wissen, was hier passiert ist. Stürzt Ihr gottverdammtes Gebäude zusammen, oder steckt irgendein Plan dahinter? Ich muss Entscheidungen über die Sicherheit meiner Klientin treffen. Haben wir uns verstanden?«

»Wir treffen uns in fünf Minuten am Eingang.«

»In Ordnung.«

Grace hängte ein und warnte Cleo, dass er nicht wisse, wann er nach Hause kommen werde.

Dann klingelte sein Handy erneut. Diesmal war es der Chief Constable. »Roy, welche Informationen haben Sie über den Zwischenfall im Pavilion?«

»Ich bin auf dem Weg dorthin, Sir.«

»Die Sache gefällt mir gar nicht.«

»Nein, Sir. Ich rufe Sie an, nachdem ich mir vor Ort ein Bild gemacht habe.«

»Ja, tun Sie das bitte.«

Wenige Minuten später bog er auf das Gelände des Pavilion, das von flackerndem Blaulicht erhellt wurde. Eine große Menschenmenge hatte sich an der Außenmauer versammelt, Blitzlichter flammten auf. Zwei Polizeibeamte waren dabei, das gesamte Gebäude abzuriegeln, ein dritter bewachte den Eingang. Ein Dutzend verwirrt aussehender Menschen, vermutlich Mitglieder des Filmteams, liefen in der Dämmerung über den Rasen. Einige telefonierten, andere rauchten. Als Grace ausstieg, brauste ein Polizeibus mit heulender Sirene durch den Torbogen.

Andrew Gulli stand neben dem Polizisten, der den Eingang bewachte. Als Grace sich näherte, sagte Gulli: »Dieser verdammte Mistkerl wollte mich nicht durchlassen.«

»Tut mir leid, aber bis wir festgestellt haben, was geschehen ist, behandeln wir das gesamte Gebäude als Tatort. Wir können Sie da nicht reinlassen«, sagte Grace. »Ich rate Ihnen, Gaia und Roan umgehend ins Hotel zu bringen.«

Gulli schüttelte den Kopf. »Der Regisseur hat sie gebeten, noch zu warten – sie drehen heute vielleicht noch Außenaufnahmen.«

»Dann sollten Sie sie aber genau im Auge behalten. Stellen Sie Leibwächter um den Trailer auf.«

»Die sind schon da.«

Grace trug sich ins Register ein, bückte sich unter dem Absperrband hindurch und eilte ins Gebäude. Ein Wachmann führte ihn in den Speisesaal, wo ihn Tingley begrüßte. Er bemerkte mehrere Feuerwehrleute, die an dem gewaltigen Kronleuchter arbeiteten, und zwei Sanitäter, die inmitten der Trümmer auf dem Bauch lagen. Er hörte das Heulen hydraulischer Schneidgeräte. Drei Polizeibeamte nahmen die persönlichen Angaben einiger Leute auf. »Was gibt es Neues?«

»Das Opfer ist gestorben, Sir«, sagte Tingley leise.

»Scheiße, was wissen wir über ihn? Gehörte er zum Filmteam?«

»Es sieht nicht danach aus. Zwei Wachleute sagen aus, er sei in Panik aus einem Teil des Gebäudes herbeigerannt, der für die Öffentlichkeit nicht zugänglich ist. Er schlug einen der Wachleute, die ihn im Korridor zurückhalten wollten, stürzte hier herein und stieß Gaias Sohn beiseite, nur Sekunden, bevor der Kronleuchter herabstürzte.«

»Was hatte der Junge hier drinnen zu suchen?«

»Er hat gespielt, während seine Mutter in der Maske war.«

»Ist er in Sicherheit und unverletzt?«

»Ja, er ist wieder bei seiner Mutter.«

»Dieser Mann – zeigen Sie mir mal, von wo er gekommen ist.«

Tingley deutete auf den Korridor hinter Grace.

Dann ertönte eine Stimme. »O mein Gott, o mein Gott, ich kann das nicht glauben.«

Die beiden Ermittler drehten sich um und entdeckten einen hochgewachsenen, eleganten Mann im Nadelstreifenanzug. Er mochte Mitte fünfzig sein und war aschfahl im Gesicht. »Das war der schlimmste Albtraum von King George. Ich kann es nicht glauben. Ich bin David Barry, der Kurator.«

Grace und Tingley stellten sich vor.

Barry schaute zur Decke empor. »Das ist unmöglich. Tut mir leid, aber es ist wirklich unmöglich. O Gott. O mein Gott! Jemand liegt darunter begraben – wie geht es dem armen Mann?«

»Die Sanitäter sagen, er sei tot.«

»Das ist furchtbar. Unglaublich. Sie müssen verstehen, Sie müssen mir glauben, wenn ich Ihnen sage, dass das nicht möglich ist!«

Jason Tingley deutete auf die Trümmer und sagte pragmatisch: »Das kann ich im Augenblick schwer glauben, Sir.«

Roy Grace überlegte. Der Mann hatte im Korridor einen Wachmann geschlagen und war hereingestürzt. Es war unmöglich, den Kronleuchter vom Korridor aus zu sehen. Was also hatte der Mann gewusst und woher?

»Wurde der Kronleuchter regelmäßig überprüft? Vor allem die Halterung?«

Der Kurator hob hilflos und verwirrt die Arme. »Alle fünf Jahre wird das gesamte Ding gereinigt. Alle 15 000 Tropfen – das dauert zwei Monate.«

»Könnte das Metall ermüdet sein?«

»Wir überprüfen alles regelmäßig«, erwiderte Barry. »Königin Victoria hat die ursprünglichen Träger durch Aluminium ersetzen lassen. Es gab nie einen Grund, sie auszuwechseln. Sie müssen mir glauben – so etwas kann einfach nicht geschehen. Es geht nicht!«

Grace fiel ein Zitat ein, das er irgendwo aufgeschnappt hatte: *Das Letzte, was man hört, wenn die Welt untergeht, ist die Stimme eines Experten, der erklärt, wieso das unmöglich ist.* »Ich möchte mich gerne im Gebäude umsehen. Könnten Sie mich in den Raum oberhalb der Decke führen?«

»Ja, ja, natürlich. Kann ich Ihnen sonst noch irgendwie helfen?«

»Hier drinnen können wir nichts tun. Wir müssen die Arbeiten anhalten, bis jemand vom Büro des Coroners eintrifft.«

Grace wies Tingley an, im Saal zu bleiben, und folgte dem Kurator durch den Korridor und durch eine Tür in den Hauptflur. »Wir müssen eine Wendeltreppe hinaufsteigen. Ich möchte Sie bitten, das Geländer nicht anzufassen, es ist sehr instabil. Darum lassen wir die Öffentlichkeit auch nicht dort hinein.« Er zückte eine Taschenlampe.

Grace folgte ihm eine steile Wendeltreppe hinauf, die gar kein Ende zu nehmen schien. Auf halber Höhe blieb er stehen und berührte das Geländer. Es war sehr wackelig, dahinter herrschte tiefe Dunkelheit. Er hielt sich so nah wie möglich an der Wand; mit großen Höhen hatte er es nie gehabt.

Schließlich kamen beide Männer keuchend oben an und betraten einen Raum, der an ein verlassenes Schlafzimmer erinnerte. Die meisten Gegenstände waren mit Tüchern verhängt. Selbst im schwindenden Licht des Juniabends konnte er die alte, fleckige Tapete erkennen, die mit Graffiti übersät war. Durch bleigefasste, ovale Fenster blickte man auf die Skyline von Brighton.

David Barry entschied, dass sie ohne die Taschenlampe genug sehen konnten, und sagte mit seiner angenehm kultivierten Stimme:

»Hier waren die höheren Dienstboten des Königs untergebracht. Ich weiß nicht, wie viel Sie über die Geschichte dieses Palastes wissen, aber während des Ersten Weltkriegs wurde er als Hospital für verletzte indische Soldaten verwendet, daher auch die Graffiti. Seit dieser Zeit sind die Räume verlassen, vor allem, weil das Treppengeländer in einem so schlechten Zustand ist. Oh, und passen Sie auf, wohin Sie treten. Wir haben hier oben Probleme mit Hausschwamm.«

Roy Grace bemerkte zu seinem Unbehagen, dass er auf einer großen Falltür stand, die mit zwei rostigen Riegeln verschlossen war. Er fühlte sich sehr unsicher und trat rasch beiseite.

»Zwölf Meter unter dieser Falltür befindet sich in ein Lagerraum, daneben die Spülküche. Es gab hier früher einen Speiseaufzug, mit dem die Bewohner das Essen aus der Küche holten.« Er deutete an die Decke, wo ein primitiver Flaschenzug befestigt war. Grace schaute wieder auf den Boden. Auf das Warnschild mit der Aufschrift NICHT BETRETEN – ABSTURZGEFAHR.

Plötzlich bemerkte er, dass neben einem verhüllten Bett etwas auf dem Boden schimmerte, und kniete sich hin. Ein Süßigkeitenpapier. Von einem Schokoriegel. »Gab es die zu King Georges Zeiten schon?«

Der Kurator lächelte. »Tut mir leid, aber wir haben in letzter Zeit ein paar inoffizielle Besucher hier oben gehabt. Mehrere Einbrüche. Man kann ein Gebäude dieser Größe unmöglich hundertprozentig absichern.«

»Natürlich.« Grace schaute noch einmal auf das Schokoladenpapier, während der Kurator durch den Raum ging. Grace zog Handschuhe an, hob das Papier hoch und roch daran. Zu seiner Überraschung roch es frisch, als hätte man die Verpackung erst vor kurzem geöffnet. Dann bemerkte er einen Hauch von Lippenstift, wo die geöffnete Seite zurückgeklappt war.

Er legte es vorsichtig ab, damit die Spurensicherung es an Ort und Stelle fotografieren konnte, und folgte dem Kurator aufs Dach. Dazu musste er sich durch eine winzige Tür ducken, die kaum größer als eine Küchendurchreiche war. Der Himmel hatte sich verfinstert, als würde es bald regnen. Barry ging vor ihm her über eine schmale Metallplattform. Links von ihnen ging es tief hinunter, und Grace klammerte sich ans Geländer, wobei er den Blick nach unten mied. Von hier oben aus genoss man eine spektakuläre Aussicht über die Dächer des Pavilion mit ihren Zwiebeltürmen und Minaretten. Tief unten hörte er Sirenen, weitere Wagen fuhren mit Blaulicht vor.

»Genau vor uns befindet sich die Kuppel des Speisesaals.« Sie stiegen eine kurze Metalltreppe hinauf, dann folgte der nächste Laufsteg, danach eine lange, schmale Leiter, an der sich Roy Grace nervös festklammerte, während der Kurator geschickt wie eine Bergziege hinaufkletterte.

Grace hievte sich auf eine schmale Plattform, über der sich majestätisch die Kuppel erhob. Nun wagte er wirklich nicht mehr, hinunterzublicken.

Dann klingelte sein Handy.

»Roy Grace.«

Es war ACC Peter Rigg, und er klang besorgt. »Roy, ich weiß nicht, ob Sie es schon gehört haben, aber es hat wohl einen Zwischenfall im Royal Pavilion gegeben.«

»Ja, Sir, ich weiß Bescheid.«

»Sie sollten so schnell wie möglich hinfahren.«

Grace blickte über die Dächer der Stadt. »Ich bin schon hier, Sir.«

»Gut, ausgezeichnet! Gibt es etwas Neues?«

»Ja, Sir, ich habe eine hervorragende Aussicht.«

»Aussicht?«

Er sah, wie Barry durch eine winzige Wartungsklappe kroch.

»Kann ich Sie in ein paar Minuten zurückrufen, Sir?«

»Ich bitte darum. Der Chief Constable ist sehr beunruhigt.«

»Ja, Sir, ich weiß.« Er beendete das Gespräch und folgte Barry durch die Klappe, wobei er rückwärts hineinstieg und in beinahe völliger Dunkelheit landete, umgeben vom muffigen Geruch alten Holzes. Doch da war noch etwas anderes, etwas Beißendes.

»Dies ist die zweite Haut des Gebäudes«, erklärte der Kurator und leuchtete mit der Taschenlampe. »Von außen haben Sie die sichtbare Kuppel, die von innen durch dieses hölzerne Gerüst gestützt wird.« Die beiden Männer mussten husten. Graces Augen brannten. Er sah Holzlatten, die wie eine primitive Leiter über ihm in die Höhe stiegen und sich nach oben hin verjüngten.

Der Kurator leuchtete mit der Taschenlampe nach oben zu einer hölzernen Konstruktion, aus der der Stumpf eines Metallträgers ragte. Er schien den gleichen Durchmesser zu haben wie der Träger des herabgestürzten Kronleuchters. Zarte Rauchfahnen kräuselten sich von dort aus in die Höhe. Grace runzelte die Stirn und hustete noch einmal. Dann schaute er nach unten und konnte durch ein kleines Loch den größten Teil des Speisesaals überblicken. Er sah die beiden Sanitäter, die zwischen den Trümmern des Kronleuchters knieten.

Der Kurator richtete den Strahl der Taschenlampe nach unten, worauf etwas im Licht aufblitzte. Es sah aus wie ein metallener Flaschenverschluss. Dann bemerkte Roy Grace eine leere Mineralwasserflasche. In der Nähe lagen Plastiksplitter.

»Verdammte Schmutzfinken!«, sagte der Kurator und wollte nach der Flasche greifen.

Grace hielt seine Hand fest. »Nicht berühren – das könnte ein Beweisstück sein und Säure enthalten.«

»Säure?«

Grace richtete den Lichtstrahl erneut auf den abgebrochenen Träger. »Was glauben Sie wohl, was das ist?«

Barry starrte ihn an. »Ich verstehe nicht.«

Dann bemerkten beide den Rucksack, der ein kleines Stück über ihnen zwischen zwei Latten klemmte. Grace kletterte mit der Taschenlampe hinauf und leuchtete hinein. Eine geöffnete Sandwichpackung, eine Dose Cola, eine Flasche Wasser, ein Kindle, eine abgenutzte Lederbrieftasche und ein Montiereisen.

Er klemmte sich die Taschenlampe unters Kinn und zog Schutzhandschuhe über. Dann klappte er die Brieftasche auf. In einem

Fach steckte das Foto eines kleinen Jungen mit Baseballkappe, in einem anderen eine Schlüsselkarte des Grand Hotel. Er steckte die Brieftasche in eine Asservatentüte und schob sie in die Tasche.

Dann musste er wieder husten und konnte gerade noch nach der Taschenlampe greifen. Er richtete den Strahl auf den Träger. Das Ende, von dem noch immer Rauchwolken aufstiegen, war birnenförmig geschmolzen und erinnerte an das Quecksilber in einem Thermometer. »Wie gut kennen Sie sich mit Chemie aus?«, rief er nach unten.

»War nie mein bestes Fach«, erwiderte David Barry.

»Damit wären wir schon zu zweit. Aber eins kann ich Ihnen sagen. Ihr Kronleuchter ist nicht zufällig herabgestürzt.«

»Ich weiß nicht, ob ich mich darüber freuen soll oder nicht.«

Grace beachtete ihn kaum. Er dachte an Gaias Sohn Roan, der nur Sekunden, bevor er herabstürzte, unter dem Kronleuchter gesessen hatte. War der Junge das eigentliche Ziel gewesen?

Vermutlich nicht. Er würde spontan auf Gaia tippen. Etwas war bei den Plänen des Angreifers schiefgelaufen. Timing? Roans Erscheinen?

Wer war der Mann, der von dem Kronleuchter zermalmt worden war? Der Täter? Oder ein harmloser Zuschauer, der zum Helden geworden war?

An Letzteres glaubte er nicht. Harmlos war hier gar nichts.

96

Roy Grace und ein bedrückter David Barry kehrten in den Speisesaal zurück. Das Filmteam hatte inzwischen den Raum verlassen, an der Tür standen zwei Polizeibeamte. Eine Gruppe Feuerwehrleute mit Ausrüstung wartete darauf, dass der zuständige Pathologe des Innenministeriums entschied, ob die Leiche abtransportiert werden konnte oder der erste Teil der Autopsie vor Ort stattfinden musste.

Ein Polizeifotograf war ebenfalls eingetroffen. Grace hoffte, dass jemand im Leichenschauhaus Bereitschaftsdienst hatte, so dass Cleo nicht aus ihrem wohlverdienten Feierabend geholt wurde.

Jason Tingley wandte sich an Grace. »Chef, Nadiuska kann erst morgen früh kommen. Ich habe ihr die Situation erklärt, und sie hat ihr Einverständnis gegeben, dass der Tote ins Leichenschauhaus gebracht wird.«

»Gut.« Er blickte kurz hoch. »Ich glaube, uns steht ein Balanceakt mit dem Filmteam bevor. Sieht aus, als hätte jemand den Kronleuchter mit Absicht sabotiert. Ich möchte die Kuppel als Tatort behandeln – die Spurensicherung muss sofort da rauf. Und warnen Sie die Leute vor gefährlichen Substanzen.«

Ein Polizeibeamter kam zu ihnen herüber. »Sir, da ist ein Herr, der sagt, er sei der Produzent des Films. Er besteht darauf, mit Ihnen zu sprechen.«

Grace ging zur Tür und entdeckte einen kleinen, kahlköpfigen Mann, der teure Freizeitkleidung trug und ziemlich empört wirkte.

»Haben Sie hier das Sagen?«, fragte er in herrischem Ton.

»Ich bin Detective Superintendent Grace, zuständig für Kapitalverbrechen.«

»Larry Brooker, Produzent des Films.« Er zeigte mit dem Finger auf Jason Tingley. »Ich hab ein Problem mit Ihrem Kollegen hier. Ich drehe einen Multi-Millionen-Dollar-Film, und er lässt mich nicht an meinen eigenen Set.«

»Damit hat er leider recht. Niemand darf ins Gebäude, während wir unsere Untersuchungen durchführen. Ich muss Sie leider auch bitten zu gehen.«

»Tut mir leid, das ist ausgeschlossen.«

»Bei allem Respekt, aber das entscheiden nicht Sie.«

Der Produzent funkelte ihn an. »Wer denn dann?«

»Ich.«

»Seien wir mal realistisch, Detective – haben Sie irgendeine Vorstellung –«

»Ist Ihnen eine Leiche unter diesem Kronleuchter realistisch genug?«, fiel ihm Grace ins Wort. Er konnte seinen Zorn kaum beherrschen.

»Was wollen Sie damit sagen?«

War dem Spinner wirklich alles egal? Grace starrte den Kahlkopf an und hätte am liebsten etwas gesagt, das ihn wirklich sauer gemacht hätte. *Verstehen Sie kein Englisch? Hat man Ihnen in Amerika keine Manieren beigebracht?* Dann fiel ihm ein, wie wichtig der Film für seine geliebte Stadt war. »Mr Brooker, Ihre schwierige Situation ist mir durchaus bewusst, und ich erledige das, so schnell es geht. Mein Team wird über Nacht arbeiten. Leider müssen wir das gesamte Gebäude abriegeln, aber je nachdem, was das Ordnungsamt dazu sagt, können Sie morgen Nachmittag wieder hinein. Wäre das akzeptabel für Sie?«

»Wann am Nachmittag?«

»Wann brauchen Sie es denn?«

»Wir wollten drehen, wenn das Gebäude für die Öffentlichkeit schließt. Also ab 17.45 Uhr.«

»Chef!«, sagte Tingley in warnendem Ton.

»In Ordnung«, sagte Grace. »Ab dann dürfen Sie wieder hinein. Können Sie heute Abend noch draußen oder an einem anderen Ort filmen?«

»Das hatten wir eigentlich vor. Es sind über hundert Statisten vor Ort. Es ist eine sehr wichtige Szene, eine Schlüsselszene im Film. Aber wie können wir draußen drehen, wenn da die ganzen Polizeiautos stehen?«

»Die lassen wir versetzen. Sagen Sie, welchen Bereich Sie brauchen, dann veranlasse ich das.«

Er wandte sich an seinen Kollegen. »Mein Wagen steht draußen. Wir treffen uns in fünf Minuten.«

Er eilte hinaus und schaute sich nach Andrew Gulli um, konnte ihn aber nicht entdecken. Dann ging er zu der kleinen Ansammlung von Trailern. Vier gewaltige Leibwächter standen vor Gaias Garderobe. Er wies sich aus und fragte, ob jemand von ihnen Gulli gesehen habe.

»Er ist zum Hotel gegangen, um dort die Sicherheitsmaßnahmen zu erhöhen«, antwortete einer, dessen Stimme klang, als hätte er den Mund voller Eiswürfel.

Grace klopfte an. Kurz darauf öffnete eine Assistentin, die er schon in Gaias Hotelsuite gesehen hatte. »Lori, nicht wahr?«

Sie lächelte, wirkte aber verlegen. »Inspector Grace – was kann ich für Sie tun?«

»Ich wollte mich nur davon überzeugen, dass es Roan gutgeht.«

»Alles bestens, danke.«

»Ist er nicht verletzt?«

»Nein, höchstens verwirrt. Nett, dass Sie nachfragen. Was ist eigentlich passiert? Andrew Gulli hat nur gesagt, es habe einen Unfall mit einem Kronleuchter gegeben.«

»Ja, ich würde die Situation gern erklären. Ist Gaia hier?«

Die Assistentin trat kurz zurück und rief: »Es ist Inspector Grace!«

Dann winkte sie ihn herein.

Er betrat das geräumige Innere des Fahrzeugs, das nach einem angenehmen Parfüm duftete. Der Geruch überlagerte beinahe den schwachen Rauch einer Zigarette. Im Fernsehen lief ein Zeichentrickfilm, und Roan saß mit seiner Baseballkappe am Tisch, vor sich ein Computerspiel. Er schaute ziemlich gelangweilt auf den Zeichentrickfilm, bevor er sich wieder seinem Spiel zuwandte.

»Alles okay?«

Er zuckte mit den Schultern und drückte eine Taste.

Dann kam eine Frau, die er auf den ersten Blick nicht erkannte, in einem cremefarbenen, seidenen Morgenmantel zur Tür herein. Ihr Haar war männlich kurz geschnitten, und sie schien geweint zu haben, begrüßte ihn aber mit einer fröhlichen und sehr erotischen Stimme. »Hallo, Mr Paul Newman Eyes!«

Er lächelte; sie sah anders, aber immer noch hinreißend schön aus.

»Was ist los? Fällt dieses gottverdammte Gebäude über uns zusammen?«

Er schüttelte den Kopf. »Es tut mir wirklich leid. Wir tun unser Bestes, um festzustellen, was passiert ist.«

Sie kam auf ihn zu und umarmte ihn fest. »Das ist unheimlich.«

»Wir finden es schnell heraus, das verspreche ich Ihnen.«

Plötzlich gab sie ihm einen flüchtigen – aber auch wieder nicht *so* flüchtigen – Kuss auf die Wange und sah ihm in die Augen. Er spürte, wie etwas zwischen ihnen knisterte.

»Das weiß ich doch. Vielen Dank für alles, was Sie hier in Ihrer Stadt für uns tun, Chief Inspector.« Ihr Atem roch nach Minze.

Er zuckte mit den Schultern und wurde rot. »Tut mir leid, aber angesichts des Vorfalls mit dem Kronleuchter war es wohl nicht genug.«

»Kann ich Ihnen etwas zu trinken anbieten?«

Er schüttelte den Kopf. »Danke, aber ich muss gleich wieder los. Ich wollte nur sehen, ob es Roan gutgeht. Es ist noch zu früh, um zu sagen, ob es sich um Sabotage handelt, aber wir werden den Pavilion vorerst schließen und unsere Ermittlungen durchführen. Daher wird heute nicht mehr dort drinnen gedreht.«

»Meinen Sie, jemand hat den Kronleuchter sabotiert?«

»Ich möchte Sie nicht beunruhigen, aber diese Möglichkeit besteht durchaus.«

»Und sie hatten es auf meinen Sohn abgesehen?« Ihre Augen waren vor Angst geweitet.

»Wenn der Vorfall etwas mit der E-Mail von gestern zu tun hat, was zu diesem Zeitpunkt noch reine Spekulation ist, würde ich sagen, dass eher Sie das Ziel waren. Dann hätte einfach das Timing nicht gestimmt. Aber ich möchte Sie nicht unnötig beunruhigen.«

Sie schaute ihm wieder in die Augen. »Solange Sie in meiner Nähe sind, Chief Inspector, mache ich mir keine Sorgen!«

Er glaubte schon, sie wolle ihn noch einmal küssen, wich zurück und wandte sich ein wenig zur Seite, wenn auch nicht wirklich überzeugend. Mit professioneller Distanz hatte das wenig zu tun. »Vielen Dank. Danke für Ihr Verständnis.«

»De nada«! Sie warf ihm eine Kusshand zu.

97

Grace eilte über die Rasenfläche des Pavilion zu seinem Wagen. Trotz aller Sorgen war sein Schritt beschwingt, als würde er auf Wolken gehen. Er hätte nie geglaubt, dass ihn eine Ikone wie Gaia küssen würde!

»Warum lächeln Sie, Chef?«, begrüßte ihn Jason Tingley, der neben seinem Wagen wartete. »Sie sehen aus, als hätten Sie im Lotto gewonnen.«

»Ich bin erleichtert, dass es Gaias Jungen gutgeht. Sonst nichts.«

»Sicher nicht?«

»Was soll das heißen?«, meinte Grace grinsend. Tingley war sehr scharfsichtig, ihm entging so schnell nichts.

Der DI schaute auf die Uhr. »Das waren ganz schön lange fünf Minuten.«

»Ach ja?«

»Ist gut gelaufen dort drinnen, was?«

»Es war ein rein professioneller Besuch.«

Grace ignorierte die Anspielung, stieg ins Auto und schnallte sich an. Tingley setzte sich auf den Beifahrersitz. »Natürlich geht es mich nichts an.«

Jemand klopfte an das Fenster. Grace ließ es herunter und sah sich einer großen Frau mit langem, blondem Haar gegenüber, die einen Notizblock in der Hand hielt.

»Detective Superintendent Grace? Tut mir leid, wenn ich Sie störe. Iona Spencer vom *Argus*.«

Scheiße, dachte er und verfluchte sich selbst. Er hätte wissen müssen, dass man schnell Ersatz für Spinella finden würde. »Kann ich Ihnen helfen?«

»Können Sie mir etwas über den Vorfall im Pavilion sagen? Wie ich hörte, hat es einen Toten gegeben.«

»Wir halten am Morgen eine Pressekonferenz ab«, erwiderte er höflich. »Im Augenblick sieht es so aus, als wäre ein Handwerker bei Instandhaltungsarbeiten tödlich verletzt worden.«

»Waren Schauspieler betroffen?«

»Nein, das kann ich Ihnen versichern. Wir haben es leider eilig, aber morgen folgen weitere Informationen.«

»Vielen Dank.«

»Immerhin sieht sie besser aus als Spinella«, sagte Tingley, als sie losfuhren.

»Und hat bessere Manieren.« Grace steckte sein Handy in die Freisprecheinrichtung und wählte die Nummer des Chief Constable.

*

Fünf Minuten später fuhr Grace am Grand Hotel vor und begab sich sofort zur Rezeption. Er war sich darüber im Klaren, dass diese Routinearbeit eigentlich nicht ihre Aufgabe war. Da man ihm jedoch die Verantwortung für Gaias Sicherheit übertragen hatte, wollte er gerne selbst vor Ort sein. Außerdem liebte er die handfeste, altmodische Detektivarbeit, die Suche nach Hinweisen und das Aufdecken winziger Puzzleteile. Wenn er sich nicht dagegen wehrte, würde er am Schreibtisch enden.

Er zeigte der jungen Empfangsdame seinen Ausweis und händigte ihr die Plastikkarte aus, die er in dem Rucksack unter dem Dach gefunden hatte.

»Wir müssen jemanden identifizieren, der bei einem Unfall tödlich verletzt wurde. Diese Schlüsselkarte haben wir bei seinen Sachen gefunden. Sagen Sie uns bitte, wer das Zimmer gebucht hat.«

Sie steckte die Karte in den Computer und sagte kurz darauf: »Zimmer 608, Mr Jerry Baxter. Ich habe hier eine Adresse in New York.«

Tingley notierte sie.

»Dürften wir bitte das Zimmer sehen?«

»Ich rufe den Geschäftsführer.«

Andrew Mosley besaß alle Fähigkeiten, die ein erfahrener Hotelier brauchte. Elegantes Auftreten, charmantes Benehmen, Effizienz und tadellose Manieren. Er führte sie in den Aufzug und einen Flur entlang, bevor er pflichtschuldig an die Tür von Zimmer 608 klopfte und einen Moment wartete. Dann klopfte er noch einmal. Als sich niemand meldete, steckte er die Karte in den Schlitz und stieß die Tür auf. Er rief vorsichtig »Hallo?«, bevor er das Licht einschaltete.

Die beiden Ermittler betraten das kleine Zimmer. Auf dem Schreibtisch lagen mehrere Quittungen. Auf dem Boden stand ein aufgeklappter Koffer, auf den Kleidern darin lag ein dunkelblauer Reisepass mit einem Wappen und der Aufschrift United States of America.

Grace und Tingley zogen Handschuhe an. Dann hob Grace den Pass auf und blätterte ihn rasch durch, bis er das Foto gefunden hatte.

Es war von schlechter Qualität, vermutlich aus einem Automaten. Der feindselig blickende Mann schien etwa Mitte vierzig gewesen zu sein und trug das ergraute Haar zu einem Pony nach vorn gekämmt. Der Name lautete *Drayton Robert Wheeler*, das Geburtsdatum war der 22. März 1956, also war er jetzt fünfundfünfzig. Der Geburtsort war New York City, USA.

»Das könnte unser Mann sein«, sagte Tingley, der gerade eine Quittung betrachtete. »Die ist von Halfords. Autobatterie und Montiereisen. Sie haben gesagt, so etwas hätten Sie im Rucksack gefunden, oder?«

Grace nickte. »Komischer Einkauf für einen Touristen.«

»Nicht so komisch wie sechs Thermometer, Abbeizer und Chlor. Waren Sie in der Schule gut in Chemie?«

»Nicht sehr. Ich dachte, Sie hätten vor ein paar Jahren einen Kurs für CRBN gemacht.« Die Abkürzung stand für chemische, radiologische, biologische und nukleare Zwischenfälle.

»Schon, aber ich müsste online gehen, um nachzusehen, was man damit machen kann. Quecksilber wird manchmal beim Bombenbau verwendet.«

Grace wandte sich an den Hotelmanager. »Wie sieht es bei Ihnen mit Chemie aus?«

Mosley schüttelte den Kopf. »Sehr rudimentär. Stinkbomben in der Schule, weiter bin ich nie gekommen.«

Tingley runzelte die Stirn, als er eine andere Quittung betrachtete. »Ein Babyfon von Mothercare?«

Grace warf einen Blick darauf. Dann begriff er, was die Plastiksplitter gewesen waren, die er hoch oben in der Kuppel gefunden hatte. Hatte Drayton Wheeler von dort aus den Speisesaal abgehört?

Dann sagte der DI in dringendem Ton: »Sehen Sie mal, Chief.«

Es war die Quittung eines Internetcafés, Café Conneckted, und sie stammte vom Vortag.

Grace las sie durch. Eine Stunde Internet, Kaffee, Mineralwasser und Möhrenkuchen. Zehn Pfund. »Kennen Sie das Café?«

»Ja, es liegt am Ende der Trafalgar Street.«

Graces Verstand arbeitete auf Hochtouren. Er dachte an die Drohmail, die gestern Abend an Gaia gegangen war.

Die beiden Ermittler schauten einander an. »Soll ich jemanden hinschicken?«

Grace schüttelte den Kopf. »Nein, wir fahren selbst.«

Tingley ging nach nebenan ins Badezimmer. Auf dem Regal über dem Waschbecken standen mehrere Medikamente. Insgesamt waren es sechs, alle mit dem Etikett einer New Yorker Apotheke versehen. Grace trat neben ihn und überflog die Etiketten.

»Der Typ war ein Junkie«, sagte Tingley.

»Nein, er war krank.«

»Wie krank?«

Grace konzentrierte sich auf ein Etikett. »Sieht aus, als hätte er Krebs gehabt. Ich erkenne das hier – mein Vater ist an Darmkrebs gestorben und hat das auch genommen.« Er dachte kurz nach. »Dieser unhöfliche Typ, der Produzent. Haben Sie seine Telefonnummer?«

Sein Kollege holte sein Notizbuch heraus und blätterte darin. »Ja, hier ist die Handynummer.«

Grace erreichte nur die Mailbox von Larry Brooker und hinterließ eine dringende Bitte um Rückruf.

98

Larry Brooker rief zurück, als sie vor dem Internetcafé hielten.

»Sagt Ihnen der Name Drayton Wheeler etwas?«, erkundigte sich Grace und stellte das Handy auf Lautsprecher.

»Drayton Wheeler? Hm, ja, schon.«

Grace hörte ein gewisses Unbehagen in seiner Stimme.

»Es ist nur irgendein Arschloch – hat angeblich die Rechte an unserer Geschichte. Das passiert immer, wenn man einen großen Film dreht. Es gibt immer irgendeinen Freak, der aus einer Ecke gekrochen kommt und behauptet, man habe seine Idee gestohlen.«

»Könnte er Ihnen oder Ihrem Film tatsächlich schaden wollen?«

»Er hatte vor, uns zu verklagen. Keine große Sache, ich habe gesagt, er soll sich an unsere Anwälte wenden.« Dann fragte er mit gereizter Stimme: »Hat er sich jetzt an Sie gewandt, oder wie?«

»Nein, wir glauben, er liegt unter dem Kronleuchter.«

Lange Stille. »Ist das Ihr Ernst?«

»Wir müssen ihn zuerst offiziell identifizieren.«

»Kann ich von hier aus irgendetwas tun?«

»Im Augenblick nicht. Falls wir ihn als Drayton Wheeler identifizieren, müssen wir Sie morgen befragen.«

»Selbstverständlich.«

»Konnten Sie heute noch draußen filmen? Das Wetter scheint sich gerade so zu halten.«

»Ja. Ihre Beamten waren sehr kooperativ. Wir drehen bis etwa Mitternacht.«

»Gut.«

Dann rief Grace Andrew Gulli an und erkundigte sich, ob ein Mann namens Drayton Wheeler oder Jerry Baxter Drohnachrichten an Gaia geschickt habe.

Gulli war sich sicher, dass er beide Namen noch nie gehört hatte.

Er beendete den Anruf und ging in das Café, das so gut wie

verlassen war. Hinter der Theke stand eine stark gepiercte Frau in den Zwanzigern und bediente eine Espressomaschine. Links gab es einen Lounge-Bereich, und durch einen Bogen neben der Theke blickte man in einen größeren Raum weiter hinten. Rechts an der Wand standen zehn Computer. Zwei davon waren besetzt, der eine von einem Mann mit Pferdeschwanz, der andere von zwei jungen Mädchen, die kichernd auf den Monitor blickten.

Grace schaute zur Decke und bemerkte eine Überwachungskamera. Er und Tingley gingen zur Theke, wo die Frau ihnen flüchtig zunickte und den Kaffee zu dem Mann mit dem Pferdeschwanz brachte.

Als sie zurückkam, wies Grace sich aus. »Detective Superintendent Grace von der Kripo Sussex, Abteilung Kapitalverbrechen. Das ist mein Kollege Detective Inspector Tingley, Kripo Brighton.«

Sie schaute ein wenig verwundert. »Wie – womit kann ich Ihnen helfen?«

Grace holte eine Asservatentüte aus Zellophan hervor und zeigte ihr Wheelers aufgeklappten Reisepass. »Erkennen Sie diesen Mann?«

Sie betrachtete das Bild eingehend und schüttelte den Kopf. »Leider nicht.«

»Er war nicht hier?«

»Nicht während meiner Schicht.«

»Wir vermuten, dass er gestern Abend hier gewesen ist und für eine Stunde Internetzugang bezahlt hat.«

»Ach so, da hatte ich keinen Dienst.«

»Wer denn?«

»Der Besitzer und seine Frau, aber die sind heute nicht da.«

»Können Sie sie anrufen?«

Sie sah auf die Uhr. »Die sind bei einem George-Michael-Konzert in London. Da dürften sie das Handy kaum hören. Aber sie werden morgen die ganze Zeit hier sein. Soll ich es mal versuchen?«

»Wir kommen morgen wieder.«

Jason Tingley deutete auf die Kamera. »Funktioniert die?«

»Ich denke schon.«

»Wie lange bewahren Sie die Aufnahmen auf?«

»Ich weiß es nicht genau, eine Woche, glaube ich.«

»Wissen Sie, wie man die Aufnahme abspielt?«

»Nein. Und ich fasse die auch nicht an!«

»Wann öffnen Sie morgen?«

»Um zehn.«

»Gut, denn das ist wirklich wichtig. Sprechen Sie bitte mit den Besitzern oder hinterlassen Sie eine Nachricht, damit die Aufnahmen von gestern auf keinen Fall gelöscht werden.«

»Ja, natürlich.«

Grace gab ihr seine Karte, dann gingen sie hinaus.

Als sie in den Wagen stiegen, sagte Tingley: »Wir haben ein Motiv. Die Quittung des Cafés beweist, dass Drayton Wheeler gestern Abend an einem Ort war, von dem aus er die Mail geschickt haben könnte. Meiner Ansicht nach können wir einige Mutmaßungen anstellen.«

»Ich hasse das Wort *Mutmaßungen.* Die Wurzel aller Katastrophen. Bleiben wir lieber bei *Hypothesen.*«

Der DI grinste. »Na schön, *Hypothesen.* Drayton Wheeler glaubt, Larry Brooker oder dessen Firma hätten ihn über den Tisch gezogen. Also beschließt er, sich zu rächen, indem er die Hauptdarstellerin tötet und so den ganzen Film sabotiert.«

»Warum hat er nicht einfach geklagt? Wenn es ihm um das Geld ging.«

»Schon mal an einen Verrückten gedacht?« Tingley tippte sich an den Kopf.

Dann erinnerte sich Grace an die Medikamente im Badezimmer. War es vielleicht die Verzweiflungstat eines Sterbenden? Aber mit welchem Ziel? »Kennen Sie den Satz ›Je länger ich diesen Job mache, desto weniger weiß ich darüber?‹«

»Nein, aber ich weiß, was Sie meinen.«

Grace nickte. »Hoffen wir, dass Drayton Wheeler gestern Abend die E-Mail geschickt hat und unter dem Kronleuchter liegt. Das wäre eine tragische, aber elegante Lösung.«

»Wie war das mit den Mutmaßungen, Chef?«, bemerkte der DI mit einem frechen Grinsen.

Roy Grace war tief in Gedanken versunken und antwortete nicht. Er überlegte, wie man die Sicherheitsmaßnahmen für Gaia und ihren Sohn weiter erhöhen könnte, bis sie sicher wussten, dass die Bedrohung vorbei war.

Außerdem blieb ein letzter Zweifel. Irgendetwas passte immer noch nicht zusammen. Nicht ganz.

99

Es war spät, als er endlich zu Cleo nach Hause kam. Sie lag schon im Bett und war bei einer alten Miss-Marple-Folge eingedöst. *Mord im Pfarrhaus*, wie er bald erkannte.

»Wie geht es dir?« Er küsste sie auf die Stirn.

»Alles in Ordnung. Aber Knubbel trainiert mal wieder für Olympia.« Sie legte seine Hand auf ihren Bauch, und er spürte, wie das Baby darin herumzappelte, als hüpfte es auf einem Trampolin. Er lächelte stolz und liebevoll. Was für ein hinreißendes Gefühl. Ihr Kind. Seines und ihres. Lebendig in ihrem Körper.

Er legte sich ein paar Minuten neben sie, hielt sie ganz fest und spürte, wie sich das Baby bewegte. Dann küsste er sie. »Mein Gott, ich liebe dich so sehr.«

»Ich liebe dich auch. Aber es hat keinen Sinn, mit leerem Magen ins Bett zu gehen. Ich will nicht die ganze Nacht hören, wie er knurrt.« Sie küsste ihn. »Auf der Arbeitsplatte liegt noch eine Fischpastete von Marks and Spencer. Einige Minuten in der Mikrowelle, steht auf der Packung. Und in einem Topf sind noch ein paar Erbsen. Du musst sie nur aufwärmen.«

»Du verwöhnst mich!«

»Du bist es auch wert. Und, hast du heute Abend die Welt gerettet?«

»Vermutlich.«

»Das ist es, was ich so an dir liebe, Detective Superintendent Grace. Deine Bescheidenheit.«

Er küsste sie erneut. »Die ist angeboren.«

»Ach ja? Humphrey hat sich übrigens geweigert, nach draußen zu gehen. Er muss sein Geschäft erledigen. Ich möchte morgen keine Überraschung auf dem Teppich vorfinden.«

»Ich gehe gleich mit ihm raus. Möchtest du noch fernsehen?«

»Nein, du kannst ihn ausschalten. Ich versuche zu schlafen, falls ich Knubbel ebenfalls davon überzeugen kann. Und denk an den Bericht über Gaia, den ich aufgenommen habe.«

»Danke, dass du mich daran erinnerst. Den hatte ich ganz vergessen.«

Er ging nach unten und befestigte die Leine an Humphreys Halsband, während das überglückliche Tier an ihm hochsprang und ihm das Gesicht ableckte. Er holte eine Plastiktüte aus der Küche, steckte sie in die Tasche und führte den Hund zur Haustür.

Humphrey hockte sich hin, so wie sie den Hof mit dem Kopfsteinpflaster betreten hatten.

»Warte!«, zischte Grace.

Der Hund erledigte stolz und entschlossen sein Geschäft, während ein Nachbar sein Fahrrad vorbeischob. »Ich hoffe, Sie machen das auch weg«, murmelte er.

Grace beseitigte den Haufen und musste gegen die Versuchung ankämpfen, ihn in den Briefschlitz des Mannes zu stecken. Dann ging er mit Humphrey durch die schmalen Straßen von North Laine zur Promenade hinunter, seinem Lieblingsort in der Stadt. Er warf die Tüte in einen dafür vorgesehenen Mülleimer und war erleichtert, dass er den Hund von der Leine lassen konnte.

Er ging in Gedanken versunken weiter. Dachte an die E-Mail. Kam sie von dem Mann, der unter dem Kronleuchter begraben lag? Er las sie noch einmal auf seinem Blackberry.

Ich kann immer noch nicht glauben, dass du mich kaltgestellt hast. Ich dachte, du wärst nur nach England gekommen, um mich zu sehen. Ich weiß, dass du mich in Wahrheit liebst. Es wird dir noch leidtun, dass du das getan hast. Sehr leid. Du hast mich lächerlich gemacht. Die Leute haben über mich gelacht. Ich gebe dir die Gelegenheit, dich zu entschuldigen. Du wirst der ganzen Welt erzählen, wie sehr du mich liebst. Wenn nicht, töte ich dich.

So ganz passte es nicht zusammen. »Ich dachte, du wärst nur nach England gekommen, um mich zu sehen.« Das ergab im Zusammenhang mit Drayton Wheeler keinen Sinn.

Der Mann hatte geglaubt, man habe ihm seine Story oder sein Drehbuch gestohlen. Diese Überzeugung und das, was er getan hatte, stimmten nicht mit der E-Mail überein. Außer er war vollkommen verrückt gewesen.

Hatte er in einer verzweifelten Geste sein Leben für Gaias Kind geopfert, um ihre Liebe zu gewinnen?

Es war ein dunkler Abend, aber trocken. Viele Leute waren noch unterwegs. Der Palace Pier lag vor ihm, als er nach Humphrey rief, ihn wieder anleinte und in Gedanken versunken nach Hause ging.

100

Zwanzig Minuten später schob Roy Grace die Fischpastete in die Mikrowelle, schaltete den Herd ein und setzte den Topf mit den Erbsen auf. Dann holte er das Ermittlungsprotokoll aus der Aktentasche und setzte sich aufs Sofa, um es auf den neuesten Stand zu bringen. Humphrey lieferte sich mit einem quietschenden Stoffelefanten einen Kampf auf Leben und Tod.

Es war halb eins, doch er war immer noch aufgedreht. Er nahm die Fernbedienung und zappte durch die Programme, bis er die Dokumentation gefunden hatte, die Cleo für ihn aufgenommen hatte.

Humphreys lautstarker Kampf dauerte an.

Grace gab Pastete und Erbsen auf einen Teller, stellte ihn mit Serviette, Besteck und einem Glas spanischem Albarino auf ein Tablett und setzte sich wieder. Während er aß, blendete er den lärmenden Hund völlig aus und konzentrierte sich ganz auf Gaias Leben. Das bescheidene Haus in Whitehawk, in dem sie als Kind aufgewachsen war; die ersten Auftritte mit fünfzehn Jahren bei einer Talentshow im Fernsehen; der Umzug nach Los Angeles als älterer Teenager, wo sie zuerst gekellnert und danach eine Affäre mit einem Plattenproduzenten gehabt hatte, der sie in einem Nudelrestaurant auf dem Sunset Boulevard angesprochen hatte. Ihm verdankte sie den großen Durchbruch. Er brachte ihre erste Single mit denselben Studiomusikern heraus, die auch auf den frühen Platten von Madonna und Whitney Houston gespielt hatten.

Zwischendurch gab es Nahaufnahmen von Gaia, in denen sie die Menschen dazu aufforderte, den Planeten respektvoll zu behandeln. *»Ich liebe, dass ihr mich liebt«* lautete einer ihrer Slogans.

Es folgten Ausschnitte aus Konzerten in aller Welt. Grace musste grinsen, als er sah, wie sie in München im Dirndl aufgetreten war, in der Hand ein Akkordeon, und Bier aus einem gigantischen Humpen getrunken hatte. Ein Auftritt in Freiburg, wo sie in Lederhosen auf die Bühne gekommen war. Dann plötzlich stürmte sie vor einem hingerissenen Publikum auf die Bühne, umgeben von wirbelndem Trockeneis, sprang nach links und rechts und hielt ein Jagdgewehr in die Höhe. Sie trug einen Männeranzug aus Tweed.

Einen Anzug in hellem Gelb und Ocker mit einem schrillen Karomuster.

Das Tablett krachte zu Boden, als Grace nach der Fernbedienung griff und das Bild anhielt. Er achtete nicht auf den Teller und das umgekippte Weinglas, während er wie hypnotisiert auf den Bildschirm starrte. Er spulte einige Sekunden zurück, ließ den Film laufen und hielt ihn wieder an.

Es war der gleiche Stoff, den sie auf der Hühnerfarm gefunden hatten. Der Stoff vom See. Er war sich ganz sicher.

Gaia hatte ihn auf der Bühne getragen, als sie bei ihrer letzten Deutschlandtournee in Bayern aufgetreten war.

Er griff nach dem Telefon und rief Andrew Gulli an.

»Womit kann ich dienen, Inspector Grace?«

»Es tut mir leid, dass ich so spät noch anrufe, aber es könnte wichtig sein.«

»Kein Problem. Gibt es etwas Neues?«

»Ist es richtig, dass Gaia oft Kostüme versteigert, die sie bei Konzerten getragen hat, und das Geld dann an Umweltorganisationen spendet?«

»Sie ist sehr engagiert.«

»Ich müsste etwas über einen gelben Tweedanzug wissen, den sie letzten Herbst bei einem Konzert in Bayern getragen hat.«

»Sie werden jetzt aber nicht komisch, oder?«, fragte Gulli trocken.

»Nein, ganz sicher nicht. Ich muss nur dringend etwas über diesen Anzug in Erfahrung bringen. Es könnte zu ihrer Sicherheit beitragen. Können Sie sich erinnern, ob sie ihn versteigert hat?«

»Würden Sie ihn genauer beschreiben?«

Grace tat es.

»Ich melde mich am Morgen wieder.«

»Nein, es muss noch heute Nacht sein. Falls Sie sie wecken müssen, entschuldigen Sie sich in meinem Namen, aber es ist wirklich wichtig.«

»Gut, überlassen Sie das mir, Inspector.«

Grace schaute sich die Szene wieder und wieder an. Konzentrierte sich ganz auf den Anzug. Dann räumte er den Boden auf und wollte sich noch ein Glas Wein einschenken, als Gulli zurückrief.

»Ich habe gerade mit Gaia gesprochen. Es ist schon eine Weile her, das dürfen Sie nicht vergessen. Soweit sie sich erinnern kann, wurde der Anzug im vergangenen Herbst versteigert, Oktober oder November. Er hat wohl eine ziemlich große Summe eingebracht, mehr als üblich.«

»Vielen Dank.«

»Kann ich Ihnen sonst noch helfen? Gibt es Fortschritte beim Kronleuchter?«

»Die Spurensicherung und die Suchspezialisten legen eine Nachtschicht ein.«

»Ich weiß die verstärkte Polizeipräsenz am Hotel zu schätzen. Aber ich werde Gaia trotzdem empfehlen, morgen nach Los Angeles zu fliegen. Ich suche schon nach Flügen.«

»Aber was ist mit den Dreharbeiten?«

»Die Sicherheit geht vor.«

»Warten Sie doch bitte ab, was wir morgen herausfinden.«

»Ich bin nicht glücklich mit der Situation.«

Grace kam es vor, als wäre der Mann niemals wirklich glücklich, aber das sagte er natürlich nicht. »Dann ist es wohl meine Aufgabe, Sie glücklich zu machen.«

»Da bin ich mal gespannt.«

Er beendete das Telefonat und rief sofort Glenn Branson an, um ihm von dem Stoff zu berichten. Dann ließ er die ganze Szene noch einmal laufen.

Als die Dokumentation eine halbe Stunde später bei Gaias erster Filmrolle angekommen war, lag er schlafend auf dem Sofa.

101

Die Dreharbeiten endeten erst um ein Uhr morgens. Anna Galicia stand in der allmählich kleiner werdenden Zuschauermenge an der New Road und hatte beobachtet, wie das ständige Hin und Her von Polizei, Feuerwehr und weiteren Fahrzeugen alles verzögert hatte.

In der Szene, die gefilmt wurde, stürmte Gaia alias Maria Fitzherbert verwirrt und unter Tränen aus dem Vordereingang des Pavilion, nachdem ihr königlicher Liebhaber sie abgesägt hatte.

Obwohl die Leute weit entfernt standen und nicht hören konnten, was gesprochen wurde, war deutlich zu erkennen gewesen, dass Gaia alle hatte warten lassen und sehr gereizter Stimmung gewesen war. *Was für eine Überraschung! Blöde Schlampe.*

Anna sah zu, wie Gaia in ihren Trailer zurückkehrte.

Um zwanzig nach eins tauchte eine durchtrainierte Frau in Jeans und Blouson auf. Anna musste zweimal hinschauen, bis sie Gaia mit den kurzen Haaren erkannte. Sie wurde von einer Assistentin begleitet und sofort von ihren Leibwächtern umringt. Eine ganze Weile vorher hatte Anna bemerkt, wie der Junge begleitet von einer weiteren Assistentin und zwei Leibwächtern das Gelände verließ. Vermutlich hatten sie ihn zurück ins Hotel gebracht.

Es gab Gerüchte, nach denen er um ein Haar von einem herabstürzenden Kronleuchter getötet worden war. Wie schade, dachte sie. Sie hätte Gaia gerne trauern sehen, auch wenn es ihre Pläne über den Haufen geworfen hätte.

Der Konvoi aus fünf schwarzen Range Rovern verließ das Gelände, worauf hektische Aktivität losbrach. Scheinwerfer wurden ausgeschaltet, Ausrüstung wurde weggeräumt und in den Lkw verstaut. Die Polizeiabsperrung löste sich auf, und nach zehn Minuten tauchten mehrere Polizeibusse auf und holten die Beamten ab. Anna beobachtete alles aufmerksam und wartete auf ihre Gelegenheit.

Die kam früher als erwartet. Als sie den Eingang des Parkplatzes hinter der Dome-Konzerthalle erreichte, bemerkte sie, wie drei Polizeibeamte, die die Absperrung bewacht hatten, gerade aufbrachen. Zwei Leute schlossen den Cateringwagen ab, und vier Männer waren damit beschäftigt, die Schienen für den Kamerawagen abzubauen.

Niemand nahm Notiz von ihr, als sie zwischen den Lkws hindurch zu den Trailern ging. Sie hielt sich im Schatten zwischen den Unterkünften von Judd Halpern und Gaia und schaute sich um. In beiden war es dunkel. Sie bemerkte einen Wachmann, der in der Nähe eine Zigarette rauchte und dabei telefonierte. Er hatte sich abgewandt.

Jetzt!

Sie trat zur Tür, in der Hand den Schlüssel, den sie bei AD Motorhomes in St Albans abgeholt hatte, und steckte ihn ins Schloss.

Dann drehte sie ihn um.

102

Roy Grace wachte um zwei Uhr morgens vor dem Fernseher auf, in dem Jack Nicholson mit Bauarbeiterhelm vor einem Ölbohrturm stand. Er gähnte und schaltete den Fernseher aus. Humphrey schlief tief und fest, neben sich den halbzerstörten Stoffelefanten.

Er hievte sich vom Sofa, putzte sich die Zähne und fiel ins Bett. Trotzdem konnte er drei Stunden lang nicht einschlafen, weil wilde Videos in seinem Kopf abliefen. In allen davon kam Gaia vor. Sie und Chief Constable Tom Martinson, der ihn zur Rede stellte, weil er einen wichtigen Hinweis übersehen hatte.

Um fünf Uhr morgens war er hellwach, stand vorsichtig auf, um Cleo nicht zu stören, ging ins Bad und schloss die Tür. Er duschte, rasierte sich, zog sich an und ging nach unten. Humphrey schlief noch immer zusammengerollt auf dem Sofa. Er griff nach seiner Aktentasche und ging nach draußen. Es war fast hell und regnete leicht.

Eine Viertelstunde später öffnete er mit seiner Sicherheitskarte die Eingangstür von Sussex House, ging die Treppe hinauf und durch die verlassenen Räume der Abteilung Kapitalverbrechen bis in sein Büro. Dort stellte er die Brieftasche ab, begab sich in die Kochnische und machte sich einen starken Kaffee, mit dem er in sein Büro zurückkehrte.

Dann ging er ins Internet und googelte *Gaia* und *Versteigerung.*

Es gab Tausende Suchergebnisse, doch er fand bald das richtige, indem er die Kriterien einschränkte. Die Versteigerung des gelben Karoanzugs hatte im letzten November über einen Zeitraum von zwei Wochen stattgefunden. Der Anzug war für 27 200 Pfund verkauft worden.

Obgleich er nicht viel über die Materie wusste, erschien ihm die Summe extrem hoch, selbst wenn der Anzug Gaia persönlich gehört hatte. Um so viel Geld dafür zu bezahlen, musste man entweder extrem reich oder vollkommen fanatisch sein.

Oder beides.

103

Im Besprechungszimmer hing eine stark vergrößerte Kopie des Passfotos von Drayton Wheeler.

»Mittwoch, 15. Juni, 8.30 Uhr. Dies ist die einundzwanzigste Besprechung der *Operation Icon.* Es gibt neue Entwicklungen, nach denen möglicherweise ein Zusammenhang zwischen der *Operation Icon* und der echten Ikone besteht, die zur Zeit hier in Brighton einen Film dreht.«

Sofort hatte er die volle Aufmerksamkeit seines Teams. Dann berichtete er von den Ereignissen der vergangenen Nacht, was er in der Dokumentation über Gaia entdeckt und was seine Internetsuche am Morgen ergeben hatte. Er schaute DC Reeves an. »Emma, ich habe festgestellt, dass der Anzug über eBay bezahlt wurde, doch bekomme ich keine Angaben zu den Bietenden. Deren Namen müssen wir aber dringend ermitteln. Kontaktieren Sie eBay und lassen Sie sich die Namen aller Personen geben, die an dieser Auktion beteiligt waren. Die gleichen Sie dann mit den Datenbanken ab. Vor allen Dingen müssen wir den unterlegenen Bieter finden.«

»Ja, Sir.«

Er wandte sich an Ray Packham. Dieser sah ganz und gar nicht wie ein Computerfreak aus, doch Grace war noch nie einem besseren Fachmann begegnet. »Du konntest auch nichts herausfinden, oder?«

»Nein, Chef, aber eBay dürfte uns die Informationen ziemlich schnell liefern.«

»Gut. Haben wir Ergebnisse zu der E-Mail von Montagnacht?«

»Ja. Wir haben die IP-Adresse überprüft, und es gibt gute Neuigkeiten. Es handelt sich um eine feste IP, die auf das Internetcafé in der Trafalgar Street registriert ist. Die Mail wurde am Montagabend um 20.46 Uhr von dort abgeschickt.«

»Du bist ein Genie!«

»Ich weiß«, erwiderte Packham mit einem frechen Grinsen.

Grace deutete auf das Passfoto. »Die Leiche des Mannes wurde noch nicht offiziell identifiziert, aber wir gehen davon aus, dass er gestern Abend von dem Kronleuchter getötet wurde.« Er berichtete von den Quittungen, die er in dem Hotelzimmer gefunden hatte. »Die Quittung vom Cafe Conneckted beweist, dass er am Montag dort gewesen ist. Jetzt müssen wir noch herausfinden, wann genau das war. Norman, Sie sind bitte um 10.00 Uhr vor Ort, wenn das Café öffnet.«

»Ja, Chef.«

»Falls wir nachweisen können, dass Wheeler am Montag um 20.46 Uhr dort gewesen ist, wäre das eine gute Nachricht. Falls nicht, müssen wir herausfinden, wer sie geschickt hat. Hoffentlich liefern die Kameras einen Hinweis.«

»Ich kümmere mich darum.«

Grace schaute in seine Notizen. »Die Spurensicherung hat die Nacht durchgearbeitet und mir vorhin die Ergebnisse gemeldet. Quecksilberchlorid lässt sich ohne weiteres aus einem Quecksilberthermometer entnehmen, Schwefelsäure aus einer Autobatterie, und Salzsäure findet sich in Abbeizmitteln. Ich habe Kaufbelege für alle diese Produkte in Wheelers Zimmer gefunden. Die Spurensicherung sagt, dass sich Quecksilberchlorid besonders gut eignet, um Aluminium aufzulösen. Aus eben diesem Material war der Träger des Kronleuchters.«

»Chef«, sagte DS Guy Batchelor, »ich sehe noch ein Problem – die Verbindung zwischen Anzugstoff und Kronleuchter.«

»Willkommen im Club. Die Verbindung ist Gaia, aber ich kann nicht garantieren, dass wir sie nachweisen können. Wir sollten aber in diese Richtung ermitteln.«

Der DS nickte.

»Vor allem müssen wir dringend herausfinden, ob die E-Mail von Drayton Wheeler stammt. Ich hoffe, dass dem so ist. Wenn nicht, haben wir ein großes Problem.«

104

Das Café entsprach so gar nicht Norman Pottings Vorstellungen. Nur ein weiteres Anzeichen dafür, dass sich die Welt veränderte, und zwar in einer Weise, die ihm nicht gefiel. Schicke Ledersofas und Computer. Konnten die Leute nicht ihren Tee trinken, ohne dabei online zu sein? Er mochte traditionelle Imbisse mit Resopaltischen, Plastikstühlen, dem Geruch von gebratenem Essen, einer Speisekarte, die von Hand auf eine Wandtafel geschrieben war, und einem guten, ehrlichen, starken Tee.

Warum, fragte er sich verwundert, während er die Getränkekarte mit der smarten, kaum leserlichen Schrift betrachtete, gab es keinen normalen Kaffee mehr? Warum mussten alle Getränke irgendwelche obskuren Namen haben?

Das Angebot an Cupcakes hingegen war durchaus ansprechend.

»Kann ich Ihnen helfen?«, fragte eine kräftig gebaute Goth-Frau, die hinter der Theke stand. Sie trug eine blaue Latzhose, hatte beide Arme tätowiert und so viele Ringe in der Nase, dass er sich fragte, wie sie atmen oder sich schnäuzen konnte. Er bemerkte auch ein Zungenpiercing. Und das Metall in ihrer Stirn ließ ihn zusammenzucken. Sie waren um diese Uhrzeit ganz allein im Café.

Potting zeigte seinen Ausweis.

»Ach ja, Zoe hat Sie angekündigt.«

Er legte ihr eine Kopie der Quittung vor, die sie in Drayton Wheelers Hotelzimmer gefunden hatten. »Wir müssen unbedingt herausfinden, um welche Zeit die Person am Montag hier war.« Er legte das vergrößerte Passfoto auf die Theke. »Erinnern Sie sich an diesen Mann?«

Sie betrachtete es einen Moment. »Aber sicher doch. Er war sehr unhöflich. Amerikaner. Unerfreulich.«

»Wissen Sie noch, wann er hier war? Am Montagabend?«

Sie betrachtete noch einmal das Foto. »Nein, eher um die Mittagszeit. Wir hatten viel zu tun, und er wurde wütend, weil er Probleme hatte, online zu gehen. Unser Server war abgestürzt. Er hat einen Mitarbeiter beleidigt. Mein Mann hat ihm das Geld zurückgegeben und ihn rausgeworfen.«

»Sind Sie sich sicher?«

»Hundertprozentig.«

»Sie haben eine Überwachungskamera?«

Sie deutete auf die Kamera, die an der Decke angebracht war. »Ja, die haben wir eingebaut, nachdem einige Computer gestohlen wurden.«

»Wirklich nette Menschen in der Stadt.«

»Das können Sie laut sagen.«

»Könnten Sie mir die Aufnahmen zeigen, die am Montag zwischen 20.30 Uhr und 21.00 Uhr gemacht wurden?«

»Ich frage meinen Mann. Er weiß, wie das funktioniert.« Sie drehte sich um und rief durch den Türbogen: »Craig, du wirst gebraucht!«

Kurz darauf tauchte ein kleiner, dünner Mann mit rasiertem Kopf auf, der noch stärker tätowiert und gepierct war als seine Frau. Spätabends in einer dunklen Gasse hätte er einen zu Tode erschreckt, dachte Potting, doch hier bei Tageslicht wirkte er erstaunlich brav und sprach mit einer freundlichen, ziemlich hohen Stimme.

Potting erklärte ihm, was er brauchte, und saß fünf Minuten später mit einer schicken großen Kaffeetasse mit unhandlichem Griff in einem Büro und schaute auf einen Monitor. Die Uhrzeit wurde in der rechten oberen Ecke angezeigt. Die Bildqualität war nicht sehr gut, aber sie reichte für seine Zwecke.

Fünf der zehn Terminals waren besetzt. An dreien saßen junge Männer, die wie Studenten aussahen. Am vierten saß ein attraktives Mädchen von Anfang zwanzig. Die fünfte Person war eine Frau mittleren Alters, die eine Baseballkappe aus Leder, einen Pullover mit Polokragen und eine Bomberjacke mit hochgeklapptem Kragen trug.

Um 20.35 Uhr waren vier der Kunden gegangen, und die Frau in der Baseballkappe saß allein da. Um 20.46 Uhr stand sie auf und ging zur Theke, außer Sichtweite. Ein paar Minuten später war zu sehen, wie sie das Café verließ.

»Die da! Erinnern Sie sich an die?«

»Ja«, sagte Craig. »Hier kommen viele Spinner hin. Sie gehörte definitiv dazu.«

»In welcher Hinsicht?«

»Nun ja, ihre ganze Art, und sie hatte eine sehr tiefe Stimme, wie jemand, der viel raucht. Bevor sie an den Rechner ging, fragte sie nach dem Preis, und ich sagte zwei Pfund für eine halbe Stunde oder drei Pfund für eine Stunde. Sie sagte, sie müsse Geld abheben und ob es irgendwo in der Nähe einen Geldautomaten gebe. Ich sagte, der nächste sei bei der HSBC in der Queen's Road.«

»Ist sie hingegangen?«

Er zuckte mit den Schultern. »Sie ist jedenfalls losgegangen und zehn Minuten später wiedergekommen. Ich weiß noch, dass sie mit einem nagelneuen Zehn-Pfund-Schein bezahlt hat und dachte schon, der müsse frisch aus dem Automaten kommen.«

»Ich muss mir die CD leihen«, sagte Potting. »Haben Sie was dagegen?«

Der Mann zögerte.

»Wenn Sie möchten, kann ich auch einen Durchsuchungsbefehl besorgen.«

Craig schüttelte den Kopf. »Schon in Ordnung.«

Potting nahm die CD entgegen und eilte ans Ende der Trafalgar Street, durch die Unterführung unter dem Bahnhof und in die Queen's Road. Schräg links von ihm befand sich die HSBC-Bank mit zwei Geldautomaten.

105

Glenn Branson saß an seinem Arbeitsplatz in der Soko-Zentrale 1 und hatte eine Reihe von Karteikarten vor sich ausgebreitet. Auf einer stand *Torso auf der Stonery Farm.* Auf einer anderen *Arm und Beine, See der West Sussex Piscatorial Society.* Auf der dritten *Anzugstoff auf Stonery Farm, am See und auf Gaias Deutschlandtournee.* Die vierte war mit *Myles Royce* und die fünfte mit *Drayton Wheeler* beschriftet.

Diese Methode wandte er immer an, wenn er bei einer Ermittlung feststeckte. Die Karten bezogen sich auf die Fotos, die an der Tafel über den Arbeitsplätzen des Teams hingen. Im Hintergrund hörte er die aufreizende Stimme von Norman Potting. Er schien am Telefon immer lauter zu sprechen als alle anderen, als hielte er seine Gesprächspartner für schwerhörig.

Dann unterbrach ihn eine Frauenstimme. »Sir?«

Vor ihm stand DC Reeves in einem leuchtend roten Kleid. Sie sah ziemlich aufgeregt aus. »Ich habe eine Info von eBay erhalten, die wichtig sein könnte.«

»Was gibt es?«

»Sie waren wirklich hilfsbereit. Ich habe die gesamte Auktionsgeschichte für Gaias Anzug und die Namen sämtlicher Bieter. Am Ende haben zwei Personen allein den Preis von siebenhundert Pfund auf den Endpreis von 27 200 Pfund getrieben.«

»Ein richtiges Duell. Unglaublich!«

»Ich weiß! Und der Gewinner war niemand anders als unser Puzzle Myles Royce.«

»Royce?«, fragte Branson stirnrunzelnd. »Ich dachte, er hätte den Anzug schon. Er hat doch einen gekauft.«

»Ja, Sir. Aber er besaß nicht *diesen.* Gaias persönlichen Anzug, den sie bei einem Konzert getragen hat. Das verleiht einem Stück doch erst Sammlerwert.«

»Verstehe, aber es ist schon ganz schön traurig, so viel Geld dafür zu bezahlen.«

»Anscheinend spendet Gaia alles an karitative Organisationen. Und für den Sammler könnte es eine gute Investition sein.«

Branson zuckte mit den Schultern. »Trotzdem, man muss so ein Teil schon um jeden Preis haben wollen.«

»Das ist bei diesen Sammlern wohl der Fall, Sir. Jedenfalls habe ich Annalise die Namen aller anderen Bieter gegeben, und sie überprüft sie. Erinnern Sie sich an den Zwischenfall im Grand Hotel, als ein übereifriger Fan von Gaias Leibwächtern bedrängt wurde? Diese Frau hat damals die Polizei gerufen. Im Nachhinein stellte sich heraus, dass sie eine falsche Adresse angegeben hatte.«

»Ja, sie hieß Anna Garley – Galicia – irgendwie so.«

»Genau! *Galicia.* Sie war die unterlegene Bieterin bei der Auktion um den gelben Anzug.«

Branson verdaute die Information. Eine Hypothese nahm in seinem Kopf Gestalt an. Ein Motiv? Hatten sie in die falsche Richtung geschaut? Konnte das Mordmotiv Zorn über den verlorenen Anzug sein? Hatte man die bewussten Stoffstücke absichtlich verteilt? Aus Bosheit?

Norman Potting hatte sein Telefonat beendet und blickte auf. »Geht es um einen weiblichen besessenen Gaia-Fan?«

Branson schaute ihn genervt an. »Kann schon sein.«

»Ich war vorhin in diesem Internetcafé.« Er hielt eine CD in die Höhe. »Das sind Aufnahmen der Person, die am Montagabend um 20.46 Uhr online war. Also um die Zeit, zu der die Drohmail an Gaia geschickt wurde.« Er legte eine Kunstpause ein, bevor er fortfuhr. »Es ist eine Frau.«

Stirnrunzeln und kurze Stille.

»Eine Frau?«, erkundigte sich Guy Batchelor.

»Ja.«

»Haben wir Aufnahmen, auf denen sie geht?«, wollte Haydn Kelly wissen.

»Ich denke schon.«

»Dürfte ich sie sehen?«

Potting gab ihm die CD, die er sofort einlegte und startete.

»Diese Person, wer immer sie sein mag, ist am Montag um 20.30 Uhr zu einem Bankautomaten der HSBC-Bank in der Queen's Road gegangen, um Bargeld abzuheben. Dort befinden sich zwei Außenautomaten nebeneinander. Ich habe mich gerade in der Bank erkundigt, ob sie uns Informationen über alle Personen liefern können, die dort am Montag zwischen 20.15 Uhr und 21.00 Uhr Bargeld abgehoben haben. Wir haben einen Spielraum gelassen, da die Uhrzeit der Automaten ungenau sein könnte. Ich bekomme die Ergebnisse später.«

Glenn Branson schaute Kelly über die Schulter und betrachtete die deutlichen, wenn auch körnigen Bilder.

»Sie können die ersten Minuten vorlaufen lassen«, sagte Potting. »Da verlassen die anderen gerade das Café.«

Der forensische Podologe folgte seinem Rat und verlangsamte den Vorlauf, als 20.44 Uhr näherrückte. Nur die Frau mit der Baseballkappe saß noch da. Ihre Körpersprache signalisierte, dass sie um 20.46 Uhr eine Entscheidung traf. Kurz darauf schien sie sich auszuloggen, stand auf und ging zur Theke, wobei sie aus dem Sichtfeld der Kamera verschwand.

»Man kann sie gleich wieder sehen.«

Zwei Minuten später tauchte sie kurz wieder auf und verließ dann das Café.

»Scheiße!«, rief Haydn Kelly.

»Was ist?«, wollte Branson wissen.

»Ich bin mir nicht sicher, ich brauche mehr Material.«

»Worum geht es?«

»Um den Gang.«

»Was sagt der Ihnen?«

»Ich muss mehr von dieser Person sehen, bevor ich mir sicher sein kann.«

»Der Kameraraum im Revier in der John Street müsste sie aufgenommen haben«, sagte Guy Batchelor. »Die gesamte Queen's Road wird überwacht.«

Branson wandte sich an Nick Nicholas. »Sie fahren jetzt sofort mit Haydn dorthin.«

Als Nicholas aufstand, fragte Glenn: »Weiß jemand, wie man Standbilder von diesem Video macht?«

»Frag mal Martin Bloomfield aus der Bildverarbeitung. Der kann so was.«

*

Dreißig Minuten später verließ Glenn Branson das Gebäude. Er hatte zwei vergrößerte Nahaufnahmen der Frau mit der Baseballkappe dabei. Das eine war ein Ganzkörperbild, das andere zeigte nur ihr Gesicht. Er stieg in seinen Wagen und fuhr durch das grüne Tor in Richtung Promenade und Grand Hotel.

106

Auf dem Gehweg vor dem Hotel drängelten sich Fans mit Handykameras und Paparazzi mit Teleobjektiven, die alle hofften, einen Blick auf die Ikone zu erhaschen.

Der Portier stand vor dem Eingang, als wollte er ihn verteidigen, und warf einen Blick auf das Foto, das Glenn Branson ihm unter die Nase hielt.

»Ja, eindeutig.«

»Gar kein Zweifel?«

»Es gehört zu meinem Job, mich an Gesichter zu erinnern, Sir«, erklärte Colin Bourner. »Ich mache das schon sehr lange. Die

Stammgäste regen sich auf, wenn man sie nicht erkennt. Ich vergesse niemals ein Gesicht. Falls Sie weitere Beweise benötigen, haben wir sie gewiss auf unseren Überwachungskameras.«

»Das möchte ich mir ansehen. Nicht weil ich Ihnen nicht traue, aber ich würde mir gern selbst ein Bild machen.«

»Ich spreche mit dem Sicherheitsdienst, Sir, einen Moment, bitte.« Er eilte ins Gebäude.

Glenn sah auf die Uhr. 11.23 Uhr. Gaia, einer der größten Stars der Welt, war hier in diesem Hotel, und Ari hatte ihren Kindern nicht erlaubt, mit ihrem Sohn zu spielen. Wie beschissen war das? Er schaute an der Fassade hoch und fragte sich, welches ihr Zimmer sein mochte. Sicher eins mit Meerblick. Er musste dafür sorgen, dass er für Sammy und Remi wenigstens Autogramme bekam. Er schaute auf den träge dahinfließenden Verkehr, auf die Menschen, die auf der anderen Straßenseite über die Promenade schlenderten und gelegentlich einem klingelnden Radfahrer ausweichen mussten. Es war Anfang Juni, viele schienen Urlaub zu machen.

Urlaub, dachte er sehnsüchtig. Seinen letzten Urlaub hatte er vor beinahe zwei Jahren mit Ari in Cornwall verbracht. Es hatte vierzehn Tage an einem Stück geregnet, was ihrer schwächelnden Beziehung nicht gerade gutgetan hatte.

»Sir, man bereitet schon alles vor.«

Branson drehte sich um. »Toll, vielen Dank.«

»Es war mir ein Vergnügen, Sir.«

*

Roy Grace hatte zwei unangenehme Besprechungen hinter sich. ACC Peter Rigg hatte wissen wollen, wie sich jemand trotz der engmaschigen Überwachung, die Grace hatte planen sollen, genau über dem Filmset versteckt und um ein Haar Gaias Sohn getötet hatte. Das andere Gespräch hatte er mit dem Chief Constable geführt, der ein wenig verständnisvoller, aber dennoch unzufrieden gewesen war.

Rigg hatte gar nicht erst versucht, seinen Zorn zu verbergen. Als Roy vor ihm gesessen hatte, kam er sich beinahe vor wie damals, wenn ihn die bissige Alison Vosper zurechtgestutzt hatte. Als er zu erklären versuchte, wie schwierig es war, ein Gebäude zu sichern, das öffentlich zugänglich war, hatte der ACC nur verächtlich geschnaubt. »Mein lieber Freund, man hat Ihnen die Verantwortung für Gaias Sicherheit übertragen, während sie in unserer Stadt zu Gast ist. Und bisher war Ihre Vorstellung nicht gerade eindrucksvoll. Sie wissen, dass ihr Leben in Gefahr ist. Ist es Ihnen gar nicht in den Sinn gekommen, die Räume unter dem Dach zu überprüfen? Das ist doch vollkommen selbstverständlich.«

»Es ist mir durchaus in den Sinn gekommen, Sir, und sie wurden ja auch überprüft. Die Polizei hat zu Beginn alles genau durchsucht, danach waren die Sicherheitsleute des Pavilion dafür verantwortlich. Ich bin ein Mordermittler, kein Sicherheitsexperte.«

»Gott sei Dank. Ich möchte nicht in eine Lage geraten, in der mein Leben oder die Sicherheit meiner Familie von Ihren Plänen abhängt. Was ist los, Mann, sind Sie schlafgewandelt? Es ist alles in den Medien. Haben Sie die Titelseite des *Argus* gesehen?«

Gaias Sohn entgeht nur knapp dem Tod

Die Kritik des ACC war nicht fair, das wusste Grace nur zu gut. Hätten sie ein grenzenloses Budget gehabt, wäre niemand in diesen verdammten Dachraum gelangt, doch er hatte darum kämpfen müssen, überhaupt Mittel für die Überwachung zu bekommen. Dabei entstanden unweigerlich Sicherheitslücken. Man hätte doch wohl erwarten können, dass der Pavilion sich selbst schützen konnte.

Und Rigg verhielt sich absolut unvernünftig. Doch das würde er ihm nicht sagen. Die Polizei war eine Hierarchie, in vieler Hinsicht ähnelte sie dem Militär. Man respektierte seine Vorgesetzten und gehorchte ihnen, selbst wenn man ihre Meinung nicht teilte.

»Es gab Sicherheitslücken«, gestand er ein. »Sieht aus, als hätten wir Glück gehabt.«

»Das Wort *Glück* gefällt mir gar nicht.«

Aber Glück zu haben war besser als das Gegenteil, dachte Grace bei sich.

107

Um kurz nach vier wurde die Konzentration der siebzehn Beamten, die zur Zeit in den drei großen Arbeitsbereichen der Soko-Zentrale 1 saßen, durch einen lauten Fluch von Norman Potting unterbrochen. Mehrere blickten auf. Dann setzte das Klicken der Tastaturen wieder ein. Ein Handy klingelte und spielte »Greensleeves«. Nick Nicholas meldete sich rasch.

Bella mampfte Maltesers. Sie hatte die Aufgabe, alle Personen, die bei dieser und den vorherigen ebay-Auktionen auf Fanartikel von Gaia geboten hatten, zu kontaktieren. Und das alles in der Hoffnung, dass irgendjemand die geheimnisvolle Anna Galicia persönlich kannte. Unterdessen bemühte sich Ray Packham in der High Tech Crime Unit darum, einen Weg durch eine komplexe Spur verschlüsselter E-Mail-Accounts zu finden. Falls sie gehofft hatten, Anna Galicia rasch zu finden, indem sie ihre Spur von PayPal aus nachverfolgten, wurden sie enttäuscht. So etwas konnte Tage, vielleicht auch Wochen dauern.

Potting fluchte erneut. »Diese verdammten Banken! Ist das zu fassen?«

»Was ist, Norman?«, erkundigte sich Glenn Branson und genoss insgeheim den Ärger seines Kollegen. So sehr er sich auch wünschte, den Fall endlich abzuschließen, gönnte er nicht ausgerechnet Potting den großen Durchbruch.

Sein Kollege wandte sich zu ihm. »Wir sind uns ziemlich sicher, dass Anna Galicia an einem der beiden Bankautomaten in der Queen's Road Geld abgehoben hat, und kennen auch die ungefähre Uhrzeit und den Tag. Die Außenkameras liefern Bilder, auf denen sie sich dem Automaten nähert und wieder weggeht. Doch die Bank sagt mir, es habe am fraglichen Abend zwischen 20.15 Uhr und 21.00 Uhr sieben Abhebungen gegeben, und die Kontoinhaber seien alle Männer.«

»Vielleicht hat ihre Karte einfach nicht funktioniert«, sagte Branson. »Das kennen wir doch. Die Banken selbst haben eigene Kameras. Man müsste eigentlich die Gesichter aller Leute erkennen können, die die Automaten benutzen.«

»Danach habe ich mich schon erkundigt«, sagte Potting. »Dafür brauchen sie noch ungefähr eine Stunde. Sie schicken mir die Bilder per E-Mail, zusammen mit den Namen und Adressen der Leute, die die Geldautomaten benutzt haben. Dann sehen wir genau, wann sie auftaucht.«

»Haben Sie auch eine Liste aller anderen Automaten, die sich in der Nähe befinden?«, fragte Bella.

Glenn betrachtete ihr Gesicht. Sie kam ihm von Mal zu Mal attraktiver vor, und es tat förmlich weh, das Gespräch zwischen ihr und Potting zu beobachten. Es war beinahe, als lieferte sie ihm Stichwörter, damit er besser dastand.

»Ja, das habe ich«, erwiderte Potting selbstzufrieden. »Es gibt dort eine Santander Bank, Barclays und Halifax. Ich habe alle kontaktiert und warte auf Informationen.«

Roy Grace betrat den Raum und schaute sich um. »Wie läuft es?«, fragte er Glenn.

»Abgesehen davon, dass der Portier des Hotels bestätigt hat, dass die Anna Galicia, nach der wir suchen, dieselbe Person ist wie die, die letzte Woche den Zusammenstoß mit Gaias Leibwächtern hatte, gibt es nichts Neues. Wie sieht es im Pavilion aus?«

»Der Kronleuchter wurde in die Asservatenkammer gebracht, sehr zum Ärger des Kurators. Das Suchteam hat den Sender eines Babyfons unter einem Tisch im Speisesaal gefunden. Das Gerät stammt von Mothercare, was zu der Quittung aus Wheelers Hotelzimmer passt wie auch zu dem kaputten Empfänger, den wir in dem Raum über dem Kronleuchter gefunden haben. Ich habe den Produzenten die Erlaubnis erteilt, das Gebäude zu betreten und heute Abend im Speisesaal zu drehen. Sie werden es ohne den Kronleuchter machen. Sie werden ihn später per Computer einfügen können.«

Grace sah besorgt auf die Uhr. »Wir können nicht sicher sein, dass Wheeler die E-Mail nicht geschickt hat, aber es wird zunehmend unwahrscheinlicher. Sehe ich das richtig?«

»Das Timing passt einfach nicht.«

Timing war für Grace momentan sehr wichtig. Innerhalb der nächsten Stunde würde Gaia ihre sichere Suite verlassen und sich in den Pavilion begeben. Auf seinen Rat hin war sie den ganzen Tag im Hotel geblieben, und ihr Sohn würde auch am Abend dort bleiben. Grace hatte dafür gesorgt, dass sein Patenkind Jaye Somers einige Stunden zum Spielen kommen würde.

Er wusste, dass Gaia sicher war, solange sie sich im Hotel aufhielt, machte sich aber Sorgen wegen der Dreharbeiten. Hatte Rigg sich ihm gegenüber unfair verhalten, oder hatte er in gewisser Weise recht? Hätte es sich um ein Mitglied der königlichen Familie oder einen führenden Politiker gehandelt, hätten sie das Gebäude mit der Lupe durchsucht und alle Bereiche wie Keller und Dachböden abgeriegelt, in denen sich ein möglicher Täter entweder selbst oder eine Bombe verstecken konnte. Doch da die Filmgesellschaft täglich unbeschränkten Zugang zum Gebäude verlangte und es außerdem für die Öffentlichkeit zugänglich bleiben sollte, war die vollständige Sicherheit nur schwer zu gewährleisten.

War er zu sorglos gewesen?

Nun, das würde heute Abend jedenfalls nicht passieren. In den vergangenen zwei Stunden war das Gebäude so streng durchsucht worden, als fände dort ein Parteitag statt.

Doch selbst dann war es unmöglich, jemanden ganz und gar vor einem einsamen Fanatiker zu schützen. Er erinnerte sich noch an die furchterregenden Worte der IRA, nachdem sie das Grand Hotel 1984 bei dem gescheiterten Attentat auf Margaret Thatcher in die Luft gejagt hatten: »Heute hatten wir Pech, aber denkt dran, wir müssen nur einmal Glück haben. Ihr müsst immer Glück haben.«

Er würde nicht zulassen, dass Gaia Glück haben musste. Glück durfte in dieser Gleichung keine Rolle spielen. Gute Polizeiarbeit, sonst nichts. Und alle waren vorbereitet.

108

Ein großer Teil der Innenstadt wurde ständig von Kameras überwacht, die aus einer Entfernung von mehreren hundert Metern Gesichter heranzoomen konnten.

Das Nervenzentrum war der Überwachungsraum im fünften Stock des Polizeireviers in der John Street. Ein großer Raum, der mit blauem Teppich ausgelegt und mit dunkelblauen Stühlen eingerichtet war. Es gab drei Arbeitsbereiche, die jeweils mit einer Reihe von Bildschirmen, Tastaturen und Telefonen ausgestattet waren.

An zwei Arbeitsplätzen saßen zivile Mitarbeiter. Einer trug Kopfhörer und war mit einem Polizeieinsatz beschäftigt, bei dem die Bewegungen eines Drogenhändlers nachverfolgt wurden. Der andere, Jon Pumfrey, ein Mann mit frischem Gesicht und gepflegtem, braunem Haar, war damit beschäftigt, Haydn Kelly durch das System zu navigieren, um Aufnahmen von Anna Galicia zu finden.

Der forensische Podologe hielt einen Becher mit lauwarmem Starbucks-Kaffee in der Hand. Sein rechtes Bein war verkrampft, da er seit kurz vor Mittag auf diesem Stuhl saß und nur einmal eine Pause eingelegt hatte, um sich ein Sandwich und den Kaffee zu holen. Jetzt war es kurz vor fünf. Auf den diversen Bildschirmen lief ein Kaleidoskop von Bildern ab, das sich aus Aufnahmen der Stadt und anderen Orten in Sussex zusammensetzte. Leute gingen über die Straße, Busse fuhren umher, eine Nahaufnahme zeigte einen Mann, der neben einer fahrbaren Mülltonne stand.

Kelly hatte Anna Galicia bisher auf sechs verschiedenen Kameras entdeckt, und alle Aufnahmen stammten vom Montagabend. Auf der ersten sah man sie in Richtung des Internetcafés gehen. Auf der zweiten war sie unterwegs zu den Geldautomaten in der Queen's Road. Auf der dritten, vierten und fünften Aufnahme bewegte sie sich um das Gelände des Pavilion und schlängelte sich durch die Zuschauermenge. Auf der sechsten ging sie um 23.24 Uhr in Richtung Old Steine. Doch obwohl es in dieser Gegend zahlreiche Kameras gab, tauchte sie nicht wieder auf. Jon Pumfrey bemerkte, sie könne einen Bus oder ein Taxi genommen haben und nach Hause gefahren sein.

Sie gingen jetzt die Aufnahmen vom Vortag durch, die um den Pavilion herum entstanden waren, und überprüften den ganzen Tag im Schnelldurchlauf in der Hoffnung, sie noch einmal zu entdecken. Kelly sah auf die Uhr, da er für die Besprechung um 18.30 Uhr zurück in Sussex House sein musste. Es war fast fünf. Er hatte genug gesehen.

Dann erregte etwas seine Aufmerksamkeit. Er runzelte die Stirn.

»Jon, lassen Sie das mal ein paar Sekunden zurücklaufen.«

Pumfrey bewegte den Joystick, und das Bild bewegte sich rückwärts.

»Stopp!« Die Uhrzeit war 13.00 Uhr am gestrigen Dienstag.

Das Bild erstarrte.

»Welche Straße ist das?«

»Die New Road.«

»Gut, holen Sie bitte mal den Mann dort heran.«

Das Bild eines Mannes mit schütterem Haar füllte den ganzen Bildschirm. Er trat aus einem Bürogebäude, zögerte und streckte die Hand aus, als wollte er prüfen, ob es noch regnete.

»Und jetzt langsamer Vorlauf.«

Kelly sah mit wachsender Erregung, wie sich der Mann aus dem Blickfeld der Kamera bewegte. »Lassen Sie es ruhig weiterlaufen. Schnell. Er kommt gleich zurück.«

Der forensische Podologe hatte recht. Zehn Minuten später tauchte der Mann mit einer kleinen Papiertüte wieder auf. Er warf einen Blick auf ein Fahrrad, das an einem Laternenpfahl festgekettet war, und kehrte in das Bürogebäude zurück.

»Davon brauche ich eine Kopie.«

Als Pumfrey sie ihm wenige Minuten später aushändigte, legte er sie sofort in seinen Laptop ein und startete die Software, die er für die Ganganalyse entwickelt hatte. Nachdem er die Messungen und Berechnungen vorgenommen hatte, glich er sie mit den Werten der Ganganalyse von Anna Galicia ab.

Und konnte seine Begeisterung kaum noch unterdrücken.

109

Norman Potting saß an seinem Arbeitsplatz in der Soko-Zentrale 1 und schaute verwirrt vor sich hin. Er hatte Kameraufnahmen von allen Geldautomaten vorliegen, die sich in unmittelbarer Nähe des Internetcafés befanden. Die Banken hatten rasch und zuverlässig geantwortet.

Er ging die Bilder noch einmal durch und betrachtete die vier weiblichen und sechzehn männlichen Gesichter. Irgendetwas stimmte nicht. Alle zwanzig Personen hatten an diesem Automaten Bargeld abgehoben, und zwar innerhalb des fraglichen Zeitraums am Montagabend. Trotz der schlechten Bildqualität hatte eine Frau relativ große Ähnlichkeit mit Anna Galicia. Sie hatte um 20.31 Uhr versucht, an einem der HSBC-Automaten in der Queen's Road Geld abzuheben, doch gab es keine Abbuchung auf ihren Namen. Die Bank hatte erklärt, möglicherweise sei die Karte zurückgewiesen worden. Sie waren sich aber nicht sicher, weshalb es überhaupt keinen Beleg im Computer gab. Eine andere Idee war, dass sie eine gestohlene Karte benutzt hatte, die noch nicht als solche gemeldet worden war. Eine Minute später, um 20.32 Uhr, hatte es eine Abhebung auf den Namen eines Mannes gegeben.

Der Detective Sergeant war kurz davor, die Spur aufzugeben, als zum zweiten Mal an diesem Nachmittag die konzentrierte Stille, die gewöhnlich in der Soko-Zentrale herrschte, gestört wurde. Diesmal war es ein Jubelschrei von Haydn Kelly, der mit solchem Elan hereinstürmte, dass die Tür hinter ihm gegen die Wand schlug. Alle blickten auf.

»Ich hab's gelöst!«, rief er Roy Grace mit strahlender Miene zu und schwenkte dabei zwei CD-Hüllen.

»Was haben Sie gelöst? Die Sache mit Anna Galicia?«

Der forensische Podologe schob Graces Tastatur beiseite und stellte seinen Laptop auf den Schreibtisch. Dann öffnete er ihn und tippte sein Passwort ein. Sekunden später schaute Grace auf den Bildschirm, der senkrecht geteilt war. Auf der linken Seite sah man eine Kameraaufnahme von Anna Galicia, die eine Straße in Brighton entlangging. Auf der rechten Seite des Bildschirms war ein Mann mit schütterem Haar im Anzug zu sehen. Darüber sah man mehrere Reihen mit laufenden Zahlen und algebraischen Symbolen, die sich ständig veränderten, während die Personen gingen.

Haydn Kelly deutete auf die linke Bildschirmhälfte. »Hier haben wir unsere mysteriöse Anna Galicia.«

Grace nickte.

»Es gibt einen guten Grund, weshalb niemand sie finden konnte.«

»Und der wäre?«

Kelly deutete nach rechts. »Weil sie das hier *auch* ist.«

Grace schaute den Podologen prüfend an, als glaubte er an einen Witz. Doch der Mann meinte es ernst. »Woher zum Teufel wissen Sie das?«

»Ganganalyse. Sehen Sie die Berechnungen auf dem Bildschirm? Dank meiner Erfahrung kann ich die Analyse mit ziemlicher Sicherheit auch visuell durchführen, aber die Berechnungen mit meinem Programm verschaffen uns Gewissheit. Es gibt geringfügige Abweichungen, da die Frau hohe Absätze und der Mann gewöhnliche Herrenschuhe trägt. Aber es ist ein und dieselbe Person, gar keine Frage.«

»Ohne jeden Zweifel?«

»Ich würde mein Leben drauf verwetten.«

110

Roy Grace starrte auf den Bildschirm, wobei seine Augen von der Frau zu dem Mann und wieder zurück zu der Frau zuckten. Plötzlich spürte er ein eisiges Kribbeln im Magen. »Glenn, sieh dir das an.«

Branson kam herüber, schaute auf den Bildschirm und rief: »Der sieht doch aus wie unser Freund Eric Whiteley!«

»Whiteley?« Der Name sagte ihm etwas, und Grace versuchte, ihn einzuordnen.

»Der merkwürdige Buchhalter, den Bella und ich befragt haben. Das ist die Eingangstür zu der Firma, in der er arbeitet. Wer hat das gemacht?«

Norman Potting blickte auf. »Ich habe hier etwas Interessantes über einen Eric Whiteley, falls es sich um denselben handeln sollte.«

»In welchem Zusammenhang?«

»Könnte auch nur ein komischer Zufall sein. Der Name taucht jedenfalls in einer E-Mail auf, die ich gerade eben von HSBC erhalten habe. Er steht auf der Liste aller Personen, die am Montagabend dort Bargeld abgehoben haben. Laut Informationen der Bank hat er an einem der Automaten in der Queen's Road um 20.32 Uhr fünfzig Pfund abgehoben.«

»Haben die auch sein Foto?«

»Nun, das ist ja das Seltsame, das haben sie nicht.« Potting deutete auf seinen eigenen Bildschirm. »Die Person, die das Geld abgehoben hat, war anscheinend Anna Galicia. Die Bank glaubt, sie habe womöglich seine Karte gestohlen.«

Glenn Branson schüttelte den Kopf. »Nein, hat sie nicht. Sie *ist* Eric Whiteley!«

Grace schaute auf die Uhr. 17.20 Uhr. Er rief per Funk im Kontrollraum an und fragte nach dem Leiter. Kurz darauf meldete sich Inspector Andy Kille, ein überaus kompetenter Kollege, mit dem er gern zusammenarbeitete. Grace erläuterte die Situation und bat darum, uniformierte und zivile Beamte zu der Prüfungsfirma zu schicken, um Whiteley möglichst noch zu erwischen, bevor er Feierabend machte. Er solle sofort festgenommen werden. Der Mann sei womöglich gewalttätig.

Als er das Telefonat beendet hatte, wies er Guy Batchelor und Emma Reeves an, zu Whiteley nach Hause zu fahren und dort auf ihn zu warten. Dann schickte er Nick Nicholas los, um einen Durchsuchungsbefehl für Wohnung und Büro zu besorgen. Danach sollte er sich ebenfalls zu Whiteleys Haus begeben.

Er rief wieder im Kontrollraum an und forderte weitere Spezialeinheiten an, die sich bereit halten, aber außer Sicht bleiben sollten, bis Nicholas mit dem Durchsuchungsbefehl auftauchte. Danach sollten sie gemeinsam mit Batchelor und Reeves das Haus betreten. Er warnte erneut, der Mann könne gewalttätig werden.

Keine fünf Minuten später meldete sich Andy Kille zurück. Zwei Kollegen waren bei Feline Bradley-Hamilton gewesen und hatten erfahren, dass Eric Whiteley an diesem Tag nicht zur Arbeit erschienen war. Man hatte nichts von ihm gehört und ihn telefonisch nicht erreichen können.

Scheiße, dachte Roy Grace, *Scheiße, Scheiße, Scheiße.* Das kalte Gefühl in seinem Magen schlug um in weißglühende Panik. Die Unauffälligen. Oft waren es die sanften, harmlos wirkenden Leute, die sich als Ungeheuer entpuppten. Der schlimmste britische Serienkiller Harold Shipman war ein bärtiger, freundlich aussehender Brillenträger, der als Hausarzt arbeitete und zufällig eine Vorliebe dafür besaß, seine Patienten umzubringen. Zweihundertachtzehn Morde konnten ihm nachgewiesen werden, möglicherweise waren es deutlich mehr gewesen.

Er betrachtete Whiteley auf dem Bildschirm. Eines wusste er sicher: Wer einmal tötete, tötete auch ein zweites Mal. Und ein drittes Mal. Er dachte fieberhaft nach. *Whiteley war nicht zur Arbeit erschienen.* Er wandte sich an Glenn Branson.

»Du hast doch vor ein paar Tagen mit seinem Chef gesprochen, oder?«

»Ja.«

»Er hat doch gesagt, der Mann sei ein komischer Vogel, aber sehr zuverlässig.«

»Stimmt. Ein Einzelgänger, aber absolut verlässlich.«

»Wenn er also den ganzen Tag nicht im Büro erschienen ist und auch nicht angerufen hat und keinen Auswärtstermin hatte, ist das schon ziemlich untypisch.«

»Sieht so aus.«

Grace gefiel das alles ganz und gar nicht. Hoffentlich lag der Mann krank im Bett. Doch sein Instinkt sagt ihm, dass dem nicht so war. Er rief Guy Batchelor an. »Wie sieht es aus?«

Ein Strom von Schimpfwörtern kam aus dem Handy. »Diese verdammte Busspur! Tut mir leid, Roy, aber zwischen Roedean und Peacehaven ist ein Riesenstau.«

»Lasst mich wissen, wenn ihr da seid.« Er rief sofort wieder im Kontrollraum an. »Andy, habt ihr eine Einheit in der Nähe von Peacehaven?«

»Ich schaue nach.«

»Schickt die nächste verfügbare Einheit sofort zu Eric Whiteley nach Hause. Ich muss wissen, ob er da ist. Höchste Priorität.«

»Geht in Ordnung.«

Plötzlich sehnte er sich nach einer Zigarette, hatte aber keine dabei. Und ohnehin keine Zeit, eine zu schnorren, geschweige denn, nach draußen zu gehen und sie zu rauchen. *Bitte, Gott, lass ihn zu Hause sein.*

Und wenn nicht?

Er dachte an Gaia, hinter deren hartem äußeren Image sich ein liebenswerter, zerbrechlicher Mensch zu verbergen schien. Er mochte sie und war fest entschlossen, alles Menschenmögliche zu tun, um sie und ihren Sohn zu schützen. Er durfte gar nicht darüber nachdenken, was nach dem Zwischenfall mit dem Kronleuchter noch geschehen konnte.

Er warf einen Blick auf die Meldungen aller polizeilich gemeldeten Zwischenfälle in Sussex, die ständig aktualisiert wurden. Bisher war es ein stiller Nachmittag gewesen, was gut war, denn so waren die meisten Beamten verfügbar. Er dachte ein paar Schritte voraus. Offenbar war es Andrew Gulli nicht gelungen, Gaia zum Rückflug zu bewegen, denn sie war auf dem Drehplan, den er vor sich hatte, um 16.00 Uhr für die Maske und um 18.00 Uhr am Set eingetragen.

Dann rief Andy Kille wieder an. »Ich habe jetzt ein Team vor Whiteleys Haus. Sie haben geklingelt und geklopft, doch es meldet sich niemand. Keine Bewegungen oder Geräusche im Haus.«

Grace war versucht, sie die Tür aufbrechen zu lassen. Wenn Whiteley tot oder bewusstlos war, veränderte das die gesamte Situation. Doch die Tatsache, dass der Mann nicht zur Arbeit erschienen war, rechtfertigte diesen Schritt nicht. Sie brauchten einen Durchsuchungsbefehl.

Zwanzig besorgte Minuten später meldete sich Nick Nicholas, der den Haftbefehl von einem Richter hatte unterzeichnen lassen, der in Peacehaven wohnte. Er befand sich jetzt zwei Straßen von dem Haus entfernt. Bei ihm waren Batchelor, Reeves und sechs Mitglieder einer Polizeieinheit, die auf fünf weitere Kollegen warteten.

»Schick die Einheit rein«, wies Grace ihn mit dringender Stimme an. »Sofort!«

111

Das Haus von Eric Whiteley, Adresse 117 Tate Avenue, befand sich in einer Gegend mit Nachkriegshäusern und Bungalows, die alle ziemlich eng beieinanderstanden. Es war eine ruhige Gegend. Der Spazierweg über die Klippen befand sich etwa einen halben Kilometer südlich, und zwei Straßen weiter in Richtung Norden erstreckten sich Felder und die weiten Wiesen der South Downs.

Nummer 117 sah ziemlich traurig aus, dachte Guy Batchelor. Ein bescheidenes, trostloses Gebäude aus den fünfziger Jahren. Zwei

Stockwerke, Ziegel und Holz, eingebaute Garage. Davor ein ordentlicher, aber liebloser Garten. Am Garagentor warnte ein Schild mit großen roten Buchstaben: KOMMEN SIE GAR NICHT ERST AUF DIE IDEE, HIER ZU PARKEN.

Er wartete mit seinem Kollegen Nicholas und Reeves, während die sechs Beamten des Einsatzteams auf das Haus zugingen. Sie bewegten sich an der Seite entlang, wo die Mülleimer standen, um das Gebäude von hinten zu sichern. Alle trugen blaue Overalls, schusssichere Westen und militärisch wirkende Helme mit geschlossenem Visier. Einer hatte den zylinderförmigen Rammbock dabei. Zwei trugen die hydraulische Türfutterspreize, mit der man stahlverstärkte Türrahmen aufbrechen konnte, die Drogendealer zunehmend als Schutz vor Razzien einbauten. Ein vierter Beamter, der befehlshabende Sergeant, hatte den Durchsuchungsbefehl dabei.

Der erste Beamte hämmerte an die Tür und rief »POLIZEI! AUFMACHEN, POLIZEI!« Er klingelte und schlug noch einmal gegen die Tür. Er wartete einen Augenblick, drehte sich um und wartete auf ein Zeichen seines Vorgesetzten, der nickte. Dann schwang er den Rammbock gegen die Tür. Beim zweiten Stoß flog sie auf. Drei Beamte stürmten hinein und riefen »Polizei! Polizei!«, während der Sergeant zurückblieb, um die Garage zu sichern.

Guy Batchelor, Emma Reeves und Nick Nicholas warteten draußen, bis die Entwarnung kam. Alle Zimmer waren überprüft worden, es gab keine Bedrohung. Sie gingen hinein.

Und blieben verblüfft stehen.

Nichts hatte sie auf das Innere des Hauses vorbereitet.

Der Marmorboden hätte besser in einen italienischen Palazzo gepasst. Die Wände waren komplett verspiegelt und mit aztekischer Kunst und Postern von Gaia geschmückt. Batchelor starrte auf ein signiertes Schwarzweißfoto, auf dem sie ein schwarzes Negligee trug – eines ihrer berühmtesten Bilder. Doch es war mit einem Messer zerfetzt worden, das Papier hing in Streifen herunter. Jemand hatte in wütenden roten Buchstaben das Wort Schlampe darauf gekritzelt.

Er schaute verlegen zu Emma Reeves, die nach links deutete. Über einem weißen Ledersessel hing ein weiteres gerahmtes Poster, auf dem Gaia ein Tanktop und Lederjeans trug. Die Unterschrift lautete GAIA REVELATIONS TOUR. Darüber war mit derselben roten Farbe LIEB MICH ODER STIRB, SCHLAMPE geschmiert.

Über dem Kamin, offensichtlich ein Ehrenplatz, hing ein vergrößertes Foto von Lippen, Nase und Augen in Grüntönen, unter dem GAIA UP CLOSE AND PERSONAL stand. Auch dieses Poster war persönlich signiert, zerfetzt und mit dem Wort SAU in roter Farbe übermalt worden.

Einer der Polizisten öffnete mit Handschuhen eine Kommodenschublade am anderen Ende des Zimmers. Batchelor starrte auf die Poster, die brutalen Risse, die rote Farbe und spürte ein wachsendes Unbehagen. Er schaute aus dem Fenster. Ein grauer, windiger Nachmittag. Die Wäsche eines Nachbarn flatterte vor einer Betongarage im Wind. Etwas zuckte in seinem Bauch. Er hatte in seiner Karriere schon viele schlimme Situationen erlebt, doch das hier war neu. Ein beinahe spürbarer Hauch des Bösen. Er machte ihm Angst.

Ein Schatten ließ ihn zusammenzucken. Es war eine kleine burmesische Katze, die ihn mit gewölbtem Buckel misstrauisch anfunkelte.

»Kommt mal her!«, rief ein Beamter von oben.

Batchelor und seine Kollegen stürmten die Treppe hinauf und gelangten in ein Zimmer, das wie eine Mischung aus Museum und Schrein aussah. Und von einer Explosion des Zorns zeugte.

Auf dem Boden lagen Schaufensterpuppen, deren Kleider in durchsichtige Plastikfolie gehüllt und mit roter Farbe beschmiert waren. CDs, Eintrittskarten für Konzerte, Flaschen mit Gaias Mineralwasser, ein zerschmettertes Martiniglas und eine zerbrochene Angelrute lagen inmitten anderer Überreste auf dem Boden, und alles war mit blutroter Farbe besudelt.

Einige Gegenstände waren in ihren Vitrinen geblieben, aber kaum noch hinter den roten Wörtern zu erkennen, die auf das Glas geschmiert waren. SCHLAMPE. SAU. STIRB. LIEB MICH. ICH WERD'S DIR ZEIGEN. FICK DICH.

DC Reeves schaute sich mit großen Augen um. »Was für eine unglaubliche Sammlung.«

»Bist du ein Gaia-Fan?«, fragte Nicholas.

Sie nickte eifrig.

»Sir!«

Alle drehten sich um. Es war Brett Wallace, einer der Suchspezialisten, und sein Gesicht war aschfahl. Diese Beamten bekamen im Dienst eine Menge zu sehen, doch er stand eindeutig unter Schock.

»Dieses Haus ist ein Tatort. Wir müssen es abschließen und dürfen nichts mehr anfassen.«

»Was haben Sie gefunden?«

»Ich zeige es Ihnen.«

Sie gingen wieder nach unten, und Batchelor folgte ihm in die blitzsaubere, altmodisch eingerichtete Küche. Zwei weitere Kollegen standen darin und schienen sich gar nicht wohl zu fühlen. Wallace deutete auf eine offene Tür. Batchelor schaute hinein. Eine winzige Vorratskammer, die von einer Tiefkühltruhe fast ausgefüllt wurde. Der Deckel stand offen. Auf dem Boden lagen einige Fertigmahlzeiten, Packungen mit gefrorenen Würstchen und drei Kühlpacks.

»Schauen Sie rein.«

Vorsichtig trat Guy Batchelor vor und warf einen Blick in die Truhe. Dann fuhr er schockiert zurück.

»Oh, Scheiße.«

112

»Wo – zum – Teufel – ist – sie …?« Larry Brooker funkelte Barnaby Katz, den Line Producer, wütend an. Sie standen an der Tür des Speisesaals. Dreißig Schauspieler, darunter ihre Stars Judd Halpern, Hugh Bonneville, Joseph Fiennes und Emily Watson, saßen an der Tafel und wurden zunehmend ungeduldig, weil sie in ihren Kostümen und Perücken schwitzten. Alle Scheinwerfer waren eingeschaltet und tauchten den ganzen Tisch in ein surreales Leuchten. Dabei wurden sie praktisch geröstet.

Der Tisch war notdürftig geflickt worden. Darüber klaffte ein kleines Loch in der Kuppel, wo vor vierundzwanzig Stunden noch der Kronleuchter gehangen hatte.

Katz hob hilflos die Arme. Sein Haaransatz schien in den vergangenen Tagen vor lauter Stress nach hinten gewandert zu sein.

»Ich habe vor zwanzig Minuten an die Tür geklopft, und jemand hat gerufen, sie käme gleich.« Er rückte sein Headset zurecht. »Joe, irgendein Zeichen von Gaia?«

Brooker sah auf die Uhr. »Das war nicht vor *zwanzig,* sondern vor *dreißig* Minuten. Diven! Wie ich die hasse. Verdammte Schauspielerinnen! Dreißig beschissene Minuten lässt sie uns schon warten.« Er wandte sich an den Regisseur. »Du weißt doch, was uns dreißig Minuten kosten, oder?«

Jordan nickte begütigend. Er war an unkontrollierte Egos vor und hinter der Kamera gewöhnt. Mit den weißen Haaren, die lang unter seiner Baseballkappe hervorquollen, sah der Regieveteran wie ein alttestamentarischer Prophet aus und bewahrte auch die entsprechende Ruhe. Ihm blieb nichts anderes übrig. Dies war die wichtigste Szene im Film, und auch die teuerste, da alle Stars mitspielten.

Brooker ballte die Fäuste. »Das ist lächerlich. Ist ihr jemand auf die Füße getreten oder wie?« Er funkelte Jordan an. »Hast du wieder mit ihr wegen des Textes gestritten?«

»Darling, ich habe seit gestern keinen Mucks von ihr gehört. Sie war lammfromm, als wir das letzte Mal miteinander gesprochen haben. Gib ihr noch ein paar Minuten. Sie braucht schon Geduld für das Make-up, und die Perücke ist verdammt unbequem. Sie kitzelt sie im Gesicht, armes Schätzchen.«

Armes Schätzchen, dachte Brooker zynisch. Gaia bekam fünfzehn Millionen für ganze sieben Wochen Arbeit. Für so viel Knete würde er sich gern sieben Wochen lang im Gesicht kitzeln lassen.

»Diese gottverdammte, lächerliche Perücke. Man kann ihr Gesicht kaum sehen. Wie ein Schaf im Korsett. Ich zahle dieses ganze gottverdammte Geld, um Gaia zu bekommen, dabei hätte man jede in dieses Kostüm stecken können.« Er sah wieder auf die Uhr. »Fünf Minuten. Wenn sie nicht in fünf Minuten hier ist, dann werde ich – werde ich –« Er zögerte, weil er sich nicht zum Narren machen wollte. Und seinen Star durfte er auch nicht verärgern. Wenn man als kleine unabhängige Produktion mit jemandem wie Gaia arbeitete, musste man vorsichtig sein. Wenn sie sich ärgerte, würde sie noch langsamer arbeiten, wodurch man den Drehplan um Tage, wenn nicht sogar Wochen überzog. Die Konsequenzen wären mehr als unerfreulich. In der vergangenen Woche war ihm mehrfach klar geworden, dass Gaias herrische Art vor allem eins ausdrückte: Sie wusste sehr genau, dass der Film nur aus einem einzigen Grund zustande gekommen war.

Weil Gaia *ja* gesagt hatte.

113

Guy Batchelor nahm allen Mut zusammen und warf einen weiteren Blick in die Tiefkühltruhe. Die Luft fühlte sich ebenso kalt an wie das Blut, das durch seine Adern floss.

Auf dem Boden der Truhe lag ein menschlicher Kopf, das Gesicht nach oben, eingerahmt von Beuteln mit gefrorenen Erbsen, Bohnen und Brokkoli wie eine scheußliche Collage. Das Gesicht eines Mannes. Das Fleisch war grau, vom Frost gefleckt, und die Haare waren mit Eis überzogen, als trüge er eine weiße Mütze. Die Augen waren zu winzigen Murmeln eingeschrumpft.

Trotz der Verfärbungen und der Stellen, die vom Frost bedeckt waren, erkannte er das Gesicht sofort von den Fotos: Myles Royce, der Gaias gelbkarierten Tweedanzug ersteigert hatte.

Als er sich abwandte und wieder in die Küche trat, sagte Brett Wallace: »Ist das nicht der Teil, der euch noch von dem unbekannten Toten fehlt?«

»Ich denke schon«, erwiderte Batchelor.

Ein anderer Suchspezialist, der gerade mit der Taschenlampe in die Spülmaschine leuchtete, blickte auf. »Bretts Mum sagt, er sei schon als Kind besonders gut beim Puzzeln gewesen.«

Der DS lächelte, holte sein Handy hervor und rief seinen Chef an.

*

Grace hörte konzentriert zu und versuchte, klar zu denken, obwohl ihn Panik überkam. Er musste rasche Entscheidungen treffen. Der Chief Constable und der Assistant Chief Constable mussten informiert werden, damit sie nicht in die peinliche Situation gerieten und die Neuigkeit aus den Nachrichten erfuhren. Vorher aber musste Grace noch etwas Wichtigeres erledigen.

Er rief Gaias Sicherheitschef an.

Andrew Gulli meldete sich sofort.

»Hier ist Roy Grace.«

»Inspector Grace – ich –« Die James-Cagney-Stimme klang unsicher.

»Wir haben einen Notfall. Mir liegt eine Kopie des Drehplans vor, und wie ich sehe, dreht Ihre Klientin heute Abend im Pavilion. Ich bin sehr um ihre Sicherheit besorgt. Es gibt Grund zu der Annahme, dass jemand ihr Schaden zufügen will. Der Mann hat schon einmal getötet. Wir wissen, wie er aussieht und wie er sich verkleidet, und die Chance, ihn bald zu fassen, ist sehr groß. Aber ich möchte nicht, dass Ihre Klientin irgendwelche Risiken eingeht. Daher würde ich sie gern mit Ihrer Unterstützung vom Filmset wegbringen. Sie und ihr Sohn sollten sich in den kommenden vierundzwanzig Stunden unter Bewachung in der Hotelsuite aufhalten. Ist das möglich?«

»Ich bin ganz Ihrer Meinung, aber ich kann Ihnen nicht helfen. Man hat mich heute Morgen gefeuert.«

»Gefeuert?«

»Ich fliege morgen zurück nach L. A.«

»Was? Gaia hat Sie gefeuert? Mitten in dieser Krise?«

»Die Sache ist die. Ich habe meiner Klientin gesagt, dass ich darauf bestehe, England umgehend zu verlassen und in die Staaten zurückzukehren, ungeachtet der Konsequenzen. Sie wollte nichts davon hören. Also kam es zu einer Art Showdown. Sie sagte, wenn ich meine Meinung nicht änderte, würde sie mich feuern. Ich erwiderte: ›Ms Lafayette, ich werde nicht Ihr Leben oder das Ihres Sohnes aufs Spiel setzen.‹« Nach einer kurzen Pause fuhr Gulli fort. »Verglichen mit dem, was sie sonst verdient, bekommt sie für diesen Film nur Peanuts. Sollen sie doch klagen, habe ich gesagt. Lieber verklagt als tot. Aber sie wollte einfach nicht mit sich reden lassen. Ich erklärte, ich würde sie nicht mehr zum Set lassen. Da hat sie mich gefeuert.«

»Soll ich mit ihr sprechen?«

»Gaia Lafayette macht nur, was sie möchte. Sie hört auf niemanden.«

»Ich werde sofort mit ihr sprechen.«

»Viel Glück. Sie werden es brauchen.«

Er beendete das Telefonat und rief umgehend Andy Kille an, der zum Glück noch Dienst hatte. »Wir haben den Kopf von Myles Royce gefunden. Und der Verdächtige ist auf freiem Fuß und hat es meines Erachtens auf Gaia abgesehen. Ich lasse überall Bilder von Eric Whiteley und seinem Alter Ego Anna Galicia verteilen. Und ich will, dass alle verfügbaren Polizeibeamten sofort zum Pavilion fahren. Er muss vollkommen abgeriegelt werden.«

»Ich könnte auch ein paar Sondereinsatzkräfte dazu holen.«

»Wen immer Sie bekommen können. Bis wir diesen Irren hinter Schloss und Riegel haben.«

»Ich stufe das zum kritischen Zwischenfall hoch.«

Grace bedankte sich und schaute auf die Uhr. 16.15 Uhr. Laut Drehplan müsste Gaia jetzt in der Maske sein und in knapp zwei Stunden am Set erscheinen. Er wandte sich an den forensischen Podologen. »Haydn, ich will, dass Sie wieder in den Überwachungsraum gehen. Alle verfügbaren Leute sollen Ihnen helfen. Sie müssen die Kameras auf den Straßen um den Pavilion beobachten und nach Anzeichen von Eric Whiteley oder Anna Galicia suchen.«

»Sofort?«

»Ja, sofort. Wir müssen ihn so schnell wie möglich finden. Bella, Sie fahren ihn mit Blaulicht hin und warten vor dem Pavilion auf mich. Verstanden?«

Bella Moy und Haydn Kelly sprangen eilig auf und liefen zur Tür. Dann wandte sich Grace an das übrige Team. »Wir alle wissen, wie Whiteley in beiden Verkleidungen aussieht. Ich will, dass so viele Leute wie möglich nach ihm suchen. Ich weiß nicht, ob er wirklich auftaucht, aber es würde mich sehr wundern, wenn nicht. Wir dürfen ihn auf gar keinen Fall verpassen.«

Er suchte die Handynummer heraus, unter der er Larry Brooker am vergangenen Abend angerufen hatte.

»Brooker.« Er klang nicht gerade gut gelaunt.

»Hier ist Detective Superintendent Grace.«

»Das ist im Moment ganz schlecht. Wir wollen gerade eine wichtige Szene drehen. Kann ich Sie später zurückrufen?«

»Nein! Ist Gaia am Set?«

»Verdammt nochmal, das ist sie nicht. Wir warten auf sie.«

»Mr Brooker, Sie müssen mir einen großen Gefallen tun. Wir glauben, dass ihr Leben in akuter Gefahr ist. Ich möchte, dass Sie sie unter polizeilicher Bewachung in ihr Hotelzimmer bringen. Sie soll dort bleiben, bis die Bedrohung vorüber ist. Können Sie heute Szenen ohne sie drehen?«

»Detective Grace, sie hat uns schon genügend aufgehalten. Mal ehrlich, Stars werden regelmäßig von irgendwelchen Verrückten bedroht. Sie hat ihre eigenen Leibwächter, wir haben die Sicherheitsleute des Pavilion, den Sicherheitsdienst des Filmteams und Ihre gesamte Polizei. Dieser Ort ist sicherer als Fort Knox. Hier kommt kein Mäuschen ohne Ausweis rein. Es ist der sicherste Ort in ganz Brighton.«

»Und warum ist dann gestern der Kronleuchter heruntergestürzt?«

»Seitdem passen alle nur noch noch mehr auf. Wir haben alle Schlupflöcher geschlossen. Das ganze Gebäude wurde abgesucht. Sie ist absolut sicher, solange sie sich am Set befindet. Vorausgesetzt, wir können sie aus ihrem gottverdammten Trailer holen.«

Grace hängte genervt ein.

»Was ist denn los, Chef?«, erkundigte sich Glenn Branson.

»Tut mir leid, ich dachte, du wüsstest Bescheid. Sie haben den Kopf von Myles Royce gefunden.«

»Ehrlich? Wo?«

»In Eric Whiteleys Tiefkühltruhe.«

»Oh, Scheiße.«

»Ja, und ich habe den Verdacht, dass Gaia seine nächste Trophäe werden soll. Betrachtet man den Zustand seines Hauses, hat er den Verstand verloren. Er hat alle seine Fanartikel völlig zerfetzt, Anti-Gaia-Slogans an die Wände geschmiert und ist verschwunden.«

»Was glaubst du, wo er ist?«

»Ich habe mit einer Psychologin gesprochen, die sehr viel über Stalker und obsessive Fans geschrieben hat. Sie heißt Dr. Tara Lester und sagt, diese obsessiven Fans bauen eine imaginäre Beziehung zu der jeweiligen Berühmtheit auf. Sie *wissen genau*, dass diese Person nur auf den richtigen Augenblick wartet, um ihre Gefühle zu erwidern. Dass die Berühmtheit sie insgeheim ebenso sehr liebt wie umgekehrt. Wenn sie von der Person zurückgewiesen werden, können sie vollkommen durchdrehen. Ich glaube, wir haben es mit einer solchen Situation zu tun. Er will irgendwie in ihre Nähe gelangen, entweder im Hotel oder im Pavilion.«

Branson nickte.

»Vergiss die Besprechung heute Abend. Wir beide fahren jetzt selbst dorthin.«

114

»Gaia hat ihren Trailer verlassen und ist unterwegs«, teilte Barnaby Katz schließlich Larry Brooker und Jack Jordan mit. Das hatte er vom dritten Regieassistenten erfahren, der sie begleitete. »Joe ist bei ihr, und zwei Polizeibeamte bringen sie bis vor die Tür.«

»Die sollen gefälligst die Sirenen einschalten und Gas geben«, sagte Brooker ungeduldig.

Der schwarze Range Rover rollte dreihundert Meter über den Rasen, gefolgt von einem Streifenwagen, und kam vor dem Eingang des Pavilion zum Stehen. Die Polizeibeamten stiegen aus und warteten, während einer der Leibwächter die Tür aufhielt und Gaia langsam ausstieg. Sie senkte den Kopf, damit sie nicht mit der gewaltigen Perücke am Türrahmen hängen blieb oder sich mit den zahlreichen Schichten ihres Kleides und dem hohen Kragen in etwas verfing.

Ein Jubelruf stieg aus der Zuschauermenge auf der New Road auf, Blitzlichter flammten in der grauen Abenddämmerung, während Gaia die Einfahrt entlangging. Sie bewegte sich langsam und etwas unsicher und folgte ihren Begleitern ins Gebäude und nach rechts in den Speisesaal.

Ein Meer von Gesichtern erwartete sie.

Erleichterung breitete sich aus. Mehrere Schauspieler an der Tafel drehten sich zu ihr um. Eine Maskenbildnerin huschte von einem zum anderen, tupfte glänzende Nasen und Stirnen ab, und eine Friseurin rückte Hugh Bonnevilles Perücke zurecht. Plötzlich brach die ganze Schauspielermenge in spontanen Applaus aus.

Oh, Scheiße, dachte Brooker. *Oh, Scheiße, das wird ihr nicht gefallen.*

Denn es war kein warmer Applaus zur Begrüßung oder der Beifall, mit dem man eine gute Vorstellung bedachte. Es war eine sarkastische Demonstration von dreißig Kollegen, die vom Warten die Nase gründlich voll hatten.

Zu seinem Erstaunen lächelte und knickste Gaia. Zuerst vor den Schauspielern am Tisch. Dann vor dem Kameramann und seinem Team. Dann vor den Tonleuten. Der Continuity-Frau. Sie knickste vor dem Regisseur, dem Produzenten und jedem einzelnen Mitglied des Teams. Sie knickste, als hinge ihre Karriere davon ab.

Sie knickste lächelnd und stolz, weil sie die Situation völlig missverstand, weil sie es genoss, im Mittelpunkt der Aufmerksamkeit zu stehen, weil sie eine Huldigung entgegennahm, die nur in ihrem Kopf existierte.

Brooker runzelte die Stirn. Sie benahm sich vollkommen untypisch. Hier stimmte etwas ganz und gar nicht.

115

Roy Grace fragte sich gewöhnlich, weshalb Glenn Branson immer wie ein Irrer fuhr, doch heute hatte er Grund dazu. Glenn schlängelte sich mit Blaulicht und Sirene durch den Berufsverkehr, und Grace fürchtete um sein Leben und das Leben aller Leute, die ihren Weg kreuzten. Um sich abzulenken, rief er seine Vorgesetzten an und brachte sie auf den neuesten Stand.

Um 18.30 Uhr, ganze sieben Minuten, nachdem sie Sussex House verlassen hatten, rollten sie auf das Gelände des Pavilion und hielten hinter einem schwarzen Range Rover. Grace war ein bisschen erleichtert, weil deutlich mehr Polizei vor Ort war als gestern.

Als sie sich dem Vordereingang näherten, vertraten ihnen zwei uniformierte Sicherheitsleute den Weg. »Tut mir leid, Gentlemen«, sagte der eine. »Hier darf niemand hinein. Die Dreharbeiten beginnen jetzt.«

Grace zeigte seinen Ausweis vor.

Der Mann schüttelte den Kopf. »Sir, Sie missverstehen die Situation. Es wird gerade gedreht. Dafür braucht man absolute Ruhe. Ich kann Sie erst hereinlassen, wenn die Szene beendet ist.«

»Wir werden leise sein. Das ist ein Notfall.«

»Tut mir leid, aber sie haben heute Abend schon eine Stunde verloren. Madam ist in einer schwierigen Stimmung, falls Sie mich verstehen.« Der Mann hatte einen nikotingelben Schnurrbart und hielt sich trotz seiner stämmigen Gestalt sehr aufrecht. Er hatte etwas von einem ehemaligen Feldwebel.

Sie hat verdammtes Glück, noch am Leben zu sein, falls Sie mich ver-

stehen, hätte Grace am liebsten geantwortet. »Tut mir leid, aber wir müssen da rein.«

»Ist Ihr Handy aus?«

»Nein, wir schalten unsere Handys und Funkgeräte nicht aus.«

»Dann können Sie leider erst rein, wenn die Szene abgedreht ist.«

»Wie lange dauert das?«

»Kommt drauf an, wie viele Takes Madam benötigt, um ihren Text hinzubekommen.« Der Sarkasmus in seiner Stimme war nicht zu überhören.

Grace beschloss, nicht darauf zu bestehen, drehte sich um und ging ein paar Schritte. Glenn Branson folgte ihm.

»So ein Mist. Ich hätte gern gesehen, wie sie eine Szene drehen.«

»Ich würde lieber den fertigen Film sehen. Dann wüsste ich nämlich, dass Gaia die Dreharbeiten überlebt hat.«

Draußen vor der Mauer standen etwa zweihundert Schaulustige. Er bemerkte, wie Glenn forschend ihre Gesichter betrachtete. War Eric Whiteley unter ihnen? Ein Mann, der bereit war, 27 000 Pfund für einen Anzug zu bezahlen, den sein Idol ein Mal getragen hatte? Ein Einzelgänger, der nichts hatte außer der unerwiderten Liebe zu einer Ikone? Ein Einzelgänger, der vor dem Haupteingang des Grand Hotel von ihr zurückgewiesen, vielleicht sogar gedemütigt worden war?

Sehnte er sich so verzweifelt danach, etwas zu besitzen, das seinem Idol gehört hatte, dass er seinen Mitbieter um den Anzug getötet und zerstückelt hatte?

Wollte er die Ikone höchstselbst zerstören?

Womit er auf einen Schlag fast ebenso berühmt wäre wie Gaia.

116

Larry Brooker und einige Mitglieder des Filmteams schauten Gaia verlegen an. Jack Jordan runzelte die Stirn und fragte sich, ob sie Drogen genommen hatte. Sie sah heute Abend ziemlich seltsam aus.

Das Haar verdeckte größtenteils ihr Gesicht, das Make-up war viel zu dick aufgetragen, und ihre Stimme klang sonderbar, als wäre sie über Nacht gealtert. Auch schien sie sich überhaupt nicht an die Proben vom Wochenende zu erinnern. Stand sie noch unter Schock, weil ihr Sohn gestern um ein Haar getötet worden war? Wäre es vernünftiger gewesen, ihr ein paar Tage Erholung zu gönnen? Doch dafür war es jetzt zu spät.

Geduldig wiederholte er ihren Text und betonte ihn so, wie er es haben wollte. »Eine *Königin* erwartet eine *andere* Behandlung, mein lieber Prinny. *Noch nie in meinem Leben* bin ich *derart* gedemütigt worden.« Er hielt inne. »Okay? Viel nachdrücklicher! Bei den letzten Takes hast du fast gemurmelt. Du musst es laut sagen, deine Worte an alle richten, dein Publikum mitreißen – alle Freunde und Bekannten des Königs. Du musst das nach außen projizieren! Du bist dabei, ihn öffentlich zu demütigen.«

Gaia nickte.

Er wandte sich zur Speisetafel und sagte zu King George: »Judd, du antwortest sofort mit ›Du warst *niemals* eine verdammte Königin. Du warst nur ein *vornehmes Flittchen.*‹« Er wandte sich wieder zu Gaia. »Das ist dein Stichwort. Du brichst in Tränen aus und rennst heulend aus dem Zimmer. Alles klar?«

Judd Halpern und Gaia nickten.

Der erste Regieassistent kam herüber und rief: »Alle in die erste Position!«

»Kamera läuft!«

Ein junger Mann betätigte die Klappe vor der Kamera. »Szene 1–3–4, die dritte.« Ein scharfer Knall, dann trat er beiseite.

Jack Jordan rief »Action!«.

»Gaia«, sagte sie und sprach zuerst den König und dann alle anderen an, bevor sie sich dramatisch herumdrehte und Jack Jordan fixierte. »Du warst nie eine Königin! Du warst immer nur ein vornehmes Flittchen! Eine Hochstaplerin! Du hast die Leute glauben gemacht, dass du sie liebst, aber es ging nur um dein Ego, oder? Du bist nichts Besonderes, was du kannst, kann jeder. Schau dir doch die Leute in diesem Raum an!«

Die Mienen erstarrten. Verblüffte, bestürzte Blicke. Jack Jordan machte einen Schritt auf sie zu. »Gaia, Liebes, möchtest du dich ein paar Minuten ausruhen?«

»Seht ihr das?«, kreischte sie. »Ihr merkt es doch gar nicht! Ihr merkt es wirklich nicht! Also braucht ihr *sie* doch gar nicht mehr, das hier kann jeder!«

Sie rannte stolpernd aus dem Saal.

Jordan schaute verblüfft zu Larry Brooker und dann zum Line Producer. »Sie ist es nicht«, sagte Barnaby Katz. »Das ist nicht Gaia!«

Brooker schüttelte den Kopf. »Ist die völlig ausgeflippt?«

»Das war sie nicht!«, wiederholte Katz. »Scheiße, ich sage euch, *das war nicht Gaia*!« Er sprintete in den Flur und rannte zu den Besuchertoiletten. Brooker und Jordan folgten auf dem Fuß.

»Nicht Gaia?«

»Nein!«

»Wer zum Teufel war es dann?«, wollte Brooker wissen. »Ist das ihre Vorstellung von einem lustigen Streich?«

Katz stieß die Tür zur Damentoilette auf, danach schaute er in die Männertoilette. Er eilte zum Vordereingang und sprach die beiden Wachleute an. »Ist hier jemand rausgekommen? Vor etwa einer Minute?«

Die beiden schüttelten den Kopf. »In den vergangenen fünfzehn Minuten ist anweisungsgemäß niemand rein- oder rausgegangen, Sir.«

»Und Sie haben auch nicht Gaia gesehen oder jemand, der ihr glich?«

»Niemand.« Sie schienen sich ihrer Sache sehr sicher zu sein.

Er quetschte sich an ihnen vorbei, gefolgt von Brooker und Jordan. Dann bemerkte er Roy Grace und einen großen schwarzen Mann in elegantem Anzug. »Haben Sie gerade eben Gaia gesehen?«

»Gaia?«, fragte Grace. Der seltsame Gesichtsausdruck der drei Männer gefiel ihm gar nicht.

»Oder jemand, der wie sie gekleidet war?«

»Sie ist aus dem Speisesaal gestürmt und einfach verschwunden«, sagte Brooker.

»Seit wir hier sind, hat niemand diesen Eingang benutzt. Und das sind mindestens sieben oder acht Minuten«, erklärte Glenn Branson.

Roy Grace schaute Brooker an. »Würden Sie mir bitte verraten, was hier vorgeht? Was soll das heißen, Sie können Gaia nicht finden?«

»Verdammt nochmal, ich weiß es doch selbst nicht.«

»Als Gaia am Set auftauchte, sah sie sehr seltsam aus und verhielt sich vollkommen untypisch«, erklärte Jack Jordan. »Dann hat sie sich völlig vom Drehbuch gelöst, eine Menge Unsinn geredet und ist aus dem Raum gestürmt.«

»Das war sie nicht«, beteuerte der Line Producer. »Ich bin mir ganz sicher.«

»Alles ist abgesichert, das ganze Gebäude«, sagte einer der Wachleute. »Alle Schlüssel wurden aus den Schlössern entfernt. Eine der Maßnahmen, zu denen Ihre Kollegen geraten haben. Wir haben es erledigt, sobald die Besucher gegangen waren. Wenn sie vor fünf Minuten im Gebäude war, ist sie immer noch drinnen, das kann ich Ihnen versichern.«

»Wenn Sie sagen, dass Gaia nicht im Speisesaal war, wo ist sie dann?«

Katz zuckte mit den Schultern. »Keine Ahnung. Vielleicht noch in ihrem Trailer?«

Grace spürte, wie seine Panik zurückkehrte. *Noch in ihrem Trailer?*

Jordan und Brooker kehrten ins Gebäude zurück.

»Soll ich nachschauen?«, bot Katz an.

»Nein, das übernehme ich selbst.« Grace wandte sich an Branson. »Glenn, du lässt das Gebäude umstellen, einer an jeden Ausgang. Es darf niemand herein oder hinaus. Niemand verlässt das Gelände, es muss abgeriegelt werden, sofort.«

»Wird gemacht, Chef.«

Grace lief die Einfahrt entlang, über den Rasen und blieb vor den beiden Polizeibeamten stehen, die in der Nähe von Gaias Trailer warteten. Zwei ihrer eigenen Leibwächter standen ein Stück entfernt und unterhielten sich, einer rauchte einen Zigarillo.

»Ist irgendjemand rein- oder rausgegangen, seit sie hier sind?«, fragt er die beiden Polizeibeamten.

Sie schüttelten den Kopf. »Nicht seit Gaia zum Set gegangen ist, Sir.«

Grace klopfte entschlossen an die Tür. Er wartete und klopfte erneut. Dann öffnete er die Tür und rief vorsichtig »Hallo? Hallo?«

Schweigen.

Er betrat den Trailer. Es war, als hätte ihn ein Angelhaken plötzlich und unerwartet in den Magen getroffen.

Einen Moment lang schien sich alles um ihn zu drehen, die Wände schrumpften und dehnten sich wieder aus. Seine Ohren knackten. Entsetzt schaute er sich um.

»Oh, Jesus. O mein Gott.«

117

»Kommen Sie mit, schnell!«, rief Grace den beiden Polizeibeamten zu, die vor Gaias Trailer Wache hielten.

Dann rannte er zu den drei Gestalten, die von Kopf bis Fuß gefesselt und geknebelt auf dem Boden lagen. Sie waren mit einer Mischung aus Kordel und grauem Klebeband verschnürt. Zum Glück bewegten sich ihre Augen. Er erkannte eine von Gaias Assistentinnen, doch sie selbst war nicht dabei.

»Ich bin Polizeibeamter. So weit alles in Ordnung?«, fragte er alle Frauen nacheinander, worauf sie verängstigt, aber entschieden nickten. Er entfernte vorsichtig das Klebeband von ihren Mündern und erfuhr, dass es sich um die Friseurin und die Maskenbildnerin handelte.

Er wandte sich an die beiden Polizeibeamten. »Rufen Sie drei

Krankenwagen, dann versuchen Sie, die Frauen zu befreien. Aber vorsichtig, das Klebeband löst sich sehr schmerzhaft.« Dann ging er nach hinten, wo es einen abgetrennten Bereich gab, prüfte die Dusche und die Toilette und öffnete die Tür, die in ein verlassenes Schlafzimmer führte, das nach Gaias Parfüm roch. Auf dem unbenutzten Bett lagen einige Kleidungsstücke verstreut. Er schaute sich aufmerksam um, öffnete Schranktüren, kniete sich hin und schaute unters Bett, fand aber keine Spur.

Gaia war nicht in diesem Trailer.

Er rief über Funk Andy Kille und lieferte eine rasche Zusammenfassung.

»Sie wissen also nicht sicher, wann sie entführt wurde?«

»Irgendwann zwischen 16.00 Uhr und gerade eben.«

»Das sind über drei Stunden. Sie könnte überall sein. Ich glaube nicht, dass Straßensperren viel Sinn haben. Sie könnten schon weit weg sein.«

»Ich glaube, der Täter ist mit ihr im Pavilion. Das mit den Straßensperren sehe ich im Übrigen genauso. Sind Hotel 900 oder Oscar Sierra 99 verfügbar?« Das waren die beiden Hubschrauber der South East Air Support Unit.

»Ja.«

»Dann soll einer über dem Pavilion kreisen, falls er irgendwo auf dem Dach ist. Dort kann man sich gut verstecken. Und man sieht, wenn er auf diesem Weg fliehen will.«

»Er ist in maximal zehn Minuten vor Ort.«

Bitte, Gott, lass sie am Leben sein, betete Grace im Stillen. Seine Gedanken rasten fieberhaft, suchten nach einem Ansatzpunkt. Er hatte schon mit Entführungen zu tun gehabt und eine Ausbildung als Verhandler bei Geiselnahmen absolviert. Aus Erfahrung wusste er, wie schlecht ihre Chancen standen. Bei Kindesentführungen starben 44 Prozent der Opfer innerhalb der ersten Stunde. 73 Prozent waren nach drei Stunden tot. Nur ein Prozent überlebte mehr als einen Tag. Und 40 Prozent waren tot, bevor die Entführung überhaupt gemeldet wurde.

Diese Zahlen galten für Kinder, doch wenn die Psychologin recht hatte, könnte Eric Whiteleys kranker Verstand Gaia nun, da er sie nicht mehr als Geliebte betrachtete, durchaus als Kind empfinden, dem er eine Lektion erteilen musste.

Jede Sekunde zählte.

»Andy, wir müssen das vorsichtshalber auch durch den nationalen Polizeicomputer schicken.«

»Wissen wir etwas über Whiteleys Auto?«

»Er fährt einen Nissan Micra, aber der steht noch in der Garage. Möglicherweise hat er etwas Größeres gemietet. In einem Micra kann man kaum einen Menschen verstecken.«

Er schaute auf ein kleines Schild neben dem hinteren Schlafzimmerfenster. NOTAUSGANG.

Er musste um das Bett herumgehen, um die Tür zu erreichen. Dann bemerkte er, dass der Griff aufrecht stand, also unverschlossen war, so als hätte man die Tür erst kürzlich geöffnet und von außen nicht ordnungsgemäß geschlossen.

Er beendete das Gespräch mit Kille, stieß die Tür auf und schaute nach draußen. Unmittelbar hinter dem Trailer standen zwei kleinere Wohnwagen, die den Blick auf diesen Ausgang versperrten. Es gab keine Fenster zu dieser Seite. Doch wenn Whiteley hier hinausgegangen war, hätten er und sein Opfer nach wenigen Metern deutlich sichtbar sein müssen.

Er schaute nach unten und bemerkte ein unregelmäßiges Rechteck im Gras, das aussah, als hätte jemand einen dünnen Umriss mit Unkrautvernichter gezogen.

Er kniete sich hin, und das Rechteck wackelte kaum merklich unter ihm. Er kehrte in den Trailer zurück, schaute nach den beiden Beamten, die gute Fortschritte bei der Befreiung der Opfer machten, suchte in den Küchenschubladen und holte ein schweres Messer und einen Metallspachtel heraus.

Dann kniete er sich hinter den Trailer und hebelte mithilfe der beiden Küchenwerkzeuge eine alte, schwere Metallabdeckung auf, deren Oberfläche mit Gras bedeckt war. Darunter führten Steinstufen in die Dunkelheit. Er hatte oft Gerüchte über Geheimgänge unter dem Pavilion gehört und fragte sich, ob dies wohl einer von ihnen war.

Er kehrte in den Trailer zurück und erkundigte sich, ob jemand eine Taschenlampe dabeihatte. Einer der Polizisten holte eine kleine, robust wirkende Lampe heraus und gab sie ihm. Grace schaltete sie ein und ging wieder nach draußen, stieg die Stufen hinunter, atmete die modrige Luft ein. Nach etwa sechs Metern gelangte er in einen Tunnel, in dem er gerade aufrecht stehen konnte. Die Wände waren weiß getüncht, ebenso der Ziegelboden. Der Tunnel erstreckte sich in Richtung des Hauptgebäudes. An den Wänden verliefen isolierte Rohre, Kupferleitungen und nackte Stromkabel, die mit Klammern an den Wänden befestigt waren. Alle paar Meter gab es Lampen, die jedoch nicht brannten.

Er ging so schnell wie möglich durch den Tunnel, darauf bedacht, auf dem unebenen Boden nicht zu stolpern. Schatten tanzten vor ihm im Licht der Taschenlampe, und seine Nerven waren angespannt. Er kam an einer alten Holztür vorbei, die umgekippt auf dem Boden lag, dann an einer staubigen Glasscheibe, ein Stück weiter stand ein kaputter Korbstuhl. Zwei winzige rote Lichtpunkte erstarrten kurz in der Dunkelheit und verschwanden. Eine Ratte. Er kam an einem orangeweißgestreiften Verkehrspylonen vorbei, und erreichte eine alte, schmutzig weiße Tür mit einem schimmernden, neuen Chromgriff. Er zögerte flüchtig und schaute auf sein Handy. Kein Signal. Keine Chance, im Notfall Verstärkung zu rufen. Falls Whiteley ihn angriff, musste er allein zurechtkommen.

Er umklammerte den Türgriff und schaltete die Taschenlampe aus, um sich nicht zur Zielscheibe zu machen. Dann riss er die Tür auf und schaltete sie wieder ein.

Ihr Licht fiel auf einen Löschschlauch, der an der Wand angebracht war. Er trat vor und leuchtete in einen weiteren Korridor, der viel breiter und höher war und nach rechts abbog. Er war dämmrig beleuchtet. Alle Kabel und Leitungen verliefen an der Decke. Der Boden war uneben, nicht getüncht und stellenweise mit hässlichen

Betonflecken repariert. Er kam an einer Reihe von Plastikfässern mit Chemikalien vorbei und erreichte eine schäbige, grüne Tür, die schief in den Angeln hing. Darauf stand in schwarzgelber Schrift VORSICHT – HOCHSPANNUNG. Ein zerrissenes Spinnennetz in der linken Ecke bewies, dass die Tür erst kürzlich geöffnet worden war. Er nahm allen Mut zusammen und drückte dagegen. Die Scharniere kreischten, die Unterseite schrammte über den Ziegelboden. Dann leuchtete er hinein. Eine Wand voller Sicherungen, elektrischer Schalter und Leitungen, die mit Asbest verkleidet waren. Ansonsten war der Raum leer. Er ging weiter und sah einen Lichtschein vor sich. Dann hörte er Stimmen und erstarrte.

Sie waren genau über ihm. Schritte. Sie stiegen Stufen herunter. Seine Nerven vibrierten. Er holte mehrfach tief Luft, umklammerte die Taschenlampe – seine einzige Waffe – und ging vorsichtig weiter, wobei er sich flach an die Wand drückte. Ein Schatten tauchte auf und wurde größer. Dann plötzlich erkannte er den Wachmann, den ehemaligen Feldwebel. Der Exsoldat zuckte zusammen, als er Grace sah, rief etwas und ließ seine Taschenlampe fallen, die auf den Boden prallte und ausging.

»Du lieber Himmel, Sir, Sie haben mich ganz schön erschreckt!«

»Damit wären wir schon zu zweit. Was ist passiert? Hat jemand etwas hier drinnen gefunden?«

Der Mann kniete sich hin und beugte seinen steifen Körper, um die Taschenlampe aufzuheben. »Nichts, Sir, bis jetzt jedenfalls. Aber das ist ein verdammt großes Gebäude, wenn man es durchsuchen will, und man muss sich auskennen. So viele Flure – sie wurden wohl als eine Art zweite Haut entworfen, damit die Dienstboten sich bewegen konnten, ohne die Hauptgemächer zu betreten. Ich bin jetzt seit sieben Jahren hier und finde immer noch neue Ecken. Wer sich auskennt, kann sich überall unauffällig bewegen.«

»Was ist da oben?« Grace deutete auf die Stufen, die der Mann heruntergekommen war.

»Die führen in den großen Korridor, direkt am Vordereingang und den Toiletten.«

»Ich bin mir sicher, dass Gaias Entführer sie in den vergangenen Stunden hereingeschmuggelt hat. Wo hätte er sie von hier aus hinbringen können?«

»Nun, hier wäre er nicht weitergekommen. Wenn Sie mal dorthin leuchten, sehen Sie auch, warum.« Er deutete in den Tunnel, der ein Stück weiter zugemauert war. »Entweder hat er sie wieder auf dem Weg mitgenommen, auf dem er gekommen ist, oder er ist mit ihr die Treppe hochgegangen.«

Plötzlich erinnerte sich Grace an den Geruch von frischer Schokolade. Das Papier mit dem Lippenstift daran.

Dem Lippenstift von Anna Galicia?

»Folgen Sie mir bitte«, sagte Grace und eilte die Treppe hinauf, durch das Tor und durch den Flur bis zu der halbverborgenen Tür auf der anderen Seite, die der Kurator ihm am Vortag gezeigt hatte. Er riss sie auf und lief die Wendeltreppe hinauf.

Ein Stück hinter sich hörte er den älteren Wachmann keuchen. »Nicht das Geländer anfassen, Sir, das ist nicht sicher!«

Er kam oben an und betrat die alte, verlassene Wohnung unter der Kuppel, in der es unangenehm muffig roch und Tücher die eckigem Umrisse der Möbel verhüllten. Doch er bemerkte weder den Geruch noch die Tücher oder das Schokoladenpapier, das auf dem Boden lag.

Er starrte auf das bizarre, entsetzliche Bild, das sich ihm bot. Es hätten zwei Schauspieler sein können, die eine Szene probten, doch das hier war nicht gespielt. Denn beide standen auf der gefährlich morschen Falltür, und eine Person trug eine Schlinge um den Hals.

118

Gaia trug Jeans und ein durchgeschwitztes weißes T-Shirt. Ihr Gesicht glänzte von Angstschweiß. Sie stand auf Zehenspitzen. Die Schlinge aus Stacheldraht war fest um ihren Hals gezogen und über den Flaschenzug oberhalb der Falltür geschlungen. Blut sickerte an ihrem Hals herunter, wo sich die Stacheln in die Haut gegraben hatten. Auf dem Boden lag ein kleiner Streifen Klebeband. Die Haut um ihren Mund war rot und wund, wo man das Klebeband abgerissen hatte. Grace war wütend, verspürte aber auch Erleichterung, weil sie noch am Leben war.

Ihre Hände waren auf den Rücken gefesselt. Das Warnschild NICHT BETRETEN – ABSTURZGEFAHR war nur wenige Zentimeter von ihren glitzernden Turnschuhen entfernt.

Ihre Augen, die von blankem Entsetzen erfüllt waren, bohrten sich in seine. Er versuchte, sie mit Blicken zu beruhigen. Sein Herz tat weh, weil sie so verletzlich und hilflos aussah.

Neben ihr kauerte eine Erscheinung, dick geschminkt, in weiblicher Regency-Kleidung und mit einer riesigen, schiefsitzenden Perücke. Die Gestalt starrte ihn triumphierend an. Eine Hand lag an den beiden rostigen Riegeln, die die Falltür sicherten. Wurden sie geöffnet, würden beide zwölf Meter tief in den Lagerraum neben der Küche stürzen. Neben der Kreatur lagen ein tückisch aussehendes Jagdmesser mit offener Klinge und ein Handy.

Plötzlich ertönte ein scharfes Knacken, beinahe wie ein Schuss.

Gaia wimmerte vor Angst. Die Augen der Erscheinung zuckten flüchtig nach unten.

Grace begriff, was das bedeutete. Die Falltür gab nach. Er überlegte fieberhaft, suchte nach einem Ausweg. Die beiden waren etwa drei Meter von ihm entfernt. Drei schnelle Schritte. Zu viel, um zu verhindern, dass der Mann vorher die Riegel zurückschob. Das Risiko war zu groß.

Ein weiteres Knacken. Diesmal sackte die Falltür sichtlich ein, und der Stacheldraht spannte sich weiter an. Sie würde jeden Augenblick nachgeben.

»Detective Superintendent Roy Grace«, lächelte die Erscheinung. Schimmernde weiße Zähne, verführerisch tiefe Stimme, die Gaias Tonfall nachahmte. »Ich kenne Sie aus dem *Argus.* Wie schön, dass Sie zu unserer kleinen Privatparty gekommen sind.«

Gaia sah ihn flehend an.

Sein Herz hämmerte so sehr, dass es in seinen Ohren pulsierte. »Eric Whiteley? Oder sollte ich Sie Anna Galicia nennen?«

Er hörte Schritte hinter sich, dann schweres Keuchen.

»Sie sollten mal Ihren fetten Freund mit dem Oberlippenbart wegschicken, der ist so hässlich«, fuhr die Erscheinung mit ihrer Gaia-Stimme fort. »Ich rede mit Ihnen, aber nicht mit so einem gemeinen Schlägertypen.«

Grace zögerte.

Die Kreatur schob die Riegel einen Zentimeter zurück. Die Panik in Gaias Augen verwandelte sich in wildes Entsetzen. Ein weiteres leises Knacken, und die Erscheinung zuckte zusammen, blieb ansonsten aber unberührt. »Schicken Sie Ihren fetten Freund weg, sonst sind die Schlampe und ich unten. Sie haben fünf Sekunden, Detective Superintendent.« Seine Hände umklammerten die Riegel nur noch fester.

Grace drehte sich um und sagte in drängendem Ton zu dem Wachmann: »Tun Sie, was sie sagt!«

Der Mann schaute ihn an, als zweifelte er an seinem Verstand.

»RAUS HIER! SOFORT!«, brüllte Grace.

Das hatte die gewünschte Wirkung. Der Wachmann drehte sich erschrocken um und stolperte hinaus. Grace wandte sich zu dem Transvestiten und dachte rasch nach. Er versuchte, sich an alles zu erinnern, was Annalise Vineer ihm über die Vergangenheit des Mannes erzählt hatte. Und an die Einsichten der Psychologin. Doch zunächst musste er eine Verbindung zu Whiteley herstellen. Und gleichzeitig seinen Plan B entwickeln.

»Wie soll ich Sie nennen? Anna Galicia oder Eric Whiteley?« Er schaute einen Augenblick zu dem Draht über Gaias Kopf.

»Sehr witzig«, knurrte Whiteley. Es klang sehr männlich. »Ich habe keine Angst davor, sie zu töten.«

»Sie haben schon einmal getötet, nicht wahr, Anna? Sollen wir bei Anna bleiben?«

»Anna wird damit sehr glücklich sein.« Jetzt klang er wieder wie Gaia.

Eine eisige Welle durchflutete Grace. Es war, als hätte er es mit zwei völlig verschiedenen Menschen zu tun. »Und was ist mit Eric? Wird er auch glücklich sein?«

»Eric tut, was Anna ihm sagt«, erklärte Whiteley mit seiner Anna-Stimme.

»Sie haben Myles Royce getötet, nicht wahr? Warum?«

»Weil er reicher war als ich. Er hat mich ständig bei Sachen überboten, die ich wirklich haben wollte. Das konnte ich nicht zulassen. Ich habe ihn eingeladen, um ihm meine Sammlung zu zeigen, und dann habe ich ihn getötet. Ich habe ihn gesammelt! Er war eine nette Trophäe. Eric war einverstanden!«

Grace war sich bewusst, dass Gaia ihn verzweifelt anschaute, doch er wollte den Augenkontakt zu Whiteley halten. Er musste unbedingt eine Gemeinsamkeit finden, irgendeinen Ansatzpunkt, um eine Verbindung herzustellen. Und er wusste, dass ihm nicht viel Zeit blieb. Vielleicht nur Sekunden.

Ein weiteres, gefährliches Knacken.

»Sie sollten sich lieber beeilen, Detective Superintendent, gleich geht's runter«, sagte Whiteley mit seiner verführerischen Gaia-Stimme.

Whiteley war clever gewesen. Der Draht war mehrfach um die Winde geschlungen. Über Gaias Kopf hatte er ihn gebogen, damit er sich straffte und sie auf Zehenspitzen stehen musste. Er schätzte den Spielraum auf etwa zwei Meter. Wenn die Falltür einbrach, würde Gaia genau diese Strecke fallen, und selbst wenn sie sich nicht sofort den Hals brach oder ihr Kopf durch den Draht völlig abgetrennt wurde, hätte er keine Chance, sie zu erreichen. Und er könnte sie auch nicht an einem einzigen scharfen Draht zu sich heraufziehen.

Plötzlich hörte er das Geräusch eines Hubschraubers über ihren Köpfen. Whiteleys Augen schossen zu einem der staubigen, ovalen Fenster. Grace erkannte, dass er den Sekundenbruchteil einer Chance verpasst hatte, während sein Gegenüber abgelenkt gewesen war.

Das Geräusch verklang.

»Ich glaube, hier drinnen wird Ihnen ein Hubschrauber nicht

viel nützen, oder?«, sagte Anna und blickte dann zu Gaia. »Mach dir keine falschen Hoffnungen, verstanden? Dass jemand kommt, um dich zu retten. Das wird nicht passieren.« Er hob die Hand, drückte Daumen, Mittelfinger und Ringfinger zusammen und streckte die beiden anderen Finger in die Luft. »FuX!« Er zwinkerte ihr zu.

Sie starrte ihn an, ihr Blick war von eisigem Schrecken erfüllt.

Graces Handy klingelte. Er beachtete es nicht.

»Eric sagt, Sie können rangehen«, sagte Anna in süßlichem Ton.

Es klingelte weiter.

»Eric sagt, Sie können rangehen«, wiederholte Anna.

Grace beachtete es immer noch nicht. Er wollte beide Hände frei haben. Das Klingeln hörte auf.

»Das könnte ein wichtiger Anruf gewesen sein!«, sagte Anna Galicia. »Sie sind doch ein sehr wichtiger Mann, oder?«

»Sind Sie nicht auch wichtig?«, fragte er.

»Eric findet das schon!«

Grace warf einen raschen Blick auf Gaia. Ihre Augen waren noch immer auf ihn geheftet. Er fragte sich, was der Wachmann tun würde. Ihm selbst fiel nichts Besseres ein, als einen Scharfschützen auf das Dach zu setzen, der durch das Fenster auf Whiteley zielte, und dafür blieb ihnen keine Zeit. Tief unter sich hörte er Sirenengeheul, lautes Hupen, weitere Sirenen. Es klang, als wäre die Feuerwehr unterwegs. Aber auch die würde ihnen nicht helfen. Es blieb keine Zeit, Verstärkung zu holen. Der Schatten einer Möwe schoss hinter Whiteley an den Fenstern vorbei und verschwand.

Whiteley schaute zu der Ikone hinauf. »Wie fühlt es sich an, Gaia? Ist es nett, mit deinem Fan Nummer 1 zusammen zu sein? Ist es nett, so vergöttert zu werden? Na?«

Sie wollte antworten, brachte aber nur ein gurgelndes Krächzen hervor.

»Hast du je darüber nachgedacht, wo du ohne mich und alle anderen wärst? Na?«

»Warum lassen Sie ihr nicht ein bisschen Spielraum oder nehmen die Schlinge ab, damit sie antworten kann?«, schlug Grace mit ruhiger Stimme vor.

»Haha, sehr witzig, Detective Superintendent!«

»Was wollen Sie von Gaia?«

Grace war angespannt und sprungbereit wie eine aufgezogene Feder. Er horchte. Wartete auf die nächste Schwäche. Er wusste nicht, ob sein Plan sie retten würde, doch er hatte momentan keine Alternative, außer mit dem Mann zu verhandeln. Ihm blieben nur wenige Minuten, vielleicht auch nur Sekunden.

Nach kurzem Schweigen schaute Whiteley ihn an. »Ich will, dass sie sich *entschuldigt.*«

Grace spürte eine leise Hoffnung. »Wofür, Anna?«

Whiteley schaute zu ihr hoch. »Du weißt es, oder nicht?« Dann blickte er wieder zu Grace.

»Nehmen Sie ihr die Schlinge ab«, sagte er entschlossen, aber freundlich. »Lassen Sie sie mit Ihnen sprechen.«

Da entblößte Whiteley plötzlich die Zähne und knurrte mit sehr männlicher Stimme: »Anna nimmt die Schlinge nicht ab. Hör auf, sie zu schikanieren!«

»Sagten Sie schikanieren?«

Whiteley blickte wieder zu Gaia. Dann meldete sich Anna zu Wort. »Du hättest in der Eingangshalle des Grand Hotel nur lächeln und hallo sagen müssen. Stattdessen hast du mich gedemütigt. Vor allen anderen. Du hast mich zum Narren gemacht. Du hast mich zu einem HLN gemacht. *Hässlich. Langweilig. Nutzlos.* Du tust, als würdest du alle lieben, aber du bist nur eine geldgierige Tyrannin, nicht wahr? Wie fühlt sich das an? Ich möchte wetten, du bist jetzt freundlicher zu mir.«

»Geben Sie ihr eine Chance, mit Ihnen zu reden, Anna.«

Whiteleys Kopf schoss herum, und er funkelte Grace an. »Anna redet nicht mit Ihnen«, sagte er mit Erics Stimme.

Dann wandte er sich an Gaia und wurde wieder zu Anna. »Du bist nämlich nicht so besonders wie du glaubst. Jeder könnte *du* sein, solange er genügend Make-up trägt. Alle haben mich für dich gehalten! Ich hätte den Rest des Films drehen können, ohne dass sie es gemerkt hätten! Du bist überhaupt nichts Besonderes. Du hast nur Glück gehabt und bist sehr grausam und sehr undankbar.«

Grace schaute wieder zu dem Draht. Und versuchte, Gaia ein ganz subtiles Signal zu senden. Er schaute warnend auf die Falltür und dann ruckartig nach oben rechts. Sie beobachtete ihn und wirkte eine Sekunde lang verwirrt, bevor seine Augen wieder zu Whiteley zurückkehrten.

»Du weißt doch, was man sagt, oder? Gib acht, wie du die Leute beim Aufstieg behandelst, denn du weißt nie, wen du brauchst, wenn es bergab geht.« Whiteley nahm die Hand von einem der Riegel und deutete auf die Falltür. »*Wenn es bergab geht!* Kapiert?« Anna gackerte vor Lachen. »*Kapiert?* Wie fühlt sich das in den letzten Sekunden an? Mit deinem größten Fan zusammen zu sterben! Aber wir verraten es keinem, oder?« Er hob die Hand und formte mit den Fingern wieder das Symbol. »FuX!«

»Anna«, sagte Grace, »ich habe eine Idee. Wenn Sie Gaia Ihr Handy geben, könnte sie jemanden anrufen und sagen, was immer Sie möchten. Sie könnte sich bei den Zeitungen entschuldigen, im Radio, im Fernsehen ihren Followern auf Twitter, ihren Fans auf Facebook – sie könnte der ganzen Welt mitteilen, dass in Wirklichkeit Sie ihr Fan Nummer 1 sind. Dass sie Sie nur auf die Probe stellen wollte. Es gibt so viele Leute, die behaupten, ihr größter Fan zu sein, also musste sie herausfinden, wer das wirklich ist. Und jetzt ist sie sich sicher. Niemand sonst wäre bereit, mit ihr zu sterben. Das ist wahre Liebe, Anna, und das weiß sie jetzt. Sie können auch filmen, wie sie das sagt, und es auf YouTube einstellen!«

Er sah, wie sich Whiteleys Gesichtsausdruck plötzlich veränderte. Als wäre eine Wolke von der Sonne gezogen. Sein Gesicht leuchtete kurz auf, und er lächelte wie ein Kind, das ein neues Spielzeug bekommen hat.

Aber nur einen Moment lang.

Grace begegnete wieder Gaias Blick und schaute nach rechts. Sie runzelte die Stirn. Verstand seinen Plan nicht.

Dann wurde Whiteley wieder feindselig. »Sie lügen, Detective Superintendent. Das ist alles Scheiße. Sie lügen!«

»Fragen Sie sie. Na los!«

»Hör auf mich zu schikanieren.«

Ein weiteres Knacken. Er sah das Entsetzen in Whiteleys Gesicht.

Das war der Augenblick.

Grace legte absichtlich Zorn in seine Stimme. »Ich schikaniere dich nicht! Du bist nicht hässlich, langweilig oder nutzlos – aber so haben sie dich in der Schule genannt, was? HLN?«

Whiteleys Gesicht erstarrte. Panik trat in seine Züge. Dann sagte er mit Annas Stimme: »So – so haben sie Eric genannt. Woher wissen Sie das? Woher wissen Sie das?«

»Ich habe es herausgefunden. Jemand hat es mir erzählt. Geben Sie Gaia das Handy. Lassen Sie sie der ganzen Welt erzählen, dass Sie nichts davon sind. Sie wird ihrem Fanclub erklären, dass tatsächlich Sie ihr Fan Nummer 1 sind. Sie werden zum Helden! Wäre es nicht schöner, ein lebender Fan Nummer 1 zu sein als ein toter?«

»Anna sieht das anders ich habe sie gerade gefragt«, erklang die knurrende Männerstimme.

»Das Handy!« Grace deutete mit dem Finger darauf. »Gib ihr das Handy!«

Whiteleys Knurren verwandelte sich in ein Heulen. »Du schikanierst mich.«

»GIB IHR DAS VERDAMMTE HANDY!«, brüllte Grace so laut er konnte.

Einen Moment lang war Whiteley verunsichert. Fast roboterhaft drehte er sich um, griff nach dem Handy und hob es auf. Dann erstarrte er, den Arm mitten in der Luft, als Grace sich nach vorn warf.

Er machte einen Schritt, stieß sich mit dem rechten Fuß ab und landete mit beiden Füßen genau dort, wohin er gewollt hatte, in der Mitte der Falltür, nur Zentimeter von Gaia entfernt. Er hörte ein lautes Knacken, das Holz splitterte sofort unter seinen Füßen, und seine Beine sackten durch das Loch. Er bemerkte es kaum, bemerkte kaum, wie Whiteley überrascht aufschrie, konzentrierte sich nur darauf, seine Hände auf den Boden zu stützen, genau unter Gaia, damit seine Schultern ihr Gewicht aufnehmen konnten.

Einen Moment lang merkte er, wie Hände nach seinem rechten Bein griffen, dann drückte ihn ein gewaltiges Gewicht hinunter, als Gaias Füße auf seinen Schultern landeten. Er suchte verzweifelt Halt, während Holzsplitter in seine Haut und unter seine Nägel drangen, konzentrierte sich in diesen wenigen Sekunden nur darauf, seinen und Gaias Sturz durch die offene Falltür zu bremsen. Seine Arme wurden fast aus den Gelenken gerissen.

Ihre Füße ruhten schwer auf seinen Schultern, drückten sie nach unten. Er verlor den Halt. Seine Hände brannten höllisch. Sein rechtes Bein zog ihn nach unten, seine Handflächen schabten über die Holzdielen. Er hörte Whiteley unter sich schreien. Sein Gewicht zog ihn tiefer und tiefer, er konnte nichts dagegen tun. Dann rutschten Hände über seinen Fußknöchel. Wieder hörte er Whiteley jämmerlich um Hilfe schreien. Dann plötzlich fiel ihm sein rechter Schuh weg, und das Gewicht war augenblicklich verschwunden.

Er trat aus, spürte aber nur Luft. Seine Füße baumelten über dem zwölf Meter tiefen Abgrund. Nur seine Hände, die langsam über die Bodenbretter zum Rand der Falltür rutschten, hielten ihn noch. Und Gaias Gewicht auf seinen Schultern drückte ihn nach unten. Er strampelte, suchte verzweifelt nach einem Halt für seine Füße, wünschte sich ein Wunder herbei, eine Leiter, irgendetwas. Gaias Füße zuckten, als sie auf seinen Schultern Halt suchte. Und er rutschte immer tiefer, während seine Füße ins Leere traten.

Die Schmerzen in Armen und Schultern waren eine Qual. Er versuchte verzweifelt, sich hochzuziehen, doch je mehr er sich dagegenstemmte, desto stärker drückte Gaia ihn mit ihrem vollen Gewicht hinunter. Seine Arme gaben allmählich nach, und er wusste nicht, wie lange er sich noch halten konnte.

Nicht fallen. Nicht fallen. Nicht fallen. Er wiederholte die Worte wie ein Mantra. *Nicht fallen. Nicht fallen. Nicht fallen.*

Plötzlich dachte er an Cleo. An ihr ungeborenes Baby. An das neue Leben, das vor ihnen lag. Er würde nicht sterben. Auf keinen Fall.

»Gaia, Sie bringen uns beide um! Runter von mir, auf den Boden, der Draht ist lang genug, glauben Sie mir!«

Seine Hände rutschten weiter schmerzhaft über die Bretter.

Und noch weiter.

Sie trat noch fester auf seine Schultern. War offenkundig hysterisch und in Panik, konnte ihn überhaupt nicht hören.

Er würde hinabstürzen. Konnte sich nicht mehr festhalten. Seine Fingerspitzen rutschten unaufhaltsam zum Rand des Lochs.

Dann plötzlich war ihr Gewicht verschwunden. Dennoch konnte er seinen eigenen Körper nicht mehr halten – seine Finger gaben nach. Rutschten weg. Er hatte keine Kraft mehr darin. Irgendwie musste er sich durch die Klappe stemmen, aber es ging nicht. Seine Arme waren kraftlos. Er hatte keine Energie mehr. Einen Moment lang dachte er, es wäre einfacher, sich fallen zu lassen. Einfach loszulassen.

Dann sah er wieder Cleos Gesicht. Den Kleinen. Ihr Baby. Ihr Leben.

Doch seine Finger rutschten weiter. Sein Körper hing an ihnen wie ein totes Gewicht. Er spürte seine Fingerspitzen an der Kante. Sie verloren den Halt. Seine Beine strampelten in der Luft, versuchten verzweifelt, wie durch ein Wunder doch noch eine Rettung zu finden.

Er rutschte.

Oh, Scheiße, nein, nein, nein. Das war verrückt. So durfte es nicht enden. Er nahm alle Kraft zusammen, die ihm verblieben war, verlor aber den Halt.

Dann plötzlich schlossen sich eiserne Griffe um seine Handgelenke.

Eine Sekunde später zog ihn jemand langsam und entschlossen nach oben. Er spürte den sauren Atem eines starken Rauchers, blickte hoch, sah einen nikotingelben Schnurrbart und hörte die Stimme des Wachmanns.

»Keine Sorge, Sir«, keuchte er, »ich halte Sie!«

Ein zweites Paar Hände packte ihn unter den Achseln. In der Nähe hörte er eine Frau hysterisch schluchzen.

119

Sekunden später berührten die Füße von Roy Grace den Boden, in sicherer Entfernung der Falltür. Er bemerkte kaum, dass ihm ein Schuh fehlte. Seine Hände waren wund und bluteten, und unter den Nägeln steckten Splitter, was höllisch weh tat, doch auch das bemerkte er kaum. Seine ganze Sorge galt Gaia.

Sie kniete, gestützt von zwei Polizisten, einem Mann und einer Frau, die vorsichtig die Schlinge um ihren blutenden Hals lösten. Sie schluchzte und bebte.

»Möchten Sie sich hinsetzen, Sir?«, erkundigte sich der Wachmann mit dem Schnurrbart.

Der andere hielt Grace fest, um ihn zu stützen. »Es geht mir gut, alles in Ordnung. Was ist mit Gaia? Geht es ihr auch gut?«

Die Polizistin sagte: »Ja, sie steht nur unter Schock. Ich habe einen Krankenwagen gerufen.«

»Sollen wir auch einen für Sie rufen, Sir?«, fragte ein Wachmann.

Grace schüttelte den Kopf. Er war noch dabei, Atem zu schöpfen. Dann bemerkte er den Zustand seiner Hände. »Ich glaube, ich brauche eine Pinzette«, sagte er geistesabwesend und schaute wieder zu Gaia hinüber, wobei er versuchte, die letzten Minuten irgendwie zu begreifen. Er schaute auf das rechteckige Loch im Boden, wo vorhin noch die Falltür gewesen war.

»Sie haben einen üblen Kratzer im Gesicht.«

Er hob die Hand, und als er sie wieder wegnahm, war sie blutverschmiert. »Sie sind gerade rechtzeitig gekommen. Danke, dass Sie mich da herausgeholt haben.«

»War früher Gewichtheber in der Armee, Sir. Sie sind nichts im Vergleich zu den Gewichten, die ich da gestemmt habe.«

»Vielen Dank.«

»Betrachten Sie es als Kompliment, Sir.«

Grace grinste schief und ging zu Gaia hinüber. Ihre Blicke trafen sich, und sie hörte einen Moment lang auf zu schluchzen.

»Alles in Ordnung?«

Auf ihrem tränenverschmierten Gesicht erschien ein schwaches Lächeln. »Ja, ich bin nur nicht ganz auf Draht.«

Grace grinste. Kurz darauf hörte er Schritte, und Glenn Branson stürzte ins Zimmer, blieb abrupt stehen und schaute mit offenem Mund von Grace zu Gaia und wieder zurück. »Was ist passiert? Alles in Ordnung mit dir? Mit allen? Chef?«

Der Hubschrauber über ihnen machte eine Verständigung vorübergehend unmöglich, der Lärm hallte von den nackten Wänden und dem Boden wieder. »Es geht uns gut«, sagte Grace.

Branson schaute sich wild um. »Wo ist Whiteley? Es heißt, er wäre hier oben.«

Grace kniete sich hin und kroch zum Rand der Falltür.

»Vorsichtig, Sir«, sagte ein Wachmann.

Grace bewegte sich bis an die Kante und schaute nach unten. Dann wich er zurück und sah seinen Kollegen an. »Er ist im Lagerraum neben der Küche.«

»Was – was – wieso – wer ist bei ihm? Was macht er denn da?«

»Ich kann dir sagen, was er nicht macht. Essen kochen.«

Ohne auf sein blutendes Gesicht und die schmerzenden Hände zu achten, eilte Grace, gefolgt von Branson, die Wendeltreppe hinunter. Unten rannten sie durch den Korridor in den Speisesaal, wo sich eine bizarre Mischung aus Männern und Frauen in eleganten Regency-Kostümen und Mitgliedern des Filmteams in Jeans, Turnschuhen und T-Shirt aufhielt.

»Detective Grace«, rief Larry Brooker, »könnten Sie uns sagen –«

Grace beachtete ihn nicht, sondern stieß die Tür auf und lief in den ersten Raum des Küchentrakts. Es war ein nackter Raum mit beigefarbenen Wänden und braunem Linoleumboden, auf dem ein stählerner Rollwagen stand, der ihn ans Leichenschauhaus erinnerte. Er blickte hoch, doch über ihnen war keine Falltür, sondern nur eine niedrige Decke zu sehen.

Er und Branson öffneten eine Tür und gelangten in einen ähnlichen Raum. Er öffnete eine weitere Tür, die nur angelehnt war. Bei dem Anblick, der sich ihnen bot, zuckten beide zusammen.

»Jesus«, sagte Branson.

Es stank fürchterlich nach menschlichen Exkrementen.

Grace schaute geradeaus. Auf den Mann, der ihn und Gaia beinahe getötet hatte. Er warf einen raschen Blick auf die zerstörte Decke, durch die Whiteley herabgestürzt war, und sah den Wachmann mit dem Schnurrbart, der neugierig von oben auf ihn herunterblickte. Er hielt die Luft an und betrachtete die bizarre Gestalt in der Mitte des Raums.

Die Perücke war heruntergefallen und ein Stück weggerollt. Der Kopf eines Mannes in mittleren Jahren mit schütterem, grauem Haar ragte aus dem Kragen des eleganten Regency-Kleides. Anscheinend war Whiteley mit den Füßen zuerst aufgekommen, dann gegen ein stählernes Waschbecken geprallt und daran heruntergerutscht, so dass es aussah, als säße er absichtlich aufrecht. Das scharlachrote Kleid war um ihn ausgebreitet, als hätte man es sorgfältig drapiert.

Zwei helle Stöcke, jeweils knapp fünf Zentimeter lang, ragten durch Risse im Kleid aus seinem Körper hervor. Sie erinnerten an Skistöcke, nur hafteten Blut und Stückchen von Sehnen und Haut daran. Entsetzt erkannte Grace, was es war. Die Beinknochen des Mannes waren durch den Aufprall nach oben und durch den Körper gedrückt worden.

Der Gestank nach Exkrementen war unerträglich. Er betrachtete Whiteleys mit Schminke verkrustetes Gesicht. Der Mann zwinkerte mit den Augen, unablässig, drei- oder viermal pro Sekunde, als hätte er einen Kurzschluss im Gehirn. Aus seinem Mund, der sich wie das Maul eines Goldfischs öffnete und schloss, drang ein leises Stöhnen. Grace ergriff Whiteleys Handgelenk und tastete nach dem Puls. Er machte sich keine Mühe, die Schläge zu zählen, sie waren gefährlich langsam. »Er lebt so gerade noch. Ruf einen Krankenwagen.«

Branson starrte den schwer verletzten Mann aus großen Augen an und zog sein Handy aus der Tasche.

120

»Hätte sie das Gleiche für dich getan?«, fragte Cleo.

»Darum geht es nicht.«

»Ach nein?«

»Es war meine Aufgabe, sie zu beschützen.«

»Du bist darin ausgebildet, mit Geiselnehmern und potentiellen Selbstmördern zu verhandeln. Man hat dir beigebracht, niemals dein eigenes Leben zu gefährden. Aber genau das hast du getan, oder? Schon wieder.«

Es war ein warmer Freitagabend, ein herrlicher Sommerabend. Um Cleos letzten Arbeitstag vor dem Mutterschutz zu feiern, hatten sie einen Tisch in einem Restaurant namens The Ginger Fox bestellt, das ein Stück außerhalb von Brighton lag. Cleo erinnerte ihn gern daran, dass jedes ruhige Essen zu zweit das letzte für sehr lange Zeit sein konnte. Sie musste ihn nicht lange überreden, denn es gab nur wenige Dinge, die Grace mehr genoss, als mit Cleo bei gutem Essen und einem anständigen Glas Wein im Restaurant zu sitzen.

Er zog mühsam die Krawatte aus, weil seine Hände so schmerzten. Es steckten noch immer mehrere Splitter darin. Er legte die Anzugjacke und die Hose ab und setzte sich auf die Bettkante, um die Socken auszuziehen. Er war verschwitzt und fühlte sich nach der langen Woche vollkommen ausgelaugt. Vor allem die beiden letzten Tage waren anstrengend gewesen.

Zwei Pressekonferenzen in vierundzwanzig Stunden; eine Meldung bei der unabhängigen Beschwerdestelle der Polizei, weil er unmittelbar zu der schweren Verletzung eines Verdächtigen beigetragen hatte. Hinzu kam der ganze Papierkram, der mit der *Operation Icon* verbunden war. Und als Tüpfelchen auf dem I gab es Probleme mit den Spielfeldern, die das von ihm gemanagte Rugbyteam der Polizei benutzen sollte, wenn die Saison wieder anfing.

Überdies hatte er an diesem Tag auch noch nach London fahren müssen, da man ihn früher als geplant als Zeugen im Fall Carl Venner aufgerufen hatte. Nachdem er in Old Bailey eingetroffen war, hatte man ihm dann allerdings mitgeteilt, dass man ihn doch erst am kommenden Dienstag benötige.

Er würde duschen, danach in Cleos Audi TT offen über Land brausen, ein kaltes Bier und ein paar Gläser Wein trinken und sich danach sehr viel besser fühlen. Vielleicht würde er sich sogar eine Zigarette gönnen. Der große Vorteil von Cleos Schwangerschaft bestand darin, dass es keine Diskussionen mehr gab, wer nach Hause fahren musste.

»Das ist keine Frage der Ausbildung, Liebling«, erwiderte er. »Vor ein paar Jahren gab es einen Riesenaufstand, als zwei Polizeibeamte nicht in einen See sprangen, um einen Jungen vor dem Ertrinken zu retten, weil ihre Ausbildung es ihnen untersagte. So etwas kommt aber selten vor. Ich glaube nicht, dass ein einziger Polizeibeamter in Sussex vom Ufer aus zugesehen hätte. Es hat nichts mit der Ausbildung zu tun, sondern damit, was man als Mensch tun würde. Man kann nicht einfach zusehen, wie jemand stirbt.«

Sie küsste ihn. »Du weißt, ich war nie der besorgte Typ. Bis ich dich kennengelernt habe.«

»Bist du dir sicher, dass das nicht andere Gründe hat? Denk daran, was wir gelesen haben, die Schwangerschaft bringt die Hormone der Mutter völlig durcheinander. Sorge ist ein Aspekt des Mutterinstinktes. Aber du brauchst dir keine Sorgen um mich zu machen.«

»Roy, es hat nichts mit dem Baby zu tun, sondern mit dir. Wann immer du zur Tür hinausgehst, frage ich mich, ob du wieder zurückkommst. Oder ob stattdessen zwei deiner Kollegen anklopfen.«

»Cleo, Liebling!«

»Hat Sandy das eigentlich auch alles einfach so ertragen? Oder hatte sie die gleichen Ängste?«

Es schmerzte noch immer, an Sandy erinnert zu werden. Schon die Erwähnung ihres Namens löste eine leise Traurigkeit und ein Gefühl des Verlustes in ihm aus, obwohl es ihm eigentlich sehr gut ging und er ein erfülltes Leben hatte. Er zuckte mit den Schultern. »Sie hat nie etwas gesagt, jedenfalls nicht wegen der Gefahr. Was sie gestört hat, waren die unregelmäßigen Arbeitszeiten.«

»Tut mir leid, aber ich mache mir einfach Sorgen. Ich kann nicht anders, ich liebe dich. Und du hast im vergangenen Jahr so viele verrückte Sachen gemacht. Warst in einem brennenden Gebäude. Bist mit einem Wagen von einer Klippe gestürzt.«

»Nicht ganz.«

»Der Wagen ist von einer Klippe gestürzt.«

»Schon, aber ich saß nicht drin.«

»Aber wenige Sekunden vorher noch.«

Er lächelte. »Das ist wahr.« Er stand auf und zog die Boxershorts aus.

»Du bist genau vor einem Schiff in den Hafen von Shoreham gesprungen.«

Es war seltsam, dachte er. Er fühlte sich absolut ungezwungen, wenn er nackt vor Cleo stand, während Sandy eine geradezu viktorianische Prüderie an den Tag gelegt hatte. Außer im Bett, wo sie ganz schön wild werden konnte, hatte sie sich immer in etwas eingewickelt und darauf bestanden, dass er es auch machte, selbst wenn er nur vom Schlafzimmer ins Bad ging. Und was die Toilette betraf, war sie geradezu besessen von ihrer Privatsphäre gewesen. Einem Freund gegenüber hatte er einmal gescherzt, dass Sandy seines Wissens in all den Jahren, die sie als Mann und Frau zusammenlebten, nie auf der Toilette gewesen war.

»Aber bei Gaia blieb mir keine andere Wahl. Hätte ich das nicht getan, wäre sie jetzt tot oder verstümmelt. Meine Karriere wäre vorbei. Aber das war nicht der Grund, aus dem ich so gehandelt habe.«

»Polizist ist nicht der einzige Job auf dieser Welt. Selbst wenn du degradiert oder entlassen würdest, würde ich dich deshalb nicht weniger lieben. Verstanden?«

»Und wenn jemand gestorben wäre, weil ich feige war?«

Die Frage hing zwischen ihnen in der Luft.

»Die Geschichte ist voll von toten Helden. Aber ich bin nicht bereit, dich Geschichte werden zu lassen.«

Er warf ihr eine Kusshand zu und ging ins Bad, wo er sein Gesicht im Spiegel betrachtete. Der Riss auf der linken Wange war mit drei Stichen genäht worden, schien aber gut zu heilen. Als er das Wasser aufdrehte, meldete sein Handy, das auf dem Bett lag, zwei SMS.

»Schaust du mal nach, ob es dringend ist?«

Cleo griff nach dem Handy. Die erste Nachricht kam von Jason Tingley.

> ***Brauchen Sie mich morgen, oder kann ich Golf spielen?***

Die zweite kam von einer unbekannten Nummer. Cleo öffnete sie.

> ***Hey, Mr Paul Newman Eyes! Ich möchte mich anständig dafür bedanken, dass Sie mir das Leben gerettet haben. XXXXXXXXXXX***

Roy Grace stellte die Wassertemperatur ein und rief: »Was Wichtiges?«

»Jason Tingley will morgen Golf spielen. Und Gaia will Sex mit dir.«

Er grinste und schloss die Tür der Dusche hinter sich.

*

Als er fünf Minuten später in ein Handtuch gewickelt ins Schlafzimmer zurückkehrte, führte Cleo ihm das weite, türkisfarbene Kleid vor, das sie ausgewählt hatte. Sie sah hinreißend aus.

»Was hältst du davon? Das oder das Schwarze? Oder das Beigefarbene, das du so gerne magst?«

Er konnte sich an keines der beiden Kleider erinnern. »Das hier sieht toll aus.«

»Welche Schuhe?«

»An welche dachtest du denn?«

»Na ja, ich kann nichts mit Absätzen tragen. Daher kann ich mich nicht mit Gaia messen.« Sie klang ungewöhnlich sarkastisch.

»Ach, komm schon!« Er warf einen Blick auf die SMS und lächelte stolz. Nicht jeder Bulle bekam eine SMS vom größten Star der Welt. Und eine Reihe von Küssen dazu.

»Und, würdest du?«

»Würde ich was?«

»Mit ihr ins Bett gehen, wenn du die Gelegenheit dazu hättest.« Sie schaute ihn seltsam an.

»Mach dich nicht lächerlich, nie im Leben! Ich will gar nicht über so etwas diskutieren.«

Er griff nach dem Alfa-Romeo-Prospekt, der auf seinem Nachttisch lag, und blätterte darin, damit er Cleo nicht anschauen musste. Er hielt bei der Seite mit dem Giulietta inne und schaute das Auto sehnsüchtig an.

Cleo blickte ihm über die Schulter. »Hör auf dein Herz. Du liebst diesen Wagen, oder?«

»Ja«, meinte er achselzuckend.

»Du wärst mehrfach um ein Haar gestorben und hast immer noch ein Drittel deiner Dienstzeit vor dir. Vermutlich wirst du ohnehin nicht alt, also genieße dein Leben, solange es geht. Na los!«

»Ich bin schon in Versuchung.«

»Er passt zu dir. Außerdem wird dich Gaia damit noch cooler finden, *Mr Paul Newman Eyes.*«

121

Roy Grace war erleichtert, als die Berichterstattung über Gaias Rettung im Laufe der Woche von der Titelseite weiter nach hinten wanderte, wenngleich er von Freunden und Kollegen weiterhin aufgezogen wurde. Er verkleinerte das Team nach und nach, bis am folgenden Freitag bei der Morgenbesprechung nur noch er selbst, Glenn Branson, Norman Potting, Bella Moy, Nick Nicholas und ein paar andere am Tisch saßen.

Es gab immer noch viel zu tun. Sie mussten Aussagen zusammenstellen und die Untersuchungen der Todesfälle Drayton Wheeler und Myles Royce vorbereiten. Unterdessen gingen täglich medizinische Berichte über Eric Whiteley ein, der nach wie vor im Royal Sussex County Hospital unter Polizeibewachung auf der Intensivstation lag.

Er hatte nicht widerstehen können, seinen Kollegen die SMS von Gaia zu zeigen, und musste sich nun eine Reihe anzüglicher, wenn auch gutmütiger Witze anhören.

»Wie geht's denn Ihrem neuen Schätzchen, Chef?«, erkundigte sich Norman Potting.

»Danke der Nachfrage, sie dreht schon die ganze Woche. Sie ist ganz schön hart im Nehmen.«

»Das möchte ich wetten«, erwiderte Potting mit einem schmutzigen Grinsen.

»Lass es gut sein, Norman«, knurrte Glenn Branson.

In letzter Zeit hatte Grace eine gewisse Spannung zwischen den beiden Männern bemerkt, doch sein Kollege wollte nicht darüber sprechen. Außerdem waren ihm die verstohlenen Blicke aufgefallen, die zwischen Potting und Bella hin und her gingen.

Das konnte doch nicht wahr sein, oder? In seinen Augen war Potting so ziemlich der unattraktivste Mann, dem er je begegnet war. Sicher konnte Bella etwas Besseres finden.

Andererseits verstand er auch nicht, was einer der größten und erotischsten Rock- und Filmstars an einem Bullen aus Brighton finden konnte. Dennoch erhielt er einen Strom zunehmend koketter SMS von Gaia. Egal, wie neutral und vorsichtig er antwortete, ihre Anspielungen nahmen täglich zu.

Natürlich schmeichelten sie ihm. Und sie taten seinem Ego gut. An seiner Liebe zu Cleo änderten sie jedoch nichts. Er hatte mehrfach darüber nachgedacht, was sie ihn letzte Woche gefragt hatte.

Würde er mit Gaia ins Bett gehen, wenn er die Gelegenheit dazu hätte?

Und seine Antwort lautete nein. Definitiv nein.

*

Am folgenden Morgen fuhr er zu seinem Haus, um es in Augenschein zu nehmen. Manchmal hinterließ Glenn es sauber und ordentlich, dann wieder sah es aus, als wäre ein Rudel Hyänen hindurchgetrampelt. Außerdem vertraute er nicht darauf, dass sein Freund den altehrwürdigen Goldfisch Marlon regelmäßig fütterte.

Um kurz nach zehn hielt er vor dem Haus und nickte Noreen Grinstead, seiner Nachbarin von gegenüber, zu. Sie war die örtliche Klatschbase, eine nervöse Siebzigerin mit Adlerblick, die ständig vor ihrem Haus stand und irgendetwas putzte. Im Augenblick spritzte sie ihren makellos sauberen silbernen Nissan mit einem Schlauch ab.

Er wollte weder über die jüngsten Ereignisse noch über die anderen Nachbarn mit ihr sprechen. Er gehörte nicht mehr in die Gegend, in die sich Sandy vor Jahren verliebt hatte. Er und Cleo waren auf Haussuche und nutzten sein freies Wochenende, um sich einige Häuser in Brighton und Umgebung anzusehen.

Er ging den Weg entlang und öffnete die Tür. »Hallo, Kumpel!« Er wollte Glenn nicht stören, falls er eine Frau mitgebracht hatte, was Grace insgeheim hoffte. Es wurde Zeit, dass er seine höllische Ehe endlich hinter sich ließ.

Doch es kam keine Antwort. Grace wusste, dass Glenn an seinen freien Wochenenden gerne lange schlief, ins Fitnessstudio ging oder nachmittags Rad fuhr.

Er nahm die Post von der Matte und ging in die Küche, die Sandy damals mit der neuesten Technik eingerichtet hatte, die jetzt aber traurig und altmodisch wirkte.

»Hi, Marlon, wie geht's?« Er warf einen Blick ins Glas und sah zu seiner Freude, dass der Futterspender gut gefüllt war.

Der Fisch, der ebenso grimmig wirkte wie sein Namensgeber,

ignorierte ihn wie üblich, schwamm langsam nach oben und schluckte ein winziges Kügelchen Futter.

»Ist dir heute nicht nach Plaudern? So wie sonst?«

Marlon schwamm eine Runde in seinem Glas, und einen Moment lang begegneten sich ihre Augen. Dann glitt der Fisch an die Oberfläche und schluckte ein weiteres Kügelchen.

»Schon gut, alter Junge, du hast meine Gefühle nicht verletzt. Ich habe eine Verehrerin, die ist viel attraktiver als du. Willst du wissen, wer sie ist?«

Der Fisch wirkte ganz und gar nicht eifersüchtig.

Grace wandte sich ab und warf den kleinen Stapel Post auf den Tisch. Werbung für italienische und chinesische Imbisse und ein Flugblatt des konservativen Abgeordneten Mike Weatherley. Dann ging er rasch die Briefe durch. Ein brauner Umschlag mit einer Steuerforderung. Und ein Schreiben von der Maklerfirma Mishon Mackay.

Darin befand sich eine Liste der neuesten Besichtigungstermine. Er wollte sie gerade überfliegen, als sein Handy klingelte.

»Mr Grace? Hier ist Darran Willmore von Mishon Mackay.«

»Hallo, ich lese gerade Ihren Brief.«

»Es gibt eine neue Entwicklung, die Sie interessieren könnte.«

»Dann mal los.«

»Kürzlich hat eine Mutter mit ihrem Sohn das Haus besichtigt. Sie wirkte ziemlich interessiert. Sie leben wohl zur Zeit im Ausland, möchten aber nach Brighton ziehen. Sie hat wohl von früher Verbindungen hierher.«

»Klingt nicht schlecht.«

»Ja, es ist ermutigend. Sie möchte einen zweiten Termin vereinbaren.«

Das waren hervorragende Neuigkeiten, doch er fragte sich, wie er Glenn das beibringen sollte.

»Ich dachte, Sie würden sich freuen!«

»Das tue ich auch. Der Zeitpunkt könnte gar nicht besser sein.«

122

Roy Grace war recht zufrieden mit dem Verlauf des Prozesses gegen Carl Venner. Der grauenhaft fette Snuff-Movie-König und Pädophile, der eine Schwäche für Breitling-Uhren besaß, hatte sich selbst keinen Gefallen getan.

Und zum ersten Mal seit langem hatte Grace ein Wochenende als diensthabender Ermittlungsleiter verbracht, ohne dass ein Kapitalverbrechen geschah. Mit anderen Worten, er war Tag und Nacht bereit, um Cleo ins Krankenhaus zu bringen, sobald die Wehen einsetzten.

Die Geliebte des Königs war in der letzten Drehwoche, bevor die Arbeiten in den Pinewood Studios fortgesetzt wurden, und wie durch ein Wunder nur vier Tage hinter dem Drehplan. Er war erleichtert und ein bisschen enttäuscht zugleich, dass er keine SMS mehr von Gaia erhalten hatte. Allerdings war er mehrmals am Set gewesen, und sie hatte ihm jedes Mal ein bisschen herzlicher begrüßt als alle anderen.

Eric Whiteley lag noch an lebenserhaltenden Maschinen auf der Intensivstation und wurde rund um die Uhr von der Polizei bewacht.

An einem Montagnachmittag Ende Juni, als er gerade Feierabend machen wollte, klingelte sein Handy. Er hörte eine Stimme mit amerikanischem Akzent.

»Detective Grace? Hier spricht Detective Myman von der Los Angeles Police Threat Management Unit. Uns fehlen noch einige Informationen zum Fall Gaia Lafayette und vor allem zu dem verstorbenen Drayton Wheeler.«

»Da sagen Sie mir nichts Neues. Ich arbeite gerade daran.«

»Es würde den Prozess beschleunigen, wenn jemand von Ihrem Team herüberkommen könnte. Es wäre nur für einige Tage.«

»Das ist etwas schwierig, was unser Budget betrifft.«

»Kein Problem. Das LAPD übernimmt selbstverständlich die Kosten für den Flug und den Aufenthalt der Person. Können Sie jemanden vorschlagen, der besonders geeignet wäre? Vielleicht Sie selbst?«

Grace dachte nach. Auf den Rat des behandelnden Gynäkologen hin würde Cleo am folgenden Montag ins Royal Sussex County Hospital gehen und sich einem Kaiserschnitt unterziehen. Doch das Risiko, dass die Wehen vorher einsetzten, sprach gegen seine Reise. Glenn hingegen könnte eine Abwechslung gut vertragen, da er im Moment besonders niedergeschlagen wirkte.

Grace erklärte, er werde sich später wieder bei Myman melden.

Da bekam er eine SMS.

Hey, Mr Paul Newman Eyes! Am Donnerstagabend hätte ich ein bisschen Zeit. Am Wochenende reise ich ab. Dürfte ich Sie auf einen Abschiedsdrink in meine Suite einladen? XXXX

Er traf sich seit Jahren jeden Donnerstagabend mit Freunden zum Pokern und bemühte sich, nie ein Spiel zu verpassen, außer es kam etwas Berufliches dazwischen. Vielleicht konnte er vorher noch schnell bei ihr vorbeischauen.

123

In der Nacht zum Samstag schlief Roy Grace sehr schlecht, obwohl er von den Ereignissen der vergangenen Wochen und dem Prozess gegen Carl Venner völlig erschöpft war. Entweder war er selbst hellwach, warf sich herum und drückte sein Kissen zurecht, oder Cleo konnte nicht schlafen, weil der Kleine in ihrem Bauch völlig verrückt spielte.

Wie durch ein Wunder schlief er um sieben Uhr dann doch ein und erwachte erst um zehn.

Obwohl er noch ziemlich müde war, zog er Shorts, T-Shirt und Turnschuhe an und lief seine Lieblingsstrecke die Promenade entlang, vorbei am Palace Pier bis zum Deep Sea Anglers Club am Hafen von Shoreham und wieder zurück. Es waren ziemlich genau acht Kilometer.

Als er zurückkam, zog er sich aus und ging dankbar ins Badezimmer. Cleo hatte einen ausgezeichneten Geschmack, was ihre Dusche betraf. Regenduschkopf und zusätzliche Strahlen von vorn und von der Seite, die man nach Belieben zuschalten konnte. Er genoss das warme Wasser, als die Badezimmertür plötzlich so heftig aufflog, dass er um die Scharniere fürchtete.

Cleo stand mit finsterer Miene da, in der Hand den *Argus*.

Er drehte das Wasser ab und stieg klatschnass aus der Dusche.

»Du hast also am Donnerstag gepokert?«

Sie schwang die Zeitung wie eine Waffe.

»Ich bin mit einem Gewinn rausgegangen, das habe ich dir doch erzählt.«

»Sieht aus, als hättest du was unterschlagen, Roy.«

»Ach ja?«

»Ja, in der Tat. Sieh dir das an! Vielleicht hilft es deinem Gedächtnis auf die Sprünge.«

Sein Herz schlug schneller, als er die Titelseite sah.

Topermittler und Gaia: Kann es Liebe sein?

Darunter sah man ein Foto von ihm und Gaia, das eindeutig mit einem Weitwinkelobjektiv aufgenommen worden war. Sie standen nebeneinander und schauten aus dem Fenster ihrer Hotelsuite.

»Das kann ich erklären.«

»Tatsächlich?«

Er hatte sie noch nie im Leben so wütend gesehen.

Sie stapfte aus dem Badezimmer. Grace schnappte sich ein Handtuch und wollte sich gerade abtrocknen, als sie mit dem *Mirror* hereinmarschierte. Die Schlagzeile zog sich über die ganze Titelseite.

Gaia und der Cop aus Brighton – Liebesgeheimnis!

Das Foto darunter glich dem aus dem *Argus*, nur küsste sie ihn diesmal auf die Wange.

Er las den ersten Absatz des Artikels:

Rocklegende Gaia, die in Brighton ihren neuesten Film *Die Geliebte des Königs* dreht, hat sich bei dem besten Mordermittler der Stadt, Detective Superintendent Roy Grace, bedankt, der einen Anschlag auf ihr Leben vereitelt hat. Sie trafen sich zu einem geheimen Rendezvous in ihrer Hotelsuite. Hier freut sich das Paar gerade auf ein romantisches Dinner bei Kerzenschein.

»Das ist ja unglaublich!«

»Du hast recht«, sagte sie. »Ich kann nämlich nicht glauben, dass du das getan hast.«

»Liebling, das ist absoluter Unsinn! Ich kann das erklären!«

»Na toll. Dann erklär doch mal. Ich bin ganz Ohr.«

Plötzlich umklammerte sie ihren Bauch und schrie vor Schmerz auf. Alle Farbe wich aus ihrem Gesicht. »Roy, o mein Gott, o mein Gott!«

124

Die Todesanzeige im *Argus* lautete:

GRACE, NOAH JACK

Geliebter Sohn von Roy und Cleo. Verstorben am 2. Juli kurz nach der Geburt. Die Bestattung findet im engsten Familienkreis statt.

125

Roy Grace hatte Tränen in den Augen, als er sah, wie Cleo auf der Wochenstation des Royal Sussex County Hospital ihren Sohn im Arm hielt. Das rosige Gesicht des Babys war ganz verkniffen, es hatte die Augen geschlossen, die Lippen sahen aus wie eine winzige Rosenknospe. Auf dem Kopf wuchsen zarte Büschel blonder Haare. Der Kleine trug ein hellblaues Oberteil, das mit einer Maus in gestreiften Shorts bestickt war.

Es war unglaublich, und er konnte überhaupt nicht die Augen von ihm wenden. Sein Sohn. Ihr Kind. Er atmete den süßen Duft von frisch gewaschener Haut und Babypuder ein. Schaute zu Cleo, deren Haare lang auf die Schultern fielen, deren Gesicht von Liebe und Fürsorge erfüllt war.

Sein Handy klingelte. Er trat vom Bett weg und ging in den Flur hinaus. Es war Glenn Branson.

»Es tut mir so leid, Kumpel, wir sind alle völlig fertig.«

»Fertig? Was ist denn passiert?«

»Du weißt schon. Ich dachte, dem Baby ginge es gut. Und dann haben wir es heute Morgen im *Argus* gelesen. Ich weiß nicht, was ich sagen soll. Wie geht es Cleo?«

»Sekunde mal, *was genau* hast du im *Argus* gesehen?«

Betretene Stille. »Na ja, die Todesanzeige.«

»Todesanzeige? Wer ist denn gestorben?«

Erneutes Schweigen. »Euer Baby. Noah Jack Grace.«

»Was? Ist das dein Ernst?«

»Ich habe die Zeitung hier vor mir auf dem Schreibtisch liegen. Alle sind in Tränen aufgelöst.«

»Glenn, das ist ein Missverständnis. Wir haben schlimme Tage hinter uns. Noah hatte Atemprobleme, Flüssigkeitslunge nennt sich das. Sie waren sich nicht sicher, ob er durchkommt.«

»Ja, das hast du mir erzählt. Und dann hast du gesagt, er würde kräftiger.«

»Er hatte zuerst lauter Schläuche im Körper und lag in einem Inkubator. Wir durften ihn beide gar nicht berühren. Aber jetzt geht es ihm gut. Cleo hält ihn gerade im Arm. Wir hoffen, dass wir bald mit ihm nach Hause können.«

»Wer zum Teufel hat dann die Todesanzeige aufgegeben?«

»Ich kann es nicht glauben. Bist du dir ganz sicher?«

»Hier steht es schwarz auf weiß.«

»Scheiße. Ich gehe jetzt sofort eine kaufen. Ich glaube nicht, dass das ein Versehen war. Todesanzeigen werden nicht aus Versehen aufgegeben«, sagte er entschlossen. Innerlich zitterte er vor Zorn.

126

Für Amis Smallbone bedeutete Freiheit unter anderem, die einfachen Freuden des Lebens zu genießen. Dazu hatte es auch immer gehört, an einem Tisch auf der Promenade zu sitzen, unmittelbar am Strand, aufs Meer und den Palace Pier und das eine oder andere tolle Weib zu blicken.

Abends war diese Gegend eine Goldgrube für die Drogendealer, die er früher kontrolliert hatte, aber an einem schönen Sommermorgen schlenderten fast nur Touristen hier entlang, genossen die Aussicht, den Strand, die Kneipen, Cafés, Geschäfte und anderen Attraktionen, die ein Badeort zu bieten hatte.

Und es gab einige Dinge, die er noch mehr genoss als den ersten Kaffee des Tages mit dem *Argus*. Zum Beispiel eine endlose Prozession dünnbekleideter Mädchen.

Mit der Zigarette im Mund blätterte er durch die Seiten. Er hatte einiges aufzuholen. Der Chief Constable sprach in einem Interview über Budgetkürzungen, doch Amis konnte wenig Mitgefühl für ihn aufbringen. Es gab Pläne für ein neues Krankenhaus. In Crawley hatte man einige Dealer, von denen er manche persönlich kannte, bei einer Razzia verhaftet, die die Polizei zehn Monate lang vorbereitet hatte. Seine Augen blieben an dem Artikel hängen, und er las ihn sorgfältig durch. Vielleicht eine neue Geschäftsmöglichkeit. Dann blätterte er zu einer der Seiten, die ihn immer am meisten interessiert hatten. Die persönlichen Anzeigen.

Er ging sofort zu den Todesfällen über und las die Spalte durch. Die ließ er sich nie entgehen, weil er gerne wusste, wen er überlebt hatte.

Heute aber fand er dort einen ganz besonderen Eintrag.

*

Sie liebte den Flughafen Gatwick, weil er viel günstiger gelegen war und easyJet von dort aus Direktflüge nach München anbot.

Sie hielt ihren zehnjährigen Sohn an der Hand. Sie hatten gerade die Sicherheitskontrolle passiert und waren jetzt im Duty-Free-Bereich. Der Junge schleppte sie sofort zu Dixons, wo sie ihm ein Upgrade für seine neueste Spielkonsole kaufte.

In den vergangenen zehn Jahren hatte es nur einen wirklichen Glücksfall gegeben – das unerwartete Erbe ihrer Tante, das sie geschickt angelegt und das es ihr erlaubt hatte, der Beziehung mit dem zunehmend wahnsinnigen Kontrollfreak Hans-Jürgen zu entfliehen. Sie war jetzt eine reiche Frau. Nun ja, Reichtum war relativ, aber sie hatte genügend Geld, um das Haus zu kaufen und ihren Sohn zu verwöhnen, ohne sich wegen der Kosten zu sorgen.

Danach gingen sie zu WH Smith.

»Ich will nur ein paar Zeitungen kaufen, falls es im Flugzeug keine gibt.« Dann fragte sie ihren Sohn auf Deutsch, ob er unterwegs etwas lesen wolle.

Er zuckte gleichgültig mit den Schultern und vertiefte sich in die Anleitung für das Upgrade.

Sie schnappte sich eine Ausgabe des *Argus* und blätterte eifrig durch die Seiten.

127

Am Mittwochmorgen fuhr Roy Grace Cleo und Noah nach Hause. Cleo saß auf dem Rücksitz des Ford Focus und hatte Noah neben sich im Babysitz festgeschnallt.

Er konnte sich nicht erinnern, dass sich sein Leben je so reich angefühlt hatte wie in diesem Augenblick. Er hatte Tränen in den Augen, als er am Pavilion vorbeifuhr. Ohne die Lastwagen des Filmteams wirkte alles seltsam ruhig. Cleos Wut wegen Gaia war längst verraucht, und sie hatte akzeptiert, dass er nichts getan hatte, außer ein Glas mit ihr zu trinken.

Grace schaute in den Rückspiegel und sah, wie sie ihn anlächelte.

Die Todesanzeige im *Argus* war ihm immer noch ein Rätsel. Anscheinend hatte ein Taxifahrer sie aufgegeben, den man bis jetzt noch nicht ermittelt hatte. Die Anweisungen waren auf das Briefpapier eines örtlichen Bestattungsinstitutes gedruckt, das sich als gefälscht herausgestellt hatte.

Natürlich gab es einen Verdächtigen. Allerdings konnte er nicht glauben, dass Amis Smallbone tatsächlich so dumm oder dreist gewesen sein sollte.

Noah machte ein gurgelndes Geräusch, als freute auch er sich, zum ersten Mal im Leben nach Hause zu fahren. Das Geräusch erinnerte Grace an die ungeheure Aufgabe, die vor ihnen lag: ihr Kind in einer Welt, die dunkel und gefährlich war und es auch bleiben würde, großzuziehen und zu beschützen.

Dann erinnerte er sich an einen Satz, den er nie vergessen hatte. Der ihm in schweren Stunden oft geholfen hatte:

Das Licht kann nur in der Dunkelheit scheinen.

Danksagung

Wie immer schulde ich vielen Menschen Dank, die meinen endlosen Fragen geduldig und freundlich begegnet sind und mir viel kostbare Zeit geschenkt haben. Am meisten verdanke ich der Sussex Police. Daher gilt mein erster Dank dem Chief Constable Martin Richards, QPM, der mich fortwährend unterstützt und gerade zu diesem Buch beträchtliches Wissen und Weisheit beigesteuert hat.

David Gaylor, pensionierter Detective Chief Superintendent der Kripo Sussex, mein Vorbild für Roy Grace, verschafft mir immer wieder neuer Einblicke in die Denkweisen eines leitenden Kripobeamten und trägt dazu bei, dass Roy Grace so denkt, wie es ein kluger Ermittler tun würde. Er hat meine Bücher in vieler Hinsicht beeinflusst.

Ungeheuer hilfreich war auch Chief Superintendent Graham Bartlett, Commander der Brighton and Hove Police. Chief Inspector Jason Tingley war ein wahrer Held und hat mir bei vielen Aspekten der Story auf kreative und kritische Weise geholfen. Dies gilt im Übrigen auch für DCI Nick Sloan, DCI Trevor Bowles und Inspector Andy Kille.

Ein riesengroßer Dank auch an Detective Superintendent Andy Griffith; Senior Support Officer Tony Case; PC Martin Light von der Metropolitan Police Territorial Support Group; DI William Warner; Sergeant Phil Taylor und Ray Packham von der High Tech Crime Unit; Inspector James Biggs; PC Tony Omotoso; DS Simon Bates; Sergeant Lorna Dennison-Wilkins und der gesamten Specialist Search Unit; DI Emma Brice, Professional Standards Department, Sussex Police; Sergeant Malcolm Buckingham und John Sheridan, TFU Training; Chris Heaver; Martin Bloomfield; Sue Heard, Presse- und PR-Sprecherin; Neil (Nobby) Hall; John Vickerstaff.

Danke auch an die Feuerwehrleute Tim Eady und Kathy Burke von der West Sussex Fire and Rescue und an Dave Phillips und Vicky Seal vom South East Coast Ambulance Service.

Mein ganz besonderer Dank gilt auch dem New York Police Department; Detective Investigator Patrick Lanigan, Special Investigations Unit, Büro des Bezirksstaatsanwalts; Assistant Chief Michel Moore vom Los Angeles Police Department und Detective Jeff Funn von der Threat Management Unit des LAPD. Mein Dank gilt auch Robert Darwell und Philip Philibosian von Sheppard Mullin.

Außerdem stehe ich wie immer in der Schuld von Sean Didcott im Leichenschauhaus von Brighton and Hove. Danke an den Pathologen Dr. Mark Howard; Dr. Nigel Kirkham, beratender Pathologe, Newcastle; Dave Charlton, leitender Fingerabdruckspezialist, und James Gartrell und Tracy Stocker von der Spurensicherung; dem forensischen Podologen Haydn Kelly; der forensischen Archäologin Lucy Sibun und dem forensischen Pathologen Dr. Benjamin Swift; dem Coroner's Officer Tony Beldam und Alan Setterington, stellvertretender Direktor des Gefängnisses Lewes.

Ich bedanke mich bei Michael Beard, dem Herausgeber des *Argus*; Tara Lester und Nicky Mitchell für ihre wunderbare Hilfe bei der psychologischen Recherche; bei dem Gynäkologen Des Holden; Rob Kempson; Peter Wingate-Saul; Rosalind Bridges, Anna Mumby und Ceri Glen für Einblicke in die Welt der Fanobsessionen; Claire Horne von Travel Counsellors; Hilary Wiltshire; dem Pyrotechnik-Experten Mike Sansom; Valerie Pearce, Leiterin der City Services, Stadtrat Brighton and Hove; Andrew Mosley vom Grand Hotel; Keith Winter von der Stonery Farm und Andrew Kay.

Ich bin Dr. Lorraine Bell sehr dankbar, weil sie mir gestattet hat, aus ihrem ungeheuer informativen Buch *Managing Intense Emotions and Overcoming Self-destructive Habits*, erschienen 2003 bei Brunner-Routledge, Hove, East Sussex, zu zitieren.

Das Team im Royal Pavilion war unendlich hilfsbereit. Ich danke vor allem David Beevers, Keeper des Royal Pavilion; Louise Brown, Facilities Manager; Alexandra Loske, Fremdenführerin im Royal Pavilion, und Robert Yates, Leiter des Spendenkomitees, die mir in unglaublicher Weise geholfen und Zugang zu diesem zauberhaften Gebäude verschafft haben.

Ich möchte darauf hinweisen, dass ich mir bei der Arbeit an diesem Roman einige künstlerische Freiheiten erlaubt habe, was die äußeren und inneren Beschreibungen, die Ausstattung und den allgemeinen Zustand des Gebäudes wie auch einige historische Elemente betrifft. Außerdem habe ich mir mit der Stonery Farm große Freiheiten genommen.

Falls Sie sich wie ich für den Royal Pavilion begeistern und zu seiner Erhaltung beitragen möchten, besuchen Sie diese Website: www.pavilionfoundation.org.

Mein Dank gilt wie immer Chris Webb vom MacService, der mich noch nie im Stich gelassen und meinen treuen Mac am Laufen gehalten hat, selbst wenn er in entlegenen Winkeln des Globus einige Macken entwickelte …

Ein ganz großer und besonderer Dank an Anna-Lisa Lindeblad, meine unermüdliche und wunderbare »inoffizielle« Lektorin und Kommentatorin während der gesamten Roy-Grace-Reihe; Sue Ansell, die mir bei jedem einzelnen Buch, das ich je geschrieben habe, geholfen hat; Martin und Jane Diplock; Joey Dela Cruz.

Ich bin mit einer wunderbaren Agentin und Freundin in Gestalt von Carole Blake gesegnet und habe ein traumhaftes PR-Team: Tony Mulliken, Sophie Ransom und Claire Richman von Midas PR. Hier ist einfach nicht genügend Platz, um allen vom Team James bei Macmillan zu danken, aber ich möchte hier meinen wunderbaren Herausgeber Wayne Brookes, die unglaublich geduldige Susan Opie und meinen Lektor John English wie auch meinen großartigen amerikanischen Lektor Marc Resnick erwähnen.

Ein riesengroßer Dank wie immer an meine brillante persönliche Assistentin Linda Buckley.

Helen war wie immer ungeheuer geduldig, steuerte weise Kritik bei und ermutigte mich ohne Unterlass. Meine drei Hunde Phoebe, Oscar und Coco liegen schon auf der Lauer und überfallen mich, sobald ich mich auch nur einen Schritt vom Schreibtisch entferne …

Das größte Dankeschön habe ich mir aber für Sie, meine Leserinnen und Leser, aufgehoben. Ihre Unterstützung ist unglaublich, und es ist mir ein Vergnügen, für Sie zu schreiben. Ich freue mich auf alle E-Mails, Tweets, Facebook-Nachrichten und Blog-Beiträge!

Peter James
Sussex, England
scary@pavilion.co.uk
www.peterjames.com
www.facebook.com/peterjames.roygrace
www.twitter.com/peterjamesuk

Peter James
Rigor Mortis
Thriller
352 Seiten. Gebunden

Carly Chase ist traumatisiert. Sie war in einen tragischen Unfall verwickelt, bei dem ein Student ums Leben kam. Zwei andere Fahrer, die an dem Unfall beteiligt waren, sind jetzt tot. Für Detective Superintendent Roy Grace könnte sie die Nächste sein. Denn der junge Mann stammte aus einer der besten Mafia-Familien New Yorks. Und die wollen Rache. Das Beste wäre, wenn Carly abtauchen würde. Doch sie hat einen anderen Plan. Dabei ist der Killer ihr bereits auf den Fersen: Er beobachtet, er wartet und dann ....

»Peter James ist einer der besten Krimischriftsteller der Welt«
Lee Child

Peter James

Du sollst nicht sterben

Der sechste Fall für Roy Grace

Band 18289

An Silvester brach ihre Welt zusammen. Als sie nach einem feuchtfröhlichen Fest in ihrem Hotelzimmer brutal vergewaltigt wird. Nur eine Woche später trifft es eine andere junge Frau. Beiden Opfern werden die Schuhe gestohlen. Detective Superintendent Roy Grace ist alarmiert, denn die Vorfälle erinnern ihn an das Jahr 1997, als der ›Schuh-Dieb‹ fünf Frauen vergewaltigte und eine sechste schließlich tötete. Dann verschwand er spurlos. Ist der ›Schuh-Dieb‹ wieder da?

»Peter James ist in Hochform –
die Geschichte lässt einen nicht mehr los!«
The Mirror

fi 18289 / 1